茶都风云

王澍宇 著

陕西新华出版传媒集团
太白文艺出版社

图书在版编目（CIP）数据

茶都风云 / 王澍宇著. -- 2版. -- 西安：太白文艺出版社, 2019.1（2022.3重印）
ISBN 978-7-5513-1520-3

Ⅰ. ①茶… Ⅱ. ①王… Ⅲ. ①长篇小说－中国－当代 Ⅳ. ①I247.5

中国版本图书馆CIP数据核字(2018)第195040号

茶都风云
CHADU FENGYUN

作　　者	王澍宇
责任编辑	李　玫　谢　天
整体设计	汇丰印务
出版发行	陕西新华出版传媒集团 太白文艺出版社
经　　销	新华书店
印　　刷	三河市腾飞印务有限公司
开　　本	787mm×1092mm　1/16
字　　数	480千字
印　　张	32
版　　次	2016年8月第1版 2019年1月第2版
印　　次	2022年3月第2次印刷
书　　号	ISBN 978-7-5513-1520-3
定　　价	88.00元

版权所有　翻印必究
如有印装质量问题，可寄出版社印制部调换
联系电话：029-81206800
出版社地址：西安市曲江新区登高路1388号（邮编：710061）
营销中心电话：029-87277748

为家乡树碑立传

中国小说学会副会长 陕西省作家协会副主席
陕西省评论家协会副主席 《小说评论》主编 李国平

  王澍宇先生是我的前辈,但我们此前并不熟悉,是我们共同的家乡和他创作的这部以家乡为题材的长篇小说把我们联系在一起的。我们交谈不多,我知道他在为家乡做着实际工作,职业履历大多在行政岗位、管理部门、基层单位,但澍宇先生从青少年时期就有着浓重的文学情结,工作之余,一直笔耕不辍。可以说,文学构成了他的精神世界,几十年下来,他在小说、散文、诗歌方面均取得了丰硕的成果。澍宇先生创作的长篇小说《茶都风云》,四十余万字,历时八年,穿行于历史深处,入乎于人物命运,体验了这部作品较为深厚的历史文化意蕴之后,我对他更加敬重。

  澍宇先生说,他的长篇小说《茶都风云》是为家乡而作。在读《茶都风云》的过程中,我深有体味。完成一部家乡之作,在澍宇先生,是一个心愿,是一个情怀,甚或是他一个魂牵梦绕的宿命。澍宇先生是典型的在家乡大地上的行走者和写作者,滋养澍宇先生的不光是一方水土,还有一方水土上形成的文化精神,不光是现实,还有历史。阅读《茶都风云》,不难想象,发生在这片土地上的历史故事和历史史实之后的民间传唱,一定长期在作者心里激荡。所以长篇小说《茶都风云》的创作,不光可以视为作者的乡土情结、历史情怀的一次释放,还应该视为作者在田

野调查、走访遗存、查找史志,寻找历史回声的基础上所进行的一次精神之旅和文化之旅。澍宇先生是一个基层的文学写作者,不居于文学中心地带,但并不妨碍我们对他的精神寻访。我在阅读《茶都风云》的过程中,不断试图和作者对话,并进而想象作者和乡土、和历史、和这一片人文地理之上生长的生存方式的对话。无疑,澍宇先生所要完成的是书写家乡的历史记忆,他要用他的书写,打开古老传统的秘密,再现这一片古老土地上的商业文明,建立历史和现实的联系。

  我对《茶都风云》的阅读,天然的兴趣来自于我们的家乡,陕西的县,泾三原。民间形象的说法,赋予泾阳这片土地重要的地位。和泾阳相联系的,还有悠久的历史,深厚的人文。中华历史的发源,中华文明的滥觞,都有这一片土地的参与和创造。中华民族的商业实践、商业思想,进而积累形成的商业文明,自周、秦而唐,由唐以下及至近现代,也和这一片土地有着不可分割的关系。澍宇先生所书写的《茶都风云》正是这一片土地上所发生的以茶为标识的商业历史。它曾经被淹没在庞大的农耕文明之中,在澍宇先生笔下,以文学的方式获得了重现与再生。"自古岭北不植茶,唯有泾阳出茯茶。"泾阳的茯茶制作,宋代已兴,至明清而形成高峰。史书记载,当时的泾阳,"承平日久,民力饶裕,工值廉,物价平,富商大贾满于海内。""泾阳县官茶进关,运至茶店,另行检做,转运西行,检茶之人,亦有万余"。《茶都风云》所引述的纪晓岚、林则徐、左宗棠、于右任的诗赋亦是佐证。得益于明清两代"茶马交易"的经济政策,特殊的军事地缘、政治地缘和制作茯砖茶的独一无二的地理环境,泾阳成为丝绸之路上茶叶贸易的主要制作地和集散地,泾阳的茶商,成为最能代表陕商的一个团体,他们的商旅远及边疆和西康。我们读《茶都风云》,会发现曾经有着商业内涵和人文容量的许多陕商边陲贸易的专有称谓,例如"歇家""锅庄",都得了具体而形象的文学展示。泾阳的茯砖茶,作为丝绸之路上丝绸、瓷器的三大贸易品之一,远销西北乃至更遥远的中西亚各国,成为丝绸之路上的人文纽带,承载着中华商人不畏艰阻,勤劳奋斗,开拓进取,友好和平的商业精神。作者通过具体的情节,对这些茯茶生产的历史,边茶贸易的历史,进行了文学化的历史回顾,而把他们的精神,则又浓缩于近现代中国,饱满地书写了泾阳的茶业,塑造了以傅继兴为代表的几代茶人的形象,让人们读出中国商业精神的承前启后，中华儒商的与时俱进。如果从题材角度评价这部长篇，我认为，澍宇先生在大量丰富的史实运用和民间传说基础上赋予了作品浓重的地方史、志知识，作者以完整的文学形式，形象地为历史立传，为历史人物立传，为地域文化立传，具有开创之功。如果从历史文化精神意义上考量这部长篇小说，我认为，它也超越了地域文化书写、某一行业文化书写的限制，努力抵达的是中华文明、中华商业精神，由商业而人文，由商业而国家、民族的书写。

我们读澍宇先生的《茶都风云》，如果用目下纯文学标尺要求，会有一些不足，会发现一些问题，但是这部长篇有许多鲜明突出的特点，比如他的叙事方式。历史小说有各种各样的写法，有极端忠实于史实，忠实于原型的，也有大事不虚，小事不拘的；有借鉴史传传统的，也有用传奇方式表达的。澍宇先生的文学接受，以中国传统文学为主，中国的传统叙事文学的成熟方式，则以章回和传奇为最。《茶都风云》的艺术表现具有浓郁的传奇色彩，章回体的结构，大开大合的叙述，主人公从出生一直到最后投身红色革命的传奇经历，都被负载于富有传奇色彩的情节之中，自始至终都鲜明突出。又比如作品浓郁的乡土和民俗色彩。从山川风土的自然环境到婚嫁的风俗习惯，从戏曲到饮食，作品对于风俗画的浓墨重彩的涂抹，对于民间习俗的渲染，提供了人物活动的真实历史舞台，逼真地还原了那一历史阶段的民间生活，从而构成了作品的底蕴和血肉。再比如浓郁的文化色彩。这包括古老村镇、文化典籍、历史遗存、人文景观等方面，在作品中都有充分的展现，尤以对丝绸之路、茶马古道上茶文化的形象书写最为充分。作者努力所要达到的是，由知识层面融入成为作品的文化内涵，由文化地理景观的展示，进入人物思想性格的揭示。

《茶都风云》是一部有深度、有高度的作品。澍宇先生具有大的历史观，《茶都风云》显示了其开阔的历史视野。显然，作品所着力书写的"义和兴"的兴衰史，集合了泾阳明清以降茶商的集体原型，作品所着力塑造的傅继兴这个人物，也是集合了传统茶商的精神原型。如果只着眼于塑造一个传统的管理者、理财者、慈善者的形象，如果只着眼于折冲于家族冲突、贸易冲突、伦理冲突的果敢而智慧的传统茶商形象，甚至更深的还着眼于展示传统茶商文化中的诚信为本、重信重义的商业伦理，都

将影响或降低作品的格局。显然，这不是澍宇先生的视野和气度。《茶都风云》所写的时代，中华民族积贫积弱，内忧外患，新的文化运动已经兴起，中国社会的政治结构和经济结构开始转型，旧传统和新思想展开角力，民主和科学，实业救国的思潮正在为中国社会的变革提供新的经济基础和阶级基础，作者将自己创造的人物置放于这样一个广阔的历史舞台，让主人公直接参与新文化运动，赋予传统商业文化人格以科学、民主、救国的全新的思想含义，从而使作品具有了开阔、大气的气度。作品后半部作者所写的傅继兴主导的公司化改革、投身红色革命的归宿，也形象地演绎出了大时代流变中的中国商人由传统而现代，由小家而国家民族的道路。历史感的强化、时代风云在人物命运中的折射，使作品具有了厚度和深度。

　　丝绸之路、茶都泾阳，是内容丰富、书之不尽的大命题，具有广阔的文学表现空间。我们欣喜于澍宇先生第一次以完整的文学形式，打开了这一领域，这对于呼应一带一路的国家提倡、国家战略，弘扬我们的历史文化、商业传统具有重要的意义。从这个角度上讲，澍宇先生这部长篇小说的写作和出版，其价值不言而喻。承蒙器重，他邀我写序，关于这部长篇的评价，附录部分诸位大家都有充分的解读，其实留给我的空间已不多矣，权且写下我的感受，以表达对作者的祝贺，也借以表达我对家乡的深切眷恋和美好祝愿。

目 录

序	为家乡树碑立传 …………… 李国平	1
引　子	…………………………………………	1
第一章	遇兵劫　济危伸援手	
	进劣茶　商号倒牌子 ……………………	3
第二章	求神医　傅家得贵子	
	盼成龙　悉心育新人 ……………………	18
第三章	妙龄女　暗恋如意郎	
	风云涌　雏燕搏风浪 ……………………	28
第四章	二月会　英雄救美人	
	游故城　佳人说茯茶 ……………………	49
第五章	忆往昔　小姐爱伙计	
	心比心　为女选佳婿 ……………………	84
第六章	两钦差　安化巧查案	
	贪小利　沦为人下人 ……………………	100
第七章	精明人　兰州开新局	
	美艺人　迷倒帅掌柜 ……………………	119
第八章	新开张　勇斗地头蛇	
	用兵法　做成好生意 ……………………	143
第九章	烟赌假　毁了生意人	
	化危机　钦差巧应对 ……………………	160

第十章	议大事 继兴献良策	
	说嫁娶 恋人各东西	179
第十一章	认姻亲 夫人明礼仪	
	结秦晋 鸳鸯初戏水	194
第十二章	为大业 挥泪撒兄弟	
	闹灵堂 继兴撑危局	204
第十三章	说利弊 立制定规矩	
	谋发展 情感带头人	219
第十四章	黄风驿 恩威惊劫匪	
	走沙漠 冲破死亡线	235
第十五章	看市场 经营走新路	
	烧劣茶 立信闯市场	254
第十六章	暗查访 新人摸县情	
	说劣茶 共商大治理	264
第十七章	大检查 查出黑窝点	
	严惩处 执法不容情	277
第十八章	选会长 明争又暗斗	
	祸与福 同降义和兴	289
第十九章	镇嵩军 侵陕逞凶残	
	保泾阳 军民齐奋战	299
第二十章	遭年馑 百姓苦受尽	
	为灾民 舍饭惩贪腐	307
第二十一章	为员工 冒险去买粮	
	为乡亲 买房扩茶店	319
第二十二章	不肖徒 想方设障碍	
	小诸葛 妙计破难题	333
第二十三章	明大义 毅然弃仕途	
	举义旗 为民惩邪恶	346

第二十四章	灾中灾 土匪害百姓
	戏外戏 智灭西北王 ………………… 364
第二十五章	为应变 红军到泾阳
	搞改编 誓师去东征 ………………… 388
第二十六章	逢战乱 制茶原料断
	勇探索 试验新产品 ………………… 400
第二十七章	傅继兴 报仇捣匪巢
	八路军 智灭日本兵 ………………… 410
第二十八章	巧谋划 开通运输线
	除暴政 为民杀恶魔 ………………… 422

附 录：

附录1：贺词选编
故里炽情笔尽彩 …………………………… 孟建国 445
为茯砖茶倾情歌呼 ………………………… 马林帆 446
以史为料筑大道 …………………………… 简聚宝 447
茶都风云亮文苑 ………………… 陕西省中国现代文学学会 448
中华梦中奏凯歌 ………………… 中国传统文化促进会 449
为茶人树碑立传 ………………… 陕西省茶人联谊会 450
以史为鉴促复兴 ………………… 陕西省《民情与信访》杂志社 451
小草献绿报春恩 ………………… 陕西省《古都文萃》杂志社 452

附录2：评论选编
饱蘸心血写春秋 …………………………… 宋民新 453
壮美浑厚的历史画卷 ……………………… 马照云 459
让丝路黑黄金在历史的起跳板上腾飞 …… 郭志梅 465

探索历史真实 讴歌一代精英 ………………… 王卫生 468
一座丰碑 一代英豪 …………………………… 丁国昌 474
"金花"璀璨耀泾阳 …………………………… 何冠雄 479
一部源于生活高于生活的好小说 …………… 李文恭 484

附录3：茯砖茶组歌

茶都美名天下传 ……………… 王澍宇词　夏正华曲 488
茯砖茶商是好汉 ……………… 王澍宇词　夏正华曲 489
茯茶香飘丝绸路 ……………… 王澍宇词　夏正华曲 490
妹妹送哥走边关 ……………… 王澍宇词　夏正华曲 491
茶中缘 ………………………… 王澍宇词　夏正华曲 492
茶中奇葩有奇功 ……………… 王澍宇词　杨　静曲 493
茯茶情歌 ……………………… 何冠雄词　卤建三曲 495

后记 …………………………………………………………… 496

引 子

  在西安、咸阳两大历史文明古都的北面,有一个号称"天下名县""关中白菜心"的泾阳县。它自古为三辅名区,京畿要地。西北的凤凰山、北仲山,北方的嵯峨山,南边的白蟒塬(也叫毕塬),构成了天然屏障,护卫着中部广袤平原。泾河、冶峪河、清峪河穿境而过,秦郑国渠及以后朝代的灌溉工程如网密布。天功人力,造就了泾阳这块土肥水美、物产丰富、人杰地灵的风水宝地。

  人文始祖轩辕黄帝曾在泾阳铸鼎而逸仙。

  秦灵公曾在泾阳建都九年,成为东进征讨指挥中心。自此而始,秦"奋六世之余烈",扫灭了六国,统一了中国。

  汉武帝刘彻曾在泾阳建立行宫,名曰"谷口宫"。

  前秦苻坚曾在泾阳建立行宫。后来,隋文帝因母亲信佛并常来参拜,将其改为太壸寺而流传至今,传说杨贵妃也曾到此朝圣降香。

  唐代为纪念泾阳籍著名高僧悟空,在泾阳兴建了振锡寺和悟空庙。唐崇陵、贞陵也建在泾阳。

  明代在泾阳建成了全国砖塔之最的崇文宝塔。

  清代在泾阳建立了闻名关中的瀛洲、味经、崇实、泾干四大书院。

  民国时期,中国工农红军前敌总指挥部、八路军总指挥部、安吴青训班、中共陕西省委也设在泾阳。红军就是在泾阳改编为八路军而誓师东征的。

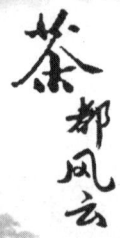

泾阳这块风水宝地还是闻名古丝绸之路的茯砖茶唯一发祥地。

泾阳自西汉张骞出使西域,开通了丝绸之路以来,便成为全国茶叶的集散地和加工制作、运输中转枢纽。

自北宋神宗熙宁年(1068—1077)左右在泾阳发现、制成茯茶,到明洪武元年(1368)前后形成定型的泾阳茯砖茶,泾阳成为全国唯一的茯砖茶发源地和制作地。

泾阳茯砖茶以其独特的色、香、味及"克食利水、杀腥解腻、扶正祛邪"等功效,成为丝绸之路上的"神秘之茶""生命之茶""丝路黑黄金",吸引四面八方的茶商大贾云集泾阳,造成了泾阳茶市的出奇繁华:茶店、茶庄、茶馆、货栈、客栈星罗棋布;街市纵横,商铺林立,装饰豪华,招牌比美,茶为魁首,百货齐备;南腔北调的茶商,国外各地的友人,汇集于市,互通有无,交易活跃;东来西去的马车、驼队,满载着发财希望,川流不息。白天,人流如潮,车水马龙;夜晚,灯火辉煌,歌舞升平。因而,泾阳被各地客商称为茶都。

自古以来,在茶都这个社会大舞台上,演出了多少凭茶创业成富豪的励志剧,演出了多少以茶结缘续友谊的大喜剧,演出了多少惊心动魄的商战活剧,演出了多少被天灾人祸压垮茶商的悲情剧。走过了多少勤政敬业、兴茶富民的好官能吏,走过了多少诚信经营、乐善好施、见义勇为的茶商精英,闪现过多少以茶营私、横征暴敛、鱼肉百姓的贪官污吏,曝光了多少投机取巧、坑蒙拐骗的商界败类。光明与黑暗、仁义与邪恶、诚信与欺诈、真善美与假恶丑等,无时无刻不在进行着或明或暗、或文或武的争斗拼搏,形成了独特的变幻莫测的茶都风云!

第一章

遇兵劫 济危伸援手
进劣茶 商号倒牌子

从清道光年间开始,中国进入了多事之秋。外国列强先后入侵、金田村农民起义、义和团反洋教斗争、辛亥革命、袁世凯称帝、张勋复辟、护法战争……战乱不断,苛捐杂税不断加重,民不聊生。商路动辄阻断,商贸不通,市场萧条,生意难做,但再难做,生意人为了糊口活命,难做也得做。

1920年(民国九年)刚过了年,傅德茂早早就操办起了边贸生意。派伙计去泾阳拉茯砖茶,到盐池去拉盐,查看维修大车,给骡马查病看病换新掌,查修帐篷、篷布,准备食物、药品、衣服、雨具等一应用品。

这一年,山西大旱,开年以来没有落过一场雨,连清明节也滴雨未下。坟上的迎春花虽然照样开得金黄,但却少了往年水灵灵的鲜嫩劲,常青的柏树枝叶也渴得发黄,连坟上的野草也萎蔫地匍匐在地。往年,儿子在家时,傅德茂还有个伴,说说歌歌,倒觉得心情愉快,干活有劲。如今,他孤孤单单一个人去上坟,担水浇树,铲除野草,直累得满头大汗。

傅德茂逐个给祖先的坟顶用土压好了白烧纸,点着了蜡烛、香火,焚化了纸钱,跪拜磕头,默默祈祷:好老人,你们在那边,有什么需要,就托

梦给娃说,再甭像生前那样节俭抠掐,该要啥就说,娃当即照办,让你们过得衣食无忧。你们生前是娃的依靠,给娃长胆,现在你们仍然是娃的精神寄托,希望老人保佑你娃,平平安安闯过这兵荒马乱的艰难岁月;保佑你孙子身体健康,学业有成,把家传生意做得更加兴隆。

清明一过,傅德茂带着一帮伙计又上了边贸路。一路上,但见地旱得裂开了口子,麦苗焦黄得能点着火,路干得起了烫土,人行车过,直闹得尘土飞扬。来来往往的行人大多是逃荒的、要饭的,还有缺胳膊少腿,血迹斑斑的伤兵,不时还会看见倒卧在路边姿态各异的尸体,散发着令人窒息的臭气。

看着这情景,怎么能不让人感到凄凉伤感?伙计们没有了往日的高兴劲,一个个无精打采、闷闷不乐地吆着车往前赶路。

走过大同,凛冽的西风呼呼带哨地吹了起来,吹得尘土飞扬,昏天暗地。西边天际的乌云,如江海涨潮,滚滚而来,霎时,便布满了天空。肩负着滋润万物的春雨,没有行雨号令,久久在天上憋闷得发慌,听到风传来放行的指令,不管不顾地往下冲,刹住了尘土的威风。肩负着供养万物使命的大地、庄稼,已被无米之炊熬得满身裂口,生命垂危,看到这雨,就像看到了救命稻草,不管不顾地往怀里揽。

雨来了,傅德茂一行人有喜有忧,喜的是地里的庄稼也许有救,忧的是行路越来越艰难,时不时车就陷到了泥窝子里。众人跳下车,挽起裤腿,拉的拉,掀的掀,把车从泥窝里掀出来,一个个浑身都是泥水,脸上已分不清是雨水还是汗水。

顶风冒雨,好不容易赶到了两岔口。

两岔口是过往行人走南闯北的必经之地,地势凶险。高耸入云的石山,仿佛神斧从山峰中间劈下,开出了一车多宽的道路,车行在路上往上看,两边的山峰就像要倒塌下来似的。

山脚下,有一座规模宏大、房屋众多,但不知道为什么荒废了的文殊菩萨寺,周围护寺的古老松柏林,气象阴森肃杀。

傅德茂一行人,常从这里走,知道这地方是文殊菩萨寺,看去凶险,其实是个礼佛行善之地。

一行人毫不设防地朝前走,突然,传来一声雷吼般的口令:"站住!"

惊得众人目瞪口呆。

4

只见一群衣衫褴褛、荷枪实弹的士兵围了上来。一个当兵的上前问话:"你们是哪个山头的土匪,抢了这么多东西,往哪儿运?"见傅德茂一行人人带刀,那些兵把他们误认成了土匪。

老成持重、临危不惧的老管家周保柱上前答话:"军爷误解了,我们是运城德兴隆商号的商队,是去迪化送货的。"

听说是运城人,一个军官模样的人走上前来接过话头说:"唉!还是商人好,用不着流血牺牲,就能求个温饱,弄得好的,还能成为富豪,吃的是白米细面,穿的是绫罗绸缎,用的是伙计丫鬟。不像我们这些当兵的,为推翻封建帝制,保山西平安,南征北战,东荡西杀,冲锋陷阵,流血牺牲,结果是连军饷也没人管。"

"我们缴过平安捐。"

"那是给警察保地方平安用的,我们不是警察,用不上。咱不是给你们这些生意人诉苦哩,咱们山西队伍是地方杂牌军,现在是北洋军阀掌权,一分钱军饷不给,山西省政府给的钱还不够塞牙缝,还不算给伤病员看病,为死了的人送葬。"

人常说:"秀才见了兵,有理说不清。"但傅德茂见这军官没有一般队伍抢掠老百姓时的蛮横,说得也还有道理,令人同情。再看这阵势,想走是没门了,干脆求个平安,把货送给他们算了。他便上前说道:"军爷,既是如此说,这批货我们给你们捐了。"

"好!还是大老板通情达理。"那军官断定能说这话的一定是老板,随之礼让道,"请到寺内歇息喝水,事情咱们慢慢商量,我们咋说也是国军,不会像土匪那样强抢你们,请放心吧。"

傅德茂一行人只得跟着进了寺里,只见寺里两边庑殿里果然东倒西歪地躺着好多伤兵,呻吟声接连不断,听着令人心酸。

进入大殿,待众人坐定,勤务兵端上水来。喝罢头碗水,那军官站起立正,向傅德茂敬了个军礼:"多谢掌柜的慷慨捐助,救我军于危难。"

傅德茂是个吃软不吃硬的人,今日听这军官一说、一看,霎时对家乡队伍产生了同情感,说:"军爷有啥话就讲。"

"再甭胡叫了,你才是我们的恩人、好老哥。人常说:'美不美,泉中水。亲不亲,故乡人。'我看你这人仁义,实话给你说了吧。我就是咱运城荣河人,叫唐卫国,山西武备学堂毕业生。当年,我为了支持孙中山先

生闹革命,变卖了家中财产,拉起了这支队伍,我带的这些兵大多数都是咱们运城子弟。皇帝推翻了,革命成功了,却被袁世凯窃取了大权。紧接着是袁世凯称帝,张勋复辟,前后两次护法战争。这些年的军阀混战把我们害苦了。可军人以服从命令为天职,我不得不带着兄弟们去冲锋陷阵,把一半人都战死了,三成人带了伤。可如今,我没钱,死的不能安葬,活的不能疗伤,我实在是无颜见运城父老,现实逼得我当了挡道的,可老哥,你说,我能咋办?今日挡你们这些货,看起来是个利,可放到当兵的手里就是一堆死货,救不了兄弟眼前急。"说着已是泪流满面。

傅德茂是个软心肠,竟被他说得心酸泪淌:"兄弟,那你说咋办?"

"老哥,能不能先借我们些钱,帮我们渡过目前难关。以后有办法了,我一定连本带利一起还你。"

"再别说还不还的话,你说,得多少?"

"最少需要十万块袁大头。"

傅德茂心里想:这可是自己家生意压箱底的一部分钱。如若不给,难道就眼看着让这些家乡子弟兵等死吗?再说,不给未必就能平安脱身。老家也曾有个爱钱不要命的财东,被当兵的绑了票,好言相劝,办法用尽,可仍然咬着死口不给钱,结果,叫当兵的点了天灯,还杀了全家人——人被逼急了,啥事干不出来?看来,这些当兵的也是叫逼得实在没办法了,才如此铤而走险。

傅德茂装着喝水,在心里反复思量着。最后决定干脆先把钱给了,救救这些乡党的命。人都说"善财难舍",但该舍就得舍,否则,那还是人吗?再说,留得青山在就不怕没柴烧,保住了伙计们的性命,没钱了咱可以再挣,但为了让对方放心又不耽误生意,傅德茂说道:"兄弟,十万就十万,不过我有个条件,我留在你这儿作为人质,你让我的人和货先走,我给家里写封信,叫个伙计引路,你派几个兵到家里取钱就是。"

人都说,山西的商人最抠搐,是九毛九。唐卫国没想到这掌柜的竟然这么痛快地答应了,感动得跪倒就拜,连声说道:"谢谢恩人大仁大义,救我们兄弟。我不要什么人质,明天我就为你们钱行,送车队走。然后,我用汽车送你回运城取钱,我打借条。请你相信,兄弟不会永远这样背霉,一有办法,当即还你。到家后,若钱不方便,也没关系,权当交了你这个朋友。我过去当财东少爷时,就不知道啥叫没钱,以后,当上了兵头,才知道没钱的艰难,真正是一分钱难倒英雄汉。你寻不下钱,我决不怪你,请你放心。回头我再送你去赶车队,汽车快,耽误不了你送货的事。"

一席话说得傅德茂啥话也不能说了,只能全力以赴为这个小兄弟筹钱了。便急忙上前扶起唐卫国,紧紧抱着他只是流泪。

第二天一大早,全体官兵集合列队,唐卫国带着傅德茂一行人来到队列前,士兵们齐刷刷举手敬礼,唐卫国举手还礼后说:"兄弟们,我唐卫国无能,让大家跟着我拼杀战场,流血牺牲,身负重伤,却还要忍饥受饿,身无御寒之衣,伤者不能就医疗养,死者不能安葬抚恤,我惭愧啊,我对不起兄弟们。"说着脱帽在手,向大家深深鞠了一躬,已是泪湿衣襟。

士兵们异口同声地喊道:"师长为了国民革命,不惜变卖家产,我等自当效仿,为国尽忠,何惧艰难困苦。"

唐卫国接着说:"昨天,我们有幸遇到了一位贵人,他愿意为我们筹措军饷,以解我们眼前的危机。这个人就是我们运城德兴隆的东家傅德茂。"说着,指了指站在一旁的傅德茂。

众官兵见生死存亡关头,来了救神,十分感激,情不自禁地立正敬礼:"感谢恩人慷慨救援,今后如有事需要帮忙,兄弟们必当全力以赴,万死不辞!"傅德茂虽然觉得这些行为有事前安排的嫌疑,但还是深受感动,深深地向官兵们鞠了一躬。

唐卫国继续说:"德茂兄,为人送行本来是很隆重的礼仪,可我们现在实在没办法,只能用这些糜子面馍馍,玉米糁稀饭,萝卜、咸菜招待大家了,请勿见笑。说句自嘲的话,这就叫'纵然身无分文,愿交天下朋友'。"

傅德茂答道:"酒肉难交真朋友,患难之交最可贵。"

唐卫国一声号令:"今天,咱们以开水代酒,敬德兴隆众兄弟一杯,祝你们一路平安,马到成功,生意越来越兴隆。"

官兵们一呼百应。

…………

傅德茂做生意就跟下象棋一样,讲究走一步,看三步。眼看着儿子就要从北方大学毕业了,他要为儿子提前培养一批可用的伙计。从1921年(民国十年)开始,他就招收了一批新伙计,新旧搭配,以老带新,以师带徒,进行人盯人的传帮带,并重新进行了人员调动安排。

一直在边贸路上奔波的伙计、老管家周保柱的徒弟昌明礼被留在了运城德兴隆商号里。一则这小伙子精灵能干,忠诚可靠,又是老管家的真传弟子,双手能打算盘,账算得清;二则他老母亲长年有病,是个药罐罐,而这娃又是个孝子,留到当地,也好照顾老人。傅德茂决定把这个伙计培养成出外买茶的庄客,决定叫昌明礼去泾阳买茶。

虽然说灵人不用细提,可是,傅德茂派昌明礼到泾阳买茶临走前,还是千叮咛,万嘱咐:"庄客是商号重要的差事——只有庄客买下有利的货,商号才有赚头。所以人常说:'一百的财东,八十的庄客。'庄客出外,要多长心眼,细观察,切忌和生人胡吹冒谝露身份,更不能显富露财;少贪便宜,千万不能吃外人送的烟、酒、饭,更要小心鸿门宴;行路最好与熟人结伴,切莫让生人邀请同行;住店要时刻小心,想方设法保管好钱物。好在,你此去是到泾阳义和兴茶店,那是咱们的老搭档,到泾阳下车有人接,货有人帮你备,车有人帮你雇,你只要安安全全把货押送回来,就大功告成了。我静等佳音,回来摆宴相迎。"

掌柜的语重心长的叮咛,让昌明礼十分感动,当即跪下磕头:"掌柜的,谢谢你对明礼的信任和重托,我一定千方百计把差事办好。我娘就托你老人家照顾了。"当下磕了三个响头。

昌明礼上路了。

这是个秋高气爽的季节,秋风吹到身上凉爽惬意,沿路郁郁葱葱的树木和五颜六色的野草野花,看上去让人赏心悦目。玉米吐出了红胡须,青黄的谷穗已垂下了头,苍翠的柿子树上青涩的柿子挂满枝头……春种秋收,劳心流汗,丰收总算有了盼头。

昌明礼想着自己由小伙计熬到了庄客,马上就要看到第一料丰收,禁不住心里乐滋滋的。

人逢喜事精神爽,春风得意马蹄疾。昌明礼不知不觉就来到了风陵渡。他第一次看到了黄河,但见河水浑黄,浪大水急,一浪推一浪地向前奔腾而去,浪涛声,震耳欲聋。

按照掌柜的叮咛,昌明礼住进了风陵渡客栈这家百年老店。这客栈五间门面,大车门开在右首,门前至路边,地方宽敞,摆布着下马石、拴马桩。门楣上悬挂着"风陵渡客栈"黑底金字招牌,两边挂着标明店名的灯笼,门柱上一副楹联是"心诚礼敬迎八方财神入院,房净饭好接四面贵客归家"。进门左首,是两厢对称的厢房,设有单人间、双人间、大通铺;中院是大饭厅;后院是牲口圈、草料房、货库房、停车场。

为了安全和省钱,昌明礼住了大通铺。因为单人间太贵,双人间里另一人若是坏人,就有麻烦,大通铺虽说人多嘈杂,但有啥事,大家彼此还有个照应,价钱还便宜。

登记好住处,昌明礼到店里店外仔细察看,没有发现异样情况,方才洗漱吃饭,准备睡觉。为了以防万一,他把汇票和整钱塞到白粗布袜子里,藏到了炕洞里。赶路乏了的人瞌睡多,他的头一挨枕头,就睡着了……

迷迷糊糊中,昌明礼觉得自己像掌柜的带商队上路一样,骑在高头大马上,随着"走了"一声令下,人马齐动,看着他带着这样一支大商队,一街两行的人投来了羡慕的眼光。一路唱歌唱戏,人欢马叫地赶到了运城商号门前,掌柜的和伙计们出门相迎,掌柜的喜眉笑眼地说:"昌相,你真行,安安全全给咱把货拉回来了。"突然,一个像狼一样的恶狗向他扑来,猛不防叫咬了一口,他惊吓得喊了起来:"哎呀!"人还没灵醒,忽听一阵杂乱的脚步声,伴随着唬人的叫喊:"都快起来,给爷掏钱,不听话的,小心爷要了他的狗命。"

昌明礼揉着眼睛睁眼看,一伙气势汹汹,拿着长刀的人站在面前。他拿起自己的衣服,掏出了装着的零钱,交给要钱人,那人不相信地问:"就这么点?"

"不信了你们搜,住这儿的人,能有啥钱,你们真是阎王不嫌鬼瘦。"

那人过来一搜,一无所获,失望而鄙视地骂道:"真是穷鬼一个。"

昌明礼折了几个小钱,想着这几个钱,起码还能给老母亲抓一服药,也觉十分心疼,可总算没有大损失,不影响进货,这么想着,还有些自鸣得意。再一想梦中被狗咬,是不是就应了这一灾,他希望以后的事情一帆风顺就好。

昌明礼急急忙忙赶到泾阳,刚一下车,几个人来到车前问:"掌柜的,你是进茶的吧?找哪个茶店?"

因为有掌柜的事前叮咛,说有人来接,他就放心地答道:"是进茶的,找义和兴茶店。"

闻听此言,几个人交头接耳叽咕了一下,一个黑衣、黑裤、戴着瓜皮

帽的伙计乐呵呵地说道:"我们就是义和兴茶店的,是掌柜的安排专门来接你的。"说着,指着那个穿着深蓝色缎长袍,头戴礼帽,看着白白净净,文文雅雅的人说,"这是我们二掌柜姜宏仁。"

姜宏仁上前拱手施礼说道:"我们茶店客户多,请问掌柜的是哪家宝号的?掌柜的高姓大名?来过泾阳吗?"

"我是运城德兴隆商号的,叫昌明礼,首次来泾阳。"

"难怪看起来有些面生,昌掌柜一路车马劳顿,辛苦了,先请到我们这儿最有名的五福园饭店,我们给掌柜的接风洗尘。"说着话,引着昌明礼进了五福园饭店的贵宾厅。敬茶、敬烟、八凉、八热、一火锅,还有泾阳老窖酒,热情地招待着昌明礼。

姜宏仁先敬了昌明礼一杯酒:"掌柜的远道而来,我先代表我们东家敬你一杯。请问,家里还有什么人?"

昌明礼举杯相碰,一饮而干后说:"老母亲、媳妇,还有个五岁的小子娃。"

"伯母身体可好?"

"不好,老咳嗽气喘。"

"那不要紧,我们泾阳有的是名医名药,我请老中医开个方子,抓几服药,拿回去叫老人吃了,病一定好。为了伯母早日康复,我再敬你一杯。"

一听此话,昌明礼当即起身拱手施礼:"多谢姜掌柜代我行孝。"说着,端起酒杯一饮而尽。

一个伙计举杯敬道:"掌柜的年纪轻轻就能出外办货,可见,深得东家信任,前途无量。"

"噢,也算是多年媳妇熬成婆了。"

又一人接着敬:"以后,掌柜的事干大了,如果在泾阳开分号,我们愿为你拉马坠镫。"

昌明礼从未经见过这样的场面,被这伙人恭维得晕头转向。这伙人轮番劝酒,昌明礼是老实人,强装硬汉,有敬必干。霎时,便被灌得烂醉如泥。

姜宏仁令手下伙计,把昌明礼送到胭脂巷的翠红楼去,寻一个熟悉可靠的妓女接待。如果客人问,就说是义和兴掌柜叫安排的,告诉那妓女,如果胡说,小心狗命。"

其实,这姜宏仁真名叫侯宝贵,祖上原是泾阳东乡里的大财东,土地连片,骡马成群,乡下种地收租子,县城开店做生意。可传到他父亲手里,吃喝嫖赌,样样占全,把个万贯家产挥霍、踢打了个精光,两口子还早早叫大烟抽死了。

丢下侯宝贵,他也只知道吃喝玩乐,啥谋生的本事也没有。先是指亲戚,靠邻里,混着吃,借着用,天长日久,没人敢招识,见着就躲避。没办法,要生活,只得去偷去抢。起初常挨瞎打,后来,有一回,他抢人被主人追得满街乱跑,失急了,拿起路边一个卖西瓜的刀,朝追赶的人胡抡乱砍,砍得那个人浑身带伤,鲜血淋漓,折回头一边逃跑一边回话:"好爷哩,抢的东西我不要了……"

从此,他开了窍,世上的事就是这样:软的怕硬的,愣的怕横的,横的怕不要命的。这回事一传十,十传百,侯宝贵一下子在泾阳出了名。此后,他或偷或抢了一般人东西,人们大都忍让了事,舍财消灾。

街上一些小混混看这人看起来文弱,貌不惊人,但敢下冷手,有杀气,就公推他为大哥,结伙偷抢,坐地分赃。再后来,有些有钱人便雇他们去收账,慢慢地发达了起来。

近些年,侯宝贵亲眼看着一些混得不咋样的人,做茯砖茶竟然发了财,便也想学着做茯砖茶生意。

但做茯砖茶毕竟不是偷人抢人,只要有胆量,敢下黑手,敢白刀子进、红刀子出,就能得财致富,做茯砖茶是要下一番苦功夫的。泾阳先祖从北宋神宗熙宁年(1068—1077)左右在泾阳发现茯茶(散茶),到明洪武元年(1368)前后,形成定型的茯砖茶,其间,整整经历了至少三百年的探索研究,对茯砖茶毫无知识的人,岂是一年半载就可以搞成的?从明洪武元年(1368)至今,历经明、清、民国三个朝代,五百多年,泾阳茯砖茶加工、销售的商家也只有八十多家,这除当时的社会制度、政策、市场需求限制外,也可从中看出茯砖茶制作技术之神秘,并不是什么人想做就能做的。

侯宝贵转茶店,看加工器具、程序,看加工办法,看起来还简单着哩,于是,租赁做茶场地房屋,买加工器具,到安化采购原料黑茶,到西安印制包装……很快就把茶店办起来了。可他没有制茶的真方子,又雇不下

行家能人(因为人怕给这号恶人当伙计,一是嫌跟着惹臊气;二是怕万一有个啥失误,挣不下工钱再连命贴赔上),所以做一批瞎一批,老是烧心或黑霉,偏偏不见发金花。做下的货,在泾阳当地根本没人买。别说挣钱,连本钱都赔进去了。

　　侯宝贵从来做的都是无本买卖,这一回倒了大霉不甘心,咋样把这些瞎瞎茶卖了?他日夜胡思乱想,再问狐群狗党,决定拿这些茶去哄外地的"白日鬼"先生。出去推销吧,要花路费还不保险,干脆,在泾阳车站守株待兔,反正来泾阳买茶的人多,不信碰不到上当的人。他派伙计们在车站等了十几天,毫无收获,弄得伙计们垂头丧气。

　　这一天,侯宝贵想亲自上阵看看情况,碰碰运气,便领着伙计们去守候。凑巧碰到了昌明礼这个没进过真庙,没见过真神的二愣子。当即决定冒充有名的义和兴茶店的货,把瞎瞎茶卖给来人,既处理了自己的瞎货,又瞎了义和兴的名声,少个强硬的竞争对手,这岂不是个一石双鸟的好计?但要施行此计,得先下诱饵,把来人拉下水。他在心里盘算好便热情地接待了昌明礼。

　　回到自己茶店,侯宝贵召集亲信伙计说:"真是天无绝人之路,遇到了这么个好买主。"然后把自己的谋划说给了大家,并进行了具体安排。

　　再说昌明礼第二天一醒来,发现自己脱得精光,睡在一个铺盖华丽带蚊帐的床上,一个涂脂抹粉,十分妖艳的女人用雪白细嫩的胳膊紧紧地搂着自己的脖子,他吓得惊慌失措,掰着那女人的手问:"你是谁?我咋在这儿?"

　　"哎呀,好哥哥,是义和兴掌柜的叫奴家服侍你的,说你是贵客。"那女人说着,柔软的手像游鱼一样向腹下伸去……

　　昌明礼毕竟没经见过这号事,只觉得这样对不起在家辛苦操劳的媳妇,硬压抑着自己。那女子看着这个浑身肌肉疙瘩、呆头呆脑的新雏儿,倒觉得新鲜刺激,索性来了个倒骑驴,把个昌明礼直折腾得筋疲力尽,四蹄不收地躺在床上。

　　忽听有人叩门:"掌柜的,有人请你吃饭哩。"

　　终究有些害羞害怕的昌明礼,很快穿好了衣服,洗了脸。

　　那女子穿好衣服,看见昌明礼准备走,顾不上梳洗打扮,意犹未尽地扑上去抱着昌明礼撒娇:"哥哥,你可真猛,险些把人的苦胆都弄破了。

今后有空常来,妹妹我会好好侍候你。"说着,舌头就往昌明礼嘴里拱,昌明礼也忍不住搂着那女子,接着她的舌头,吸吮着,亲热了一番。昌明礼想着还有正事,便恋恋不舍地推开了那女子,开了房子门迎看来人。

只见姜宏仁与两个提着饭盒和茯砖茶的伙计进了门:"昌掌柜,昨晚睡得可好?"

昌明礼满脸通红地答道:"好着哩,难得你们这么费心。"

"昌掌柜,我拿来两块茯砖茶样品,你看看,如果行,我们就照此样给你备货。"

昌明礼接过茯砖茶,看外包装、包扎绳、通风孔,与他们原来进的货一模一样。拆开包装看,茶砖紧结平整,四角饱满,薄厚一致,密度均匀,颜色黑褐;切开茶砖,金花茂盛,分布均匀,香气扑鼻。不禁赞叹道:"真乃好茶矣!就照这样子准备货。"

"好。昌掌柜,备货还需数日,我们掌柜的觉得咱们是老关系,你又头一次来陕西,安排伙计陪你去西安转几天,看看有名的大雁塔、小雁塔、钟楼、鼓楼、亮宝楼、八仙庵……花销不用你操心,我们掌柜的包了!等货备好了,我们去接你。"侯宝贵怕昌明礼在泾阳逗留时间长了,看出破绽来,就想法安排他去了西安。

昌明礼已尝到了游玩的乐趣,当即表示道:"一切听从姜掌柜安排。"

侯宝贵设计调走了昌明礼,安排人去西安仿制了义和兴茶店的包装、印章和发票,以稍低于义和兴茯砖茶现时价格开了票,并派人按茯砖茶装包数量买了义和兴的茶,保证每包都有两块义和兴的真茶,以备最后验货之用。还雇了个铁哥儿们的车队,做了周密安排。一切准备妥当,从西安接回了昌明礼,仍旧安排他在翠红楼,由原来那妓女接待。

这一次,昌明礼又见老相好,没有了羞耻、害怕,真是小别胜新婚,两人花样翻新地折腾了一夜。

天刚刚亮,姜掌柜催着他上路,他依依不舍地离开了翠红楼,货已装好,在车马店等候。

姜掌柜送了昌明礼三十服中药,一百块现大洋,说:"昌掌柜,能结识你这样的好朋友,十分荣幸,现送上一点小意思,算是我们的见面礼,全为了伯母早日康复,小侄儿健康成长,望昌掌柜勿嫌礼薄。"这侯宝贵瞅准昌明礼的软肋,一席话说得他不收也不行了。

昌明礼正为老娘病情日渐沉重,为看病钱发愁,而今瞌睡趁枕头,就半推半就地收了礼,施礼答谢:"姜掌柜说哪里话来,无功受禄,已觉惭愧,哪敢弹嫌。只不知此恩何时可报。"昌明礼看姜掌柜首次相见,竟送如此重礼,想必是想抬高价格或有其他企图,但接过发货票一看,货价竟比以往价钱都低,心中暗自欢喜。

昌明礼当即就要结账付款。只见姜掌柜说:"慢,朋友归朋友,规矩不可废,开包验茶。"

伙计们闻声,到每辆车上打开包装,取出几块茶来送给昌掌柜查看。昌掌柜嘴上这样说着:"姜掌柜搞的茶还会有啥问题?"但还是一一查看了说,"没问题,装好快走吧。"

侯宝贵一行人直把昌明礼送到了泾阳县城外,看着人走远了,方才放心地返回,伙计们都向侯宝贵伸大拇指:"还是大哥计谋高,吃喝玩乐迷人心,送礼低价诱惑人。"

昌明礼过去当伙计干的都是下苦的活,想不到世上还有这么好的差事——叫人恭维着,请吃好的,请玩好的,还有额外送的钱和礼,差事还办得蛮好的。想着这次泾阳之行,真正是把阔耍了,把热闹逛了,把春宵一刻值千金的味道尝了,心中沾沾自喜,还有点得意忘形,押着满载的车队往回赶,顺利而归的兴奋充满心中。

傅德茂用人的原则是疑人不用,用人不疑。看着昌相把货平安地押送了回来,心中欢喜,亲自到门口迎接,招呼伙计引领车队到库房卸下货物,送走了车队后,和老管家一起请昌相到鸿运酒楼去吃饭。

酒、菜上齐,傅德茂亲手给昌相斟好一杯酒,又给自己斟了杯酒举杯相敬:"昌相,泾阳之行你辛苦了,祝你顺利而归!"

昌明礼从未受过如此礼遇,赶紧举杯回敬掌柜的:"多谢掌柜的抬举栽培!"

随之又敬了老管家一杯:"多谢师傅精心教诲!"

酒过三巡,昌明礼把风陵渡遭遇土匪,炕洞藏钱躲过一劫,泾阳看样品订货,优惠价买茶等事述说了一遍。

傅德茂又向老管家敬了一杯:"周相,多谢你给咱教了个好徒弟!"

老管家回敬道:"那都是掌柜的知人善用。"

昌明礼回到家里,先拜见了母亲:"娘,你最近病情咋样?娃这次到泾阳叫名医给你开了些中药,一吃就好。"

"娘这是老毛病,时好时坏。你别光操心老娘,把你的事干好,娘就放心了。"

随后,昌明礼把一百大洋交给了媳妇,说:"这些年,我常年在外奔波又挣不下多少钱,你操心一家老少把苦受扎了。这一下,我总算熬出了个好差事,今后,再不用为生活发愁了。"

媳妇还没见过这么多钱,问:"你哪里来的这么多钱?"

昌明礼理直气壮地说:"反正不是偷的抢的,你放心地拿着用吧。"

一向温顺的妻子相信一贯正直诚实的丈夫不会干坏事,也就没有刨根问底。

…………

谁能料想到,这批茶陆陆续续被送到各地去销售,各地先后反馈回的消息却是:"那批茶全是黑霉了的瞎瞎货,商家要求全部退货,赔钱。"

傅德茂叫来昌明礼问:"昌相,那批货你查验了没有?各经销商咋都说是发了黑霉的瞎瞎货?"

"我一车一袋地查验过,咋会出现这号事?会不会拉到咱这儿以后发霉的。"

傅德茂用昌明礼已快十年了,相信他是忠诚的、灵醒的,是不会轻易上当受骗的。可问题到底出在哪儿了?现在责任难分,他后悔当时茶拉回来没有再验货,因为他过于相信昌明礼,相信义和兴茶店这老搭档不会骗自己,但到底问题出在哪里,他一时也弄不明白。只得先安排各地积极为商家退货并赔偿相应损失。

晚上回到家里,妻子谭淑贤知道出事了,千方百计安慰着唉声叹气的丈夫:"不就是瞎了一批茶么!不行了,再进再卖罢了,用不着生气的。"她为丈夫轻轻地捶着背说。

傅德茂仰脸望天,双手拍膝:"唉!咱到底亏了啥人了,作了啥孽了,这几年净碰上倒霉事,先是遭兵劫,再是碰上发霉茶,把多年积攒的家底都快折腾空了,生意咋往下做哩嘛!多少代传下的家业就要败在我手里,我咋向列祖列宗交代,向咱娃交代呀!"说着,禁不住痛哭流涕。

谭淑贤为丈夫擦着泪,抚摩着心口说:"他爹,遇事要往开处想,甭忧愁,你不也常对人说,车到山前必有路,船到桥头自然直。你看,咱娃马

上就大学毕业了,说不定娃还看不上你这操心劳神的事,另寻个轻省事干哩。"但不管妻子咋样劝,傅德茂还是翻来覆去睡不着,想不开。

这一夜,昌明礼家里也不得安然。妻子埋怨:"你看着精明伶俐的,咋弄下了这母鸡窝活,白费了掌柜对你的抬举。"

"再甭唠叨了,我心里和刀子扎一样难受。你让我好好想想。"他想着那天的巧遇及姜掌柜的热情招待,重礼相送,想着那天伙计帮着验货的情景,突然,他明白了,招呼吃喝玩乐是诱饵,验货是假做,肯定是在验货上要了什么花招。他决定到泾阳去查个究竟。

夜深了,一家人已进入了梦乡,昌明礼悄悄离开了卧房,来到了供奉着列祖列宗和关老爷的堂屋,焚香跪拜,默默祈祷:列祖列宗、关老爷,小的一时糊涂、大意,贪占小便宜,吃了大亏,上了当,给掌柜的弄下了麻烦事。我明天要去泾阳彻查此事,不查个水落石出,挽回损失,誓不回还。请你们在天之灵保佑我能早日查清真相,保佑我一家老少平平安安。

敬罢神,他写了张字条放在堂屋神案上:

我出去有事,请勿寻找。回来后,一定给掌柜的一个交代,就是死了变牛变马,也要还清掌柜的对我家的恩情债。

写好,昌明礼朝着母亲和媳妇的房子各拜了三拜:"母亲,你娃不忠不孝,对不起掌柜的,又不能在母亲身边行孝。今生如有幸回来,定当加倍补偿,如不幸阴阳两分,那就等来世吧。""妻啊,你跟我多少年来,我常年奔波在边贸路上,家里里里外外全凭你操劳,眼看着苦尽甘来好补偿你,可我不争气,给掌柜的惹下了麻烦事,我要出门去查清这些事,母亲和咱娃就托你照管了。"

昌明礼趁着夜深人静,溜出了家门,直奔泾阳,鬼魅作祟的黑夜渐渐地吞没了他。

第二天,太阳照到了屁股上,傅德茂还昏昏沉沉地起不来。妻子跪在观世音菩萨像前,默默祈祷。突然,昌相媳妇慌慌张张地跑了进来:"掌柜的,明礼不见人了。"

傅德茂一下子惊了起来:"啥?明礼不见了?"

"嗯。"昌相媳妇答应着递上了字条。

"哎呀！这昌相咋这样糊涂！茶瞎了，我也没说啥，咋就跑了呢？快叫人去寻。"

"掌柜的你甭生气，都怪我那口子不会办事。"

"我根本就没怪他。可这些事传扬出去，叫世人咋看我哩？还不说我心变黑了卖瞎茶，而今又逼走了伙计。"一辈子争强好胜，把诚信和面子看得比生命还重要的傅德茂想到这里，只觉得火往心上冲，血往头上涌，满头冒虚汗，一阵阵发恶心，忍不住喷吐出鲜血来，顿时躺倒断气，双目圆睁。

家里人忙请来运城有名的老中医，捏手腕号脉后说："傅老爷驾鹤升天了！"

听到噩耗，傅家上上下下、老老少少哭成了一片。

这是1922年（民国十一年）的7月，小暑刚过，初伏将到。天热得好像要晒干人们身体里的全部水分，玉米、高粱、谷子晒得拧了绳，人们心里也像起了火，升腾起焦躁的情绪。忽然，西风骤起，乌云滚滚，一道道闪电，犹如一条条火龙在天上厮杀，一声声炸雷仿佛火龙的怒吼，雷电开道，瓢泼大雨铺天盖地而下。德兴隆商号门口，一棵为人们遮风挡雨，让人们避暑纳凉的老槐树，经不起风雨雷电的袭击，轰然躺倒在地，引来了受惠人们的惋惜哀叹："老槐树啊，你的老命咋这么脆，今后，谁为我们挡风雨，遮阴凉？"

傅德茂和老槐树一样，倒在了猝不及防的打击下。他的死使傅家折了擎天柱，天仿佛塌了下来。傅家上上下下、老老少少哭声震天，老管家当即上街去给在北京北方大学读书的少东家傅继兴发电报。

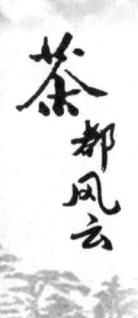

第二章

求神医 傅家得贵子
盼成龙 悉心育新人

　　傅继兴实在想不到,精明一世、做了半辈子茯砖茶生意的父亲竟然栽在了茯砖茶上,而他则因此和茯砖茶结下了终生不解之缘。

　　傅继兴是傅德茂的独生子,这个儿子可来之不易。

　　运城因有盐池,自古便因"盐运之城"而得名。运城人以近水楼台先得月之势,围绕盐业干起了各种营生。

　　傅德茂的先祖们从贩卖食盐起家,进而干起了盐、茶等边贸生意——就地买盐,渡黄河赴陕西省泾阳县买茯砖茶,用马车运回,再拉上盐,走太原到归化(今呼和浩特),换骆驼分三路进发:往西经包头、银川、兰州、敦煌到叶尔羌,或走库伦、乌里雅苏台、科布多、哈密、乌鲁木齐到塔尔巴哈台;往东经张家口、多伦、齐齐哈尔到呼伦贝尔;往北经库伦、恰克图、伊尔库茨克、西伯利亚、莫斯科到圣彼得堡。他们到各地的商贸中心,采取卖、换随意的办法,用食盐、茯砖茶换取各地畜产品、名贵中药材等当地土特产,驮运车载,运回运城加工转卖。去回皆满载,来回两得利,财源滚滚来。先辈们满怀着发财致富的梦想,跋山涉水,穿越沙漠,流血流汗,不避艰险,开拓出了一条条边贸路。其祖祖辈辈以诚信为本、货真价实、物美价廉、童叟无欺的品德,造就了德兴隆百年老号的金字招牌,一代代接力赛般传到了傅德茂。

傅德茂自幼读书,已考中了秀才,本来可以走科举入仕之路,但他生逢清朝衰亡乱世,外国列强入侵,太平天国运动,"城头变幻大王旗",官场腐败又凶险。重商轻仕,以平安为福的老人,一则不愿让自己的儿子陷入宦海浮沉的凶险之地;二则到傅德茂这一辈又为一脉单传,所以家传事业的重担别无选择地落到了傅德茂肩上。傅德茂凭着睿智、胆识、诚信、仗义和不怕艰难险阻的精神,把祖传生意做得风生水起,欣欣向荣。

但人世间的事,难得尽如人意,有得必有失,傅德茂是财旺人不旺。精力充沛、风华正茂的傅德茂,守着如花似玉的媳妇,却只见云雨,不见开花结果,年近三十岁,还膝下冷落。

自古道:"不孝有三,无后为大。"傅德茂夫妇为此常常遭到老人的催逼、唠叨以及亲朋的关心、询问,还遭到嫉妒者的冷嘲热讽:"先人亏了人了,活该断子绝孙……"

傅德茂常常为此埋怨妻子:"你这个芦花母鸡,看着好看,咋就不下蛋?"

妻子一肚子委屈说不出口,心里嘀咕,说不定是你的事呢,两口子的事,光怪我哩!她心里虽然这么想,嘴里却说:"我看还是你给送子娘娘神的香没烧够。"

将近而立之年,还无延续香火之人,直闹得傅德茂夫妇在人前说不起话,抬不起头,郁郁寡欢短精神。急得他到处重金请名医,四方烧香许愿拜神灵,祈求上苍能让他们早得贵子。

是虔诚感动了神灵?还是名医妙手回春?三十岁的傅德茂终于盼来了个牛牛娃(即男娃)。

给娃做满月的那天,傅府门前热闹非凡,鞭炮声不断,礼花开满天,车水马龙,熙熙攘攘,亲朋们络绎不绝地前来道贺,就连乞丐也来凑热闹。大门前,乞丐们敲打着要饭的家什,说着热蒸现卖的道喜快板:"掌柜的,命真大,今年生了个牛牛娃。掌柜的,德行好,喜得贵子福寿高……"前客厅内,恭贺傅公喜得贵子的道喜声此起彼伏,傅德茂招呼着来往亲朋,忙得团团转。

突然间,他眼前一亮:只见一位童颜白须,身披黄袈裟,手拄铁禅杖的老和尚飘然而至——这不是五台山显通寺的智仁法师吗?

想当年,傅德茂为求子拜神,打听得知五台山显通寺的神灵验,寺中还有位远近闻名的得道高僧——智仁法师。听说这法师精通佛法、医术、武功,被四方施主誉为"济世救人的活佛"。口碑相传说:这位活佛曾使晋城大半生无子嗣的大财东杨富贵五十岁而喜得贵子;使运城光华镇一个得了痨病,命悬一线的老汉起死回生;使荣河县一个得了"血崩子",面黄肌瘦、苟延残喘、四处求医无效的青年妇女焕发了青春;使风陵渡一个因中风而瘫痪在床的老人重新站了起来……这活佛济世救人的传奇故事广为流传,发生在身边的鲜活事例由不得你不信。傅德茂夫妇决定到五台山去拜访活佛。

这一夜,想着即将要拜会的希望之神,夫妻俩翻来覆去睡不着。傅德茂蒙蒙眬眬之中被妻子的梦中胡话惊醒,摇醒了妻子,说:"你做啥梦了?大声喊叫,把我都吵醒了。"

妻子谭淑贤一头冷汗,说:"啥梦?这梦奇了,我跟着你到了青松满山的神女峰上的送子娘娘庙,满怀虔诚地为神灵献上了四样供品,上了香,三跪九叩,在心中念叨祈祷:愿娘娘神大发慈悲,赐我们一个精壮男儿,若所求有应,我们将重塑娘娘金身,朝朝暮暮焚香供奉,世世代代不忘神恩……正在专心致志地祈祷时,忽听一阵祭祀般的乐声从天外飘来,咱俩跟着大伙跑到大殿外面观看,好老天!满天五彩祥云,殿中塑像样的送子娘娘在金童玉女的随同下,从天而降,把一个仿佛年画中的胖娃娃送到了我的手里,我接过咯咯咯笑着的小宝贝,喜出望外,感激神灵,咱俩不停点地给送子娘娘磕起了响头。周围的人看得眼馋,一哄而上要抢那小宝贝,咱俩啥也不顾地紧紧抱着小宝贝,拼命地跑啊跑啊,声嘶力竭地呼喊着,这是娘娘神给我们的娃!这是我们的小宝贝!我嗓子都喊哑了。"

傅德茂听罢说:"日有所思,夜有所梦,但愿这美梦能成真。"

妻子接着说:"我看过《周公解梦》,此梦毕竟是个吉祥的预兆。"此时,芦花公鸡已经叫了,二人收拾好行李、干粮及敬神一应用品,拉出枣红马,套上新轿车,直奔五台山而去。

时值阳春季节,万物复苏,百花竞艳,万紫千红。春花孕育和期盼着金秋的丰收,傅德茂夫妇一心指望此行能有个春华秋实的结果。

夫妻俩寻访到位于五台山台怀镇的显通寺,方知此寺果然名不虚传。门前钟楼,雄伟壮观,内悬万斤铜钟,为五台山之最,敲响铜钟,其声可及全山。在悬挂着"大显通寺"匾额的山门两侧,各有一通石碑,石碑上模仿龙形和虎形,分别写着"龙""虎"两个大字,寺庙以其守门,甚为奇特。山门以外,车水马龙,人流如潮,朝拜的香客,熙熙攘攘。进山门观看,殿宇巍峨,雕梁画栋,苍松翠柏,穿插其间。中轴线上,依次坐落着观音殿、大文殊殿、大雄宝殿、无量殿、千钵文殊殿、铜殿、藏经楼,配殿左右对称排列。旺盛的香火使得寺院内紫气升腾,香烟弥漫。

傅德茂夫妇逐一到各佛殿烧香、磕头、祈祷、许愿,希望佛祖们显灵降吉祥,能使自己早得贵子。看着各个佛殿悬挂着信徒们的谢恩牌匾,更增强了夫妻俩对神佛的崇拜与迷信。

朝拜完毕,傅德茂向一位老和尚打听:"老师父,请问智仁法师可在?他住在哪里?"

老和尚合掌答道:"阿弥陀佛,智仁师兄出外云游去了,他住在寺院后边。"

"走了多长时间了?啥时回来?"

"走了两个多月了,啥时回来说不准,有缘自然能相遇。"

傅德茂一听,有些丧气,叹息道:"唉!咱们专门来拜佛,庙门却关了,人也走了。我看,实在见不到人,咱们先回去,隔一段时间再来。"

妻子一看这人急躁的毛病又犯了,劝慰道:"既来之,则安之。刘备请诸葛亮还三顾茅庐哩,何况咱要拜访的是位活佛,等上几天再说。"

夫妻俩说着出了寺院,但见晚霞满天,春燕低飞,满山星罗棋布的寺庙,在苍松翠柏的掩映下,在暮色的笼罩中,云遮雾绕。一阵阵钟声、鼓声、木鱼声、诵经声随风飘来,更显出一派神秘色彩。

一整天的登山朝拜,令人疲乏,夫妻俩直睡到第二天日上三竿,方才灵醒。洗漱完毕,吃了当地的风味小吃——杏仁油茶泡麻花后,急匆匆地赶到显通寺打探智仁法师的消息,结果仍是不见法师踪迹。莫奈何,两人又去其他寺庙朝拜。

夫妻俩来到了显通寺旁边的塔院寺。塔院寺因有藏式释迦牟尼舍

利大白塔和文殊菩萨发塔而得名。他们先后到寺内供奉着观音菩萨、四大天王的天王殿,供奉着释迦牟尼佛、文殊菩萨、普贤菩萨、十八罗汉的大雄宝殿,供奉着阿弥陀佛、药师佛等的藏经楼以及伽蓝殿、祖师殿、释迦牟尼舍利塔、五台山教主文殊菩萨发塔等处烧香拜佛,向佛祖述说着自己的心愿。

菩萨顶是五台山十座黄庙(喇嘛庙)中的首庙。菩萨顶为满语,意思是文殊菩萨居住的地方。他们慕名前往。远看菩萨顶好似西藏的布达拉宫,走近仰望位于灵鹫峰上的菩萨顶,一百零八级陡峭石阶,犹如悬挂在空中的天梯,上面是梵宫佛国,琼楼玉宇。按照佛家说法,上完石阶,便把人间的一百零八种烦恼踩在了脚下。傅德茂夫妇虽觉石阶高而陡,还是用尽全身力气,爬到了顶峰。进寺庙焚香拜菩萨,但愿佛祖保佑,先把自己没有儿女的烦恼踩踏而去。石阶之上的平台,建着一座四柱三门的木牌楼,上面正中嵌着康熙手书"灵峰胜境"四个大字。站在牌楼前眺望,四面景观尽收眼底。

朝拜完两座寺庙,二人又到显通寺去寻智仁法师,法师还是没有回来,夫妻俩无精打采地回到了客栈。

人常说:"有缘千里来相会,无缘对面不相识。"难道咱们真的与这位活佛无缘?这一念想搅得两人彻夜难眠。

子夜过后,山风呼啸着吹开了窗扇,吹起了满天乌云,遮没了一轮明月,雨点淅淅沥沥地下了起来。

"好雨知时节,当春乃发生。"春天下雨本来是好事,可此时对于急切盼望法师尽快归来而忧心如焚的夫妻俩却如火上浇油。这雨会不会迟滞法师的归期?乌云遮月到底是什么预兆?夫妻俩心乱如麻,理不出个头绪。

第二天一大早,夫妻俩还是冒雨到显通寺去探听消息。连续等了三天,不见人影,夫妻俩已经泄气,打算再等一天,如果见不到法师便回家。

第二天起来收拾好行李,吃罢早饭,夫妻俩又到显通寺去探访,却听寺里的和尚说:"智仁法师昨天晚上回来了,今天一大早,叫人请去看一个危重病人。"

翌日,东方刚现鱼肚白,显通寺山门刚开,夫妻俩便赶到了寺里,直奔翠竹环绕的后院,观见一位白须寿眉的老法师正在舞练铁禅杖,呼啸有声。老法师见有人闯入,收势停手,口念"阿弥陀佛"。

傅德茂急忙上前作揖道歉:"打搅了,敢问老师父可知智仁法师在哪里?"

"在下正是。"

傅德茂夫妇一听,就地下跪磕头,大礼参拜:"可找到法师了!"

"施主快快请起,有事禅房说话。"

智仁法师说着话领他们进了后边一间禅房。进门正面一张条形黑漆桌上,香火缭绕,供奉着铁罗汉和药师佛,两边各是红纸金字的对联"破迷开悟度众生,济世救人赴极乐"。左右两壁挂着正楷书写的经文条幅。

进屋后分宾主坐定,小和尚端上清茶、素果,老法师净面后礼让道:"一杯清茶,一盘素果,施主勿嫌。今日得遇施主,说明咱们有缘,有事尽管直说。"

傅德茂这才把他们多年无后,拜神问卦,四处求医,均未见成效的情况细说了一遍。

老法师听罢,为夫妻二人看了脉象、面相、手纹,送了他们四句秘诀:"节减房事养精神,食疗药补健脾肾;选好时机行云雨,节欲静养保胎气。"并单独对傅德茂进行了详细的解说。随后,送了他们两个用瓷罐装的蜜丸,一曰送子丸,一曰保胎灵。

傅德茂夫妇千恩万谢了老法师,敬献上一锦盒金元宝,老法师拒而不收,说:"施恩岂为图报,佛度有缘之人。"此后,他们便有了今日的小宝贝,怎能不对智仁法师奉若神明。

今见老法师前来,傅德茂急忙迎了上去:"不知法师前来,有失远迎,万望恕罪。"同时安排管家招呼客人,向周围人作揖道歉,"失陪了,失陪了,一会儿到鸿运楼给大家敬酒赔礼。"说着,把老法师引进了后边一个四合院。

穿过门房、厢房,来到了一栋坐北向南、花格门窗的鞍架房大客厅。客厅门楣上悬挂着黑底金字的"聚贤堂"匾额,两边红漆柱子上,是一副黑底金字的楹联"聚朋畅谈天下事,贤人良策展宏图"。进门正面黑漆雕花屏风前桌案上,供奉着关公、财神赵公明、茶圣陆羽神龛,两边红漆柱子上是一副绿底、金边、金字的楹联"茶助谈兴谈古论今谈天说地,水

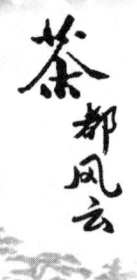

通心曲心旷神怡心远地偏"。屋中四周摆着八仙桌、椅、茶几等,俨然一个议事厅。

进屋坐定,伙计端上了水晶饼、煮饼、麻花、花生、柿饼、晋枣等当地名特产,老法师首先向傅德茂贺喜:"恭喜施主喜得贵子。"

傅德茂施礼道:"那都是佛祖慈悲,老法师的功德。"此时,傅德茂的妻子谭淑贤也赶了过来,夫妻二人又三跪九叩地谢了恩人。谭淑贤亲自执壶为老法师斟茶。

精通茶道的老法师接过茶杯,闻气味,观汤色,细品味,感觉此茶香似茯苓,汤色橙红,滋味醇厚,喉底留甘,回味无穷。品罢,连声称赞道:"好茶!好茶!不知出自何方宝地?"

傅德茂答道:"此茶产于陕西省泾阳县,就是那古丝绸之路上有名的泾阳茯砖茶。"

"久闻其名,今日有幸一饮,方知名不虚传。"

此时,丫鬟抱来了婴儿,老法师接婴儿抱于怀中仔细端详,指指画画地说了开来:"小施主真贵人矣!你们看,双眉之间,鼻根之上为命宫,是吉凶气色的聚合处,小施主此处光明如镜,兆示一生顺遂。鼻头为财帛宫,它高隆丰厚、圆而挺直,兆示身体健康、事业必成、财富聚积、生活裕如。眼大而圆主巨富,有诗为证:'眼大眼圆看若凤,见之远近不相复,与财巨万无差缺,寿数绵长福禄盛。'你们再看这娃耳朵,乃是主富贵的棋子耳,有诗为解:'耳圈轮廓贵相扶,白手兴家贵自图,祖业平常自创立,中年富赡若自陶。'小手上还有主富主贵的直金纹,也有诗为解:'人生若要问荣华,纹若千金直上加,设是少年人得此,前程富贵有人夸。'但貌相乃上天所赐,父母所给,能不能修成正果还在后天修行。吾与小施主有缘,愿收其为蓄发弟子,不知施主情愿否?"夫妻俩一听,喜出望外,抱着小宝贝磕头参拜。

傅德茂三十岁得子,把小宝贝看得分外金贵。先给起了个富有寓意的名字——继兴,继承先辈美德,振兴家传事业。然后让金店做了副长命百岁的金锁;请珠宝店治了块雕刻着关云长手持青龙偃月刀的碧玉护身挂件;到关帝庙拜神许愿,为小宝贝拴了条红绳。

待到孩子会走路,会说话,傅德茂便千方百计,启发孩子的智力,亲手制作了许多看图识字的卡片,教着慢慢认字。这小宝贝,天资聪明记性好，三四岁已能认五千多字，背三百多首浅显的唐诗、宋词。一有空，傅德茂便给小继兴讲当地名人的故事，小继兴也听上了瘾，看到爹有空，便端茶拿烟，缠着傅德茂说："爹啊，讲故事。"

傅德茂端起壶品了口茶说："以前给你讲的可都记下了？"

小继兴回道："记着哩。"

傅德茂说："说几个故事我听听，看是不是真记着了。"

小继兴清了清嗓子，模仿着父亲的样子说："先说个《巧嘴张仪说六国》——话说春秋战国时期，魏国安邑，也就是咱们现在的运城，有个叫张仪的人，自幼刻苦学习有志向。学有所成却穷困潦倒的张仪，想实现自己的抱负，便到楚国去游说，不料遭到侮辱，但他不甘心失败，又去秦国献连横之计，取得了秦惠文王的信任，被封为相国。张仪出使游说楚、齐、赵、燕等国，破了六国联合抗秦的合纵之计，使秦国避免了六国的战争威胁。

"再说个儒家圣人荀子。他是春秋战国时期赵国猗氏（今运城临猗）人，曾游学五十载，知识渊博，以'礼法'思想独树一帜，精通帝王之术，辅佐秦始皇的相国李斯、大将蒙恬及大文豪韩非都是他的学生。他著有包括三十二篇佳作的《荀子》一书，并被尊为辞赋之祖。

"最后再说唐朝时，咱河东（今运城永济）出了个唐宋八大家之一的柳宗元。他字子厚，时人又称柳河东、河东先生、柳柳州。此人儒释兼通，道学纯备。主张复兴儒学，佐世致用；文者以明道辅时及物，以儒家经典为取道之源。曾积极参与永贞革新，领导古文运动。永贞革新失败后，他被贬官出任柳州司马，一如既往地为民解忧造福，发布政令：释放奴婢；严禁江湖巫医骗钱害人；兴办学堂；破除当地不敢打井的旧传统，接连打井好几眼；倡导开荒，种菜种树；整修街巷，修筑庙宇，开发了不少文化景观。一生所写诗文甚多，留传至今六百多篇，堪称大家，其成就声望与韩愈、刘禹锡齐名……"

傅德茂听罢，高兴地点点头说："我娃记性不错，说得还头头是道。今天给你讲个咱商家祖师爷的故事。"

话刚落音，小继兴抢着说道："听过，听过，就是封神里的财神爷赵公明。"

"嗯……"傅德茂沉脸训斥，"小小年纪，不虚心学！一知半解，张冠

李戴,何以成才!"

小继兴吓得低头垂手:"孩儿不敢了。"

傅德茂怜惜地说道:"学海无涯,在学习上一定要虚怀若谷。爹希望你能效仿先贤,早立志向,勤奋努力,将来成就一番事业。"

小继兴点着头:"孩儿记下了。"

小继兴高兴地搬来小凳,端坐静听。

傅德茂喝了口茶,言归正题:"春秋末期,越国有个叫范蠡的人,他为越王献卧薪尝胆、美人计等计策,辅佐越王灭了吴国,雪了会稽之耻。功成名就后他急流勇退,化名鸱夷子皮,脱下官服换白衣,偕西施姑娘,驾一叶小船,游览五湖、七十二峰。其间,他曾三次经商成巨富,三散家财济穷人,自号陶朱公。世人称赞他'忠以为国,智以保身,商以致富,成名天下',还被后人尊为商圣、商家鼻祖。"

小继兴眨巴着大眼睛聚精会神地听着,听不懂的地方一个劲儿地问,直到弄明白。

傅德茂是做生意的,而要做好生意,必须靠信义聚拢人心,因此,他特别敬佩集忠、义、信、智、仁、勇于一身的关老爷,家里敬着关老爷,每年都要领着家里人去关帝庙朝拜关老爷,给孩子讲得最多的也是关老爷的"桃园三结义""人在曹营心在汉""过五关斩六将""千里走单骑"等故事。所以,关老爷便成了傅继兴心中的偶像。

五岁时,傅继兴被智仁法师接去五台山学习佛法,学练武艺。从此直到学生阶段,傅继兴的假期都是在五台山显通寺修行和练武中度过的。

这智仁法师,平日里如同父母一般照顾傅继兴,问吃、问喝、问冷暖,夜间查铺帮盖被……但教其修行、练武时,严格得简直有点苛求,披星戴月,不避寒暑,夏练三伏,冬练三九。念佛经,要能倒背如流;学武艺,要招招规范,规定动作练不好,就别想吃饭、睡觉。

傅继兴在显通寺修行,对各有天职的佛祖们顶礼膜拜,但他心中最敬佩的是救苦救难的观世音菩萨,还有"大肚能容,容天下难容之事;开口便笑,笑天下可笑之人"的弥勒佛。更敬佩小说中描写的救世活佛济公、路见不平拔刀相助的花和尚鲁智深、救护唐王李世民开创了一代王朝的少林寺和尚……

出身秀才，又经商场历练的傅德茂，一心想把孩子培养成出类拔萃、能够振兴家业的现世儒商。他千方百计向儿子讲授着孔孟之道，讲述着历代成功儒商的经验和故事，教孩子学习边贸路上各地的方言，把自己总结的经商经验编成口歌，逐句讲解着传授给傅继兴："为商贾，把天理，常存心上。不瞒老，不欺幼，义取四方。领东本，遵号令，监购货物。逐宗事，照旧规，勤勤俭俭。诸凡事，切不可，耗费浪荡。怕的是，遭祸孽，连累子孙。行水路，走江湖，跋涉艰难。勿华丽，学朴素，免惹盗窃。晚早宿，晨早行，以防不测。水陆路，遇生疏，最忌相伴。若同帮，宜逊让，务要尊敬。再不要，非长幼，招人说道。为客商，学谦和，勿势欺良。俟进货，逐款事，安置齐备。贪洋庄，办口庄，各事不同。若洋庄，预先访，全靠耳目。勿碍滞，生机见，临时变通。或缓办，或多贪，自立主张。俟出乡，归买茶，取出真眼。勿惜价，贪便宜，岂有好货？你纵是，经练手，不能哄他。每日里，十点眠，五点即起。客出房，合行人，惊动急起。或做工，或作甚，各执因干。平素日，手摸胸，细细思量。勿倍工，勿耽误，可称老板。莫学那，骄奢傲，时新款样。莫学那，匪类事，嫖赌嬉游。宗宗件件，照旧规，真无走凿。予自愧，才学浅，处世不明。尚不能，与号中，出类拔萃。但愿得，接事人，如同班相。尽其心，竭其力，正直端方。"

到了上学年龄，傅德茂送儿子到维新派人士、从日本和英国留学归来的辛鸿儒创办的中西合璧的晋阳书院上学。傅继兴因为聪明好学，又有学前教育垫底，学习基础扎实，学习成绩一直在学校名列前茅。1918年，以优异的成绩考入了北方大学经济系。

第三章

妙龄女 暗恋如意郎
风云涌 雏燕搏风浪

　　1918年的北方大学精英荟萃。从国外留学归来的著名科学家、教育家龙世杰担任校长。他积极聘请留学归来、学有所成的留学生及国内外知名专家、教授等到校任教，做导师；针对旧大学的弊病进行改革：废科设系，建设现代综合性大学；提出了思想自由、兼容并包的办学方针；注重培育学生独立自由、开放进步的思想精神。对学生提出了三项要求——抱定宗旨、砥砺德行、敬爱师友。

　　傅继兴来到了北方大学，先期到达的学生自告奋勇地到校门外来接新校友。傅继兴眼看着一个女生向自己走来。这女生上身穿着淡蓝色镶黑边的偏襟衫，下身穿黑色带褶的裙子，足蹬黑面白底偏带鞋，中等身材，苗条端庄，粉嫩俊俏的瓜子脸上，如落下两片朝霞，弯月细眉下，一双水汪汪的大眼，透露着温柔而诱人的光芒。他看着这女生，似曾相识，仿佛梦中佳人。

　　这女生名叫田爱君，她一看这男生，也是眼前一亮，但见这男生，身着流行的黑色学生服，身材高大魁梧，长方形的脸膛棱角分明，一对浓眉如雄鹰展翅，双眼皮的大眼闪射着机灵刚毅的光芒。她看着这男生，心里顿生好感,忙上前接过傅继兴的行李箱,柔声细气地说:"欢迎你,新同学。我叫田爱君。"

"我叫傅继兴,谢谢你来接我。"傅继兴说着跟随田爱君往校内走。

只见迎面一个大照壁,上面公布着新生名单、成绩和分班情况。两人上前观看,田爱君才知道傅继兴的成绩名列前茅,心生敬慕:"你真不简单,在北方大学这个全国学生竞相报考的院校,成绩还能名列前茅。今后得好好向你学习。"

傅继兴谦恭地说:"哪里!哪里!那是瞎猫抓了个死老鼠。你也不赖,和我的成绩不相上下,也是个女中英才。今后,咱们互帮互学,互勉共进。"

再一看分班,两人竟然分在同一班,天作之合由此开始。

父母是人生的第一任教师,家庭是人生的第一课堂。它对人最初思想观念、爱好兴趣的形成有很大影响。傅继兴报考北方大学经济系就是受父母和家庭影响的结果。

傅继兴忘不了父亲母亲临行的叮咛。

望子成龙心切的父亲搜肠刮肚地说:"娃呀,食盐和茶叶都是人们生活的必需品,是永恒的生意。特别是茯砖茶,连外国人都稀罕得很,号称是漂洋过海的丝绸之路上的'生命之茶''神秘之茶''丝路黑黄金'。我娃是咱家独苗苗,咱这生意将来做得好坏,全指望我娃了。我和你妈让你上北方大学经济系,也是出于这个原因。

"先朝名人曾经说过:'立身以立学为先,立学以读书为本。''鸟欲高飞先振翅,人求上进先读书。''书犹药也,善读之可以医愚。''立志宜思真品格,读书须尽苦功夫。''三更灯火五更鸡,正是男儿读书时。黑发不知勤学早,白首方悔读书迟。''读书切戒在慌忙,涵泳工夫兴味长。未晓不妨权放过,切身须要细思量。''古来学问无遗力,少壮功夫老始成。纸上得来终觉浅,绝知此事要躬行。'娃呀,古名人之言,乃前人经验之结晶,望你牢记在心,身体力行。"

傅继兴的母亲看着娃要出远门,热泪盈眶地嘱咐:"人常说,'儿是娘心一块肉,儿行千里母担忧',我娃在外一定要好好保重自己。冷了要加衣,热了常换洗,在嘴上甭抠掐,该吃就吃,该喝就喝,别靠嘴上省下的钱去买书,钱不够了就来信说,家里就是再艰难,也不短我娃精神。在学校里要尊敬师长,处好同学,遇事多忍让。就是学习再忙,也要常给家里来

信,甭让我和你爹操心。"

傅继兴一想起父母亲这些情真意切的叮咛,就禁不住心里发热,眼发酸。他在心里暗暗发誓:决不辜负老人的重托与希望!

傅继兴刻苦地攻读着各门功课,有时间便钻图书馆。

一天下了晚自习,傅继兴像往常一样要去图书馆,迎面碰上了也要去图书馆的田爱君,两人同路而行,便聊了起来。

田爱君问:"你是哪里人?家里是做啥营生的?"

傅继兴答道:"我是山西省运城人,家里是做茶叶、食盐生意的。你呢?"

"我是陕西省泾阳县人,家里也是做茶叶生意的。我家商号叫义和兴茶店。"

傅继兴一听十分惊喜:"哎呀!天下竟有这么巧的事,我家德兴隆卖的茯砖茶就是进你们家的货,你们那茶还真不错,卖得挺好。"

"那是自然,因为我家茶店是西北有名的百年老号诚盛永真传弟子办的,我妈就是诚盛永东家的女儿。"

"咱们今已成为同窗,以后,还请多照顾些家里的生意,起码多供些质优价廉的货。"

"那当然没问题,我是家里的独生女,我爸妈谁会不听我的话?说不定我将来就是掌柜的。"

"哎呀,这真是巧上加巧,我也是家里的独苗苗。"

边走边聊,不知不觉已进了图书馆,傅继兴借了本陈炽著的《续富国策·劝工强国说》,坐到一边专心致志地看了起来。看到其中有一句话,"今后(指甲午战争以后)中国的存亡兴废,皆以劝工一言为旋转乾坤之枢纽",感到甚为精辟,很有号召力,当即用笔记本记录了下来。

田爱君借了本张謇著的《张季子九录·政闻录》,也在一边聚精会神地看着。

图书馆静得只听得墙上的挂钟声,两人进入了书的迷宫,探寻着真理的宫殿,如醉如痴,熄灯铃响了,才如梦初醒,环顾四周,人已稀稀拉拉,两人一起离开了图书馆。

田爱君问道:"你好像对实业救国的书很感兴趣?"

傅继兴毫不隐讳地答道:"而今,国弱民贫,列强侵略,国家危机。自古道:'天下兴亡,匹夫有责。'我乃堂堂男儿,岂能坐视不理,自当探寻救国救民之策。书本是前人经验的总结,我想从中找出一些破解危机的办法来。"

田爱君听之欣喜,由衷钦佩:"你还是个有担当、有抱负的人。"

"你也看着关于实业救国的书,该不是也想当个救国救民的女中英豪?"

共同的志向、爱好使两人越谈越投机,不约而同地走到了学校花园假山旁边的迎客松下,坐在卧牛石上,滔滔不绝地谈到子夜时分,方才恋恋不舍地离去。

眼看着到了秋天,树叶黄了,枫叶红了,它们随着瑟瑟秋风,像蝴蝶一样漫天飞舞,宣示着最后的绚丽,飘落尘埃,粉身碎骨,化为粪土,再滋养新的生机。玉米熟了,稻谷黄了,棉花白了,它们献上了黄金白银似的丰收。鲜红的苹果,金黄的柿子,紫色的葡萄,土色的猕猴桃,使秋对春的回报显得多彩多样。

北方大学播下了思想自由、兼容并包、独立自由、开放进步的种子,也迎来了多样的收获。从入秋开始,各种学会、报刊相继诞生。

先是成立了北方大学新闻学研究会,其宗旨是灌输新闻知识,培养新闻人才。

接着,《新芽》杂志诞生,发启事说:"同仁等集合同趣组成一月刊杂志,定名曰《新芽》。专以介绍西洋近代思潮,批评中国现代学术上、社会上各种问题为职司。不取庸言,不为无主义之文辞。成立方始,切待匡正,同学诸君如肯赐予指教,最为欢迎!"

随后,哲学研究会、法律学研究会、物理学研究会也纷纷成立。各研究会都创办了自己的会刊。

傅继兴、田爱君和经济系高二级的朱志远、欧阳慧等同学,发起成立了经济学研究会。校长龙世杰和经济系主任沈经国参加了他们于1918年10月8日(农历九月初四)召开的正式成立大会。朱志远被推选为会长,傅继兴被推选为秘书长。大会通过了研究会章程,决定开办定名《经济学报》的会刊。

校长龙世杰在会上发表了讲话:

各位同仁、与会的同学们：

首先，让我代表全校师生，对经济学研究会的成立表示热烈的祝贺。

大学者，研究高深学问者也。非仅为多数学生按时授课，造成一毕业生之资格而已也，实则是为共同研究学术之机关。经济学研究会便是本着这一办学宗旨而成立的。

研究者也，非徒输入欧化，而必于欧化之中为更进之发明；非徒保存国粹，而必以科学方法，揭国粹之真相。经济学研究会应以此为指导，着眼吾国实际，吸取洋人有用之经验，挖掘传统经济文化之精髓，研究现实发展经济之对策。

研究应以调查为基础。调查要深入，不可走马观花，蜻蜓点水。调查犹如为真理的宝塔奠基，地基打不好，怎么撑得起引人注目、横空出世的真理宝塔？调查不好，怎么保证研究之成果真实、可靠、有用……

搞研究要有唐代玄奘西天取经、矢志不渝的苦行僧精神，要有忠诚勇士不怕枪林弹雨、流血牺牲、勇往直前的精神。切勿只怨物资环境简陋而畏缩不前。请问诸君，十六七世纪以前，欧洲学者，其所凭借，有以逾于吾人乎？即吾国周、秦学者，其所凭借，有以逾于吾人乎？吾人不能以此而自馁，应以不畏艰辛之精神从事于研究，要必有几许之新义，可以贡献于吾国之学者，世界之学者……

傅继兴为《经济学报》起草了发刊词："自1840年（清道光二十年）英国对吾国发动鸦片战争以来，随之，美、法、日、俄等列强，纷纷侵略吾国，而朝廷却屡战屡败，以割地赔款平息事端。究其重要原因是吾国科学、经济落后，民不开窍，产业效益差，因此积贫积弱。

"如何尽快改变这种局面，富国富民，强国强兵，抵御列强侵略，振兴吾国经济？这是吾辈学习、研究经济学的人们，义不容辞的责任，也是社会各界仁人志士的责任。人常说：'天下兴亡，匹夫有责。'敬请一切有志于振兴吾国经济的人，拿起笔来，动起口来，为本刊积极投稿，献计献策，奔走呼号！"

傅继兴的这篇发刊词有的放矢，简明扼要，在校内外引起了极大反响，校长、教授、专家、同学，各方稿件如雪片般飞来。

肩负着《经济学报》主编的傅继兴，给往日的文学爱好找到了用武之地,他按照思想自由,兼容并包的原则,编排着稿件,把个会刊办得生动活泼,形成了各抒己见,百家争鸣的丰富多彩局面。

出身于传统商人家庭的傅继兴,耳闻目睹了清末民初战乱不断,列强侵略,市场萧条,生意难做,民不聊生的境况,激发起了他忧国忧民的思想情怀。身为经济学研究会的秘书长,怎样才能不负重托,发挥研究会之职能,积极探讨经济救国之策?他建议召开经济救国研讨会。

在经济学研究会领导人会议上,傅继兴这样陈述着自己的建议:"吾辈组织建立经济学研究会的初衷和宗旨是:学习、研究用经济学之法,拯救积贫积弱之国民。成立研究会不是为了看样子,赶潮流,而是为了利用这一机构,实实在在地研究解决现实问题。研究问题的主要办法就是召开研讨会,这是提升研究会凝聚力、号召力、生命力的重要途径。

"民国开元以来,虽然事变多发,袁世凯称帝、张勋复辟……但毕竟共和已经建立,完善只待时日,但长期以来形成的民贫国弱的现状乃是不争的事实。吾辈学习经济之人,研究经济救国之法,是职责使然,义不容辞。所以,我建议召开经济救国研讨会。"

傅继兴讲完,欧阳慧说:"继兴君说得好,我们是应该及时召开经济救国研讨会,打好我会开局第一仗。"

田爱君说:"傅继兴能提出这样的研究课题,可见其忧国忧民之心,勇于担当救国救民之责,这一点,值得我们好好学习……"

会长朱志远听完大家的发言,总结道:"继兴师弟人小职微志向高,敢于为国为民谋大计,积极为办好研究会出主意,想办法,我代表研究会全体同仁向你表示衷心的感谢和敬意。

"这次研讨会是我们的开局之举,全体同仁应当齐心协力,做好筹备工作,积极争取学校有关领导、教授的支持与参加,积极邀约论文稿件,全力以赴打好这个开局仗。具体工作听从秘书长安排。"

会议结束了,可傅继兴的言谈举止还在田爱君心里翻腾,他讲话铿锵有力,说理层层剥笋,有逻辑,不由得你不信;适时恰当的手势,既不落手舞足蹈之嫌,又增加了人格魅力和号召力。

为了搞好首次经济研讨会,傅继兴组织筹备人员向学校领导、教授、同学送发了约稿和邀请通知书;组织会刊编辑人员和有水平的会员对所有来稿进行审核,提出修改建议,反馈给本人完善后,收集筛选,选定发

言人及会刊拟发稿件。这样一直搞到放寒假前夕。

12月18日,经济救国研讨会在学校礼堂举行。学校领导、有关教授、本会会员和有兴趣的同学参加了研讨会。

会上各种观点针锋相对,各有论据,互不相让。

激进的人说:"国民政府是旧官僚当权,换汤不换药,我们当务之急,是再次发动革命,建立新的政权。这时奢谈经济救国有转移革命大方向之嫌……"

"政府无能,官员腐败,列强在华有特权,经济侵略不断,说振兴经济根本无从谈起……"

"只有把经济搞好了,买好枪好炮好军舰及养兵有了钱,御敌强国就有了后劲和希望……"

……

傅继兴听了大半晌,估计各种观点都摆出来了,这才发了言:

各位领导、师长、同学们:

我发言的题目是"积极发展实业,振兴贫弱之国"。就此谈一点粗浅看法,请大家赐教。

吾国历史悠久,本为世界泱泱大国、文明古国,也曾有过辉煌的历史。自汉代张骞出使西域,开通丝绸之路以来,就造成了货通四海,八方来朝的辉煌。

只是自清朝末年以来,各国列强侵略吾国,朝廷屡战屡败,民贫而国弱。究其原因,如果仅从经济层面分析是咱们闭关锁国,夜郎自大,科学与经济落后于列强,没有他们船坚炮利,因而,吃了洋人的亏。

就以日本侵略中国的甲午战争来说,吾国失败的原因大致有以下三点:一是日本侵吞吾国之心已久,准备充分,而吾国轻敌无备。早在1885年,日本维新派政治家吉田松萌就主张"一旦军舰大炮稍微充实,便当……占领整个中国……"1887年就制定了《清国征讨方略》,决定在1892年完成对华作战的准备;前后实施了八次《扩充军备案》,甲午战争前几年,日本平均年度军费开支高达总收入的百分之三十一。而清政府和大部分政要却认为:日本乃"蕞尔小邦""不以倭人为意"。在战争危险临近的关头以财政紧张为由,缩减军费预算,从1888年开始停购军舰,1891年停拨海军器械弹药经费。二是日本在挑起战争前,便制定了海陆军统筹兼顾的作战大方针,而清廷却没有明确的战略方针和作战计划,指挥失误。三是双方装备相差悬殊。在双方争夺制海权的黄海海战中,清军以劣势兵力(清军三千吨以上军舰两艘,三千吨以下军舰十艘;日军三千吨以上军舰八艘,三千吨以下军舰四艘)迎击日军。而且受限于军舰制造时的技术条件,北洋军舰有效射击距离不超过三千米,而装备了新式测距仪的日本军舰吉野,有效射程可以达到五千米。日军还装备了新式的速射炮。

北洋各舰作战时,由于火炮威力不足,所以,强调以舰对敌,撞击敌舰,火炮布局也以发挥正面对敌火力为主,但是以舰对敌的横阵不利于机动。加之北洋水师各舰舰龄较长,配备的蒸汽发动机马力不足,养护状况又不佳,故舰队平均航速仅仅只有10.2节,而日本舰队主力舰较为先进,采用方便机动的纵队更适合发挥火力,速度也较快,所以实战中日本舰队机动能力也强于北洋水师。北洋水师陷入了打打不过,走走不掉的困境。在实战中被各个击破。海战中,北洋水师沉没的致远、经远、超勇、扬威、广甲五艘军舰几乎都是被由吉野、浪速、秋津等高射速高航速的新式快舰组成的日方第一游击队击沉或重创沉没的。

失败是成功之母,我们切莫为往日的失败而悔恨,切莫为往日的失败而丧气,振奋精神,积往日之经验教训作为通向胜利之阶梯,是我们今天的正确选择。

他山之石,可以攻玉。我们可以学习、吸取洋人的经验,我们更应该总结吸取我们前辈在本国本土不断探索得出的经验,因为,那些经验更符合我们的国情。当然那些经验有它的历史局限性,我们要取其精华,去其糟粕而用之。我们的前辈中,许多精英人物说的话还是很经典的,是很值得我们认真思考的。

甲午战争后,陈炽曾宣称:"今后中国的存亡兴废,皆以劝工一言为旋转乾坤之枢纽。"

民族工业家张謇,以深受帝国主义猖狂的殖民掠夺之害的体会,说出了自己的见解:"救国为目前之急……譬之树然,教育犹花,海陆军犹果也,而其根本则在实业。"

哲学家张东荪认为:"中国既然有贫之病,那么开发实业就成为唯一

的要求。在开发实业的要求下,资本主义、机器生产与日俱增,形成不可抗拒的历史趋势,要救中国只有一条路,就是要增强国力。要增强国力,就必须开发实业……"

辛亥革命的领导人孙中山先生曾做过题为《以实业与商务重建我们的国家》的慷慨激昂的演讲,并说:"能开发其生产力则富,不能开发其生产力则贫。"

这些前辈通过积极探索,提出了开发实业,振兴经济,拯救贫弱国家的方略。我们应该听取之,实行之。

但就目前而言,怎么办?

本人认为:咱们应该充分发挥社会各界力量,采取游行示威、舆论宣传等一切有用之办法,向政府施加压力,促使其采取有力措施,抵制外国列强经济掠夺,支持我国民族工商业发展。一是制定工商业发展特别保护奖励法规,鼓励有才智之人,兴办实业;二是积极疏通货物流通渠道,扩大出口贸易,实行关税保护政策;三是改良行政机关,支持、服务实业发展;四是组织开展各种形式的宣传教育活动,批判崇外迷洋思想,倡导开展抵制洋货,购买国货活动,集民众之力,大力支持民族工商业发展;五是请来"德先生"和"赛先生"(当时对民主和科学的形象称呼),驱除愚昧和落后。《新青年》曾载文说:"西洋人因为拥护德、赛二位先生,闹了多少事,流了多少血,德、赛二位先生才渐渐从黑暗中把他们救出,引到光明世界。我们现在认定只有这二位先生,可以救治中国政治上道德上学术上思想上一切的黑暗。若因为拥护这二位先生,一切政府的压迫,社会的攻击笑骂,就是断头流血,我们都不推辞。"

本人认为洋人能办到的事,吾历史悠久的文明大国、炎黄子孙也一定能办得到。只不过进入清朝衰败时期,朝廷夜郎自大,坐井观天,误国、误民罢了。纵观吾国历史,多少仁人志士为了国家和民族的利益,为了文明进步,不惜抛头颅,洒热血,舍身成仁。而今,吾辈堂堂华夏子孙岂怕慷慨赴义?让我们用赛先生的铁扫帚扫尽愚昧落后,用他的金钥匙开启经济振兴之门,让东方睡狮尽快苏醒吧……

傅继兴的发言,赢得了满堂掌声。

研讨会开毕了,人们余兴未尽地议论着离开了礼堂。

"今日这研讨会开得好,首先是选题好——经济救国事关国家民族利益及生死存亡,稍有良知的吾国国民都会关心的。"

"会上的发言,紧贴主题,各有见解,真可谓'百家争鸣'。"

"会议组织得好,听说许多稿件,特别是重要稿件,经济学研究会会刊编辑部都看过,发言稿也选得好。"

"这研究会秘书长傅继兴,年纪轻轻,却显得成熟老练,谈得有理有据有水平,令人信服,具有号召力……"

傅继兴和田爱君收拾完会场,最后离开了礼堂。刚走出门,但见呼啸的西北风卷着鹅毛大雪迎面袭来,激得人禁不住打了个寒颤。冰雪覆盖了校园屋顶、庭院路径、草坪花园,傲立的松柏、冬青、梅花,此时更显得引人注目。

不知是何缘故,一名长得亭亭玉立、白白嫩嫩,戴着眼镜,穿着带深褐色毛皮衣领的黑色皮衣及皮裤,戴着花格鸭舌帽的人竟不怕寒冷,站在风雪里。见傅继兴出来了,急忙迎了上去,大大方方伸出手来,握着傅继兴的手说:"我叫余惠敏,是咱校新闻系的学生。你今天的发言振聋发聩,精彩极了!我想和你谈谈,把文章再推敲一下,修改好,送到《新民报》去发表了。"

出身于军官家庭的余惠敏自小被娇惯得盛气凌人、目空一切,特别见不得那些献媚取宠、恭维巴结男人的人。可今天不知道为什么,她竟为萍水相逢的傅继兴的一席演讲而倾倒。

也许是注意力高度集中,余惠敏没有注意到,傅继兴身边还有位女生,但见这女生,身材苗条,穿着银灰色袍褂,帽子、围巾都是用红色毛线织成,眉清目秀,水灵灵的大眼睛特别好看。

余惠敏出乎意料地问:"这位同学是……"

傅继兴赶紧回答:"这是我们班同学田爱君。"

"爱君,这名字特别,该不是父母所命名,希望女儿长大后,能找个如意郎君,好好爱着他?"余惠敏半开玩笑半认真地说。

"别胡说八道,牵强附会。"田爱君显得有点不高兴地说。

"开个玩笑,可别当真。以后咱们做朋友。"余惠敏嬉皮笑脸地说着,不管田爱君愿不愿意,双手握着田爱君的手只是摇。

傅继兴说:"相逢都是缘分,咱们都做好朋友。余惠敏同学,谢谢你

第三章　妙龄女　暗恋如意郎　风云涌　雏燕搏风浪

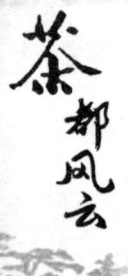

一片好意。可是,我只是无名小辈,贸然登报恐怕……恐怕有点那个!"

"继兴君,你就别谦虚了。你那篇论文主题鲜明,论述有理有据,光标题,就很能吸引国人眼球。我是《新民报》的忠实读者和撰稿人,我看得没错,你那稿件是这类作品中的上乘之作,保证能入总编的法眼。"

田爱君一听说余惠敏要帮傅继兴发表作品,当即对余惠敏产生了好感,说:"惠敏同学如此热心,勇于成人之美,我和继兴先谢谢了。文章果真上了报,我们到饭店设宴答谢你。"很有心计的田爱君言语间暗示着她与傅继兴有特殊关系,以取先入为主之效果。

"好,那咱们就一言为定。你们看这雪景多美,咱们一同赏雪去如何?"余惠敏兴致勃勃地建议。

"行,爱君,那咱们就结伴去赏雪吧。"傅继兴答应着。

三个人走着,田爱君问:"惠敏,你是哪里人,家里是搞什么营生的?"

"我是山西太原人,我爸在队伍里当师长。"

傅继兴一听高兴地说:"那咱们还是乡党哩,俗话说得好:'美不美,泉中水。亲不亲,故乡人。'咱们这就又多了几分亲近,以后有啥事,可要互相多帮忙。"

余惠敏慷慨应承道:"那是自然,为乡党帮忙绝对是不惜两肋插刀!"

田爱君本来想用自家商业传家的身世,压一压这个骄傲女生的气焰,没想到她父亲竟然是大官,还和傅继兴扯上了乡党关系,真后悔不该问。

罗格林曾经说过:"爱情使所有的人变成雄辩家,这话说的绝对正确。"这三人虽说还谈不上有什么爱情关系,但说不清为什么走到一起话特别多,而且是各显其能。

余惠敏先声夺人,她看到如此雪景,不由得想到了许多古诗中赞美雪景的优美诗句:

乱云低薄暮,
急雪舞回风。

雪花似掌难遮眼,
风力如刀不断愁。

千里黄云白日曛,
北风吹雁雪纷纷。

> 纷纷暮雪下辕门,
> 风掣红旗冻不翻。

> 白雪却嫌春色晚,
> 故穿庭树作飞花。

田爱君听着,心里不服气,就你记得几首诗,人前逞能乱显摆。她望着校园里迎着风雪,傲然绽放的梅花,随口也吟了起来:

> 墙角数枝梅,
> 凌寒独自开。
> 遥知不是雪,
> 为有暗香来。

傅继兴笑了笑说:"这是王安石的《梅花》诗。"
田爱君深情地看了傅继兴一眼,又接着吟诵了起来:

> 众芳摇落独暄妍,
> 占尽风情向小园。
> 疏影横斜水清浅,
> 暗香浮动月黄昏。
> 霜禽欲下先偷眼,
> 粉蝶如知合断魂。
> 幸有微吟可相狎,
> 不须檀板共金樽。

吟罢,她回头问傅继兴:"这是谁的?"
傅继兴还没来得及回答,余惠敏抢先说:"唐代林和靖的《山园小梅》。"
田爱君又吟道:

> 雪虐风饕愈凛然,
> 花中气节最高坚。
> 过时自合飘零去,
> 耻向东君更乞怜。
> 醉折残梅一两枝,
> 不妨桃李自逢时。
> 向来冰雪凝严地,
> 力斡春回竟是谁?

不等田爱君询问,傅继兴就说:"这是陆游的《落梅》。"

余惠敏不知傅继兴古文基础如何,故意说道:"咱们既是共同赏景,继兴君也不能闲着,也给咱朗诵几首古诗助助兴。"

傅继兴本不想在女生面前显摆,可余惠敏叫起了板,他不得不接招,便说道:"你们都是才女,我是业余选手,那就献丑了。女人爱雪呀,花呀的,纯洁、美丽。男人喜欢松柏坚强,我就喜欢杜荀鹤的《小松》。"说着吟道:

> 自小刺头深草里,
> 而今渐觉出蓬蒿。
> 时人不识凌云木,
> 直待凌云始道高。

接着又吟范云的《咏寒松诗》:

> 修条拂层汉。
> 密叶障天浔。
> 凌风知劲节。
> 负雪见贞心。

田爱君看着傅继兴说:"你记得的咏松诗还不少,再吟诵一首听听!"

傅继兴笑了笑,说:"那就再背诵几句。"遂吟道:

> 大夫名价古今闻,
> 盘屈孤贞更出群。
> 将谓岭头闲得了,
> 夕阳犹挂数枝云。

余惠敏听罢,拍手叫好:"这是成彦雄写的《松》。还是继兴君高人一等,连朗诵的诗都有特色,有鲜明的励志情调。今天是我来学校最高兴的一天。"

傅继兴看这女生,落落大方,睿智有才,机敏豪爽,乐于助人,顿时有了几分好感。

田爱君原想捷足先登,凤凰独占梧桐树,不料,半路杀出个程咬金,偏偏这女孩也不是等闲之辈,真不知自己对傅继兴的一番心意会有怎么样的结果?这一夜,她翻来覆去睡不着,看着窗外,大雪纷纷随风飘洒,心中竟闪现出一首词来,反正也睡不着,索性下床写了下来:

《菩萨蛮·咏雪》:
> 一场风雪换人间,
> 江山顿改北国颜。
> 凭栏四野空,
> 柔情似东风。
>
> 光阴如水流,
> 只合愁中度。
> 后事何所料,
> 眼望大雪飘。

写毕,她仍然不能入睡,许多名人关于爱情的教诲一下子涌上了心头。

柏拉图说:"爱的对象应该是品格端正的人,以及小有缺陷而努力上进的人。"

列夫·托尔斯泰说:"一见钟情,往往是爱的火花。不断地观察才能

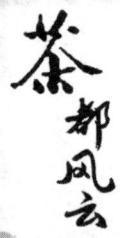

燃起爱情的熊熊烈火。"

歌德说:"爱情如果不是生根于对社会共同的信心与事业的志趣上,那是浮萍的爱,极易随风飘去。而单纯靠感情冲动所造成的爱,则仅是建筑于泥沙上面的塔一样,总是要倒塌下来的。"

契诃夫说:"面貌的美丽当然也是爱情的一个因素,但心灵与思想的美丽才是崇高爱情的牢固基础。"

泰戈尔说:"爱情是理解和体贴的别名。"

范·戴克说:"爱情不是索取,而是给予。"

车尔尼雪夫斯基说:"爱情的意义就在于帮助对方提高,同时也提高自己,唯有那因为爱而变得思想明澈,双手矫健的人才算爱着。爱一个人意味着什么呢?意味着为他的幸福而高兴,为使他能够更幸福而去做需要做的一切,并从这当中得到快乐。"

想着想着,田爱君觉得自己的脸火烧火烧的,还不知道人家傅继兴心里咋想的,自己胡乱想些啥呀……想着想着,她还是想出了一个办法,千方百计去理解和体贴傅继兴,为使他能够更幸福而去做需要做的一切。

第二天,学校熄灯铃响过之后,害怕再失眠,又为避人耳目,田爱君满怀心事地向经济学研究会办公室走去。

傅继兴果然在那里,他正在修改会刊拟发的稿件,见田爱君进来,忙为其让座倒茶:"这么晚了,你不休息,到这儿来干啥?"

"你都没休息,还问我。"

"我是因为马上要出会刊,稿子还没编完,白天还要学习,只得晚上加班。"

"那我就来给你帮帮忙。"

傅继兴一看田爱君满脸忧愁,问:"你咋了?有啥事么?看起来心事重重的。"

田爱君答道:"昨天赏雪,引起了伤感,写了首词,请你这高才生指点指点。"

"指点不敢当,看看还可以。"傅继兴不知田爱君心中所想,接过她写的《菩萨蛮·咏雪》仔细一看,说,"你咋这么悲观失望?"接着就像老大哥一样开导起了她:"人生在世,不可能事事尽如人意,遇到不开心的事,要想开些。人生就是学习历练,失败——成功——痛苦——喜悦,直到大智若愚,宠辱不惊的成长过程!不管遇到什么艰难困苦,都要千方百计闯过去,做到不能尽如人意,但愿无愧我心。你要学雪里腊梅那样,不怕风雪似刀剑,依然盛开放清香。我也回赠你一首词。"他稍一沉思,执笔写下一首《菩萨蛮·咏腊梅》……

田爱君看傅继兴低头写词,猛然发现他穿的黑粗布衣服已颜色泛白。心里想:这山西人真节俭,现在还穿粗布衣。她想起了在家乡听到的一句老话,男人的衣服,是女人的脸面。她决定给傅继兴另买一套新衣服,又一想,我算人家的什么人,操心人家的衣服? 想到这里,心里又一阵害臊。

傅继兴写好后,把稿纸递给田爱君说:"献丑了,你也指点指点。"

田爱君接过傅继兴回赠的词一看,轻轻念道:

《菩萨蛮·咏腊梅》:

> 玉龙三千舞人间,
> 万里江山素打扮,
> 凭栏清香浓,
> 腊梅花更红。
>
> 光阴虽箭速,
> 总经君之手,
> 殚精同奋斗,
> 竭虑建高楼。

田爱君看着,觉得傅继兴要和自己同奋斗,心中忧愁全消,一下子心花怒放。这一夜,她睡得十分香甜。

过了一个星期的时间,余惠敏拿着几份《新民报》来寻傅继兴。田爱君抢上前去拿过报纸,一看,傅继兴的那篇文章还发了个头版头条。她手挥着报纸喊:"快来看呀,咱傅才子的文章上报了。"因为这是班上首篇上报的文章,大家都很稀奇,争先恐后地围上来观看。傅继兴不爱凑热闹,和余惠敏走出了教室,田爱君看见也跟了出来。

傅继兴说:"谢谢你,惠敏同学,星期日我请你上王府井吃饭。"

"好。我再送你本《编辑手册》,是我向总编专门要的,你编会刊用得着。"

田爱君嘴一撇,心想:这女生真会投其所好,知道傅继兴负责编会

第三章 妙龄女 暗恋如意郎 风云涌 雏燕搏风浪

刊,就设法送他《编辑手册》,但又一想:你送书只能办公室里放,我送衣服身上穿,身上暖,心里热,穿上就会想起我。

老天爷真凑趣,星期日是个大晴天。傅继兴、田爱君和余惠敏迎着朝阳,赶到了王府井大街,决定先去吃饭。到底吃啥呀?余惠敏毫不客气地显摆着说:"去东来顺饭庄吃涮羊肉吧。这饭庄的涮羊肉以选料精、加工细、作料全、火力旺而久负盛名。"

涮羊肉是北京有名的小吃。它用烧柴炭的铜火锅,把调配好的调料汤烧开,提前按各人口味准备好麻酱、蒜泥、麻辣等调料碟,用筷子夹起切得薄如纸的羊肉卷,向火锅滚汤中一涮,在调料碟中一蘸而吃。吃起来,鲜嫩、可口、香味扑鼻,围着火锅的火炉和冒着热气的滚水,吃着才捞出的热羊肉,直吃得人额头冒热汗。

吃罢饭,三个人一起去逛王府井百货商店。田爱君注意看着男服装,挑好一件黑绸棉长袍,拿起来对傅继兴说:"作为经济学研究会领导成员,为对你论文上报,给研究会争了光,特奖你长袍一件。"

"这怎么能行?"

以女人的敏感,余惠敏看出来田爱君暗恋着傅继兴,但也想看看傅继兴的态度,便凑热闹说:"人有好心,须得领之,免得辜负了爱君的一片真情爱意。"

田爱君一下子红了脸:"胡说什么呢?"说着撵打起余惠敏来。

余惠敏举起双手说:"我投降,我投降。"

傅继兴说:"商店人多,你们别胡闹了,小心失了大学生的身份。咱们轻易不到城中心来,今日来了,就好好转转看看。"

余惠敏好像早有准备,还背着台德国造的照相机。

三人来到了位于天安门西边的中央公园。

中央公园由明清两朝的皇家社稷坛改建而成。

社稷坛建成于明朝永乐十八年(1420),社代表土,稷代表谷,合起来就代表国家。在清朝,除了重大的祭祀活动以外,社稷坛平日里是一块封闭的禁地。辛亥革命把皇帝赶下了台,祭祀活动早已停止,社稷坛一派荒凉。

1913年春,时任国民政府内务总长的朱启钤到社稷坛巡视,觉得十分可惜,决定把社稷坛改建成中央公园,于1914年10月10日正式对外开放。

三人游览在水木明瑟的中央公园,到鹿棚看了罕见的梅花鹿;到新颖的温室,欣赏了四季鲜花。这些,对他们来说,还是第一次,他们感到无比新奇。余惠敏拿起照相机拍个不停,在两处为三人分别照了相,还专门给傅继兴和田爱君合了影,也教着让田爱君给自己和傅继兴照了张合影。

公园的新奇景物,激发了他们的游兴,一出中央公园便向天坛公园赶去。

天坛始建于明永乐十八年,是明清两代皇帝祭天、祈谷的场所,每年孟春祈谷、孟夏祈雨、孟冬祀天。

傅继兴一行三人走进天坛公园,但见其规模宏大,古柏参天。他们游走于芳草古树之间,一种远离尘世的感觉油然而生。

他们游览了祈年殿、皇穹宇、圜丘坛等景点,在皇穹宇听了神奇的回音,在圜丘坛模仿着皇帝祭天,并在以上三大景点分别照了相。在余惠敏的提议下,他们还在天坛焚香盟誓,结拜为异姓兄妹,但三人却各有心思。余惠敏在心中暗暗祈祷:愿苍天神灵保佑,我与继兴能比翼双飞。田爱君望天默默念叨:请过往神佛显灵,赶走小女子的竞争者,把继兴赐婚与我。傅继兴对天暗暗发誓:爱情友情要分清,切莫卷入是非中,害人害己害朋友!

时间如白驹过隙,不觉得就到了1919年。开年农历二月,北京城黄风不断,飞沙扬尘,阴霾密布,有时还乌云翻滚,闪电打雷。人们议论纷纷,都说"二月响雷墓骨堆",预兆凶年。你说不信吧,可今年一开年,就没有好消息。

阳历1月,第一次世界大战战胜国美、日、英、法、意等国在巴黎近郊的凡尔赛宫召开了战后和平会议,讨论如何处理第一次世界大战后的问题。中国作为战胜国,也应邀派专使参加了巴黎和会,并在会上提出了废除外国在中国的势力范围,撤出外国军队,废除'二十一条'等七项希望条件。

但经过几个月的讨论,4月29日,英美法三国议定的和约有关条款竟然规定:将德国原先在山东"所获得之一切权力、所有权及特权,其中以关于胶州领土铁路矿产及海底电线为尤要,放弃以与日本"……和会给予中国的只是归还八国联军入侵北京时,德国掠去的天文仪器而已。

第三章 妙龄女 暗恋如意郎 风云涌 雏燕搏风浪

在这样一个丧权辱国的条约上签字令国人难以容忍。

5月1日,北方大学校长龙世杰把北京政府密电中国专使在巴黎和约上签字的消息告诉了北方大学学生,同学们听后十分愤怒。

5月3日晚,在学校大礼堂召开了北京十三个中等以上学校学生代表大会,傅继兴和田爱君早早就来到了会场。走进会场让人感觉到,这不是开会,这是怒潮在澎湃!义愤填膺的学生代表纷纷上台发言,傅继兴当场撕下衣襟、咬破中指,血书了"还我青岛"四个大字。

最后,大会形成了四项决定:一是联合各界一致力争;二是通电巴黎专使,坚持不在和约上签字;三是通电全国各省市于5月7日国耻纪念日举行群众游行示威活动;四是定于5月4日(星期日)齐集天安门广场,举行学界大示威。

当晚,傅继兴挽袖挥毫,写下了一幅幅标语:"坚决废除二十一条""拒绝在巴黎和会条约上签字!""内惩国贼,外抗强权!""誓死力争,还我青岛!""宁为玉碎不为瓦全!""抵制日货!"……田爱君、余惠敏与同学们一起制作大、小旗帜,印制着《北京学界全体宣言》,这宣言犹如鼓角在他们心中震响——

现在日本在万国和会要求并吞青岛,管理山东一切权力,就要成功了!他们的外交大胜利了,我们的外交大失败了!山东大势如去,就是破坏中国的领土!中国的领土破坏,中国就亡了!所以我们学界今天排队到各公使馆去要求各国出来维持公理,务望全国工商各界,一律起来设法开国民大会,外争主权,内除国贼,中国存亡,就在此一举了!今与全国同胞立两个信条:中国的土地可以征服而不可以断送!中国的人民可以杀戮而不可以低头!国亡了!同胞起来呀!

义愤淹没了疲倦,大家忙了个通宵达旦。

5月4日,朝霞刚刚升起,熬了一夜的同学们便赶到操场集合,准备到天安门去游行示威。

天说变就变,美丽的朝霞霎时变成了漫天滚滚的乌云,黄风跟着凑热闹,直吹得天昏地暗,形成了"山雨欲来风满楼""黑云压城城欲摧"的景象。

游行队伍就要出发,却遭到了教育部代表和军警的劝阻拦挡。傅继兴和学生代表们据理力争,终于冲破了阻拦。等赶到天安门已是下午一点左右,只见北京十几所大专院校的校名横幅和大大小小的标语旗帜,迎风招展,展示着群众的呼声。天安门前,金水桥南,各界群众不请自来,拥到了天安门前。学生代表们各自为战,向群众散发着传单,进行着演讲。

傅继兴登上金水桥头,大声疾呼:"呜呼国民!我最亲爱最敬佩有血性之同胞!我等含冤受辱,忍痛被垢于日本人之密约危条以及朝夕祈祷之山东问题,青岛归还问题,今日已由五国共管降而为中日直接交涉之提议矣。噩耗传来,天暗无色。夫和议正开,我等所希冀所庆祝者,岂不曰世界中有正义,有人道,有公理,归还青岛,取消中日密约,军事协定以及其他不平等之条约,公理也,即正义也。悖背公理而逞强权,将我之土地,由五国共管,以我于战败国,如德奥之列,非公理,非正义也。今又显然背弃山东问题,由我与日本直接交涉。夫日本虎狼也,既能以一纸空文,窃掠我'二十一条'之美利,则我与之交涉,简言之,是断送耳,是亡青岛耳。夫山东北扼燕晋,南控鄂宁,当京汉、津浦两路之冲,实南北咽喉关键。山东亡,是中国亡矣。我同胞处此大地,有此山河,岂能目睹此强暴之欺凌我,压迫我,奴役我,牛马我,而不作万死一生之呼救乎?法之于亚鲁撒劳连两州也,曰:'不得之,毋宁死。'意之于亚得利亚海峡之小地也,曰:'不得之,毋宁死。'朝鲜之谋独立也,曰:'不得之,毋宁死。'夫至于国家存亡,土地割裂,问题吃紧之时,而其民犹不能下一大决心,做最后之愤救者,则是二十世纪之贱种,无可语于人类者矣。我同胞有不忍于奴隶牛马之痛苦,亟欲奔救之者乎?则开国民大会,露天演说,通电坚持,为今日之要著。至有甘心卖国,肆意通奸者,则最后之对付,手枪炸弹是赖矣。危机一发,幸共图之!"

周围响起了雷鸣般的掌声。

学生游行队伍由天安门出中华门来到使馆区东交民巷进行示威游行,沿路散发着传单,高呼着口号。到使馆区示威被阻于铁栅栏之外达两个小时,激起了众怒,大家更加痛恨起交通总长曹汝霖、币制总裁陆宗舆、驻日公使章宗祥这些亲日的卖国贼,纷纷呼喊着:"大家往外交部去,大家往曹汝霖家里去!"游行队伍满怀怒火直奔赵家胡同曹汝霖家。有的学生一怒之下,痛打了章宗祥,火烧了曹汝霖家。

傅继兴觉得这些同学的行为过火了,怕招来警察,伤害、抓捕学生,便带领着大多数学生离开了。可回头寻看,发现田爱君和余惠敏不在队

伍里,马上回头去寻,赶到曹汝霖家附近,只见一群警察正在挥舞警棒,驱赶掉队的学生。田爱君已被打得头破血流,躺倒在地,余惠敏扑在她的身上,掩护着。傅继兴跑上前去,三拳两脚,打倒了围攻的警察,背起田爱君,喊着余惠敏,就往附近医院跑。跑到医院,田爱君已昏迷不醒,他们哀求大夫赶紧抢救,但当天需要抢救的病人太多,医院血库血用完了,已经休克的田爱君如不及时输血,马上就有生命危险。怎么办?傅继兴和余惠敏急得团团转。

突然,余惠敏叫输她的血,但不知血型配不配。一言提醒了忙糊涂了的傅继兴,他当即说:"那就输我的血,不用验,我是O型血。"

医生和护士抽血化验后,确认了傅继兴是O型血,当即给田爱君输起血来。田爱君慢慢地苏醒了过来。当得知是傅继兴给自己输的血,感激得热泪盈眶:"你叫我拿啥感谢你呀?!"

"同学之间,甭说这话,只要你好了,就是我们最大的心愿。"

从此,田爱君身上流淌着傅继兴的血。余惠敏平安脱险却还有点遗憾——为什么被打得头破血流的不是我?要不,我也能输上继兴的血。

第四章

二月会 英雄救美人
游故城 佳人说茯茶

在北京北方大学读书的傅继兴,接到父亲病逝的噩耗,顾不得酷暑炎夏,风雨不避,车载船渡,跋山涉水,心急如焚地赶到了家,一进门就"爹啊,爹啊……"哭喊着连颠带跑地扑到了爹爹灵堂,看着爹爹死不瞑目的样子,他用手轻轻帮他合上了眼睛,涕泪交流地哭诉道:"爹啊,你咋这样就走了,给娃连一句话也没留下。你一生行善积德,咋就这样去了?你一辈子辛苦操劳,硬是把自己早早熬得油尽灯灭了……"傅继兴想着爹爹一生对自己无微不至的关爱,悲痛欲绝,霎时,竟然哭昏了过去。

傅继兴醒来时,已是第二天半早晨,母亲流着泪坐在身边,周围站着许多人,看他睁开眼,大家异口同声地惊呼:"少爷醒来了。"

傅继兴问母亲:"娃是咋啦吗?"

"哭昏了,险些把人没吓死。娃呀,你爹不在了,你是家里的顶门杠子,你要撑住先把你爹的丧事办好。"

傅继兴叫来老管家说:"周叔,先把生意停了,安排伙计按照咱这儿风俗把我爹安葬了,既不能失礼数,也不可过于铺张浪费。"安排妥当,他向母亲问了爹爹的死因及生意情况,心中思量:看来,生意暂时做不成

了,但爹不能这样白白死了,一定要千方百计找到昌相、查清霉变茯砖茶的来龙去脉。于是他决定到泾阳去一趟。

人世间的事真怪,有时竟会碰到爱恨情仇搅在一起,纠结不清的事。卖给德兴隆劣质茶叶的泾阳县义和兴茶店,偏偏是傅继兴大学女友田爱君的父亲开的。傅继兴相信,有了这条内线,不难查明劣质茶的来龙去脉。

1923年(民国十二年)农历二月,傅继兴安顿好家中事务,辞别母亲,抱着查清霉变茯砖茶来龙去脉的决心,直奔货源地泾阳县。

一路上,但见,杏花如雪,桃花似血,杨柳树生出了嫩绿的枝叶,青青的麦苗开始拔节,黄河冲破了冰冻的封锁,浪涛滚滚,怒吼着奔向大海。

傅继兴看着这一切,仿佛看到了爹爹临终喷吐的鲜血,看到了自己为爹爹送葬时满天抛撒的雪片一样的纸钱。他担心像新春杨柳枝条一样稚嫩的自己,能否挑起家传事业的重担,但他坚信小树有日月雨露滋润,风寒酷热的熬炼,终究会撑起一方蓝天。冰冻终究锁不住黄河,总有一天,黄河会冲破冰冻,显出跨越险滩、曲折,一泻千里的威力。

傅继兴急匆匆赶到泾阳县的时候,已是红日当头,打听着寻到了义和兴茶店东家——田来福家的住宅,进门就对一个伙计说:"我是从山西来的,是田爱君的同学,田爱君在不?"

看门的伙计听说是小姐的同学,立即笑脸相迎,答道:"小姐逛二月会去了,请先到屋里歇息喝茶,我们当即派人去找。"说着向屋内礼让。

傅继兴心中有事,思友心切,拱手施礼道:"不用麻烦了,我自己去找。"说着转身而去,寻问着赶到了位于城西南角的二月会。

这二月会还真大,真热闹,骡马、牛羊、猪禽成群的牲畜市场,经纪人与买家围着牲畜转,看畜评论,看迎风,看毛色,看牙口,捏手议价,成交者皆大欢喜,合议不好,再转再看。

农具市场,犁、耧、耱、锄、镬头、铁锹、草镰、筛子、簸箕、笸篮……人们挑挑拣拣,购买着春耕生产需要的工具。

凉棚搭成的百货市场,卖绫罗绸缎、各色棉布、被面床单、鞋帽服装、电壶(暖水瓶)、脸盆等日用百货,还有咸阳琥珀糖、三原蓼花糖、南茂点心、贵州茅台、山西汾酒、泸州老窖、西凤酒、泾阳老窖、茯砖茶、香片茶、湘尖、贡尖……人们日常吃、穿、饮、用等各种货物一应俱全。

搭凉棚坐店经营和流动摊点相结合的饮食市场，各色招牌的饮食摊、店，叫卖声接连不断：

"渭南的时辰包子、水煎包子，不吃要后悔！"

"快来吃呀！三原的名小吃——泡泡油糕、千层油饼……"

"蒲城的水盆羊肉——汤香肉烂！"

"西安南院门的葫芦头——药王爷赐名的美味。"

"酸辣油香的岐山臊子面——物美价廉！"

"乾县的豆腐脑——味道香，稀糊软。"

"礼泉的烙面——吃起来筋道，酸辣香。"

"泾阳老朱家的肉夹馍——馍酥肉烂，瘦肉不柴，肥肉不腻。"

"泾阳钟楼巷的饸饹——冷热随便。"

"泾阳的羊肝夹馍——独一无二。"

游艺市场，更是热闹非凡，马戏、杂技、摆地摊卖艺的，卖弄气功卖大理丸、膏药的，吆喝着拉西洋片的，吹糖人的，捏面人的……各种表演构成了民间艺术的大观园。

人气最旺的要算戏台跟前，人山人海，人头攒动，掌声、呼哨此起彼伏。

戏台上，正演着《藏舟》，扮相端庄美丽的胡凤莲正在娇声娇气地呼唤："相公醒来！"却不料台下一堆人突然吵闹了起来，几个黑衣黑裤，紧腰裹腿，貌似打手的人，围成了一个包围圈，嬉皮笑脸地看着一个留着分背头，身穿褐色锦缎长袍的年轻人，正在调戏一个面容姣好的姑娘。秉性好打抱不平的傅继兴，急忙上前好言相劝："朗朗乾坤，众目睽睽，光天化日之下，先生何必难为一个弱女子！"

"哎呀！半路里杀出个程咬金，你还想英雄救美呀？伙们们，给我教训教训这个狗逮老鼠——多管闲事的人，别让他搅了少爷的好事。"几个哈巴狗一听，饿虎扑食般向傅继兴而来。

傅继兴一看这伙恶人不听好人劝，不禁习惯地念了声"阿弥陀佛"，就放开拳脚，进行反击。霎时，这些恶奴鼻青脸肿，七倒八歪，呻吟不断，但那花花公子哥儿依然色厉内荏，虎不失威地边退边说："你等着，看爷咋收拾你。"

周围响起了掌声和赞叹声："小伙子真行，活脱脱一个现世田玉川。"

傅继兴收拳停手，还没回过神来，只见那姑娘，涕泪交流，扑到跟前："继兴，真的是你吗？！真真想煞人了！"

傅继兴定了定神，这才看清自己救的人竟是老同学田爱君，忙说："爱君，我就是来找你的！"

周围又是一片赞叹："今日算是饱眼福了，看了个活灵活现的英雄救美。"

田爱君不知是被吓怕了，还是怕继兴离开，竟顾不了害羞，依偎着傅继兴往家里走。

田爱君问："你这人，平日里请都请不来，这一回是啥风把你吹来了？"

满脸忧愁的傅继兴便把父亲亡故，生意倒闭，想来泾阳寻个营生的想法告诉了田爱君，但他隐瞒了劣茶之事。

田爱君听罢喜忧参半，忧的是老同学家中遭遇不幸，家道中落；喜的是心爱的人儿来到了身边，又可以朝夕相伴。她当即安慰道："继兴，不该出的事已经出了，甭难过，甭忧愁，船到桥头自然直。你家生意倒闭了，我家茶店还开着，有我吃的，就饿不下你。寻营生的事，包在我身上，我给我爸我妈说，保证给你在我们义和兴寻个好差事。"

傅继兴此行的目的就是想查清义和兴茶店卖给他家劣茶的真相，能进入义和兴当个卧底，自然是求之不得。他当即转忧为喜致谢道："那就先谢过老同学了。唉，你们这二月会可真大真热闹，到底有啥来头？"傅继兴信奉处处留心皆学问，不管啥事总爱打破砂锅问到底。

田爱君告诉他说："这二月会来头可大了。传说二月会那地方，原来是唐朝时，为了给皇帝疗养疾病而建，取名'养疾院'。方圆百亩，坐南向北，头门楼上悬挂着镶金养疾院的长方形横匾。内有门楼、过厅、正殿、书房、陪房、养室、花园，院内有花草树木、跨池小桥，周围绕以红色围墙，有渠水流入院内，环境幽静，富丽堂皇，景色宜人。唐肃宗的太子嘉纪曾在此居住疗养达三年之久，太后也曾陪住，跟随的宦官、宫女、太医、药承等达三十多人，还有御林军武士、兵勇等二十多人保护。在皇太子疗养后，养疾院就成了达官贵人们疗病的疗养院。

"晚唐时期，将官办的养疾院改为养济院，赋予其慈善救济职责。邀请有医技的僧医来院为百姓治病，其宗旨是不择贫富，爱其志而慈其幼。

收养贫困无依靠的病人,轮派僧医诊治,并给予口食药饵。从此,养疾院被百姓称为孤贫院。除医疗施舍外,也让医疗康复之人,在院中耕种,以院养院。

"到宋代,养疾院又恢复官办。

"明洪武年间,重修养疾院厦房十七间,药王殿鞍架房三间。

"清代又先后两次重修过养疾院。

"养疾院建好后,每年从农历二月初二龙抬头之日起,都要举办养疾院大会,会期多为一个月。唱大戏,放焰火,进行牲畜、农具交易,百货、饮食等也都上会经营,招引四面八方客商纷纷前来赶会。"

两人说着已到了家门口。

田爱君的家在穿心店南口的县前街,坐南朝北,门房是三间出檐的两层楼房。屋脊上,是飞禽走兽的瓦当,头门开在西边,门前对称放着雕花方形石门墩。穿过门道,田爱君介绍说:"门房左边是两间小客厅兼门房;南边这六间厢房,是管家及贴身佣人的住房。后边是四椽厅的客厅;再后面是三间楼房,左上第一间是我爸我妈的卧房,其余两间是接待知己亲朋的小客厅;楼上是我和贴身丫鬟的住房。西边有个偏院,分别是厨房、库房、炊管人员住房;建有小桥流水、假山亭阁以及种有松、竹、梅及四季花草的花园。"田爱君领着傅继兴边走边看、边介绍。

走到大客厅,早已获悉女儿来了远方同学的田来福和妻子赵雅茹已在客厅等候。田爱君一看便知父母器重来客,高兴地说:"这就是我对你们常说的,曾在'五四运动'游行中救过女儿性命的山西同学傅继兴。"

田爱君的母亲赵雅茹忙站起来热情地说:"快来,坐!"

田爱君的父亲也礼节性地抬了抬身子,说:"爱君常说起你,今日一见,果然是气宇不凡。你年纪轻轻的,就能不顾个人安危,救小女于危难之中,我和她妈谢谢你了。"

傅继兴拱手施礼道:"伯父、伯母,济世救人乃佛门弟子的本分职责,些许小事,何足挂齿,更当不得二老致谢。"

田来福这才想起女儿给他们说过,傅继兴曾做过五台山显通寺的蓄发弟子,便说道:"佛门弟子与众不同,确实有慈悲心肠,济世救人奋不顾身。"

这时,佣人已献上茶来,傅继兴边喝茶边观看着这客厅。进门迎面,高悬着黑底金字的"义和堂"匾额,下面是雕花屏风,紧挨屏风是一张长

条桌,长桌中间,银铸的香炉、烛台,香火不断,供奉着茶圣陆羽、关公和财神赵公明的神龛。屏风两旁的红漆柱子上挂着黑底金字的瓦形楹联"义字当先取财有道,诚信为本财源滚滚"。

左壁挂着元稹的宝塔诗条幅:

茶,
香叶,嫩芽。
慕诗客,爱僧家。
碾雕白玉,罗织红纱。
铫煎黄蕊色,碗转曲尘花。
夜后邀陪明月,晨前面对朝霞。
洗尽古今人不倦,将至醉后岂堪夸。

右壁挂着苏轼的《次韵曹辅寄壑源试焙新芽》诗条幅:

仙山灵草显行云,
洗遍香肌粉未匀。
明月来投玉川子,
春风吹破武林春。
要知玉雪心肠好,
不是膏油首面新。
戏作小诗君勿笑,
从来佳茗似佳人。

另外,还有邑人刘三才《品砖茶》诗条幅:

泾阳八景赛仙境,
泾阳茯茶更盛名。
八道工艺出芬芳,
满口生津留余香。
丝绸古道通四海,

驼路叮当茶飘香。
步遍泾阳各美景，
未品茯茶神黯伤。

趁喝茶之际，田来福和赵雅茹仔细端详着女儿的同学。小伙子穿着朴素的学生服装，身材高大魁梧，长方脸膛，鼻直口阔，浓眉大眼，温文尔雅中透露着英武之气，真正是一表人才。

一杯茶喝罢，田来福问道："听爱君说，你是运城德兴隆东家傅德茂先生的公子，你家是我们的老主顾，不知二老近来可好？"

傅继兴觉得劣茶之事，还未查清，直接说出来，一怕冤枉了好人，二怕打草惊蛇，便简要答道："父亲因病已经不在了，生意也停业了。我此行一来是想散散心，排遣心中愁苦；二来是看看老同学，商量一下往后咋发展；三来是想临时寻个营生，以求眼下养家糊口。"

田爱君一心想把心爱的人留在身边，不失时机地又向父母亲讲述了二月会遇险，幸遇傅继兴搭救的事。两位老人见女儿一再为傅继兴评功摆好，知道她已经钟情于此人。今日一见，看这娃人才出众，心地善良，勇于救人，知书达理，甚为喜爱，便想顺水推舟，遂了女儿心愿。两位老人再次拱手施礼道："谢贤侄再次救了小女。你和小女都是学经济学的，正是我们急需的人才，若你不嫌弃，不妨就留在我们义和兴干个事？"

田爱君急忙向傅继兴递了个眼神，潜台词是："一定要先应承下来。"

傅继兴会意，站起拱手施礼："那就先多谢伯父伯母了。"

田爱君抿着嘴笑，心里暗暗欢喜。

田来福高兴地说："今天，我们在五福园设宴，一来为贤侄接风；二来感谢贤侄救女之恩；三来为义和兴喜添人才。"

说着话已到正午，一行人直奔北极宫十字西南角的五福园饭店。

田来福介绍着："五福园是泾阳县首屈一指、名满渭北的驰名大饭店，门首有泾阳书法大家何惠玄先生题写的'酒国长春'的金字招牌，店内设有客厅、大宴会厅、包间雅座，桌椅高档，器具讲究，厨师均为你们山西荣河人，技艺高超。"说着，一行人已到了饭店门口。

伙计喜眉笑眼地前来迎客："田掌柜的来了，快店里请。"他引着一行人走进了嵯峨厅雅座，递上了热腾腾的毛巾，让顾客擦手，给每位客人斟

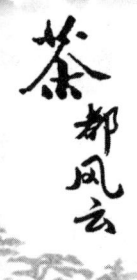

上了茯砖茶,递上了菜谱。

田来福点了泾阳酿合、麻辣鸡胗、五香牛肉、红烧猪蹄、自制变蛋、琉璃茄子、椒盐蘑菇、凉拌三丝、带把肘子、酒烧羊肉、香酥鸡、清蒸鲈鱼、酸辣白菜、玉兰木耳、笼笼肉、大杂烩等饭店的拿手好菜,酒是二十年老窖——泾阳红。

临开席,只听刺啦一声响,一盘油泼辣子呈现在眼前——这是该店独具特色的开席程序。

酒席宴前,宾主互相敬酒,互送祝福,直到酒足饭饱,尽兴而回。田来福叮咛女儿:"今日先让你同学好好歇歇,明天,领着你同学好好转转,看看咱泾阳的有名景观。"

午饭后回到家,田爱君领着傅继兴来到了自己的绣楼。进门迎面墙上挂着行楷书写的四条幅——"君如天上雨,我如屋下井。无因同波流,愿作形与影。""天不老,情难绝。心似双丝网,中有千千结。""爱情的力量比死亡与死亡的恐怖还强大。生命只有靠它,靠爱情,才能够维持和前进。""生命诚可贵,爱情价更高。若为自由故,二者皆可抛。"条幅下有一张书桌,书桌上靠墙正中放着一个插屏镜,里面却是自己与爱君在北方大学门口的纪念照;书桌北,靠墙放着书柜,摆放着古今中外名著及大学课本;书桌南,靠墙是一个古典式楠木大衣柜;北窗下放着梳妆台;南窗下,靠东墙摆放着雕花带床帏的红木雕花床;靠床墙上,悬挂着一个长方形的金边相框,里面是自己与爱君在北京中央公园、天坛公园各景点的游览合影。

看着这房子的精心布置,傅继兴仿佛看到了爱君滚烫的心,引起了他对大学生活的美好回忆。他动情地说:"难得你一直记着我,令人感动。我现在家庭遇难而穷困,你与家人不嫌弃,让我先有了个落脚之处,谋生之地,真情大恩,定当回报。"

"咱俩谁跟谁呀,何必闹生分。"

情窦初开的少女,多么希望傅继兴有点表达爱意的举动,谁知道傅继兴一门心思只想着弄清劣质茯砖茶的事。尽管他感觉到了田爱君的爱意,但没有心情"沉溺爱河"。

田爱君进一步传送着爱的勾魂曲:"愿我如星君如月,夜夜流光相皎洁。在天愿作比翼鸟,在地愿为连理枝。"两人卿卿我我直说到大半夜,傅继兴始终正襟危坐。

田爱君心里说:"你呀,被佛经弄成唐僧了,真是个不解风情的木头!"岂不知傅继兴自有苦衷。

…………

酒是催眠剂,好梦恋人睡。傅继兴一觉睡到大天亮,方才美梦初醒。精心梳妆打扮,收拾整齐的田爱君早在客房门口等候。等到傅继兴洗漱完毕,两人一起到钟楼巷去吃早点。

泾阳钟楼与西安钟楼样式相同,上挂铁钟用来报时。只是东西连着商铺,没有东西门,只有南北门。

钟楼巷是泾阳名优小吃一条街,田爱君如数家珍地说着这里的名小吃:

  王栋的甑糕,香甜可口
  彭家的硬面锅盔,远近闻名
  刘老二的凉皮,首屈一指
  徐老三的饸饹,冷热随意
  文老五的羊肉,肉肥汤香
  王老二的麻食面,又煎又香
  肖振铎、陈安定的肉夹馍,食客满门
  扁担客的辣子蒜羊血、豆浆麻花、鸡丝馄饨,各有特色……

二人转着看着,专门到文老五羊肉馆吃了羊肉泡馍。

吃罢饭,急于知道劣茶来源的傅继兴催着田爱君带他去看加工茯砖茶的茶店。田爱君领他来到了县前街东段一个开着大车门的院子,一个管事的老者迎了上来:"小姐来了。"

"霍相,我来了个老同学,想看看茯砖茶是咋做的,你给解说解说。"

老者应承着引二人来到了茯砖茶作坊,一道一道工序地介绍着:"这做茯砖茶共有八道工序,一是开包剁茶,就是把茶包打开,用大刀把茶剁为小块;二是打吊,是用秤称出每块茶的用料(5斤4两);三是端苟郎,是用小簸箕端上过了水的原料茶送往炒茶的锅内;四是畅锅,就是炒茶;五是捶茶,将用多层纸糊成的茶封(长1.2尺,宽0.8尺,厚0.1尺)放

进木质的茶模内,旁边坐一个扶帮子的人,扶着模子,专管茶叶出进,另有一个专门用簸箕给模子内端茶添茶的人,捶茶工用三尺长短的锤子(上安手提把,上边套有30斤左右重的铁箍子;下端为厚约0.09尺,长2.5尺铁质锤头),不断在模子内捶茶,直到一块茶捶好;六是检验,每封茶捶好,由检验员验收、盖印、锥眼(透气孔);七是晾晒,这是为了放掉茶封内的水分,但只能阴干,不能日晒;八是堆垛,茶封晾至七八成干,全部收集垛放,使其自行发花,等到封皮纸包上出现被称作菜子花的黄点后,打开垛堆,分别再晾一两个月,茶封放出茯苓香味时,茯砖茶才算制作完成,方可打包发售。"

看罢制作流程,二人从茶店出后门,来到了县前街南段的一条街巷,但见一街两旁全是客栈,门前栽满了拴马桩。田爱君介绍道:"这条巷是因骆驼队到泾阳贩运茯砖茶形成的。茯砖茶上市季节,这里驼队来往不断,一街两行拴满了骆驼,所以被叫成了骆驼巷,在西北名声可大了!"

走到骆驼巷东尽头朝北眺望,一座形似西安钟楼,四面开门的建筑屹立眼前。

田爱君说:"这是四茗楼,是茯砖茶兴起时,为满足客商品茶,谈生意而建的,这四周都是茶楼,我家也在这儿开了个茶楼。"说着领傅继兴向自家茶楼——茯香楼走去。

茯香楼是一座自西向东、三间门面、飞檐翘角、雕梁画栋的两层楼建筑。门额上悬挂着"茯香楼"的金字牌额,红漆门柱上是一副绿底、金边、金字的瓦形楹联"香如茯苓引四方贵客,味胜佳茗醉品茶高人"。

穿着打扮如唐代仕女的两个门迎小姐,微笑着招呼:"小姐来了,请到楼上品茶。"

进门观看,一楼是普通大茶厅,座无虚席。里面是说书的场子,好像正在说着《岳飞全传》,不时传来喝彩叫好声。

二楼是雅座,门迎小姐把他们引进了鸳鸯阁。迎面是一幅鸳鸯戏水图,两壁上挂着《西厢记》《红楼梦》《桃花扇》《梁山伯与祝英台》等才子佳人的四幅立轴及唐宋诗词条幅:

《金缕衣》：

劝君莫惜金缕衣，
劝君惜取少年时。
花开堪折直须折，
莫待无花空折枝。

《诉衷情·永夜抛人何处去》：

永夜抛人何处去？绝来音。
香阁掩，眉敛，月将沉。
争忍不相寻？怨孤衾。
换我心，为你心，始知相忆深。

《赠荷花》：

世间花叶不相伦，
花入金盆叶作尘。
惟有绿荷红菡萏，
卷舒开合任天真。
此花此叶长相映，
翠减红衰愁杀人。

《玉楼春·春恨》：

绿杨芳草长亭路，
年少抛人容易去。
楼少残梦五更钟，
花底离愁三月雨。
无情不似多情苦，
一寸还成千万缕。
天涯地角有穷时，
只有相思无尽处。

这雅座,一色的红木雕花家具,洁净光亮;精致的茶具,光彩照人;盛装的侍茶女,不亚于画上人。

两个侍茶女先拿来一封义和兴的茯砖茶,展示给客人验看,然后拆封。她们用茶刀把砖茶切开,让他们看茶之金花,随之唱道:"金花盛开迎君来。"(赏茶)端上碧玉样的茶具,让他们欣赏,伴唱道:"玉盏含笑泛华彩。"(备具)接着,取适量茶叶,放入茶壶中稍煮后,滗出汤液,唱道:"贵妃沐浴洗凡尘。"(润茶)随后,又进行了注水、温杯、煮茶、滗茶、斟茶、奉茶等茶艺表演,一句句唱词悦耳动听——"金花入住水晶宫,温盅洁盏待香茶。琼珠沸鼎香四溢,琥珀光彩步瑶池。玉液琼浆行流云,纤手奉盏敬香茗。金枝玉叶拂春意,福如东海无穷味,丝绸古道叹神奇。"

喝着茶,田爱君王婆卖瓜,自卖自夸地说起了泾阳茯砖茶:

"我们这茯砖茶,不但色香味俱佳,而且功效独特,它克食利水,杀腥解腻,是扶正祛邪保健康的茶中奇葩;是西北地区,特别是多吃牛羊肉的牧民必不可少的茶品;是古丝绸之路上的'神秘之茶''生命之茶'。所以,西北地区有民谣说:'一日无茶则滞,三日无茶则痛。''宁可三日无粮,不可一日无茶。'关于泾阳茯砖茶还有许多传说故事。"田爱君说着品了口茶。

傅继兴迫不及待地催她:"快说,快说。刚把人兴趣提起来,咋就品麻起来了?"

田爱君也调皮起来:"好茶慢慢品,好事慢慢说,听咱给你慢慢道来。一是'纪晓岚诗说茯砖茶',听说过没有?"

"没有。"

"话说清代名臣、文坛泰斗、学界领袖纪晓岚,在乾隆三十三年(1768),因两淮盐引案发,涉及其姻亲卢见曾。纪晓岚得到消息后,想预先通知卢家以早谋应对之策,但又怕引火烧身,不敢明目张胆地传话、传信。他绞尽脑汁,想出了一个自以为得计的绝妙办法——把一点食盐和茶叶封在一个空信封里,里外未写一字,快马加鞭送往卢府。精明而久经世故的卢见曾接信后,反复揣测,终于悟出了其中的隐语:严(盐)查(茶)盐引案。

"人常说:'要得人不知,除非己莫为。'此案后经公正廉明、秉公执法的刘统勋严密侦查,真相大白。卢见曾因有以盐引营私贪污行为被革职查办,纪晓岚则因事前为卢通风报信获罪贬职,被发配到乌鲁木齐,直到乾隆三十六年才被召回京。

"贬官失意,边塞烈风,缺菜少果,肠胃不适,纪晓岚只得学边民喝起泾阳茯砖茶来。喝茶暖肠胃,御风寒,品味宦海沉浮,吟咏杂感诗文。乾隆三十六年,他从乌鲁木齐回京途中,吟写成杂感诗一百六十首,起名曰《乌鲁木齐杂诗》。其中,便有些关于泾阳茯砖茶的诗:

闽海迢迢道艰难,
西人谁识小龙团?
向来只说官茶暖,
消得山泉沁骨寒。

"纪晓岚还写文章对茯砖茶做了进一步说明:'土人惟饮附(茯)茶,云:此地水寒伤胃,惟附茶性暖能解之。附茶者,商为官制易马之茶,因而,附运者也。初煎之,色如琥珀,煎稍久,则黑如璺。'"

说到这儿,田爱君又端起茶杯,品起茶来。

傅继兴说:"你不是说有许多传说,才说了一个就停下来了?"

田爱君又喝了一口茶说:"还有'林则徐题联赠茶商'。在泾阳县社树村姚家,曾珍藏过一副清代名臣禁烧鸦片、抗击列强的民族英雄林则徐为姚家题写的对联'善为至宝一生用则不尽,心作良田百世耕之有余'。署名为少穆林则徐。这副对联被姚家人用楠木刻制成牌匾,曾悬挂在姚家大客厅中间的柱子上。"

傅继兴不解地问:"这社树村姚家是什么人?竟能得到林则徐的墨宝。"

田爱君自豪地说:"这姚家名气可大了,曾是商号遍布陕西、四川、湖北、两广、西藏的重要商埠,经营着茶、盐、丝绸、药材等商品的富商大贾。靠下川做生意起根发苗,发家致富,起家户堂名姚恒裕堂,人称花门楼家。世代相传不断发展壮大,各地商号统一名曰永聚公。到康熙中后期,分出了永济源、永济全两大商号,进入了兴盛时期。历经康熙、雍正、嘉庆、道光、咸丰、同治二百年经久不衰。至分商号时,三大商号有伙计千人之众,每家商号银少则数百万两,多则近千万两。为了获得官府保护,做好生意,他们广交有关官员,与林则徐也有来往。

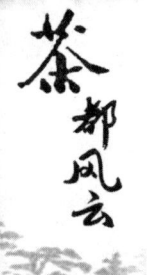

"道光十八年(1838),林则徐被朝廷任命为钦差大臣前往广州禁烟。他雷厉风行,刚正不阿,秉公执法,严查严禁,虎门销烟,大快人心,受到了道光皇帝的嘉奖,被晋升为两广总督,但因鸦片战争清政府失败而成为替罪羊,被贬职流放伊犁。

"林则徐在奔赴伊犁途中,因病滞留西安,所住客店就在姚家商号附近。姚家老掌柜因敬佩林则徐为民除害、为国分忧,抗击列强、查禁鸦片的壮举,特意前往拜访。他知道林则徐是清官,财礼分文不收,便送了些自家生产的茯砖茶,说:'此茶为我家生产,乃家乡驰名特产,有消食利水,杀腥解腻,扶正祛邪等功效,还能治水土不服的毛病,是西域群众必不可少的日常生活饮品。林公为国为民令人敬仰,却遭此不幸,远去西域伊犁,小民送上砖茶几箱,以表敬仰之心。'说着为林则徐亲自冲泡了一壶茶。

"林则徐接过茶杯,品尝着说:'为国为民乃是吾辈职责。苟利国家生死以,岂因祸福避趋之。宠辱升贬寻常事,但愿无愧人臣心。哎呀,好茶,好茶……'姚家当年在西安、兰州、新疆都有商号,车辆来往不断,老掌柜便安排专门轿车把林则徐送往伊犁,沿途姚家商号热情接待。

"清道光二十五年(1845)开始,朝廷重新起用林则徐。道光二十五年九月林则徐奉召回京候补,十一月以三品顶戴署理陕甘总督,二十六年(1846)四月,授陕西巡抚,七月初九抵陕上任。

"这时的陕西,各种社会矛盾十分尖锐。鸦片战争时,清廷为解决军费困难,除调拨陕西征收的盐税外,还强令陕西捐银一百多万两。鸦片战争后给外国侵略者的赔款也摊派到陕西,仅西安府咸宁、长安两县的赔款银,年征收就在两万两以上,相当于上缴正银数的三分之一,加上各地接连发生灾荒,劳苦群众生活异常艰难。渭南、富平、三原、大荔、蒲城等地的刀客与当地回民联合起来,反抗官府的斗争此起彼伏。

"林则徐到任后下令对刀客严加镇压,并申明对地方官中镇压得力者将奏请朝廷予以嘉奖。

"在治理了地方之乱后,林则徐采取了一系列赈灾、安民措施。一方面,把西安府等地的一百多万石存粮向贫民平粜,对于无力购粮的极贫户与老弱病残者,由官方收养,省城西安即收养极贫百姓三四千人。劝导绅商富户出钱出粮救济其所在村寨的贫困户,并令地方官与各地富户收买、质押耕牛,以免影响耕种。另一方面,向清廷连上《被旱各属分别缓征折》《咸宁等十二州县应征粮石展限奏折》,请求朝廷缓征钱、粮。

"为了落实上述措施,林则徐到各地巡察,走访绅商富户,也走访了落难时的老相识泾阳社树村姚家。

"故人相见分外亲热,互叙别后情形后,林则徐三句话不离本行地说了起来:'自鸦片战争以来,国弱民贫,陕西更甚。我欲劝导绅商富户扶贫济困,以防饥寒生盗贼,未雨绸缪,保一方平安,促一方繁荣。希望姚老掌柜能带个好头。'

"姚掌柜满口应承道:'天下兴亡,匹夫有责,经商之道,仁义为先。商贾之利,皆取之于民,也理应救民于急难。舍得舍得,有舍才能得,只钻钱眼就犹如戴了枷锁,生意咋能发展?请大人放心,一切定照大人吩咐去办。'

"林则徐没想到姚老掌柜竟这样通情达理,喜从心生,说:'就凭你这些说辞,我今天为你写一副对联。'

"老掌柜听言,喜出望外,当即安排伙计取来了文房四宝。林则徐略加筹思,一挥而就,写成了那副启迪人行善积福的楹联。从此,姚家人济世行善世代相传。据清故诰封通奉大夫花翎候选道分部郎中玉如姚君墓志铭记载:'泾干书院,邑人姚君所独建也……周恤里党尤不遗余力。闻泾人言曰:某年耕种无资,田畴不治,君按地给籽种也;某岁川岳旱焦,野无青草,君发粟以全活也;某乡田庐没水,户口流离,君出金以拯救也;荒僻村墟,童稚失学,君设义塾以教诲也;王公旧渠三水土桥,泛流横溢,君各造桥以济往来行人也。他散衣、施粥、送药、刊书、善行不能悉记。而秦事空棘时,尤有到过人者,骊山烽火,泾渭无舟,官军莫渡,君星夜造五渡船,师赖以济。军屯灞柳,唱筹量沙,协饷不济,君输巨款为秦人昌,师赖以克。又虑社树里无城池之卫,寇来莫御,商之伯兄坚,筑堡城,乡间以全……'"

听到这儿,傅继兴情不自禁地说:"这泾阳茯砖茶的传说还挺感人的!"

田爱君得意扬扬地说:"那是!还有呢,'左宗棠访师识名茶'。左宗棠是湖南湘阴人。十四岁考童子试中第一,曾写下'身无分文,心忧天

下;手释万卷,神交古人'的对联以铭心志。

"清道光十二年,左宗棠在湖南参加长沙乡试时,恰逢泾阳人徐法绩以礼科掌印给事中主持湖南乡试。当时,左宗棠的试卷被考官判为劣卷放入不及格卷中。徐法绩为防考官判卷有误,甚或徇私舞弊,埋没人才,特召考官搜集不及格试卷,亲自查看。结果发现,左宗棠试卷的文章是颇有见地的佳作,是不及格试卷中最好的一份,因此录取,殿试中举人。

"徐法绩对左宗棠有伯乐识马的知遇之恩。同治五年(1866),左宗棠出任陕甘总督,前往泾阳拜访恩师。

"泾阳知县获悉,带着县府主官、地方绅士出府迎接,热情招待。亲自执壶把盏,为左宗棠献殷勤:'总督大人,这是小县的特产——泾阳茯砖茶,请大人品尝指教。'

"左宗棠接过敬奉之茶,问道:'岭北自古不产茶,贵县何来茯砖茶?'

"知县毕恭毕敬地答道:'此乃大人故乡之茶,在泾阳另行加工制作的,不知大人喜欢否?'

"堂堂总督,什么好茶没喝过,但听知县如此说,倒多了几分好奇和偏爱,端起茶来,仔细品尝。但见这茯砖茶,气味似茯苓,香气纯正;汤色橙黄,沉红,清澈透亮;入口滋味醇厚,甘润顺爽,回味悠长。品尝后不禁赞叹:'好茶!好茶!这茶比家乡的茶更好喝,真乃是青出于蓝胜于蓝。'左宗棠当即决定到几家大茶店看看。

"左宗棠初到陕西,还有些不服当地水土之感。在泾阳拜谒恩师,方知其仙逝,为报知遇之恩,为其扩大坟茔,亲自撰文竖碑。他在泾阳停留的时日里,喝着茯砖茶,身体大为好转。知县看左大人喜爱此茶,临走时,特意送了些泾阳茯砖茶。

"左宗棠亲身体验了泾阳茯砖茶的功效,在率军到甘肃、新疆平乱时,特意购进了一批泾阳茯砖茶,供给将士饮用。因为茯砖茶具有杀腥解腻、克食利水等独特功效,在西北地区,效果尤为明显,未雨绸缪地扫除了南方将士不服西北水土、菜果奇缺、多吃牛羊肉而带来的特殊地方病的威胁,使将士们精神大振,旗开得胜。这其中也有茯砖茶的一份功劳。

"自汉代开始,泾阳便是南茶西进的集散地和加工、制作、运输中转枢纽,而泾阳茯砖茶又是茶马交易的重要物资。作为陕甘总督的左宗棠,曾在泾阳茯砖茶的原料供应地——安化小淹居住过八年,对茶叶的生产经营,茶农、茶商的困难和希望十分了解。而今,作为地方父母官,他怀着为官一任,富民一方的志向,通过深入了解,发现现行的茶引制,存在许多弊端,决心对茶业经营管理进行兴利除弊的改革,以促使茶叶生产经营健康发展。他向朝廷上书奏称:'国家按引收课,东南帷盐,西北帷茶。茶务虽课额甚微,不足与盐务相比,然以引课有无为官私之别,与盐务固无异也。道光年间,两江盐务废弛,先臣陶澍力排众议,于淮北奏改盐票,䃺纲顿起,且有溢额;曾国藩克复金陵,犹赖票盐为入款第一大宗,其明验也。盐可改票,茶何不可?今拟仿淮盐之例,以票代引。'左宗棠引经据典申明改茶引制为茶票制的理由,获得了朝廷批准。朝廷于同治十二年(1873)推行茶务改革——改茶引制为茶票制。

"为了落实好朝廷旨意,左宗棠主持制定了《变通茶务章程》,规定免去茶商以前所欠茶税,而且不准再乱收其他杂费;不分省域定额,只要想经营者都可以领票经营;凡是在陕西、甘肃经营的茶商,一律要在领票时把税上了;一时缺钱的,可以在当地找担保;还税按所得税缴纳,杂课按营业税缴纳;内销茶一票缴纳白银一两,至多不超过二两;出口茶叶,则要加一倍缴纳。

"左宗棠为了减轻茶商负担,与湖南巡抚协商,凡是领有陕甘茶票的茶商,运茶过境,只缴纳税额的百分之二十,其余的百分之八十,由陕甘两省负责补贴。

"左宗棠这一兴利除弊、放水养鱼的改革措施,促进了茶叶生产经营的大发展。1873年,朝廷试发茶票八百三十五票,没想到竟被茶商抢购一空;1875年,茶票又增发到了一千四百六十二票。泾阳茯砖茶也水涨船高,生产经营日趋旺盛,湖南十多家茶商(当时称南柜)也相继在泾阳开业制茶。"

说到这儿,田爱君又喝了一口茶。

傅继兴笑着说:"都说三个了,恐怕没有了吧?"

田爱君自豪地说:"没有了?那是不可能的。这第四个传说是'慈禧受贡赐名福茶',听我慢慢给你说。清代是泾阳茯砖茶的兴盛时期,最盛时,在泾阳设立茶叶总号的达八十六家,以泾阳安吴堡式易堂东家安吴

寡妇兴办的茶店最为著名,每年获利万元以上,堪称茶行魁首,泾阳首富。

"清光绪二十六年(1900),八国联军攻入北京,慈禧太后于城破第二天(8月14日)和光绪皇帝及亲近大臣等一行人改扮成平民百姓逃出京城,于10月26日避难来到西安。

"时任陕西巡抚的端方,接急报后,立即成立支应局积极筹备迎驾事项。准备御用物资,修建行宫、抚署,一切都仿照京城模式,门柱改红漆,牌坊画云龙。仅购置御用物资便花去库本银二十九万余两。陕西本来就是财源短缺的穷省,这样一来,弄得库银入不敷出,只得向当地殷实富户劝捐募银。

"征募御旨、巡抚劝捐的帖子,吴家族人——京官吴建寅劝吴周氏'速去西安觐见太后,多带银两资助'的信先后传到式易堂主吴周氏手中,她不敢怠慢,立即召回总管杨茂亭、王子绪一起商量,决定以十万两白银奉献朝廷,并准备珍珠手链一件、金佛像一尊、金猴一个、景泰蓝香炉一个、景泰蓝食盒一对、楠木床一张、象牙凉席两件、楠木小圆瓶八个作为见面礼。

"吴周氏带着二十多名家人护送捐款、捐物到西安。先到府台衙门拜见了李莲英,李莲英看了礼品手本,十分满意,当即面陈太后予以召见。吴周氏进行宫向慈禧太后和光绪皇帝行了跪拜大礼,太后赐座。她又再次跪拜谢恩,高呼:'太后万福,寿比南山。'

"落难中的太后、皇帝,少了些平日里的威严和霸气,多了些平易近人、和蔼可亲之情。见到国难当头,慷慨解囊相助的贤女子,太后和皇帝十分关心地问起家长里短来。当得知吴周氏十八岁丧夫,挺身独撑家业,以仁义诚信为立身经营之本,殚精竭虑在商界打拼,终于赢得生意兴隆的情况时,太后想着自己离开先皇后,独撑社稷的艰难,顿生同病相怜、英雄相惜之感。当即收吴周氏为义女,懿令承祧族子,加封二品夫人。

"慈禧太后收吴周氏为义女和加封二品夫人的诰命由巡抚端方亲自传到式易堂,吴周氏受宠若惊,设坛焚香相迎,跪谢皇恩。吴门五院大摆宴席,以示庆贺。

"为感谢浩荡皇恩,吴周氏又二次拜见了慈禧太后,行了侍母跪拜大礼,口称:'干娘盛恩浩荡,女儿恭祝干娘洪福齐天,万寿无疆。'太后听言心喜,当即降旨加级,特封她为一品夫人,手批其子吴念昔为重庆道,后改坐家道(享有官位而在家休闲的官)。吴周氏亲手递给太后一个锦盒,内装首饰、宝物数十件,还向太后献上了泾阳特产茯砖茶,特意介绍说:'这是女儿家茶店生产的驰名丝绸之路的茯茶。'慈禧太后在危难时刻,收到如此厚重的贡品,高兴地连连说:'福茶好!福茶好!'天家口中无戏言,聪明的安吴寡妇吴周氏马上磕头谢恩,从此,泾阳茯砖茶为福茶的名声一下子传扬开来。"

说到这,田爱君真有点兴高采烈,傅继兴以为田爱君说完了,就说:"口都说干了,喝茶,喝茶!"

田爱君说:"别急,这第五个传说是'于右任赞扬安国茶'。民国初年,北洋军阀窃据了民国政府中央领导权。这些清朝政府培养的旧军阀,由于民国革命形势所迫和出于个人和小集团利益的考虑,作为权宜之策,表面上支持拥护国民革命,骨子里却不死复辟之心,接连演出了袁世凯称帝、张勋复辟的闹剧。为彻底铲除封建残余,摧毁北洋军阀势力,建立真正的民主共和国,全国掀起了护法救国的革命浪潮,陕西的有识之士也积极响应。

"1918年,陕西各路革命军,联合成立了靖国军,公推于右任为联军总司令。

"靖国军以不足五万勇士抗击着北方八省二十多万北洋兵,扛起了从侧后方牵制北洋重兵的重担。作为总司令的于右任穿梭奔波于渭北各靖国军防区,了解战况,出谋划策。

"民国十年(1921)七月,于右任顶着酷暑烈日,来到了与西安隔河相望,抗击北洋军阀走狗、陕西督军陈树藩的正面战场——泾阳县巡察。靖国军驻泾军官、地方官员及各界绅士接待了他。大家陪同于右任视察了城防、军情后,安排于右任到预先准备好的渭北有名饭店——五福园用餐,被他婉言谢绝,又改到民政局共进便餐。

"泾阳本是于右任的故乡,人亲话自多,于右任说:'乡党们,而今,革命潮流浩浩荡荡,顺之者昌,逆之者亡。袁世凯、张勋等北洋旧军阀,逆潮流而动搞复辟,祸国殃民,仅陕西北洋军阀走狗便杀害我革命党人十八名。吾辈顺乎潮流,讨逆救国,深得百姓拥护支持,捐钱捐粮,靖国军才得以坚持与敌斗争,其中,泾阳父老乡亲也功不可没,我在这里代表

靖国军全体将士,谢谢大家了。希望诸位乡党今后继续支持我们,团结奋斗,取得国民革命的最后胜利。'

"听着于先生慷慨激昂的讲话,全场掌声四起。泾阳县县长说:'于公为国民革命,舍家而奔走东西,不顾生死安危。天下兴亡,匹夫有责,我们也理应尽绵薄之力。泾阳捐款,以茶商捐款数额最为巨大。'

"于右任听着,深为感动地说:'泾阳茶商是陕西商帮中的佼佼者,泾阳茯茶和茯砖茶,在我国茶业史和茶文化中占有唯一的、不可替代的地位,有着卓越的贡献。早在宋、明时期,泾阳的能工巧匠就制出了驰名丝绸之路的茯茶和茯砖茶,一直为官府专买专卖,和西域进行茶马交易,以茶安民、安边,故当时称之为安边茶。而今,茶商以茶之收入,支持靖国军讨逆安国,堪称安国茶也!"

傅继兴听着不禁发问:"你咋对这些传说这样清楚?"

田爱君答道:"我是家里的独苗苗,我爸还指望我继承祖业哩。所以,一有空便给我灌输茶叶经,一些茶叶经营管理的典章制度,传说故事要求我要背下来。"

"真是可怜天下父母心,你爸为了你家产业,还真是用心良苦。"

听着田爱君的讲述,喝着特色的茯砖茶,傅继兴不由得诗兴大发,随口吟道:

湖茶入泾得地气,
茶发金花味更醇。
香如茯苓琥珀色,
消食利水提精神。

丝绸之路传美誉,
上贡朝廷留佳音。
茶马交易安边夷,
漂洋过海行万里。

能工巧匠制佳茗,
侍女茶艺也醉人。

茶圣诗仙若到此，

乐而亡蜀也销魂。

田爱君听着，拍手称好，道："就叫《茯茶吟》吧。"当即吩咐伙计取来笔墨纸砚，傅继兴乘兴挥笔写就了一幅行草条幅。见多识广的茶楼掌柜一看，赞不绝口："笔走龙蛇，龙飞凤舞，真正是好诗、好字！"田爱君痴痴地看着她这文武双全的心中偶像，心中涌起了爱的暖流。

喝毕茶，两人从四茗楼向北，顺中心街向东走去。走到一个十字路口，田爱君指着一条南北走向的路说："这条路叫麻布巷，是因茯砖茶兴起而生。因为东南茶叶要走丝绸之路，都要先到泾阳制成茯茶、茯砖茶，改换包装后由骆驼驮运西行。麻袋是包装材料之一，为满足制作麻袋的麻布需求，一些人便在这条离茶店较近的巷子，兴建起了许多织麻布的作坊，形成了留传至今的麻布巷。"

"你们这茯砖茶还真厉害，还带动发展了相关产业。"傅继兴有感而发。

"那可不是？泾阳许多产业都是因茯茶、茯砖茶而兴起的。泾阳茯茶兴于宋代，盛于明、清、民国。茯茶（茯砖茶）经营者不论是官商或民商，为求贩运两头不空跑，大都是从泾阳制作、购买茯砖茶，运到兰州销售，返回时购运兰州水烟到泾阳，另行加工、销售。或远走青海、宁夏、新疆、西藏等地，以物易物或买卖，除茶马交易外，也贩运回皮毛、药材等当地土特产，再到泾阳加工、销售。茯砖茶的发展，使其经营者致富，市场繁荣，造就和吸引了一批富商大贾，不断拓展经营，形成了泾阳五业兴旺。

傅继兴不解地问："五业兴旺？是哪五业？"

田爱君答道："一、泾阳是西北最大的兰州水烟加工集散地。早在明末，泾阳便成为兰州水烟的发运站，每年发货额约三万金。至清咸丰、同治年间，兰烟贸易更盛，利润大增，较明末增长百倍，'五泉烟自泾发者，岁得金三百万'。清末，全年运泾之烟二万余担（每担二百四十公斤），约占兰州全年产量的三分之二。主要销往北京、天津、江苏、湖广、上海、浙江、汉口、烟台等地，经营此业者计有十五家，以祥盛永、丰盛源、丰盛兴为巨擘。

"二、泾阳是西北最大的皮毛加工集散地。泾阳地处泾河以北,'泾阳借泾水以熟皮张,故皮行甲于他邑'。泾阳有皮毛来源,又有一批不怕艰难险阻的商人,奔走在茶马古道上。那时的茶马古道,天寒地冻,千村寥落,正如一首《西部风情》诗描绘的那样:

　　一阵风来一阵沙,
　　有人行处无人家。
　　黄河九曲冰先冻,
　　紫塞三春不见花。

"出哈密而走西域,更是人迹罕至。茫茫戈壁,天山尽削,古垒啼鸟,其景象正如林则徐的《出嘉峪关感赋》所述。"说着又吟道:

　　严关百尺界天西,
　　万里征人驻马蹄。
　　飞阁遥连秦树直,
　　缭垣斜压陇云低。
　　天山巉削摩肩立,
　　瀚海苍茫入望迷。
　　谁道崤函千古险,
　　回首只见一丸泥。

傅继兴听着,不禁感叹道:"世人都眼红做生意赚钱,岂不知商人要经历多少艰难险阻,劳心流汗,尝尽人世的酸甜苦辣。爱君,若有朝一日叫你接过义和兴的重担,你怕吗?"

"有你这大个子在我身边撑着,我怕啥!"田爱君接着说,"兴盛时期,泾阳皮毛加工业达四十多家,以义信正、公兴和及郭尔勤等作坊最为驰名。其产品主要销往湖广、江浙、四川、北京、天津、上海、武汉等地。每年单发往上海,流入东南亚、朝鲜、日本的上等黑羊羔皮、黑白二毛、大毛皮衣、男女皮袍、马褂等达六七万件以上。皮毛加工业年收入在五万多两白银。

"三、泾阳是西北驰名的中药材加工集散地,主要由茶商兼做。各路茶商把茶叶运到泾阳,加工成茯砖茶后,沿丝绸之路销往西北各地及中亚、西亚各国。一部分茯砖茶换成中药材随驼队运到泾阳,通过炮制加工,大多又随茶商销往全国各地。全县经营中药材者达一百五十家,从业人员近万,年加工输出中药材千余担。泾阳因此成为远近闻名的中药材集散加工转运枢纽。

"四、泾阳是驰名的皮硝生产地。泾阳遍地都是宝,就连南门外泾河滩那些盐碱地,也是个聚宝盆。把那地上白茫茫的土刮下来,就能熬皮硝——也叫硝盐、硝酸钾。在硝盐中,还能提纯出食用盐。商人们瞅上了这个就地取材的生意,纷纷办起了熬硝作坊,兴盛时达六十多家。年加工、销售皮硝二百余担(六十多万斤)。

"五、泾阳是关中金融中心之一。茶业兴盛带动了相关产业,县内百货云集、商贾络绎,商贾四集、肆店连衢,堪称关陇——大都会也。加之泾阳盛产棉花,经济更显繁荣。金融业也随之兴起,富商大贾纷纷兴办钱庄,使得钱庄星罗棋布,大小皆有。自明清以来,泾阳、三原两地一直掌握着关中地区的金融命脉,在清朝中期以后,关中各地的货币流通,银子与钱票的兑换比率多半以泾阳、三原为标准。

"泾阳茯砖茶的兴起,不但带动了相关产业,还造就了一批富商大贾。他们从经营茯砖茶致富,进而扩大经营范围,经营盐、烟、皮毛、药材、丝绸、布匹、钱庄、典当等行业,不断开拓市场,在四川、西康、湖南、湖北、甘肃、新疆、宁夏、蒙古、云贵、武汉一带设立庄栈、商号,有的甚至在缅甸、越南、印尼等地设立了分号。所以泾阳流传着'东刘西孟社树姚,不及王桥头一撮毛''吴家伙计走州过县,不吃别家饭,不住别家店'的民谣。

"东刘是指桥底镇川刘村刘义兴家,主营茶叶,兼营药材,商号多设在四川、西康等地。

"西孟是指桥底镇北赵村孟家,主营茶叶,兼营皮毛生意,在兰州、宁夏设有商号。

"社树姚是指王桥镇社树姚家,以经营茯砖茶起步,后转营食盐、皮货、药材、黄金,大部分商号设在四川及印尼等地。

"一撮毛是指王桥巨富于家,专营茶叶、药材,湖南有茶园,商号多设

在四川一带。

"吴家是指县北安吴堡巨富吴家,以经营官茶起家,后又经营官盐,其商号遍布四川、两湖、江淮、苏杭等地。

"另外,还有桥底镇大簸箕柏家,主营茶叶兼营烟、皮、布等,商号多在武汉及陕西境内。"

傅继兴听着田爱君的讲说,心生敬意:"哎呀,真是红萝卜调辣子——吃出没看出。你不但是个地理通,还是个生意精,不,简直是本活地方志。"

田爱君说:"活地方志?不敢当,那差得远着哩。我们泾阳茶商的精彩事太多,他们不但生意做得好,还尊师重教,乐善好施。我们县的文庙,就是清光绪年间,我县大茶商安吴堡吴周氏捐银四万两重新修建的。陕西四大书院之一的味经书院也是群众集资修建的,其中也有茶商的一份功劳。"说着,领着傅继兴来到了姚家巷的味经书院。

味经书院虽已于光绪末年改为官立小学堂,又于民国六年改为高等小学,但面貌依旧。

田爱君曾是这里的学生,进入母校畅通无阻。

味经书院坐北朝南,大门是三间五架的鞍间房,左右是内塾,门外是屏堂。二门为三间三架的鞍间房,门楣上悬挂着"尊闻行知"的牌匾,门柱上的楹联是"华岳黄河俱有灵,其间气必钟英哲;圣贤豪杰都无种,在儒生自识指归"。二门左右为外塾,塾前西边是时敏斋,东边是日新斋,各有房十六间。

田爱君和傅继兴走着看看,不时和碰见的老师打着招呼。

进二门东西两面各有鞍间房四栋(每栋四间),小圆门八个,每个圆门上写着一个字,连起来是韩愈《进学篇》中的四句十六字,西为"沉浸浓郁含英咀华",东为"作为文章其书满家"。

走着看着到了讲堂,这是一栋五间五架的建筑,雕梁画栋,花格门窗。左为大雅扶轮门,右为小山承盖门。观见门柱上有一副楹联,田爱君朗声念道:

"讲学不在多言,先挞破名利一关,仰毋愧,俯毋怍,惕厉战兢,敬义夹持,是乃圣贤真学问;通经必其实用,果认得孝忠二字,体于身,修于家,肫诚悱恻,穷达无间,斯为豪杰大经纶。"

傅继兴听着赞叹道:"真不愧书院圣地,人杰地灵,此楹联对仗工整,寓意深刻,阐明了办学宗旨。"

进入讲堂,又一副楹联映入眼帘,

"讲肆邻周京,棫朴作人,看今日多士群居,可否不愧誉髦,泾之水,峨之山,直与全秦振风气;横渠启关学,洙泗相传,愿诸生奋心独往,断当力崇礼教,愚求砭,顽求订,好为吾道溯渊源"。

举目上望,前梁上题写着"学为忠孝",中梁上悬挂"谕旨",后梁上题写着"味经堂"。出后门还有一副楹联"以生灵休戚为心,练识广才,名公卿由此其选也;就吾学切磋所得,通经致用,大文章可扩而充之"。

味经堂的北面,有三间五架的客厅,左右均有房子;再北,左右各有厢房五间,厢房北有寝室四间,寝室后有小房五间。二人走着看着,田爱君自豪地介绍说:"我这母校是人才的摇篮,先后出过九十四名举人,十八名进士。于右任、杨凤轩、张季鸾、冯孝伯、王授金、朱佛光、杨西堂等在陕西乃至西北军政文化教育界有名的人物,均毕业于味经书院。关学大师刘古愚曾在此任院长。"

田爱君引着傅继兴到味经堂东边看了刘古愚为学生学习天文知识而倡导修建的通儒台,为改善师生饮水而建的清白池及三间三架的藏书楼。拜谒了刘古愚祠、杨凤轩祠。

傅继兴深有感触地说:"历史上凡是给群众和社会做过突出贡献的人,人们都不会忘记,为其修祠祭拜,奉为神灵,刘古愚便是一个。他是关学的传道授业者。"

听傅继兴提到关学,田爱君显摆了起来:"我在这儿上学时,老师给我们讲过关学,它是由北宋著名思想家张载创立的。他提出了'为天地立心,为生民立命,为往圣继绝学,为万世开太平'的思想。关学的基本精神是学风笃实,注重践履;崇尚气节,敦善厚行;求真求实,开放会通。"

"你不愧是关学弟子,说得还头头是道。你那个刘古愚院长是关学的积极践行者,他曾在陕西开展救亡运动,创立维新团体复郢学会,出版严复《天演论》和康有为、梁启超的维新论著,派弟子北上京都,南下上海与维新志士互通声气。在变法失败后,隐居烟霞洞期间,对西方政治学说进行了研究,并提出了适合近代教育的一套教育体制。"

"你还真是博学广闻,连这些都知道。走,咱们看文庙去。"

从姚家巷往西就是粮集路,向南走就上了中心街,穿过繁华的中心街,到北极宫十字向南走,上了钻天白杨树夹道的文庙巷,不一会儿就到了文庙。他们走着看着,观见这文庙有棂星门、戟门、东西庑殿、大成殿,大都为飞檐翘角歇山顶式的建筑,雕梁画栋,红色圆柱。大成殿廊檐上的八根四棱石柱、金黄色琉璃瓦、绿色龙凤屋脊甚为独特。棂星门上悬挂着金边庙蓝底、乾隆题写的"文庙"两个金色大字的匾额。戟门红柱上挂着黑底金字的瓦形楹联"先觉先知为万古伦常立极,至诚至圣与两间功化同流"。大成殿门首,悬挂着金边庙蓝底,镂刻着金龙、金字的"大成殿"牌匾,门两边一副金字楹联"德侔天地,道冠古今;删述六经,垂训万世"。进门迎面供奉着孔子坐像,两边又是一副黑底金字的楹联"气备四时,与天地日月鬼神合其德;教垂万世,继尧舜禹汤文武作之师"。孔子坐像正上方悬挂着金边庙蓝底,镂刻着金龙、康熙御书的金字"万世师表"牌匾,两边是同样的牌匾,分别是雍正题写的"生民未有"、乾隆题写的"与天地参"、咸丰题写的"德齐帱载"、光绪题写的"斯文在兹"。大殿内还有孔子八个弟子的塑像,墙壁上是反映孔子生平事迹的壁画。

傅继兴触景生情地说:"而今,有人批判孔孟之道,但我觉得,不管是圣人之道,还是佛教、道教,其本意都是教人学好的,问题在于别有用心的人,打着神、圣的旗号,贩卖自己的私货,愚弄群众,把人引入了邪路。"

田爱君领着傅继兴游泾阳古城,心里想的是炫耀泾阳,留住心上人,哪有心思管什么孔孟之道。她直接问傅继兴:"你说这文庙修建得咋样?"

傅继兴赞叹地说:"美!富丽堂皇!堪称一大历史文物景观。"

这一天,傅继兴看了、听了和茯砖茶有关的事,可就是没有发现劣茶的蛛丝马迹,他只得步步留心再查看。

第二天,吃罢早点,田爱君领他去看太壶寺。

从小在泾阳长大,看遍和熟知泾阳景观的田爱君,自豪地当着导游:"太壶寺原为前秦苻坚行宫,后来,隋文帝因其母信佛并经常来此参拜,遂改名为太壶寺。唐代曾改名中兴寺,宋曾改名惠果寺,明又改名太壶寺。唐玄宗年间,它与长安青龙寺、大雁塔及我们县蒋刘村的荐福寺,均为唐都讲经传道圣地,传说杨贵妃曾来此朝圣降香。"

走到太壶寺,观见其红漆大门高大宽阔,两边还有两个小门,小门两旁是一对雕花的小方形门墩,大门两旁是一对大的圆形门墩。进门迎面是一个铁铸方形大香炉,香炉两面,铸着双凤花卉,中间是太壶寺三个大字,甚为独特。

二人上前烧香祈祷,各有各的心事。傅继兴心里想:祈望神灵保佑,使我早日查清劣茶真相。田爱君默默祈祷:愿继兴一心爱我,早结良缘,同创大业。

香炉后边是大殿,大殿为歇山式琉璃瓦屋顶,面阔三开间,红漆圆柱,透花格子门,斗拱华丽。大殿门额上,悬挂着"隋文帝敕建太壶寺"的钟鼎文横额。中门两旁,是著名书法家何惠玄用隶书撰写的瓦形楹联"祝我佛金身不坏信仰自由,愿人间铁血常销冤亲平等"。

大殿内,迎面中间供奉着释迦牟尼佛,两旁是四大金刚。八根红柱间,悬挂着信徒们感谢神灵的牌匾、锦旗。

二人从大殿穿堂而过,观见殿北贴墙立有"题赵光辅画碑"一通,碑上铭文,书法遒劲,文笔简洁,论述了北宋著名画家赵光辅壁画真迹的内容。

殿后,院落宽敞,两座式样精巧的碑亭引人注目。西亭内,有唐代书法家韩云卿题写的石碑一通;东亭内,悬挂着一口巨钟。

田爱君指指点点引着傅继兴走着、看着、说着:"这太壶寺不但神灵,还有一大特产——狗皮膏药,曾红极一时,名扬西北。"

从太壶寺出来,顺着二条街向西,走到第一个十字向北眺望,一对高大的铁旗杆引人注目。田爱君说:"那是关帝庙。"

傅继兴最敬佩关老爷的忠义仁勇,是他心中学习的榜样。所以,他每到一地,都要拜谒关帝庙。关帝庙门前是一对铁狮子,庙中正殿,香案前方,在云绕群山的背景前,正中是关公捋须看《春秋》的彩色塑像,左边是手托大印的关平,右边是手执青龙偃月刀的周仓。傅继兴上前,三叩九拜,默默祈祷。正殿后面是戏楼。

从关帝庙出来顺二条街西行,映入眼帘的是县城隍庙。城隍庙门口是一对三丈开外的铁铸旗杆,上有旗杆斗子、小铁旗,铁龙缠杆而上。进门是大戏楼,戏楼北门两侧为贤司殿,殿中泥塑着惩罚阳间恶人、忤逆,上刀山、下油锅的情景,往后正中间七间六椽大殿供奉着城隍爷,东南角

有方神夫妻像,大殿两厢是东西道院。傅继兴真希望城隍爷管好惩恶扬善的事,使善有善报、恶有恶报变成现实,使卖劣茶害他家的人遭到应有的惩罚,使恶人生出敬畏和改邪从善之心。

二条街向西走到尽头是北极宫。这条街,商铺林立,茶店、茶庄、烟店星罗棋布,车水马龙,人流如潮,一看就是个繁华的商业街。朝北向西走到北挡巷,路北有个五福会馆。

田爱君介绍说:"它也叫烟店会馆,是清朝烟商集资修建的。和三原城隍庙只差门口的木牌楼,超出的还有两边的看戏楼两廊各五间房屋。"

进门一看,果然是雕梁画栋,五彩缤纷,砖柱上顶,有各种烧制的飞禽走兽、花卉云彩,屋脊是龙凤呈祥。

走进享殿,五十多面牌匾相映生辉,状元王杰的草书金匾——"此之谓大丈矣",笔走龙蛇,堪称镇馆之宝。

五福会馆的戏楼最为宏伟壮观,砖木结构,水磨砖,白灰勾缝,屋顶有烧制的飞禽走兽,龙凤齐全,四边拱斗翘角,两侧有化装楼。

傅继兴看着说:"关帝庙到五福会馆没有多少路,咋就有三个戏楼?"

田爱君解释说:"因为泾阳是戏剧界公认的标准秦之声发祥地,唱起秦腔戏来,字正腔圆,音色准美。群众也喜好秦腔,为看戏,跋山涉水跑几十里路,无怨无悔,一边做活一边唱戏,那是家常便饭。所以,泾阳的戏楼多,剧团多。全县共有各类戏楼四十座,其中,县城就有十三座,乡镇有二十七座。在乡镇,安吴堡的迎祥宫戏楼最为豪华,那戏楼两拱相连,舞台两侧,各有一间化装楼和三间耳房,戏台两侧还有看戏楼。县上知名剧团有:贾志明创建的明正社、田玉杰创建的清华社、李清云创建的清俗社……许多出身于泾阳剧团的人,后来都成了驰名西北五省的名角。

北极宫向南到十字,东西走向的街道,便是泾阳最繁华的中心街。十字是东西南北大街的分界线。

西大街五福园西隔壁有一所豪华建筑,门上挂着"山西会馆"的金字招牌。看着它,引发了傅继兴的思乡之情:不知母亲近来可好?何时才能查清劣茶案,回家报与老人知?

田爱君说:"你们山西人精明能干,会做生意,在泾阳做生意的人可多了……"

走着看着说着,不觉来到了西关南巷万灵堂药店。田爱君显摆地说:"这药店的棕皮凉眼药治红眼、烂眼病可灵哩!是名扬四方的紧俏货。"

这万灵堂药店门面是三间接檐楼房,进门是配(抓)药的柜台,两侧全是带小斗的药橱,铺台的顶头放着黑色的杏林卧虎石。大厅矗立着孙思邈、扁鹊、华佗、张仲景的塑像,大厅两侧的楹联是"修竹合同闲者静,春山情若古人长"。傅继兴感叹道:"敬神修行善为本;诚信经营业自兴。"

田爱君听言赞道:"你还真不愧是佛门弟子,明天我领你去看佛家的崇文宝塔。"

第二天是个风和日丽的日子,傅继兴和田爱君坐着蓝布蒙罩的马拉轿车,来到了位于县城东南十多里的崇文宝塔。

田爱君介绍道:"这塔是为安葬佛家舍利,存放经书,于明万历十九年(1591)由尚书李世达主持而建的。其结构、层级、高度均为全国之最,姿态挺秀为西安慈恩寺大雁塔所不及,是泾阳八景之一。邑人刘三才曾以《登文塔》抒发了登塔的感觉。"说着便吟道:

> 缥缈风烟万里开,
> 招提乘兴漫登台。
> 终南紫气来三辅,
> 极此浮去净九垓。
> 雁外晴丝飞浩荡,
> 尊前塔影落马嵬。
> 瀛洲遗址仍相望,
> 其看文芒射九台。

走近观看,向南开着的塔门上写着"崇文宝塔"四个大字,塔为八棱十三层,底层为重檐式,每层有砖沿椽头及雕刻的各式花纹,各角相接处为砖砌圆柱形,极为精致。塔的各层均有四扇小窗,每层外有四个佛堂,互相交错;佛堂中有石刻佛像,或立或坐,形态各异。进塔门,走螺旋梯可达塔顶。二人逐层走着观看。二层内,铸有金属站佛一尊。上至十三层,四周有砖砌花墙,塔顶有铜盆一口,盆下暗藏铜质佛像八尊,盆内放着形似药葫芦的铜质宝瓶一个,高约丈二,金碧辉煌。登上塔顶,俯瞰四方,远山近水,尽收眼底。

田爱君继续介绍着说:"这塔修至九层时,李世达亡故,女儿继承父愿,接着修塔,终于于明万历三十六年修成,历时十八年。因此,民间流传起了'天心民心,建塔泾滨。孝女感天,名塔崇文'的民谣。"

傅继兴沉思着说道:"登此塔,方使我亲身体会到'欲穷千里目,更上一层楼'的意境,人要干顶尖事业,必须要经过曲折的攀登,甚至要经过几代人前仆后继的努力。你这个义和兴的后继人,真应该好好学学李尚书之女。"

田爱君咯咯笑着说:"才两天,就教诲起人来了。"说罢,还看着傅继兴咯咯地笑,感染得傅继兴也笑了起来。

在返回泾阳县城途中,傅继兴问田爱君:"刚才你说泾阳有八景,其他七景是什么?"

田爱君兴致勃勃地介绍了起来:"其他七景有前人留诗为证,我给你逐个说来。"

《瀛洲春草》:

原上平沙带紫泥,
玉堂人回草萋迷。
断碑坚护前朝京,
荒址空传太史题。
风急水涯歌韵渺。
渚寒山表月痕低。
不知胜事何能再,
绿野新莺到处啼。

《龙陂丛绿》:

荡漾龙泉湛碧空,
年来生意满芳丛。
源头冷浸三更月,

水面凉生九夏风。
烟抹苔痕浓淡里,
雨昏草色有无中。
临流更喜多佳趣,
数点轻鸥一钓翁。

《眭城古渡》：

眭城南下接通津,
来自百泉去入秦。
马立沙堤人竞渡,
鱼翻桃浪水生春。
烟波逝处年华老,
雨露来时柳色新。
一自传岩应聘后,
不知谁是济川人。

《文川秀色》：

活水源头漾碧流,
此中佳致胜瀛洲。
夭桃嫩柳一川景,
红岸黄花两岸秋。
鸥鹭忘机时上下,
鱼龙吹浪任沉浮。
吟边胜有无穷趣,
为问丹青写得不。

《谷口晚烟》：

一派甘泉泼钓矶,
落红随水暮烟霏。
临流漠漠孤帆暝,
隔岸蒙蒙远树微。

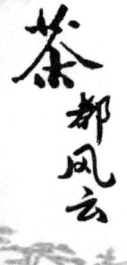

　　　　　　　轻锁断桥迷晚渡,
　　　　　　　淡笼芳草映斜晖。
　　　　　　　采莲声歇人初散,
　　　　　　　两两三三促棹归。

　　《嵯峨灵云》:

　　　　　　　仿佛芙蓉玉女峰,
　　　　　　　山深啼鸟应清钟。
　　　　　　　溪蒸水汽生云影,
　　　　　　　石滑苔痕带雨踪。
　　　　　　　半壁空中翔白鹤,
　　　　　　　千岩天际舞苍龙。
　　　　　　　盈畴遥对桑麻绿,
　　　　　　　太史占年慰九重。

　　《仲山晴岚》:

　　　　　　　矗立峰峦插碧空,
　　　　　　　浮云流水各西东。
　　　　　　　岚光晴滴山头雨,
　　　　　　　树色凉生洞口风。
　　　　　　　一抹淡烟青嶂处,
　　　　　　　半林残照翠微中。
　　　　　　　挥毫几欲留新句,
　　　　　　　只恐山灵诮未工。

　　傅继兴听罢问道:"你们泾阳还真是个山清水秀的好地方。你咋把这些诗也记得这么熟?"
　　"这是我爸教我经商的必修课,说是接待客商时用上。除过以上泾阳八景,我们这儿,还有一个独特的景观——悟空庙和振锡寺,明天我领你去看。"

"是为《西游记》中的孙悟空修的庙吗?可小说人物是虚构的,为何要给他修庙?"

"因为我们这儿的悟空是真人真事。原来我也觉得奇怪,为弄个明白,闲暇时我翻阅过《泾阳县志·人物志》《唐上都章敬寺悟空传》《悟空入竺记》《大藏经·续正藏》等资料,才知道真有悟空其人。"

"那你说来听听。"

"我们这儿的悟空,原名车奉朝,唐京兆云阳人(即现在泾阳县云阳镇)。出生于唐玄宗开元十八年(730)。祖上为北魏拓跋氏贵族,鲜卑人,十九岁入朝为官。唐玄宗天宝十四年(755),时任左卫泾州四门府别将员、外置同正员的车奉朝,奉旨随中使张韬光等一行四十多人出使罽宾(古西域国名,今克什米尔)等西域各国。在顺利完成出使任务后,车奉朝因身患重病不能随使团回国,留居犍陀罗国(今巴基斯坦白沙瓦附近,包括阿富汗邻近地区)。因此病中发愿:'如待病愈,愿落发为僧。'病愈后遂皈依佛门,拜当地三藏法师舍利越摩为师,赐法号达摩驮都,名法界。车奉朝后又游历迦温弥罗国(今克什米尔南部)、北天竺、中天竺等地,访师求道,巡礼佛迹,苦习梵文历时四年之久。最终因思念故国家乡,请求归国。师父舍利越摩赠送他三部梵文佛经和佛牙舍利一枚。回国途中,他在龟兹(今新疆库车)停留年余,应当地莲花寺僧人之请,将《十力经》译为汉文,后转赴北庭都护府(今新疆吉木萨尔),与西域高僧尸罗达摩将《十地经》和《回向轮经》译为汉文。唐贞元六年(790)二月,车奉朝返回京都长安,德宗皇帝敕命其住长安章敬寺,赐法号悟空。年逾六旬,车奉朝回家乡探亲,父母早已去世,兄弟子侄家无一人,遂又回至长安,在章敬寺译经。唐元和七年(812),他圆寂于长安护法寺,葬于泾阳嵯峨山二台之上。为纪念这位大唐高僧,唐懿宗李漼命人在其安葬地建了振锡寺。明神宗万历年间,又在泾阳口镇关道村建了悟空庙。"

傅继兴听毕说道:"听你这一说,还真得去拜拜这位远行苦修、卓有建树的前辈高僧。"

第二天,二人来到了悟空庙。这庙占地二十多亩,最后一座享殿中供奉着真人般高低的悟空法师像,背景是旭日当空和五彩晴云,泥塑的高山峻岭和悬崖深谷,寓意悟空取经途中的几个故事片段。殿内香火旺盛,两人也上前叩拜上了香。傅继兴默默祈祷:神僧啊,求你点化,让我尽快查清劣茶真相。

寻访到嵯峨山二台上的振锡寺,观见这寺院甚为宽敞,悟空大殿飞檐翘角,雕梁画栋,塑有悟空法师坐像一尊。殿西有安葬悟空的灵骨塔——砖石结构,密檐楼阁式,六棱柱体,夯土填心。塔共五层,塔下有一鼓形石礅,其上铭刻着悟空的生平事迹。

田爱君介绍着说:"悟空寺庙建成后,不但香火旺盛,还有了庙会。悟空塔会在每年三月和七月举办,悟空庙会在每年正月十五和七月十五举办。庙会时,四面八方的群众蜂拥而来,顶礼膜拜,祭祀祈福,文娱活动五花八门:唱大戏、演灯影戏、耍社火、耍龙、舞狮子、走高跷、跑旱船、演竹马……十分热闹,上会人多时有一万多人,连甘肃、河南、山西等邻省人都来赶会。"

拜谒了悟空寺庙,傅继兴有所感悟地说:"人生要想干成一番事业,必须得有悟空法师那种持之以恒的苦行僧精神。"

田爱君接着说:"成就一代伟业,不但要有苦行僧的精神,甚至还要有不怕误解和委屈的精神,我再领你去看了郑国渠,你就知道了。"

傅继兴随着田爱君来到了郑国渠所在的张家山,泾河奔腾咆哮着从张家山大峡谷中流出。田爱君引着傅继兴边走边看边介绍:"郑国渠建于秦始皇年代,是当时的韩国派水工郑国到秦国献修渠之策,以耗费其财力物力而拖垮秦国的疲秦计而适得其反的结果。郑国在此率领民工,历经十年,修成了三百多里长的郑国渠,浇灌着沿渠二百八十多万亩土地。它是我国古代著名的三大水利工程之一,开创了引泾河之水灌溉的先河。从此,修渠灌溉,代代相传。在郑国渠的基础上,汉代,左内史倪宽主持修建了六辅渠。汉太始二年,赵中大夫白公主持修建了白公渠。北宋末年,先后两次施工,共历时十一年,分别由侯可、赵佺主持,修建了引泾史上第一座建立在岩石河岸上的丰利渠。元代,由西台御史王琚建议,历时五年,建成了王御史渠。明代,由陕西巡抚项忠倡议并组织修建了广惠渠。清代,由朝廷部分官吏及翰林院学士建议,泾阳、淳化知县唐秉刚、汪碧负责,以龙洞、筛珠、琼珠、鸣玉等泉水为水源,历时两年,建成了龙洞渠。"

听着田爱君的介绍,看着各古渠遗址,傅继兴赞叹道:"这儿简直就是个天然的水利历史博物馆,先祖们前仆后继,为民造福的精神实在令人敬佩,值得吾辈好好学习。"

第四章 二月会 英雄救美人 游故城 佳人说茯茶

第五章

忆往昔 小姐爱伙计
心比心 为女选佳婿

田爱君大学毕业后，已到了谈婚论嫁的年龄，提亲说媒的人快踢断了门槛，可她是一个也不见，把婚姻的门关死，就连县长的公子也吃了闭门羹。

俗话说得好："男大当婚，女大当嫁。""女大不中留，留得久了结冤仇。"田爱君的婚事简直成了田来福夫妇的一块大心病。如今看来，女儿是心中早已有人了。看着女儿与傅继兴整日出双入对，形影不离，分外亲热，田来福夫妇对傅继兴的安排任用，费起了心思，打起了算盘。因为他关系着女儿的终生幸福，也关系着他们亲自创建的义和兴家族产业的发展。

人常说："儿是娘心一块肉。"作为母亲的赵雅茹十分心疼这个独苗女儿，从女儿懂事起，她对女儿的办法就是顺毛摩挲，只要不是太越轨的事，基本是女儿说咋办就咋办，从来不把自己的意志强加于女儿。她以自己的亲身经历认识到男怕选错行，女怕嫁错郎。当年，她硬拗着不嫁大财东的少爷，跟了自家的伙计——田来福，虽说起初受了些苦，但现在，毕竟创成了一番事业。而那个财东少爷，吃喝嫖赌，把祖传家业败了个精光,沦落为街头乞丐。赵雅茹为自己当初的选择而自豪,亲戚朋友们,就连当初帮着父母亲劝她嫁给财东少爷的人,都夸赵雅茹有眼力,是现世的王宝钏。她理解女儿,相信女儿,在人才荟萃的北方大学,聪明而追求完美的女儿能看上傅继兴,一定有她的道理。

田来福则以毕生的阅历和经验认识到:一个堪负重任、成就大事的人,不在于一时的富贵贫贱,得意失意,而在于其是否有慧根天赋,悟性德行,谋事之睿智,奋斗之精神,干事之胆魄和能力。

田来福是泾阳县西乡王桥镇龙首村人。这龙首村背靠兴隆塬,面临古郑国渠,靠塬在川,地平水美,旱涝保收,所产之水蜜桃曾是朝廷贡品。因其地处引泾灌溉总干渠的分水闸之北,郑国渠及历代灌溉工程,渠水皆由分水闸分流而去,仿佛龙首,故而得名,堪称风水宝地。

田来福的家为工匠传家。父亲田艺强是乡里有名的能工巧匠,泥木两行堪称高手。也许是成年累月地给人帮忙做家具、盖房屋积的德,他家人丁兴旺,一连楼梯台般要了三个小子娃。他衷心希望儿子们有福气,交好运,财源广进,给他们按次序起名为:来福、来运、来财。

田艺强没有文化,不识字,做匠人活,全凭祖传死记尺寸,一辈子吃尽了没有文化的苦头。所以,娃一到上学年龄,他不管自己再作难,一个个送着去上学,但终因孩子多,妻子李冬梅又常年有病,负担重,迫使他长年累月、没黑没白地苦奔忙,结果,英年早逝。妻子也相继病故。那时,田来福只有十二岁。

失去父母就像塌了天。面临着家徒四壁、没有隔夜粮的光景和两个小弟弟,田来福真不知道以后该咋样生活。他在舅父李仁厚和乡党的帮忙下,用父亲做木匠活剩下的木板,钉了个木匣匣,埋葬了母亲。

善良厚道的舅父李仁厚收留了姐姐留下的孩子们。

田来福自小争强好胜,不愿意寄人篱下吃闲饭,硬让舅父给找个营生。恰好舅父是泾阳数一数二的诚盛永茶店的老茶工,他苦苦哀求东家赵智诚,收下了苦命的小外甥。

李仁厚叮咛小来福:"娃呀,现在世道不好,僧多粥少,寻个营生不容易,你要懂得珍惜。给东家做活要像给自家做活一样,要实干勤快,眼尖手快有眼色,千万不可偷懒耍奸,投机取巧。学手艺要刻苦认真,多动脑筋,勤学苦练,不懂就问。娃呀,这世上的事,是吃得苦中苦,方为人上

人,少壮不努力,老大徒伤悲。"在舅父耳提面命的教诲下,三年学徒出来,田来福把开包剁茶、检验原料、炒茶、捶茶、晾晒发花、成品检验等工艺学得烂熟于心、运用自如,成了制作茯砖茶的能工巧匠。

说实话,田来福打工、学手艺,乃是生活所迫,他实际上酷爱读书,私塾老师"书中自有黄金屋,书中自有颜如玉"的话犹如一颗种子,在他心中发芽生长,刺激着他的读书欲望。他到处搜寻借着,断断续续看了《三国演义》《水浒》《官场现形记》《二十年目睹之怪现状》等书籍。

田来福敬佩三国中刘、关、张的义气,白手起家打天下的勇气和作为,幻想着有朝一日也能领着两个小兄弟干一番事业。他同情、哀叹水浒好汉们被逼上梁山的不幸遭遇;敬佩好汉们路见不平拔刀相助,勇于踏平世间不平路的英雄气概。他从《官场现形记》《二十年目睹之怪现状》中,初步认识了官场的黑暗,社会的复杂……他效仿着书中英雄好汉的样子矫正着自己的行为,立志、奋斗,追求着他心目中的黄金屋和颜如玉。

机遇等待着有缘人,机遇成就着有准备的人。田来福十六岁那年,被东家赵智诚看中,觉得他敬业勤奋,忠诚可靠,才智过人,一表人才,便指派他去做了安化(原茶采购)分号掌柜的跟班伙计。

做生意有条经典经验:不光要卖得好,更要买得好。就茶店而言,只有买下物美价廉的原料,才能为更好盈利打下坚实基础。所以,自古便有"一百的财东,八十的庄客(采购)"之说。幸运的田来福遇上了个好差事。

田来福来到了安化,但见境内,崇山峻岭,山脉延绵,群峰叠翠,云雾缭绕,沟壑纵横,资江中流,溪流网布,真是天赐的产茶宝地。

为了采买到物美价廉的好茶,他跟着老师傅,跑遍了安化芙蓉山、云台山、高马二溪、六洞,跑遍了茶马古道上的东坪、江南、洞市、黄沙坪、唐家观等茶马古镇。学会了从色、味、形等方面辨别茶叶的真伪好坏,看货议价、收买茶叶渐渐成了行家里手……

田来福在安化干了三年,以诚实厚道、重义轻利、谦和稳重、精明能干结交了一批好朋友,又被掌柜的极力推荐,被提拔为最年轻的二掌柜。

这一年冬月,田来福有事回泾阳,恰逢成都商号大掌柜有病回西安住院,东家临时派他去西安服侍。一个多月,田来福早起晚睡,帮着洗脸洗脚,梳头擦身,喂饭喂药,端屎倒尿……不厌其烦。大掌柜病稍好,田来福陪着聊天,谝茶叶生意……结果,这掌柜的病一好,就三番五次地缠着东家,硬要田来福去当自己的二掌柜,可安化掌柜死活不放人。最后,还是东家出面调解,答应让安化掌柜的在全商号另外挑选能员上将,才算了结。这一年,东家为了解除田来福这个干才的后顾之忧,接纳他的两个小兄弟到诚盛永茶店来上工。

  过了年,田来福随同成都大掌柜来到了成都。

  成都是西南第一大都会,高楼大厦、彩绘古建,相映生辉;新式汽车、漂亮马车,驰骋交错;人流如潮,熙熙攘攘,但在这一切的背后,却充满着激烈的竞争,天天都有喜庆开业的,天天都有流泪倒闭的。

  田来福跟着大掌柜,以如履薄冰的心态,仔细谨慎地观察市场,预测行情,调度货物,低屯高卖,不失时机,屡创佳绩。

  三年下来,田来福成了茯砖茶销售的行家里手,又结识了一批顾客及商户朋友,成都商号的生意也是蒸蒸日上,欣欣向荣。

  就在田来福到成都诚盛永茶业分号干到第三年的春暖花开季节,泾阳总号传来消息,要调他去给东家当助手,同时传来消息说,东家小姐要来成都游玩。

  这小姐名叫赵雅茹,是东家的掌上明珠,而且耳濡目染,深知商事。小姐是真的来游玩,还是来考察田来福,来看他们商号的生意,还真不好猜测。成都商号不敢怠慢,认真准备,大掌柜为成全田来福进入总商号的好事,决定由年轻的田来福负责商号经营情况汇报,全程陪侍小姐。

  田来福对商号的经营情况了如指掌,但对成都景点,却因商务事忙,从未去过。他只得临时抱佛脚,找来相关资料,仔细阅、记,逐景点察看游览路线、食宿场所。

  这一天,成都诚盛永茶庄来了个穿着入时的年轻女顾客,门迎伙计笑脸相迎,导购伙计随侍介绍,请女顾客看茶艺表演,品沏好的茶,逐一介绍着各种规格、档次的茯砖茶,仔细探问着女顾客的喜好,推荐着合适的品种。

  女顾客看着穿戴整齐、喜迎顾客的伙计,看着布置典雅、顾客盈门的生意,随意向伙计问着商号的经营情况,脸上露出了欣喜之色。直到这时,大掌柜和田来福才在出出进进、熙熙攘攘的人群中发现小姐来了。

第五章 忆往昔 小姐爱伙计 心比心 为女选佳婿

掌柜的急忙上前施礼问候："小姐来了,咋不先打声招呼,好让我们去接。你一路旅途劳顿,请先到客房休息。"

小姐说："我是随送货车来的,顺便来转转,何必先惊动你们。"

掌柜的礼让小姐到客厅八仙桌旁坐定,伙计端上了四色糕点、四样时鲜水果,斟上了茯砖老茶。喝着茶,掌柜的这才给田来福介绍说："这是咱东家的千金赵雅茹。"又给赵雅茹介绍说,"这是我们的二掌柜田来福。"

赵雅茹听着介绍,打量起了田来福,但见这年轻人和自己年龄差不多,中等身材,黑油油的长发辫盘在头上,穿一身黑绸暗花长袍,全身打扮得干净利落、老成持重。白中透红的脸上,卧蚕眉,丹凤眼,高鼻梁,口呈地包天,彰显着英武、机灵的福贵之相。

田来福也端详着小姐,只见她穿一件宝蓝色镶边的苹果绿缎长袍,梳着入时的发式,刘海儿齐眉,细白的脸上泛着红润,眉清目秀,红唇贝齿,行动举止,一派大家闺秀的风范。

成都茶庄掌柜的从内心感到田来福精明能干,这几年也为商号出了力,东家也有提拔之意,便竭力举荐着说："我们这二掌柜,年纪轻,脑子灵,账算清,谋划好,人勤苦。这几年,成都商号生意好,他是功不可没。商号经营情况,就让他给说一说。"

田来福遵命说道："小姐、掌柜的,那在下就说了,不妥之处,还请小姐、掌柜的指教。这几年,若说成都商号生意小有成绩,那都是掌柜的深谋远虑、调教伙计、探查行情、顺势而为、调度有方、周密安排、出奇制胜的结果……"田来福如数家珍地汇报了成都商号的经营情况。

赵雅茹用心看着他的说话姿态和有条不紊、有理有据的表述,深感这二掌柜业务熟悉,口齿伶俐,思虑周密,睿智过人。她听罢说道："真是强将手下无弱兵,老掌柜带出了好徒弟。依我看,成都商号这几年经营连创佳绩,是老掌柜经营有方,二掌柜竭力辅佐,上下齐心协力,共同努力的结果,我代表家父对大家的辛苦操劳表示衷心的谢意,希望大家再接再厉,创造更好的业绩。"

说着话,已到中午,田来福说："俗话说,'迎客的饺子送客的面'。我们已在荔枝巷最有名的钟水饺店为小姐订了迎客宴。"

田来福引领着小姐、掌柜的一行人来到了钟水饺店,店门上悬挂着

88

"钟水饺"的金字招牌,进店但见窗明几净,装饰高雅,红木桌椅,青花瓷茶具、餐具。众人坐定,田来福介绍说:"这店的创始人叫钟少白,原店名协森茂。这店里的水饺与北方水饺的主要区别是全用猪肉馅,不加其他蔬菜,上桌时淋上特制的红油,微甜带咸,兼有辛辣,风味独特。它具有皮薄、料精、馅嫩、味鲜等特点,很受食客喜爱,因其老板姓钟,便被叫成了钟水饺。"介绍毕,田来福关心地问,"小姐吃辣子吗?口味喜咸还是淡?"

赵雅茹一听,觉得此人细心,欣喜地答道:"陕西人和成都人差不多,也喜好吃辣子,油泼辣子宽软面就是泾阳人的美食。口味嘛,看厨师手艺。"

田来福嘿嘿一笑说:"那就好,那就好!"

吃罢饭,掌柜的告辞回店,田来福陪着小姐去逛东大街。

田来福介绍说:"东大街是成都最繁华的街道,凡是大绸缎铺、大首饰铺、大皮货铺以及各种商店字号,贩卖苏、广杂货的全都在东大街,在南北两门相距九里多的成都城内,乃为首街。"二人说着,就来到了东大街,但见当街竖立着一座木质过街牌坊,牌坊上方中间为"奏办"二字,下方中间书写着"亿廋中"三字,字两旁元宝图案四周有"光绪元宝"四字。用红砂石铺砌的街道整齐划一,中间是供鸡公车行走的车辙。街上店铺相连,招牌各异,各色货物,琳琅满目,人来车往,川流不息。

小姐赞叹道:"真不愧西南大都会繁华街市矣!"走着看着,不觉得晚霞升起,田来福请小姐去吃有名的赖汤圆。

田来福说:"小姐,说起这赖汤圆的创业,很值得我们学习借鉴。传说,其创始人为四川资阳东峰镇人,叫赖元鑫。因父母双亡,到成都一家饮食店当学徒,因得罪了老板被辞退。为了生活,为了争气,他做起了卖汤圆的生意。为了在百家竞争中站住脚,他以利润薄点、质量高点、服务好点为信条,起早贪黑,卖完早堂赶夜宵,精工制作创特色。他制作的汤圆具有选料精、做工细、质优价廉、细腻柔和、皮薄馅丰、软糯香甜,煮时不浑汤,吃时三不粘(不粘筷、不粘碗、不粘牙)的特点。品种多样,形状各异,有黑芝麻、豆沙、枣泥、樱桃、桂花、玫瑰等十多个品种,圆的、椭圆的、锥形的、枕头形的等各种形状。"说着走着,观看着街景,两人不觉得已来到了总府街口的赖汤圆店。

第五章 忆往昔 小姐爱伙计 心比心 为女选佳婿

89

田来福问过小姐的喜好、口味,对伙计做了安排。伙计端上了白糖、芝麻酱蘸碟及两碗鸡油四味汤圆,小姐吃着,赞叹道:"此美食果然名不虚传,我们茯砖茶的经营者,如果人人能如这老板一样用心用工,生意还愁做不好吗?"田来福觉得小姐连吃饭也能联想到自家生意,觉得她还是个有心之人,心生敬佩。

小姐来得巧,正赶上成都花会。掌柜的安排田来福引小姐去逛花会。

在去花会的路上,田来福向小姐介绍说:"成都花会起源于唐、宋,每年农历二月二十五在青羊宫举办。青羊宫是成都最古老、最大的道教宫观,因在它的主殿——三清殿中有两只铜铸的青羊而得名。它始建于周朝,原名青羊肆。因唐僖宗避黄巢之乱逃于蜀中,曾以此为行宫,重返长安后,拨钱增建并下诏改为今名。"

来到青羊宫,但见其山门庄严宏伟,重檐飞角,龙虎等吉祥物雕镶在飞檐壁柱上,雕刻精细,造型典雅。金字横匾"青羊宫"高悬在山门上方。

田来福侍奉小姐进山门,来到混元殿,介绍说:"这里供奉着道教最高尊神之一的混元祖师、太清道德天尊,即太上老君。"观见这殿宇,宏伟宽大,殿内正中供奉着面容慈祥、手持混元乾坤圈的太上老君。后殿供奉着端坐于莲台之上,容貌秀丽慈祥,洒甘露普度众生的慈航真人,即佛教所称的观音大士。

田来福介绍说:"前边有座八卦亭,突出体现了道教教义特征。亭座石台阶呈四方形,亭身呈圆形,象征古代天圆地方之说。两重飞檐鸱吻,四周有龟纹隔门和云花镂窗,南向正门是十二生肖太极图的浮雕,造型古朴典雅。"两人走近观看,亭高约六丈,宽五丈多,亭子屋面覆盖着黄绿紫三色琉璃瓦,亭顶莲花瓣托起了琉璃葫芦宝鼎,每层飞檐都精雕着狮、象、虎、豹,各种兽物镶嵌在雄峙的翘角上,双排擎檐石柱十六根,外檐八根石柱上浮雕着盘龙抱柱。

田来福说:"关于这八卦亭还有一段神话故事。传说建八卦亭时,将要竣工前夕子时,面对三清殿的石柱盘龙复活,意欲腾云而去,被月御值日使者发现,以神拳定于柱上,现在还能看见拳头印。"

两人说着看着,来到了三清殿。

田来福介绍道:"三清殿又名无极殿,是青羊宫的主殿,始建于唐朝,重建于清康熙八年(1669)。"

观见三清殿外檐柱上雕刻着六合童儿、双狮戏球等艺术木雕,并有一副贴金楹联"福地卧青牛石室烟霞万古,洞天翔白鹤蓬壶岁月千秋"。

走进殿内,田来福介绍说:"殿前左边之钟,名曰幽冥钟,是明朝时铸造的,重六千多斤。右边为应鼓,每逢初一、十五和吉庆大典便击鼓鸣钟,晨钟暮鼓,幽远清晰,给人以仙境的感觉。三清殿内供奉的是道教最高极尊之神三清,即玉清元始天尊、上清灵宝天尊、太清道德天尊又称太上老君、太上道祖。大殿两边还塑有十二金仙,分别是广成子、赤精子、黄龙真人、惧留孙、太乙真人、灵宝大法师、文殊广法天尊、普贤真人、慈航道人、玉鼎真人、道行天尊、清虚道德真君。"

瞻仰参拜了混元殿、三清殿后,小姐在田来福的陪同下,又走马观花地看了斗姥殿、后苑三台、玉皇殿,并逐殿烧香磕头。

青羊宫的庭院、路边及一切可利用空间,摆满了各种花卉,万紫千红,争奇斗艳,花香扑鼻,看得人眼花缭乱。

田来福介绍说:"小姐,有一首《锦城花会竹枝词》,把这儿的花会写得活灵活现。"遂吟道:

> 春风吹到锦江滨,
> 绚烂春光上巳辰。
> 怪道沿街声不断,
> 买花人唤卖花人。
> 轻寒轻暖艳阳晨,
> 一路繁华景物新。
> 妾欲笑花花笑妾,
> 大家颜色为争春。
> 青羊宫里似星罗,
> 乘兴家家带酒过。
> 小妹戏呼阿姊语,
> 今年人比往年多。

第五章 忆往昔 小姐爱伙计 心比心 为女选佳婿

听着田来福引经据典地介绍，赵雅茹觉得这二掌柜不但会做生意，还广有见识，把个景观的历史文化能说得头头是道，便欣赏地笑着说："你记性真好！把各个景观的典故都能说得清清楚楚。"

花会市场上，茶楼、酒楼齐上会，真正是"竞卖商场几百家，五光十色斗繁华"。杂技、戏剧、打擂台，热闹刺激人如潮。

小姐还没有见过如此花会，欣喜万分，田来福周到的服侍和恰到好处的介绍给她留下了深刻印象。

第三天，田来福领着小姐直奔乐山，他们第一次看到了与山等高的大佛。

田来福介绍说："乐山大佛修建有因。据唐代韦皋《嘉州凌云寺大弥勒石像记》和明代彭汝实《重修凌云寺记》等书记载，乐山大佛开凿的发起人是海通和尚。海通是贵州人，结茅于凌云山中。古代的乐山是三江汇流之处，岷江、青衣江、大渡河三江汇聚凌云山麓，水势相当凶猛，舟楫至此往往会被颠覆。每当夏汛，江水直捣山壁，常常造成船毁人亡的悲剧。海通和尚见此，立志凭崖开凿弥勒佛神像，欲仰仗其无边法力，减杀水势，永镇风涛。于是，海通禅师遍行大江南北、江淮两湖一带募化钱财，开凿大佛。佛像动工后，地方官前来索要营造经费，海通严词拒绝道：'自目可剜，佛财难得。'地方官仗势欺人，反而说：'尝试将来。'海通从容'自抉其目，捧盘致之'，'吏因大惊，奔走祈悔'。大佛依岷江东岸凌云山栖鸾峰临江峭壁凿造而成，唐玄宗开元初年（713）由海通禅师主持修建，海通禅师圆寂以后，工程被迫停止。多年后，大佛先后由剑南西川节度使章仇兼琼和韦皋续建。听说直至唐德宗贞元十九年（803）才完工，历时九十多年。"

两人抬头瞻仰，观见这大佛，头与山齐，足踏大江，双手抚膝，体态匀称，神势肃穆，依山凿成，临江危坐。在大佛左右两侧沿江崖壁上，还有两尊身高三丈多高的护法天王石刻及数百龛上千尊石刻佛像，大佛右侧是唐代开凿大佛时留下的施工和礼佛通道——九曲栈道；左侧，沿洞天下去是凌云栈道。

瞻仰着大佛，小姐深有感触地说："做善事和做生意都一样，没有心怀大义、志存高远、矢志不渝、勇于献身、前仆后继的精神是干不成大事的。"

田来福接着说:"小姐说得对极了,可以作为我们做生意人的座右铭。"

游览完乐山,田来福领着小姐直奔峨眉山。

为了化解小姐路途的寂寞,田来福拉开了话匣子,介绍说:"峨眉山平畴突起,巍峨、秀丽、古老、神奇,被人们称之为仙山佛国,素有峨眉天下秀之美誉。唐代诗人李白诗曰:'蜀国多仙山,峨眉邈难匹。'明代诗人周洪谟赞道:'三峨之秀甲天下,何须涉海寻蓬莱。'

"峨眉山高出五岳,秀甲天下,山势雄伟,景色秀丽,气象万千。素有一山有四季,十里不同天之妙誉。

"清代诗人谭钟岳将峨眉山佳景概括为十景:金顶祥光、象池月夜、九老仙府、洪椿晓雨、白水秋风、双桥清音、大坪霁雪、灵岩叠翠、萝峰晴云、圣积晚钟。

"峨眉山是全国四大佛教圣地之一,有寺庙近三十座。峨眉山寺庙建筑历史悠久,规模宏大,构筑精巧,布局合理,与雄伟旖旎的山水景色融为一体,是丰富瑰丽的人文景观与得天独厚的自然景观的有机结合。其梵宇宫殿、亭阁桥廊,或隐于密林深处,或立于翠峰之巅,或建于幽壑之上,或依于危崖之畔,依山取势,不拘一格,飞角重檐,令人叫绝。其中著名的有报国寺、伏虎寺、清音阁、洪椿坪、仙峰寺、洗象池、金顶、华藏寺、万年寺等。

"峨眉山寺庙中的佛教造像有泥塑、木雕、玉刻、铜铁铸、瓷质、脱纱等,造型生动,工艺精湛。如万年寺的铜铸普贤骑象,堪称山中一绝。阿弥陀佛铜像、三身佛铜像、报国寺内的脱纱七佛等,均为珍贵的佛尊造像,还有贝叶经、华严铜塔、圣积晚钟、金顶铜碑、普贤金印,均为佛教珍宝。"

说着话,到了峨眉山,要上山了,田来福叫来了滑竿,抬着小姐上山。他在旁边跟着走,小姐叫他再叫个滑竿,坐着一同走。

田来福笑着谢绝:"小姐金贵,我是下苦出身,跑惯了,坐滑竿反倒不自在。"

两人边走边看边说,进入了峨眉山中,但见重峦叠嶂,古木参天,峰回路转,云断桥连,涧深谷幽,天光一线,万壑飞流,水声潺潺,仙雀鸣唱,彩蝶翩翩,灵猴嬉戏,琴蛙奏弹,奇花铺径,别有洞天。

两人来到了报国寺,观见寺周楠树蔽空,红墙围绕,伟殿崇宏,金碧生辉,香烟袅袅,磬声频传。山门前,一对石狮,威武雄壮。山门上,是康熙御题的"报国寺"大匾。

进山门第一殿为弥勒殿,门柱上一副楹联映入眼帘"开口便笑,笑古笑今,凡事付之一笑;大肚能容,容天容地,于人无所不容"。小姐看着说:"这楹联写得好,教化人为人处世应有宽阔的胸怀。"田来福随声附和。

第二殿为大雄宝殿,供奉着佛祖释迦牟尼金身彩饰坐莲像,殿内左右两厢供奉着十八罗汉,后龛内供着阿弥陀佛。门柱上的楹联是"教演三乘,广摄万类登觉路;法传千古,普度众生证菩提"。

第三殿是七佛殿,中间一尊为释迦牟尼佛,其余六尊为过去佛,从右至左依次为:南无惧留孙佛、南无拘那含牟尼佛、南无迦叶佛、南无毗舍佛、南无尸弃佛、南无毗婆尸佛。这七尊佛的塑造工艺称脱纱塑造。门首楹联为"功德逾恒河,七宝庄严大千世界;层峰摩霄汉,三峨雄秀伯仲昆仑"。

两人到各殿逐一参拜了各位佛祖。

田来福说:"这些佛殿的楹联,对仗工整,富有哲理,堪称画龙点睛之笔。"

从报国寺朝右上行约二里路就到了伏虎寺,但见高大的木质斗拱伏虎寺牌坊下面,有一条虎溪,水声潺潺,迂回林中。溪上横架着虎浴、虎溪、虎啸三道廊桥。两人沿着石级曲径,进入了密林深处。忽见眼前蝴蝶乱飞,一晃却不见了。

田来福解释说:"这叫枯叶蝶,长得像枯树叶一样,所以一落到树上就很难辨出是叶还是蝶。"

田来福接着说:"相传这伏虎寺为唐时开建的,宋绍兴年间因这里有虎为患,士性和尚建尊胜幢以镇,从此虎患消除,故僧人将寺取名伏虎寺。这寺内除弥勒、普贤、大雄宝殿三大殿外,还有一大景观——萝峰晴云,乃峨眉山十景之一,今日天气晴朗,正好去看。"说着把小姐引到了萝峰庵。观见这里密林掩映,庵旁萝峰岭上,晴空万里,轻云淡抹,别有一番情趣。

从伏虎寺上行,他们沿途参拜了善觉寺、雷音寺、纯阳殿、圣水阁、中峰寺等寺庙，再向前走了约五里地，便到了清音阁。

田来福介绍道："清音阁是明洪武时，牛心寺广济禅师住持，以晋人左思诗句'何必丝与竹，山水有清音'的诗意而取名清音阁。"

清音阁下矗立着牛心石，左有黑龙江，右有白龙江，两条江上分别架有两座石拱桥，两江激流直冲牛心石，浪花四溅，水珠翻飞，轰鸣动地。田来福介绍说："这就是有名的峨眉山十景之一的双桥清音，曾有人留诗赞道：'双桥两虹影，万古一牛心。'"

游览了一天，田来福招呼小姐早早休息。

第二天，两人继续上山，依次参拜，游览了一线天、观音殿、仙峰寺、九老洞、遇仙寺等景观。

两人来到了白云峡，但见两边石崖壁立，下面流水清澈；顶上古木参天，只见青天一线。田来福说："这里就是一线天。"

两人走到观音殿，观见门坊上有一副很长的楹联，堪称峨眉山之最。赵雅茹情不自禁地轻轻念了起来：

"（上联）峨眉画不成，且到洪椿，看四壁苍茫；荧然天池荫屋，泠然清音当门，悠然象岭飞霞，皎然龙溪溅雪；群峰森剑笏，长林曲径，分外幽深。许多古柏寒松，虬枝偃蹇；许多琪花瑶草，锦彩斑斓。客若来游，总宜放开眼孔，领略些晓雨润玉，夕阳灿金，晴烟铺锦，夜月舒练。

"（下联）临济宗无恙，重提公案，数几个老辈；远哉宝掌住锡，卓哉绣头结茅，智哉楚山建院，奇哉德心咒泉；千众静安居，净业慧因，毕生精进。有时机锋棒喝，漫语抛除；有时说法传经，蒲团参究。真空了悟，何尝障碍神通，才感化白犬衔书，青猿洗钵，野鸟念佛，修蛇应斋。"

田来福说："这副楹联对仗工整，文采飞扬。上联描绘峨眉毓秀的山景，下联则缅怀寺中大德高僧，自然景观、人文历史，巧寓其中。"

在观音寺的墙上，他们看到了"洪椿晓雨"四字。田来福介绍道："这是峨眉山十景之一。这里由于环寺皆山，林密森森，阳光很难穿透树荫，所以空气湿度大，水蒸气不易散发。一到清晨，气温清冷，湿润的空气便凝聚成微小的水珠，似雨似雾，随山风扑面而来，无声无息，无形无影，润衣而不湿衣，沁人心脾而不寒冷肌肤，甜甜的，绵绵的，给人一种清心的温柔。故名洪椿晓雨。"

赵雅茹点了点头说："看来峨眉山景皆有来历、典故。"

从观音寺出来,田来福引着小姐去寻访峨眉山十景之一的九老仙府。走到仙峰寺,但见寺后仙峰岩高耸入云,云重雾浓,庙宇在雾中时隐时现,恍若仙山琼楼。田来福解释说:"此寺因周围景观而得名。因它的附近有全山最大的天然溶洞九老洞,所以本地山民习惯上也把这座寺庙叫九老洞。仙峰寺和九老洞一寺一洞及周围山景融合在一起,便成为峨眉山十景之一的九老仙府。"

随着田来福的介绍,赵雅茹极目眺望,一个人独自赞叹:"这简直就是仙境,难怪历代高人、雅士都爱隐居山林!"

游览着山景,不觉来到了遇仙寺。田来福介绍道:"遇仙寺始建于清代同治年间。关于遇仙寺的得名,还有一个美丽的民间传说。"

这美丽的传说引起了赵雅茹的兴趣,扭头看了看田来福,说:"哦!快说来听听。"

田来福笑笑说:"我记不全,大概是说古时候有一个人上峨眉山求仙,走到这里,遇到一个砍柴的农夫对他说:'清闲无为便是仙,何须走上峨眉山?'说罢便隐身不见了。此人知道遇上神仙了,心满意足地返下山去。后来人们便在这里修建了一座寺庙,取名叫遇仙寺。"

田来福仿佛峨眉山的土地神,如数家珍地向小姐诉说着峨眉山的美丽景观,转着看着说着,来到了峨眉山八大寺庙之一的万年寺。

田来福介绍道:"这寺创建于晋,称普贤寺,唐时改名白水寺,宋时为白水普贤寺。它和李白还有一段佳话。那是唐代开元年间,诗人李白来游峨眉山时,住在万年寺毗卢殿,常听广浚和尚弹琴。后人曾在白水池畔建立廊亭为之纪念,上置木牌,刻有'大唐李白听琴处'。李白喜欢峨眉仙山,尤喜峨眉山月,因此曾写下千古传诵的《峨眉山月歌》。"遂吟道:

峨眉山月半轮秋,
影入平羌江水流。
夜发清溪向三峡,
思君不见下渝州。

接着田来福又吟诵李白下山后写的另一首《听蜀僧浚弹琴》:

> 蜀僧抱绿绮,
> 西下峨眉峰。
> 为我一挥手,
> 如听万壑松。
> 客心洗流水,
> 余响入霜钟。
> 不觉碧山暮,
> 秋云暗几重。

他说:"万年寺的景致非常优美,特别是到了秋天,树叶泛红,倒映在白水池中,风起叶动,池里阵阵红波闪烁,十分迷人。白水秋风便成为峨眉山十景之一。"

赵雅茹听田来福吟诵着李白的诗,讲述着白水秋风的典故,十分欣赏他的博闻强记,说:"你还真是个有心人,把这些山水风光的来历、典故全记在心里,跟着你游山玩水,还长了不少学问!"

田来福坦诚地说:"听说小姐要来成都游玩,我是临时抱佛脚,查资料,问人求师,才学下的。"

赵雅茹实在想不到,这个人为了自己来游玩,竟下了如此功夫,不由得心生感激。而他竟能不借此炫耀,说出了热蒸现卖的实情,真可谓诚实坦荡真君子,光明磊落大丈夫。

为了第二天看日出,二人赶到象池下榻。

是夜,天气晴朗,但见象池四周白云缥缈,古木参天,万籁俱寂,朗月高照,清光无限,仰望星空,飘飘欲仙。

田来福介绍道:"此美景乃象池夜月,为峨眉山十景之一。"

赵雅茹坐在池边的石头上,听着田来福的介绍,说:"好美的夜色啊!我真想就在这儿坐到天亮。"

田来福体贴入微地说:"夜深了,石头凉,坐久了人是要吃亏的,还是早点休息吧,明天还要看日出呢!"

临睡前,田来福叮咛客栈伙计早早叫醒他们,好赶去看日出。

虽然已是阳春时节,可山上还是冰雪覆盖,寒气透骨。他让小姐换上了自己买的紫色起花棉皮袍,自己也换上了棉长袍。他们摸黑起身,

打着灯笼和一帮人赶到了金顶上的舍身岩,遥望东方,好大一会儿才见天边一脉镶着金边的灰色云层缓缓浮动,金边映得周围的云层熠熠发光。灰云慢慢地裂开了一条缝,缝中透出橙黄色的光芒,云缝越来越大,颜色也逐渐与周围云层变为橙黄,少顷,红日露出一点弧形的金边,弧形越来越大,云层也为它闪开一条道路。当橙红色的旭日冉冉上升,露出大半个脑袋时,速度突然增快,像一个打足气的皮球,猛地跳出地平线,光芒四射,稳稳当当地嵌在地平线上。人们的脸上被涂上了一层酒后的红晕,金顶也披上了一件金色的彩衣。这时人们忘记了山顶寒气袭人的晨雾,不停地跳跃欢呼,小姐也忍不住高呼:"太美了!真是太美了!"

太阳升起后,但见浩瀚无际的白云在山崖下翻涌,山峰犹如座座孤岛,只现出青葱的峰巅。云海瞬息万变,时而平铺絮棉,称作云毯;时而波涛漫卷,称作云涛;时而簇拥如山,称作云峰;时而聚结蓬堆,称作云团;时而分割如窟,称作云洞。随着风势,云层缥缈多变,神奇莫测,如骑龙跨凤,车舆队仗,飞禽走兽。

中午稍过,两人来到了睹光台,但见,晴日当空,光映云海。忽然,田来福和小姐分别看到自己的身影被一轮七色光环笼罩,举手投足,影随身动。田来福喊道:"小姐,咱们真幸运,看到佛光了。"

小姐心中升起了美丽的梦幻:自己与田来福幻化成了天上的织女和牛郎……

世上的事就是这样,有的人,你和他就是生活一生一世,给人的印象也只是浮光掠影;而有的人,即使是萍水相逢,短暂接触,也会给你留下永世不可磨灭的深刻印象。小姐对田来福的印象便像后者一样。她觉得,田来福不仅生意做得好,而且聪明好学,无师自通,博古通今,谈吐不俗,善解人意,对人体贴入微。堪称精明能干大丈夫,忠诚可靠好郎君。

…………

赵雅茹一回到泾阳,向二老简单述说了成都商号的经营情况后,便不厌其烦地说田来福人能干,有志向,会体贴人,死缠硬磨,以死威胁,非要嫁给田来福不可。

赵智诚夫妇虽有门第观念,但经不住宝贝女儿胡搅蛮缠,再则,觉得田来福除出身贫寒外,也算是人中精英,其前途也不可估量。夫妇俩便请媒人,换八字,择吉日,过喜事,陪嫁的是一套四合院和一应俱全的生活用品，也算是对这些年来田来福卓越业绩的奖励。

赵智诚夫妇指望田来福从此会更加卖力地为茶店干，可谁料到，婚后，田来福竟然提出了辞职，说是要单独做生意，女儿也夫唱妇随地请求。看这架势，老两口无可奈何地答应了，因为心疼女儿，还想给些钱让其作为资本，田来福却分文不要。

田来福要实现他的黄金屋梦想，他带着两个小兄弟到关老爷庙去烧香盟誓："我们兄弟三人，要学关老爷三兄弟，同创家业，齐心协力，患难与共，有福同享。愿关老爷保佑我们旗开得胜，马到成功。"就这样，他们三兄弟在当地买了几包珍贵中药材和皮货，到安化去换、买黑茶。

对于安化，田来福是轻车熟路。他带着两个弟弟，走茶马古道，上芙蓉山、云台山、高马二溪，走六洞，换买着优质黑茶，肩挑马驮运到资水岸边的江南镇，船运马驮到泾阳。

在安化换、买茶叶，来回要走一百多里的茶马古道。分布于大山、深沟之上的茶马古道，艰险程度超乎寻常，每走一次，都是生与死的体验，田来福就曾有过险些掉入深沟的经历。

换买回黑茶，在泾阳制成茯砖茶，贴上他们自创的店号义和兴商标，车载马驮运到成都，批发给一些老朋友、老客商去卖。

因为购销两头都有老朋友帮忙，人气旺，不用铺路和渗渠，田来福的生意一开张便是跨越式的发展，历经二十多年的苦心经营，现已拥有了安化、成都、兰州、雅安、康定等六大商号。

可是乐极生悲，他连续夭折了两个小孩，直到二十八岁才要了这个宝贝女儿，而且之后再未生育。这个女儿便成了他唯一的继承人，给这宝贝找个乘龙快婿咋能不叫人费心思？

田来福夫妇要试试傅继兴有没有真本事。恰好这几年生意呈现滑坡之势，让傅继兴下去查查原因，看这年轻人有何转危为安的良策。

田来福夫妇就这样翻来覆去地思前想后了一夜，商量了一夜。

第六章

两钦差 安化巧查案
贪小利 沦为人下人

傅继兴急着想知道田家如何安排自己,一大早,就邀爱君和他一起去给二老请安。田来福把昨晚与妻子商量的结果说了出来:"继兴,你初来乍到,情况不熟,我想先临时派你个差事,到下边各商号走走看看,熟悉一下情况,看看有什么问题,想想有什么改善经营管理的良策。"这一说正中下怀,傅继兴高兴地满口答应:"行,行,我一定尽力。"他心想:我正好趁此机会顺便查一下劣茶到底出于何处。

田爱君一听说要派傅继兴到各地商号去,也死缠硬磨地要跟着去。真正是娇女,无法可治,老两口无可奈何,只好答应:"唉!去吧,去吧,出门一定要注意安全,保重身体,别贪玩,少惹事。"

遵从老人安排,他俩先去湖南省的安化县。

安化自古便以盛产好茶而名闻天下,其黑茶更是冠绝中华,它成名于唐朝,五代时被选定为朝廷贡茶,从明朝起又被定为官茶。

明、清至民国,晋、陕等地茶商在安化收购、制作销售安化茶叶的茶庄、茶行达三百多家。

安化是泾阳茯砖茶的原料基地,义和兴茶店在那里设着采购分庄。

做生意的成功经验是：不但要卖得好，更要买得好。一百的财东，八十的庄客（采购），都是说原料（货物）采购是生意成功的前提与基础。安化分号是茯砖茶原料采购的关键环节，多年来，田来福派忠诚厚道、办事认真的二弟来运把着这重要关口。

正是春暖花开的季节，田爱君跟着傅继兴兴致勃勃地往湖南安化奔去。旅途中他们一边观赏着沿路风光，一边三句话不离本行地说着茯砖茶，说着安化。

傅继兴心里牵挂着追查劣茶来源的事，想探寻访查的门道，便问："你泾阳这茯砖茶有何来历？"

田爱君答道："我妈娘家的诚盛永茶店是历史悠久的老茶店。听我妈说，相传在北宋神宗熙宁年（1068—1077）左右，一个位于泾阳县县前街叫天福祥的官办大茶店，有一年，从安化拉回了一批用篾篓包装的黑茶，堆放在茶店原料场上。时值夏季，天气多变，突然降临的瓢泼大雨把这堆茶淋得透湿。掌柜的害怕茶叶发霉，马上安排伙计拆开茶包，摊开晾晒。

"伏天的太阳如烈火，把这批茶晒得又干又脆，掌柜的又怕另行检作，包装后，把茶叶揉搓成碎末，安排伙计每日取场中井水把茶叶洒潮，然后再加工，换用麻袋包装入库。

"店大库大货多，打包成袋的这批茶叶卖得剩了许多，堆放在仓库角落里，新包装的茶叶压放上边，这些茶叶几乎被遗忘。

"茶叶发货旺季过后的一天，掌柜的与账房先生到库房盘点存货，却闻到了一股奇异之香，循香气查寻，原来是堆放在角落里那批用井水洒潮了的茶叶。打开麻包一看，茶因受潮及受压，结成了块状，周围布满了金黄色的霉点。

"那年月，西域战事频发，战马成为朝廷不可或缺的战略物资，中原缺少优良马匹，但西域却盛产宝马良驹。茶叶是西域民族不可缺少的生活必需品，但却为中原所独有。所以，自唐、宋以来，朝廷便实行'以茶易马之法，以制羌、戎'。'茶马交易''以茶安边'便成为重要的国策，实行官买官卖。

"泾阳自古便是东南茶叶西去北上另行检作的加工、集散地、运输中转枢纽，泾阳加工的茶叶均被定为官茶。

"一向勤政敬业、谨慎小心的曹新奇掌柜,弄瞎了这批官茶,生怕招来贻误国策之罪,熬煎得吃不下饭、睡不着觉,求神问卦,拜访高人,寻思着化险为夷的办法。

"千千思来万万想,最后,他忽然想起了神农尝百草的故事,决定自己先尝尝这些茶,看到底有没有毒害。喝了数月天气,他没有觉得有啥不舒服,反倒是神清气爽,胃口大开,连便秘的毛病也好了。他又分发着让伙计们品尝,结果,大家都说,这茶比原来的安化黑茶,色香味独特更好喝。然而,自家的评价不能算数,他还是提心吊胆,寝食不安。直到茶马司传来消息说:'西域人都说霉了带黄点的茶比原来的茶更好喝,再换马匹拿霉茶来。'掌柜的曹新奇悬着的心才放了下来。因为这茶香如茯苓,又有类似于茯苓样的功效,便起名茯茶。此后,为了减小体积,便于运输,经过泾阳人二三百年的不懈探索,逐步形成了一套独特的传统工艺,直到明朝洪武初年(1368)方才形成了以地域署名的品牌——泾阳茯砖茶,也叫泾阳砖。"

傅继兴听着,思想一直沉浸在"发霉"两个字上,田爱君的故事讲完半天了,他却痴呆呆地想着没有一点反应。

田爱君看着他默默不语的样子,就问:"想啥呢?"

傅继兴掩饰着内心秘密,淡淡一笑说:"没,没想啥!"

…………

其实,这次被派外出,傅继兴、田爱君各有心事。傅继兴想趁机寻找劣茶的蛛丝马迹,田爱君想游山玩水并和心爱的人亲热。她心里总是抱怨傅继兴:我知道你心里有我,但不知道是叫佛家的戒律禁锢着,还是叫封建男女授受不亲的礼教约束着,咋看起来就像个坐怀不乱的柳下惠!

两人不知不觉便来到了安化,但见,山清水秀,茶市繁华;码头之上,熙熙攘攘;资水之上,千帆竞发,好一派茶乡美景。田爱君急不可待地要傅继兴先领她四处转转,看看这茶乡的山水风光。他们向客店的老掌柜打听:"安化有什么好玩好看的地方?"

眼观六路、耳听八方的老掌柜答道:"安化是古老的茶乡,可看的景观都与茶有关。茶马古道、茶马古镇、茶亭、风雨廊桥、茶碑、茶馆等都是因茶而兴,但各有各的来历、故事,各有特色,值得一看。"

田爱君好奇地问:"为啥叫茶马古道、茶马古镇?"

老掌柜说:"那是因为早年间,朝廷实行茶马交易,官府要收茶农的茶去西域换马。宋朝时,就曾在安化设立过以米、盐、布换茶的官市(博易场)。而茶产于深山老林,茶农要到山外用茶叶去换生活必需品,都要从山里想办法把茶运到山外的博易场。当时,除靠竹排水运外,也靠人力肩挑和马驮。山上本没有路,茶农为了以茶易物谋生,人踩马踏,久而久之,便形成了一条条路,因为这些路是因古时茶马交易而形成,所以就叫茶马古道。

"茶马古镇也是因茶而生。比如江南镇,旧时叫江南坪,因地势平坦,地处资水南岸而得名。江南镇水陆交通连贯,茶叶可通过资水水运通达益阳、洞庭湖、长江等地,因而成为安化茶叶特别是安化黑茶的重要集散地。兴盛时,江南的装卸码头就有十四处,脚帮(搬运工)五百多人,茶行三十多家,驻有陕、晋、甘等外地茶商五十多家。"

老掌柜看傅继兴、田爱君听得入神,高兴地接着说:"位于辰山东北麓,资水中游南岸的黄沙坪,传说宋代时,仅有几户人家,后因茶业兴起发达,将一个黄沙坡和乌刺蓬逐年开发成一个小集镇,成为安化黑茶加工和商品输出的重要商埠古镇之一。最盛时,茶行达五十多家。这镇上还有你们陕西和山西茶商赠送的千斤大茶盅哩。"

老掌柜端起桌子上的小茶壶抿了一口茶接着说:"哦,对了,在安化县城东坪下游二十多里处的资水北岸,有个因茶而兴的千年古镇——唐家观,传说是公元923年时,唐、扶、鄢等姓氏族人,为避当时战乱,从吴地辗转来到湖南时的隐居之地。后来,各方、各姓氏群众接踵而来,姓氏多达六十多个,他们带来了各地的文化习俗,留下了许多历史文化人文景观,如惜字炉、王爷庙、回龙寺、万寿宫、福音堂、九乡庵堂、湘乡公馆、邵阳公馆、兴隆茶亭等景观,可见古镇昔日之繁华,值得一看。"

傅继兴接着说:"我看过与你们安化相关的历史资料,曾有人写文赞颂过唐家观当年的繁华,记得那文章好像是'地处资江北岸,三水环抱,五马奔槽。千年演绎,注坎盈坷。青石小街商贾聚庙,会馆高墙林立,商号鳞次栉比,吊楼高悬,依江枕壁。上街、下街、边街,兴隆横街排列有序。白日人流如潮,夜晚灯火通明,历有不夜城之美誉。其时酒香百里,炭销三湘,茶飘五岳,民风淳朴,人物浩繁,遍布南北,留洋海外。真乃物华天宝,钟灵毓秀,堪称三湘四水之胜地也'。不知我记得准不准?"

老掌柜听着赞叹道:"你记得很准,真是'秀才不出门,便知天下事'。我再给你们说说其他的景观。

"毗邻高城川岩江,位于安化通往新化交通要道的洞市,山峦起伏,云雾缭绕,土质、气候都适宜茶树的生长,盛产优质茶叶,因而成为茶马古道的起点重镇。兴盛时,仅茶叶店铺就有三十多家。在洞市老街上,清代古建筑到处都是,最完好的贺氏宗祠和当年修的一样,好好的,没有啥损坏。传说贺氏宗族是元末从江西莲花县迁来的,宗祠建于清乾隆三年(1738)。

"在安化的茶马古道上,还有一道亮丽的风景线,就是茶亭及风雨廊桥。这些茶亭和风雨廊桥一般都是茶商、大户人家或为官者捐资,也有乡民或慈善修福人投资投力共建的。它是为人们歇息饮水、遮风挡雨、遮阳歇凉而建的,当时,茶亭和风雨廊桥都有专人驻守,负责为过往行人煎茶、供茶,并负责打扫卫生。明清时期,我们安化古茶亭就达二百多栋,风雨廊桥八十来座。"

这个清末举人出身的老掌柜,说起安化的茶事、景观,如数家珍,头头是道,不厌其烦,难怪他的生意如此兴隆。

傅继兴听罢,赞叹道:"这老掌柜不简单,能预测顾客需求,掌握相关知识,与你爸那个老生意精有一拼。"

田爱君接着说:"我看你这人有个特点,善于总结吸取别人的长处。"

夜幕降临了,新到一地的新鲜感刺激着兴奋的神经,驱散了旅途的疲劳。傅继兴和田爱君推开临街的窗户,但见明月当空,繁星闪烁,街市上,灯火辉煌,车水马龙,熙熙攘攘,歌舞升平。

傅继兴有晚上看书的习惯,赏罢茶乡夜景,就又翻看起了收集来的有关安化茶叶的相关资料。

田爱君擦亮了玻璃灯罩子,点着了煤油灯,沏好茶,走到傅继兴跟前说:"看啥热闹呢,也念给我听听。"

傅继兴朗读了起来:"安化茶品质甚佳,在唐时就有名。据唐代杨晔《膳夫经手录》记载:资江边有阳团茶、渠江薄片茶,经江陵、襄阳,进长安。

"宋代熊蕃《宣和北苑贡录》列举当时全国的几种贡茶,其中就有安化的芙蓉山茶,对安化茶就有唯茶甲诸县的评价。明、清两朝,均将安化茶列入贡茶。明万历二十三年（1595），安化黑茶被朝廷定为官茶以'取代汉川之茶,储边易马'。从此,西北地区的边茶十之八九皆为安化黑茶。安化黑茶被定为官茶后,一律先运往泾阳,加工制成茯砖茶后,再运到西北各地交换马匹。

"茶马交易国策兴于唐,到宋代实行了官府专买专卖的榷茶制,由茶商向官府纳税领取引票——引票是商人从事茶叶贸易的纳税凭证。凭引票到产茶地收茶,再运到泾阳加工成茯茶、茯砖茶后运往西北交换马匹。此项制度一直延续到清末。

"各代朝廷对茶马交易设有专门的管理机构,如榷茶司、茶马司等,对茶马交易进行管理和控制。其职责是'掌榷茶之利,以佐邦用;凡市马于四夷,率以茶易之'。宋代,朝廷还专门派军队保护和落实茶马交易国策,被称为茶商军,乃为世界绝无仅有。以上茶叶贸易的办法,也叫卖引法,此办法一直由宋代延续到清同治十二年（1873）,出任陕甘总督的左宗棠奏请朝廷批准,改卖引法为茶票法。"

一个读得朗朗上口,一个听得心驰神往,不知不觉已经到了深夜。

第二天,傅继兴和田爱君按照了解到的情况,慕名先去了东坪、黄沙坪、唐家观、江南、洞市等茶马古镇。这些古镇,大都建在资水沿岸,均为青瓦白马头墙,木铺面门的两层楼建筑。街道为石板路,沿江建着码头。各种招牌的茶庄、茶栈令人目不暇接,热闹非凡。白天人流如潮,车水马龙;夜晚灯火通明,歌舞升平。真如光绪年间陕西知县刘翊忠赋诗感茶事所言:"茶市斯为最,人烟两岸稠。"

安化的茶马古道连接着茶马古镇和产茶山区,主要分布在洞市、江南的崇山峻岭和山涧溪流之间,道路狭窄,曲曲弯弯,崎岖不平,依山临渊,非常险峻。

茶马古道上建有茶亭和风雨廊桥。

在东坪古镇,傅继兴和田爱君看到了横跨柳溪的镇东桥。那真是开了眼界,这桥石砌桥墩,全木桥身,青瓦盖顶,飞檐翘角,桥两头高耸着燕尾牌楼,古朴壮美,大气恢宏。看见还有守桥人,傅继兴就过去问:"这桥是啥年代修建的?"

守桥人见有人问,显摆地说:"这桥建于光绪五年,传说黄金坪人谌厚夫见过往行人都要涉水过柳溪,一孕妇过柳溪竟被淹死,即立意要在

柳溪上建一座风雨廊桥。他卖掉了年产四十担谷的田地,带头捐献铜钱两千文,募捐资金两万金,由自己和吴岸升、姚巨才、林义章等主持,历时九年,建成了这座三十六丈长的风雨廊桥。因横跨柳溪两岸而镇东西,故名镇东桥。"

在洞市锡潭村,他们看到了由茶商捐资兴建于光绪七年(1881),横跨麻溪,建筑风格基本与镇东桥相同的风雨廊桥,只是在雕梁画栋的桥头,镶嵌着"永锡桥"三个正楷大字。

两人走到古时著名的茶叶集散地——云台山湖南坡的三门风雨廊桥,傅继兴问田爱君:"你知道这三门风雨廊桥为啥驰名吗?"

田爱君说:"我一个姑娘家,孤陋寡闻,哪里会知道!"

傅继兴说:"听我给你说,那是因为清代一位晋商触景生情的藏头诗而流传至今的。"说着吟起诗来:

> 湖通四海遍地游,
> 南山松柏永千秋。
> 坡上名茶仙香味,
> 茶得丰年万古流。

他们走马观花地看着茶马古道上的茶亭,一般为砖砌墙,长方形,木结构,亭顶为翘檐式,进出口大门与大路相对,道路从亭中通过,也有四周敞开的茶亭。亭内,有固定在两边的木凳,门前有亭联。

云台山上的歇驴坳茶亭,就有一副让人赏心悦目的亭联"放眼遥观云山远,解渴先尝露水甘"。

走着看着,不觉来到了奉义茶亭。守亭人看有客来,热情地把他们让到亭内板凳上坐下,随即端上了热腾腾的茶水。傅继兴和田爱君见萍水相逢之人如此招待,以为是为卖茶挣钱,当即要付茶钱。没想到,那守亭人却说:"免费供应茶水,是建亭的先人定下的规矩,世代相传,不敢改变。"

傅继兴说:"这建亭的是什么人,竟有如此善行义举?"

守亭人自豪地说:"听我给你们说说建这栋茶亭的传说,你们就知道了。我们的先祖是小淹石门潭人陈护英,她秉性坚贞,夙怀慈善,二十八

岁丧夫,收养龚怡发为嗣。她见运茶人、行人过此,欲饮无茶,欲歇无阴,临终嘱咐养子:'暂不买田,先建茶亭。'

"先祖龚怡发谨遵养母遗嘱,花了四年工夫,建成了这栋茶亭,使过往之人有了躲避雪、雨、炎热之处,有了临时休息、饮茶之地,乡人纷纷称赞先祖陈护英母子的善行义举。先祖龚怡发还留下了亭联表明心愿,'奉命岂敢忘,建小亭数栋,献予先慈偿夙愿;义心尽所表,烹清泉几盏,聊为过客洗尘劳'。"

傅继兴听罢感叹道:"你的先祖真乃仁义礼孝之人,令人敬佩,你能继承先辈传统美德实属不易,真乃我辈效仿之楷模。"

田爱君说:"但愿苍天有眼,让好人都有好报。"

安化随处可见的还有茶碑。傅继兴和田爱君兴致勃勃地相继看了小淹苞芷园建于清雍正八年(1730)的茶叶禁碑;庚午十月望日,安化知县立的八禁茶碑;道光四年八月,立在高马二溪茶山上的茶碑……这些茶碑,铭刻着当时执政者加强茶叶市场管理的施政措施和规章制度。其中,光绪二十九年(1903)立在安化九都乡的禁碑,刻写着安化九都乡的茶规:

一、掺草末,除将茶叶充公外,罚钱十串八百文。

二、掺茶籽果,除拣清外,罚钱十串八百文。

三、掺苦菜叶,除拣清外,罚钱十串八百文。

四、另外发潮者,除加秤外,酌其轻重,凭公处罚。

五、另掺灰石者,除加秤外,酌其轻重,凭公处罚。

六、茶已归,另行斜包换印者,除归原茶外,罚钱十串八百文。

七、买妥之茶,以交单为凭,倘再卖别家,除茶应归客外,罚钱十串八百文。

傅继兴每到一处,都详细地观看着碑文,并择要进行了记录。

看着这种情形,田爱君说:"你真是不嫌麻烦!"

傅继兴说:"咱是做茶生意的,这些对我们有启示、借鉴作用。"

田爱君用欣赏的目光看着傅继兴:"你还真是有心人,未曾上事先练功。"

傅继兴还真是如此,每到一镇,都要去看茶市,打听好茶叶产地、产量,了解茶叶价格,看着、学着好劣茶叶的辨别办法,打探着茶叶掺杂使假的手段,领教买茶的路数、门道,买主和卖主在正常交易之外的其他灰色交易、潜规则。

傅继兴和田爱君游览完毕,回到了义和兴茶庄所在地的江南镇。傅继兴打听到了一位在当地很有声望的茶市经纪人贺秉义,买好礼物,登门拜访。

贺秉义见来了两个学生打扮的年轻人,问道:"年轻人,找老朽有何事?"

傅继兴施礼答道:"晚辈傅继兴,山西运城人。家中新开了一家茶店,想打听一下买办茶叶的路数,特来向前辈请教。"

贺秉义看这年轻人温文儒雅,对人谦恭,便像老师对学生一样,毫不设防地说了起来:"你们新开店来买茶,因为情况不熟,最好先选雇一家信誉好的茶行,由他们派行家陪同你们去茶山或茶市看茶买茶。"

傅继兴问道:"请老师傅指教,安化黑茶,什么地方产的质量好?我们咋样识别好茶劣茶?"

贺秉义答道:"安化茶市所售之茶有道地茶和外路茶。道地茶是指安化境内所产之茶,安化以外各邻县所产之茶为外路茶。道地茶尤以芙蓉山、六洞、高马二溪、云台山等区域所产之茶为佳。

"安化洢水、沂溪间之芙蓉山、花桥、枫木仑、谢家排、枞木塘、大福坪一带为胜,产茶较多,但以芙蓉山所产之茶品质为佳。

"资水南岸地区,茶叶产量多,品质亦优,尤以濂溪乡之思贤溪,西迤至辰酉乡之辰溪一带为胜,如思贤溪内之火烧洞、竹林溪内之条(跳)鱼洞,大酉溪内之漂水洞、檀香洞,黄沙溪内之深水洞,竹坪溪内之仙缸洞,皆资水南岸有名的黑茶产区,俗有六洞茶之称。此六洞又以条(跳)鱼洞所产之茶为各洞之冠。

"资水北岸之黑茶产区,以大桥、龙塘至冷家咀(冷市)一带较多,如香炉山、黄茅坪、白岩山、黄稞界、乌云界、任家坪、云皮溪、猫儿岩及桃源、沅陵接壤之湖南坡、苍场、木榴、马路等处,多以春茶制为红茶,夏茶制为黑茶。

"凡高燥之山地,常接受日光之温热,而云雾不时遮蔽,这些地方所产之茶,品质特佳,俗称高山茶。如资水南北之辰山、芙蓉山、台甲山、高家溪、马家溪(俗称高马二溪)、蔡家山、云台山、乌云界、楠竹园、插花岭、马头门、香炉山、云雾山、牯牛山一带所产茶叶,叶片狭长,宛如柳叶,故有柳叶茶之称。高山茶叶片嫩者薄,老者厚,干茶色泽黑润,水色枣红,冲泡四五次,犹不减色。本年采制者,汤稍浊而味略苦涩,贮囤一年以上者,味甘而水清,若平地茶则色味俱逊。

"好的鲜茶叶,叶肉肥厚而叶形狭长,深绿而叶质柔软,初加工后的黑茶,可从色、味、形等方面辨别真伪,以条紧、色顺、纹直、沉重、味佳、外乌油色、内朱干色为安化黑茶正路货。"

傅继兴接着问:"老前辈,如果我们生意做大了,咋样做,才能收到物美价廉的茶?"

"你们可以在安化设庄收茶。泾阳的许多茶店都在安化设有茶庄,但办茶庄,必须得选派个忠诚懂行的掌柜。近年来,泾阳义和兴安化茶庄那掌柜的田来运,听说还是东家的亲兄弟,鬼迷心窍跟地痞混在了一起,欺行霸市,强买强卖,扰乱了市场秩序,闹得民怨沸腾。"贺秉义说到此戛然而止,"老了,糊涂了,话匣子打开就收不住了,说出是非来了。"

傅继兴再次施礼答话:"如果无是非,哪来人去说?老伯,说得好,晚辈受教了。"

走出贺秉义家,田爱君疑惑不解地问:"我二叔会那样吗?我记得小时候,二叔每个月把打工挣的钱,一五一十全交给了我爸,我爸让他买东西,回来后,连剩下的分分钱都交了。"

"不好说,人是会变的。"傅继兴说着,心头疑云密布,涌上了不祥之感。

说着话已到了晚饭时候,傅继兴和田爱君进了装饰豪华的资水香酒楼,伙计礼让着吆喝道:"二位贵客请上二楼芙蓉阁。"

一上二楼,但听一名为御膳阁的雅间,人声喧哗:"来运老兄,兄弟敬你一杯,感谢你近年来对兄弟生意的照顾、帮扶,使兄弟由一个一无所有的人,变成了小财东,兄弟是有恩必报,'孝敬'一定会水涨船高,请老兄今后多多关照。"

"来运老兄,去年多亏你收了我那些劣质货,消了兄弟的灭顶之灾,你就是兄弟的活菩萨,兄弟今天敬你三杯。"

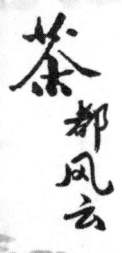

这些声音如闷雷在田爱君心中炸响,弄得她连晚饭也吃不下去,嘟嘟囔囔地自言自语:"这些人叫的来运,会不会就是我二叔,二叔真会变成这样吗?为啥来呢?"

"为钱来。钱这东西,是好东西也是坏东西,弄不好,就会让人入魔走邪,为钱而不择手段,六亲不认。爱君,咱只是道听途说,别全当真,甭担心,先吃饭,明天到商号一了解便啥都清楚了。"傅继兴这是对田爱君疑虑的解释,也是对田爱君的宽心。随后,他们商量了调查的办法。

田来运迎来了两个不速之客,但他看是两个小娃娃,以为是来游山玩水的,便礼节性地、喜眉笑眼地迎进了店中客房里:"爱君娃,你咋来了,也不打声招呼,好让叔去接你。哎呀!真正是女大十八变,越变越好看,我女子一下长出息了。这位是?"

"这是我同学傅继兴。我爸让我们到你这儿来实习,跟你学些做生意的真本事。"

"叔是个大老粗,没啥本事,我让账房先生教教你们。"说着,叫来钱六顺先生做了安排。还安排了个"地里通"的伙计朱子良专门招呼他们。

中午,田来运请他们到资水香的御膳阁吃饭,算是接风。这桌接风宴,丰盛无比,有鱿鱼、海参、猴头、燕窝、龙虾、鸡鱼等山珍海味,一应俱全。田来运出手之阔绰今非昔比。

第二天,他们开始向钱先生学做账。傅继兴说:"钱先生,我们在学校学的经济学,那全是空理论,请先生教教我们实际咋做账。特别是如何做月终、季终、年终账,进、出库账。"

钱先生拿来了相关记账凭证和账簿,认认真真、指指画画地说教开来。

伙计朱子良陪侍着他们吃饭、逛街、闲聊,早晨早早起来陪傅继兴练拳舞剑。

这朱子良长得人高马大,眼睛虽然小,但却炯炯有神,走路快如风,说话直通通。他是安化芙蓉山里人,茶农子弟,练过武,豪爽坦诚,是在安化县做保安队长的舅父保荐到商号当伙计的。因为他们年龄都差不多,又和傅继兴有相同爱好,几天下来就混熟了。傅继兴和田爱君想从朱子良那里进一步了解些商号的实际情况。

这一天,他们三人一起到秀萃堂茶楼去喝茶,进入雅间,边喝边聊。

傅继兴说:"子良,你给我们说实话,咱商号这几年生意到底咋个相?"

"不好。"

"为啥?"

心直口快的朱子良说:"因为掌柜的中了冯大力那坏小子的圈套,叫人家夺去了收茶权。"

"有办法挽救吗?"

"有,但田掌柜不行,因为他拿了人家的手软,必须换将另立规。可这掌柜的是东家的亲兄弟,靠山硬,换得了吗?"

田爱君插话道:"如果能换了,叫你当掌柜,你怕恶人吗?你该咋办?"

"恶人都是欺软怕硬的货,只要你走得端,行得正,自然是邪不压正。要说叫我当,那是笑话,咱跟东家不沾亲带故,人生面不熟,又没啥功劳,他凭啥叫咱当掌柜?"

傅继兴答道:"就凭你为人正直有胆识。你说,如果真叫你当掌柜,该咋办?"

"不可能。要不咱今日先过个当掌柜的空空瘾。要叫我干,我得重立章程,从我做起,令行禁止。与地痞恶人一刀两断,靠和气生财、诚信经营赢回市场。从买茶向包茶园转变,建立稳定的茶叶生产基地,降低生产经营成本……我今日是痴人说梦,让你们见笑了。"

傅继兴和田爱君不约而同地鼓起掌来:"说得好!说得好!"

傅继兴和田爱君从学做账中发现,商号的收茶价格显然比市价高了许多,商号的费用五花八门,名目繁多,不断增高。

这个账学得傅继兴心惊胆战,商场是个发财致富的好地方,但也是个大发酵池。它能使人的邪念发酵膨胀,催生出奸诈、欺骗、弄虚作假、偷梁换柱、瞒天过海、损人利己的邪念。

这个账学得田爱君信念动摇,迷茫不解:亲情可靠吗?好人咋变了?

田来运真的变了,但到底是咋变的?事情得从头说起。

原来田来运是个心里头灵醒,但寡言少语,实诚憨厚,实干节俭的直杠杠人。他们兄弟三人开始创业时,来过安化,所以到安化收茶对于他来说,也算是轻车熟路。他刚到安化设庄收茶,先给伙计们立了个规程,

木木讷讷地对大家说:"打铁先要自身硬,要想收好茶,先得会看茶,要能辨清地道茶、外路茶、掺杂使假瞎瞎茶,摸透行情,以质论价。到茶市收茶,早晨开市,抬价收,吸引茶农;中午茶多时,压价收;下午市毕时,高价收,吸引茶农明日再来。到茶山茶园收茶,要不怕山高路远行路苦,起早贪黑早下手……"就这样,他带领着伙计们,上芙蓉山,走六洞,钻云台山,走高马二溪,跋山涉水,跑茶园,进茶乡,他自当经纪,对比筛选,当面议价,付款收货。每次收好茶往茶庄运,每人都要背些茶,跟着驮队一起走,而数他背得最多。一些想让他抬价收购,以次充好,以假充真,以外路茶充道地茶的人,千方百计,寻情钻眼给他送礼、送钱,他一律婉言谢绝。拉不上关系不成事的人,都说他是个不知人情世故、无情无义、不识抬举的犟尿。茶庄上供应着时髦的水烟,可他这掌柜的老拿个旱烟袋,一副老农打扮穷酸相,但他说话办事可是硬邦邦,谁也不敢犯他的章程。生意做得是堂堂正正,兴旺发达,同行眼红。

  俗话说:"家有贤妻,男人不招祸事。"田来运长大成人后,大哥大嫂招呼着给娶了个比他小八岁的小媳妇安彩云。

  安彩云的娘家是佃户,靠租赁地主家的土地过日子,家中姊妹六人,负担沉重,日子过得十分艰难。娘家父母是图了彩礼,才把安彩云许配给比女儿大八岁的田来运。

  安彩云模样长得俊,有眼色,有心计,勤快、麻利、干净。见到有利的事,千方百计扑着干;遇上没利的事,想方设法推脱得远;遇到有害的事,看见装着没看见;见到能用上的人,喜眉笑眼,亲切地能把你叫得从天上掉下来,奉承话能说一筐篮。一旦用不上你了,马上就变脸,脸现轻蔑样,不问不言传,有时,十声八声都撞不响。

  安彩云嫁到了田家,知道田来福是家族产业的总掌柜,大嫂又是财东家出身,他们掌握着义和兴人员的安排和财物分配权。而田来福夫妇,厚道大方,又乐善好施,每次安彩云娘家来人,他们都热情接待,临走,还要送些财物。守着这两个活财神,安彩云献尽了殷勤。见面哥长嫂短地叫得又亲又甜,不笑不言传,帮着洗衣服做饭,端饭敬茶,早晚问安,阿谀奉承,哄得田来福夫妇团团转,不时地接济她娘家。赵雅茹在给自己买衣服、首饰等日常用品时,总要给安彩云也买一份。

  田来运有时看着心里不舒服:"我看你就是个狐狸精,在老大两口子跟前,骚情得过火了。"

安彩云听罢,头儿偏着,眼睛瞪着,用手指狠狠指戳着田来运的鬓角,没好气地说:"你真是个缺心眼的瓜尿货!老大是掌柜的,大嫂娘家是财东,不巴结人家钱从哪儿来?你要是有钱,还用我看人脸,给人下苦献殷勤?"

田来运一听,像气球撒了气,仔细想想媳妇说得也有理。自和大哥创业以来,挣的钱都投资到扩大商号规模上,他们兄弟平日只有个零花钱,没有多余钱给媳妇,想想觉得对不起媳妇,从心里觉得愧疚,人就软了下来。

安彩云采用五花八门的炕上功夫,献媚撒娇献殷勤,不给钱便不理睬、不侍候等办法,逐步使田来运成了自己的"哈巴狗""应声虫"。人都说:"三尨二阎王,老大怕婆娘。"其实,那都是因人而异。

田来运当了安化茶庄掌柜后,回来如不给些钱,安彩云便甩脸子、飘凉腔,不好好做饭,发牢骚,有时连炕都不准上。而且是要求越来越高,胃口越来越大。一见面就唠叨:"你个瓷锤闷货,应名当了个掌柜的,连个钱都不会弄,还想叫人家给你立廉洁牌坊呀!人常说,'人不为己天诛地灭'。背个好名声,能顶馍饭吃?咱不糊弄商号的钱,人家巴结你送的礼,收了怕啥哩……"还时常吹枕头风,给田来运过些投机取巧的方子。

田来运本是苦出身,他有过吃不饱穿不暖,被人看不起,受人欺负的经历,很羡慕有钱人穿绸挂缎,吃香的喝辣的,耀武扬威的阔绰劲。他也曾一直梦想,咱啥时也能成有钱人,耍几天阔,过几天人上人的好日子。

屋里,媳妇给他灌着"迷魂汤";外头,别有用心的人给他打着"算盘"。

自古以来,在安化做茶叶生意的主要是陕商和晋商,这两大帮茶商,大都能和睦相处,互让互帮,携手共进,留下了许多秦晋结好的佳话,但也有"卖石灰的见不得卖面的",台上握手言欢,台下踢脚,设法给人使绊子的人。田来运就遇到了个这样瞎心眼的对象。

义和兴安化茶庄对门,有个山西人开的晋聚茗茶庄,掌柜的贾灵醒人称掐掐算,做生意也算一把好手,但此人心眼小,爱犯红眼病,见不得谁碗里米汤起了皮。义和兴茶庄开业后,看起来像老实疙瘩的对门掌柜田来运不知用了什么法术,把自己茶庄许多老买主拉了过去。贾掌柜眼

看着人家生意一天天比自己兴隆,一下子伤了人的妒忌心肠,日夜思谋着咋给田掌柜下个套子,终于,想出个绝招来。但这贾掌柜是个阴毒人,不愿对门识户地得罪人,便在仙人居酒楼备席请了江南镇的地痞混混冯大力,说:"兄弟,老哥今天请你,给你出个发财的主意。"

冯大力喝着酒,吃着菜,一脸怪笑地说:"你这掐掐算算能这么破费,肯定又黑吃谁呀?"

贾掌柜如此这般给冯大力说了一通,冯大力想了半天说:"你这瞎尿货,这么损的招,亏你想得出,但能当掌柜的,都没闷尿人,假如套不住狐狸,我不白惹了一身臊!"

"这个你放心,我先给你五十两银子的活动费,事弄到中途,不够了再给,绝不叫你做赔本买卖。事成得的利,我分文不取。"贾掌柜是个过河都要尻子夹水的人,更不会做损人不利己的事,他早就盘算好了,只有把对门生意搅黄了,就少了个强硬的竞争对手,那必然会赚更多钱。

一张阴谋的人网在人们毫无觉察的情况下,向田来运撒来。

一个风雨交加、商号生意萧条的日子,时常来收保护费的小混混冯大力提着四样礼找到田来运说:"俗话说,'在家靠父母,出门靠朋友''不怕不识货,就怕货比货'。我和茶庄这些老板打交道,就看着老兄人好,实诚。所以,想和你交个朋友。我在安化上上下下,黑白两道都有人,今后有啥事兄弟一定全力以赴。"

人有敬意,须当领之。何况是收茶庄保护费的地头蛇冯大力,田来运实在不敢得罪,就有口无心地应承了下来。

出人意料的是,到了收茶季节,冯大力不请自到,带了几个小兄弟前来帮忙,声明只为给朋友帮忙,不要分文工钱。上市收茶时,那帮人起早贪黑,跑前跑后,看茶选茶,讨价还价,好茶也能压价收。连续两年,茶收得一帆风顺,收益颇丰。虽则当初声明不要工钱,田来运还是送上了可观的报酬。

等到了第三年茶叶上市季节,冯大力声言有事不能来,可茶农却齐茬不向义和兴茶庄交售,急得他没办法,提着重礼去找冯大力。千求万请,好话说尽,冯大力最后说:"不是兄弟我不给你帮忙了,我也准备开个茶庄,怕顾不上耽误了老哥的生意。要不然是这样,你如果放心兄弟,你把钱拿来,我代你收。"此时,如梦初醒的田来运已不得不接受这个城下之盟了。从此,冯大力夺去了义和兴的茶叶收购权,但年年都给田来运送去可观的孝敬钱。就这样,义和兴安化茶庄的牌子倒了,田来运的腰包饱了。回家媳妇见了,骚情地点烟呀、敬茶呀、端饭呀、捏肩捶背、洗脚呀、抱住亲嘴、撒娇呀……要多骚情有多骚情,把个田来运侍候得如醉如仙,心里美滋滋的——他自鸣得意地在心里说:"还是有钱好啊!"

  傅继兴是个爱操心,好打抱不平的人。看到爱君的二叔受人如此欺负,义和兴安化分号遭此不幸,他忍不下这口气,担忧着茶庄的生意。他和爱君及朱子良合计着如何揭去冯大力这张贴在义和兴安化茶庄身上的烂狗皮膏药,重新振兴商号生意。商量好对策,他们请田来运一块儿商议。

  田爱君打了个开堂鼓:"二叔,我们听说你这个老好人受了地痞的欺负,叫冯大力夺了咱们的收茶权,闹得茶庄的生意不断滑坡,利润逐年下降,所收茶叶质量也远不如以前。我们这几天学账、看账、看库房发现,确实如此。"

  田来运此时才觉得侄女说是来实习,恐怕只是个借口,会不会是大掌柜派他们来查什么问题的?他以攻为守地辩解着:"人家以前给咱茶庄帮过忙,咱不能过河拆桥。"

  朱子良说话直通通:"掌柜的,我是当地人,各方朋友多,我探听到咱们走到这一步,是眼红咱生意的对门同行和那瞎货冯大力合计着给咱下的套。"

  "现在不管以前咋样,也不论谁是谁非,目前当务之急是千方百计从这陷阱中尽快爬上来,否则,将越陷越深。"傅继兴强调着。

  田来运毕竟做贼心虚,而爱君又是大哥夫妇言听计从的掌上明珠。傅继兴虽则年轻,看来却有心计,朱子良又知道自己的底细,所以,大家一说,田来运也只得顺势而为:"那你们说咋办?"

  本来他是想把这个皮球踢过去,没料到傅继兴还真说出了个主意:"二叔,我建议咱先给冯大力送份厚礼,提前谢绝了让他代收茶叶这个事,和这货彻底切断关系,省得这瞎货影响咱商号声誉。把这事处理结束后,咱们组织伙计提前上山进茶园,和茶农协商,签订协议,给付定钱,把今年的茶先预定了。"

"那要是冯大力找人寻咱事,胡搅蛮缠咋办?"

"掌柜的你甭怕,有事我在前头挡着,实在不行,叫我舅给咱搂后腰。"

田来运知道朱子良的舅父在安化当着保安队长,说得起这个话。

"二叔,你放心大胆干,我和爱君帮你把这事摆平了,我们再去兰州。"

话说到这份上,田来运也只得照大家说的办。

第二天,傅继兴和朱子良随着田来运来到了冯大力的好乡亲茶庄。冯大力正和一些猪猫狗弟兄在耍花花牌,见三人进来,停了牌局,站起来招呼道:"哎呀,财神爷来了,快给上茶,取烟。"

田来运说:"再甭胡叫。这些年你也给咱帮了不少忙,今天特意来谢谢你。顺便说个事。"说着随从的两人递上了八样重礼。

"哎呀,今日咋把驴反着骑哩,把事反着行哩,叫财神爷给咱烧起香了。"冯大力见跟着两个陌生人,怕田来运给他胡生事,这样说着一是表明自己以往没收过田来运的礼,给来人亮耳朵,潜台词却是少给我动歪心眼,小心我揭你的老底。但表面上还是说:"都是老朋友了,有啥事就说。"

"兄弟你看,这些年由你帮着我们收茶,我们的伙计都变懒了,手生了,而且还无事生非。今年,我们打算自己收茶,再不劳烦你们了。"

"那好,那好。不过,而今人心不古,世道太乱,老兄小心着。"话中明显带着威胁……

但不管以后咋样,今天总算把事挑明了,说到了。三人见好就收,施礼告别。

回到茶庄,朱子良说:"冯大力这货是个笑面虎,常常是好话说尽,坏事做绝。别看他今天满脸堆笑,满口应承,还不知要想啥瞎办法祸害人呀。"

傅继兴说:"兵来将挡,水来土掩,走到哪里说哪里话,用不着害怕。不过咱们要多加提防罢了。"

田来运说:"那好,有你们这两员大将保驾护航,咱今年重打开场另唱戏,好好干他一场。"

说完了冯大力的事,田来运安顿好茶庄日常事务,准备好进茶山的一应用品,带着傅继兴、田爱君、朱子良直奔六洞、芙蓉山。为了预防山上野兽侵袭,傅继兴和朱子良带着练武的宝剑,田来运和田爱君拿着木棍,一当拐棍,二为防身。

　　春季艳阳天,田来运一行人行进在茶马古道上,走村过溪,穿越茶亭、风雨廊桥,一路上,但见,河溪纵横映蓝天,鹅鸭戏水春燕飞,牧童骑牛吹竹笛,桃李花开杨柳绿。走到茶山,盘旋而上,映入眼帘的是层峦叠嶂,云遮雾绕,修竹夹道,树林茂密,郁郁葱葱。茶山上不断飘来阵阵歌声:

　　　　男:妹儿像锦鸡一身彩,
　　　　　　妹儿像花儿就要开。
　　　　　　妹儿生得好富态,
　　　　　　人人见了人人爱。

　　　　女:不会唱歌乱唱歌,
　　　　　　不会采茶乱采茶。
　　　　　　看你还是个细娃子,
　　　　　　莫要学到耍嘴巴。

　　　　男:细茶粗茶两个味,
　　　　　　桃花牡丹比不得。
　　　　　　妹儿天生人才好,
　　　　　　哥哥哪敢耍贫嘴。

　　　　女:去年同哥喝杯茶,
　　　　　　香到今年八月八。
　　　　　　不信哥到妹家看,
　　　　　　床头开着茉莉花。

　　　　男:哪有毛铁烧不红,
　　　　　　哪有棉花弹不绒。
　　　　　　只要两人真心意,
　　　　　　冷水泡茶慢慢浓。

　　山越上越高,林越来越密。突然,前面冲出七八个蒙面黑衣人,手执

钢刀,冲到跟前,不问三七二十一,举刀乱砍。

傅继兴临危不惧,大喝一声:"二叔闪开,保护好爱君,让我两个收拾这伙毛贼。"说着,念了声"阿弥陀佛",便与朱子良举剑迎敌:"朋友,江湖也有规矩,明人不做暗事,请你们报上名来,让我们招祸也招个明白。"

"你们不惹事,哪有横祸来。我们是收人钱财,替人消灾。"

一听这话,傅继兴一行人差不多都明白了。

傅继兴一边厮杀着一边说:"请你们给雇主捎个话,有啥事明着来,这样黑人算什么好汉?"并叮咛朱子良,"点到为止,不要伤人性命惹下麻烦。"

这伙人本来就是混混出身的乌合之众,没有什么真功夫,哪里是傅继兴、朱子良二人的对手,几个回合下来,便丢盔弃甲,负伤而逃。

田来运看着他们刀剑挥舞,才知傅继兴和朱子良武艺高强,喜出望外地称赞道:"你们二人有一身的好武功!"

傅继兴说:"现在想把事干好,光靠武功不行,得有智谋。咱们这次虽然打赢了这伙人,但冯大力心里不一定服。我想请子良的舅父出面说和一下,彻底了结了这事,毕竟强龙不压地头蛇,冤家宜解不宜结。"

朱子良满口应承:"只要大家看得起我,舅父我来约请。"

约定好日子,田来运在资水香的御膳阁备席请客,田来运带着傅继兴、朱子良、田爱君,迎来了两位特邀的客人——朱子良的舅父、安化保安队队长高卫道及好乡亲茶庄老板冯大力。

酒席宴前,相互寒暄,介绍,酒过三巡之后,高卫道特意向冯大力敬了杯酒:"大力,今天我借花献佛,敬你一杯。我给你介绍个新朋友——我的外甥朱子良,今后还望你多多关照。田老板就不用说了,那是你的老朋友,也请多予关照。"

朱子良本是个不好张扬的人,又是个小伙计,冯大力还真不知道他有这么个硬靠山。听雇的打手回来说,朱子良的武功也是了得,看来,朱子良和义和兴茶庄今后还真不敢再惹了。

安化义和兴茶庄终于走出了恶势力笼罩的阴影。

第七章

精明人 兰州开新局
美艺人 迷倒帅掌柜

傅继兴和田爱君要走的第二站是义和兴分号——兰州茶庄。

兰州茶庄掌柜是田来福的三弟田来财,他是兄弟们当中最精明的一个。人长得风流倜傥,机敏灵活,能说会道,善于社交,不管走到哪里,都是人尖子、娃头。看书是过目不忘,学手艺无师自通。干农活,啥活都挡不住手,摇耧撒籽擩麦秸,扬场使的左右锨;当匠人,泥木两行都是把式全挂挂,就连做的宴席饭菜也能来两手,惹人馋;干茶工,炒茶火候拿得住,搥茶形好斤两足,凉茶发花似神助,验茶手掂知瞎好;唱秦腔,嗓音宽厚圆润,满腔满调,学啥像啥,敢与把式叫板,而且还会拉板胡、打板……但人生在世占不全,娶了个媳妇是大醋坛。

这媳妇叫杜秀绵,人长得像模像样,不言不传,看起来憨厚本分。因为田来福夫妇知道三弟贪耍好玩,专门给选择了这么个实诚人,以免将来多事淘气。谁料这媳妇自从有了娃,趁势和田来财三天两头胡闹。

刚进门时,杜秀绵和兄弟姊妹还能和睦相处,对丈夫恩爱有加,很快便喜得贵子。

杜秀绵十分疼爱丈夫,她从内心感到自己配不上长相英俊、聪明伶

俐、能说会道的田来财,生怕别人抢了去,自卑感促使她产生了嫉妒心,所以,对于丈夫和女人交往之事,事事多心,处处设防。

田来财从内心本来就看不上杜秀绵,只是当初没有父母家里穷,才娶了这个大字不识,啥事不懂,在人前说不了话,在人后没情调的闷种货。两人出门上街走亲戚,都趔得远远的,谁不理识谁,好像是旁人。

偏偏田来财好交朋结友,又是个戏迷,晚上一没事,就上戏园子看戏,有空也到排练场去看导演给演员排戏,和剧团的人谝戏的故事,各个演员的唱腔特点,甚至自己也看样学样地跟着唱。时间长了,和当地剧团的人都成了熟人老朋友。那些戏娃子看田来财人长得帅气,懂戏,又是义和兴商号的三掌柜,为人慷慨大方,要人样有人样,要家当有家当,一个个都心生爱慕,见了他都亲热地叫来财哥。

剧团有个叫秦折桂的头牌旦角演员,更是迷恋上了田来财。她给田来财送戏本,教唱戏,时不时找借口请田来财拉板胡给她伴奏,顺戏。她在田来财面前唱戏,那可是千娇百媚,勾人魂魄。有时,还拉着田来财合练《梁山伯与祝英台》等才子佳人戏唱段。

人常说:"好事不出门,坏事传千里。"特别是名演员的绯闻,人们更好奇,添油加醋,不胫而走,传得是绘声绘色。这些话自然也传到了杜秀绵耳朵里。起初,杜秀绵还不信,可是,有一回,她和丈夫田来财上街去给娘家老人买八月十五的礼物,两人习惯成自然,田来财在前边走着,她在后边老远地跟着。忽然,看见一个穿着洋气、长相心疼、人见人爱的女人喊着:"来财哥!这一向咋不见你来看戏哩,把人都快想死了!"一边喊着,一边像饿极了的鸟,飞扑到田来财跟前,不顾满街人来人往,不顾羞丑,先在田来财脸上美美亲了一口,那个骚情劲连过路人都看不惯。

吓得田来财手推身躲,悄悄地说:"你嫂子在后边跟着哩。"

"哟!婆娘就把你吓成这样了!俗话说:'佛正不怕香炉歪,人正不怕影子斜。'我一个大姑娘家都不怕,你怕啥哩,大不了,人家不要你了,我要你。前门走个穿绿的,后门进来个穿红的,怕啥?"

"再甭胡说了,赶紧走!"

秦折桂这才极不情愿地甩袖而去。

这一切都被杜秀绵看在了眼里,一下子打破了心中的醋坛子,斜眉瞪眼一溜风地回了家,田来财只叫叫不住。只好自己买了些礼物回家去解释:"俗话说,'戏子无情,婊子无义',戏娃子见人都是那神气,你可别乱吃醋。"

"你再甭哄傻子了!那女娃子跟你没麻达,能把你叫得那么亲?你看那骚情劲,真让人恶心!"

任凭田来财怎么样解释,杜秀绵就是不信。从此,就没给过田来财好脸色,时不时地便吵嘴闹仗。而又一宗事,则把两人的关系推向了不可调和的地步。

一个风清月朗的夜晚,剧院挂牌上演《长生殿》,由著名演员秦折桂主演杨贵妃。这出戏是泾阳剧团的拿手好戏,剧院中是座无虚席,连西北塬的土匪头子——西北王邹显禄也从六十里外赶来看戏。

谁料这个喜欢拈花惹草的色狼,竟被秦折桂唱的杨贵妃迷得是热血沸腾,神魂颠倒。当下派跟班的拿着一包银圆去后台找老板,说戏一毕,要请秦折桂吃饭。

对泾阳情况了如指掌的剧团老板一看这跟班,就知道是西北王来了。当即回话道:"请回你家爷,戏毕后我们就安排。"

待到秦折桂一下场,剧团老板马上告知了她:"哎呀!娃呀,你今晚把祸招来了,西北王戏毕了要请你吃饭,只恐怕凶多吉少。"

秦折桂一听,吓得转颜失色,急忙跑到在后台看戏等她的田来财跟前,惊慌失措地说:"来财哥,你快救救我,戏毕后,西北王要请我吃饭,此一去只怕是羊入虎口——有去无还。"说着竟哭了起来。

田来财本是血气方刚不让人的主,咋能容忍自己喜欢的女人被土匪欺负?便对老板说:"这采花魔头,咋偏偏让折桂碰上了?事不宜迟,你赶紧让折桂女扮男装一下,我现在就领她去逃生。土匪来了,你就说折桂叫商会老会长接走了。"

戏毕后,西北王到后台来接人,听老板说叫商会老会长接走了,气得暴跳如雷,掏出手枪就在剧团老板腿上钻了个窟窿,说:"你若哄我,小心狗命。"但毕竟商会老会长财大气粗,上上下下都有人,又还时常施舍自己,所以他也不敢在太岁头上动手,只得扫兴而去。

当晚,田来财把秦折桂引到了大嫂娘家——商会会长赵智诚家,向老会长叙述了事情经过,跪拜施礼致歉道:"老伯,事出万不得已,我擅自冒用了你老人家的名讳,请你老人家海涵,谅解,并帮忙把事情办圆满,

千万救救折桂。"

秦折桂也跪拜求情:"老会长,折桂这些年在泾阳多亏你老捧场,帮忙,方有今日,小女子这里谢恩了。今晚,来财为救我于危难之际,才犯下了先斩后奏,冒人名讳之罪,老伯要打要罚,全由小女子承担。"

田来财急不可待地说:"要打要罚都是小事,眼下,是要赶紧想办法把折桂送到外地去。人常说:'不怕贼偷,就怕贼惦记。'这西北王是个有名的好色之徒,在泾阳町上哪个女人,从来还没有幸免的。"

这两个人,一个是女婿的亲弟弟,一个是自己欣赏的女艺人,赵智诚不得不分外开恩:"二位请起来说话。西北王这瞎货,拈花惹草毛病得的深,我也觉得折桂以离开泾阳为宜,以免留下后患。恰好我与兰州商会会长万福祥交好,我写封信你带上去投奔他,让他给你做个妥善安排。明天一大早,就用我的轿车送你去兰州。"

二人听罢,磕头又拜:"多谢老伯救命之恩……"

这一夜,知道丈夫去看戏的杜秀绵,等丈夫等到戏毕还不见人回来,翻来覆去睡不着,胡思乱想着:这满肚子花花肠子的货,肯定是叫那个狐狸精戏子勾搭着胡成去了。今后,你娃就别想进我这门,想到哪里耍就到哪里耍去!

第二天一大早,田来财送走了秦折桂,回到家,门咋叫也叫不开。

从此以后,任凭田来财咋样解释,杜秀绵是四季豆——油盐不进,硬说田来财在外边有相好的,要不咋整夜不回家。从此,杜秀绵像川剧演员一样,来了个大变脸——变成了小心眼、母老虎,一见自己男人和人家女人说话,立马醋性大发,撒泼大骂,扑抓抠脸,晚上不准上炕。唠叨不断,无事生非,稍不顺心,便摔碟子摔碗,不是打娃撒气,就是指桑骂槐,家里一天到晚不得安宁。

田来财爱赶时髦,爱看流行的言情小说,有时也想学着小说中人物谈情说爱、合欢偷情的样子——说些时髦的调情话,来些夫妻合欢时的新花样以改善夫妻生活,但传统守旧,认为男人是花花肠子的杜秀绵,越发认为男人在外面学坏了,回来作践自己,一见这样就反感,觉得恶心。常常是正行云雨之事时,就骂骂咧咧地把田来财从床上掀了下来,张口就骂"流氓!瞎尻!"久而久之,田来财和杜秀绵合欢时,田来财是未曾上阵先泄气,旗杆先挺不起来,只好缴械投降,给杜秀绵回话。正在如狼似虎年龄的杜秀绵,得不到满足,因此更加烦恼:"看看看,在外边胡成,把人都弄成啥样子了,叫那狐狸精把你都抽干了,软得连门都进不了,真正成了个尿不顶。"就这样,硬是把个外面的"人物尖尖"大丈夫田来财折磨得见了媳妇就像老鼠见了猫。

兰州自古便是西北地区的茶叶贸易中心,经营茶叶的商业总号大多数都在兰州设有分号。分号一般不做门市生意,主要是搞批发——把总号发运来的茶叶,批发给当地商人,由他们在本地销售,或运往其他城市及少数民族地区销售。泾阳在兰州设立分号的著名茯砖茶商号有福顺成、魁泰通、恒春益、诚盛永、福兴正等十多家,这些著名茯砖茶分号操纵着兰州的茯砖茶贸易。

义和兴开拓兰州市场时,为能在强手如林的市场中争得一席之地,田来福便选派兄弟们当中最精明能干的三弟田来财来当分号掌柜。

田来财带着一个账房先生、两个伙计,押着第一批茯砖茶来到了兰州。一到兰州先雇请了个懂行的兰州通,引导着寻租商号用房,拜访当地茯砖茶经销商。

田来财为了使茶庄尽早开业快见效,统筹兼顾巧安排,让账房先生招呼工匠装修店铺,他与其他两人拿着茯砖茶样品,分片跑茶业商号,联系经销商,推销茯砖茶。

位于兰州市中心的当地茶叶老商号——五泉山茶庄,仓库不幸失火,把储备的茯砖茶全部烧光了。田来财走访联系经销商时碰上了这号事,马上向周围店铺经营的人打听五泉山茶庄以往的经营和信誉情况。人们都说:"五泉山茶庄是当地数一数二的大茶庄,经营讲诚信,朋友遍西北。可惜这一回遇上了这号倒霉事。"

深知人情世故的田来财懂得"饿时给一口,强过有时给一斗"的道理,他在心里想:在此茶庄遇难之时,如能及时给予援手,定可取得事半功倍的效果,打开销售之门。他当即登门拜访。

走进五泉山茶庄,只见人人满脸忧愁。田来财拱手施礼,说:"在下泾阳义和兴兰州茶庄田来财,新到贵地,特来拜访。现送上我店茯砖茶两封,请品评指教。闻听贵号仓库遭遇火灾,如有什么事需要我们帮忙,请尽管吩咐。"

此时,一个穿着黑缎子长袍的人拱手说话:"鄙人马金城,这茶庄是我家生意。承蒙贵号看得起我们,送砖茶,问灾情,本人特致谢意。"说着,双手接过砖茶,仔细观看包装、捆绑麻绳、透气孔、字号印章。拆开纸封,切开砖茶,观看茶之金花,然后按照泡茶之法,用青花茶壶泡好了一壶茶,净杯斟茶,先将一杯敬给田来财:"我这里借花献佛了。"随之,他端起茶杯,闭眼闻香气,定睛看汤色,细品辨茶味。一看,就是个饮茶的行家,做生意的老手。

品完茶,马金城连声称赞:"好茶,好茶!真是相见恨晚。不知师承何家?"

田来财答道:"师承泾阳茯砖茶百年老号诚盛永,我们兄弟都曾是诚盛永的茶工,我大嫂就是诚盛永老东家的闺女。"

"真乃名师出高徒,难怪做得如此好茶。"

"既然掌柜的能看上我店之茶,能否帮我们经销?"

"贵店能看上我们茶庄是我们的荣幸,只是失火造成我店茶叶损失殆尽,目前我们没货,钱也紧,不知贵号能否在资金上给予先少付或缓付的照顾?"

"马老兄,人生在世,谁没有七灾八难?但人常说:'火烧财门开,塞翁失马焉知非福。'我想交你老兄这个朋友,是朋友就得真诚相帮,于困难时见真情。我们愿意先把茶赊欠给贵号,并给予百分之三的优惠,以解贵号的燃眉之急。你们库房已烧,重建还需时日,货先存我号仓库,随要随拉,保障供给。"

"萍水相逢,田掌柜竟能如此对待我们遇难之人,真正是雪中送炭,令人感佩,请受鄙人一拜。"马金城说着就要下跪磕头。

田来财急忙上前搀起:"俗话说:'金钱如粪土,情义值千金。'能交上你这个新朋友啥都值了。"田来财就这样轻而易举地攻下了第一个大客户,以后,五泉山茶庄成了兰州义和兴分号的第一大经销商。田来财仗义疏财经五泉山茶庄传播,广为流传,为义和兴招徕了许多客商。

田来财善于投其所好,开拓经营。这一天,茶庄一开门,田来财便见喜鹊在门前青槐树枝上喳喳叫个不停,他觉得是个好兆头,心里一阵高兴。看着旭日冉冉升起,他迎着暖融融的春风,看着沿路桃红柳绿,满怀希望地向打听好的西北香茶庄奔去。

跑到位于西关十字的西北香茶庄,田来财仔细打量,观见此店,五间门面,古色古香,装饰豪华,门前车水马龙,顾客川流不息,伙计衣帽整洁,微笑迎客,茶叶规格、品种齐全。店门上悬挂着"西北香茶庄"的金字招牌,门柱上的楹联是"茶香金城称佳茗,货走西域显神奇"。他在心里掂量,看来这家百年老店果然名不虚传,其财东、掌柜如无各方硬棒关系,生意超群,焉敢挂如此大口气的楹联?这样茶庄非千方百计攻下不可。

田来财观察、思量着进了茶庄,拱手施礼道:"鄙人田来财,是新开张的义和兴茶庄的。闻听贵号乃闻名西北的百年老号,特来登门拜访,为你们敬送些我们新上市的茯砖茶,不知你们掌柜的在不在?"

一个训练有素的伙计笑脸相迎,拱手还礼道:"贵宾登门,蓬荜生辉。我们掌柜的忙里偷闲,正在门口下棋哩,有事你先等一下。我掌柜的是个棋迷,下棋时不准任何人打搅。"说着敬上了一杯茶。

"我是新来的,还不认识你掌柜的,不知是哪位?"

"就是留着大背头,穿着灰缎长袍的那位。"

田来财放下见面礼,端着茶杯走出茶庄,果然见店门外,道沿边的葡萄架下,摆放着一张刻有棋盘的石方桌,周围是四个鼓形石凳,有两人正在下棋。他走上前去,笑着向两人点头示意,坐在一旁观看博弈。观见这掌柜的只输不赢还不服输,硬要对方陪着继续下。本来也是棋迷又心中有事的田来财心急如焚,禁不住指点这掌柜的走了几步棋,结果一下子转败为胜。

这掌柜的高兴得眉开眼笑:"你这人还有两下子,来,再帮咱下几盘,转转我今天的手气。"

从此,这掌柜的盘盘皆赢,直下到午饭时方才收拾。他喜形于色地拉着田来财的手说:"兄弟,你棋下得不错,老哥请你吃饭。"

田来财笑着推辞:"不行不行!说了两步棋,咋能让你老破费呢?这像啥话嘛。"

掌柜的说:"人逢同趣可为知己,你让老哥反败为胜,就是老哥的贵人,吃顿饭算啥?走走走!"说着,硬把田来财拉进了对门一个挂着"伊香楼"招牌的饭庄,进了一豪华雅间,点了一桌特色丰盛的兰州名菜,要了瓶茅台酒。

第七章 精明人 兰州开新局 美艺人 迷倒帅掌柜

125

饭菜准备期间,伙计先上了兰州大瓜子、花生、蚕豆、葡萄干四个干果盘子。两人吃着拉起话来。

"不知老哥高名贵姓,做茶叶生意多长时间了?"田来财想摸摸这家茶庄的底细。

"我叫施广仁,这西北香茶庄是我家几辈子传下来的老字号,在宁夏、青海、新疆都设有分号。不知兄弟姓甚名谁,在哪里发财?"

"我叫田来财,是泾阳人,我们兄弟三人原来都在百年老号泾阳诚盛永茶店当伙计,我嫂子就是东家的女儿。前几年,我们兄弟三人另起炉灶办了个义和兴茶店,今年,我来兰州办分号。"

"嗨,我听说过诚盛永,在兰州开茶庄有年代了,听说茶的品质也不错。"

酒菜上来了,田来财先给那掌柜的斟了满满一杯酒,双手敬上:"今天能认识老哥,真乃三生有幸,兄弟先敬你一杯。"

那掌柜的也不客气,一饮而尽:"今天能结识一位棋友,老哥也十分高兴。"

田来财又斟满一杯敬上:"兄弟初来乍到,啥都不懂,愿拜老哥为师,请先喝了这杯拜师酒。"

那掌柜的看田来财态度诚恳,也不推让,又饮一杯:"说师傅不敢当,但兰州有啥事需要帮忙,尽管言传。"

田来财又敬了一杯:"人常说,'背靠大树好歇凉'。兄弟想请贵号当咱的经销商。"

那掌柜的略一沉思,说:"只要你的茶质量好,价格公道,我优先考虑。谁让咱们是棋友!"

"茶的品质老哥你品评,觉得好,如要货,肯定比给别人家的优惠。谁叫咱们有缘相会!人常说,'同船共渡都有五百年缘分'。咱这两个棋友该有多少年缘分?社会上人都说同学亲,战友亲,乡党亲,其实,有共同爱好的人显得更亲,所谓人以类聚,物以群分,咱们还多了条志趣相投。"田来财一张嘴把个施广仁说得跟着转,心里甜,喜眉笑眼,乐滋滋的。

眼看着酒足饭饱,田来财说要出去方便一下,便迅速跑到对门茶庄取了块茯砖茶,到前台开了饭钱,重新回到雅间,说:"这就是我们茶店的茶，请老哥品评。"

这一招弄得施广仁没有了回旋余地，当下就要表明态度，但真正谈到生意，施广仁却十分认真，毫不马虎，他仔细地察看起拿来的茶，并让伙计冲泡了一壶，斟满一杯，细细品尝后，说："不错，不错。"但还是没答应做经销商的事。因为他跟田来财毕竟是萍水相逢，在他看来，不管他咋叫，田来财都不会来，他哪里知道，田来财能跟他来吃饭是想和他做生意。他还怀疑这人是不是爱占便宜，但当自己叫伙计来结账时，伙计却说："账这位掌柜的已经结了。"他方化解了心上疑云，说："唉，你这兄弟，走到我门口咋能叫你破费哩？"

"兄弟是诚心拜老哥为师，自当孝敬师傅，今天这就算作拜师宴。至于我那砖茶，你如果觉得品质还行，价钱上，我比你进的同类货，再让百分之三的利。"

施广仁心里一盘算，觉得田来财厚道大方，茶叶品质也好，价还便宜，这才答应了："好！老哥就给你茶庄当个开路先锋，谁让咱们是棋友哩！今后，有时间就过来下棋，别短了老哥精神就行。人生苦短需珍惜，千万别得抠财痨。"

"说得对，讲得好，咱今后生意、下棋一块儿搞，钱要赚，人也要乐。"

"那咱吃罢饭，接着下。"

"老哥，其实我的棋艺并不怎么样，只是今天遇到贵人手气好，真要和你下，还不一定赢得了你。"

田来财有事要求这位大老板，不敢推辞，两人直下到晚饭前，田来财是把把输，喜得这掌柜的又要叫吃饭，田来财施礼谢道："我初来乍到，事情繁多，今天不能再留了，改日有时间再来，和老哥好好下上几盘。"田来财就这样又揽下了一个经销大客户。

店铺装修好了试营业，一些地痞流氓、黑社会等来寻衅闹事，闹得门都开不安宁。田来财本来想花些小钱，息事宁人，可这些人一看他是外来户没靠山，一个个都是狮子大张口。田来财料想如果妥协，那将是填不满的坑，他不能花这冤枉钱。干脆，先把门关了，另想办法。

田来财这才亲身体会到："乱世做生意，没有保护伞实在是寸步难行。"可到哪里去寻保护伞？他首先想到的是商会，商会是商人的组织，是专门为商人说话办事的，如果能找到兰州商会会长帮忙，那问题就迎刃而解了,但他这样的无名小卒想找那样的大人物实在是难如上青天。他搜肠刮肚地想着和商会会长有联系的熟人,思来想去,一个久藏心中的人儿闪上了心际——秦折桂。当年,为了逃避土匪的骚扰,田来财送秦折桂去兰州时,泾阳商会会长为秦折桂给兰州商会会长写了封介绍信,她肯定认识兰州商会会长。

田来财决定去找秦折桂。他打听着找到了兰州秦剧团,才知道秦折桂现在已成了兰州的名演员。

田来财曾是秦折桂的梦中情人和救命恩人。唱戏的么,整天演的是卿卿我我,秦折桂多少次做梦,田来财都是她的如意郎君。多年来虽然两地相隔,山长水远,但却书信来往不断,藕断丝连。今天猛然相见,热泪夺眶而出,喜极而泣,顾不得男女有别,扑过来捉住田来财的肩膀仔细端详,连珠炮般发问:"来财哥,你啥时来的?你来有啥事?你这些年好吗?"

田来财便把他来兰州创办义和兴茶庄,遭到一些不三不四的人骚扰,想请她找兰州商会会长帮忙的事说了一遍。秦折桂欣然答应了,并当即要去看田来财办的茶庄。

两人坐着洋车来到位于张掖路中段的义和兴兰州茶庄,秦折桂下车仔细观看,见是一栋三间门面、雕梁画栋、飞檐翘角、琉璃瓦盖顶的两层楼建筑,门楣上悬挂着"义和兴兰州茶庄"的金字招牌,朱红门柱上的绿底金边金字楹联是"茯茶誉满丝绸之路,佳茗香引云中茶仙"。进门左、右两壁上,一边是以丝绸之路古画为衬底,正楷书写的泾阳义和兴茯砖茶简介;一边是装裱精美的茶诗四条幅:

《山泉煎茶有怀》(白居易):

坐酌泠泠水,
看煎瑟瑟尘。
无由持一碗,
寄与爱茶人。

《寒夜》(杜耒):

寒夜客来茶当酒,
竹炉汤沸火初红。

寻常一样窗前月，
才有梅花更不同。

《边茶吟》（无名氏）：
西域自古多战乱，
茶马交易曾安边。
泾阳茯茶化刀剑，
横扫狂虏息狼烟。

《香丝路》（无名氏）：
嵯峨山高泾水甜，
泾阳茶艺千古传。
天成佳茗香丝路，
四方来朝万民欢。

简介和条幅下，摆放着两套八仙桌椅，桌上放着宜兴陶瓷茶具，铜水烟袋。后边摆布着铺柜、货架，陈列着各种规格、包装的茯砖茶。

田来财请秦折桂坐到八仙桌旁，他一边作陪，吩咐伙计上茶，端干果、糕点。

秦折桂一边喝着茶一边说："你还是这样爱好，把个茶庄布置得如此高雅。"

"胡闹哩，哪像你，现在都成了西北的名角了。名人增魅力，你如今越发显得妩媚动人了。"

"你这人，生就的嘴甜，是个人就能被你哄得团团转。你就是不哄我，有事，乡党也一定帮忙。"

"你们这些名角，眼观六路，耳听八方，关系多，门路广，还请今后给咱这生意多介绍些顾客。眼下，我想请你想办法找一下兰州商会会长，请他给我主持着，先把开业典礼搞了，把门顺利地开了。"

"这下你算寻对人了，那会长新近娶了个五姨太胡妙香，爱得如掌上明珠，言听计从。她原来就是我们团的演员，我的徒弟，我马上去给你疏通疏通。"

"不知那会长和五姨太有何爱好,送些什么礼物为好?"

"按说他们什么都不缺,可见面礼还是得有的,以陕西名贵特产为好。"

田来财略一沉思,说:"陕西名贵特产?能登大雅之堂的要数蓝田玉了,我送他们一个玉山松竹图的玉雕和一对玉镯如何?"

"好!这礼物高雅不俗,常戴,常见。"秦折桂挤挤眼,接着诡秘地说:"就像你这美男子一直在她身边,睹物思人,情谊难忘,帮你办起事来,也有精神。"

田来财面红耳赤地说:"好亲亲哩,再甭揉搓人了!"

说完正事,两人又说了许多叙旧的话后,田来财叫洋车把秦折桂送回家,并送上了六封茯砖茶。送她上车后,说:"送你六封茶,祝你六六大顺。茶喝完了打招呼,我随时给你送。"

过了两天,秦折桂就约田来财去商会会长万福祥家。田来财拿了六封茯砖茶及买好的礼物,两人一起来到了会长公馆。经伙计通报后,引入了客厅。

胡妙香起身招呼:"师傅来了,你们快请坐。"

秦折桂和田来财先向坐在中间大沙发上的万福祥施礼问候:"万会长好。"会长点头示意让他们入座,二人方才在下首的沙发上坐了。

古色古香的楠木条形茶桌上,摆放着各种兰州特色糕点、干果,装扮得体端庄的侍女献上茶来。

胡妙香端详着田来财,果然如师傅所说,风流倜傥,一表人才,心中暗喜。随之殷勤招呼:"贵客远方来,不亦乐乎,先尝尝我们兰州的特色吃货。"

田来财毕恭毕敬地递上礼物说:"晚辈泾阳义和兴总号兰州茶庄田来财,初次登门拜访,送上陕西特产蓝田玉雕作为见面礼,望笑纳。我们陕西没有什么贵重东西,唯有蓝田玉古今闻名。秦始皇曾用其做玉玺,唐玄宗送给杨玉环的爱情信物也是蓝田玉。因为用此玉泡水洗脸可养颜美容,所以,蓝田玉也叫养颜玉。我今天送给会长的乃是玉山松竹图,愿会长事业如翠竹节节高,福寿似青松万年长;送给夫人的是一对蓝田玉镯,愿能为夫人养颜美容增光彩,驱除邪祟保平安。"

胡妙香接过礼物,先打开一个大的红色锦盒,但见苍松翠竹栩栩如生,翠色晶莹。再打开稍小锦盒,一对润绿的玉镯光彩照人,清爽亮丽。她摸着,看着,欣赏着,试着戴在了手腕上,不大不小刚合适,喜滋滋地说:"田掌柜真会买东西,就好像给我量身定做的一样。"

秦折桂锦上添花地说:"好马配好鞍,名玉配美人,妙香戴上这碧绿的玉镯,显得皮肤越发白嫩,平添了几分富贵相,更加美艳迷人了。你跟了会长可真是把福享了。"

"师傅你也不错,戏唱得越来越好,名气越来越大了。"

"那还不是沾了会长捧场的光,奴家再谢了。"

田来财再次起身拱手施礼道:"万会长,晚辈新到贵地,人生地不熟,还请会长多多指教。小号的开业典礼恳请会长亲临主持,并拜托会长代晚辈邀请各界名流、商号掌柜参加。"

"田掌柜是秦老板的朋友,也就是我的朋友,我也听妙香说过你的事,今后有事能帮忙的一定帮忙,何况商会的职责就是给做生意的人帮忙的。至于开业典礼的事,你容我回头再商量商量。"

秦折桂一看,直给妙香递眼色,妙香会意,摇着会长直撒娇:"商量啥哩,还不是你一句话的事,你请谁,谁敢不去?你就当给奴家一个面子,难道还能让我在朋友面前丢人不成?!就算人家求你了。"

"好好好!我照办就是。"

就这样,义和兴兰州茶庄在商会会长万福祥的亲自主持下,在社会各界名流、商号掌柜的参加下,隆重而顺利地开业了。看到这种阵势,地方上的地痞流氓敬而远之,不敢再来寻衅闹事了。

精明能干的田来财很快就在兰州打开了局面,把兰州茶庄的生意直做得风生水起,红红火火。

田来财兄弟们白手起家创业时,一心只想把事干成,殚精竭虑,日夜操劳,想的干的都是生意的事,正事盛而邪事无。

但随着义和兴兰州茶庄的生意上了正轨,日趋繁荣,田来财在爱好追求时尚摆阔气的兰州,也渐渐变阔了,穿戴讲名牌,请客专挑名牌饭店——对这些他还有理由:为了给商号撑面子。

手头宽裕了,下了一辈子苦的田来财也想享两天清福。他没有其他爱好,就爱看个戏,捧个角,唱个戏。而兰州这地方本来就是个戏窝子,剧团多,剧院多,自乐班更多。他先是得空去茶楼的自乐班凑凑热

闹——临时补缺，拉个板胡，打个板。戏瘾犯了，唱两段秦腔。他音域宽广，小生、须生都能唱，最拿手的是《吕布戏貂蝉》《藏舟》《周仁回府》《辕门斩子》《白逼宫》等唱段，进而是抽空去剧院看看戏。人常说："外行看热闹，内行看门道。"田来财是戏迷票友，辨得清谁唱得好坏，表演得优劣。不管是不是名角，只要他认为唱得好，便拍手叫好，给挂红。挂红时，直赢得满场掌声和喝彩。伴随着义和兴茶庄田掌柜给某某某挂红了的吆喝，他一下子成了剧场里的名人，演员的财神和崇拜者。他望着台上台下，听到的是拥戴、赞扬他的喝彩，看到的是一双双羡慕、崇拜的眼神，他看到了钱的神奇力量，享受到了富人的荣耀，飘飘然令人欲仙。

兰州的剧团多，竞争激烈，各剧团便想尽办法拉顾客。有个萌芽社，是年轻人组成的剧团，他们没有名演员、老演员，影响力、吸引力差，经营也艰难，但这团长陆文彬学识好，见识广，点子多，他通过调查了解到，西北五省在兰州做生意的人中，秦腔戏迷和票友多，而这些人又多是有钱、有影响的人，能争取这些人加盟到本剧团演出，肯定会给观众创造新的看点，吸引、争取观众，扩大剧团影响，提升票房收入。于是，陆文彬便决定举办一次票友、演员同台联袂演出的活动，并通过向各相关商号募集赞助费，设立竞赛奖的办法吸引大家参加。按照调查得来的戏迷名单和各人喜欢唱段及在当地商号的职务，乐善好施的程度，根据平日来看戏的表现，第一个就选到了田来财。

田来财争强好胜，兰州又是茶叶批发大庄，为了给顾客造成义和兴茶庄生意兴隆、实力雄厚的样子，他在选择茶庄店铺时，专门找了个带后花园的店铺。

一个风和日丽的日子，一大早起来，田来财和往常一样正在后花园唱戏吊嗓子，正在唱着《吕布戏貂蝉》：

> 难得你识英雄大有眼力，
> 喜得我心花放难辨东西。
> 咱二人是天缘何容避己，
> 愿与你结鸳盟共效与飞。

忽听一声喝彩："唱得好，唱得好！跟名家也不差上下。"

田来财抬头一看,是萌芽社的团长陆文彬。急忙让到客厅敬茶,敬烟。

陆文彬开门见山地说:"田掌柜,咱们西北人爱秦腔,就连戏迷中也是藏龙卧虎不寻常。戏迷们虽然演唱技巧有欠缺,可生活阅历丰富;演员们虽然演唱技巧好,可缺乏生活。为了能够让演员和戏迷互相交流,互相学习,共同切磋,提高咱们秦腔的演唱水平,咱们剧团准备搞个票友与演员联袂演唱竞赛会。听大家说,田掌柜戏唱得好,人也长得漂亮,扮相一定好,今日一听一看,果然名不虚传。请田掌柜务必屈尊参加。我们为你安排的是古典折子戏《藏舟》,给你搭戏的是我团的新秀白小倩,艺名十岁红——这女子是天生的唱戏坯子,嗓子好,模样俊,身材苗条,扮相好,十岁上便在家乡天水唱红了,因此得名十岁红。按当下看,唱红西北只是迟早的事。"

田来财一听,喜从心生——这真好像是孔明遇上了徐庶,韩信遇到了萧何。当下,满口应承地说:"承蒙团长抬爱,本人诚惶诚恐,不胜感激,今后有需要本人帮忙的事,尽管言传。"

"那就谢谢了,明天早上你到剧团来,我叫导演给你们排戏。"

田来财虽然是铁杆戏迷,但还从来没有和专业演员同台在公众场合演过戏,连做梦也没想过将会在兰州这样的大舞台上和专业演员联袂演戏,他感到受宠若惊,当即送了陆文彬六封茯砖茶,说:"陆团长为振兴秦腔费心思,有创新,令人敬佩,现送上我们特产茯砖茶,略表谢意,让演员们也尝尝我们这誉满丝绸之路的'生命之茶',保证是克食利水,润喉清音。"

陆文彬答谢道:"人有敬意须得领之,那我就不推辞了。愿我们合作愉快出成果。"

田来财心花怒放,马上叫来了二掌柜,说明了此事,交代让他全权处理日常一切事务。交代一毕,马上到后花园去熟悉、练唱《藏舟》中田玉川的戏词。

第二天,田来财准时来到了位于金城路的萌芽社剧团。团长给田来财和白小倩做了介绍:"这位便是我请来的兰州义和兴茶庄的掌柜田来财先生,他戏唱得不亚于咱们专业演员。这是我团后起之秀白小倩,扮相俊,唱得好,是我团的台柱子。希望你们这珠联璧合的一对,演唱好

《藏舟》这折经典传统戏,争取在这次竞赛中拿个冠军。"

田来财端详着白小倩,但见其高挑个儿,身材苗条,穿一件紫红丝绒旗袍,披肩发乌黑油亮,粉面泛红霞,秀眉如新月,凤目送秋波,樱唇含笑意,彰显着勾人魂魄的美丽。

白小倩欣赏着田掌柜,但见他身材高大魁伟,大背头梳理得纹丝不乱,穿一件咖啡色金钱缎长袍,配着明光发亮的黑皮鞋,脸如雕刻般五官分明,脸膛方正白净,剑眉黑而浓密,眼睛黑白分明,炯炯有神,闪射着机灵和阳刚之气。二人一见钟情,互相施礼问候。

团长叫来导演为他们排戏。

导演给他们讲解着戏情和表演要求:"《藏舟》是一折古典名戏,说的是田玉川在龟山为救卖娃娃鱼的老人,打死了帅府公子,遭官兵追赶,逃到江边,巧遇其女胡凤莲搭救的故事。

"月夜大江,渔舟之上,两人说明了各自遭遇,原来互为恩人,一个是救父的英俊少年,一个是聪明有胆救自己的美貌少女,两人顿生爱慕之情。

"这个戏的表演要点是要充分表现出一对情窦初开的少男少女,因感恩而生爱情的'情'字。

"田掌柜,你要拿出当初看新娘的感觉去看小倩。小倩,你没结过婚,但要拿出看心中幻想的白马王子的心情,去看田掌柜。从今天起,田掌柜就要把小倩当成胡凤莲,小倩就要把田掌柜当成田玉川,真正想象、培养出感情来,才能演好戏。"

从这天开始,田来财像被人勾了魂似的,每天到商号打个到,便匆匆忙忙去剧团排戏。整整半个月,他和白小倩两人严格按照导演的要求排练着,关键的唱段已能演唱得惟妙惟肖。

田来财扮演田玉川,唱得声情并茂,句句动听:

耳听的谯楼上起了更点,
田玉川在小舟好不为难。
恨只恨卢世宽行事太短,
害得我伤人命闯下祸端。
若不是渔家女聪明有胆,

险些儿落虎口性命难全。
　　月光下把渔女偷眼观看，
　　这样人真叫我替她心酸。
　　她那里哭啼啼泪湿粉面，
　　渔家女遭灾难实实可怜。
　　为救我她不怕官兵凶险，
　　讲出话就如同钢刀一般。
　　渔家女她能有如此肝胆，
　　真可算难得的女中英贤……

听着田来财的演唱，白小倩说："田掌柜，你嗓音好，唱得没弹嫌，但却是镜面子脸，脸上没戏，眼中少情，台架不规范。你要深刻理解戏词，真正从心里生出对胡凤莲的怜念、敬佩、喜爱，从脸上和眼中表现出来，这才能赢得喝彩。你看我给你表演。"随之演唱了起来：

　　月光下把相公偷眼观看，
　　好一个奇男子英俊少年。
　　他必然读诗书广有识见，
　　能打死帅府子文武双全。
　　为我父抱不平身遭大难，
　　他本是英雄胆大好儿男。
　　孤身女到后来有谁照管，
　　无亲眷无依靠有谁可怜。
　　假若还我与他结为亲眷，
　　女孩儿到后来我好将身安……

田来财平心静气地看着，听着，被她那委婉动听的唱腔、楚楚动人的表情、脉脉含情的眼神感染着，随着她的悲哀而悲哀，随着她的喜欢而喜欢，情不自禁地夸赞道："小倩，你不是在演胡凤莲，你就是真正的胡凤莲。"

白小倩抛送着媚眼说："多谢田掌柜抬爱。"

白小倩在剧团是个年轻的老资格，耳闻目睹，她看清了当今世道演

员的成功之路：一个演员要走红，除戏唱得好外，还要人缘好，有人捧。她亲眼看到，好些演员都是靠着有权有钱的人捧场才走红的。她一个穷家出身的戏娃子、弱女子，虽则天资聪明，酷爱秦腔，演技娴熟，也想成名成家，但苦于没有靠山，却被关在名家的大门之外。苍天有眼，这一回，她有幸碰上了田来财这么个风流财神，心中暗暗欢喜，仔细盘算一定要抓住机遇，千方百计博取他的欢心，绝不能失之交臂。因而，常常是精心打扮，笑脸相迎，殷勤侍候，敬茶、点烟、问寒问暖，一句一句矫正着他的唱腔，贴着身子矫正他的每个动作。

田来财觉得，人家这么年轻漂亮的专业演员能陪自己唱戏，不避男女授受不亲的嫌疑，手把手地教自己唱戏，真像是董永遇上了七仙女，牛郎遇上了织女，幸运、感激之情，溢于言表，便经常请小倩吃饭，送首饰衣物等东西以示谢意。田来财是个人物精，引着白小倩逛街、游玩时，只要是白小倩把什么东西多看了两眼，他不管贵贱，立马掏钱买下，白小倩的金项链和宝石戒指就是这样买下的。

这一天，田来财等到晚上戏毕，邀请白小倩到金城酒店去吃夜宵，他殷勤地给小倩夹菜、敬酒："感谢小姐屈尊为鄙人配戏，教戏。"

礼尚往来，小倩也举杯回敬："感谢田掌柜为小女捧场，抬爱奴家。"

说词不断，来往互敬，一时间，酒激春心人自醉。田来财看着如花似玉、眼送秋波、含情脉脉的白小倩，只觉得心跳加剧，浑身燥热，春情激荡。白小倩看着英俊潇洒、怜香惜玉、软语温存的田来财，只觉得热血沸腾，浑身麻酥，如醉如痴，端起酒杯说："来，再干一杯！"

田来财嘿嘿笑着说："一开始我就贪杯，已经不胜酒力了！"

白小倩端着酒杯从桌子这边转到田来财跟前，刚把酒杯送到田来财嘴边，就软绵绵地倒在了田来财怀里，浑身马上如触电一般……

田来财扶起白小倩说："你醉了，到房间躺一下！"说着扶着白小倩进了包房。一进包房，田来财用脚关了门，靠在门上，迫不及待地搂抱着面若桃花、娇媚可人的小倩，在她粉嫩、细滑的脸上亲吻着，舌头伸向了她的小口，相互吮咂着，舔攻着，像有无穷的滋味、乐趣。两人情不自禁地解着对方的衣扣，一下子退倒在床上，急急忙忙宽衣解带，一个细皮嫩肉、凝脂般的玉人儿展现在田来财面前。

白小倩柔软的双手从田来财的脸、胸、腹部抚摸而下，一双勾魂眼痴呆呆地欣赏着自己心目中的白马王子,撩拨得田来财欲火喷发,疯狂地在小倩身上连舔带吻,直闹得白小倩呻吟不断。

田来财叫这仙女治了母老虎吓出的衰萎病,喜出望外。白小倩初尝禁果,才知道如此美妙、销魂。从此,两人难舍难分,夜夜欢聚乐逍遥。不久,田来财便买了套豪华的四合院,把白小倩包养了起来。

为了答谢剧团团长的牵线搭桥,田来财在和白小倩同台公演时,包了三天场。

台上装扮恋人的人,成了台下的真情人,演起戏来,自然情真意切,赢得了满堂喝彩,两人夺得了那场竞赛的冠军。

团长得利卖乖,一出接一出地给田来财和白小倩安排戏——《梁山伯与祝英台》《断桥》《花亭相会》《吕布戏貂蝉》……

这人还真怪,看专业演员的戏,还经常说长道短,动不动还喝倒彩。看戏迷票友演戏,特别是看自己掌柜的、朋友演戏,却挺羡慕,挤热闹,几乎是场场爆满。

田来财戏唱得好,出名了,红火了,生意却滑坡了。好在那二掌柜厚道能干,生意总算没塌架,但利润却降低了。因为,钱走了邪门。商号人因为田来财是东家的亲兄弟,没人敢乱说,也没人敢奏本。

傅继兴和田爱君来到了兰州义和兴茶庄,二掌柜邢玉峰认识田爱君,热情接待了他们。

田爱君问:"玉峰叔,我三叔呢?"

"掌柜的出去办事去了,你们先到他房中休息,有啥事尽管吩咐。"说着领他们进了店后一个布置豪华的房间,安排伙计端洗脸水,泡茶,取烟,端糕点、干果。一切摆布停当后,说:"你们洗一下,先喝杯茶,吃点东西,歇着,我这就叫人去请掌柜的。"说着退了出去。

傅继兴和田爱君洗罢脸,喝着茶,端详起这个房间来。观见其布置高雅独特,迎门八仙桌上方墙上,挂着一幅"梁山伯与祝英台"的工笔画中堂,两边黄绫装裱的对联写着"人从戏中寻乐趣,戏如人生写春秋"。周围墙上挂满了田来财与一个漂亮女子演戏的剧照,梳妆台上摆放着高档化妆品。他们看着,田爱君不无欣赏地说:"我三叔真行,既能当掌柜,还会唱戏。"

傅继兴却说:"韩愈说,'业精于勤荒于嬉,行成于思毁于随',只怕玩物丧志,耽误正事。"

等了大半晌,田来财满面春风地进了门:"啥风把咱的宝贝吹来了?!"

田爱君喜眉笑眼地迎了上去说:"想三叔的东风。这是我的同学傅继兴。"

傅继兴施礼问候:"三叔好。"

田来财上下打量着傅继兴,不禁赞叹:"好帅气的小伙!"说着眼睛直瞪爱君,好像看透了她的心事,在心里说恐怕是未来女婿吧。看得爱君手揉衣角,面红耳赤。

田来财接着问:"你爸妈身体可好?"

"我妈尚好,就是我爸的痨病一到冬天就难过。"

"你爸一辈子太操劳,所以得下了这冤孽病。这病不敢见气,你要孝顺些,别惹老人家生气。快到晚饭时候了,叔在兰州最好的金城酒店摆宴给你们接风洗尘。"

这一桌接风宴比安化那一桌有过之而无不及,还多了些西北特色饭菜。

田爱君在心里想:两位叔叔现在比爸妈出手阔绰多了,我爸请亲戚吃饭,从来没这么奢侈过,自己吃饭,掉个馍渣渣,都要拾起吃了。是老爸太抠门了,还是叔叔们变了? 要么就是花别人的钱不心疼,可他们是亲亲的亲兄弟啊!

不祥的阴云浮上了她的心头。

吃着饭,田来财问:"你们来有啥事?"

田爱君答道:"刚毕业,我们出来转转,长长见识。"

"好,我叫二掌柜陪你们先看看兰州有名的五泉山。"

吃毕饭,田来财说:"叔那房子好,我女子就住那儿,你同学住客房,叔到外边找地方睡。"

"那怎么行?"

"怎么不行? 你是咱家的宝贝,又是初来乍到,有何不可?"

第二天,二掌柜邢玉峰陪侍着傅继兴和田爱君去逛五泉山。

"五泉山在市区南侧皋兰山北麓,因有五泉而得名。"二掌柜边走边介绍。

他们来到五泉山,进山门由西路而上,先看到的是一眼绿树掩映、芳草环绕、水清见底的圆形泉。二掌柜说:"这是惠泉,因其水甘甜,既可烹茶,又可灌溉,非常实惠而得名。"

看罢惠泉,踏着青石阶回旋而上,三人来到了久负盛名的嘛尼寺,但只见,古槐浓郁,寺院清幽,一排悬楼横压寺门。二掌柜指点着说:"这儿东为瞰霞寺,西为延月楼,楼下前方有依依径、仄仄门、叠叠院、曲曲亭,小巧玲珑,曲折有致。"继兴和爱君举目观看,各处景观各有特色。

出嘛尼寺向高处走,只见一面峭壁上有涓涓清瀑直泻壁下一汪清潭中。二掌柜说:"这便是龙口。"

三人看着走着,不觉就到了甘露泉。二掌柜说:"此泉源流纤细,久雨不淫,久旱不干,水如甘露,因合'天下太平,则天降甘露'之意而得名。"

出甘露泉即到文昌宫。走到东侧花墙,一个花瓶状小门的门楣上,有三个淡灰的隶体字——掬月泉。二掌柜介绍道:"这泉在月夜看,像一圆盘,月投泉中,如掬月盘中,因此得名。"

傅继兴说:"看来这五泉山之泉都有来由、典故,有的还有诗情画意。"

二掌柜应道:"是的。"

文昌宫毗邻是旷观楼。三人登楼眺望,兰州风光尽收眼底,令人心旷神怡。

下楼有一约三丈深的古洞,洞底聚一汪泉水,水底有花石瓦砾。二掌柜说:"传说,人们从此泉摸石,可兆示得儿女。摸到石头的得男娃,摸到瓦砾的得女儿。因此得名摸子泉。"

但洞门上刘尔炘的对联却充满讥讽意味,"糊糊涂涂将佛脚抱来,求为父母;明明白白把石头拿去,说是儿孙"。傅继兴感叹道:"写得好!心中有佛行善事,何愁儿孙福满堂。"

田爱君插话道:"我们泾阳也有个向神佛祈祷,求要子女的去处,叫汉堤洞,相传为唐代兴建。那里有药王洞、玉皇阁、送子娘娘殿、大戏楼。每年二月初二,举办庙会,其规模比石门庙会、文塔寺庙会大,内容也多,突出的特点是拜药王祈健康,拜送子娘娘祈子,拜玉皇大帝求官、求财、

求福寿。香火旺盛,延续千年。"

二掌柜也是泾阳通,接着说:"汉堤洞庙会我逛过,还真是热闹红火。传说汉堤洞那地方,原来有湖水,它南边有个解甲垣,曾是操练水军的村寨据点。其东北是有名的武寨府,因曾是唐代屯兵习武的地方而得名。"

三人说着出旷观楼傍着山崖再向高处攀登,不觉得就到了千佛阁。它在东龙口的飞瀑上面,气势雄伟壮观,地形险要惊人。凭栏下望,东长廊凌空而下,跨重岩,绕清流,环亭榭,把半壁园林团团围起,仿佛捍卫林泉的长城。

由千佛阁下东长廊,到子午台和八卦台,便仰观到东龙口瀑布,俯瞰见蒙泉。二掌柜说:"明人李文有诗赞蒙泉,'上人邀我烹新茗,水汲山中第五泉'。"

走过万源阁、大雄宝殿就到了金刚殿,这殿为歇山式屋顶,斗拱飞檐,雕梁画栋,气势庄严,殿内供奉着四大金刚。

从五泉山出来,转着看着,他们到木塔巷品尝了兰州有名的牛肉面、火锅粉、砂锅。

吃着饭,傅继兴、田爱君闲聊般问着商号的经营情况,二掌柜信口答道:"要说,你三叔还真能干,前些年,把个生意做得左右逢源,四方来财,红红火火。可近几年,迷上了唱戏,把正事耽误了,生意一个劲地滑坡。"

"你们就没人劝过?"

"咋没劝过?为劝他,你三叔没少跟我红脸、吵架——他跟我是自小耍大的铁哥儿们,其他人还不敢说,闹得我几次都想撂挑子不干了。可你三叔那人,能立起也能圪蹴,当时发誓赌咒说不唱了,三天两后晌,毛病就又犯了。"

田爱君叹息道:"这人迷上啥,就像抽大烟上了瘾,想回头——真难!"

一时间,田爱君连逛看景观的心情都没有了。告诉二掌柜:"你先回去,我们随便转转。"

傅继兴和田爱君闷闷不乐,心事重重地走到了黄河边,抬头观看,河北岸郁郁葱葱的峰峦之上,有一座白塔,引人注目,只见登山观景的人上上下下,络绎不绝。

傅继兴触景生情:"人生也如爬山观景,你想看到好景致,就得鼓劲攀登,看完景心松了,就会走下坡路。要想不走下坡路,就得不断构筑自己心中的更高景观。"

田爱君说:"你还成哲人了。那你说,我两个叔咋都不争气?"

傅继兴回答说:"是人皆有爱好,这很正常,但得有个限度,有个约束,好比好耕牛也要扎鼻圈,孙悟空必须有紧箍咒。你两个叔叔离你父亲远在千里,谁去管束?人世间也如这黄河之水,奔腾向前,大浪淘沙,是英雄,永立潮头;是渣子,尽被淘去。"

兰州是西北茯砖茶批发的大庄口,这里的市场千万不能丢。可如何尽快改变义和兴兰州分号,特别是三叔玩物丧志的现状?傅继兴和田爱君实在发熬煎,因为自古是劝赌不劝淫。何况他们两人是晚辈。他们在兰州茶叶市场和茶叶商号,转着看着,探寻着解决问题的办法。千思万想,两人在外边商量好了一个应急的办法,晚上回到商号,找到二掌柜商量。

田爱君说:"玉峰叔,你和我爸及三叔不是吃吃喝喝的酒肉朋友,是共同创业、同甘共苦的好朋友、真朋友。真朋友就不能光顺情说好话,就不能眼看着朋友走邪路不管不顾。历朝历代都有忠言直谏、连死都不怕的忠臣,你和我三叔是狗皮袜子没反正的交情,还是要千方百计好好劝劝他。"

傅继兴接着说:"我给你提个釜底抽薪的建议,你找萌芽社剧团的团长好好谈一下,把田掌柜贪图唱戏,耽误了生意的实情告诉他,请他今后再别给掌柜的安排唱戏的事。旁敲侧击地警告他,如果他们剧团不听劝告,耽误了掌柜的正事,拉垮了茶庄的生意,如果叫总号知道了,恐怕不会和他们善罢甘休。退一万步讲,总号就是不追究他们的责任,但把掌柜的撤换了,也就把他们的财路彻底断了。

"再则,也推心置腹地劝劝白小倩,请她自重,珍惜名声。明确告诉她,我们店有规矩:掌柜的在外,严禁嫖娼纳妾,包养外室,否则,一经查实,当即撤换。请她不要妄想鸠占鹊巢,不要因此害了掌柜的,总号处理事小,一旦被掌柜的夫人发现,找她闹起事来,就悔之晚矣,这号事弄不好是要出人命的。

"另外,你和账房先生好好商量一下,把钱管紧些,凡不是生意上的开销,就要千方百计予以拒付。"

二掌柜的想不到两个年轻人竟能如此为商号操心,为老人着想,能

想出这些办法来,心生敬佩:"你们真不愧是大学生,念的书多,懂的事多,心明眼亮主意多,把我们这些人该想该做的事,都想好了,真是后生可畏。我尽力照办就是。"

这一天,傅继兴和田爱君上街去转,看到了金城广场贴着红纸戏报,预报兰州秦剧团当天晚上要由名演员在兰州剧院演出古典传统秦腔戏——《火化摘星楼》。这是一本讲述殷纣王宠妲己,抱火斗害死了姜娘娘,剜心、炮烙,残酷杀害了直谏忠臣,最终败了江山,纣王自焚于摘星楼上的故事的大戏。明天晚上演出《烽火戏诸侯》,这本戏讲的故事是:西周末代君主周幽王轻信宠妃褒姒谗言,废掉王后申后及其太子宜臼,立褒姒为后,其子伯服为太子。褒姒常愁眉苦脸,周幽王为博褒姒一笑,点着了作为报告兵祸、召唤诸侯来援的信号——烽火台上的烽火,诸侯看见烽火当即带领兵马赶来救援,没料到却是一场游戏。时隔不久,西戎真的打到了京城镐京,周幽王又点燃了烽火,诸侯怕再遭戏弄,无一人前来。西戎攻破京城,杀死了周幽王,携走了褒姒,西周遂亡。两人看了戏报,不约而同地说:"咱得叫三叔好好看看这两出戏,惊醒这个梦中人。"

就这样,田爱君找到三叔说:"戏报说名演员在兰州剧院唱大戏,你请我们去看看。"

"这有何难?今晚就去。叔有的是戏剧界朋友,弄几张好票,那是轻而易举的事。"戏迷田来财巴不得有人叫看戏。

连着看了两晚上,看完戏,田来财请二人去金城酒店吃夜宵,炫耀着问:"你们看兰州这戏演得咋个相?"

"演得好。三叔,你说殷纣王、周幽王咋那样糊涂,咋就听不进忠臣的话,硬是叫两个妖精害得人死国亡。"傅继兴旁敲侧击地说。

田爱君开玩笑地说:"三叔,你可不敢当了昏君。"

田来财放着明白装糊涂,强自镇定辩解着说:"我又不是国王,想昏还没资格。"

但傅继兴和田爱君还是希望这高台教化和今日的暗示能引起田来财的深思、反省。

临离开兰州时,田爱君旁敲侧击地叮咛田来财:"愿三叔清心寡欲,保重身体。"

第八章

新开张 勇斗地头蛇
用兵法 做成好生意

路是人们为了奔向追求目标从没有路的地方踩出来的,成功经验是在长期的探索实践中摸索出来的。有着下川(四川)做生意传统的泾阳茶商在长期的经营实践中,创造形成了"驻中间,拴两头"的购销一体化经营模式。

驻中间是指设茶叶总店于雅安、打箭炉(今康定)等茶叶交易中心,通盘指挥协调边茶购销业务,也叫本庄。以经营茶叶、药材为主的泾阳石桥川刘村的刘兴义在明代嘉靖年间便于雅安开办了义兴茶庄,成为从明到清无论规模和信义都位列当地第一的大茶庄,其店董曾在清末担任过垄断川康茶叶贸易的雅安边茶公司总经理,为全帮茶商代表。

拴两头是说一头在茶叶生产、制作地设坐庄分店收购茶叶,运到雅安、打箭炉总店存库待销;另一头在藏族聚居区设分店销售茶叶,形成购、运、销一条龙经营。也有只拴一头的,把购运至总店的茶叶直接批发给前来贩茶的藏商,运回藏族聚居区销售给藏族群众。

田来福拓展茯砖茶销售市场时,吸取了这一成功经验,在雅安、康定分别设立了茶庄。

田来福创业之初,资金总是周转吃紧,还没有力量高薪请贤能之人,他这庙小,也请不来高僧。万般无奈,只得挑选忠实可靠、精明能干的亲朋帮忙。他打算办雅安茶庄时,想到了舅父的孩子、表弟李瑞生。

自从父母亲去世后,舅父家就成了田来福的家,他对表弟李瑞生再熟悉不过了。

李瑞生小时候就随舅父在县城上学,假期在茶店当小工,舅父亲自为他和表弟传授制茶技艺,把表弟也教成了制茶能手。

在辛亥革命的热潮中,表弟上了陕西武备学堂,学成了一身军事本领,特别是枪打得好——跑马打靶,枪枪中的,枪打飞鸟,无一逃脱,擒拿、格斗,功夫高超。

自从父母去世后,田来福为了保护好兄弟,顶门立户不受人欺,也曾投师学过武功,当年和表弟交手,常常打个平手。自从表弟到军校学成归来,他便成了表弟的手下败将。

武备学堂的教官很欣赏表弟的文才武功,临毕业还送了他一把德国造的毛瑟手枪,也叫驳壳枪,是当时很难弄到手的时髦货。

那教官还说想叫他留校做教官,这预兆着表弟的辉煌前程。再则表弟也十分热爱他的学校,热爱军旅生涯,满怀从戎报国的崇高志向。他曾不止一次地对自己说过:"革命潮流浩浩荡荡,顺之者昌,逆之者亡。我要在这大革命的潮流中,做一朵推波助澜的浪花,甘当革命的马前卒,为推翻封建帝制,建立共和,冲锋陷阵,勇往直前,哪怕马革裹尸还!"

田来福敬佩表弟学习刻苦,成绩优异,志向远大。他实在不想耽误表弟的锦绣前程,但他也实在寻不下合适人。万般无奈,向舅父倾诉了自己创业的艰难和想请表弟做雅安茶庄掌柜的想法。

对于田来福来说,李仁厚是先当舅父,后当父母,又当师傅,一步步看着田来福长大成人的。看着外甥愁眉苦脸发熬煎的样子,于心不忍,就先入为主地劝儿子:"娃呀,人常说,'打虎亲兄弟,上阵父子兵。亲顾亲顾,非亲不顾'。你老表白手起家创业不容易,你就去帮帮他。我娃学的是军事,当兵吃粮是本行,但现在兵荒马乱的,你如去从军,我也不放心。何况,当兵吃粮人多得是,可你来福哥只有你一个担得起重担的表弟。"但父亲并不知道,他确实是给娃出了个难题。

李瑞生清楚记得,毕业告别母校时,非常器重他的军事教官和自己进行了彻夜长谈,谈当前革命形势,谈军事人才的短缺和急需,谈好男儿应当投身报国,救民于水火,谈民主共和的美好愿景……直谈得他热血沸腾,宣誓般地说道:"谨遵老师教诲,我决心投身革命,为国为民,赴汤蹈火,万死不辞!"

可如今,含辛茹苦把自己养大成人的父亲劝他,从小一块儿长大、情如亲骨肉的表兄求他,弄得他是左右为难,真不知如何选择。他彻夜难眠,反复思考,终于,百善孝为先,父命为大,亲情为重的传统思想占了上风,征服了重情重义的男子汉。

李瑞生向父亲和表兄回了话:"上有父亲之命,下有表兄之情,我还能说什么。"站起立正,一个标准的军礼,"一切听从父兄命令!"这一响亮的回答,如一发炮弹炸响,摧毁了田来福忧愁的堡垒,引发了开心大笑。

亲情有时会变成打开智慧之门的钥匙,望子成龙的心常常会使有社会阅历的人成为无师自通的传教士。

李仁厚见事说成了,开导起儿子来:"娃呀,你自小就实诚,可人常说商场如战场,你要像打仗一样思谋着干这个事,遇事要在心里多打几个转转,小心上当受骗。你去是当掌柜的,那是领头人,你要想明白大雁高飞靠头雁的道理,打铁先要自身硬。做生意先做人,要德为先,诚为本,千万不要做亏人的事。你木匠姑父在世时常说,'无规矩不成方圆'。你是领人管事的,就得先立个规矩,照规矩管人管事。俗话说,'兄弟齐心,其利断金'。我娃跟你老表好好干……"

田来福没想到舅父竟把经商的道理说得如此简明透彻,帮自己说服了表弟,还操了那么多心,感动得不禁扑通跪倒:"外甥谨遵舅父教诲,一定与表弟齐心协力,做好生意,有难同当,有福同享!"

李瑞生深感父亲掏心掏肺的教诲,也跪倒发誓般地说道:"孩儿谨遵教诲,誓与表兄团结奋斗,冲锋陷阵,勇往直前,打出一片新天地。"

李瑞生随着拉茶马帮风雨不避,跋山涉水来到了雅安。

雅安位于四川盆地西缘,邛崃山东麓,东靠成都,西连甘孜,南界凉山,北接阿坝,距成都二百三十多里,素有川西咽喉、西藏门户、民族长廊之称。多雨,也有雨城、天漏之称,是古代南方丝绸之路的门户和必经之地。这是李瑞生重温军事地理对雅安的第一印象。

145

从经常干旱少雨的北方来到多雨的西南方,李瑞生遇到的困难是水土不服、语言不通、生意生疏,人生地不熟,但军人以服从命令为天职,以攻无不克、战无不胜为追求,不会怎么办?——刻苦学!下势练!他拜账房先生为师学生意,拜当地伙计为师学当地各民族语言。他跑遍了雅安的书店,买回了有关商业经营的书,早起晚睡,硬挤出时间,加紧学习,还抽空满街跑着,跑茶庄商号、茶商客栈,偷经学艺。茯砖茶则帮他渡过了水土不服的难关。

生意开张了,伙计到位了,李瑞生没有循规蹈矩地搞开业典礼,而是开了一场"诸葛亮会"——

在会上,他对大家直言不讳地说:"我没有做过生意,是个门外汉,但人常说,'三个臭皮匠顶个诸葛亮'。我们店里,有做了半辈子生意的账房先生,有富有经验的伙计,能顶几个诸葛亮。大家说说,咱这生意到底该怎么做好?说错了没关系,说好了有奖。"

大家看掌柜的对人实诚没架子,七嘴八舌地说开了。李瑞生根据大家出的主意,结合自己的学习心得,熬了几个晚上,写出了雅安茶庄经营设想,整编出了一套雅安茶庄规矩。

军校的学习使李瑞生深刻认识到:将不在勇而在谋,兵不在多而在精。他从练精兵着手,打响了茶庄经营的攻坚战。他像当年指挥官指挥学员实战演习一样带着伙计们执行着茶庄的规矩,练成了一伙军人一样的伙计——服从命令,听从指挥,来之能战,战之能胜。他率先垂范地带着军人一样的伙计,攻克着义和兴雅安茶庄经营之路上的一个个堡垒……

傅继兴和田爱君处理了兰州茶庄的事,急匆匆赶往雅安,马不停蹄地翻山越岭,坐船过河,终于在旭日东升之时来到了雅安。

朝霞映照下的边塞小城,美丽迷人。青山环抱,满目苍翠,清江碧水,廊桥纵横,水在城中,城在山中,路在绿中,人在花中,繁华而不喧嚣,华丽而不妖冶,绚丽而不俗媚。

就在人们美梦初醒的时刻,一声声响亮的口号声,仿佛报晓雄鸡之鸣,振奋起了人们为新的希望和梦想而奋斗的精神:"义和之魂,仁义诚信,好茶好心,奉献顾客,货真价实,童叟无欺,保质保量,保换保退。"

随着声音由远而近，一支队伍跑步而来，听那整齐的口号、脚步声，仿佛一支训练有素的军人队伍，但到跟前观看，是一支穿戴整齐的商人队伍。两人感到十分新奇，傅继兴赞叹："这商号有高人，能把商号伙计训练成这样，真不容易。用这样的办法宣传，既不花广告宣传费，又可使商店的经营宗旨、商品品牌家喻户晓，响在了人们心里。"

田爱君说："听他们喊着义和之魂，会不会就是咱们义和兴的茶庄？"

"咱们过去一看就明白了。"

傅继兴和田爱君尾随着跑步队伍来到了一家商店门前，领队人正举着右手领着大家像是在宣誓："义和兴店规，穿戴整齐，笑脸迎客。礼让进店，让座敬茶。介绍商品，百问不厌。大宗交易，送货上门。交易完毕，礼送出店。坚持回访，广听意见。查漏补缺，及时改善。"

又听领队人一声口令："解散。"下面一呼百应："干好新一天，创造新业绩！"

傅继兴又一次赞叹："这简直就像带兵打仗的战前誓师。"

朝霞还未退完，其他商铺还未开门，可这家商店早已洒扫庭除完毕，静等顾客上门。

傅继兴和田爱君走到门前观看，门楣上悬挂着"义和兴雅安茶庄"的金字招牌，门柱上一副绿底金边金字的楹联是"诚招天下客，义聚八方财"。

"早晨好，请二位客官到店里饮茶。"随着伙计的招呼，两人进了茶庄。

进门两面墙上挂着两个镜框，一个写着"本店承诺：凡在本店购买砖茶，保质保量，保换保退，假一赔十，举报有奖。"另一个写着"义和兴店规"，内容就是刚才店员们在外边念的。往里走到前后隔墙前，两边还有两个镜框，一边写着：

掌柜守则

率先垂范，身先士卒。

不沾烟赌，不戏女色。

不贪钱财，不受贿赂。

恪尽职守，吾日三省。

广采消息,掌握行情。
谨慎决策,雷厉风行。
扶正祛邪,奖优罚劣。
诚对顾客,善待伙计。
齐心协力,共创佳绩。
敬请监督,指错有奖。

另一边写着:

店员守则

听从命令,服从指挥。
忠诚老实,敬业勤奋。
遵守店规,完成业绩。
早起操练,晚习本业。
修身养性,不染劣习。
不嫖不赌,不吸毒品。
不贪名利,不说是非。
多想店事,常献良策。

两人看着,田爱君说:"这店里的条条框框还真多。"

傅继兴由衷地赞叹:"这掌柜的为了茶庄的生意真可谓费尽了心机!"话未落点,李瑞生从里边走了出来,一眼就看到了田爱君,惊喜地招呼道:"哎呀!这女子,你咋神不知鬼不觉地就来了,就像从天上掉下来的。"

田爱君像蝴蝶一样,飞向了这个自小就十分熟悉,可爱的表叔身旁,笑嘻嘻地说:"表叔好,我爸妈说你在外头辛苦,劳苦功高,特意叫我们来看看你,这是我的同学傅继兴。"

傅继兴随声拱手施礼:"表叔好。"

"快到屋里叙话。"李瑞生引他们进了客厅,招呼着二人洗脸,喝茶,问爱君:"你爸妈和你舅爷身体可好?"

"我妈身体还算硬朗,就是我爸爱耍麻达,我舅爷刚强着哩。"

"你爸那都是争强好胜、操劳过度落下的病。哦,你看我,还没问你们来有啥事?"

"没有啥事,就是来看看你,顺便玩玩。表叔,你这个军校的高才生,做起生意来就是和别人不一样,把伙计训练得和当兵的一样。"田爱君深感敬慕地说。

"瞎胡闹,我喜欢军校这一套,这不,做生意也这样。"说着嘿嘿笑了起来。

"这样好啊,商场如战场,用带兵打仗的办法做生意,定能出奇制胜,晚辈真应向你好好学学。"傅继兴说。

"学啥哩,你们都是大学生,又是专门学经济学的,我还得向你们学哩。女子,你毕业后打算弄啥呀?"

"我爸想把我留在身边学做生意。"

"也好。你爸多病,身边也离不了亲近的人服侍。再说,这生意上的事,学问多着哩,够你学的。"三个人就这样聊着,到了吃饭时间,李瑞生请他们上街去吃当地有名的风味小吃——砂锅雅鱼、蔡鸭子、钵钵鸡。

李瑞生今天特别高兴,边走边向他们介绍这里的美味佳肴:"这里的砂锅雅鱼很有名气,连慈禧太后都吃过。雅鱼为中亚高原山区特有品种,因产于青衣江雅安段的周公河而得名。鱼形似鲤而鳞细如鳟,体形肥大,肉质细嫩,曾上贡慈禧太后,被称为龙凤之肉。"

田爱君嘻嘻笑着说:"那咱今儿个就品尝一下慈禧太后赐名的龙凤之肉。"

李瑞生说:"还有蔡鸭子哩,这蔡鸭子是以土麻鸭为原料,加入三十多种调料,经十六道工序加工而成,吃起来香、酥、脆、美。"

田爱君说:"表叔,你不是说还有钵钵鸡么?"

傅继兴看了看田爱君说:"这么多你吃得了吗?"

李瑞生说:"当然有钵钵鸡,这钵钵鸡是把去骨的公鸡煮熟后,切成大片,加麻辣调料,放大陶钵里制成,吃起来,皮脆肉嫩,麻辣鲜香……"

在特色专卖的店铺里,他们品尝了当地三大名小吃。吃罢,傅继兴和田爱君赞不绝口,傅继兴说:"色、香、味俱佳。好,好!"田爱君说:"真不愧是当地驰名小吃。"

吃毕饭,李瑞生领着二人去逛街。

三个人走着看着,来到了一个古色古香、飞檐翘角、雕梁画栋的茶楼前,门楣上镶嵌着"蒙顶山茶楼"五个柳体金色大字,门柱上的蓝底金字楹联是"佳茗来雾山,贡品上天廷"。

进门上楼进了一雅间,观见其布置雅致讲究,粉壁上挂着赞美蒙顶山茶的古诗条幅,分别是:

琴里知闻唯渌水,
茶中故旧是蒙山。

蜀土茶称圣,
蒙山味独珍。

扬子江心水,
蒙顶山上茶。

闻道蒙山风味佳,
洞天深处饱烟霞。
冰绡剪碎先春叶,
石髓香粘绝品花。
蟹眼不须煎活水,
酪奴何敢问新芽。
若教陆羽持公论,
应是人间第一茶。

三人坐定,一位描眉涂唇、穿着唐装的侍茶女,给他们备好茶具,洗好茶,一位掺茶师走上前为他们斟茶,但见他手持一把嘴长三尺多的铜茶壶,翻转腾挪,提壶把盏,准确将水注入杯中。

李瑞生介绍说:"师傅表演的这套茶艺叫龙行十八式,每一式均模仿龙的动作,式式龙行云动,招招景驰浪奔,令人目不暇接。乃是茶艺中一绝。"

李瑞生和二人一起喝着茶,一边接着介绍:"蒙顶茶产于蒙山。蒙山

150

山势巍峨,峰峦挺秀,绝壑飞瀑,重云积雾,山中有五座山峰。相传两千多年前,甘露寺普慧禅师吴理真携灵茗之种,植于五峰之中,开茶树栽植之先河。从此,发展到全国、世界,因此,吴理真被称为茶祖。吴理真栽植茶树所产之茶味甘而醇,色黄而碧,久饮此茶,可益脾胃,延年益寿,故有仙茶之美誉。"

仔细品尝这蒙顶山茶,果然是香云罩覆,久凝不散,汤色清亮,色黄而碧,滋味浓醇,回味鲜爽。不愧为贡品、仙茶。

喝毕茶,三人走出茶楼,观见天气晴朗,蓝天白云,风和日暖,青山叠翠,绿水映波,古树垂荫。满街人流熙熙攘攘,装饰打扮形形色色的女子,一个个婀娜多姿,粉面泛红晕,行走风摆柳,真正的美艳迷人。

正行走着,突然,风声呼啸,乌云滚滚,潮湿的气流扑面而来,霎时便下起了大雨。他们急忙跑到店铺屋檐下避雨,紧跑慢跑,已经淋湿了衣衫,好在雅安天气已热,雨落在身上,虽然湿了衣服,却使人感到凉爽惬意。

李瑞生问:"咋样?不要紧吧?"

田爱君答道:"没事没事!"

李瑞生介绍说:"雅安的天气就是这样,你看着万里晴空无云,刹那间便风起云涌,瓢泼大雨。这里雨水多,故有雨城、天漏之名。雅安雨多,女子美,雅鱼鲜,因而雅女、雅鱼、雅雨被称为雅安三绝。"

傅继兴和田爱君听着介绍,边走边看。下午,回到茶庄,在店里的灶上吃了个下午饭。

傅继兴和田爱君感到,这灶上的饭还挺好,干净卫生,样样数数,还都是泾阳风味,吃起来真可口。

到晚上茶庄关门后,李瑞生领着伙计们到后院一个操练场去练兵。这操练场,设有练拳脚的沙袋、练打枪的靶,武器架上插着刀、枪、剑、戟等各种传统武器。

李瑞生对傅继兴和田爱君说:"雅安地处偏远,山高皇帝远,土匪、坏人多,为了保证茶庄安全,咱就得教伙计些自卫本领。好在我在军校学过,就抽空教他们格斗、擒拿、刀、枪、棍棒和射击。今天练格斗、擒拿。"他比画着给伙计教着动作要领,组织两人一组进行对打训练,他看着,有的放矢地巡回指点着。

伙计们的拼搏对打及"嗨！嗨！"的助威声,彰显着战无不胜的雄壮威势。

傅继兴听说李瑞生枪打得好,趁着李瑞生在练兵的兴头上,便说:"表叔,你枪打得好,也教教我吧！日后也好防身。"

田爱君不甘落后,也凑热闹地说:"还有我哩！"

李瑞生说:"好啊！武功这东西,生不带来,死不带去,只要你俩肯学,这是好事情！"于是当即就开始手把手教他们如何瞄准,如何克服后坐力对打枪的影响。二人练习了一个星期,打枪命中率大大提高,特别是傅继兴,只要看准,说是打啥,一枪过去,八九不离十。

傅继兴和田爱君对李瑞生用训练和管理军人的办法,教育、管理自己伙计,十分感兴趣。第二天,当伙计杨敬贤陪他们去有名景点游览时,两人有意和他聊起了李瑞生。

说起掌柜的来,杨敬贤赞不绝口:"提起我们掌柜的,那可真是顶天立地的大丈夫,有勇、有谋、有胆识,敢作、敢为、敢担当。"接着说出了李瑞生的一些动人事迹。

义和兴雅安茶庄开张之初,一伙地痞、恶人前来寻衅闹事,李瑞生好言相劝:"我们初到贵地,人生地不熟,想烧香,还找不到庙门,想'拜码头',还找不着地方。兄弟们今天既然来了,先送你们些茯砖茶,作为见面薄礼,改日一定登门拜访。"说着安排伙计给来的十多个人,一人送上了两封砖茶。

那伙人气势汹汹,不屑一顾地乱嚷嚷:"你是打发叫花子哩！说的比唱的还好听,不敬土地、财神爷,就想在这地面上做生意,真正是精尻子撵狼——胆大不知羞。今日不给爷们儿进个大贡,就别想开张！"

李瑞生想息事宁人,赔着笑脸说:"要么是这,麻烦把你们当家的请来,我在天外楼大酒店设宴为各位赔情道歉,并商量妥善解决咱们之间的事。"

来人以为这掌柜的害怕了,越发地无理取闹:"哎呀,看来,你是看不起爷们儿,想见我们老板,没门。先给我们把大贡拿来再说,否则,就砸了你这茶庄。"

那伙人七嘴八舌跟着起哄呼喊:"砸了这尻铺子,砸了这尻铺子……"

训练有素的伙计们一看这伙人蛮不讲理,出口伤人,异口同声地喝喊道:"把嘴放干净些,给谁当爷哩?撒歪还撒到我们义和兴茶庄来了!"一个个拉开架势,扑着向前,就想打这伙瞎尿。

李瑞生怕伙计们吃亏,伸开手臂往后推挡着众人,大声喝道:"你们闪开,老虎不发威,还当是病猫哩,今日你们给我砸个样子看看!"

"哎呀!这个不知马王爷三只眼的货,咱们今儿个就给他砸个样子看看!"

说着,那伙人一拥而上,朝李瑞生扑来,实指望以多欺少,稳操胜券,先把这掌柜的打怕。

那长得五大三粗,满脸横肉,纹身长毛,腰扎板带,像是个练家子的人,挥着拳头便向李瑞生迎面打来。

中等身材、貌不惊人的李瑞生却机敏灵巧,快速躲闪,使那人扑空几乎栽倒。只见他挥舞铁拳,左右开弓,双脚飞舞,上踢下扫,霎时,打得这伙恶人七倒八歪,叫爹喊娘,呻唤不断,互相搀扶着,连颠带跑地走了。临走撂下话来:"这事跟你没完,今后想安宁,做你的白日梦吧!"

那伙人走后,知情的伙计说:"掌柜的,那伙人是当地一个外号叫镇八方的地痞恶霸的手下。因为他和当地保安队一个副队长有些亲戚关系,狗仗人势地当了黑社会老大。"

李瑞生说:"这伙人绝不会善罢甘休,一会儿说不定还会叫更多的人来闹事,咱们要做好准备——准备好棍棒、戒刀,来闹事的人拿啥咱用啥,但千万要记住,以吓唬为主,点到为止,最好别伤人,更不可伤人性命。"

李瑞生取出了手枪,上足了子弹说:"实在不行了,我放两枪,吓吓他们。"

不出所料,不大工夫,一个串脸胡须、豹头圆眼的黑大汉,领着二三十个手拿棍棒的人风风火火地朝茶庄跑来,边跑边喊着唬人的口号:"砸了义和兴,赶走外地人!"显然是经过精心策划,有备而来。

李瑞生一看这阵势,叫伙计们关了店门,领着伙计们前去阻挡。他挥舞着一条杀威棒,拼打在人群中,仿佛入海蛟龙,翻江倒海;猛虎出山,威惊百兽。训练有素的伙计们,也挥舞棍棒,东挡西打,南攻北杀。双方直打得尘土飞扬,呼叫连天。

闹事的人看在打架上得不了利,对方又是自卫之势,便仗着人多,抵

第八章 新开张 勇斗地头蛇 用兵法 做成好生意

挡着朝店门冲去,抡棍就砸铺面门。

李瑞生急了,掏出手枪,朝天连开三枪。大家听到枪响,循声看去,只见天上掉下三只老鹰,一时全惊呆了。

不过,也有人没有惊呆,谁? 义和兴雅安茶庄的一个伙计,他忙跑过去捡回那三只老鹰。

恰好,一队操练回营的队伍路过,突然听到枪响,不知发生了什么事情,随着枪声包抄了过来,举枪对着乱哄哄的人群。一个军官厉声喝道:"都把家伙放下,谁打枪哩?"

"我!"李瑞生挺身而出。

那军官听声看人,跑步上前,对着李瑞生肩头就是一拳:"老同学,你小子咋跑到这儿来了?"

"哎呀! 魏强,现在都当了连长了。真是有缘千里来相会,天涯无处不相逢。"

"到底弄啥哩,围了这么多人,闹得起火带炮的,还打起了枪? 得是谁欺负了你?"

"没有,没有。"李瑞生急中生智,指着伙计手里提的老鹰说,"你看,我是打鹰哩!"李瑞生向来宽宏大量,他在人家地面做生意,不想惹是生非得罪人。

镇八方一看是当地驻军的魏连长,见他和这义和兴茶庄掌柜是老同学,也不敢执拗犯浑,顺势装作看李瑞生打的鹰说:"这老兄枪法真好! 魏连长好,哪天到兄弟那儿喝酒。"

魏强心里明白,双方这么多人气势汹汹,没有事才怪哩,但他们都遮遮掩掩,其中必有隐情。为给老同学撑腰壮胆,故意说:

"有空一定到你那儿喝个不醉不归。明天我在天外楼摆宴,为我老同学接风,特邀请雅安军、政界老同学和朋友一起出席,请你也一定赏光。今后还望多多关照我这老同学。"

镇八方强颜欢笑地答道:"谨遵连长命令,那我们就先告辞了。"

世上的事就是这样,一物降一物,再厉害的地痞恶霸,也得罪不起当兵的。而且这魏连长在雅安确实还有一批军、政界的朋友,个个都是惹不起的角色,镇八方只好落个顺水人情。

在魏强的协调说和下,雅安有关各方给义和兴茶庄大开方便之门,茶庄总算有惊无险、逢凶化吉地开张了。听罢这一事迹，田爱君拍手称快："我表叔真是个不畏强暴的英雄！"傅继兴说："你这掌柜的临危不惧敢碰硬，该让人处也让人。实在是高！还有啥事接着说。"杨敬贤接着说。

但咋样尽快打开销售局面，李瑞生和大家商量着办法。他也在心里想着。既然人都说"商场如战场"，那么，用经典的兵法指导做生意行不行，咱不妨试试。

兵法云："知己知彼，百战不殆。"在百家竞争的雅安茶叶市场中，如何争得一席之地，李瑞生认为必须先摸清雅安茶叶市场及其他茶庄的经营情况，有的放矢地采取经营措施。

李瑞生在雅安茶叶市场各个茶庄、茶叶货栈转着看着，打听着，了解其他茶商的经营情况和营销办法。他买来了各茶庄各种规格、品种的茯砖茶样品，和自己茶庄的茶进行对比，比质量，比品种，比规格，比价格，决定采取人无我有，人有我优，人优我廉的办法争取顾客。

人常说："舍得舍得，有舍才有得。"为了尽快打开销售局面，李瑞生决定先做一回舍茶的生意，指挥伙计在自己茶庄、茶叶市场、茶叶货栈门前搭凉棚，挂横幅，请群众免费喝茶并赠送茯砖茶二两。派一名灵醒伙计做跑街的，每天早出晚归，打探茶叶销售行情，及时向茶庄报告，以当天市场最低价销售茶叶。这样先送先尝，吸引了各方群众，使大家迅速了解了义和兴这个陌生牌子茯砖茶的优良品质；让利低价销售，引来了蜂拥而来的顾客，义和兴茶庄实现了开门红。

听完李瑞生巧夺开门红的事，傅继兴情不自禁地说："舍得是做生意的窍道，可许多人参不透，用不活。你掌柜的了不起。"

田爱君说："我表叔这条经验可以在咱义和兴推广。你说的好，接着说。"

"摸透市场行情，敢与同行对比，诚信不欺客，欲擒故纵巧揽客。"这是李瑞生又一高招。

茶叶上市季节，一伙西藏的茶叶商贩来义和兴雅安茶庄这个新茶庄看茶叶，李瑞生热情地接待了他们。亲自让他们看茶叶外包装，用茶刀切开砖茶，请他们看茶内密密麻麻的金花，再让他们品尝伙计泡好的茶，并有的放矢地介绍着："我们义和兴是百年老号泾阳诚盛永的真传弟子

办的,所做之茶,分量足,金花多,汤色好,味道特。如果各位能看上货,价卖全市最低。你们要是才来,请先到各处看看,然后再行选择订货。"

那伙茶商仔细看了、喝了茶之后说:"不错,不错。我们先逛逛,然后再来。"

那伙人一走,有的伙计便埋怨开了:"掌柜的,人家茶庄做生意,都是先入为主,千方百计地拉客人,而你这掌柜的却把已经进了门的顾客往外推,真不知道你咋想的?"

"咋想的,等那伙人重新回来了再告诉你。"

一天,两天,三天过去了,还不见那伙茶商来,伙计们失望了,怨言又出来了,但到第四天,那伙茶商来了,一下子买了一大批货。伙计们十分惊奇:"掌柜的,你这法子还真灵,这叫啥名堂?"

"这叫欲擒故纵。"

傅继兴接着话尾称赞:"你掌柜的把兵法用活了!"

田爱君说:"我表叔这军校的高才生做起生意来就是和人不一样,有奇招。还有啥,赶紧说。"

杨敬贤越说越来劲。

有一年,已到了茶市旺季,可是,客商却寥若晨星,茶叶几乎没人问津,各茶庄竞相压价销售,可是,李瑞生却坚决不让降价,茶庄里的茶叶斤两未售。伙计们每天坐着冷板凳,急得像热锅上的蚂蚁,一个劲地劝掌柜的:"掌柜的,实在不行了,咱们也降降价,卖些总比不卖强,这样静坐着干等,就不怕坐吃山空?"

李瑞生镇定地说:"市场行情,犹如潮涨潮落,贵极反贱,贱极则复贵。精明的弄潮儿,善观风云变幻,避风浪而立潮头。遇风浪而惊慌失措者,难免被风浪吞没。大家莫着急,莫惊慌,静坐茶庄看市场,心急吃不了热豆腐。"

伙计们一看掌柜的,还真是一点也不着急,整天悠闲地品着茶,抽着烟,翻看着各地报纸,收看着信件、电报。

更让人担心的是,各个茶庄撑不住市场萧条货难销的打击,都贴着本钱抛售哩,李瑞生却反其道而行之,派伙计到市场上去收茯砖茶。伙计们莫名其妙地看着掌柜的,有的还以为他叫降价潮吓傻了。

两年多,义和兴雅安茶庄净吃净坐,没卖出一封茶,有的同行只等着看李瑞生的哈哈笑。谁料想,到了第三个年头,客商如决堤之河,滚滚而来,要货量也较平常年份大增,而市场各茶庄普遍缺货,物以稀为贵,茶价猛涨。义和兴雅安茶庄一下子赚了个盆满钵满。

伙计们惊奇地看着掌柜的,开玩笑地说:"你是不是诸葛亮托生的,能算到今年要涨价。"

李瑞生这才道破了其中秘密:"做生意不能光看顾客、货和钱,还要看政治形势。三年前,西藏和尼泊尔打了仗,商路阻断,客商难来,货多客少,茶叶价自然要跌。仗断断续续打了两年,最后说和了,停战了,商路通了,客商自然一下子拥来了,客多货少,供不应求,价自然要涨。"

"那你咋知道西藏打仗哩?"

"你们当我成天看报、看信、看电报,是闲着消遣哩,那都是我叫西藏朋友帮忙探听的消息。"

李瑞生别开生面的经营,使义和兴茶庄很快成为雅安商界的后起之秀。

听完这一事迹,傅继兴和田爱君对李瑞生佩服得五体投地,不约而同地伸出大拇指称赞:"你掌柜的真是商界奇才,令人敬佩!"

…………

杨敬贤滔滔不绝地接着说:"我们掌柜的面冷心热,干事认真,要求严格。每天早上安排事,晚上进行回头望,谁干得好,当即表扬;干不好的,马上指出,还要叫你说说今后咋办呀。有时训起人来,训得人真恨不得马上寻个老鼠窟窿钻进去,但谁有个头痛脑热,照顾起你来,简直就像亲娘老子。谁家有婚、丧、灾、祸等大事,掌柜的一定是全力以赴,需要啥给啥,所以,伙计们打心眼里服掌柜的……"

田爱君深感自豪,在心里说:"我表叔还真会干事。"

傅继兴在心里赞叹:"李瑞生真不简单。"

三人边聊边转,游览了丝绸之路上的茶马古镇——上里古镇、望鱼古镇、碧峡峰、千佛岩、红豆相思谷……

雅安之旅,给傅继兴和田爱君留下了快乐的记忆,发现了做生意的能员干将。傅继兴认真地在自己的札记中写下了雅安考察感悟——

雅安之行,收获颇丰。我们发现了一个善于经营的商业奇才——李

第八章 新开张勇斗地头蛇 用兵法做成好生意

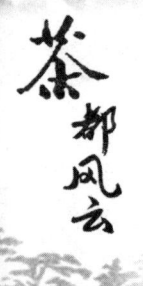

瑞生，他以军人的作风和管理办法，开展着茶庄经营，取得了显著成效。此人忠诚正气，敬业勤奋，管理有法，经营有方，深得众望，堪当重用……

田爱君不同，她写下了雅安游记——

雅安真是个美丽的地方，我和继兴在伙计杨敬贤的陪同下，游览了一些有名景点，简记如下，以留存快乐记忆。

雅安是古丝绸之路必经之地，是茶马交易的重镇。我们首先游览了两个茶马古镇——上里古镇、望鱼古镇。古镇依山傍水，田园小丘，木屋为舍，至今，还保留着明清风貌的吊脚楼。

市北十六里有碧峰峡。因林木葱茏，四季青碧而得名。她有两条峡谷，峡谷内林木葱郁，苍翠欲滴，峰峦叠嶂，崖壑峥嵘。峡内多瀑布，有似银丝飞珠溅玉，有如白练凌空下泻，或层层叠落，或一注到底。尤以白龙潭瀑布最为壮观。它高约九丈，宽约三丈，从悬崖奔涌而下，溅起漫天水花，如白龙飞腾。水雾扑面，寒气袭人，阴森幽邃，声震峡谷，引起强烈共鸣，其下有一很大深潭。

碧峰峡还有天仙桥、女娲池、滴水栈道、碧峰寺等景点。沿着三尺多宽的石板路，在山峡内环绕前行，可领略险、奇、秀、幽的原始风光。峡谷天光一线，形形色色的瀑布、溪流，激起的银色浪花与山谷鸣响，别有一番境界。那傍岩悬空而上的栈道，让人顿生要想登高看无限风光，必须要有历险攀登勇气的感悟。

继兴是佛门弟子，对千佛岩情有独钟。它位于雅安后盐村北的山冈上。创建于唐，镌刻于明，分布在长约九丈，宽约一丈的崖壁上，共十三龛、三百六十九尊佛像。龛顶以拱形为主，间以屋形、帷形。佛像神态各异，栩栩如生。佛像发式呈螺旋状，面部丰满慈祥，或双手合十，或一手上举，或袒胸露臂，或赤足盘腿，堪称摩崖造像之珍品。我们顶礼膜拜，希望佛祖保佑我们心想事成。

是天意还是机遇，我与继兴一见钟情，心心相印，真有一日不见如隔三秋之感。迫不得已短暂分离，常常想到红豆寄相思，但只是从诗、书中知道红豆，而红豆为何物，却从未见过。这次，总算可以真实地见到这爱情的信物了。雅安有个真真实实的红豆相思谷，离千佛岩约二里地，在雅安后盐村所在的山谷里,因谷里茂林中,长着一棵千年红豆树而得名。这树高约九丈,胸径七尺多,树冠直径九丈多,树龄一千四百多年,兀然挺立,生长茂盛,当地人称为"仙树",传说可测祸福,卜凶吉。所结果实即为红豆,颗粒饱满,硕大纯红,为爱情之象征。继兴啊,但愿我们今后能够朝夕相处,不离不弃,别总让红豆寄相思……

第八章 新开张 勇斗地头蛇 用兵法 做成好生意

第九章

烟赌假 毁了生意人
化危机 钦差巧应对

这些日子,李瑞生通过与傅继兴和田爱君相处,觉得两人相对于同龄人较为成熟,特别是傅继兴谈吐不俗有见识,要想学啥,也能下功夫学得快,遂对两人产生了好感。临离别,李瑞生到在雅安驻军的军校老同学魏强那儿搞了一把驳壳枪,一把勃朗宁手枪,作为见面礼送给了二人,并雇了一辆马拉轿车送他们去康定。

在去康定的途中,傅继兴翻阅着有关康定的资料——

康定古称打箭炉,自古以来就是康巴地区政治、经济、文化的中心,亦是汉藏茶马互市的中心。泾阳茶商很早就在打箭炉茶叶交易中心设立茶叶总店,也叫本庄。协调边茶购销业务,经营西南市场。先把泾阳帮从四川雅安、天全、名山、荥经、邛崃五县所产之茶,收购运至泾阳,加工成茯砖茶囤买入川,在打箭炉货栈储存待售。其销售方式有三:一是由总店组织运输队,派遣忠实的伙计押送茯砖茶到藏族聚居区的分庄,分销给当地的藏族群众;换、买回当地药材、毛皮、麝香等土特产品运回。资本雄厚的泾阳商人,大都采取这种直接销售的方式;二是由总店把茯砖茶批发给其他的陕帮茶商,由他们运送到自己设在藏族聚居区的分号销售;三是由总店通过居间的锅庄批发给赴康定购茶的藏商,由他们驮回藏族聚居区售卖。

锅庄是边茶制度的产物。明代实行汉不入番,番不入汉及朝贡差发的边茶交易制度。各番族每岁要牵马来雅州、碉门、黎源纳差换回茶叶。他们初来康定时,自带帐篷,竖立锅庄,生火做饭,为时既久,筑房构屋,变成了承担这些人生活的招待之所,这便是康定锅庄的由来。后来,由单纯的招待差旅,延伸为居间搞客的贸易中介人。因为,藏客来康定,都带来大批牛、马、药材、麝香等当地特产,换成茯砖茶返回,但他们无店铺,货物只能存于锅庄之内,由锅庄主人代为寻觅顾主,牵线搭桥,把藏客货物作价换茶。每笔生意做成,锅庄提取买卖双方各百分之四的佣金为退头。如果双方换货结算后有赊欠,可由锅庄主人担保,出具藏文欠条(叫夷票),留待下次清理结算。

锅庄的又一来由是早期来康定做生意的陕商,特别是泾阳茶商,建临时帐篷式居室和货栈而形成的。

清雍正以后,陕西商帮才在泸河东南岸建房形成了老陕街,陕西商人在这条街上聚居做生意,造成了康定最繁华的街道。

康定每年茯砖茶贩售量约占泾阳茯砖茶的一大半,约四千驮(每驮四包,每包六十斤),共计九十六万斤。

专营茶叶、药材的王桥于家商号多设在四川一带,最有名的恒泰盛字号,堂名务本堂,还有康定的恒泰茶庄。

社树姚家靠下川做生意发家致富,起家户堂名姚恒裕堂,人称花门楼。世代相传不断发展壮大,各地商号统一名为永济公。到康熙中后期,分出了永济源、永济全两大商号,经营着茶、盐、丝绸、药材、钱庄等,商号遍布巴蜀、康藏、云贵、湖广、西藏等地。后又分为恒昌、忠歉、燕义、居敬、祝信、仁在等七支,在康定都有茶庄。

此外,康定另外八大茶庄:聚诚、永和、丰盛、天兴仁等都是泾阳人兴办的。

这些茶庄,基本上都采用了独资经营的方式,他们是明清康定老陕街、河北帮的主力军……

雅安到康定山高路远，道路崎岖，人烟稀少，让人感到寂寞难熬。田爱君看傅继兴只顾埋头看资料，嚷嚷道："你只顾自己看哩，也没说给咱也念上一段听听。"

"好，我给你念一段讲背茶人的艰辛生活的资料。

"在雅安茶区、茶庄，茶商将精制的包茶，要雇茶背子背往康定。从雅安到康定五百五十多里，步行需十五天，途中要翻越海拔三千八百米的丞相岭，这岭晴天少，雨天多，迷雾霏霏，疑非人间。每值冬春之际，冰雪碍途，道险路滑。茶背子负重而行，一走一呼，伛偻前进。然后，还需再翻海拔三千六百米的飞越岭，又称大雪山。其山极为陡峻，山顶常年积雪，在山上下视层云，如在天际。每年都有倒在山上的，跌下山崖的，掉进雪窝的，甚至有被大风湾冷风吹死的。

"康定有个万人坑，正面横写'白骨塔'，对联写着'满眼蓬蒿游子泪，一盂麦饭故乡情'。从行文中可知，这里不知埋葬了多少陕西茶商伙计和背茶人的尸骨，让人看着就鼻子发酸，想流泪。"

听到这里，田爱君忍不住热泪盈眶，感叹道："人都羡慕茶商富，谁知茶商受尽了苦。"

一路上跋山涉水，马车颠簸，弄得人昏昏沉沉。好容易到了康定，夜幕已经降临，他们没有急着到茶庄去，先找了个客栈歇了下来。

第二天直睡到日上三竿，他们方睡灵醒。起床洗漱完毕，吃完饭，送走车夫后，傅继兴和田爱君这才仔细眺望起康定来。

康定坐落在群山层叠的峡谷之中，折多河、雅拉河浪卷雪山之水穿城而过，两岸翠峰夹峙。

田爱君初到这景色异样的西南重镇，看什么都新鲜，便撒着娇要傅继兴先带她去游览。傅继兴一路走来，还没有查出劣茶来源，心中着急，想着安化之行的意外收获，田爱君的意愿，便顺水推舟，决定先转转看看，看能不能再有意外收获。

他们先走了城南的跑马山。听当地人说，那山原名拉姆则，藏语意为仙女山，后来，因为康定明政土司在山上跑马祭祖而更名。

傅继兴和田爱君奋力爬山，不大工夫，便看到了五色海。这海深不可测，在阳光的照耀下，四山映入水中，呈现出千奇百怪的景象。爬到山顶，有一草坪，白塔掩映于密林之中，举目西望，雪山万里映蓝天，屏峦般的雅加雪峰在阳光下闪烁着银辉。

他们慕名游览了野花遍地、松林茂密的西山子耳坡及有名的柳林双寺——南无寺和金刚寺。

听说城北有郭达山、野人海,风景甚佳,田爱君就嚷着要傅继兴领她去游玩。

他们上至郭达山腰,眼前屹立着一根铁箭杆,相传为三国诸葛亮与牦牛国王相约,借一箭之地,以箭射为界,借一箭之地便由此而来。这山还甚为神奇,每逢午后,有烟出岫,带紫红色者,预兆来日必有大风;带浓黑色者,次日必雨;呈白色,翌日晴天。可谓天然气象台。

野人海的藏语叫木格措。这里有雪山草原、温泉湖泊、悬崖叠瀑、杜鹃花山、奇峰异石、茂密山林……

傅继兴和田爱君畅游在康定的美丽山水之间,时不时便会听见优美的歌声:

> 太阳落山又落崖,
> 情哥去了又早来。
> 路上残花休要采,
> 家中牡丹正在开。

一曲刚落,一曲又飘来:

> 望见山头的太阳,
> 想起山后的村庄。
> 看见绿色的树木,
> 想起家中的爹娘。
> 听见布谷的歌声,
> 想起心上的姑娘……

康定是情歌的海洋,真正是:

> 溜溜跑马山，
> 摘朵白云就是歌；
> 涛涛折多河，
> 捧把浪花都是情。

这一天，傅继兴和田爱君游转到了康定有名的老陕街，举目观看，商铺林立，富丽堂皇，茶叶飘香；穿着五颜六色服饰的人们来来往往，熙熙攘攘；车队和驼队东来西往，果然是一派繁荣兴旺的景象。

两人走着，看着，忽然看见一个商号门前，围了一大堆人，一声声呐喊充满杀气——胡效先，赶快给爷把钱拿出来，要说半个不字，爷们儿就砸了你的铺子，卸了你的胳膊腿！

傅继兴和田爱君惊奇地上前观看，怎么是自家的义和兴茶庄？傅继兴急忙挤上前去询问："啥事过不去，这么兴师动众的？"

"这家掌柜的，欠我们钱不还，还关门躲避哩。"

"欠啥钱？"

"你问他去？"

傅继兴上前叫门，可门怎么也叫不开，实在没办法了，喊道："我是泾阳义和兴总号来的，请先把门开开！"

那伙拿棍棒的人，听说来人是总号的，想先来个下马威，等门一开，不由分说，挥舞着棍棒，直向铺子里冲。傅继兴急忙上前阻拦：

"有事好好商量，何必这样闹哄。"

"都商量着要了半年账了，都没要下，你今日若能叫那赖皮还了账，我们马上就走。如还不了，就少管闲事，甭耽误了爷们儿的正事。"

义和兴康定茶庄掌柜的胡效先一听说泾阳总号来了人，急忙开门观看，好家伙，一伙拿着棍棒的人，正围着一男一女两个年轻人。

那伙人一看胡效先出来了，立即围了上去，摆着打人的架势说："你还知道出来？我们都等了半天了，赶紧取钱去！"

胡效先一看，田爱君站在门口，心里害怕起来，总号真的来了人，茶庄又没钱，事情难下台，也顾不得羞丑了，扑通一下跪倒在地上，一个劲地磕头作揖，苦苦哀求："好爷哩，你们再宽限几日，我就是砸锅卖铁，借印子钱（高利贷），也给你们把钱还上。"

伙计们也七嘴八舌地说:"我们这么大茶庄,还愁还不起你们的债!"

但这伙人仗着人多势众,还是不依不饶,扑着向前要砸茶庄,谁挡就打谁。

傅继兴看着茶庄掌柜老大一个人,跪着相求这伙人都不依,觉得有些欺人太甚,又生怕茶庄受损失,不得不教训教训这伙不识好歹的东西。伴随着一声"阿弥陀佛",他挥舞铁拳,左右开弓,飞腿踢脚,上下踢打,铁拳到处人倒浪,飞脚踢出骨肉伤。不大一会儿便打得这伙人狼狈逃窜。前来看热闹的人议论纷纷:

"这小伙有两下子,身手不凡。"

"看来,强中自有强中手,这一回,武馆遇到了硬对手。"

"这一下,把马蜂窝捅了,在太岁头上动了土,看这事咋收场呀!"

原来那些被打的人,是康定五台山武馆的,一个个都有些武功,平日里无人敢惹,今日碰到了刀子手里,挨了打,吃了亏,哪里咽得下这口气,回到武馆,齐刷刷地跪倒在地,痛哭流涕地向馆长诉说委屈:"武馆长呀,你可要给徒儿们做主啊!我们到义和兴茶庄去要账,那掌柜的不但不还账,还叫人把我们打得皮开肉绽,折胳膊伤腿。"那些人添盐加醋地说了一番,一心想激怒馆长,领人砸了义和兴。

武馆长一听问道:"叫的哪里人?有多少人?"

"叫了一个人,说是泾阳人。"

"一个人就把你们这些人打成这样子了,平常把功夫练到哪里去了?!真是一伙丢人现眼的窝囊废。那人长啥样?有啥特点?"

"那人高大魁梧,眼大眉浓,舞起拳脚来,犹如金钟罩、铁布衫护身,人先近不了身么!可他出拳、踢脚,招招不落空,又准又狠。这人也怪,出手打人前,先念阿弥陀佛!"

武馆长一听,觉得一个人能打败他这些徒儿,此人肯定身手不凡,道行不浅,有来头,不简单。再则义和兴茶庄也是当地的富商大户,黑白两道皆有朋友,他叫这些人去要账,本意也是吓唬吓唬,好快些把钱收回来,也不想把事情做得太过分,便决定静观其变。

眼看着那伙如狼似虎的人被打走了,为茶庄解了围,胡效先感激不尽,作揖磕头说:"多谢小姐、兄弟援手解围。"他把傅继兴误认成了小姐的保镖。

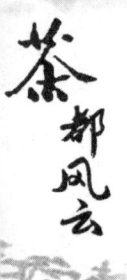

傅继兴急忙上前扶起,说:"都是自家事,大家都该管。掌柜的,你这是弄啥哩,快起来,快起来!这不折煞我们晚辈了。"

傅继兴搀扶着胡效先一起来到客厅,分宾主坐定,胡效先吩咐伙计端来时鲜水果、特色糕点,给他们敬茶、敬烟。

田爱君介绍道:"这是这儿的掌柜胡效先,这是我的同学傅继兴。"

傅继兴心里一直想着刚才发生的事,也顾不上客套,直接问:"掌柜的欠了人家什么钱,竟闹到如此地步?"

胡效先羞愧地说:"实在是丢人得很,我对不起东家,我欠的是人家的大烟钱、赌博钱。"说着已是热泪盈眶,说出了事情的来龙去脉。

胡效先是泾阳县龙首村人,他和田来福既是同村乡党,又是同学,是从小和田来福一块玩"骑马马""过家家"长大的。遇事奋不顾身地相帮,铸就了他俩之间牢不可破的友谊。

在家乡龙首村小学上学时,几个高年级的同学想要田来福的木头枪,遭到拒绝后,便群起而上,把田来福撂倒在地上乱打,正好被胡效先碰见。一看这些人欺负自己的好朋友,他急了,拿起地上一块砖头,不顾一切地向骑在田来福身上的人头上砸去,当下打了个血窟窿,吓跑了跟着打架起哄的人,救起了田来福,胡效先却因此受到了学校处分。

在泾阳诚盛永茶店做工时,有一次,两人在茶店做完茶下工后,到街上去游玩。走到北门口,一辆轿车的骡子惊了,满街疯跑,直朝胡效先奔来,田来福看见,不顾一切地把胡效先推到一边,自己却被轿车轧了。胡效先惊觉后,一边声嘶力竭地呼喊着:"救人呀!救人呀!"一边背起田来福飞也似的朝附近的诊所跑去,幸亏抢救及时,田来福才得以活命。

还有一次,他们去泾干湖游泳,田来福突然腿抽筋,直往湖底沉,湖水灌得他已经昏迷不醒。胡效先拼死相救,才把他从鬼门关拉了回来……多少次生死关头的舍命相救,使两人成了换命的朋友。他们一同到关帝庙烧香叩头,结拜为生死弟兄。

他们一前一后到诚盛永打工、学艺,同吃一锅饭,同住一间房,同拜着一个师傅。上工了,在一起干活;下工了,在一块交换着看书、玩耍,一块无话不谈地畅谈着对各种问题的看法,谈论着各人的志向。

胡效先敬佩田来福胸怀大志,勤奋好学,有胆有识,精明能干,常常充满希望地对田来福说:"兄弟看你就是个能干大事的人,你将来如果当了将军,我给你当先锋;你当了掌柜的,我给你当领班干事的伙计。咱们是换命的好兄弟,我生生死死,做牛做马跟着你。"

田来福十分感激胡效先对自己的救命之恩与无限信任。在田来福眼中,胡效先是个聪明伶俐,好学上进,为朋友不惜两肋插刀的人。所以,创业开拓市场之初,便委任他当了康定茶庄的掌柜。

胡效先也十分感激老朋友对自己的信任与器重,一心想把事干好。他拜师求教,访贤问策,照着书本学先贤。他崇拜胡雪岩官商相通做成了生意,仰慕孟尝君不嫌鸡鸣狗盗之徒,广招门客,广交朋友,成就了一番事业。

胡效先来到了康定,他按照"世路难行钱做马,愁城欲破酒为军"的办法,打通了当地官府和商会。

胡效先因急用先学看过生意经,他知道,要想做好生意,首先,选择的门面要向阳,但在康定首屈一指的繁华之街——老陕街,要找个铺面,真好像摘月亮一样。可因他买通了当地商会会长,那会长硬是给一个经营日杂用品的店铺老板说:"现在要划行归市,这条街要集中安排卖茶的,我给你另寻个好地方,房价比这儿低,保证你满意。"外地人在这儿经营,谁敢不听商会会长号令,只得忍痛割爱。胡效先很快在康定茶庄最多的老陕街找到了一个三间门面的铺面房。

第一次有了自己掌管的商号,装修店铺时,胡效先像打扮蜜月新娘子一样拾掇着它。自己想,翻书查,为门口想了一副对联"茯茶滋养福寿长,诚信经营财源旺"。他精心总结撰写了义和兴茶庄及产品特点简介,聘请当地有名文人写成了几首赞美茯砖茶和义和兴茶庄的诗:

《义和兴赞》:

百年老号诚盛永,
分枝催生义和兴。
义字当先和为贵,
茶优价廉有美名。

《和亲吟》:

  文成公主出塞去，
  佳茗入藏惠万民。
  汉藏从此结亲盟，
  和谐春风暖人心。

《茶中仙》：

  茯茶本是茶中仙，
  扶正祛邪美容颜。
  慈禧知味称福茶，
  陆羽若饮也思凡。

《论功吟》：

  都羡胜将谋略高，
  都夸勇士刀枪好。
  岂知茯茶有神功，
  化敌为友乐逍遥。

  胡效先把这些诗文，用楠木刻制成了金字条幅、牌匾，布置于茶庄内外，为茶庄增添了独具一格的高雅氛围。

  要说做生意也真不容易，哪一路神仙拜不到，一有机会就寻你的事。

  胡效先买通了官府，却忽视了地方帮会势力，结果，开业时，当地袍哥会的一帮人打上门来，连嚣带诈地说："你店在此开，你人在此过，不交开店费，就别想开业。若要硬开业，砸了你的店。"

  一伙人正在义和兴茶庄闹哄着，只见一个英武高大的人走了过来说："你们在这儿闹哄啥哩？"

  一个领头的说："武馆长，这家茶庄不懂规矩，不'拜码头'竟开了业。"

  一个当地伙计对掌柜的说："来人是康定五台山武馆的馆长武平顺，为人武功超人，豪爽仗义，好打抱不平。"

  胡效先闻言，急忙上前向两位说话人施礼相请："朋友，你们皆为我家茶庄之事而来，请里边喝茶，有事好商量。"三人进店坐定，伙计敬上烟、茶。

胡效先再次拱手施礼道:"早闻武馆长大名,今日相见,三生有幸。我刚到贵地,人生地不熟,也不知当地规矩,想拜各方神圣,还摸不着门路,难免有烧不到香的地方,拜不到的'码头',不到之处,请予谅解,也请武馆长从中斡旋,帮兄弟渡过难关。"

武平顺还礼说道:"有缘才相逢,见面是朋友。佛门讲究佛度有缘之人。你既然看得起兄弟,我就试试看。"然后,转向袍哥会的人说:

"掌柜的把事都说明白了,你们是不是先回去,叫他明日照规矩把开店费给你们袍哥会送去。"

"武馆长,不是兄弟不给你面子,是来时堂主交代过开店费交不上,坚决不让开门,否则,坏了会里规矩。"

"实在不行,我不难为你们,我去会会你们堂主。你们跟我一起走,不准再在这儿胡闹,否则,别怪我不客气。"

胡效先一看武馆长要亲自去为自己斡旋,十分感激地说:"萍水相逢,武馆长竟能为小店之事挺身而出,实在令人敬佩。这是茯砖茶两箱,作为给馆长及袍哥会的见面礼,请莫嫌薄气,后当重谢。"

"人在江湖,仁义为本,路见不平,岂能不管,扶弱济困,岂为图报。"武平顺拒不收礼,扬长而去。

袍哥会的人知道惹不下武功高强的武馆长,只得跟着一起回了袍哥会。

武平顺单枪匹马来会袍哥会堂主蔡青云,拱手施礼道:"晚辈五台山武馆武平顺参见老堂主。"

蔡青云从虎皮椅上站起,拱手还礼说:"早就听说贤弟是五台山显通寺智仁法师高徒,武功超人,今日一见,果然是气度不凡。不知今日来访,有何贵干?快请坐下喝茶。"

"我有一个不懂事的朋友,没'拜码头'先开了业,坏了贵会规程,求老堂主开恩,让他给你赔情道歉,补个开店费,你看咋样?"

这老堂主蔡青云是个历经沧桑的人,也知道五台山武馆门徒众多,威震一方,本打算落个顺水人情,但还没等他开口,自觉武功甚佳,从来不服人的二堂主穆定军抢先说话:"大路朝天,各走一边,你教你的武,我管我的摊。今天武馆长'蝗虫吃过界畔子',要管我家事,那岂不破了我家规矩?要破规矩,也行,不过我有个条件,我先与武馆长切磋切磋武

艺,如果馆长赢了在下,一切听你的;如输给在下,请不用再多说,回去好好办你的武馆,少管闲事。"

这堂主蔡青云灵机一动,他知道老二身手不错,也想让他杀杀武平顺的威风,免得这后生今后不知天高地厚,乱挡将,胡生事,断了自家财路。就顺应着说:"真是英雄惺惺相惜,见面就想互相切磋交流。也好,就让老朽开开眼界,长长见识。"

听了此话,两人就立即整衣紧带,拱手互相施礼道:"那就领教了。"便施展拳脚交起手来,十多个回合,穆定军已是气喘吁吁,满头大汗,只有招架之功,没有还手之力,一个闪失,便被打倒在地,武平顺的脚已到脖颈,如稍一用力,穆定军将当即毙命。

蔡青云见此情景,禁不住挺身而起,心已提到了喉咙眼,生怕武平顺收刹不住,踩死了自己的爱将。却只见,武平顺急速收脚,上前双手扶起了穆定军,拱手施礼道:"二堂主,承让了。"

穆定军羞愧得满脸通红,深施一礼道:"真乃是'山外青山楼外楼,强中自有强中手',武馆长真真的好功夫!多谢馆长手下留情。"

蔡青云强颜欢笑:"武馆长真英雄矣!所托乃区区小事,我马上安排好就是。今后,有啥事,让徒弟来说一下即可,许多事还需仰仗馆长帮忙。"

义和兴康定茶庄终于跨越障碍开业了。可开业没几天,连祝贺开业的花篮还未收拾,一伙人穿白戴孝,打着"还我哥命来!"的血字白横幅,举着十多个花圈,抬着一个盖着白布单的死人,哭哭啼啼地闹上门来。花圈摆了一门口,哭哭啼啼的人把门挡了个严严实实,啼哭的人涕泪交流,说是义和兴茶庄的茶把人喝死了。一刹那,门前便围满了人,大家议论纷纷:"这茶庄卖的啥茶嘛,咋把人都喝死了?!"

"这是个新来户,说不定就是个专门制售害人瞎瞎茶的瞎屃。"

"这掌柜的心黑透了,在饮用的茶上都敢捣鬼,都不怕天打五雷轰。"

"唉!咱茶行咋出了这么个败类,闹得一行的人都落腥气,若传扬出去,还不倒了咱康定茶市的牌子?!"

胡效先从来没有经过这号事,吓得一时也不知道如何是好。好话说尽,连请带拉地把拿事的主人请到了店里,协商解决办法。那人狮子大开口,说:"不给三百银圆,一切免谈。"

胡效先冷静下来仔细思想，他加工、经见了二十多年的茯砖茶，还没听说过哪一家的茯砖茶把人喝死过，何况是自家这祖传手艺制作的茯砖茶。这事会不会有诈？他想起了新结交的朋友——康定保安队队长舒正义。

胡效先安排伙计，招呼好闹事人，自己拿着两根金条去寻保安队队长。

舒正义见新朋友胡效先拿着两根金条来求，觉得这位新朋友真真是慷慨大方，也想露一手显显威风，立即带着一帮属员，荷枪实弹，跑步赶到了康定义和兴茶庄门口，分开群众走到蒙着白布的死人跟前。舒正义揭开布单一看，马上看破了机关，啪！啪！啪！一阵大耳光，那死人像炸尸了一般，突然坐了起来，惊得周围的人怪声怪气地叫了起来。

保安队队长扯着那扮死人的领口，连打带骂："真是狗改不了吃屎，刚把你这瞎屄从监狱放出来，就旧病复发祸害人来了！"

那人睁眼观看，见是保安队队长，忽地一下从床板上跳了下来，磕头如捣蒜，连声求饶："好舒队长哩，饶了我吧，我再不敢了！"

舒正义斥责道："裴捷径，你这瞎屄真正是瞎毛病得的深，逮住了叫爷哩，放出来胡鳖哩。把这伙瞎屄押着走！"

胡效先率领全体伙计千恩万谢地送走了保安队一行人。

周围看热闹的人如梦初醒，同病相怜的同行们感叹道："如今这世道，做个生意真难，神不烧香不行，鬼不烧纸不行，是人不是人都想欺负咱生意人。"

胡效先是个知恩必报的人，武平顺曾为他开业帮过忙，他也想找机会帮帮武平顺。

生意场上人帮人，首先是照顾朋友的生意。那年月，抽大烟，玩赌博是达官贵人、老板富豪的时尚追求和耍权玩阔的显摆。胡效先结交武平顺后，凡遇到有这些嗜好的客户需要招待时，就领到武平顺开的赌场、烟馆去。

人常说："近红者赤，近墨者黑。""掉到染缸里，难免要变色。"胡效先先是招呼客人，自己不越雷池。后来生意好了，手头慢慢也有了些积蓄，加上朋友的影响和有求于他的人的招待，不知不觉染上了烟瘾。他躺在舒适的烟榻上，看着如花似玉的女郎为自己装烟点烟，献媚按摩，心

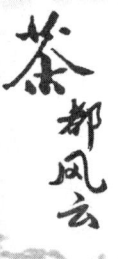

里像鸡毛翎子扫一样舒服。他吞烟吐雾,深吸细品,伸展腰身,幻觉中如与仙女同乐,平日里凡想干的好事,都会在幻觉中活灵活现,他精神无限亢奋,欲醉欲仙。难怪,人们为了抽大烟,不惜倾家荡产,卖儿卖女卖婆娘。

别有用心人的慷慨解囊、热情招待是胡效先迷恋赌博的药引子。他跨进了赌博之门,开始还真顺,把把赢,他以为自己有赌运,而且这事来钱快,有时一晚上就赢够了自己全年的薪酬。他迷上了赌博,一发而不可收,结果是越来越背,直到背上了债,他还不死心,总想有朝一日把本翻回来,再金盆洗手。可船到江心补漏晚,债台高筑悔之晚矣。这才引来了上门逼债的祸事。

胡效先讲述完毕,哭丧着脸说:"事已至此,你们说咋办?"胡效先知道田爱君是田来福的独生女儿,未来的主人,不敢轻慢。

田爱君知道傅继兴有头脑,点子多,抛送眼色不说话。

傅继兴会意,沉思有时,起身向胡效先施礼说话:"胡掌柜,按伦理,你是我们的长辈,没有我们说话的资格,但问题总得想办法解决。所以,我出个主意,你老斟酌斟酌。按你的社会交往,能否找一下康定的保安队长,请他出面调解,毕竟他是现管。"

胡效先一听此话,如醍醐灌顶,手拍脑门说:"唉,人到事中迷,贤侄高见,真是有智不在年高迈,自古英雄出少年。那就先试试,看行不。"

胡效先在得月楼酒店订好酒宴,写好大红请帖,亲自送到保安队队长舒正义手中,说明情由,请他出面调解,舒队长满口应承。请帖送到武平顺手中,武平顺看在以往交情的分上,也没有过分推辞。

这是个雨过天晴的好日子,胡效先请到保安队长和傅继兴、田爱君早早来到得月楼酒店,相互寒暄后闲聊着等待着武平顺,终于,把武平顺等来了。

武平顺看了看在座之人,忽然,惊喜地径直走到傅继兴跟前,双手抓住傅继兴的肩膀,两眼直勾勾地瞅着傅继兴的脸,说:"师兄啊!你啥时候来的?想不到能在这里见到你!"

在座的人都愣住了:"这是咋回事?"一时给闹得丈二的和尚——摸不着头脑。

原来，这武平顺也是山西运城人，和傅继兴是乡党。早年间，他家贫困为佃户，因父母先后有病而亡，背上了账债，拖欠了几年地租。东家怕他赖了账，便叫了两个当地的泼皮歪娃前去催要，并说不交钱就要收地。

地是当时武平顺唯一的生活来源，收了地就等于断了他的生路。歪娃要钱，他没有，要地他不给，苦苦哀求不顶啥。

给人撒歪撒惯了的歪娃，破口大骂，出拳便打。

武平顺正在年轻气盛之时，遭到如此羞辱打骂，怒火冲天拼了命，顺手拿起砍柴的斧头抡了起来，失手打死了一个泼皮，吓跑了一个歪娃。他当即亡命而逃。

财东家马上报了官，拿银子上下打点，承诺出钱，请官方悬赏，通缉捉拿。

晚秋时节，天气日趋寒冷，秋玉米已长得比人高，接近成熟。

杀人后感到十分后怕、提心吊胆的武平顺，一出门先躲到了玉米地里，但到底往哪里逃？他左思右想，忽然想起有人说，五台山显通寺曾是皇帝朝拜、敕封过的大和尚庙，杀了人的逃到那里可保性命无虞。

想定主意，武平顺钻到玉米地里拼命地朝五台山的方向跑去。不顾寒露湿衣衫，不顾叶子划破脸。饿了，饥不择食地啃几口生玉米棒；渴了，折的吃些玉米秆。他不顾黑明地向外逃，累得实在不行了，倒下便睡在了玉米地里，晚上被冻醒了，接着再跑。记不得跑了多长时间，他累得腰酸腿疼，脸上和双手被玉米叶子划得直滴血，脚上磨的泡破了，疼得人冒虚汗，脚疼得踩不到地上，实在跑不动了。

武平顺真想死了算了，但想起父母临死前满眼泪水地反复叮嘱："娃呀，不管再苦再难，你都要硬撑着活下去，给咱家不管瞎好要个娃，千万不能断了咱家香火。娃呀！千万，千万！"说着，竟挣扎着给自己磕起头来……这一想，自己咋能就这样死了，死了，谁给武家延续香火。

求生的欲望迫使武平顺硬撑着，拉着玉米秆，一步步往前爬行。

老天爷好像要惩罚武平顺这个有罪的人，秋风秋雨连绵不断，他只得泥里水里艰难爬行，等他爬到五台山显通寺，竟像个泥猴一样，昏倒在山门外。

等到武平顺再醒来时，睁眼一看，一个白须老和尚和两个小和尚站在身边。一个小和尚说："施主，你命真大，都昏死三天了，多亏我师父的起死还魂丹救了你的命。"

武平顺一听说，挣扎着就要起来谢恩，可怎么也站不起来。

老法师用手按着要站起来的武平顺，说："施主，你才出了鬼门关，人还虚着哩，要起来还得调养些时日。"

就在这一年的寒假，傅继兴上显通寺修行，认识了武平顺。听他讲述了不幸的遭遇，心地善良的傅继兴十分同情他，憎恶那家财东为富不仁，把人往死里逼，埋怨老天爷咋不叫雷劈了那伤天害理的人。

傅继兴看武平顺身体羸弱，便经常引着他偷偷到外边去买好的吃，并买些补品给武平顺，再给些零花钱。

每次从家里来，傅继兴总要给武平顺拿些钱和好吃的。

整整三载，六个寒暑假，两人在一起念经、练武、游玩。

因为武平顺还没有完成娶妻养子，为家族延续血脉的责任，他在五台山躲避、修炼了三年之后，打算下山谋生。

傅继兴很支持他，为他准备了充足的钱物，并找了个可带他远走高飞，离开是非之地的亲戚、财东，带他到远在四川的康定去学做生意。

年纪轻轻便失去了父母，被亲戚鄙视不收留，被财东逼得亡命天涯的武平顺，从来没有得到过亲情的温暖，而今，遇到了傅继兴这么个不嫌贫爱富、同情自己、憎恨恶人、乐善好施的好人，他感到很幸运，很感激，他要牢牢把这好兄弟刻在心里，一生一世为他祈祷祝福，哪怕是当牛做马，也要报答他的恩情。

武平顺随着做茶生意的财东施济仁来到了康定。施济仁因为受傅继兴之托，且看武平顺豪爽仗义，又有武功，便让武平顺做了跟班伙计。

施济仁的恒春益茶庄因添了个武功高超的人，平息了许多寻衅滋事的麻烦事，在武平顺跟前领教过的和知道武平顺本事的"毛鬼神"，均对其十分敬畏，再不敢上门惹是生非，施济仁从内心感激武平顺。

命运坎坷、受尽苦难的武平顺，不想再受二茬苦，不甘心久居人下图安逸，他想靠努力奋斗彻底改变自己的命运。他在施济仁的茶庄干了一年多，当地人熟了，关系多了，市场行情摸透了，就想自立门户，开创一番事业。他在心里思谋着：康定地处偏远，匪盗猖狂，人们多有学武以自卫的愿望，但康定却没有武馆。自己会武功，就发挥特长办个武馆吧。思虑成熟，他在老掌柜的支持和朋友的帮助下，办起了武馆，饮水思源，他为武馆起名曰"五台山武馆"。由于他师出名门,豪爽仗义,一时间门徒云集,名震四方。后来,他又开了烟馆、赌场……

傅继兴是武平顺刻骨铭心要报恩的人,今日有幸相逢,真是喜出望外。人常说:"男儿有泪不轻弹,只是未到伤心处。"想着患难遇知己的往事,武平顺禁不住抱着傅继兴痛哭流涕。

保安队长舒正义一看这阵势,心里也轻松了,连喝了三杯酒说:"大家都是好朋友,这账务的事你们就商量着办吧!"

当胡效先说明了傅继兴与义和兴茶庄的关系及双方债务如何解决时,武平顺很干脆地说:"师兄说咋办就咋办。"

一场祸事就这样化险为夷,化干戈为玉帛。

事后,傅继兴与田爱君被特邀去了武平顺的宅第,观看了他的武馆、烟馆、赌场。

傅继兴意想不到地问:"咱们都是佛门弟子,以慈悲为怀,以济世救人为己任,你怎么能干烟馆、赌场这些害人的营生?"

"师兄,你还不知道,财东把我害得家破人亡、亡命天涯,我从内心恨死了财东。我要报复,我也要让财东尝尝倾家荡产、家破人亡的滋味。我要用这些办法掏出财东的钱,救济穷人,支持我的武馆发展,铺平我惩恶扬善之路。"

傅继兴听罢感叹道:"看来,这尘世上善恶祸福皆有因果!'善有善报,恶有恶报,不是不报,时候未到。'乃真言哲理矣。"

康定是西南地区茶叶交易的中心,傅继兴和田爱君决定到茶叶交易市场好好看看,深入了解一下当地的市场行情。

康定的茶叶交易市场繁荣热闹,全国各地的茶叶,各种服饰、口音的人,会聚于市。各商号的推销人员、茶叶经纪人穿梭其间,招徕着顾客。傅继兴和田爱君刚一进市场,几个人便围了上来,热情洋溢地介绍着自家的产品:

"先生、小姐,咱家有地道的蒙顶山茶,是给朝廷进过贡的好茶,'扬子江中水,蒙顶山上茶',说的就是我们这产品。你们若要,价钱好商量,另外还有好处费。"

"先生、小姐,请看咱这云南的普洱茶,香味独特,越放越香,越放越值钱,品种规格多样,任你挑选。"

"先生、小姐,咱这是百年老号泾阳诚盛永的茯砖茶,名扬西北,俏销丝绸之路,谁贩卖谁发财。"

"先生、小姐,咱这儿有泾阳义和兴的茯砖茶,保证物美价廉。如果不信,你们可到老陕街义和兴茶庄去问。"

傅继兴和田爱君听了这义和兴推销人员的报价,果然比康定义和兴茶庄的价格低,要过样品一看,外包装与茶庄的货一模一样。

按常规,茶庄的货为第一道批发,价格应该低;上市推销的货,因加了一道环节,价应该高些。就是由茶庄直接派人上市推销,那价格最低也只能与茶庄的货价格持平,但一般还都要价高些,以便到茶庄洽谈生意时形成高要价、低还价,让利于顾客的态势,讨得顾客欢喜,促成买卖生意。

二人听着看着,觉得有些奇怪。傅继兴心里想:这茶为何价这么低,会不会是有人假冒的?看来这义和兴的茶得顺藤摸瓜好好查查。因此便对那个伙计说:"你们的茶还不错,让我们商量一下。"说着把田爱君拉到一旁说:"我看这事有问题,咱们不如装着买茶人,探查一下这事的底细。"

田爱君点头说:"我看也是,哪有这样做生意的?"两人商量好办法,重新走到茶摊前。

傅继兴问:"你们这茶有多少?大宗的货在哪里?能不能领我们去看看,看大宗货与你这货质量一样不一样?"伙计一听,生意有希望,叮咛另外两个伙计看好摊点,叫了一辆马拉轿车,拉着傅继兴和田爱君,到了城郊一家四面没有邻居的独庄户。

这个独庄户,从外表看,仿佛一个富裕的住家户,门上没有字号招牌,进门是六间厢房,后边是两栋鞍架楼房,再后边是堆茶场。楼房一层是茶叶作坊、库房,楼上是晾晒发酵房。一帮子伙计正在忙碌着做茶。

推销的伙计领着两人看原料,看加工,看发酵,看成品。

在一般缺少法眼的人看来,这简直就像《西游记》中的真假美猴王,难辨真假。可傅继兴和田爱君毕竟还有些见识,仔细看这黑茶原料,和安化黑茶多少还有些区别,用茶刀切开成品茶,茶内无金花,细品这茶,后味有些苦涩。

是谁胆大妄为,仿造义和兴的茯砖茶？田爱君满脸怒气,正想质问,傅继兴使了一个眼色,制止了她,自己装作没事一样地说:"看你们这作坊和茶,还都不错,但我们要的量大,所以,想见见你们的掌柜的,再商量商量价格。"

心有灵犀一点通。田爱君一听,立即意识到傅继兴打算来个引蛇出洞。

看起来有四十多岁的推销人一听,喜从心生,还是年轻娃娃好哄。他便笑逐颜开地说:"没问题,今儿个,我和掌柜的在康定最好的得月楼酒店宴请你们。"

尽管债务问题得以缓解,但是胡效先心里清楚,欠债总是要还的。在想法子挖钱上他已经昏了头,一听说有人要买他仿制的义和兴茯砖茶,不问三七二十一,直接来到了得月楼订好的雅座。这伙计正要介绍,看着掌柜的盯着两位年轻的客商,惊得转颜失色,紧接着,便左右开弓地打着自己的耳光,哭号着说:"我不是人,做下这亏人的事了……"

原来,胡效先自从抽烟赌钱背上账债后,便千方百计想弄些钱,填了这债窟窿。他是做茶的出身,除了做茶没有其他挣钱的本事。后来他在转茶市、看行情中发现了雅安产的黑茶和砖茶,价钱比安化黑茶和义和兴茯砖茶低,但牌子没有义和兴茯砖茶的牌子亮。如果用当地黑茶加工成砖茶,打着义和兴茯砖茶的牌子去卖,岂不是挣钱的好门道？

于是,胡效先借口有事要办,拿着茶庄的钱,在城郊租赁了个独家院,到成都以义和兴茶庄的名义仿制了包装,购买了需用设备,招收本地农民,他亲自指导培训,很快就办起了这家茶厂。为掩人耳目,雇人到市场去低价销售,并叮咛销售的伙计,别卖给老客户,专销生面孔。如果被买主发现茶有问题,他可以一推六二五,装着不知道。但智者千虑,必有一失,纸里包不住火,没料到却被自家的少东家发现了。事已至此,傅继兴和田爱君不能袖手旁观,必须当即处理。

傅继兴说:"事已出了,哭也没用。解铃还须系铃人,掌柜的,你说咋办？"

胡效先没料到这年轻人竟把难题推给了自己,只得忍痛割爱,说:"茶厂我马上停了,设备卖了,做成的茶毁了,拿茶庄的钱我负责还上。我引咎辞职,请总号另派人来。"

田爱君与傅继兴悄声交换了意见后说:"这事关系重大,你再好好想想,我们也商量商量,明天再说。"

二人回到住处,傅继兴说:"这胡效先是一步错,步步错。不过他说的那处理办法,倒还是个斩草除根的办法,可见其悔过之心甚诚,但真那样做,胡效先损失太大,负债更重。要总号马上派人来接手,总号有合适人选吗?"

田爱君说:"你还真是佛门弟子,慈悲为怀,那你说应该咋处理?"

"咱们恩威并用,促使他悔过自新,使他真正成为咱们的忠实干将。但咱们必须监督着让他把茶厂关掉,把租赁的房退了,把设备卖了。"

如何处理胡效先?傅继兴和田爱君一直商量到深夜,想出了一个处理办法。

第二天,胡效先早早便来给傅继兴和田爱君问安。二人一如既往,给胡效先让座,递烟,上茶。

田爱君以小主人的身份对胡效先说道:"胡叔,我们商量了,觉得你那处理办法损失太大。你做的那黑砖茶,和雅安造的黑砖茶质量不差上下,可以拆去义和兴的包装和所剩黑茶原料,到茶市上卖掉,设备也想法卖了。拿茶庄的钱及欠的账,从你的薪酬中慢慢去扣。至于你请求引咎辞职的事,我回泾阳给我爸说了后,由总号决定。"

傅继兴接着说:"胜败乃兵家常事,人都会犯错,但聪明的人会认真总结经验教训,痛改前非,振作精神,以图更大进取,创造更好业绩。愚蠢的人,则将垂头丧气,萎靡不振,甚至自暴自弃,滑向错误的深渊。我相信胡掌柜是聪明人。今年茶市才刚开不久,希望你能千方百计,专心致志,把义和兴茶庄的生意做好,将功补过。"

胡效先万万没想到,两个萍水相逢的年轻人,对他这个家贼,竟会做出如此宽宏大量的处理,感动得涕泪交流,跪倒便拜:"老奴多谢二位一片好心。"

傅继兴急忙把胡效先扶起:"好老叔哩,甭这样么!我们可受不起你这样的大礼。"

因为康定问题更严重,傅继兴和田爱君本来想多待些时日,再到原计划还要去的成都,但一封电报飞来:"父病危,速归!"一下子打乱了他们的计划,两人日夜兼程,直奔泾阳。

第十章

议大事 继兴献良策
说嫁娶 恋人各东西

傅继兴和田爱君从康定起程,经雅安、成都、兰州回到泾阳已是隆冬季节,西北风狠劲地吹着,犹如凄凉、悲痛的哀号;鹅毛大雪漫天飞舞,遮盖了山川河流、城市、村庄;冰凌挂屋檐,白雪凝树枝,构成了苍苍茫茫的冰雪世界,到处都散发着冷彻筋骨的肃杀寒气。

傅继兴和田爱君急急忙忙赶回田家,一股浓烈的中药味扑鼻而来,走进父母卧室,只见父亲躺在床上,脸色蜡黄而憔悴,不停地咳嗽、气喘。田爱君禁不住眼泪流了下来,扑到床边问:"爸,你咋啦?咋成这样了?"

田来福上气不接下气地说:"我娃甭哭,爸这是老毛病,一到天冷就犯,不要紧,耐过冬天就没事了。"说着,拿过准备好的新毛巾,给女儿擦着泪说,"我娃出去看得咋样?你几个叔叔身体可好?"

"都好着呢。"田爱君说,"连自己都管不好,还老操心别人哩。"

"我娃这话说得就不对,我是老大,是掌柜的,我不操心谁操心?快给我说说各商号的情况。"

赵雅茹急忙插话说:"娃们刚进门,乏乏的,待歇息一阵子再说也不迟。"说着,一个劲地给女儿使眼色。

　　田爱君会意，接过伙计送来的中药，给父亲喂："爸，你先吃药，回头娃慢慢给你说。"

　　喂毕药，赵雅茹吩咐佣人服侍好老爷。招呼着继兴和爱君："走，妈给你们拾掇饭去。"

　　三个人来到了前头客厅。赵雅茹说："你爸不敢生气，你们跑着看的情况，先给我说说。"

　　傅继兴和田爱君便把看到的情况一五一十地说给了赵雅茹。赵雅茹一听皱起了眉头，左右为难——说吧，怕男人生气加病；不说吧，都是关系商号安危的大事。思量再三，对傅继兴和田爱君说："这事不说还真躲不过去，但说，得有个说的办法，我的意思是轻描淡写说坏事，详详细细说好事，关键是要说振兴商号的办法。咱这义和兴是你爸拼着命，长年累月，没黑没白，费心劳神，流血流汗创成的，义和兴就是他的命根子。他眼目下最熬煎的就是咋样尽快刹住经营下滑的车，找出下滑病根，寻到治病的好方子，重振商号当年雄风。我们今日好好商量一下，拿出个万全之策，明天再给你爸说。"

　　三个人终于商量出了一个方案。

　　这一天晚上，傅继兴翻来覆去睡不着，他想着这个方案咋样说出来，才能使田来福不至于觉得自己是夜郎自大，乐于接受，不伤自尊。他想起了《邹忌讽齐王纳谏》的故事，也想试着学一回邹忌。

　　不知是见了女儿高兴，还是药见了效，第二天，田来福穿戴整齐早早就下了床，在小客厅等候继兴和女儿。赵雅茹不放心，在一旁侍候着。

　　傅继兴和田爱君走进小客厅异口同声地问道："二老早晨好，爸（伯父），今儿觉得咋样？"

　　"好多了。现在，你们把到各商号看到的情况说说。"

　　爱君看看继兴示意道："你说。"

　　傅继兴微微一笑，说："这一回，我俩按照伯父伯母安排，跑了安化、兰州、雅安、康定四个商号，搞得最好的是雅安茶庄。那掌柜李瑞生用带兵的办法管理茶庄，成效显著，盈利丰厚。许多好办法值得其他各商号学习。安化、兰州、康定三大商号因为出了些小问题，造成了经营有些滑坡。"

　　田来福一听沉着脸说："还是小问题，你是轻描淡写说着哄我哩。你们走后,这些商号回来过人,我都问清楚了。安化茶庄掌柜贪图小利,让地痞拿住了,把收茶权夺去了;兰州茶庄掌柜迷唱戏,包养戏子,走了邪门歪道,丢了正事;康定掌柜抽大烟耍赌,把自己都赔进去了,还偷着另制假茯砖茶。"说着又咳嗽气喘起来。

赵雅茹忙端过茶杯递给说:"喝口水就不咳嗽了。"

田来福摆了摆手,喘着气说:"贪图小利,玩物丧志,抽大烟耍赌,弄虚作假,这都是商场大忌,你们还说是小问题。"

"这都是我妈叫这样说的,怕惹你生气。"田爱君急忙为傅继兴开脱责任。

"原来你啥都知道了,倒让我空费了些心思。"赵雅茹不好意思地笑笑说。

"我就知道是你的主意,要不,娃还不敢。现在,你们说说,对解决眼下这些问题有啥高招。"

傅继兴拱手施礼道:"伯父是白手起家、创业有成之人,过的桥比我走的路都多,在你老人家面前,晚辈不敢说什么高招,倒是有一篇经过社会调查而写成的毕业论文——《公司化是私营企业健康发展的最好选择》,说出来看有没有一点参考的作用。"

"那篇论文在我们学校还得过奖哩。"田爱君一心想在父母面前炫耀傅继兴的才干。

"那你就说说。"赵雅茹不等田来福发话,先表了态。

田来福心知肚明他们是商量好的,但鉴于妻子贤惠聪明,对自己恩爱有加,也不好在人面前驳了她的面子,也就点头默认了。

"那晚辈就献丑了。私营企业,特别是小作坊起步的私营企业,开始,都是靠一个能行人领头,挑选亲朋中的能干人入伙搭成创业班子,连用工也大都是亲戚朋友及其子女。其管理、经营事前没章程,全靠领头人的人格魅力、凝聚力、感召力。生意做瞎了,这些人一个个便推脱责任,互相指责,甚至闹得不欢而散。生意做好了,共同创业者便争功夺利,患得患失,恃功骄纵,滋生毛病,吃喝玩乐走邪路,挥霍公款不心疼,刚愎自用不听劝。以至于造成费用上升,利润下降,经营逐渐走入困境。这一切,都是因为没有一个科学的经营管理章程。

"西方和我国起步较早的企业,通过总结以往的经验教训,创造出了

公司经营模式。凡发起创办公司的人,须先制定公司章程,明确投资人的权利、义务,经营开始后,一切照公司章程执行。这就是咱们平常说的,把啥事先说在前头,省得事后说不清,闹别扭。1903年,我国清政府就颁布了《奖励公司章程》,鼓励集股创办公司,同年,颁布了《公司律》。1914年(民国三年)9月1日,开始施行《公司条例》,我们如进行这项改革,现已有章可循、有法可依。"

田来福急于知道解决眼前问题的具体办法,便说:"你以上说的听起来有些道理,换成咱这一摊子事,你说现在该咋办?"

傅继兴回答说:"彻底的办法是进行公司化改造。当下要办的急事,我和爱君商量后觉得要对各商号掌柜的进行调整。建议撤下安化掌柜另行安排,由朱子良代理掌柜。这人正直,有胆识,有当保安队长的舅父撑腰,先彻底割断和地痞的关系,真正夺回收茶权。进而,试行包买茶园,建立优质、稳定的原料基地,降低原料茶收购成本。

"兰州是茶叶批发大庄口,须得选得力人主事,你们看让表叔李瑞生去咋样?若由他当此重任,也算是对他近几年经营功绩的奖赏。

"把三叔田来财安排到雅安去当掌柜,断了让他入迷的邪路。雅安没有秦腔戏,他就是想胡成精也成不了了。大庄到小庄,也对他是个惩戒,催其自省振作。

"康定掌柜胡效先抽烟、耍赌、造假茶,叫他回总号,先戒烟、戒赌为好,至于如何处理,派何人接手,请伯父斟酌。

"我就说这些,不对的地方,请伯父、伯母指教。"

听了傅继兴一番叙说,田来福、赵雅茹在心里思量着。

傅继兴接着说:"但彻底解决咱义和兴经营困局的办法,我认为,依然是推行公司化改革。我们可用我们商号的名义,招募入股,成立股份有限公司。我们以商号招牌、商标、茯砖茶的生产技术及产品等入股,吸引外来投资,壮大经营实力。首先打破资金捉襟见肘的困境,恢复良性生产经营,巩固发展老市场。进而拓展新市场,在青海、宁夏、新疆、西藏开设分公司。成立股份制公司,扩大了我们产品的市场份额,单个茯砖茶利润可能低了些,但广种薄收,总利润肯定大了。"

傅继兴一番话说得在座的人对傅继兴刮目相看,解开了东家心上的疙瘩。田来福心花怒放地说:"想不到你年轻轻的,还会有如此见解,难能可贵！让我和你伯母再认真考虑一下。你和爱君尽快拿出个公司化改造的办法来，也算是把你们在大学学到的东西拿出来试着用一用。"说完，便由赵雅茹搀扶着进屋休息了。

傅继兴和田爱君也起身出了小客厅。

田爱君对傅继兴今天的表现十分满意，看着很少夸人的父亲竟然夸赞起继兴来，禁不住喜爱之情，看看四下没人，突然扑向前去，抱住傅继兴美美亲了一口，却不料被刚要出门的赵雅茹碰见，吓得她赶紧退了回去。

这一晚，赵雅茹对田来福说："你女子跟继兴来往的时间长了，现在都抱住亲嘴哩，背过人还不知道有啥事，咱可丢不起人。不如早早给这两个娃把婚结了，一来为你冲冲喜；二来也断了那些公子哥们儿的念想；三来也好叫继兴名正言顺地出来帮你干个事，你也好好歇歇。我看继兴这娃还真不简单，是个难得的主大事的材料。"

"我看也是。这娃办事认真，看事看得深，看得远，有察事之能，用人之明，胸有韬略，志存高远，堪当大用。可就是这娃家庭破落了，会不会拖累咱，叫人家笑话咱。"

"这娃家里生意虽然这阵子关闭了，可家庭到底破落了没有还很难说，毕竟他家是祖传生意，瘦死的骆驼比马大，船烂了还有三千六百个钉子，真实情况还说不准，更谈不上拖累不拖累的话。要说笑话，当年我们家那么大的财东，把我嫁给你一个伙计，我都不嫌人笑话，你现在倒怕人笑话起来了。我熬煎的是，那娃也是个独苗，他妈舍不舍得让人家娃来泾阳还不知道哩。再说咱到底是嫁女呀，还是招女婿呀，还得商量着看看情形才能定。"

田来福一听，也加了熬煎："你说得也是，要是那娃真来不了泾阳，还真是个麻烦事。咱就爱君一个独苗苗，虽说有些学识，但要撑起义和兴大业，女娃就显得有些单薄。咱两个弟弟又都不争气，有我在这儿，都敢胡作非为。我百年之后，谁还能管束了他们？还不肆意妄为，败了家业！为了咱费心劳神、流血流汗创成的义和兴，我就只能舍弃亲情，选贤任能了，将来让继兴来接我的手。用人者，攻心为上，我准备先给他购置一套房产，把他妈接来，先解除了他干事的后顾之忧，以便他就近照顾尽孝道，赢取母子二人的欢心。再不要分文彩礼，把女儿贴赔着嫁给他，拴死

第十章　议大事　继兴献良策　说嫁娶　恋人各东西

他的心。重恩感召,他还能不为咱家忠心干事?"说到这儿,田来福自鸣得意地露出了笑意。

"掌柜的,你这人心眼还真多,想当年,你摆出一副憨厚相,察言观色地侍候人,绘声绘色地说成都美景,体贴入微地问寒问暖,敬茶奉饭,几招下来,就把我的魂儿勾了去,哄到了银河边,空手套玉女,娶了我这个财东掌柜的掌上明珠。今日,又想使手段钓个乘龙婿。"

田来福嘿嘿笑着说:"那是天造的婚姻人的命,有缘千里来相会。当时,你要不到成都去,咋能认识我这小伙计?爱君不是上北方大学碰上傅继兴,也不会喜欢上他一个山西娃。按咱这家的名望,我女子那模样,周围求亲人的情况,就是蒙着眼睛摸,也摸不到一个生意倒闭了的人家子弟头上。"说着说着,他皱起了眉头:"但如今,那娃能不能来泾阳,还真是个事,你叫咱女子先探探他的底。"

狂吼了一阵子的西北风吼累了,吹起来已经有气无力。水凝气聚,负担沉重的乌云,折腾洒尽了浑身汗水,化为烟云,飘然而去。天空露出了本来的蓝色,久被遮蔽的太阳露出了笑脸,把温暖洒向了人间。冰雪慢慢地消融着,悄声地传递着春的信息,诉说着冰雪的阅历。

人常说:"消雪更比下雪冷。"但田爱君的小房里却温暖如春。柴炭火盆炉火通红,桌上的铜火锅咕嘟咕嘟冒着热气,酒杯中燃放着蓝色的火焰,温热着古典铜酒壶中的酒。

傅继兴和田爱君面对面坐着,脸被炉火烤,热气蒸,热血涌,弄得满脸通红。田爱君斟满了两杯酒,双手递给继兴一杯,自己也端杯在手说:"为祝贺我们考察游览平安顺利归来,干杯。"说着,与继兴举杯相碰,一饮而尽。

继兴应答道:"感谢你一路的关心照顾。"

她又斟满了第二杯,碰杯说话:"感谢你帮我家查出了家贼,推荐了忠臣、能人。"

"感谢你家的信任与重托。"

爱君端起了第三杯酒,说:"感谢你在我家生意紧张之时,帮我们查出了生意滑坡的病根,献上了起死回生的良药妙方。"

"这其中也有你的功劳。"

两人你敬我,我敬你,喝着喝着,不知不觉已有了醉意,少了平日的拘谨,酒后吐出了真言。

爱君说:"继兴,你老实说,你真的爱我吗?"

"都五年多了,你还体会不到我的真爱,真是个小傻瓜。"

"你才傻瓜哩,连小情人的信都让我看。"

"嗨,田爱君,注意恰当用词,谁是小情人?余惠敏是和咱们一起结拜的小妹妹,你可不要胡说。我让你看她的信,是相信你,这是光明磊落。我认为公开透明是消除恋人之间误会的灵丹妙药。咋?你居然还吃醋了?真是小心眼。"

"你不懂,吃醋也是爱,说明我在乎你。"

"我也在乎你啊!"

"你说余惠敏是小妹妹,为啥给你写信,'亲爱的,我爱你,想死你了'这些乱七八糟的话写个没完没了。"

"她们文人都那个样,无病呻吟乱骚情。笔在她手里,怎么写是她的事,你能管还是我能管?"

"那你说,你到底爱不爱我?"

"都问无数遍了,还问——爱、爱、爱……"

"咋能表明你爱我?"

"我愿为你的幸福做我能做的一切。"

"那好!我要你嫁到我家来。"

傅继兴实在没有料到田爱君会突然扯到这个话题,一时他无言以对,因为他从来还没有和母亲商量过这个问题,他陷入了沉思。他是父母亲操心劳神养大的,父母亲为他付出了全部的爱。好的先尽他吃,好的先尽他穿,从他懂事起,母亲每次做饭,都会先问他:"我娃吃啥呀?"母亲疼爱自己的事一件件在脑海里闪过。

有一次星期天,母亲去湖边洗衣服,已上了学的他死缠着要一块儿去,母亲千叮咛,万嘱咐,叫他在一边玩,别耍水,可他却趁着母亲洗衣服不注意,跑到了湖里耍水,几乎被淹死。母亲发现后,顾不得自己不会水,扑到湖里就去救自己。他被救上了岸,母亲却沉入了湖底,要不是被好心人救起,母亲早已魂归西天了。

小时候,他爱爬树,有一回,上院庭里的柿子树上摘柿子,踏坏树枝掉了下来,幸好母亲经过看见,跑上前去用双手接住了自己。自己脱险

了,可母亲的手臂却留下了终生残疾。

有一年,自己出麻疹引起肺炎,病得气息奄奄,请名中医看过,说是没救了。父亲也劝母亲说:"是你的娃不会走,不是你的娃留不住!咱给娃准备后事吧。"可母亲说什么也不肯,背着自己就往大家都不信的教会医院跑,侥幸让洋医生救了自己一条命……

想到这些,傅继兴斩钉截铁地回答说:"我傅继兴是娘身上掉下的一块肉,是我娘一次次救了我的命,我不能干这为了媳妇丢了娘的昧良心的事。这事要先和我娘商量。"

爱君逼着反问:"是你娘重要还是我重要?"

"都重要,但人是父母生养的,连父母都不管不顾,那还叫人吗?"傅继兴说到最后几乎是怒吼。

田爱君第一次看到了傅继兴转颜失色的震怒,但自小被娇惯得十分任性的她哪里知道忍让,示威着说道:"那你说,咱这事就此完了?"田爱君心里想:你家生意已经倒闭,你要靠我家来营生,我家又为你置办了房产,你跟着我,不愁吃,不愁穿,前途远大。而离开我就会失去这一切,何况,你能舍得我吗?

傅继兴毫不示弱地答道:"完与不完,全在于你。爱情固然是自私的,但是为了爱情不顾父母是丧失天良、不讲孝道的丑陋畸形儿,这样的爱情我宁可不要!"说着起身冲出门去。

田爱君以为傅继兴是一时感情冲动,出去冷静一下就会回来,可她心烦意乱地等到晚上,还不见人的踪影,这才着急了,向父母亲哭诉了白天的事。

母亲怪罪起女儿来:"叫你只是问问继兴对办你们婚事的想法,谁让你逼人家嫁过来的?你以为好男人稀罕财产,稀罕你表面的美丽?不!你错了。他真正稀罕的是女人的好心好意,是你对他的理解与支持,对他父母的爱戴和贤惠。你倒好,盲人骑瞎马——乱碰哩。"

田来福也教训起女儿来:"咱们是礼仪之家,传统的礼教是'百善孝为先''好男儿不上门',你却违背礼教硬要人家娃上门,能不碰一鼻子灰吗?"

田爱君急了:"你们先别数落我,先看这事咋办呀?!"

"咋办,赶紧先寻人。"说着,安排伙计四下里寻人。

田爱君心里发慌等不及,催促伙计套车。坐上轿车,快马加鞭,直向山西方向追寻,直追到黄河岸边风陵渡,还是不见傅继兴的人影。

河滩的风潮湿阴冷,吹得人心冷身颤,冰雪封冻着黄河,却挡不住暗流的怒吼。

田爱君睁大双眼,可泉涌般的眼泪却模糊了视线,擦去眼泪,举目观看,大地白茫茫一片,却不见那熟悉的身影。"继兴哎!继兴哎!"田爱君一声声呼喊,却没有一点回音,倒是惊动了枯树上的一对鸟儿,极不情愿地飞散而去。

田爱君真想追寻到傅继兴老家去,可如果他不在家,自己该咋样应对?田爱君第一次体会到了"时至将离倍有情"的滋味,寻不着人,她心灰意冷地回了家。回家听到的消息也是没寻到人。她后悔,后悔得撕心裂肺,千不该,万不该,自己不该不顾传统礼教,不该牛不喝水强按头,不该自私任性、不理解人!以往继兴和自己相处的情景冲破记忆的闸门流了出来,她忘不了迎接新同学一见钟情,忘不了图书馆阅读志趣相投,忘不了校园花前月下谈理想,忘不了"五四运动"携手并肩去游行,忘不了献血救命恩情重,忘不了迷茫时候赠词情,忘不了中央公园留倩影,忘不了天坛盟誓结拜情,忘不了研讨会上救国论,忘不了巡察商号扶正祛邪显才能……

回忆使田爱君深深地感到傅继兴是志存高远、好学能干、胸有韬略、见义勇为的英雄汉,忠诚仁义、光明磊落、善解人意、有情有义的好丈夫。她恨自己咋就不懂得珍惜,只逞一时口舌之快,直闹得凤凰两分飞。她后悔得蒙头痛哭,泪湿衣被。

迷迷糊糊中,她与继兴游览在长城,继兴学着外国绅士的样子,单腿跪下,向她献上了一束野花,情真意切地说:"爱君,我心中的仙女,我爱你,你嫁给我吧!"

爱君想要考验他,说:"你既然爱我,能为我牺牲一切吗?"

继兴毫不犹豫,斩钉截铁地说:"能!"

爱君开玩笑地说:"我让你从这儿跳下去,你敢吗?"

没想到继兴竟毫不畏惧地说:"敢!"话一出口,继兴毫不犹豫地从长城跳了下去。

爱君急忙去挡,已经来不及了。看着继兴坠下万丈深渊,爱君一下

子被惊得失声呐喊:"继兴!继兴……"一直守候在身旁的母亲听到了女儿的胡话,摇醒了她。爱君一下子扑到了母亲怀里,痛哭流涕地说:"妈,我梦见继兴从长城上跳下去了。"

母亲抱着女儿拍着她说:"人常说的'日有所想,夜有所梦。'你是忧心的来。梦是反反子,继兴肯定好着哩。"

俗话说:"有病乱投医。"田爱君一家眼看着傅继兴不辞而别,也是急得乱想方子。请来算卦的,占卜凶吉,算卦的说:"人平安着哩,是走了东方。"

请来当地有名的阴阳先生姜半仙替两个娃合八字,看有没有相克、犯冲的地方,是不是适合成婚。

这老阴阳先生抽罢水烟喝了茶,看过八字细推解,说:"甭急,听我慢慢给你说。这合八字,首先看是否相克,看属相——金鸡与犬难相守,从来白马怕青龙,猛虎与蛇如刀刺,兔龙相配泪双流。

"看五行——根据生辰定五命,金克木,木克土,土克水,水克火,火克金,不能成婚;金生水,水生木,木生火,火生土,土生金,就可成婚。

"看纸簸箕——属相与月份不协者为纸簸箕,会与对方不利,会簸出对方的财产,使其变穷。属猪、狗、羊忌二月所生,蛇、鼠、龙忌五月所生,鸡、猴、牛忌八月所生,虎、马、兔忌十一月所生。

"看铁扫帚——生月与属相不协叫铁扫帚,有此相者,会把对方的家产人畜,扫除净尽。男犯正月鼠、龙、猴,二月的猪、羊、兔,四月的虎、马、狗,六月的蛇、牛、鸡,这是女方的禁忌。女犯七月的虎、马、狗,八月的猪、兔、羊,九月的蛇、牛、鸡,腊月的鼠、龙、猴,这是男方的禁忌。

"看男女败月——败月是属相与生月的矛盾所致,男女都忌。按属相看生月,以下都是败月:正月蛇、二月鼠、三月牛、四月猴、五月兔、六月狗、七月猪、八月马、九羊头,十月鸡儿架上愁,冬月虎饿得吼,腊月老龙不抬头。生在败月的一方,会给对方带来家败人亡的后果。

"看六合六冲——看双方属相是否协调,协调者可合,否则,就要冲掉。子丑(鼠牛)、寅亥(虎猪)、卯戌(兔狗)、辰酉(龙鸡)、巳申(蛇猴)、午未(马羊)为六合之相,可以成婚。子午(鼠马)、丑未(牛羊)、寅申(虎猴)、巳亥(蛇猪)、辰戌(龙狗)、卯酉(兔鸡)为犯冲之配,不可成婚。"

阴阳先生根据赵雅茹提供的傅继兴和田爱君的生辰八字,经过以上各关卡的粗筛细罗,算来算去,算出傅继兴和田爱君是一对好夫妻,说这两人是大吉之配。

田来福夫妇和爱君一听,喜上眉梢,重赏了阴阳先生,只盼着继兴早日归来。

其实,傅继兴也是深深地爱着田爱君,但他毕竟是血气方刚,有志气的男子汉,不愿做爱情的乞讨者,更不想依赖女人求取财富和事业,叫人笑话自己吃软饭。他不能容忍和迁就爱君的任性和蛮不讲理的要求。那天,他一气之下,冲出田家门直奔老家。

傅继兴走到黄河岸边,河道风吹醒了他发昏的头。看着弯弯曲曲流向东方的黄河,他在心里想:难道我和爱君的爱情也要像这黄河一样,非得经过曲曲折折后方能流入大海吗?

往事在傅继兴心里翻起了浪花:傅继兴忘不了北方大学的日日夜夜,白天,他和爱君同堂上课,同锅吃饭;夜晚,月前花下,倾吐心志,畅谈着实业救国的理想;撰写论文,编办会刊,爱君帮着自己修改、清誊稿件;了解到自己喜欢的书籍,爱君会买着赠给自己;"五四运动"中他们互相激励,携手并肩,冲锋在前;爱君不怕闲言碎语,问寒问暖,给自己买着换季的衣服,偷偷帮着洗衣服,自己有病,爱君陪护着看病喂汤药;星期天,互相邀约着去京剧院看戏,《桃花扇》《西厢记》《梁山伯与祝英台》……让他们如痴如醉,仿佛自己和爱君幻化成了剧中角色……

在泾阳近一年的经历中,在和田来福夫妇的相处中,从其言谈行为中,他越来越感觉到田来福夫妇是两个慈祥和蔼、仁义厚道、以诚待人的人。截至目今,他寸功未立,先送了自己一院房产,还不顾封建礼教、门第观念,不嫌他是破落户子弟,心甘情愿地把女儿许配给自己,他从内心生发着感激。

老人近乎偏心的关爱,爱君的柔情似水,好似春日艳阳、春风春雨,温暖滋润着傅继兴的心,渐渐熄灭着他报仇的火焰。而义和兴响亮的招牌,已经形成的销售网络,有待挖掘的巨大潜力,将为自己提供广阔的舞台——茯砖茶这一誉满丝绸之路的产业,是自己实现实业救国梦想的最好选择,他舍不得这一事业。

人常说:"爱得越深,生起气来恨得也深。"开始,傅继兴真想和田爱

君一刀两断。可冷静下来细想,爱君对他的种种好处却弄得他牵肠挂肚,割舍不下。他真的离不开爱君,离不开他热爱的事业,但他又是好马不吃回头草的倔脾气,既然出来了,就不能平白无故地回去。干脆回家看看母亲,等等再说。

一走进运城老家门,继兴就习惯成自然地先喊了一声:"娘!"

老管家闻声来接:"少爷回来了。"

"周叔,你好!家里一切好吗?"

"都好着哩。"

听说继兴回来了,正在织布的母亲撂下织布梭子就往堂屋赶。一见着儿子,从头到脚,仔细端详:"我娃胖了,就是黑了些。芸香,快给你少爷拾掇饭。到泾阳这几个月咋样?劣茶查得有眉目吗?"

傅继兴坐定喝了杯茶说:"我跑了义和兴的几乎所有商号,还没有查出劣茶的来龙去脉,这事也可能另有原因。爱君她家里人对我都挺好。"傅继兴不想惹母亲生气,没有说与爱君闹别扭的事。

母亲操心着儿子的婚事,开门见山地问:"那田家没说你和爱君的事咋办?"

"打算让我们结婚,娘,你说咋办?"

"那就好,我娃一结婚,就了了娘一块心病。爱君是个好姑娘,娘打心眼里喜欢。"

继兴的母亲谭淑贤对田爱君并不陌生,因为爱君和儿子在北方大学上学时,假期就经常来家里玩。这小女子,长得俊俏,身材苗条,头发乌黑,肉皮细白,瓜子脸上红是红,白是白。弯弯的眉毛下有一双水灵灵的大眼睛,鼻梁挺直,鼻头圆润,人中显宽,兆示着吉人福相,人丁兴旺。樱桃小嘴说出话来,柔声细气。穿着打扮简朴而体面,像个大家闺秀,知礼数,懂孝顺,干净勤快。每次来家,给老人早晚请安,敬茶端饭,扫地擦桌椅,拾掇洗衣服,能做的事,不用安排想着干,仿佛就是一个过了门的好媳妇,善于掌家的好主妇,大丈夫的贤内助。最令她难忘的是有一年寒假,爱君随儿子回到家,自己得了哮喘病,爱君和儿子日夜守在炕头服侍,煎药喂药,问寒问暖。有一天深夜,她突然一口痰卡在了喉咙里,憋得满脸通红,直冒虚汗,呼吸暂停面临毙命。请医生吧,夜半三更,风雪交加,到哪里能请来医生?再说,即使医生请来了,抢救跟得上吗?生与死就在一瞬间。咋办？稍有医学常识，爱好干净的爱君，已顾不得忌讳了，嘴对着她的嘴，硬是把卡在喉咙里的痰吸了出来。自己获救了，爱君呕吐了。爱君在危难时刻救了自己一条命。继兴和她都不是忘恩负义的人。她感到儿子能有这样个女同学，日后最好能发展成媳妇，那才是儿子的福分，也是自己的福气。

　　人常说："近朱者赤，近墨者黑。"谭淑贤想，一个道德沦丧、为谋私利、造假害人的父母和家庭，能培育出这样知书达理、孝顺贤惠的女儿吗？他们家和义和兴商号交识了几十年，都是仁义当先，情义为重，以诚相待，货真价实，茯砖茶质量上从未出过问题。谁料想派了个新庄客昌相去进货，偏偏就出了事，出事后，昌相又一去不复返，至今不明下落。仔细思量，也真让人生疑。现在，继兴回来把了解到的情况一说，谭淑贤更加坚定地认为事情另有原因，绝不能无凭无据地冤枉义和兴，让假定的仇恨无情棒，棒打鸳鸯两离分。

　　谭淑贤也有为难处，两家都是一个娃，到底是让儿子娶媳妇，还是去倒插门？她在心里掂量着：自己家本是财东之家，让儿子去做上门女婿，难免惹人笑话，何况家里还没有到揭不开锅的地步。不上门吧，娃做人家的生意气长不气长？她想听听儿子的意见，便问道："娃呀，你打算咋办？"

　　"我是顶天立地大丈夫，自然是要明媒正娶地娶媳妇。至于爱君家送的房，我挣下钱就还，但目前，事还要在义和兴干，所以，人还得往泾阳去，也想让娘跟我一块儿去，我也好随时照看你。下一步，义和兴如果改成公司，我想也把咱们德兴隆商号入进去，重新把祖宗事业干起来。"

　　"我娃想得周到，想得好，娘也盼着你重干祖宗事业，好了却你爹遗愿。我娃放心去干，咱家还有些积蓄，钱上短不了我娃精神。爱君家买房的钱，娘去她家认门时就还了，省得我娃落话把，防止有人嚼舌头。"

　　傅继兴出走这些天，田爱君是度日如年，真有一日不见如隔三秋之感，成天催促着二老派人去山西运城寻找。爱君的父母也觉得拖下去不是个办法，就派管家许满仓和媒婆去运城找。如果人在老家，顺便叫媒婆提亲；如果人不在老家，就要千方百计地再寻。

　　老两口挑了个黄道吉日，送媒婆和管家上了路。田爱君硬是要跟着去。

这一天,云开雾散,太阳暖融融的,傅继兴家院庭小花园里,腊梅花树枝头喜鹊喳喳地叫,谭淑贤瞧着心想:喜鹊叫,喜事到,不知道啥好事要来了。正想着,只见田爱君领着两人进了门。

谭淑贤老远就招呼:"哎呀,怪道来喜鹊叫得欢,把我爱君娃叫来了。继兴,我娃快来,你看谁来了。"

正在书房看书的傅继兴出来一看,也是喜出望外,但他还真能沉住气,还是装着不理爱君的样子,赶忙搭声招呼:"满仓叔,你咋来了?"

许满仓一看傅继兴人在,先放了心,当即说道:"掌柜的叫我们给你家提亲来了。"

傅继兴不好意思地瞥了田爱君一眼说:"快屋里请。"

许满仓一行人走近客厅观看,果然是祖传商家,十分讲究。客厅前院,砖铺中路两边,是两个对称的圆形小花园,种植着四季常开常青的花木。客厅为四椽五间,门前两棵龙爪槐,门楣上悬挂着"德兴堂"的金字匾牌,花格门窗,雕花精细。进门迎面一张明光发亮的黑长条桌靠着富贵常青的屏风,桌上供奉着关公、财神,两旁朱红柱子上,是楠木雕刻的金字楹联"德馨引得财源来,诚信开拓兴隆路"。客厅内,一律的楠木家具、青花瓷器。

众人坐定,穿戴整齐的女佣人端上了热腾腾的洗脸水及花生、柿饼、杏干、大枣等山西名优干果,点心、桃酥、麻花、芙蓉糕等当地有名糕点,逐人斟茶,递上了水烟袋。

谭淑贤礼让道:"你们远道而来,一路辛苦,风尘仆仆,先洗一洗,再尝尝我们运城的特产。"

许满仓喝罢茶,美美抽了几口水烟说:"继兴和爱君交往多年了,年龄也都不小了,我们掌柜的想给两个娃把婚事办了。娃们出出进进地办事也就方便了,也了了老人的一桩心事。我们特意来问问老夫人的意见。"

这媒人也真能说会道,一边抽着水烟,品着酽茶,一边说:"你看我给你两家说的这门亲,一家是祖传财东,一家是新兴茶商,门当户对;一个是文武双全的美男子,一个是大家闺秀赛天仙,真正是天造的一对,地配的一双;生辰八字都合过了,无克无冲是吉配,真正是天赐良缘。"一番话说得满堂欢喜。

192

谭淑贤说:"多谢你们掌柜的一家人对我娃的偏爱,要给娃们过事,我没意见,但只是让我娃去上门还是娶媳妇,不知你们掌柜的啥想法?"

许满仓急忙说:"我们掌柜的开明,到底咋办,让娃们商量。"

田爱君已领教了傅继兴的犟脾气,生怕惹毛了他,再失去了他,十分知趣地说:"继兴说咋办就咋办。"

继兴见爱君不再执拗,心安理得地说:"招与娶只是个形式,关键是两人要能同心同德,互谅互让,一心一意地过日子。按我们家乡风俗,是以娶媳妇为宜,但是,为了方便爱君家,不让她家失体面,婚事搁泾阳办,事我还在义和兴干。"

谭淑贤说:"这两个娃还都通情达理,就照娃说的办。我这就到泾阳去认个门,和爱君父母商量把办事日子定了,也好着手准备,帮娃拾掇拾掇……"

第十章 议大事继兴献良策 说嫁娶恋人各东西

第十一章

认姻亲 夫人明礼仪
结秦晋 鸳鸯初戏水

  冰化雪消了,大地露出了本来的颜色。土墙茅屋,青砖瓦舍,河流湖泊,苍松翠柏,枯树衰草,麦苗冬菜,在阳光的照射下,展现着各自的风采。人们走出家门,坐到门口晒暖暖,谝闲传;拉细狗子撵兔,吆喝声、呼哨声不断;拉着乐器唱自乐班,吸引得群众围着看……

  分裂危机总算过去了,傅继兴精神焕发。他驾着自家的蓝布罩顶的轿车,拉着母亲,扬鞭催马,过河下川,直奔泾阳。

  赶到泾阳,娘儿俩首先去田家拜见了田爱君的双亲。接到通报的田爱君和父母亲,走出客厅,热情迎接。赵雅茹跑前几步,拉起谭淑贤的手说:"哎呀,亲家,可把你盼来了,你们一路辛苦,快请到客厅歇息。"

  谭淑贤乐得合不住嘴,说:"咱们真是有缘,原来是生意搭档,而今又要结儿女亲家了。"

  双方互相礼让着进入客厅坐定,伙计端上了西安德懋恭的水晶饼、咸阳的琥珀糖、三原的蓼花糖、义源恒的包仁紫酥、瓜子、花生、核桃、大枣,并敬上了好茶。

  谭淑贤喝着茶,看着客厅,觉得宽敞明亮,装饰豪华,用具讲究,茶诗条幅悬挂墙上,俨然儒商之家。

谭淑贤喝了口茶说:"多谢亲家偏爱我娃,含辛茹苦为我们抓养了这么个知书达理、聪明俊俏的好媳妇,还给娃置办了安乐窝,实在令人感激。"

田来福说:"哎,要说谢,我看更应该感谢你,为我们养育了个文武双全、有胆有识的顶门杠子,使我们义和兴商号后继有人了。"

谭淑贤是个坦率人,开门见山地说了个敏感问题:"亲家,咱们亲归亲,但有些丑话要说在前头,常言说得好,话丑礼端。"说到这里,在场人一下子绷紧了神经,不知她要说出什么话来。

谭淑贤接着说:"两个娃商量好了,我娃娶媳妇,你们嫁女。入乡随俗,在泾阳办婚事。这是还你们的买房钱,送你们的彩礼钱,望你们笑纳。"说着,递过两个装着金条的锦盒。

田来福夫妇意想不到地推辞着说:"不结亲是两家,一结亲便成了一家,弄这些虚礼干啥?"

"车走车路,船走船道,该我这长辈拿的,我决不亏待亲家,也不委屈两个娃。他们小两口结婚后,一旦有了后,头首娃,跟我家姓傅,第二个,跟你家姓田;如是一脉单传,取两家姓而姓,绝对保证两家香火永续,后继有人,你们看咋个相?"她这一说,大家才放了心。

田来福眉开眼笑地说:"亲家母真乃深明大义,替两家把心都操了,这也符合泾阳乡俗,一切就按你说的办。结婚日子我们请阴阳先生看过了,说冬月初九是个宜嫁娶的好日子,亲家母你看如何?"

"那就这么定了。"

"今日我们在五福园设宴为亲家接风。"

"那就麻烦你们了。"

赵雅茹听着摆钟响了十二下,说:"五福园的酒席早都备好了,快吃饭走!"

吃罢饭,田来福夫妇和女儿把谭淑贤母子俩送到了为傅继兴买的新宅院。这新居在县前街与安静街交叉的十字路口西南,坐西朝东。门房是三间青瓦盖顶的出檐鞍架楼房,靠右首是头门,门前一对雕花门墩石,进门左首是小客厅及门房;走完门房过道,是六间厢房,后面是三间鞍架房的客厅带楼房,客厅后边是灶房及小花园。所有房屋一律的花格门

窗,一色的红木、楠木家具,上档次的景德镇茶具、餐具。谭淑贤看着,直夸:"亲家为儿女,真正把啥心都操到了。"

"都是自己娃娃,又都没有经过这种事,该咱们操心的就得操心。亲家母,你看啥地方没安排好,尽管言传,我们当即就办。"

"一看你们这样置办安排,就知道你们是细密之人,比我想象得好多了,真是不知道该咋样感谢你们为好。"

…………

傅继兴是谭淑贤的依靠和希望!眼看着娃要结婚,她既高兴,也忙奔。第二天,便在儿子的陪同下上了街,出了这家铺子,又进那家铺子,挑苏杭绣花被面,扯各色绸缎及布匹,买绣花圈架、多彩丝线、大红纸……

谭淑贤回到家,早起晚睡,做龙凤合欢被,鸳鸯戏水枕,金钱缎的新郎袍褂,黑面白底的千层底"步步登高鞋",精心剪着窗花,什么红双喜、鸳鸯戏水呀,什么鸾凤和鸣、春燕双飞、麒麟送子呀,应有尽有……

待到傅继兴结婚前夕,屋里屋外收拾得一派喜气。头门两边是洒金红纸金字的楹联"赤诚招来飞鸿落,深情激得玉石开"。横额是"珠联璧合"。新房门上贴着大红双喜字,门两边的喜联是"喜今日银河初渡,望他年玉树生枝"。各个格子门窗上,贴着富有寓意的红色剪纸。

泾阳县结婚嫁娶,讲究用花轿接新媳妇。

花轿原本是封建宫廷銮驾的一部分,轿的本身就是半朝銮驾,只有公主、皇姑、嫔妃,才有资格坐。传说,明朝时,泾阳王桥张家村,曾出过一位驸马,公主回婆家省亲就坐着花桥。争强好胜爱攀比的泾阳人,看样学样,从此,娶媳妇便用起花轿来,连新娘的穿戴也是效仿着公主穿的凤冠霞帔。

花轿与凤冠霞帔是彰显富贵荣华的重要结婚用品,均为租赁使用,傅继兴亲自上街去挑选。泾阳县租赁花轿和凤冠霞帔的共有三家,他先去了半截巷的段老二家,再去了东大街的姚家,最后,来到了中心街温家巷口的忠兴诚木匠铺。

从表面看,忠兴诚是个两间门面的木匠铺。听说这掌柜的尤大鑫,手艺高超,诚信爱好,凡定做家具,只要顾客稍有弹嫌,立马当场砸碎,重新另做。

泾阳有个号称西北王的土匪头子邹显禄,想做个时兴的轿车。他跑遍了县城的木匠铺,却没一家敢接这个活,一个个胆战心惊地婉言谢绝,生怕有个差错惹祸上身。最后,找到了忠兴诚的掌柜尤大鑫——这人艺高人胆大,满口应承接了这个活。待到轿车做好,西北王带着一帮腰别盒子枪的喽啰前来验货,一个个气势汹汹,挑剔地把个轿车前看、后看、左看、右看、上看、下看,还真寻不出个毛病。西北王竖起了大拇指:"好!尤掌柜还真是手艺高超,活赛鲁班!"

今日,傅继兴一看这尤掌柜做的花轿,还真是名不虚传。这花轿顶高约一尺五,飞檐翘角,琉璃瓦盖顶,每角四根红柱撑起了一座皇宫模样的建筑;轿身顶四角伸出四个口含宝珠的龙头;轿身四周,木花格中间镶嵌着两面彩绘着天作之合、花好月圆、五世其昌、丹凤朝阳、松鹤同春等彩画的玻璃镜框,真真是富丽堂皇。凤冠霞帔就和戏台上皇姑穿的一模一样。

一场婚事两家忙。泾阳的讲究是嫁女一方,先要给女儿置办陪房——就是给女儿出嫁陪备的礼物,有被褥及穿戴的衣帽鞋袜,加上箱、柜、桌、凳、茶具、酒具、碗筷、盘盏、梳妆盒、插屏镜等生活日用品,还有陪牲口、车辆和佣人的,都因家境情况而定;二是要看饭——就是女家在女儿出嫁前,设宴招待亲朋。女家提前通知亲友看饭的日子,亲友来时,按各人经济情况和关系亲疏,送上陪房需要的物品,也有女家提前向亲友摊派礼物的情形。

田来福一切按照当地乡俗而行。冬月初八,是田来福给女儿看饭的日子,田家喜气盈门。头门上,一副喜联引人注目"喜结秦晋亲朋同贺,鸾凤和鸣比翼双飞"。横额是"前程似锦"。亲戚朋友来往络绎不绝,门迎伙计说唱着迎送客人。

这一天,五福园待客的流水宴席白天开到了晚,田来福夫妇听不完的贺喜话,施不完的谢客礼,一晚上都未合眼。

忙里偷闲,赵雅茹悄悄把女儿叫到了自己的卧室,关了门说:"这是一块白布,结婚那天晚上铺在炕上,别弄脏了被褥。第二天早晨给你婆婆问安时,交给你婆婆。"

田爱君说:"我铺的布单给她咋哩?我不给!"

赵雅茹说:"胡说!一定要给,你婆婆看了这就知道我娃是个黄花闺女,到时候你就知道了。"

田爱君嘟嘟囔囔地说:"结个婚还真麻烦!"说罢就想走。

赵雅茹神秘地说:"甭走,把这个也拿上,带在你身上。"说着递给爱君一个纸包。

爱君问:"这是啥吗?"一边就要打开纸包看。

赵雅茹忙压住爱君的手说:"这是合欢图。现在不要看,明天晚上,等耍媳妇人走了,你和继兴好好看看。别傻得不知道入了洞房弄啥呀,老虎吃天没处下爪,照着图上那样学学,我和你爸还急着要孙子哩。"

赵雅茹说着不好意思地露出了一丝笑意:"快去睡去,睡不好,明晚上耍媳妇你咋支撑得下来!"

田爱君回到自己闺房,心想:我妈给的纸包是啥吗?神神秘秘的,还要明晚和继兴一块儿看。她哪里能等到明晚!取出纸包展开图一看,原来是两个赤身裸体的男女,拥抱在一起,立即羞得满脸通红……心里抱怨她妈,我都上了大学了,啥不知道?你还让我看这个!可又一想她妈急着抱孙子的话,心扑腾扑腾直跳……

赵雅茹蒙蒙眬眬地打了个盹天就亮了,她一骨碌爬起来,招呼人给女儿开脸——请了个有经验的老婆,两手扯着细棉绳,棉绳交叉拉紧,拔着待嫁新娘脸上的汗毛,叫作开脸,也叫提脸。随后,又安排人给女儿梳妆打扮。

待到半早上,搬陪房的人成群结队地来了,两个人抬着枣红色雕花,带有两层食盒的春申,送来了十三花带高碟子的提脸饭及提脸红包。搬陪房的和看陪房的形成了打擂式的两大阵营,双方各由能说会道的人出面说话,其他人跟着帮腔。每搬一样陪房,女方都要向男方述说讲究要红包,男方都要千方百计找说词,不给或少给。要的想多要,给的想少给,双方讨价还价,嬉笑哄闹,十分热闹。

时近中午,伴随着乐人吹吹打打的喜乐声,娶媳妇的花轿到了。鞭炮齐鸣响声脆,五彩礼花满天飞,人们争先恐后观看新郎——新郎傅继兴,头戴插金花的褐色礼帽,身上是褐色金钱缎的长袍,胸前是大红绸子绾成的大红花,脚上是黑面白底的千层底鞋,骑在高大的枣红马上,显得十分潇洒英俊。看热闹的人交口称赞新郎官是一表人才,女人们看着活像梦幻中的白马王子。

时至将离倍有情。眼看着就要离开娘家,离开爸妈,田爱君是喜悲交加,哭哭啼啼地被人搀上了轿。

迎亲的队伍,走穿心店,到钟楼,朝西走中心街,由三门角南拐文庙巷,再东拐县前街,这才到了安定街傅继兴的住宅,夸官似的转了一圈。

轿到门口,炮仗齐响,礼花齐放,花轿按阴阳先生依据新人的属相和八字测算的坐向,放好轿,跟轿的伙计把带着的红毡由轿门前铺到了新房门前。

这时,一个人点燃鞭炮绕轿一周,跟着有两个孩子头顶红布,手执点燃的火棍,一跑一追绕轿三周后,跑回家把火棍放入新人炕洞中。这叫跑狗,说是可以驱邪求福。

年轻的亲朋挤到轿跟前,向挡轿门的娃,一边发着红包,一边说歌着哄娃下轿,嬉闹着终于把娃连哄带拉地哄下了轿,打发走了挡轿门的。

新媳妇跟着下了轿,人们当即从一个人提着的斗中,抢抓着金银纸屑朝新媳妇撒去,伴随着唱道:"一撒金,二撒银,三撒媳妇进了门。"媳妇刚一进头门,人们又从一个厨师模样的人提着装有五谷杂粮、干草节、棉花籽的斗中抢抓着撒向新媳妇,伴随着唱道:"一撒草,二撒料,三撒新人下了轿,明年生贵子,文武状元到。"这一程序叫打煞。

伴郎伴娘搀扶着新郎新娘走向客厅。今日这客厅,布置得十分喜庆。客厅内外张灯结彩,花格门窗张贴着红色的各种喜庆剪纸,客厅门上贴着一副红纸金字的楹联"想当年北京种树胶漆相投谈恋爱,喜今朝红叶题诗鱼水合欢话良缘"。横额是"鸾凤和鸣"。走进客厅,迎面柱子上又是一副好喜联,"不愿似鸳鸯嬉戏浅水,有志像鸿鹄搏击长空"。客厅内外挤满了人,傅继兴的母亲坐在供奉着关公、铁罗汉、祖宗牌位的神龛旁。在乐队吹吹打打的伴奏声中,司仪指挥着高声唱道:"一拜天地,二拜高堂,夫妻对拜,送入洞房。"

待众人走出洞房,傅继兴用准备好的杆儿挑掉了爱君头上的红盖头。红蜡烛、红宫灯照得爱君脸如朝霞,水灵灵的大眼睛荡漾着无限柔媚。

田爱君揉了揉眼睛,稀奇地看着自己的洞房,迎门八仙桌墙上,挂着张生戏莺莺的中堂,两边的对联是"画眉笔带凌云志,种玉人怀咏雪才"。

　　进门东西两边墙上是相互对称的花格子窗，窗上贴着麒麟送子和鸾凤和鸣的红窗花，东窗两边挂着行草四幅立轴：

> 得成比目何辞死，
> 愿作鸳鸯不羡仙。
>
> 身无彩凤双飞翼，
> 心有灵犀一点通。
>
> 成家当思创业苦，
> 举步莫恋蜜月甜。
>
> 海枯石烂同心永结，
> 地阔天高比翼齐飞。

　　东窗下摆放着楠木茶几圆凳，西窗下放着梳妆台。
　　红木雕花床靠南墙东西摆放，床头西面墙上挂着楠木镜框的杭州西湖鸳鸯戏水图，下面放着一对朱红彩绘木箱。床靠着的南墙上，贴着莲菜娃娃图，床对面放着楠木立柜，床上放着红绿两色龙凤合欢绸子被及一对鸳鸯绣花枕头。洞房中间柴炭火盆火势正旺，把新房烘烤得温暖如春。爱君从内心感到了继兴母子俩布置新房的用心良苦，布置得妥当到已无可挑剔的地步。
　　好热闹的年轻人拥进了新房，指挥哄闹着让新人喝了交杯酒，同吞了粉汤丸子。
　　中午，在五福园举办了结婚宴。满街商号掌柜，全部亲戚朋友，参加了这一隆重的婚宴，一一接受了新人的敬酒，送上了自己的祝福。都说新人是金童玉女，天造的一对，地配的一双，田掌柜找了个好女婿。大家推杯换盏，猜拳行令，好不热闹……
　　夜幕降临，傅继兴家里灯火辉煌，人们开始耍媳妇，也叫闹洞房——要说这耍媳妇，其实是封建社会人们为启发诱导生疏、无知的新人进入婚后角色而创立的活动。借以让新婚夫妇突破男女授受不亲戒律，促使肢体接触,进而进入婚后角色。耍媳妇讲究三天不论年龄大小——为的是把有经验的长辈吸引来,以便进行有效的含有性启蒙教育的耍媳妇活动。

耍的形式有两类:一是说故经,由耍媳妇的人说出一些有挑逗性的故事、顺口溜,让新人模仿着说;二是学表演——由耍媳妇的人教新人一些诱惑人的表演,指挥、哄闹着让新人去做。

傅继兴和田爱君被耍媳妇的人包围着,教授着,指挥着,强迫着,推搡着,甚至打着新郎吓新娘,逼他们学说着故经:

席匠编席席不光,
扎得哥哥满身伤。
哥哥疼得没法睡,
睡在妹妹的肚子上。

天上个鹅,
地上个鹅,
鹅吃鹅喝,
鹅对鹅。

"新郎、新娘听着,老叔给你们教个简单玩意儿——长虫过道——就是由新媳妇把自己的花手帕,从新郎的左裤腿塞进去,从右裤腿拉出来。做不好,小心新女婿挨打。"一个老者说着,就有两个小伙拿着掸衣服土的摔子,摆着打人的姿势,站到了新郎身旁。周围人跟着起哄:"这玩意儿好,赶紧做。"

傅继兴一听,先犯了愁,一个受过高等教育的人,哪里能接受这样低俗的东西!就说:"是这,我会唱晋戏,我给大家唱段晋戏,还是坤角,《贵妃醉酒》咋样?"

"不行!"

"不行!就要长虫过道!"

"要不,我给大家打一套拳,表演武术,这下该行了吧?"

"不行!非长虫过道不可!"众人乱哄哄地嚷着,按压傅继兴坐在长凳子上。

没办法,田爱君只得羞羞答答地,在众人的一再催促、推拉下来到了傅继兴跟前,蹲下身子,把手帕塞进了傅继兴的裤腿里。人们嘻嘻哈哈地看着说着,不时地发问:

"长虫到哪里了?"

"到膝盖了。"

"长虫到哪里了?"

"到裤裆了。"

"咋不动了?得是叫两个核桃山上的旗杆挡住了,大家赶紧给新媳妇帮忙。"一声号令,众人行动,推搡着,捏住新媳妇的胳膊向前推进。田爱君羞羞答答地被强迫着把手帕向前塞,碰到了一个火热而坚挺的东西,不禁浑身战栗,满脸通红。越过这一难关,她终于把手帕从傅继兴的右裤腿下拉了出来。众人哄堂大笑:"长虫翻山过岭地出来了。"

一个花白头发的老人接着上阵:"娃呀,要想做个好媳妇,先要学着做好饭。爷给我娃教个好手艺,摊煎饼——就是叫新郎脸朝天躺在长凳上,新媳妇把手帕盖在新郎的裤裆上,然后用双手从手帕中心向四周摩挲!"

"脸朝天躺在长凳上,有失大雅。"傅继兴说着,忽地站了起来。几个小伙子嘻嘻哈哈地把傅继兴按住扳倒,让傅继兴脸朝天躺在长凳上。

田爱君心跳口颤,蹲在板凳旁,双手战战兢兢地摩挲着盖在傅继兴小腹下边的手帕,心想:这不是又要我碰那地方嘛,嗯,真是的!

傅继兴急着想把这项游戏结束,就问:"这要到啥时候?"

老者嘿嘿一笑说:"我看着哩,到煎饼熟了么!"

傅继兴躺在板凳上,敏感的部位一经摩挲,立即热血沸腾。周围的人拍手叫好打呼哨:"煎饼摊熟了。"

耍媳妇的直耍到半夜还意犹未尽,田爱君的舅父李仁厚心疼外甥女婿,怕耽搁了娃们的良宵时辰,连推带哄地把大家推出了门:"都忙奔了一天了,真个不嫌乏,回去歇着,明晚再来。"说着叫继兴赶紧关好门。

耍房的并没有真走,争先恐后地从门缝看,到窗子外边听。可是,房子的灯熄了,他们什么也看不见。

令人赏心悦目的环境,耍媳妇的赤裸启蒙,使继兴和爱君春心萌动,情不自禁地脱去了礼服,相拥相抱着来到了床边,抚摸、亲吻,俩人仿佛进入了他们的伊甸园。那里溪流淙淙,鲜花簇簇,草坪如毯,林木葱郁,莺歌燕舞,动物成群。他们嬉戏追逐于密林花簇中,抱滚在草坪上。继兴凝望着穿着婚纱的爱君,她的脸如熟透了的红苹果,好看的眼睛发射着爱情之箭,胸部突起如波浪翻滚,继兴痴呆呆地看着她,只觉得浑身热血沸腾,手不由自主地去触摸波浪,舌头满怀欲望地去探寻福地。他们仿佛戏水的鸳鸯,和鸣的鸾凤,畅游在爱的大海,爱的花果山里,尽情享受着融合在一起的爱情的滋味,忘却了周围的一切。

　　站在洞房外听房的人们,听到他俩的呻吟声,年轻的瓜娃说:"弄啥哩嘛,还把人累得呼哧呼哧的。"

　　一个已过而立之年的人说:"你们年龄小还不懂,真是瓜娃。"

　　第二天是回门的日子,傅继兴和田爱君按照当地的风俗、礼仪,拿着当地的名牌点心、泾阳老窖酒、一吊子中间包着红纸条的猪肉和带着根须的莲菜,到田爱君娘家去拜望了二位老人,随后又谢了媒人。

第十一章　认姻亲夫人明礼仪　结秦晋鸳鸯初戏水

第十二章

为大业 挥泪撤兄弟
闹灵堂 继兴撑危局

田来福给女儿办婚事，义和兴各分号掌柜全部回泾阳祝贺。办完婚事，田来福召开了全体掌柜的会议。

作为总掌柜的田来福开宗明义地说："这次会议是汇报各分号经营情况，查找存在问题，研究下一步改善经营管理的对策。"他点名让成都商号的掌柜带头发言。

成都分号掌柜潘兴旺说："成都乃西南大都会，占有地利，这些年，我们在天时、人和上做文章，我们以'视生意为天职，视同仁为兄弟'凝聚人心，广听各方消息，及时掌握行情，抢抓商机，调度购销，小有收获，经营业绩年年有增长，但市场潜力还有待进一步挖掘……"

雅安分号掌柜李瑞生接着说："做生意我是外行，我是把军校教练学员的那一套办法用到了商号伙计训练上，把一些兵法用到了做生意上，结果，瞎鸟碰了个好谷穗，近年来，生意还算顺风顺水……"

安化、兰州、康定分号掌柜好像事前商量好了似的，异口同声地说："近些年，兵荒马乱，生意实在难做，因而经营效益出现了滑坡……"

田来福听完各分号掌柜的汇报，说："一样的天，一样的货，一样的朝代,一样的时间,为什么成都、雅安分号生意做得蒸蒸日上,安化、兰州、康定你们三家咋弄的?生意却一个劲儿地滑坡。"

田来福指望两个亲兄弟,一个换命的朋友,能够实实在在说清生意滑坡的真正原因,共同商量个亡羊补牢的办法,谁料一个个"婆娘不生娃,专给炕边寻麻达",把自己的责任推了个干干净净。田来福气得脸红脖子粗,鬓角筋跳得嘣嘣嘣,不无讥讽地说:"哎呀,没想到,来运、来财、效先这些年在外边学成精了,脸练得厚的和城墙都差不多了,睁眼说瞎话,连脸都不红。"

田来运、田来财、胡效先三个人一听,都哭丧着脸,不敢正眼看田来福。

田来福停了一下接着说:"我说来运,你原来是个多么老实本分的人,连人家送的一点礼都不敢收。后来,居然连地痞混混的钱都敢收,结果是好吃难克化,叫混混夺取了收茶权,自己跟唐朝李旦当皇帝一样,坐在龙位上只是个摆设,成了活傀儡。自己的生意,却由人家摆布,经营不滑坡才怪哩!"说着咳嗽了起来。

田来福越说越来气,接着数落道:"再说来财,你和哥都是受苦的出身,要饭的枣杆子才撂了几天,就张狂地披被子上天哩。放着生意不精心做,胡生六指——唱戏哩,还肆无忌惮地包养戏子,把钱尽塞了瞎磨眼。"

田来财耷拉着头,一声不吭。

田来福扭头瞪眼看着胡效先:"还有效先,谁不知道咱俩是换命的交情,谁不知道你争强好胜,吃苦肯干,没有瞎毛病,可到康定咋就啥瞎瞎毛病都叫你染上了,抽烟赌钱,叫你占全了!竟然胆大地还做起了假茯砖茶。"

田来福说着咳嗽气喘得厉害了,喝了杯热茶强忍着继续说:"你们都是我的骨肉至亲、换命兄弟,咋都这样胡弄!就这样搅咱们的生意哩?你们的良心都叫狗吃了!"田来福本不想家丑外扬,可一个个不自觉地文过饰非,气得他说了出来。说着,竟禁不住猛烈地咳嗽了起来,气喘得上气不接下气,手颤抖了起来,用手帕捂着嘴接痰,竟是一口鲜血。

没有眼色、看不来向的田来运,觉得大哥虽然说到了他们的病根子上,可还是觉得委屈,替自己辩解地说:"好哥哩,兄弟们跟你白手起家做

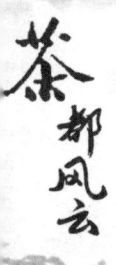

生意,吃了多少苦,遭了多少罪,谁啥时候呻唤过?可你这人挣下钱就知道扩大生意规模,给我们的零花钱少得可怜,根本不够花,没钱给家里,连婆娘都不依。"

听了这话,田来福感到十分委屈,说:"难道你们不知道,我的零花钱也不比你们多一分,这有账房先生可做人证,总号账目可做物证。人常说:'机不可失,时不再来。'我要抓紧时机,做大生意,还不是为了大家好?至于你说婆娘不依?难道你忘了咱家的规矩——'内人一律不准干预生意'。你没当好掌柜的说是因为婆娘,照你这样说,要当个好掌柜,先得把婆娘死了或休了吗?!"田来福气得发了狠话。

田来财一看事色不对,脑子一转,赶紧认错赔罪:"唉,不怪天,不怪地,就怪兄弟瞎瞎毛病得的深,迷了唱戏,耽误了生意。今后保证改邪归正,好好做咱的生意。"

康定掌柜胡效先顺着说道:"大哥,咱俩是换命的兄弟,你让我当康定分号掌柜,是看得起我,抬举我,可我千不该,万不该,不该跟着猴子学上树,跟着老鼠学打洞,跟着倒财子货,学了一身瞎毛病,抽大烟,玩赌博,背上账债没法还,猴急了胡折腾做假茶。请求大哥从严惩处。"

田来福想着自己自小失去父母,作为老大的他,拉扯着小兄弟,不知吃了多少苦。那时,家里粮食不够吃,他趁着秋收茶店放假,跑到六十里开外的西北塬去拾红薯,路上肚子饿了,吃了一个小红薯压了个饥,等到把红薯背到家门口,他心松了,人饿昏了。

二弟小时候得了夜盲症,他每天忍饥受饿,省下茶店好吃的,晚上摸着黑,担惊受怕,跑五十多里路,送回家给二弟补身体。二弟的眼睛慢慢好了,他却瘦成了皮包骨头。

为了积攒创业本钱,他十年没下过一回馆子,没做过一件衣服,真正是"新三年,旧三年,缝缝补补又三年"。创业之初,在泾阳背中药材到安化深山老林里换黑茶,他背得最多。上山时,因为坡陡路难走,他只得弯着腰,手扒地,一步步往上爬,几次,险些滚坡丧了命。

现在,他已成了六大商号的总掌柜,可家里的生活依然经常是酸菜玉米糁、两米面、麦面玉米面两搅馍,菜是咸菜、萝卜、大白菜,来客才能见荤腥,吃完饭舔碗已成了习惯。

有病了,硬扛着,人难过得直呻唤,却舍不得花钱看病买药。小病不看,扛着干;大病不住医院,拖着干,直拖得痨病已病入膏肓难治好了……

田来福想着自己为了兄弟,为了家族事业,如此含辛茹苦,拼搏经营,勤俭节约,却得不到兄弟们的同情、理解、支持,禁不住心酸落泪。他下狠心做了决定,说:"咱爸在世时常说,'不管做啥事,都要有规矩,就和我做木匠活一样,无规矩不成方圆'。你们三个如今坏了商号规矩,我也顾不了亲朋之情了,只得照规矩办事。效先,你康定分号掌柜当不成了,回泾阳进行封闭式戒烟戒赌,闭门思过。来运,你安化的掌柜的,来财,你兰州的掌柜的,都别当了,回家面壁思过。三地生意暂由二掌柜代理。"挣扎着说毕,已是咳嗽不止,大口吐血,昏迷了过去。

这一下,惊得在场的人惊慌失措,抬人的抬人,请医生的请医生。

待到医生赶来,已无回天之力,人们哭成了一片。赵雅茹和女儿爱君当下哭昏了过去,赶紧又让老中医抢救。

傅继兴强忍着悲痛和泪水,劝慰岳母说:"妈哎,已经是这样了,你千万要节哀珍重,你要有个三长两短,这家里就乱套了。"又转身劝慰爱君说:"你要挺得住,还有一摊子事呢!"

田来福,这位从贫穷线上挣扎过来,从创业线上拼搏过来,一辈子争强好胜的刚强人,终于拼尽了浑身心血撒手了,死不瞑目地倒了下去。

傅继兴含泪挥笔为岳父写了一副挽联"精明强干创家立业,睿智勤奋惠泽后人"。横额是"德范常在"。

天公好像是怜念好人,凛冽的西北风吹得乌云滚滚,天昏地暗,那铺天盖地的呼啸声,仿佛天地的哀号。鹅毛大雪霎时覆盖了河流山川、城市村庄,天上地下,一片素装,仿佛为亡灵服孝。

跟了田来福一辈子的老管家,此时已是老泪纵横,一边擦着泪一边安排执事人,设灵堂、礼房,安排人报丧,出讣告、七单,请阴阳先生看穴、打墓,请乐人,安排迎盒子、奠酒……

田来福的凭吊祭奠整整进行了七天。这七天里,围绕着谁做田来福的继承人,田家风起云涌,暗流涌动。

傅继兴发现了一些人接触诡异,凑在一起神神秘秘交头接耳,他心中涌上了"山雨欲来风满楼"的不祥之感。

这天夜里,傅继兴从灵堂下来,来到岳母房子,正好爱君也在,就说:

"妈,俗话说,'害人之心不可有,防人之心不可无'。这几天,我看二叔、三叔、胡效先三个人来往频繁,行动诡秘,在一起咕咕哝哝,会不会和我爸的掌柜的交手有关?我看咱们还是提前有个准备,以免到时候措手不及。"

赵雅茹胸有成竹地说:"这些我也听说了,他们是咕哝着想夺总掌柜的权位。如果他们真是这块料,倒省得我操心了,但他们一个个稍有权力,便胆大妄为,丧德亏人损生意,威信扫地,哪能担得起义和兴总号这副重担,谁服他们?谁信他们?如果真让他们掌了权,还不胡作非为,肆意挥霍,败了义和兴?"

爱君也自信地说:"继兴,你放心,我妈虽然不是义和兴掌柜,可平日在商号说话还是算数的。再说,还有我舅爷、表叔、成都掌柜等这些公道正派的人。另外,我爸留有遗嘱,要叫你当总掌柜。"

"这万万使不得,弄不好,人们会认为我想侵吞田家财产,给那些心存不轨的人造成煽风点火的借口,把水搅浑,乱中取利。不过你们放心,我会想尽办法保证义和兴商号大权不旁落,经营上台阶。"

西北风依然狠劲地刮着,吹折着老树上的枯老枝条。鹅毛大雪依然下着,像要永远埋没往日的路径足迹,欲望膨胀的风雪想创造自己的奇迹。

夜已深了,可田来运的屋里却炉火通红,烟雾缭绕。田来运一袋接一袋地抽着旱烟,在屋里来回转悠着。媳妇安彩云在一旁唠叨:"义和兴是你们三兄弟创下的,老大却一直当着拿事的总掌柜。现在,老大走了,按大小次序排队,轮也该轮到你了。可老大临终前,不但没提说让你接手,还把你们兄弟从分号掌柜的位子上拉了下来,这不明摆着给那宝贝女婿腾路哩?你大哥不顾亲情,想把义和兴让给外姓人,这是不顾老规矩。他不仁,别怪咱不义,咱们要想方设法,把总掌柜的位子夺下来,绝不能当了冤大头。"

田来运还是一袋接着一袋地抽着旱烟,在屋里来回转悠着,不吭声。

媳妇安彩云生气了,说:"连个屁都不放!你看你那窝囊样,到了关键时候,你个闷葫芦光知道抽烟,连个正主意都没有。再甭转悠了,赶紧想些办法。"

"我这不是正想哩么!"

田来运和媳妇正说着,田来财和胡效先进了门。安彩云马上把脸一变,喜滋滋地迎了上去:"哎哟,兄弟来了,快坐,快坐。"一边忙着倒茶,一边又递水烟袋,还一个个给点着了烟,"你们兄弟好不容易聚到一块儿,嫂子给你们炒两个菜,让你们好好喝两盅。"

这媳妇还真麻利,不大会儿,便端上来了五香牛肉、麻辣鸡胗、自制冻肉、麻辣猪心片、琉璃茄子、五香花生、凉拌三丝等八个喝酒菜,一个菜品丰盛的火锅。还拿出了珍藏的陈年西凤酒。

安彩云殷勤地给三人斟酒,夹菜,早把老大的丧事丢在了脑后,喜眉笑眼地把话往正题上引:"你们三个这些年背井离乡,不顾妻儿,在外头为义和兴下苦出力,你们都是义和兴的功臣。而今,大掌柜走了,你们要想法撑起这一摊子事,别弄咱们栽树,让外人摘桃子的瓷尿事。"

田来财当即响应:"二嫂说得对,义和兴这江山是咱们兄弟打下来的,江山就得咱来坐,绝不能让给外人。如今大哥走了,二哥你就是老大,兄弟们扶你上马,登龙廷,我们给你做保国护驾的臣。"田来财心里清楚,知道二哥是老实人没主意,但却为人厚道人缘好,让他当总掌柜,还能不顺着自己指挥棒转?所以,他极力推举二哥做总掌柜。

田来运弹着旱烟锅的烟灰说:"哥是个粗人笨人,下个苦,拉个梢套还行,驾辕的事担不起。你脑子灵,人活道,要干这驾辕的事,还是你来。"

安彩云拿眼直瞪田来运,在心里说:"真是个狗肉上不了席面子的货。"

胡效先说:"你们两个谁当总掌柜我都赞成,就是千万别让傅继兴和田爱君得了势。你甭看那两个娃年轻,待人谦恭,其实,阴毒着呢。不是他们回来给大哥奏瞎瞎本,咱们能叫撑下台?"

田来财扳指头盘算着:"这事咱想弄成,非先争取舅父同意不可。因为义和兴六大商号掌柜,咱们只占着三人,只有一半胜算。如果舅父站在咱这边,雅安分号掌柜李瑞生就得跟着老人转,而舅父是把咱们抚养成人的,在咱家说话最有权威,说服了舅父,事情就大功告成了。"

第二天晚上,三人为避合谋嫌疑,陆续来到了李仁厚家,先送上了各地特产,问寒问暖问健康,寒暄着说到了正题。田来财打了头阵:"舅父,我大哥不该走却走了,撂下义和兴这么大个摊子,到底咋办呀?"

　　李仁厚毕竟是长辈,经的事也多,看着这三人不约而同地来到了家,心里已明白了几分,但也想看看他们到底想咋办,便反问道:"你们说咋办呀?"

　　田来财说:"国和家一样,人常说,'国不可一日无主'。咱先得推举个总掌柜,料理商号事务,以免耽误了生意。按照各朝代传位惯例,有儿子的,传长不传幼;无儿子的,传给兄弟。宋朝赵匡胤就把皇位传给了亲兄弟赵光义。依我看,咱这总掌柜叫我二哥当最合适,因为论资排辈,我二哥现在就是最大的。"

　　胡效先附和着说:"来财说得对,就让老二领这个头。"

　　李仁厚说:"这事你们问过你大嫂吗?她可不是一般的妇道人家,是个精通商事、知书达理、极有主见的掌家婆,在田家的威望不亚于你大哥,没有她的话,谁也做不了你田家的主。何况,人家还有个理所当然的继承人爱君。再说爱君也有靠得住的人,女婿傅继兴精明能干着哩。"

　　田来运说:"爱君娃倒是没说的,可毕竟是女娃,担这么重的担子显得软些。至于女婿接掌柜的手,我不同意,那毕竟是外人。俗话说,'肥水不流外人田'。咱田家人打下的江山,咋能让外人坐?"

　　"二哥说得对,我们都赞成。"

　　"娃呀,你们不要忘了,戏里头还演过尧让位舜登基呢。我劝你们去和你大嫂好好商量商量。"

　　田来运回到家,把寻舅父的情况向媳妇诉说了一遍,那媳妇鄙夷地说:"你们三个人,真正是正事不足,邪事有余,连自己的亲娘舅都说不动,能做个屁!我明天去寻大嫂。"

　　第二天吃罢早饭,安彩云来到了大嫂赵雅茹家,千方百计地献着殷勤:"大嫂,来运从安化回来,捎了些安化特产——腊肉、魔芋、山楂、山野菜,特意叮咛让我给你送些尝鲜。三弟在兰州给我买了件九道弯的羊毛皮袄,也送给你穿——人常说'老嫂比母'嘛,有什么好东西就得先孝敬你老人家。"

　　"难得你一片好心。你大哥还没入土,我哪有心思想自己!"

　　"是呀,大哥刚走了,怕你伤心寂寞,过来跟你说说话,给你宽宽心。大嫂,我大哥带着兄弟们创下义和兴这摊事不容易,大哥一走,可咋办呀?"

"我也正为这事发熬煎哩。"

"熬煎啥哩?常言道,'打虎亲兄弟',有啥事尽管给你兄弟说。"

"那是自然。"

"大嫂,不知总号这摊事你打算叫谁管呀?"

"我还没想好,再说也得和各商号掌柜的商量商量。"

"大嫂,我想求个情,你看,来运在外边都干了多年了,能不能调回总号来,给你当个帮手。那是个老实疙瘩子,你说咋办就咋办。"

赵雅茹明白安彩云的心思,但不想当面说破,含糊着说:"等跟大家商量了再说。"

话说到这份儿上,安彩云不好再纠缠,借口有事就告辞了。

田来运、田来财、胡效先三人见舅父口风不对,明显不向着他们,大嫂又没有明确态度,便商量着孤注一掷——如果总掌柜的人员安排不按咱们的意见办,就不准下葬,咱们闹灵堂,逼着大嫂赵雅茹妥协。

下葬的日子到了,启明星刚一落,老管家便招呼送葬的人拾掇准备。起灵炮响了,大家走向灵床准备起灵,可田来运、田来财、胡效先跪在灵前,拉着灵床,哭闹着不准起灵:

"哎呀,大哥啊,你咋说走就走了,给兄弟连个啥话都没留下,义和兴这么大的摊子可咋办呀?"

"大哥呀,兄弟们跟你盟誓创业,说是要同甘共苦,有难同当,有福同享,如今,业创成了,我们却成了啥也不是的光杆杆了,你叫我们可咋过活呀?"

"唉,大哥呀,咱们是换命的兄弟,我自小跟你鞍前马后地跑,没有功劳,也有苦劳,你不该卸磨杀驴,让我们真成了'自古忠良无下场'。"

李瑞生赶紧上前拉劝:"人死入土为安,你们再不要胡闹了,有啥事把人安葬了再说。"

成都掌柜的潘兴旺老泪纵横地说:"大掌柜都操劳死了,你们这些换命兄弟还忍心惊扰他的亡灵吗?!"

赵雅茹是经过世面的人,往那里一站,威严逼人,怒不可遏地呵斥道:"你们不守商号规矩,不听逆耳忠言,在外边胡作非为,做赔了生意亏了人,不知悔改,强词夺理,气死了你大哥。如今,还想逼死我孤女寡母,独霸家产吗?!"

第十二章 为大业 挥泪撒兄弟 闹灵堂 继兴撑危局

这一怒喝，三个人惊呆了，立即停止了哭闹。他们语无伦次地强辩道："大嫂，你你你，你可不能胡说，冤枉好人。"

舅父李仁厚气得颤颤巍巍地说："你，你们这些不知瞎好，不，不看时候的东西，要，要再胡闹，看我咋执行家法，剥了你们这，这张人皮！"

傅继兴强忍悲愤和眼泪，给三位长辈磕头回话："送葬乃人生大事，叔叔们不可执拗而行，坏了礼法，犯了众怒。"

田来财不依了："我们田家的事用不着外人插手！"

傅继兴不急不慢、不恼不怒地说："三叔，你这话说得就不对了！一个女婿半个儿，我身穿重孝跪在灵堂前，难道说我是外人？"

田来财被问得回不上话来，一时间灵堂里鸦雀无声。

傅继兴说："当着在这儿所有人的面，有一点我要说清，我请叔叔们放心，我不会要田家分文财产。你们应得的财产，岳父病倒就觉得自己不行了，已提前让人核算分配清楚了，现已记录在账，安葬老人后公布，请你们放心。岳父还反复叮咛我和爱君要像对他一样孝敬你们，请你们千万别辜负了他老人家的一片好心。"

傅继兴一席话，说到了三个人的心病根子上，化解了他们多余的担心，这时，他们才真的痛哭了起来："大哥哎，你替兄弟早早都打算好了，兄弟们对不起你呀……"头不停点地在地上磕着响头，直磕得鲜血直流，才被众人拉扶而起。

大总管不失时机地喊道："起灵——"

亲朋组成的送葬队伍哭哭啼啼地向前行进，走在最前面的是一个老者，手提着笼撒引路钱；跟着是八个乐人呜哇呜哇地吹吹打打；手举纸扎的人群紧跟在乐队后边，那纸扎是应有尽有、五光十色——五福捧寿、十美女进膳、八蛮进宝、八仙朝圣、关公显圣、鹿鹤同春、青狮白象、金童玉女、刘海戏蟾、哪吒闹海、大闹天宫、八仙过海……这种种都彰显着葬礼的隆重。

田来福，这位辛辛苦苦干了一辈子的创业人，总算隆重地入土为安了。

俗话说，"商场如战场"，不容有丝毫的耽误。傅继兴给岳母说："人平安下葬，丧事办完后，建议马上召开各商号掌柜会议，明确原商号创办人各自资产,稳定人心。宣布公司化改革办法,安排付诸实施,以求尽快冲破困境,开拓经营。"

掌柜的会议在赵雅茹的召集下召开了。老管家公布了各商号清产核资情况,明确了各创办人的资产。大家听罢,心满意足,都夸老掌柜办事公道,但有喜也有忧——分到的都是固定资产,流动资金却是负数,生意马上就有停摆的危险。众人你瞅瞅我,我瞅瞅你,一时还不知道如何是好。

赵雅茹说:"咱商号眼下最大的问题是资金极缺,借钱艰难,借印子钱(高利贷)成本太大,不划算。你大哥生前,听取了继兴和爱君的意见,觉得办公司是个解决资金问题,开拓经营的好办法。决定让继兴负责咱商号的公司化改革,下面让娃给你们具体说一说。"

傅继兴说:"各位前辈,现在,我按岳父生前安排,把咱们商号实行公司化改革的事说一下,不妥当的地方,请各位前辈指正。

"公司制是截至目前,国内外最为先进的企业经营组织形式。它可以一人发起并投资办独资公司,也可以多人投资办股份制公司。

"公司是企业法人,有独立的法人财产,享有法人财产权。公司以其全部财产对其债务承担责任,股份制公司以股东认缴(认购)的出资额(股份)为限对公司承担责任。

"公司股东依法享有资产收益、参与重大决策和选择管理者等权力。

"设立公司首先要由股东制定公司章程,明确股东的权利和义务。公司的组织机构有股东会、董事会、监事会。"

傅继兴正说着,田来财插话说:"停停停,你刚说公司是啥法人?法人是个啥人?"

傅继兴答道:"简单地说,在国家法律面前,公司就像一个人一样,要承担起公司章程规定的权利和义务。就咱们商号进行公司化改革而言,就是以我们的有形资产和招牌、商标、技术等无形资产为资本,吸引外来投资,合办公司。这就解决了我们发展的资金问题,借力发展,加快扩张。我和爱君曾与岳父议定组建青海、宁夏、新疆、西藏义和兴分公司,恢复重建运城德兴隆分公司,拓展西北部边贸市场;扩大经营范围,在泾阳设立义和兴中药店、皮毛加工作坊等,使咱们过去用茯砖茶换(买)回西北地区的中药材、皮毛经过自己的加工销售,再增一层利。只要大家

齐心协力,共同奋斗,义和兴货走天下不是远话,各股东成为富豪也不是空话。"

田来财见自己和二哥名下已有了资产,自己手头还有些积蓄,觉得这是争夺总号掌柜宝座的资本,便说:"你说的办法是好,可那是远水解不了近渴,眼目下生意用钱咋办?"

众人也都附和着发起了熬煎。

赵雅茹说:"资金这事,大家再想想还有什么办法,明天我们再商议。"

田来财自以为抓权的机会来了,就急着说:"我的意思是谁能解决商号目前的资金困难,谁的投资最大,咱们就推选他当总掌柜,也就是继兴说的公司董事长兼总经理。"

大家齐声附和,赵雅茹略一沉思,拍板定案:"那就这样决定,谁能解决义和兴商号目前资金困难问题,谁能想出改善经营管理的好办法,他就当总掌柜。"

雪已经停了,风还在吹,阴云还没有散去,随时都可能变为雪花,飘落下来。

夜已深了,田来运家的窗纸犹如灯影戏的幕布,映出了四个黑色的人物剪影。

田来财抽着水烟,吞云吐雾:"今天,总号把咱们兄弟资产一明确公布,咱们的胜算就多了几成。你想啊,大哥的资产和咱们差不多,傅继兴家破落了,一定拿不出钱,咱们几个再把自己手上的积蓄借给二哥,二哥肯定就成了最大的投资户。咱们再咬住大嫂的话,不准反悔,二哥这总掌柜就十拿九稳了。"一席话说得大家欢欣鼓舞。

安彩云端着茶壶,只是一个劲儿地给三人添茶水,说:"你二哥如果真当了总掌柜,借的钱,加倍偿还,我们还要好好重谢你们哩。"

田来财把吸到嘴里的烟吐出来,喝了口茶说:"都是好兄弟,甭说见外话。只要二哥登基后,多些封赏,少杀忠臣就谢天谢地了。"

安彩云嗔怪地看了一下田来财说:"看你说的,你二哥是当总掌柜,又不是当皇上,还封赏啊,忠臣啊!"

这一夜,安彩云做了个美梦,老公穿着像戏里皇上一样的服装,带着一群公公,抬着五彩龙凤轿,捧着凤冠霞帔,吹着唢呐来接她。她对着穿衣镜,让宫人们替她穿戴整齐,在镜子里一看,还真像皇后一样光彩照人。梳妆打扮完毕,乐滋滋地正要上轿,可不知谁在拉着她,只走走不动,她使劲往前奔,竟然挣断了衣裙,跌倒在地,一下子惊醒了过来,已是浑身虚汗。她真不知道,这是吉兆还是噩梦。

田来运家的窗纸上演灯影戏的时候,傅继兴和田爱君出了赵雅茹的房子门,迎着刺骨的西北风,踏着冰雪道路,相互搀扶着,摸黑回到了家。

急着抱孙子的老娘,正在灯下做小娃衣服。见娃们回来,忙到厨房端来了热腾腾的饭菜:"咋到这时候才回来?饿坏了吧,快吃饭。"

只见两人都不吭声,满脸忧愁,吃了几口,就放下了筷子。

老娘问:"遇到啥难事了?看你们愁眉苦脸的样子。"

"娘,还真遇上难事了。岳父去世本来就折了擎天柱,偏偏义和兴商号的账上不但没钱还负着债,做生意是以本求利,本钱都没了,生意咋做?我们都年轻,没关系,没门路,到哪里去借钱?你说熬煎不熬煎。"

爱君说:"我妈同意了人家的说法,谁拿的钱多,能解商号资金困局,就让谁当总掌柜的,就怕我二叔、三叔和胡效先合伙起来难为我妈!夺了商号大权。"

继兴看了一下爱君,意思是不要说这些,这是咱和你妈三个人刚说的话,也只是担心,你乱说啥?

爱君明白继兴的示意,说:"怕啥,不给咱妈说给谁说?二叔、三叔和胡效先合起来肯定比我妈钱多,他三个不论谁把持了商号,往后事情就难办了,就怕半路上生意做不下去!"

老娘微微一笑说:"噢,我娃是为钱发熬煎哩,甭熬煎,娘有钱哩,咱家祖祖辈辈做生意,留下了一笔风险金,就是为了对付想不到的艰难事用的,而今正好派上用场。"

"那当初咱家生意要关门,咋没听你说这钱的事?"

"当时关门停业,是我娃有要紧事办,娘得给你撑腰。而今,田家不嫌咱家破落,把姑娘嫁给我娃,还给送了那么多东西,对咱有恩,咱得知恩图报。"

田爱君推辞道:"你们辛辛苦苦几辈子,攒些钱不容易,理当留着自家用,田家的事,叫他们想办法解决。"

"什么田家不田家的,结了亲就是一家子。人常说,'亲故亲顾',有

第十二章 为大业 挥泪撒兄弟 闹灵堂 继兴撑危局

了事亲戚咋能袖手旁观而不顾!"说着,继兴娘从一个锦盒中取出了两张五万元的银票,对继兴说,"到咱们山西老乡在泾阳开的百川通钱庄去取,当即可以兑换成现钱使用。"

第二天一大早,傅继兴和田爱君便去了田家,把银票交给了赵雅茹。傅继兴说:"妈,我娘叫我把这十万大洋缴到商号,以解眼下燃眉之急,就算我的第一笔投资。"

赵雅茹刚失去丈夫的依靠,又遭兄弟逼宫,真不知道自己和丈夫费尽心血创办成的义和兴商号今后会走向哪里,闹得她是忧心如焚,寝食难安。当此危急时刻,亲家母伸出了援手,令她感激涕零:"商号危难关头,亲家母竟能拿出老底相助,真真是义和兴救急救难的活菩萨,厚恩大德,定当后报!"

田家及义和兴的掌柜们,实在想不到傅继兴一个破落户子弟竟一下子拿出这么多钱来,一个个议论纷纷:

"真是想不到,这小子竟有这么厚的家底。"

"瘦死的骆驼比马大,这话一点不差。"

"山西人真精灵,不显摆,不露富,腰缠万贯看着穷。"

…………

这些钱的到来,是有人欢喜有人愁,大部分人喜的是义和兴有了救;田来运那几个想夺总掌柜大权的人美梦化为泡影,心中加忧愁。赵雅茹无后顾之忧地召开了公司化改革座谈会。

正在开会之际,伙计来报:"有一支队伍上的人已到了门口,说是要找傅继兴。"

大家正在赞叹这年轻人,却听有队伍上的人来寻,不知傅继兴惹了何事,竟都为他担起心来,有好心人还劝他躲起来。

田来运、田来财和胡效先三个人,从来没有听说过傅继兴有队伍上的亲戚、朋友,料定凶多吉少,互相看了一眼,露出了幸灾乐祸的笑容,心想:这下有好戏看了。

傅继兴先是一愣,接着冷静地说:"没做亏心事,谁寻也不怕。请那军人到客厅相见。"

表叔李瑞生是军校毕业的,对傅继兴说:"我陪着去会会这位不速之客。"

一位戎装佩剑、衣帽整齐、军官模样的人，带着一班卫兵进了门。傅继兴、李瑞生上前相迎："军爷风尘仆仆，远道而来，请先到客厅歇息用茶。"

众人到客厅坐定，伙计端上茶来。

喝着茶，李瑞生介绍说："你要找的傅继兴就是这位，他是我表侄女女婿。大家正准备选他当义和兴茶业股份有限公司董事长兼总经理。"

那军官一听，说："真正是先人积德行善，惠及后辈之人，你年纪轻轻就要当大公司掌舵人了，不简单。"随之，把当年巧遇继兴之父傅德茂，资助十万块大洋，救了没有粮饷部队的事述说了一遍。

傅继兴听罢当即站起拱手施礼："唐叔，我早就听我娘说过你，你是咱荣河人，是山西武备学堂毕业生。当年，为了支持辛亥革命，你卖掉了全部家当，拉起了起义队伍，你是咱们家乡的英雄和骄傲。"

李瑞生马上接话："哎呀，那咱们都是武备学堂的学生，虽然你在山西，我在陕西，可学的课程都差不多，也可算同学了。看着你戎装佩剑，真令人羡慕。"说着与唐卫国紧紧握着手。

傅继兴赶忙介绍："这位是我表叔李瑞生，现在是义和兴雅安茶庄掌柜。"

"那你干得也不错，都成了独当一面的掌柜的了。你们做生意的好啊，算盘一响，黄金万两。不像我们这些在枪林弹雨中过日子的人，随时都有可能马革裹尸。"唐卫国说着嘿嘿一笑。

傅继兴说："其实是一家不知一家难，处于这乱世，我们也一样，随时都有破产倒闭、流落街头的可能。"

说着，两人拱手相互祝福，说："但愿大家都平平安安。"

随之，转入正题。唐卫国说："继兴，当年我接受你父亲资助时说好，如果今后有办法，定当加息奉还。去年，我军在拉练途中救了一个土匪劫持的人质，没想到那人质竟是大同首富、商会会长，他死里逃生心存感激，重金相谢。为了报仇和保大同商户平安，又请我们剿灭了这股土匪，和我军结成了盟友，帮助我们解决了军饷问题。拿到钱，我就找到运城想还上恩人的老账，不想故人已驾鹤西去，你又去了泾阳，方才打听着寻到这里。原先你父借我十万块，这个你母亲知道，而今，我连本带利还你十一万，也算是我一片谢恩的诚心。"

第十二章　为大业　挥泪撒兄弟　闹灵堂　继兴撑危局

傅继兴推辞道："先父所赠,我岂能收,请叔叔收回。"

"当初说定是借不是要,有借有还,乃是常理,望贤侄万勿推辞。"

"实在要收,我也只收本金,其余分文不要。"

"我既拿来,就不想带走,请再不要推辞。"

傅继兴看实在推辞不了,想了想说:"要不,这样办,你们还的本钱我收下,多余一万块,我给你算成义和兴股份,你看如何?"

"只要你把钱收了,我心里就安然了,不管咋样都行。"

"唐叔,那咱们到五福园饭店一块儿吃个饭。"

"贤侄,你的情我领了,但我有紧急军务在身,就此告别了。"唐卫国说罢,告辞而去,傅继兴一伙人将他送到了门外……

傅继兴在征得老娘同意后,把唐卫国还来的十一万块大洋也投资到了义和兴。

在义和兴擎天柱倾倒,经济陷入危机,面临生死存亡的关头,傅继兴挺身而出,仗义舍财,改革求进,以自己的言行感动了各位掌柜,使他们看到了义和兴的辉煌愿景,大家一致推选他出任即将组建的义和兴茶业股份有限公司董事长兼总经理。

第十三章

说利弊 立制定规矩
谋发展 情感带头人

张灯结彩的新房创造着伊甸园般的温馨和浪漫的气氛，但即将担起义和兴茶业股份有限公司董事长兼总经理重担的傅继兴却没有一丝一毫儿女情长的冲动。他凝视着自己亲自拟写的"成家当思创业苦，举步莫恋蜜月甜"的对联，心潮澎湃，思绪万千。

田爱君深知丈夫争强好胜，干事执着，看着他那冥思苦想的样子，心疼地把泡好的茶送到了他的手中说："有啥心事说出来，咱们共同商量，别一个人闷在肚子里，钻牛角尖。"

傅继兴说："这几天我日夜思索，寝食不宁，咋样能尽快使义和兴步入公司化经营的正轨，实现'诚招天下客，茶好走四方，义聚八方财，常盛永不衰'的美梦。"

田爱君说："这真是不当掌柜的，不知柴米贵。重担压在身，由不得你要操心，但一镢头挖不下个井，你思量清楚了慢慢来。"

傅继兴说："《战国策》中有句名言，'前世之不忘，后事之师'。我不止一次地想过咱爸走过的路，他能创成义和兴，是因为志向坚定、熟知经营、吃苦能干、勇于开拓的结果。而近年来生意滑坡，是因为资产不明

晰,责任未到人,规矩有疏漏,监管不到位,奖罚不分明,给私欲膨胀的人造成了可乘之机。"

田爱君说:"那咱们现在一搞公司化改革,资产不是就明晰了,责任也到人了,再把疏漏的规矩补起来不就对了。"

傅继兴说:"推行公司化改革,必将克服过去存在的弊端,但是,真正付诸实施能不能顺利,还让人担心。人要有自知之明,咱们毕竟年纪轻,经验少,与各方面交情浅,在义和兴还未立下令人信服的功劳。这次能被推选为董事长兼总经理,说白了只不过是凭多了点投资罢了。而要真正成为人们从内心认可的掌舵人,还需靠我们以后的作为。"

"你看你,光顾了说话,茶都凉了,快喝!"

那天晚上,田爱君一觉醒来,伸手一摸,头边的枕头是空的,睁眼一看,傅继兴还趴在煤油灯下写呀写的,就说:"我都睡了一觉了,你还不睡?"

傅继兴抬头看了看爱君,说:"你先睡吧,我写个工作计划。"

一听是工作计划,爱君披着衣服坐了起来,问:"都计划弄啥呀?"

傅继兴说:"快钻到被窝里,小心着了凉,我给你念。我最近反复想过,目前有五件大事要办:第一件,要尽快完善创办公司的条件,申请创办公司。第二件,商讨决定公司的经营策略,拓展西北市场,在宁夏、青海、新疆、西藏设立分公司;重新启动运城德兴隆商号,把它改成义和兴在运城的分公司;在泾阳设立济世堂中药店、义和兴皮毛作坊及盐店。第三件,选好各分公司经理人。第四件,预算总公司和各分公司的年度经营目标,把任务层层落实。第五件,建立和完善各项规矩,用规矩管人行事,奖优罚劣。"

田爱君看着自己心中的偶像,说:"真没有想到,你年纪轻轻,思虑却如此周密,可见我爸我妈没看错人。"

傅继兴说:"俗话说,'大雁高飞靠头雁,羊群行走靠头羊'。眼下,选好各分公司经理人乃是我们当务之急。咱们对人员情况了解不深,得和舅爷、咱妈、表叔、成都商号掌柜潘兴旺、总号账房先生郜文贤等人好好商量商量。"

田爱君说:"明天咱们就去找我妈和舅父,快睡!"

傅继兴说:"根据近一年来对义和兴商号上上下下的了解,我已起草了《义和兴茶业股份有限公司章程》和《义和兴商规》,让我再仔细看看,看还有没有什么问题。"

"睡吧,明天再看!"

"咋?等不及了?"

"你说呢!"爱君说着咯咯咯地笑了起来。

第二天一大早,继兴给母亲请罢安后,和爱君来到了田家。观见母亲已在小客厅饮茶,爱君上前为她续了些茶水,问:"妈,晚上睡得可好?"

"觉着睡得还香,可就是爱做梦,一会儿梦见你爸领着你们在安化茶山里收茶,一会儿又梦见你爸领着你们在兰州发茶……"

傅继兴说:"俗话说,'梦从心头起',你那是忧心着咱商号的生意,牵挂着你娃。我爸托梦给你,是告诉你他在极乐世界保佑着咱家,让你放心,保重好自己。"

几句话说得岳母露出了近来少见的笑容:"继兴还真会说话,会给妈宽心了。"

傅继兴接着说:"我细想了一下,目前,咱商号要办五件大事,大家得坐在一起说说,看看还有什么疏漏。"

赵雅茹问:"都让谁来呀?"

傅继兴说:"我看就把舅爷、表叔、账房先生郗文贤和成都掌柜潘兴旺请来!"

赵雅茹当即指派伙计前去请人。等人到齐了,她说:"舅父、瑞生、兴旺、文贤,你们都是咱家的骨肉至亲,知己朋友,继兴刚接手,商号还在困难时候,这可是个紧要关头,烦请各位要为义和兴的事多操心劳神,我这里拜托大家了。今日请大家来是要商量目前我们要办的五件大事,具体情况让继兴给你们说一说。"

傅继兴开门见山地说了要办的五件大事后,说:"人是创业干事之本,选好各分公司经理,调教好伙计是我们要抓的基础性工作,这件事搞不好,我们的生意将如沙上建塔,随时都有垮塌的可能。我年纪轻,阅历少,对商号人员了解不深入,要想知人善任,还有待前辈们指点。现在,我提出个初步名单,供大家商量、选择。

"公司监事会主任建议由二叔担任。"

舅父李仁厚先不同意,说:"老二出了那么大的事,还能让他当监事会主任?"

继兴微微一笑说:"前一段时间二叔是出了点差错,但从本质上看,二叔还是个忠诚厚道的人,他也曾为商号立下过汗马功劳。咱们不能有恩不报,一棍子把人打死。"

傅继兴这么一说,再没人说啥了。他接着说:"西藏分公司经理建议由三叔担任。因为西藏最偏远,又有英国东印度公司倾销茶叶,没有个精明能干、富有经验的硬棒人,打不开局面。而西藏又没有秦腔戏,从源头上断了他的念想。

"胡效先熟读商业经营经典,善于协调各方关系做活生意,他在康定茶庄时,便与青海茶商有业务来往,朋友多,我看就由他出任青海分公司经理,先占了人和。

"这三个人虽然都有毛病,近几年经营业绩不佳,但实事求是地说,他们还都是人中精英。俗话说,'人无完人',咱们不能求全责备,而应用其所长,抑其所短,加强监管,堵塞漏洞,促使其改过自新,说不定会收到浪子回头的效果。"

傅继兴微微一笑,接着说:"表叔在雅安用带兵的办法做生意,收到了显著成效,论功该奖,建议出任兰州分公司经理并兼管青海、宁夏、新疆经营事务,管好西北大市场。"

李瑞生说:"这就是说让我管四个省的生意?"

傅继兴说:"对,就是四个省的生意。"

"这么大的摊子我可从来没干过!"

"咱这公司也是从来没有这样干过!凡事总有第一次么。"

傅继兴接着说:"兴旺叔,你在成都商号当掌柜,善于未雨绸缪,调查市场行情,预测市场变化,决定经营对策,经营业绩一直很好。"他看了看潘兴旺说,"业界有人说你是常胜将军,我的意见是你留任成都分公司当经理,兼管雅安、康定、西藏等西南市场。"

潘兴旺答道:"行,你咋安排咱就咋干!"

赵雅茹说:"继兴,停一下,让大家把前面的安排说一说,看咋样,行不行?"

一时没有人说话,这时候,厨房有人端着满满一盘油炸馍片进来了,赵雅茹说:"大家先吃点,接着说事。老舅,你先拿!"

于是大家吃着油炸馍片,喝着茶。

吃喝毕,李仁厚问:"继兴,安顿人的事说完了么?"

傅继兴说:"在安排人这事上,我想多说几句话。以往人们爱说,'打虎亲兄弟,上阵父子兵',在和外人打斗时确实是这样,但是在安排管事人的时候,总想这些就不好了!我想在二掌柜、账房先生、伙计们中选择德才兼备、业绩突出的人做经理人,真正形成'选贤任能,唯才是举,外举不避仇,内举不避亲',公平竞争,知人善用的用人之法程。"

李仁厚说:"这样好啊!"

郗文贤表态道:"选贤任能,公平竞争,公司以后就这样,事情管不好就下台,让能管好的人上!"

傅继兴说:"就是这个意思。安化茶庄朱子良为人忠诚刚正,有胆有识,不惧邪恶,敢作敢为,勇于担当,加之他又是当地人,熟悉情况,又有在安化做保安队长的舅父为其保驾护航。由他出任安化分公司代经理比较妥当,待试用合格后,转为经理,为伙计破格提拔立一标杆。

"总号账房先生郗文贤为义和兴管账多年,精打细算,毫无差错,筹划经营,累献良策,可见其能力之强,人品之好,建议由他出任康定分公司经理,为账房先生出人头地树一榜样。

"兰州二掌柜邢玉峰,在三叔沉迷于唱戏的日子里,敢于忠言直谏,在劝阻无效的情况下,他默默无闻、无怨无悔地替三叔担起了经营的重担,是个有担当有能力的人。而且因为生意关系,他在宁夏茶商中,结交了好多朋友,所以,建议由他出任宁夏分公司经理。"

赵雅茹问:"这样安排咋样?"

舅父李仁厚和表弟李瑞生及成都掌柜潘兴旺三个人先说"能成",其他人也说:"没有异议。"

赵雅茹说:"那这事就先这么决定了。"

傅继兴接着说:"运城德兴隆商号重新启动后改成义和兴运城德兴隆分公司,经理我想让我家老管家周保柱担任。他是山西西北边贸路、草地帮的'百事通''活词典',人脉旺,网络熟,不用渗渠水自流。

"爱君会计业务学得精,双手能打算盘,查账能知究竟,对于改善经营管理,能提出对症下药的好办法,建议其出任总公司会计总监。

223

"新疆、雅安分公司经理及新成立的泾阳济世堂中药店、义和兴皮毛作坊和盐店经理,请各位前辈举荐。"

李仁厚从前至后听了傅继兴说的话,觉得继兴这娃心眼好。前几天,来运、来财和胡效先还四处游说着想把继兴排挤掉,夺取总掌柜权位。而今,继兴当了总掌柜,却不计前嫌,主动提出让他们分管了重要的事,真是出人意料。他满脸欣慰地说:"继兴,你小小年纪,竟有识人之明,容人之量,用人之道,实在令舅爷敬佩。义和兴有你这样的大掌柜,我们老人们就放心了,你岳父也该含笑九泉了。"

人员任用安排,事关义和兴经营大局,赵雅茹最担心年轻人感情用事,凭自己的好恶、亲疏选人用人,甚至趁机排除异己,配置亲信。而今一听,心中的担心化解了,便说:"继兴,你能出于公心,量才用人,敬老敬贤,用其所长,避其所短,难能可贵,真乃将帅之才。你岳父选你做后继人,选得没错,今后,你就放开手脚去干吧,我会全力以赴支持你,有啥事妈给你撑腰。"

李瑞生心里想:继兴这娃不简单,不到一年时间,就能识别、挑选出可用人才,而且平衡了各方关系,把自己置于各方的监督,特别是田家人的监督之下,无私无畏,怎能不让人信服?不禁赞叹道:"继兴,你能总览全局,拓展经营,统筹兼顾,量才用人,特别是敢用败兵之将,给人一立功赎罪之机,真可谓有胆有识有胸怀。选择你这样的掌舵人,是我们的幸运。关于雅安分公司经理,我举荐杨敬贤——这个伙计敬业勤奋,办事心里有数,胆大心细,再难的事放到他手里,都能迎刃而解。"

成都掌柜潘兴旺虽然与傅继兴只有一面之交,可听完他的拓展经营设想和用人之道,不由得心生敬佩:"少东家,你真是志存高远,勇于开拓,慧眼识人,虑事周密。一上手就新增了五大分公司,佩服!关于新疆分公司经理,我举荐成都商号二掌柜徐进宝担任。"

傅继兴站起来向大家拱手施礼说:"继兴是个经商新手,今后还需各位前辈多多指教。就目前这样的人事安排,还要仰仗各位老人多做些工作,以便股东大会选举时顺利通过。我这里准备好了《义和兴茶业股份有限公司章程》和《义和兴商规》,请各位传着仔细看看,提出修改意见,以便我进一步修改完善,作为公司上上下下的行为准则。"

俗话说,"备席容易请客难",初步议定的这些人选是否能慷慨应承,义不容辞地担起重担,傅继兴心里没有底。因为新开拓的地方大多是偏远的荒蛮之地,汉人少,少数民族多,语言、文字不同,沟通难,条件差,生活苦,在那些地方开拓茯砖茶市场,其艰难困苦不言而喻,但傅继兴相信"精诚所至,金石为开""诚能感天,也能感人",他决定用"人心换人心,两个四两换半斤"的办法,请三个败兵之将出山、西征。

晚上,钻在被窝里睡不着,他与爱君商量着劝说的办法:"二叔、三叔都怕婆娘,而那两个婆娘又都爱占小便宜,送她们一人一份厚礼,也许就能办成事。胡效先一旦把抽大烟耍赌的毛病治好了,还真是个能干事的主。"两人商量着直到鸡叫两遍,方才迷迷糊糊地睡着了。

雄鸡的高唱把他们惊醒了,睁眼一看,窗户纸已经亮了,两人急忙起来洗漱收拾,打扮整齐出了家门。

冬日的朝阳,看去红彤彤的,却没有多少暖意。西北风刮到脸上,像刀子一般。房上的残雪还未消尽,冰溜子挂满了屋檐。黄土道路冻结了冰,一不小心就会被滑倒。两人相互搀扶着往街上走,去买想好的礼物。

他们来到了二叔家,只听屋内传来了一阵唠叨声:"你们三个真正是草包絮大汉,看起来虎头虎脑、精细伶俐的,上了阵都成了白铁刀,一碰就卷刃了。几十岁的人了,竟然斗不过一个毛头小伙子。"

"不是我们无能,是那小子命好福大,要风来风,要雨得雨,在要用钱的关节眼上,偏偏就有人送钱来。唉!真是先人手里积了德了,咱能把人家娃咋?"

傅继兴怕闯进是非窝里尴尬,故意大声咳嗽了几声,听着唠叨声戛然而止,这才进了堂屋。

阴沉着脸的安彩云一看他们拿着重礼,马上喜滋滋地接过礼物说:"自家人,又不逢年过节的,拿这些礼干啥。"

田爱君说:"我爸临终时嘱咐我们,要像对待亲生父母一样孝敬你们。今天,我们来看看二叔二婶,看有什么事需要我们帮忙。"

伶牙俐齿的安彩云生怕老实的丈夫说错了话,抢着说道:"你妈平常对我都好着哩,吃喝穿戴就没犯过愁。"

傅继兴知道二叔爱抽旱烟,拿过他那旱烟袋,装上了一锅烟,双手递了过去,在火炉上点燃了媒头,为他点燃了烟。

田来运过足了烟瘾,说:"娃呀,该不会找我有啥事吧?"

傅继兴单刀直入地说:"二叔猜得真准,还真有件事要请二叔帮忙哩。"

安彩云正为田来运被撤了掌柜职务而烦恼,如今听说有事要帮忙,还不知是凶是吉,马上摆起了亏欠:"你二叔是个老实疙瘩,跟你爸不顾生死创成了义和兴,结果好人没好报,被你爸把管的事抹了个精光,成了光杆司令。你们今天来,该不是还要追讨他分的那些能看不能用的财产?"

"二婶想哪里去了?是咱们商号要进行公司化改革,要成立监事会,需要一个资格老、说话有分量的人担任监事会主任。我爸去世了,二叔就自然成了咱家老大,管上下人等有资格,令人服。二叔为人忠厚老诚,人缘儿好,所以我们想请他当监事会主任。"

"唉哟哟,你们是为你二叔封官的,不知这官都管啥事?"安彩云一看是好事,急忙盼咐伙计端上了各样干果、点心。"我娃今天是贵客,这些好吃的,你们随便吃。"

田爱君解答道:"管啥事?打个比方,二叔干的这个事,就像《杨家将》戏中的八贤王,可以上打君不正,下打臣不忠,二婶,你说这官大不大?"

田来运听罢,心里觉得有些惭愧。前些日子,为了争夺总商号掌柜之位,他们曾千方百计挤对过傅继兴,而今,继兴掌了权,却要请他去当这么重要个官,他不敢相信地问:"你们看我能行吗?"

安彩云生怕错过了这个当官的机会,抢着说道:"你和大哥一起创成的义和兴,又不缺胳膊少腿,有什么不行的?真是'狗肉上不了席面子'。既然娃们请你干,你就好好干吧。"扭头又对继兴和爱君说:"你二叔有啥不周到的地方,你们就说,别管他是长辈,他要是和你们顶牛,就寻我,二婶帮你们收拾他。"

傍晚时候,傅继兴和田爱君又去找三叔。晚霞映红了天际,西北风筋疲力尽,显得有气无力地吹着,天气变得比上午还冷。

傅继兴和田爱君来到了三叔门前,只见三叔无精打采地坐在门墩石上,满脸愁云,大门紧紧地关着。不知三叔又犯了哪条家法,被关在了门外。

自从听说田来财包养戏子被撤了掌柜职务后,杜秀绵的醋坛子一下子打破了,家里便发生了冷战——杜秀绵一见田来财,便气不打一处来,立眉瞪眼不停点地挖苦数落:"你个骚货瞎尿,女人窝里的香药,走到哪里都惹一身臊气,把人都丢到兰州了,混得连掌柜的都丢了,还有脸回家。你要是真有本事,就和那狐狸精过去,别进我这门,我也落个清静。"随之而来的惩罚是不给做饭洗衣服,不准上炕胡骚情,动不动便把丈夫关在了门外头……

田来财见两个娃来了,不好意思地说:"咱这庄子深,门难叫得很,你们再叫叫。"

田爱君听罢,叩响了门闩,高声呼喊:"三婶,开门来!"

随着一阵脚步声,门开了:"哟,是爱君、继兴来了。"杜秀绵说着瞪了田来财一眼,对继兴和爱君说,"快进来,快进来。"

田来财也紧跟在后面,才顺利地进了门。

田来财接过娃们送来的礼物,相跟着进了堂屋。杜秀绵给两人斟上了兰州有名的三炮台茶。田来财端上了桃酥、杏仁、芝麻麻花、兰州蜜饯、黑瓜子等兰州特产。

一杯茶喝罢,继兴给爱君使了个眼色,田爱君会意,开口说:"三叔,我爸在世时常说,你是兄弟们中最精细伶俐的人。而今,咱家生意正处于危难之际,我和继兴才从大学毕业,阅历浅,没经验,偏偏又把经营重担压在了继兴身上,我们怕辜负了我爸和众掌柜的重托,所以,想请你出山,帮帮我们。"

"我都叫你爸打入了十八层地狱,威信扫地,能帮你们什么忙,该不是逗三叔的火哩?"

傅继兴说:"人生谁能一马平川跑到头,谁没有经过坎坎坷坷、失误过错?聪明的人能够闻过则改,从哪里跌倒了从哪里爬起来,振作精神再向前;糊涂人则灰心丧气,萎靡堕落,从此一事无成。三叔,我相信你是前者,你一定能从哪里跌倒了从哪里爬起来。"

田来财是个闲不住的人,在这冷战不停的家里也实在待不下去了,一听说有事可干,急不可待地问:"你们打算叫叔干啥呀?"

"我们想请三叔去当西藏分公司经理,不知三叔敢不敢去。"傅继兴知道田来财争强好胜不服人,所以便用起了激将法。

"难道西藏人长着三头六臂,是马王爷三只眼,有啥可怕的?!我在

兰州就经常和西藏人打交道,西藏人挺实诚的。"

"如果三叔真愿意去,我给你两万大洋的本钱,再给你一万大洋的开创新市场的费用。"

杜秀绵心里捏着一把冷汗,她知道丈夫曾经给继兴使过绊子,不知道他们今天来干啥,一看两个娃不但不记恨丈夫,还请他去做掌柜的,从内心产生着感激,很快做了四荤四素共八个下酒菜往桌子一摆,说:"你们叔侄是打断胳膊连着筋,平日离多聚少,今日就喝个痛痛快快的交心酒。"

田来财想着为争夺当总掌柜权位,自己那些见不得人的小动作,从内心感到对不住人,他拿出了珍藏了十多年的山西汾酒说:"继兴,这是你们家乡的名酒,喝着一定顺口,今天就多喝几杯。一来祝贺你即将荣任公司董事长兼总经理;二来感谢你们对我的宽容和信任;三来为我们同舟共济,齐心协力,振兴义和兴而干杯!"

杜秀绵一杯连一杯地敬着继兴和爱君,从心里进行着道歉、谢罪、谢恩……

顺利闯过了两关,继兴和爱君信心十足地到戒毒所去看胡效先。观见他被捆绑在一个单人病房的病床上,面黄肌瘦、眼圈发黑、全身抽搐、呕吐不止、神情恍惚、声嘶力竭地呼喊着:"给我一口吧,我只抽最后一口,给我一口吧……"

田爱君看着说:"好好一个人,抽了大烟咋就变成这样了?"

傅继兴说:"这是一个沉痛的教训,今后,不准抽大烟将成为义和兴一项铁的规矩。"

待到医生给胡效先打了针,他才安定下来,睡了过去。等到醒来后,发现继兴和爱君坐在病床前,急忙起身说:"少东家,你们啥时来的?找我有事吗?"

傅继兴问:"叔,你最近感觉身体咋样?"

"比才来时强多了,医生说能扛过三个月,就好了。"

"叔,那你就坚持住,有啥需要就告诉我们,我们一定帮忙解决。等病好了,还有大事托付叔帮忙。"

"啥事嘛,能不能先给我透个底?"

"我们想请你当青海分公司经理。"

胡效先听罢,咬了一下胳膊说:"我这不是做梦吧?你们能相信我这个抽大烟赌钱造假茶的瞎人吗?"

傅继兴说:"人非圣贤,孰能无过,知过能改,善莫大焉。希望你能尽快戒掉毒瘾,振作精神,再干大事。"

傅继兴和田爱君又逐一拜访了各分号掌柜和即将晋升的各分公司经理,详细了解了各人家中情况和需要帮忙解决的问题,逐家予以解决。解除了这些人的后顾之忧,详细了解了原有各分号经营情况,进一步改善经营管理及提高经济效益的设想和建议。

功夫不负有心人。义和兴茶业股份有限公司通过了注册登记部门的依法审批,于腊月二十日顺利成立了。

腊月二十三,是祭祀灶王爷的日子,是义和兴传统的团拜日。这一天,义和堂张灯结彩,各商号的老掌柜,即将任用的各分公司经理、账房先生等,无一缺席地参加了这别开生面的团拜会。提前到会的人相互寒暄,入座后议论纷纷:

"听说新推选的总掌柜是个刚从大学毕业的年轻娃,他能领住这一大摊的事吗?"

"听说那小伙子钱多,靠钱当了这个官。"

"做生意是得靠钱做资本,但人不行,钱也招不住胡折腾。"

"叫个毛头小伙当总拿事人,田家那些老掌柜能服气吗?"

"看这人还有些新花招,一接手先把商号搞成了什么公司。不知这办法灵不灵?"

…………

人们正议论着,忽听一声通报:"董事长兼总经理到了!"厅堂里霎时鸦雀无声。人们聚精会神地向门外看去,只见一个身材高大魁梧,穿着褐色锦缎袍褂,浓眉大眼的年轻人,迈着矫健的步伐进入了大厅。他走到大厅中央专为他空着的座位前,却没有入座,而是坐在了李仁厚、赵雅茹、田来运、田来财的下首。

主持人田来运离开了座位,站在前面说:"今年的团拜会现在开始!首先,向大家宣布一个好消息——义和兴茶业股份有限公司被批准成立了。首次股东大会研究通过了以下事项:成立了公司董事会、监事会;决定在宁夏、青海、新疆、西藏设立分公司,重新启动的运城德兴隆商号,更

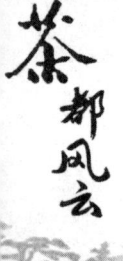

名为义和兴茶业股份有限公司运城德兴隆分公司。"说到这儿,他停了一下,有人就带头鼓起掌来。

田来运摆了摆手说:"还有呢,股东大会研究决定在泾阳设立济世堂中药店、皮毛作坊、盐店。通过了新年度的经营方案和人事任免。"

会场静悄悄的,大家都期待着人事任免的情况。

田来运环视了一下会场所有的人,提高了嗓门说:"大会一致推选傅继兴为公司董事长兼总经理。"这一次是他带头鼓起掌来。

掌声静下来,田来运笑了笑继续宣布:

免去田来运安化分号掌柜职务,出任监事会主任;
任命田爱君为总公司会计总监;
免去李瑞生雅安分号掌柜之职,调任兰州分公司经理,兼管宁夏、青海、新疆等西北市场;
免去潘兴旺成都分号掌柜之职,任命为成都分公司经理,兼管雅安、康定、西藏等西南市场;
免去田来财兰州分号掌柜之职,任命为西藏分公司经理;
免去胡效先康定分号掌柜之职,任命为青海分公司经理;
免去徐进宝成都商号二掌柜之职,任命为新疆分公司经理;
免去总号账房先生郜文贤之职,任命为康定分公司经理;
免去邢玉峰兰州二掌柜之职,任命为宁夏分公司经理;
免去何仁杰安化分号二掌柜之职,任命为泾阳济世堂中药店经理;
免去范志坚雅安分号二掌柜之职,任命为义和兴泾阳皮毛作坊经理;
免去段鹏飞康定分号二掌柜之职,任命为义和兴泾阳盐店经理;
任命周保柱为运城德兴隆分公司经理;
任命朱子良为安化分公司代经理;
任命杨敬贤为雅安分公司代经理。

一口气宣布了这些任免以后,田来运松了口气,语气也舒缓了许多,说:"各分公司其他领导成员由经理举荐,总公司审批任命。还有,股东会决定改进账房先生一人管账又管钱的老做法,实行会计与出纳分立,各分公司会计科长兼任监事会委员,由总公司委派并负责薪酬发放,受总公司、分公司双重领导。现在,让我们以热烈的掌声庆祝新公司成立,庆贺各位荣任新职。"

掌声渐停,田来运说:"下面,请董事长兼总经理傅继兴讲话。"田来运坐回了自己的位子,李仁厚斜过身子笑着对田来运说:"你小子今天也称女婿是董事长兼总经理?"

田来运说:"老舅,今天没有女婿,只有董事长兼总经理。"说着也笑了起来。

傅继兴健步走上了主席台,进行他履职的第一次演讲:

各位前辈,各位同仁:

首先,我要由衷地感谢大家对我的信任与重托。我将坚持继承和发扬前辈的优良传统和作风,不遗余力地和大家一起去创造义和兴更加美好的明天,鞠躬尽瘁,死而后已。

今天是小年,我代表总公司向大家拜个早年。

说着,傅继兴深深地向众人鞠了一躬。

义和兴的老掌柜们及在场的人也毕恭毕敬地拱手还礼,异口同声地说:"给董事长拜个早年。"

傅继兴接着说:"义和兴能有今天,是关老爷、财神爷、茶圣爷等神灵保佑的结果,是先辈们艰苦奋斗的结果,让我们以虔诚之心敬拜各位神灵及先辈。"说着,为神灵和先辈神龛焚香叩拜,众人也都纷纷离开座位,找个空地跪下,跟着傅继兴行了三跪九叩的大礼。礼毕,傅继兴接着说:

各位前辈、各位同仁:

新的一年即将来临,许多新的事情等待着我们去做。做生意也如逆水行舟,不进则退。我们不能坐井观天,故步自封,不求进取,而是要坚持兴利除弊,不断改革,打开新局面,创造新业绩。

明年,我们要巩固发展老市场,积极打开新市场。刚才已经宣布了,要在宁夏、青海、新疆、西藏设立分公司,在运城重新启动德兴隆分公司。我想,我们下一步还要开通远至俄罗斯的北部边贸市场。

我们要充分利用现有资源，扩大经营范围，在泾阳设立济世堂中药店，加工、销售中药材；同时设立义和兴皮毛加工作坊、义和兴盐店，延长我们的产业链，增加产品附加值。

俗话说："事在人为，业由人创。"良好的业绩要靠大家去创造。总公司为大家搭建好了舞台，能不能演出令人喝彩的节目，全在你们。总公司的原则是有功必赏，有过必罚，唯才而用，不论亲疏。昨天，股东大会推选出的分公司经理，其中有两人就是由伙计破格提拔上来的。

"无规矩不成方圆"，这是老先人的经验之谈，我们应该好好学习之，应用之。要用规矩管人行事；用规矩改善经营管理，堵塞漏洞；用规矩织成疏而不漏的大网，使那些想违规、违法的人无空子可钻，使邪恶之徒无处躲藏。

近一年来，我通过深入调查，广听意见，编写成了《义和兴商规》，今天予以公布实施。现在，给大家简要说一下商规的内容：

一是明确信念，义中取利。自古以来，为商为贾，皆为谋利求财，但取利有正有邪。我们义和兴自创办以来，就确定了"义"字当先的经营理念，坚持义利并重，生财有道，公平交易，童叟无欺。我们敬拜关公、财神赵公明、茶圣陆羽，不仅仅是为了求保佑，而是要用这些神灵的高尚品德和情操，净化我们的灵魂。学习他们仁义、诚信、睿智、敬业、勤奋，不怕艰难险阻，不达目的誓不罢休的精神。

二是尊重顾客，和中求财。要真真正正认识到顾客是我们的衣食父母，真正弄懂和气生财的道理。要求做到衣帽整洁，笑脸迎客，察言观色，因客制宜，百问不嫌，百挑不厌，货随客愿，满意而归。如遇买卖纠纷，不急不躁，弄清是非，互谅互让，依法依理，好言化解，妥善处理。我们要尊重各地群众的信仰和风俗习惯，制作、采购、供应适销对路商品。在处理商人与商人之间的关系时，要摸清对方情况，知人而交，讲信修睦，互惠互利，携手共进。

三是广采消息，灵活经营。人常说，"商场如战场"，机不可失，时不再来，胜败均在一念间。所以，我们要眼观六路，耳听八方，随时随地、积极主动地进行市场调查，广泛听取各方消息，及时掌握市场行情，准确预测市场变化，未雨绸缪，顺势而为。《史记·货殖列传》总结前人经商成功经验，强调指出："（货物）论其有余不足，则知贵贱。贵上极则反贱，贱下极则反贵。贵出如粪土,贱取如珠玉。"我们要吸取,用活前人经验,审时度势,把握商机,采取低囤高卖、避实击虚等手段,有的放矢地进行灵活经营,吸引各种顾客,提高经营效益。

四是严把"四关",制造精品。第一关是严把产品策划关。要根据各地群众、市场需求,及时调整产品生产计划,生产适销对路产品。力求做到"人无我有,人有我优,人优我廉",价格贵的,一般的,便宜的,各种规格产品全覆盖,满足各方群众的需求。第二关是严把原料采购关。严格按要求采购安化优质茶产区的地道茶,坚持五不收——掺草末不收、掺茶籽果不收、掺苦茶叶不收、掺石灰不收,以外路茶冒充安化黑茶等一切掺杂使假的茶一律不收。第三关是严把加工工艺关。各道工艺都要严格按照操作规程办事,不合格产品当即淘汰,不准进入下道工序。第四关是严把成品检验关。通过检验,质量不合格或数量不足的产品,一律不准出店、上市销售。推行茯砖茶加工班质量承包制度、定额计件工薪制度,严格审查,奖优罚劣。

五是积极招募股金,延伸经营网络。要充分利用我们的有形资产和已广有影响的字号、商标、加工技术等无形资产,吸引招募社会各方资金,加盟入股,合股经营,借船出海。但招募股金不得超过我们总资产的百分之五十,这样我们就能牢牢掌握经营主导权。对于新成立的分公司,总公司将给予两万元大洋的启动资金,一万元的市场开拓费。各分公司也可以这种方式发展当地分店。

六是承包经营,绩酬挂钩。自明年(1924)起,推行公司经理承包经营责任制。原创业各位掌柜,如愿意以自己分配的股金继续投入义和兴经营的,我们欢迎,其股金作为资金股终生享用,合法继承人可以继承;如想退股,我们欢送,当即退还其股金。新提拔分公司经理,总公司第一年赠送一成人力股,经营效益好可酌情再赠股金。年终结算,以人四银六进行分配,完成承包任务,挣钱了,人、钱红利都有;没挣到钱,人利有,但钱利就没有了。伙计以资金入股的,也参照以上办法执行。

七是加强监管,杜绝违规。新成立的义和兴茶业股份有限公司,设有监事会,专事监督检查各层级公司经营情况及负责人行为。对违规、违法经营的,要进行查处,处罚直接责任人,追究相关负责人。

八是坚持改革,兴利除弊。时代在前进,形势在变化,我们不能墨守

成规,故步自封,犯"刻舟求剑"的错误。要紧跟时代发展步伐,未雨绸缪地研判市场需求;要及时修正不符合发展需求的旧条条框框,调整经营对策。以市场需求为标尺,衡量我们的经营行为;以兴利除弊为原则,不断进行改革,使我们的经营永远立于不败之地。

　　九是严于律己,令行禁止。义和兴人员都应以"仁义、诚信、敬业、勤奋"为立身之本,遵规守法,不越雷池,坚决做到十不准:不准吸毒赌博;不准嫖娼纳妾;不准假公济私;不准损人利己;不准收受贿赂;不准哄抬物价;不准欺哄顾客;不准掺杂使假;不准以次充好;不准挖人墙脚。

　　十是广种薄收,让利于人。我们不能急功近利,要求长远发展。要让利于合股经营人,让利于经销商,让利于顾客,调动社会各方积极性,扩大市场销售份额,薄利多销,多中取利。

　　这十条就是《义和兴商规》主要内容,随后,我派人到西安去把《义和兴商规》印出来,发到每个人手中,但我们不能只把它拿在手中,挂在墙上,而是要记在心中,落实在行动上。

　　各位前辈、各位同仁,义和兴茶业股份有限公司的招牌已经树立起来了,发展蓝图已经绘好,让我们继承和发扬老一辈艰苦创业的奋斗精神,坚定信念,团结奋斗,使义和兴商号经过公司化这一华丽变身,创造出更好的经营业绩!

　　傅继兴话讲完了,人们还聚精会神地沉浸在讲话中,堂屋内一片寂静,不知是谁拍起了手,顿时引来了雷鸣般的掌声,经久不息。

第十四章

黄风驿 恩威惊劫匪
走沙漠 冲破死亡线

眼看着就要过年了,傅继兴还是忙得不亦乐乎。他和田爱君走访了诚盛永、万庆德、福顺成等百年老号的西北通,请他们为即将赴宁夏、青海、新疆、西藏组建分公司的经理及伙计们讲授各地的风俗习惯、群众喜好、经营门道、常用方言,准备所需货物,搜集阅览着有关各地情况的资料。

他们仔细看着母亲赵雅茹从娘家借来的《西域丝绸之路图谱》,方知古代丝绸之路是这样的走法:东从西汉首都长安(今西安)起,经陇西或固原西行至金城(今兰州),通过河西走廊的武威、张掖、酒泉、敦煌四郡,出玉门关或走阳关,穿过白龙堆到罗布泊地区的楼兰……

田爱君看着图问:"从这儿咋成了两条线了?"

傅继兴指着地图说:"因为,汉代西域丝绸之路分南道和北道,南、北两道的分岔点就在楼兰。北道西行,经渠犁(今库尔勒)、龟兹(今库车)、故墨(今阿克苏)至疏勒(今喀什)。南道自鄯善(今若羌),经且末、精绝(今民丰尼雅遗址)、于阗(今和田)、皮山、莎车至疏勒。从疏勒西行,越葱岭(今帕米尔)、大宛(今费尔干纳)、大夏(在今阿富汗)、粟特(在今乌兹别克斯坦)、安息(今伊朗),最远到达大秦(罗马帝国东部)的犁靬(又叫犁轩,在埃及的亚历山大城)。另外一条道路是从皮山西南行,越悬渡(今巴勒斯坦达丽尔)、经轩宾(今阿富汗喀布尔)、乌弋山离(今锡斯坦)至条支(今波湾头)。从轩宾南行,至印度河口(今巴基斯坦的卡拉奇),转海路也可以到达波斯和罗马等地。"

田爱君说:"我看着好像是历史课上学过的张骞出使西域的路线图?"

"你说得很对,这就是汉武帝时张骞两次出使西域后,形成的丝绸之路的基本路线。而宁夏银川、青海西宁、新疆迪化、西藏拉萨都是古丝绸之路和唐蕃古道的重要通道,是泾阳茯砖茶传统销售地。"

"其实咱们有用的就是到宁夏银川、青海西宁、新疆迪化、西藏拉萨的路线图。"

傅继兴说:"那可不一定。"

"咋?你还想把生意做到印度河口去?"

"我还想做到波斯去呢!"

"美得你!"

春节前,傅继兴召开了各分公司经理会,共同研究了新年度的经营大计。

傅继兴在会上说:"《荀子·王霸篇》说,'农夫朴力而寡能,则上不失天时,下不失地利,中得人和而百事不废'。孟子说,'有利的时令和气候不如有利的地势,有利的地势不如得人心,上下团结'。荀子说的是务农,孟子说的是打仗。我看做生意也是一样,讲究天时、地利、人和。所谓天时,就是要看国家及当地大形势及相关政策。有利于咱们的,充分加以利用,顺势而为;不利于咱们的,不能明目张胆硬违抗,而要想办法变通行事。所谓地利,就咱们而言,就是要寻找当地茯砖茶传统销售地,从那里入手打开市场。人和是做好生意的关键环节,咱们一定要千方百计搞好。一是要寻找各种关系,采取投其所好等办法,攻下当地政府有关部门官员及商会,使其成为咱们的保护伞;二是要敬而远之,协调好和当地帮会的关系,排除寻隙闹事等干扰;三是要以'以诚相待、互惠互利'为原则,搞好和经销商的关系,巩固老经销商,积极发展新经销商。四是要尊重当地群众信仰和风俗习惯。

"在经营上,要深入调查研究,真正摸清当地市场行情,有的放矢制定经营策略和措施。总公司议定了几种营销办法,供你们因地制宜地灵活运用:货卖当地最低价,争取顾客,广种薄收,在多销中取利;赠送品尝茶,实行先尝后买式销售,提高群众对咱们砖茶的认知,促成购买;在游牧地区,要不怕艰苦,送货上门,方便购买;对有信用,但暂时有困难的经销商和顾客,可酌情实行代销、赊销,稳定和扩大销售……"

傅继兴的讲话赢得了热烈的掌声。散会后,大家一边往外走一边议论:

"实在没有想到,一个刚从大学毕业的年轻人,在义和兴才干了不到一年,竟能把经商的方方面面,各种门道说得头头是道!"

"真是'秀才不出门,便知天下事''自古英雄出少年',凭这年轻人上台安排的阵势,你不服都不行。"

待到把泾阳一切事务安排妥当,傅继兴和田爱君及母亲回山西老家去过年。

大年初一,闻知东家回来了的德兴隆的伙计们,不约而同地来给东家拜年。傅继兴领着大家祭拜了列祖列宗、关老爷、财神赵公明、茶圣陆羽,在心里默默祈祷:爹,你娃还未查清劣茶出处,也未找到昌相,但从近一年了解的情况看,义和兴绝非劣茶制售者,义和兴口碑甚好,掌柜的待儿更好。儿已与娘商定,和他们合股经营,把咱家的商号改成义和兴的分公司,重新启动经营,儿已被推选为董事长兼总经理。德兴隆生意兴隆指日可待,请爹爹放心。愿各位神仙及列祖列宗保佑母亲健康长寿,保佑继兴事业有成。

祭祀完毕,傅继兴同大家一起给老娘磕头拜了年。

老夫人看到久别的伙计们,不禁想起了老伴,止不住老泪纵横。田爱君急忙上前给老娘擦泪:"妈!过年是高兴事,别伤感流泪的,让大家看见心里都不好受。"

老夫人破涕为笑说:"多长时间不见了,我这是看到咱们的伙计高兴哩。"说着,逐个儿招呼着伙计问长问短,伙计们也亲热地挤在老夫人身边,说个不停。

中午,傅继兴设宴招待了伙计们。

傅继兴端起酒杯对大家说:"烈火见真金,患难见朋友,难得大家能历经劫难而不离不弃,继兴深为敬佩感激,我代表我们全家人给大家拜年了!"

众人也端起酒杯站了起来,异口同声地说:"东家待我们情同父子兄弟,我们岂能忘怀?我们给少东家拜年了!"说着也一饮而尽,然后坐下。

傅继兴没有坐,接着说:"经过我近一年对义和兴商号的深入了解,觉得义和兴商号是个讲仁义、重诚信的商号,是泾阳茯砖茶的后起之秀。我同我娘商量,决定与他们合股经营,现已创办了义和兴茶业股份有限公司。咱德兴隆改成义和兴茶业股份有限公司德兴隆分公司,老管家周保柱已被任命为分公司的经理,大家就跟着他好好干吧。"

田爱君说:"大家放心,继兴是义和兴茶业股份有限公司的董事长兼总经理,还管着咱德兴隆,不过不管具体的经营。"

众人听罢,高兴地忘了吃喝,纷纷议论,拍手拥抱,喜极而泣,抬起傅继兴直往天上抛:"真是三岁娃娃看到老,少东家自小就聪明过人,而今已成大器了。"

"祝贺少东家荣任董事长兼总经理。"

"振兴德兴隆有指望了。"

同辈人开玩笑地说:"你看老管家高兴得都合不住嘴了!"

"老管家当了经理了,人逢喜事精神爽嘛!"

"瞎说!我高兴的是咱们德兴隆又要开业了,老东家在九泉之下也可以安心了!"

不知谁还跑到院子里燃起了鞭炮,噼噼啪啪响了足足一刻钟,炮烟都飘进了客厅……

大年初二,本来是女婿给丈人拜年的重要日子,傅继兴两口子在山西,也不用去田家了,索性和老管家周保柱就重启德兴隆的事谈了整整一天。最后,傅继兴说:"周叔,咱德兴隆是倒了牌子的商号,重新启动经营困难一定不少,你要千方百计恢复咱商号在经销商和顾客中的信誉。我想,咱要实行质量承诺制,凡经销、购买咱的茯砖茶,如果发现质量有问题,保退保换,保赔损失。要深入了解经销地茶叶价格行情,货卖市场最低价,以薄利多销争取市场份额。要选择信誉好的商号,实行先货后款,彻底解除经销商的后顾之忧。还要广为宣传,争取社会各方,特别是优选有实力、讲诚信的商号入股经营,充实资金实力,扩大经营规模。"

周保柱听着心想:傅继兴虽然年轻,可到底是大学生,有知识,有胆魄,点子多,于是便欣慰地说:"有你这些说辞,我就好办了。"

虽说是在山西老家过年,傅继兴却在盘算着义和兴的生意,心里一直在想:宁夏、青海、新疆、西藏虽然都是古丝绸之路的必经之地,群众都有喝茯砖茶的嗜好,但一些大的茶商,早已捷足先登,在那里建立了茶庄、商号。如何在百家竞争的环境中,夺取一席之地,还真要费些脑筋。他对爱君说:"开拓西北市场,我们明显地落后于人,没有出奇制胜的办法,很难立足发展。"

爱君问:"那你打算咋办?"

"我在年前公司经理会上已经讲过,打算以质优价廉、先尝后买、代销赊销、送货上门等办法攻占市场。我早已安排茶店,专门生产了些小包茶,带到新开拓的市场,散发给群众品尝,群众真的觉得好,就能促进购买销售。对于新开拓的市场,咱们还没有深入了解,所以,我准备亲自去一趟新疆,以便随机应变,酌情决策。"

过罢年,傅继兴安排好德兴隆分公司经营事项,和爱君及母亲辞别了商号同仁,急匆匆返回了泾阳。

一过正月十五,各分公司经理及伙计押着各自货物,满怀希望地奔赴各地。

可是傅继兴总是脱不开身,转眼就到了清明时节。蒙蒙细雨洒过后,空气分外清新,鲜红的桃花和雪白的杏花已经败落,只留下了果的希望。垂柳和白杨换上了黄绿色的春装,柳絮杨花漫天飞舞,像童年吹升蒲公英的梦幻。梧桐树光秃秃的树枝上挂满了紫色喇叭花组成的纺锤状花穗,仿佛一个硕大的花伞。金灿灿的菜籽花放着诱人的清香,青翠的麦苗已在孕穗吐穗,向丰收张望……春风的彩笔,描绘出了一个五彩缤纷的世界,呈现出一派生机勃勃的景象。

夜幕降临,傅继兴在泾阳十字路口,遥望故乡,给先人们烧了纸,希望他们能保佑自己西域之行旗开得胜,马到成功。

听说儿子要上远路,母亲拿来了几双黑哔叽面,千层底的鞋,说:"娃呀,出门把这鞋穿上,走起路来不磨脚。出了门要长眼色,不要争胜斗强惹是非,早起早歇防不测……"

"娘,你放心,我办完事立即返回。你也要保重自己。"

田爱君眼看着丈夫要走,心里有说不出的滋味。继兴不在家,她一个人在本本上胡写乱画起来:"自古多写征人、征妇怨,岂知商人夫妇亦可怜!此去边塞荒漠路,几多凶险在前边,何时归来话团圆?!"

过了清明节,傅继兴选择了一个黄道吉日,开始了他的新疆之行。

天刚麻麻亮,义和兴商号门前鞭炮齐鸣,骑着枣红马的傅继兴活像出征的将军,拱手向送行的人们告别,向伙计们发出了号令:"走了!"号令一出,装满货物的马拉大车立即启动。

"一路保重!"

"一路平安!"

"祝你们马到成功!生意兴隆……"一声声送别祝福为出征人加油鼓劲。

田爱君站在人群中,不停点地向继兴挥手,禁不住眼泪夺眶而出。

这一队商贸人马,清一色的黑布衣裤短打扮,足蹬黑面白底千层底鞋,蓝布腰带白裹腿,腰上还挂着绿鞘戒刀,一个个显得十分精干。驾车的伙计,手挥红缨鞭,吆喝不断,人们乍一看还以为是走镖的队伍。

这一行人出街过镇,走州过县,行进到空旷野外,扬鞭催马,车快如风,但只见,沿路杨柳扑面来,麦苗青青野花鲜,绿树山花满山塬,春燕翻飞舞蹁跹。豪情满怀的伙计们触景生情,有几个能唱花脸的后生竟吼起了秦腔——异口同声地唱起了《茯砖茶商是好汉》:

> 茯砖茶商是好汉,
> 忠义为本闯江山。
> 忠诚待人结善缘,
> 义中取利开财源。
> 精工细作好为先,
> 费心思制出茶中仙。
> 香飘丝路万民赞,
> 友谊花开国民安。
>
> 茯砖茶商是好汉,
> 不畏艰险勇向前。

> 茶马古道闯艰险,
> 沙漠荒原斗凶顽。
> 跨越激流和险滩,
> 翻山越岭走泥丸。
> 慧眼明辨恶和善,
> 拼搏商海奏凯旋!
>
> 茯砖茶商是好汉,
> 胸有宏图意志坚。
> 创业不怕苦和难,
> 富而不狂攀金山。
> 扶危济困怀善念,
> 吃亏忍让天地宽。
> 驰骋丝路送温暖,
> 茶走四海春满园!

这一出开场戏,逗起了大家的瘾,李相唱起了须生戏——《茶都泾阳留美名》:

> 自西汉张骞把丝路开通,
> 走西域茶要到泾阳加工。
> 泾阳县水土好人杰地灵,
> 人勤奋苦耕耘五业兴隆。
> 宋神宗熙宁年间奇事生,
> 茯茶诞生在泾阳城。
> 茶中奇葩有奇功,
> 克食利水杀腻腥。
> 西域人常吃肉食多病痛,
> 喝茯茶解忧愁万民欢腾。
> 西域自古不安定,
> 常起战乱民不宁。

用茯茶换民心把国策制定,
茶马交易换和平。
从此后泾阳担使命,
做茯茶富民强国保太平。
茯茶生泾阳更昌盛,
客商们云集泾阳城。
茶商们满怀发财梦,
东奔西走忙不停。
四茗楼茶馆生意红,
多少单生意洽谈成。
骆驼巷驼铃响不停,
迎送着丝路送茶急先锋。
县前街戏楼唱不停,
演唱着茶商悲欢离合不了情。
三门角苦力在卖命,
苦拼搏都只为糊口谋生。
北极宫烟馆灯火明,
富豪们在这里醉死梦生。
茶市里人来车往真鼎盛,
四方客商显神通。
各地特产换佳茗,
选买好茶去西征。
茶走丝路万民颂,
茶都泾阳留美名。

李相唱罢,钱相模仿着女声唱了首《妹妹送哥走边关》:

春风吹来百花鲜,
哥哥要送茶走边关。
妹妹闻知心里酸,
忍不住啊泪涟涟。

心儿跳,口儿颤,
临行的叮咛到嘴边。

出门在外妹难管,
斟酌冷暖要换衣衫。
吃饭莫要胡弹嫌,
吃饱方能把劲添。
有病你要趁早看,
无病也要防在先。

此去边关路途远,
跋山涉水行路难。
上山下山莫嫌慢,
坐船要把风浪观。
避风避雨避雷电,
千万别冒险惹麻烦。

哥哥送茶走边关,
妹妹守候在家园。
牵肠挂肚想着你,
盼着你书信报平安。
不求你挣多少钱,
只盼你快快平安回家园。

钱相唱的刚一落点,陆相便接着唱起了《茶中缘》:

小伙子壮来姑娘美,
茶店做工喜相会。
奴家端茶君捶茶,
朝朝暮暮紧相随。
送一条手帕君擦水,

第十四章 黄风驿 恩威惊劫匪 走沙漠 冲破死亡线

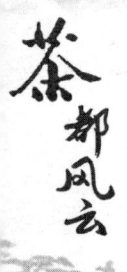

赠一把花伞奴遮雨。

小伙看姑娘如花美,
姑娘赞小伙好手艺。
眉目传情心相印,
花前月下诉衷心。
血和汗同洒砖茶里,
梦中化双蝶花中飞。

正唱着,一个赶车的小伙子说:"别唱了!"
"咋啦?嫌我唱得不好听?"
"不是不是!"
"那咋不让唱了?"
"人刚把媳妇忘了,你这么一唱,让我可想起来了。"说着他还带出了哭腔,逗得车上的人笑得前仰后合。
"那咱就换个唱法。"
新疆分公司经理徐进宝唱起了秦腔《斩单童》:

呼喊一声绑帐外,
不由得豪杰笑开怀。
某单人独骑把唐营踩,
只杀得儿郎们痛悲哀。
遍野荒郊血成海,
尸骨堆山无处埋。
小唐儿被某胆吓坏,
马踏五营谁敢来。
敬德擒某某不怪,
某可恼瓦岗众英才。
想当年一个一个受过某的恩和爱,
到今背信该不该。
单童一死阴魂在,
二十年报仇某再来……

一个山西来的伙计，竟拿腔捏调唱起了晋剧《西厢记》中崔莺莺的唱段：

> 望晴空冰轮乍涌，
> 步香阶风扫残红，
> 牛女星横断太空，
> 那团圆月偏照孤穹。
> 叹人间玉容深锁在绣帏中，
> 怕的是有人把是非搬弄，
> 却因何云层围住广寒宫，
> 难道说也怕嫦娥凡心动。
> 今日里东阁开绮筵，
> 我只道和鸣效鸾凤，
> 好主人他知恩报德情偏重，
> 逼着人翠袖殷勤奉玉盅……

一路上唱唱歌歌，人欢马叫长精神。

傅继兴和徐进宝带着伙计们起早贪黑，跋山涉水，晓行夜宿，不觉来到了兰州境内的黄风驿。

黄风驿是一个古老的驿站，是个四周看不见村落，沿路而建的小镇。这小镇是个过风道，风卷着黄沙不停点地刮着，闹得人几乎睁不开眼，但却是来往客商必经和常歇之地，难怪叫黄风驿。

傅继兴一行人赶到镇上，沿街商铺全点亮了灯，客栈伙计打着标着字号的灯笼，攘着络绎而来的客商招揽着生意。一个打着"好再来客栈"灯笼的伙计走上前来仔细一看，惊喜地招呼道："吕相，你们来了，快请到客栈歇着。"

吕相向傅继兴说："我们以前送货，常住这家客栈，就住这家吧？"

"你看着安排吧。"在伙计的引导下，他们住进了好再来客栈。

客栈伙计见有客来，热情地招呼着，帮忙卸车，拉牲畜打滚，饮水，上槽喂草料。

傅继兴吩咐伙计用篷布把车上的货盖好绑牢,留三个人照看,其余人洗漱吃晚饭。

吃饭中间,傅继兴问:"吕相,你是轻车熟路老行家,这家客栈安全吗?"

"以往还不错,但谨慎些为好,吃罢饭,咱们出去再转转看。"

在客栈饭堂吃着饭,他们打量着进进出出的客人,没有发现异常情况。

吃罢饭,傅继兴和吕相上街去察看。走到一家最阔绰的塞上酒楼,看周围情况。酒楼旁边沿路树上拴着十几匹马,一阵阵猜拳行令、胡说浪骂的声音传了出来。两人不约而同地进了酒楼,要了一荤一素两个下酒菜,半斤金城老窖酒,细嚼慢咽地喝了起来,边喝酒边巡视着周围情况。

只见里面坐着两桌人,衣服五颜六色,样式不一,有穿长袍马褂的,有穿绸挂缎的,也有穿得破破烂烂的,就连每个人腰上别的刀也是七长八短。

这些人酒喝多了,人张狂了,说话口无遮拦:"今晚上,好好'踩个盘子',弄他一票,事成之后,叫弟兄们到销魂楼好好玩玩。"

"好!还是大哥好,跟上大哥吃香的喝辣的,痛快!"

听着他们胡言乱语,跑堂的店小二也有点吃惊。

傅继兴听着小声问:"吕相,你经常跑这条道,认识这伙人吗?"

"没见过,看这阵势,像是一伙新拉的'杆子'(土匪)。"

二人喝罢酒离开了酒店,又到镇子街上和周围齐齐转了一圈,再也没有发现异样情况。

吕相说:"咱们这帮伙计都是平常操练好又久经拼打的武把式,凭那伙人,看来也不难对付。"

"吕相,强龙不压地头蛇,如果真正遭遇,万不可轻敌。咱们要是占了上风,要手下留情,不可伤人性命。毕竟,多数土匪都是被逼上梁山的,咱们不要赶尽杀绝,要放他们一条生路。以威降匪,以恩感人,别结死仇惹下麻烦,但求平安。"

"东家高见,冤家宜解不宜结嘛!"回到客栈,二人召集伙计,进行了周密安排。

黄风驿的夜晚,风刮得呼呼带哨,飞沙扑打得窗户纸沙沙作响,乌云翻滚,吞没了星月,夜黑得伸手不见五指。

前半夜相安无事,到了后半夜,从好再来客栈后墙上翻进十多个人来,直奔车棚货车。土匪们实指望手到擒来,拿得好货。

谁料想,一声喝喊吓破贼胆:"谁吃了豹子胆了,劫起我们义和兴的货了!"随着喊声,从货车上齐刷刷地跳下十多个黑衣大汉,在灯光映照下,一把把长刀明光闪闪,寒气逼人。

一看这阵势,打算劫货车的土匪已经有些胆怯,但还是色厉内荏地吼叫道:"你从我镇过,需留买路钱。"

"赢了我们手中刀,这里货物你随便拿。"

说着,双方便打了起来。几个回合下来,这伙土匪便被打得七倒八歪,有几个土匪已被黑衣人反扭胳膊,把刀架在了脖子上。其他的也都只有招架而没有还手之力,胆战心惊地退缩、躲避。

就在此时,一个高大魁梧的黑衣人走上前来,喝令:"住手!"于是,大家停止厮打。黑衣人说:"朋友,咱们是千里有缘来相会,好再来客栈巧相识。有缘,有缘。"

"你们是什么人?还有两下子,是哪个镖局的吧?"

吕相上前答话:"我们是陕西泾阳义和兴商号的,这是我们的老板。"

"义和兴商号?在下钦佩,钦佩!"

"彼此,彼此。我们大家都一样,都是生活所迫。初次见面,奉上三十块大洋的见面礼,以求交个长远朋友。"

土匪们眼见着被打得落花流水,而胜利者一方还要赠银,深感此人有胆有识,豪爽仗义,非等闲之辈,当即拱手施礼道:"你如此厚待手下败将,令人敬仰。谢了!不知掌柜的姓甚名谁?"

傅继兴拱手施礼答话:"鄙人傅继兴,今后还请各位多多关照。"

"有恩必报,那是自然,今后在我们这儿如有需要帮忙的事,尽管吩咐。"

一场劫难就这样化干戈为玉帛……

傅继兴一行人赶到兰州,在义和兴兰州分号歇息了一晚。卸下了车上货物,安排空车到兰州拉水烟返回。雇用走西域的骆驼队装好货物,备足水、干粮、药品等必备用品,向西进发,直奔新疆,走进了沙漠地带。

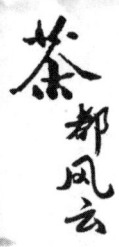

　　无边无际的沙漠像黄色的大海,那连绵起伏的沙丘就像大海中的波浪。黎明,沙漠上白雾茫茫,朝霞现彩时,雾气逐渐由白变红。初升的太阳像一颗硕大的红玛瑙,光彩迷人;太阳升起时,照在沙漠上,万点光亮闪耀。

　　担当着向导的吕相,凭经验探寻着道路,引领着驼队前行。走到中午,夏天的太阳犹如火焰毫无遮拦地喷射到沙漠上,升腾起一股股滚烫的热浪,仿佛要把人蒸熟似的,叫人连呼吸都觉得困难,每走一步都是气喘吁吁。大家热得脱得只剩下背心、半截裤,还是酷热难耐,挥汗如雨。

　　财东家出身的傅继兴,还从来没有见过这看不到边的茫茫大漠,更没有受过这犹如投入热气腾腾蒸笼中的闷热,走着走着,便感到头像爆炸了似的疼痛,眼前金星乱冒,耳边如哨声鸣响,恶心、呕吐、四肢无力,并一阵一阵地发痛……他强忍着各种病痛,疲惫不堪地向前艰难地移动着脚步,一步一步地走着,突然,他感到浑身打颤抽搐,一下子昏倒在地,人事不省。

　　这一下,吓坏了伙计们,人们一齐围了上来,一声连一声地呼喊:"董事长!董事长……"

　　有经验的吕相急忙去掐傅继兴的人中,直等到人慢慢苏醒过来,赶紧扶起来给灌了准备好的藿香正气水,再让喝水,人才彻底清醒了。傅继兴睁开眼一看,见大家围着看自己,不解地问:

　　"你们围着我干啥?"

　　"你刚才昏倒了,把人几乎吓死了!"

　　"啊?那是咋啦?"

　　"那是因为你没来过沙漠,中暑了。刚给你喝了些藿香正气水,不要紧了。"吕相解释着说。

　　人已经病了,不敢再走了,大家忙活着选择好地方,搭起帐篷,开始休息。

　　傅继兴昏昏沉沉地睡着了,迷迷糊糊中,只见一伙人挥舞棍棒来抢他们的货,他声嘶力竭地呼喊着:"吕相,伙计们,有人抢咱们的货,快起来!快起来!"可不知为啥,伙计们连一个人也没来,他只得奋身而起,与这伙人打斗起来,一边打,一边不断地呼喊:"吕相,伙计们,快起来,快来呀……"

整整一晚上，吕相都在守护着傅继兴，见他突然惊叫着坐了起来，急忙问："你咋啦？董事长。"

"吕相，有人抢咱货哩，赶紧叫伙计们。"

"董事长，你是做噩梦哩。咱的货好好的，你放心睡吧，我守看着哩。"

傅继兴这时已醒了，说："吕相，我是第一次走货，没一点经验，真怕有啥差错。"

"你放心吧，咱们这些伙计，都是在边贸路上摸爬滚打出来的，保证能帮你把这趟货走好。"

两个人说着天已破晓，便叫起大家，趁着早晨天气凉爽上了路。

沙漠里最难走的路是中午爬沙丘，那简直比登山还难。脚踩到滚烫的沙丘上，松散的沙子一个劲地往下陷滑，弄得人常常是走一步仿佛又退到了原处。如果没有百折不挠的精神，稍有泄气，人就软瘫到地上不想走了。人们气喘吁吁，走走退退，退了又走，直折腾得一个个大汗淋漓，精疲力竭。

沙漠中天气多变，正行走中，忽听吕相喊道："龙卷风来了！快寻个安全地方躲躲。"说着，指拨伙计们到选好的地方，让骆驼卧下，人把骆驼当屏障，就地靠着骆驼蹲了下来。刚安顿好，一股股旋风如无数巨龙奔腾呼啸着从天际飞来，飞沙走石，天昏地暗，一座座沙丘被旋涡子风卷着吹得到处乱跑，沙地被揭去了一层又一层。有些地方还露出了骆驼的骨头，还有人的头骨，有的胡杨树也被连根拔起，被风卷到了半空中，真像《西游记》中描写的妖风一样，让人看着害怕！

夕阳西下时，风停了，落日的余晖给沙漠涂上了一层红色，灼人的热气慢慢消散，徐徐拉开的夜幕笼罩了沙漠，傍晚的沙漠显得更加苍凉和悲壮。

平安躲过了龙卷风的袭扰，他们选择宿营地准备休息，安安稳稳地吃了顿晚饭——自带的干馍、油泼辣子和咸菜。想着短短两天的经历，沙漠里的魔鬼几乎要吞噬了他们，令人至今还心有余悸，但疲劳是最好的催眠剂，不一会儿，人们便进入了梦乡。

走了整整三天，还未遇到水源，自带的水已剩下了星星点点，不得不更加节省着喝。炙热的天气，弄得人口干舌燥，满嘴起泡，人像被抽了筋

似的软成一团,每迈一步都是气喘吁吁,呼出的气都像火一样。这时,人们心中最大的愿望就是能美美地喝一肚子水,洗个凉水澡。

啥时才能遇到河、湖、绿洲?人们满怀希望地走啊走,盼啊盼。突然,一块苍翠的绿洲闪现在眼前,犹如一块绿宝石镶嵌在沙漠的边缘,人们不由自主地呼喊起来:"水!水……"连颠带跑地扑向湖边,双手掬水不停地向全身泼洒,乱喊。平时乖得像猫一样的骆驼,发疯似的撒开蹄子向湖边猛冲,脑袋一下子扎到了湖水里。

喝饱了水,洗好了澡,吃饱了饭,人们顿时精神焕发。年轻伙计们,耐不住沙漠的空寂,请老古董吕相给大家说故事。吕相看着董事长,傅继兴会意,说:"出门在外,用不着忌讳,不论老少,只要大家高兴便好。"吕相这才说开了,"先说个'弄错地方了'的故事。话说嵯峨山黑家沟住着一户姓黑的人家,是从河南逃荒而来,两口子带着个小子娃叫羊娃,靠垦荒、放羊为生。河南人聪明能下苦,三五年干下来,已是粮满囤,羊满圈,小伙子也长到了十八岁。山上牛家坡住着户闵姓人家,因为离得不太远,垦荒、放羊便认识了。闵家二老看上了黑家的家当好,小伙壮,便把十六岁的女儿笨女嫁给了羊娃。两个娃结婚后,黑白不离,看起来十分亲热。可是,过了三年却没生下一个娃娃。急得老两口四处奔波,求神拜佛请医生,还是没结果。后来,到西安走亲戚,听亲戚说教会的医院医术高,便拜托亲戚带着两个娃去教会医院看病。

"洋医生用洋仪器给两个娃做了全面检查后,说是身体没麻达,但问题出在哪里?已是中国通且富有经验的洋人女医生通过询问,得知两个瓜娃是照着羊交配的样子弄事哩,行房时把地方弄错了,便指点着他们如何正确进行房中之事。小两口听罢,茅塞顿开,如法而行。

"第二年,两人生下了一个胖小子娃,高兴得两家人给这洋医生送来了一块写着'送子活菩萨'的大匾。"

这故事逗得大家哄然大笑,拍手叫好:"再来一个!再来一个!"

吕相接着说了个"可怜虫当掌柜"的故事:

"话说早年间,咱县东乡里有一个叫薄望龙的人家,家里土地连片,城里开着商号。老两口要了三个儿子,大儿子自小就爱务弄庄稼,长大成人后,成了庄稼行里的全挂挂把式,薄望龙便让他经管起种地的事。二儿子中学毕业后,到商号里学生意,从伙计熬到了掌柜的。老两口偏爱小儿子,从小惯得没样子,只知吃喝玩乐,啥本事也没学下。

"偏偏这小儿子娶了个狐狸精媳妇,净给丈夫胡点拨:'你还说你爸你妈爱你,咋没说叫你也当个掌柜的?'

"这货听媳妇一说,也觉得有理,当下去找老人,说:'爸,妈,你们真是偏心眼,让我大哥、二哥当着掌柜的,咋没说叫我也当上几天?'

"人常说,'知子莫若父'。薄望龙想趁此教训一下这个不学无术的小儿子,叫回二儿子商量了一番,回答道:'那你就到城里商号先当几天掌柜的试试。'

"三儿子一听满怀欣喜,当即把这个消息告诉了媳妇。媳妇一听也十分高兴,立即给丈夫好好拾掇了一番。

"老三穿着崭新的长袍马褂进了县城自家商号,伙计们毕恭毕敬地招呼,敬茶,敬烟,侍候着吃饭。当天晚上,伙计们给他铺好床,给他洗了脚,安顿他睡了方才离开。

"老三享了一天当掌柜的福,觉得这当掌柜的就是好,扬扬自得地做着好梦,高兴得都从梦中笑醒了。看看已是半夜三更,还想再睡,忽听伙计喊道:'掌柜的,到时候了,快起来。'

"'到啥时候了?'

"'到掌柜的时候了。'说着进来两个伙计帮他穿好衣服,搀扶着他走向商号的神龛,请他向神烧香,行了三跪九叩大礼后,他以为事就完了,想起来,没料想,伙计们按着他说:'跪端。'说着就把一个装着钱的大木箱放在了他的头上。

"老三不解地问:'这是弄啥哩?'

"伙计答道:'这是规矩。掌柜的掌柜的,子夜时分要敬神顶柜哩!这样才能求得神灵保佑,生意兴隆。'

"老三哪里受过这号罪,不大一会儿便被压得受不了了,连声哀告求饶:'我撑不住了!这个掌柜的我不当了。'不等天明,便逃跑似的跑回了家中,一个劲儿地埋怨媳妇,'你净给我出馊主意,害得我受了当掌柜的苦。今后,我再不干那看起洋活,实际活受罪的差事了。'

"媳妇知道他受了别人戏弄,知道自己丈夫是个啥都不懂的糊涂蛋,只好认命,哭笑不得地埋怨道:'你真真是个啥都不懂的可怜虫。'"

…………

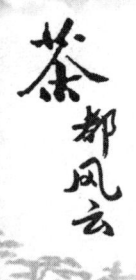

说着谝着,不觉得夜已深了。一伙人正想睡觉,忽听一阵呜呜的叫声,吕相说:"这是沙漠狼,大家快起来点火把,折胡杨树枝拢火。狼怕火,只要咱们这儿火不断,狼就不敢过来。"大家如法照办,直生火到天亮,狼才不甘心地跑了,总算又躲过了一劫。

第二天,走到下午,傅继兴碰到了一个倒在沙堆旁的人,走上前去观看,发现那人还有些轻微的呼吸,他当即放平了那人,用学校学到的急救办法开始抢救,终于,那人被救醒了。继兴又让人给喂水,喂泡下的馍。那人缓过气来翻身跪拜在地,连声谢道:"多谢恩人救命大恩……"

"快起来,快起来,你叫啥名字?咋病倒在这儿?"傅继兴问。

那人说:"我叫金学强,是一个驼队的伙计,突发急病昏死过去,就被撂到这儿不管了,大概驼队领头人怕受拖累。"

傅继兴不禁念了声"阿弥陀佛",叹息道:"世上竟有如此不怜惜生灵的狠心人,真应遭到天谴。"

人虽救活,但却不能行走,放到沙漠里,谁来照顾?谁帮他看病,供吃喝?到头来仍难免一死。带着走吧,就得卸下一峰骆驼背上的货,拉着那人走,这一驼的货钱就白扔了。人们你瞅瞅我,我瞅瞅你,一言不发。傅继兴却毫不犹豫地说:"救人一命,胜造七级浮屠,卸一峰骆驼货,把人拉上走。"

夜幕降临了,首次走上丝绸之路的傅继兴却久久不能入睡,眼望着高悬在天边的残月,他思绪万千,浮想联翩,他想起了古人描写沙漠的许多美妙诗句:

大漠孤烟直,
长河落日圆。

走马川,
雪海边,
平沙茫茫黄如天。

策马自沙漠,
长驱登塞垣。
边城何萧条,

白日黄云昏。

塞北无草木,
乌鸢巢僵尸。
浃渍沙漠空,
终日胡风吹。
战卒多辛苦,
辛苦无四时。

大漠风尘日色昏,
红旗半卷出辕门。
前军夜战洮河北,
已报生擒吐谷浑。

  傅继兴从闪现于心中的古诗中,初次深刻地感悟到自古以来,多少志士仁人,情系沙漠,为它吟诗作赋,抒发对大漠的赞美与热爱;多少将士,为保卫这广袤沙漠、边塞国土不受侵略,弃家赴边塞,立誓熄狼烟,"燕然未勒归无计";多少人,血洒沙漠、边关;多少人,"马革裹尸还"。进而深思前辈所讲的丝绸之路上的故事,那些故事讲的都是善与恶,人与自然,落后与文明的拼搏战。刀光剑影,明枪暗箭,血和泪,苦和汗,描绘出一幅幅慷慨悲壮的丝绸之路的历史画卷。自己才踏上丝绸之路短短几天,便经历了几次死亡线上的反击战。真不知道前边还有多少难关在等待着自己……

第十四章 黄风驿 恩威惊劫匪 走沙漠 冲破死亡线

第十五章

看市场 经营走新路
烧劣茶 立信闯市场

  驼铃叮当叮当地响着,仿佛行进的口令,傅继兴一行人随着铃声一步一步地向前迈进,走州过县,翻山越岭,过河跨溪,走进了草原。举目观看,这里的天空真蓝,一朵朵白云飘忽不定,不时地变幻着姿态。太阳高悬在蓝天之上,放射着光芒和温暖。一望无际的草原绿波荡漾,成群的牛羊马匹姿态各异,执鞭的牧人、撒欢的牧羊犬,游走在绿色的海洋里,一座座帐篷彰显着异域风光。

  太阳偏西的时候,傅继兴一行人赶到了新疆迪化(今乌鲁木齐)。这里的商会会长是爱君母亲赵雅茹的兄长,他们打听着寻到了陕西会馆,但见这会馆坐北向南,大门重檐叠台,多达四层,如鱼跃龙门。门口有一对大石狮子,突目隆鼻,身披卷毛,四爪锋利,扭头相望,黑底金字的陕西会馆横匾悬挂在门楣上,红漆门柱上瓦形蓝底金边金字的楹联是"会馆立边塞,甘为乡党遮风雨;商贾走四方,义结同心闯市场"。

  傅继兴走上前去,向一个伙计模样的人递上了泾阳诚盛永商号老东家写给新疆诚盛永分号掌柜、迪化商会会长赵登云的信,说:"我们是从陕西泾阳来的,这儿有一封信,请呈给你们会长。"

那伙计一听是泾阳人，一下子多了几分热情，说："乡党来了，我马上就去禀报，你们稍等。"

不一会儿，那伙计出来了，客气地说："赵会长请你们进去。"傅继兴叫大家在门口等候，他与徐进宝被引到客厅。赵会长已在门口迎接，拱手施礼相迎说："乡党远道而来，一路辛苦了。"

两人忙还礼说："还好，总算平安到达了，给会长添麻烦了。"

赵登云说："我们这会馆就是专门招呼乡党的，说不上麻烦。就你们两个人？"

傅继兴回答说："人多，其他伙计和驼队还在门口等着哩。"

"快叫他们进来。"赵登云说着给伙计安排，"去几个人招呼着把骆驼拉到后院去，把货先卸到咱库房中，把骆驼喂上。招呼那些伙计喝茶、吃饭，歇到后院客房中。给这两位客人端水，泡茶，上吃货。"

傅继兴和徐进宝接过伙计递上的掸土摔子，掸去了满身灰尘，洗了一下脸，方才进客厅分宾主坐定。

伙计为两人斟上了茶，端来了吐鲁番的葡萄干、哈密瓜干、薄皮核桃、大红枣等新疆特产。

傅继兴喝着茶，端详着装饰豪华的客厅，进门迎面墙上悬挂着彩色的关公画像中堂，两边黄绫装裱的对联是"浩气丹心，万古忠诚昭日月；佑民福国，千秋俎豆永河山"。东西两面墙上挂着的镜框镶的是"红梅报春图""崇文宝塔图"。

傅继兴看着说道："舅父，你这客厅布置得好讲究，敬奉关公以忠义凝聚人心，红梅报春激励大家不畏艰难困苦创出一番事业，崇文宝塔引发人们的思乡之情，时刻不忘根本，不忘乡情、乡党亲。"

赵登云欣喜地说："这就叫会看的看门道，不会看的看热闹。你算是把我布置的初衷看透了。你就是爱君的女婿吧？到底是有学识的人，不简单。"

傅继兴说："是。胡乱猜测，承蒙舅父偏爱夸奖了。这次我们来迪化创办分公司，人生地不熟，当地情况也不清楚，还望舅父多多指教，尽力帮忙，打搅了。"说着，送上了岳母特意为这位兄长准备的礼物。

赵登云说："说打搅就见外了。我和你岳母是同胞兄妹，都是自家人，你家的事就是咱自己的事，以后甭说打搅这话。"赵登云又看看徐进

宝,说:"这位就是新疆分公司经理徐进宝吧?"

徐进宝急忙客气地说:"在下就是,以后还要你老多指教!"

赵登云笑着说:"一看就是个老茶商,我还有啥指教的!"扭头又对傅继兴说,"你岳母真是有心人,给我捎了这么多我喜欢的东西,不知她身体可好?"

"岳母身体好着哩,她还时常念叨你哩。不知这儿茯砖茶生意好不好做?"

"迪化自古便是丝绸之路上的重镇,是传统的茯砖茶销售地,咱县许多大茶店都在这里设着分号,生意还都不错。这地方有个特点,少数民族多,信奉伊斯兰教的人多,要能让这部分人成了顾客,生意就做成了。我看你们要在这方面多想些办法。"

傅继兴说:"多谢舅父指点,我们会想办法的。寻商铺和融通各方关系的事,还请舅父操心劳神。"

"那是自然,寻商铺、'拜码头'这些事我全包了。"说着叫来了伙计说,"先安排咱这些乡党在会馆住下,在咱灶上吃饭。"又对傅继兴说:"明天我在天山酒楼摆宴,为你们接风洗尘,趁机会给你们引见一下迪化各方的土地神。"

第二天吃罢早饭,傅继兴送走了骆驼队,和伙计们游转着看了看这富丽堂皇的会馆。会馆头门内大院周围,大丈夫抱厅与献技楼南北对望,金镛阁与贲鼓阁东西对峙,楼阁之间,回廊相连。中院是园林式亭台楼阁,各个建筑,古色古香,飞檐翘角,雕梁画栋,引人注目。后院是库房、牲畜圈、伙计住房。

大家看着赞叹着:"咱陕西商人就是有本事,把个会馆盖得如此豪华而实用。"

"盖得这么好,不知得花多少钱?"

"光一看这会馆就知道咱陕西商人在这儿生意做得不错,要不,哪里来的钱建这么好的会馆。"

中午吃罢接风宴,性急的傅继兴便与徐进宝领着伙计们去街上看市场行情,寻商铺门面。走着看着,观见这迪化,三面环山,冰雪未化,一条清凌凌的河水从城中流过。街道两旁,遍植榆树,仿佛为人们撑起了一把把绿伞。街上商铺林立,装饰各异,招牌争奇斗艳,商品琳琅满目。穿着各种服装,操着各种口音的人来来往往,川流不息。骆驼、马车东奔西走,车水马龙,不愧为古丝绸之路上的商贸重镇。可繁华街道的门面房都挤得严严实实的,看来,一时难以插足。

晚上回到会馆,傅继兴对大家说:"今天大家都转着看了,看来要在热闹街道寻个门面房不是马上就能办到的,得等机会,但是,我们不能干坐着等,要抓紧推销我们的茯砖茶。迪化城里茶庄星罗棋布,他们都有老顾客,在群众不认识我们茯砖茶质量如何的情况下,不会买我们的货。我想,咱们不如走出城去,下乡入户,方便群众,先尝后买去推销。我来以前看过资料,今天我舅父也说过,这地方人大多数信奉伊斯兰教,清真寺多,信徒每逢星期五都要到清真寺参加聚礼。把这一部分群众拉过来,成为咱们的顾客至关重要。我想,咱们要想办法把咱的茯砖茶摆上穆斯林敬神的供桌,每个聚礼日到清真寺门前去摆摊,先要让人知道咱们的茯砖茶,让信徒们免费品尝咱们的茯砖茶,从而促进销售。"

说到这里,傅继兴看着徐进宝说:"徐经理,咱们分一下工,你负责下乡销售和聚礼日摆摊,我负责给各清真寺送贡物。"

徐进宝应道:"好。下乡推销,两人为一组,自选对象,分片包村,白天销售,晚上结账。"

傅继兴最后说:"刚开始这样搞,困难肯定不少,希望大家能遇事多动脑筋,多商量,齐心协力把这个事干好。下乡吃饭,公司给补助,推销前三名有奖。下来就看大家的了。"

计议停当,众人分头行动。

傅继兴来到了迪化最大的清真寺——陕西大寺。听说这大寺始建于清乾隆年间,到清末光绪三十二年,由陕西渭河流域一带伊斯兰教回民捐资重建,因此得名"陕西大寺"。

傅继兴随着出出进进的穆斯林群众,先把这大寺瞻仰了一番。观见这大寺坐西向东,为砖木结构的庭院式建筑,不像其他清真寺那样的穹顶大拱,甚为独特。门楼为上小下大的两层亭阁式建筑,门楣上悬挂着黑底金字、用汉语和回文写成的"陕西大寺"的牌匾。进门是一个宽敞的大院,东、南、北三面均建有厅堂,北厅是讲堂,南厅为浴室,东厅是各地阿訇进修之所。大院之西是大殿,这大殿高大宏伟,颇似中国古代宫殿。前部为单檐歇山式,屋顶铺嵌着绿色琉璃瓦;后部为上八下四的重

檐式八角楼,名曰望月楼,乃为阿訇登临观看月亮出没,宣告斋戒的场所。大殿地上铺着毛毯,殿内四壁和门窗雕有花卉、瓜果等图案。所有建筑均飞檐翘角,雕梁画栋。

观看完大寺建筑,傅继兴深感其宏伟、精美,他从中看到了信仰的力量——它可以使人们为之出力献身,创造奇迹,但是谁让信徒们有了这一信仰?对了,是伊斯兰的传教士,是积极向群众传授《古兰经》的阿訇们。咋样让群众接受自家的茯砖茶,他决心学一回传教士。

傅继兴找到一个寺内的人,说:"我是义和兴茶庄的,名叫傅继兴,想给真主敬献一些茯砖茶,请给你们阿訇通报一声。"

这阿訇知道茯砖茶是当地群众必不可少的饮品,但却从来没有人向真主敬献过。这来人还算个有心人,他决定马上接见一下。他叫通报人把来人请到讲堂来。

通报人把傅继兴引到了讲堂。

阿訇起身施礼相迎:"卡菲尔(伊斯兰教信徒对不信教者的称呼),听说你要给真主上贡茯砖茶,不知为了什么?"

傅继兴答道:"我虽不是穆斯林,但却读过《古兰经》,对贵教教义提出的禁止高利贷、施舍济贫、和平安宁等主张十分赞同,许多催人向善、上进的名言也铭记在心,譬如:'每个时代都有自己的书。''智者应了解他的时代……全力以赴地做事。''做工作不拘多寡,贵在坚持。''艰难伴随着容易。''你们不要顺从私欲,以致偏私。''善行必能消除恶行'……说心里话,这些名言也都影响过我的行为,所以,我敬仰贵教的创始人,先知穆罕默德,敬仰真主安拉。我愿把我们用心血汗水做成的茯砖茶敬献给他们,以表示我们的敬意。"

阿訇看着眼前这位年轻人谈吐不凡,说得认真,深深被感动了,说:"想不到你对我们的教义如此清楚,还能用于指导自己的行为,就凭这一点,你的礼物我接受了。我将把它作为神贡敬献在真主面前,祈求真主为你们降福。"

"我还打算聚礼日在你们门前免费供应茶水,让穆斯林兄弟们也尝尝我们的茯砖茶。"

"难得你有行善之心,我欢迎你们,并代表穆斯林兄弟向你们致谢!"

…………

就这样,傅继兴跑遍了迪化的清真寺,把义和兴的茯砖茶摆上了真主的神贡桌。穆斯林群众看到义和兴的茯砖茶成了神贡,顿时对其产生了神秘感和好感。

聚礼日到了,傅继兴安排伙计到清真寺门前去摆摊,免费供应茶水。穆斯林们看神贡中有这茶,纷纷前来品尝,喝罢茶议论纷纷:

"这茶香气独特,汤色好看,口味好,没有苦涩味,是茶中精品。"

"这茶香味纯正,入口顺爽,喉底留甘,真真的好茶,难怪上了真主贡桌。"

…………

晚上回到陕西会馆,徐进宝给傅继兴汇报说:"董事长,你那送货上门、先尝后买的办法灵得很,当地人看我们把货送到门口,高兴得很,都说这一下不用进城买茶耽搁时间了。再一看咱茯砖茶的金花密密麻麻,泡的茶,闻起香,颜色美,喝起好喝,价钱还便宜,纷纷前来购买,还抢着要给我们管饭哩……"

在迪化陕西商会会长赵登云的帮助下,义和兴新疆分公司很快就在临近迪化最繁华的大十字的东大街找到了一个三间门面的商铺。傅继兴请匠人进行了重新装修,举办了开业典礼。开业那天,迪化社会各方头脸人物,陕西商帮各商号掌柜,同行朋友等,纷纷前来祝贺,陕西商会会长为义和兴新疆分公司揭了牌,讲了话:

各位同仁、与会的朋友们:

首先,让我代表陕西商会对义和兴新疆分公司的成立表示热烈的祝贺!义和兴茶业股份有限责任公司是我们诚盛永的真传弟子创办的,是专门制售泾阳茯砖茶的企业。它始终坚持质量第一、诚信经营、让利群众、善待同行,赢得了各方称赞,生意做得蒸蒸日上。

义和兴茶业新疆分公司的成立,使我们迪化陕西商会多了一个会员,多了一个盟友,多了一支生力军。是盟友就得以诚待人,互惠互利,互谅互让,互相理解,互相帮助。

希望大家都能伸出友谊之手,真心实意地帮一帮茯砖茶行业这个新来的盟友……

义和兴茶业股份有限公司新疆分公司成立了,傅继兴和徐进宝安排伙计们在茶庄、大十字及东、西、南、北大街摆摊设点,开展免费品茶、赠茶、打折卖茶活动。可是,不知为什么,前来品茶,要赠茶的人络绎不绝,但是十多天却没有卖出一块茶。

傅继兴开始忧虑起来,这到底是哪里出了问题,难道自己刚一上任,就要打个塌火炮?他和徐进宝寝食不宁,分析查找着原因。最后决定,徐进宝留店经营,他亲自去街市上看看行情,查查原因。

傅继兴转遍了迪化的商贸街、巷,特别是茶庄商铺,发现各茶庄的生意还都不错,而自己的茯砖茶的售价乃是茶市最低价,那为什么没人买哩?正在百思不得其解的时候,他走进了一个名为康福泰的茶庄,这茶庄门庭冷落,但货架上却摆着各种各样的泾阳茯砖茶,其中就有义和兴的茯砖茶。

茶庄伙计好不容易等来了一个顾客,笑逐颜开,热情接待,让座、让茶、让烟,指着一个穿着长袍马褂的人说:"这是我们沈掌柜。"

沈掌柜拱手施礼,说:"贵人光临,蓬荜生辉,不知先生想买什么茶?"

傅继兴在这儿发现了自家的产品,但不知从何而来,想探问个究竟,便说:"请问掌柜的名讳?你这店何时开的?你那义和兴的茯砖茶在哪里进的?"

"我叫沈安疆,本地人。小店是去年春上开的,那义和兴的茯砖茶是泾阳的一个茶商送来的,价钱便宜,所以,我就卖了个全市最低价。你如果想要,价钱还可再商量。"

"你取几块我看看。"

伙计听说,急忙取来了五封义和兴的茯砖茶,放了在八仙桌上。

傅继兴仔细观看,这茶和自家茶的外包装一模一样,但用手掂量,分量却轻了些,凭经验判断,这可能是砖茶中间发了霉的缘故。为了不打草惊蛇,他装出一副真想买茶的样子说:"今天,我先买五封样品茶,回去和掌柜的商量商量,再决定买多少,不知你这茶还有多少?价钱还能不能再让些。"

"如果你要的量大,价钱肯定优惠。这茶至少还有一千多封。"

傅继兴拿着砖茶回到自己茶庄,和徐进宝及伙计们拆开了这茶的外包装。从茶砖表面上还看不出什么问题,但切开茶砖一看,发现了黑霉。

傅继兴明白了,是这些发霉了的茯砖茶砸了义和兴的牌子,上了当的顾客们,自然不会再买义和兴的货。他终于弄清了这些天生意不开张的原因。

怎样挽回义和兴茯砖茶的声誉?大家七嘴八舌地说:

"咱们寻那个乡党会长,请他派人去收了康福泰茶庄的货,封了他的门!"

"咱们到康福泰茶庄,亮明身份,收了那些瞎茶。"

"咱们掏钱雇些当地的歪人,砸了康福泰茶庄,叫那掌柜的公开给咱们赔情道歉,让市面上都知道这事,恢复咱茯砖茶的名誉。"

…………

听着大家的建议,傅继兴反复考虑着说:"做生意以和为贵。咱们初来乍到,不能惹事得罪人。请会长查封康福泰茶庄,等于告了人家的状;要收那些瞎茶,咱们没资格;请当地歪人帮忙,弄不好请神容易送神难。"

"董事长,这也不行,那也不行,那你说咋办?"

"我想以恩解怨。"傅继兴如此这般地说了自己的想法。

当天下午,傅继兴找到了迪化商会会长赵登云,述说了康福泰茶庄卖发霉了的茯砖茶的情况。赵登云气得火冒三丈,当时就要去查个究竟。傅继兴忙挡住赵登云,说了自己打算买回康福泰茶庄假冒的义和兴茯砖茶,当众销毁,以挽回义和兴茯砖茶声誉的设想。

赵登云听罢气消了许多,说:"你这设想好,为咱商界抵制假冒伪劣商品开了个好头,为保护咱泾阳茯砖茶这个响亮的名牌立了一功,我全力以赴支持你。届时,我带各商号掌柜去给你烘场面,也叫他们受一下教育。想不到你年轻轻的,竟能如此代人受过,仗义疏财,令人敬佩。"

第二天一大早,傅继兴带着几个伙计和一辆马拉大车来到了康福泰茶庄。掌柜的出门相迎:"贵客到了,请到店里叙话。"

傅继兴说:"今天我来,是为了买你那些义和兴的茯砖茶,请你给个实价。"

那掌柜听罢,喜出望外,心里想:我是经营茯砖茶的新手,一时大意贪便宜,进了这批瞎瞎茶,想不到还有比我更傻的人,寻上门来专买瞎瞎茶。想着自己为卖这批瞎砖茶,把个好好的生意弄得路断人稀,不卖这茶吧,连本钱都没了,干脆把利舍了,把本捞回来,把这个瘟神送走。便

第十五章 看市场 经营走新路 烧劣茶 立信闯市场

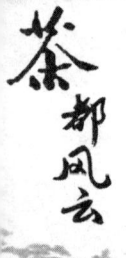

说:"货我已为你们备好,价钱给你个进货价。"

傅继兴一听,所报价钱确实和进货价差不多,便吩咐伙计算账付钱,装货。

钱货两清后,一个跟班伙计方才向茶庄掌柜的介绍说:"这是我们义和兴茶业股份有限公司的董事长兼总经理傅继兴。"

康福泰茶庄掌柜的一听这话头上直冒冷汗,说:"哎呀,这一下遇到真神了,但我实在不明白,你买这些茶弄啥呀?"

"我打算当众销毁这批瞎茶,挽回我们义和兴茯砖茶的声誉。"

"那你不是烧钱吗?"

"为了义和兴这块誉满四方的金字招牌,烧再多的钱也值。"

这是一个风和日暖的日子,迪化义和兴新疆分公司门前挂出了一幅显眼的横幅:焚烧假茶大会。过往行人好奇地前来看热闹,迪化商会会长和各商号掌柜也陆续来到了现场。

茶庄门前摆着摊,摆放着好茶和瞎茶,伙计们拿着好茶和冒牌茶,对比着给人们讲解着识别好坏茯砖茶的办法:"你们看,切开砖茶,里面布满金黄色斑点,香气纯正的是好茶;呈现黑色,用手一摸是黑灰,有霉味的是发了霉的瞎瞎茶……"

眼看着到了正午时分,围观的人越来越多,傅继兴说:

各位同仁、过往的各位客官:

最近,我们在市场发现有人假冒我们义和兴的牌子,卖发霉的砖茶。我们把这些瞎瞎茶全部买了回来,今天当众销毁,以免它祸害老百姓。

我们义和兴茶业股份有限公司始终坚持顾客至上,质量第一,绝对不卖假冒伪劣商品。我们郑重向大家承诺,凡在我茶庄所买商品,如果质量有问题,保退保换,假一赔十……下面,请商会会长讲话。

围观的群众拍起了手,既是为义和兴的壮举喝彩,也是欢迎会长讲话。

赵登云清了清嗓子说:

各位同仁、过往的客官们:

首先,让我代表陕西商会对义和兴新疆茶业分公司焚烧假冒茯砖茶的义举表示由衷的感谢!它为我们抵制假货、冒牌货、劣质货带了个好头。

我们经商之人,固然是为了谋利赚钱,但应取财有道,义中求财,绝不能为赚钱不择手段,更不能用假货、冒牌货、劣质货坑害老百姓,做这种丧德亏人的事。今后,凡发现制售假货、冒牌货、劣质货祸害百姓者,我们商会将没收其商品,从重处罚经营者,情节严重者,将令其关门歇业……

围观的人们又一次热烈地鼓起掌来。

赵登云和傅继兴拿着火把,点燃了柴堆,熊熊烈火把假冒的茯砖茶烧得灰飞烟灭。

这一夜,康福泰茶庄的沈掌柜翻来覆去地睡不着,百思而不得其解。人都说商人唯利是图,自己闯荡商界大半生,还从来没见过拿自己商号钱,买别人的瞎瞎货,不图分文之利,白白烧了,保全了别人的利益,亏了自己的生意,这号做生意的人,不知道算盘咋打的。看来,这义和兴的大掌柜真乃是仗义疏财、厚道可信之人。能认识、结交这样的人,是自己的荣幸。

听说义和兴正在招募股金,他决定入股经营,在这好掌柜的带领下,闯出一片新天地。

这可真是应验了"火烧财门开"这句老话。义和兴火烧冒牌货,烧来了入股经营者,烧来了顾客盈门。

第十六章

暗查访 新人摸县情
说劣茶 共商大治理

傅继兴在新疆迪化发现了假冒义和兴的茯砖茶,在其他地方,特别是在没有义和兴分公司的地方,还有没有这种问题?还有没有假冒其他商号品牌的茯砖茶?傅继兴心中充满了忧虑。这个问题如果不及时解决,任其蔓延发展,历经五百多年形成的泾阳茯砖茶这一驰名特产,必将毁于一旦。曾因进了假冒的义和兴茯砖茶而倒了牌子,气死了父亲的事让他痛心疾首,刻骨铭心。他曾对天发誓,一定要千方百计查清假冒茯砖茶的来源,让丧德亏人的作弊者受到应有的惩罚。而今,原来的事还未查清,迪化又发现了假冒义和兴的茯砖茶,是可忍孰不可忍!从这两起做假案来看,很可能是泾阳人在作祟。想到这里,他顾不得去西藏了,决定先回泾阳,查清假冒茯砖茶的出处,想办法进行正本清源的治理。

傅继兴急急忙忙地赶回了泾阳,把在迪化发现假冒义和兴茯砖茶的事及处理办法告诉了岳母和爱君:"因为路远事急,没给你们打招呼就这样处理了,给公司造成了一定损失,请你们谅解。"

通情达理的赵雅茹说:"继兴,你现在已是公司的董事长兼总经理,有随机决策之权。俗话说得好,'当断不断,反受其乱'。你不必自责,没有什么需要谅解的。你这次在迪化发现了假冒咱义和兴的茶,当即买回,当众销毁,乃是快刀斩乱麻的仁义之举,是'贴赔生意行家做'。虽说损失了些钱,但为咱义和兴赢得了仗义疏财、不卖瞎货的好名声,这是花多少钱也买不到的。"

傅继兴说:"妈,时至今日,我也不哄你了。当年,我家的德兴隆茶庄就是因为进了假冒义和兴的霉霉茶,才倒了牌子,毁了生意,气死了我爹的。"

赵雅茹惊讶地说:"还有这么回事?!咋没见你言传过?"

"因为没有查清假冒茶的来龙去脉,我才没说。怕冤枉了义和兴商号,也怕打草惊蛇,影响查清这件事。现在看来,这事已到了非查清不可的时候,不然的话,咱辛辛苦苦创下的牌子,非要给砸了不可。我想,要在泾阳尽快查清这件事,彻底根除冒牌茶,就必须有县政府和县商会的支持,还要有有关各方的配合。最好能在全县进行一次茯砖茶行业全面大检查,严查重处,以儆效尤。妈,你德高望重人缘好,还得请你出面。"

赵雅茹有点为难地说:"这恐怕有点不好,妈不是不愿出面,妈是怕越俎代庖遮了你的光。至于说通过全面检查,追查假冒茯砖茶黑窝子的事,这能行,但要真正搞好这个事,还需周密计划,不然的话,就成了走过场,以往就有教训。最好先让爱君陪着你去找你外爷,他熟悉泾阳茶商情况,又是商会会长,让他给你出出主意,和他商量好了再去找县长。"

爱君说:"妈,朱志远和我俩是北方大学的同学,找他还用和外爷商量?不必了吧!"

赵雅茹到底世故一些:"胡说,人家现在是县长,你们是去见县长,不是去见老同学!"

田爱君噘着嘴,不好再说什么。

晚上,爱君对继兴说:"朱志远都到咱公司来过了,也看过了咱们的茯砖茶,找他还需要先和外爷商量吗?妈也是太循规蹈矩,谨小慎微了。茯砖茶大检查这事不单单是咱们的事,与县政府也有直接关系,朱志远一定会听咱的,保险一本奏准。"

"老人有老人的想法,你也别埋怨,明天早晨咱去见志远就是,睡觉吧!"

田爱君含情脉脉地笑着说:"这回是你等不及了……"

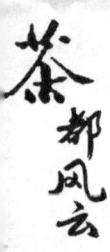

第二天一大早,傅继兴和田爱君来到了县政府,勤务员通报后,领他们来到了县长办公室,说:"先坐会儿,县长马上就来,你们先喝茶。"

傅继兴端详着这个办公室,办公桌后面墙上,挂着孙中山的标准像,像上的横额是"天下为公",两边的对联是"革命尚未成功,同志仍须努力"。办公桌上,放着《秦疆治略》《明史·食货》等书。办公桌前,靠墙放着茶几、座椅。办公桌对面墙上,挂着一幅泾阳县地图,两边的对联是"充海阔天高之量,养先忧后乐之心"。

朱志远进来了,一眼就认出了田爱君,说:"哦,爱君,今儿咋有空到这儿来?"

爱君说:"县长大人,你看我给你带谁来了?"

朱志远扭头一看,惊喜地说:"傅继兴!你小子艳福不浅,爱君这个大美人让你抢走了!"说着就上前握住傅继兴的手。

傅继兴说:"你官运亨通,都当了县太爷了!"

"什么官运亨通,难道你还不了解我?我是不得已而为之,真想不到我们在这儿见面了!快请坐!快请坐!"

傅继兴也不急着说追查假冒茯砖茶黑窝子的事,两个人述说着各自离开母校后的情形。

朱志远的父亲朱天德是陕西辛亥革命的元老,民国开元后,在陕西省财政厅任厅长。他对这个小儿子有些偏爱,满怀希望。所以,朱志远从北方大学毕业后,便让他到大儿子朱志武任师长的部队锻炼了一年,丰富其阅历,期望把他培养成文武双全的人才。

在陕西的国民革命党人经常在朱天德家聚会,耳闻目睹,发现其子朱志远,不满北洋军阀窃国卖国,满怀重建民主共和的志向和激情。而且,还有些超人的见解和治国安邦的策略,实乃国民革命可用之人才。为培育新生力量,占领县区基层阵地,这些在中央和地方都有些关系的国民革命党人,通过做工作,使朱志远被任命为泾阳县县长。

1924年(民国十三年)一开年,朱志远便带着大哥送他的勤务兵褚斌赴泾阳上任。

迎着满天朝霞,朱志远和褚斌两人由西安出发,快马加鞭,直奔泾阳。

红日当头的时候,他们来到了泾河修石渡。放眼望去,满河滩杏花白,桃花红,沿岸垂柳舞春风,人流如潮,车马匆匆,撑船的号子犹如送往迎来的乐章,好一派繁荣景象。

朱志远和勤务兵刚坐渡船到达对岸,忽见四五个黑衣彪形大汉挥舞着棍棒,呼儿喊叫地追着一个人,朝泾河码头冲来:

"你这个不知马王爷三只眼的狗东西,竟敢跑到我们家门上闹事,葬我家的摊子,毁我家的生意!"

被撵的人辩驳着:"明明是你家卖给我的瞎瞎茶,咋一转身就不认账了?"

"你狗日的再敢胡嚷嚷,今天爷们儿把你扔到泾河去喂鳖。"

朱志远没想到,迎接他上任的竟是这样一场闹剧。满怀忧国忧民意识,富有责任感的朱志远,既然遇到了这样的事,就不能袖手旁观。他迎上前去,问:"老乡,那些人撵你为啥来?"

那被追的人理直气壮地说:"那伙人把瞎瞎茶卖给了我,眨眼不认账,我据理相争,他们就撵着打人哩。"说着,躲到了两人身后。

那伙人撵到了跟前还不罢休,朱志远挡住说:"有多大的事值得这样打闹,好好说说不就了结了?"

那伙人歪脖子瞪眼地看着朱志远,见他长袍礼帽戴眼镜,活像教书先生,便不屑地说:"你们是弄啥的,还管起爷们儿的事了?我给你们说,闲事少管,趁早避远,识相点,该弄啥弄啥去!"

"路不平,大家踩;事不平,就该管。我要是管你们这事,你们又能咋?"

"能咋?我看你是欠打。"说着,就挥舞着棍棒朝前扑。

勤务兵褚斌一看,当即从身后腰上抽出了手枪,一颗颗子弹在那伙人脚前砰砰地炸响。那伙人当下惊呆了,立在原地一动不动。

褚斌怒斥道:"你们这些混账,狗眼看人低,这是新来你们县上上任的县长。"

那伙人一听,像老鼠遇见了猫,撒腿就跑。

被追的人一听,立马跪倒,给朱志远磕头,说:"县长大人,你可要给小民做主呀。"

朱志远上前扶起说:"不要这样,你详细给我说说到底是咋回事?"说着,走到了路旁大柳树下,几个人席地而坐,说了起来。

原来,被追打的人叫牛福禄,甘肃天水人。他在天水看卖泾阳茯砖茶的茶庄生意兴隆,便想自己也开家茶庄,专卖泾阳茯砖茶。

他在繁华街道选好地方,租好门面房,请匠人装修好,一切准备妥当,便到泾阳来进货。

牛福禄刚一到泾阳,便被一伙自称是义和兴茶店的人接了去,说是他家有上好的茯砖茶。那些人请他下馆子喝酒,陪他转街道看茶叶,看行情。他看人家与自己素不相识,竟那么热情,觉得自己真幸运,碰到了好人。反正,买谁的茶都是买,只要货好价便宜。

等人家把样品茶送到他下榻的客栈,他仔细查看,观见这茯砖茶包装右边盖着"泾阳茯茶"隶体大字黑色印章,左上角盖着骆驼图案为底的"义和兴"牌商标黑印章。茶砖用麻绳十字交叉捆定,封口处贴着"义和兴茶店制作"的蓝字印刷封条;右下角,有筷子粗细的一个通气孔。那些人怕他不放心,打开包装让他观看,只见这砖茶,颜色黑褐,表面平整,四角饱满,用茶刀切开砖茶,里边金黄色的斑点密密麻麻。送样品茶的人介绍说:"茯砖茶品质好坏就在这金花上分高低,金花越多货越好。"随后,又为他泡了茶汤,让他品尝。他端起茶杯,茯苓样香气扑鼻而来,看汤色,橙黄、沉红,清澈透亮,入口甘润顺爽,滋味醇厚,回味悠长。通过仔细地看、闻、品尝,他觉得,不管是看包装,看茶的外表及里边,品尝茶汤,都与在家乡他看到和喝了的义和兴茯砖茶一模一样。一问价,竟是泾阳茶市最低价。

那些人等他看、品了茶,递上水烟袋,帮点着烟,问道:"你看我家这茶咋样?"

他连声赞道:"好茶,好茶!真正是名不虚传。"

"看来,你是个品茶的行家里手。"为了靠实生意,那送样品茶的人信誓旦旦地说,"买我家这茶,你一百个放心,质量不好,分量不足,保退保换,包赔损失。"

"有你们这些话,这茶我买定了。"

生意谈成了,那伙卖茶人在泾阳最好的五福园饭店宴请了他。

随后,那些人又帮他雇运货车,帮着验货、装货,一直把他送到泾阳城外,眼望着走远,方才离去。

牛福禄像凯旋的将军,把茶平安拉回了天水,选择黄道吉日,放炮开门营业。新店新货色,亲朋来祝贺,顾客拥上门,真可谓开门大吉。

就在牛福禄还沉浸在开门大吉的喜悦中时,一个嗜好喝茶的老朋友找上了门,从褡裢子里取出了一块刚从他店里买下的已经切开的砖茶,说:"兄弟,你买茶上当了,茶砖里有黑霉。"说着,指着切开的茶中一片发黑的地方,用手一摸,竟摸出一手黑灰。接着,顾客们也接二连三地上门来退货,有的还要他赔损失,都说他卖的是发霉的茶。

牛福禄简直不敢相信,打开茶包,逐块检查,结果发现每包茶除有一两块好茶外,其余都是发霉货。

好在店家曾经说过"茶的质量不好,分量不足,保退保换,保赔损失",牛福禄立即挑出有问题的茶,运往泾阳去寻店家。

到泾阳后,牛福禄把货存到西关的集义车马驼店里,带着样品去找那伙人,要求退货。谁知那伙人却翻脸不认账,无论好说歹说,就不给退。还用话怼人:"你就没出'下河东'的钱,还想看'下河东'的戏,你出的那些钱,看市场上有没有那价?出的价低,自然只能买这号茶。"

牛福禄还想据理争辩,那伙人却不依了,四五个人摸起棍棒就来打他。他不敢回客店,怕那伙人发现了货再另生事端,就朝泾河码头跑,想到省城西安找个在官府干事的亲戚,看能不能帮忙把这事解决了,没想到遇到了新上任的县长。

朱志远听罢说:"你说的我知道了。你消消气,先回去,不要怕,他们不敢再去寻你的事了。等我到了县上,进一步查明情况后,一定给你个圆满的答复。你把这块瞎瞎茶给我留下,再给我留个联系办法,到时候,我会通知你。"

朱志远来泾阳之前,就了解过泾阳县情,知道泾阳的茯砖茶是"课裕民丰,获利无穷"的重要产业,可想不到这产业经营的背后还有这样见不得人的勾当。泾阳其他方面的情况又如何?他决定微服私访一番,看看泾阳的真实面目,以便对症下药采取施政措施,兴利除弊,富民强县。

朱志远和勤务兵赶到了县城,他们不进县政府,直接住进了一家客栈。第二天一大早,朱志远两人装扮成行商模样,在钟楼巷扁担客跟前,

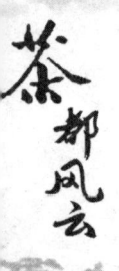

吃了碗豆浆泡麻花后，骑着马便向久已闻名的郑国渠首奔去——泾阳是传统的农业大县，所以朱志远想先看看田里的庄稼及水利设施情况。他们沿着古老的渠岸西行，观见渠道淤泥堵塞严重，渠中没有流水，渠岸边地里的麦苗旱得叶黄苗稀。

朱志远走着看着，仔细端详着他即将履职的这个号称关中白菜心的泾阳。他骑在马背上，四下张望，西北远山连绵起伏，南部毕塬犹如屏风，中间是一眼望不到边的平原。小麦、油菜、杨柳、桃李、燕子翻飞，青砖瓦舍、茅草土屋、靠塬窑洞，骡马牛羊、鸡鸭猫狗，不断在眼前闪现，构成了一幅秦川田园春景图。

迎着徐徐春风，看着沿途风景，二人不知不觉来到了王桥镇，但见路边一个深宅大院门前，张灯结彩，锣鼓声声，人来车往，熙熙攘攘。门前打麦场上，搭着戏台，正在唱着秦腔大戏；戏台下，人山人海，十分热闹。

朱志远跳下马来，让勤务兵前去打听，原来是一个当地叫邹显禄的人在过四十大寿。

朱志远真弄不懂，多少年的习惯都是人过了五十岁才做寿，这个人咋四十岁就做寿。是不是当地风俗如此？他想问个究竟，就到路旁一家客栈歇了，把马交与店家去喂草料，向掌柜的打听："掌柜的，这邹显禄是什么人？怎么年纪轻轻就做寿哩？"

掌柜的一听客人口音不是本县人，看看跟前没有人，这才悄声说："你不知道，这邹显禄是我们县上有名的土匪头子，人送外号西北王。他这人自称霸西北塬后，年年都做寿。因为他做寿，地方上日子过得差不多的人都被摊派了寿礼，财东家就更不用说了。谁要是抗着不交摊派的礼，事后，必定闹得你不得安宁。有一年，我们东街里一个从西安念书回来的叫姚仁杰的学生，看到土匪向乡亲们摊派寿礼，为大伙鸣不平，找上门去，和邹显禄理论：'祝寿本来是喜事，应当大家都高兴。寿礼本应是大家敬你，心里喜愿才好，你叫人硬摊派，坏了祖宗规矩。兔子都不吃窝边草，你给乡亲们少摊派些也积些德！'

"邹显禄一看这个不知天高地厚的毛头小伙子说得振振有词，头头是道，也不好反驳，皮笑肉不笑地说：'我娃说得好，到底是在西安洋学堂喝了墨水的人。'可是，没几天，姚仁杰去县城，就再没见人回家。后来，人们在桥底渠岸上发现了姚仁杰的尸体，舌头叫人割了。有人说，他看见是叫西北王手下的土匪打死的。因为,做寿收礼比打抢人文明,来钱又快,所以,他年年都做寿。客官,咱这话,哪里说哪里撂,千万不敢胡张扬,传到土匪耳朵里,我这小命就没了。"

朱志远实在没想到,还有如此敛财的土匪。他走出客栈,向戏台前奔去,想再看看听听。

突然,一阵哭喊声引起了人们的注意。朱志远向前观看,只见两个背着盒子枪的人,在看戏的人群里,拉出一个长得俊俏的小姑娘,拖着朝大宅门走去。

姑娘使劲儿往后坠着哭喊:"好爷哩,你饶了我吧。"

一个老婆子也抱着背枪人的腿,声嘶力竭地哭喊着:"我女子还小,求求你们放了她,我给你们爷当牛做马都行。"

那伙人毫不理睬,拖着母女俩糖地一般朝大宅门拉,嬉皮笑脸地说:"谁叫你女子长得这样心疼惹人爱,叫我家爷看上了?这是你们前世修来的福分。跟了我们爷,穿绸挂缎,吃香的喝辣的,有啥不好?"

朱志远看着这伙土匪竟敢在光天化日、众目睽睽之下,强抢民女,顿时义愤填膺,真恨不能当下枪毙了这伙土匪,救出这个弱女子,但冷静斟酌后,觉得自己初来乍到,情况不熟,贸然动手,寡不敌众,不但救不了母女俩,弄不好,自己将会落个壮志未酬身先亡的下场。只得强压心中怒火,暂且记下这笔账,一旦时机成熟,老账新账一起算……

这些天,朱志远脑海里全是来到泾阳的所见所闻,他一遍又一遍地思索着泾阳的情况。千里平川宜农耕,渠道淤塞灌溉难;茯茶生意虽然好,但有瑕疵埋隐患;土匪横行害百姓,无法无天令人恨。他不止一次地问自己,如何尽快改变这种局面。他朝思暮想,寝食难安。

朱志远正式上任后,安排好当前工作,便带着勤务兵寻问到义和兴茶店,想察访一下瞎砖茶的来龙去脉。没想到,出来迎客的竟是大学同学田爱君:"老同学,你怎么在这儿?"

"哎呀,稀客,啥风把你这贵人吹到咱这儿来了,快请屋里坐。"

"公事之风,我被派到你们县里当排头兵来了。"

两人说着进了客厅,田爱君忙吩咐家里佣人倒茶,端果盘。

"我早听说要来个姓朱的县长,但没想到会是你。"

两人喝着茶,述说了别后情形后,朱志远问道:"你们这茶店生意怎

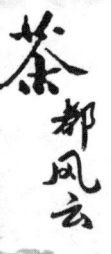

么样?"

"还可以,货走西北,供不应求,也算是小有名气。"

"能不能让我看看你们这茶是咋做的?"

"那有何不可?热烈欢迎县长视察指导。"田爱君开着玩笑说。当即领着朱志远两人去加工作坊,逐工序向他介绍着,最后,来到了成品库。

朱志远抽出几块茯砖茶,仔细观看,其外表和那瞎瞎茶没有什么区别,便问道:"咱咋样辨别这砖茶好坏?"

"砖茶好坏,关键是看茶砖中的金花发得好不好。金花多说明品质好,金花少的品质差,中间发黑摸如黑灰,那就是把茶做瞎了,绝对不能出店上市。不过,一般只要严格按照传统方子做,是不会出现黑霉问题的,只有不懂的外行,才会做出发霉的瞎瞎货。"

"你们店出过瞎瞎茶没有?"

"从来没有!你知道为啥么?因为诚盛永是有名的百年老店,我外爷就是诚盛永的东家,我爸是诚盛永的真传弟子,用的是做茯砖茶的真方子,咋会把茶做瞎?再说,我们做茶,实行三道检验,质量连坐,谁要是做下瞎瞎茶,不但不给薪酬,还要酌情罚钱,赔损失。"

"那你能不能把这几块茶切开让我看看?"

田爱君马上叫伙计把朱志远抽出的几块茶用茶刀切开,但见每块茶中皆金花密布,没有一块发霉的。

"看来这瞎瞎茶不一定是义和兴茶店生产的,那为什么用着他家包装?"朱志远心中仍是疑惑不解。

看完成品库,田爱君陪同朱志远回到了商号客厅。

事已至此,作为老同学,朱志远不想再隐瞒什么,叫勤务兵拿出了那块瞎瞎茶,问:"你看这茶是不是你们的?"

田爱君接过一看说:"看外包装像是我家的。"但再看那发黑霉的茶心,断然说道,"这茶绝对不是我家的。"

"你怎么证明这茶不是你家生产的?"

田爱君从容镇定地说:"我自有办法。"说着,只见她拿着瞎茶包装,从中间撕开,在纸的夹层中寻找着什么。随后,又拿来自家茯砖茶,拆下包装纸撕破,从夹层中撕下一块纸来,展示给大家看,观见这纸上盖着"义和兴茶店制"的篆字红印章。

田爱君解释道:"茯砖茶的外包装,为七层构瓤纸(又称汉麻纸)糊成,我店为防止别人假冒我们产品,在糊纸包装前,在中间一层纸中间盖了我店特制印章,作为商业秘密禁止外传。所以,除极少数人外,外边人根本不知道这一秘密。所以假冒的茶就少了这枚印章,撕开包装一看就知道真假。"

朱志远赞叹道:"你们家为保护自己品牌还真费了心思,设计周密,堪称奇特。"

"唉,这也是叫丧失良心、为挣钱不择手段的人逼的。人人都想争名牌,可一旦成为名牌,就随时可能被人算计、冒充。这是乱世的悲哀。"

傅继兴见到了已当了县长的朱志远,听他讲了毕业后的经历,感慨地说:"你父亲为培养你还真费了心思。国民革命党人反抗北洋军阀窃国卖国,重建民主共和的活动看来从未停止过。你这个县长看来还真有两下,走马上任先调查,摸清县情想对策。真正的高人一筹。"

朱志远说:"什么高人一筹,都是让事情逼的来。咱们这可是有缘千里来相会,想不到你接手了泾阳县有名的义和兴商号,还弄了个大公司,成了董事长兼总经理。厉害!厉害!"

傅继兴说:"我也是不得已而为之,父亲仙逝了,岳父也魂归极乐天,这担子我不挑谁挑?你才是当官的料,当年在学校时,你是经济学研究会的会长,是我们的老领导,而今,又成了我们的父母官。"

爱君抢着说:"你咋还撑着领导我俩呢!你是驾辕的千里马,我们是给你拉梢套的。"说着三个人都哈哈大笑起来。

朱志远说:"说正经的,继兴,当年在学校,你就是有名的小诸葛。今后,希望你能为咱们县经济发展领个好头,也给我当个好参谋。"

"不敢当,不敢当,你若有什么事用得着老同学,请尽管盼咐。"

"爱君给我说,你到新疆、西藏去考察市场,建立分公司,咋这么快就回来了?"

"我在新疆迪化发现了假冒义和兴牌子的泾阳茯砖茶,虽然是假冒我家产品,但事关咱泾阳茯砖茶的声誉,怕不及时治理,砸了咱泾阳茯砖茶这个驰名特产的牌子。所以,急匆匆赶了回来,向县上反映,希望能尽快组织人,查清这些假冒茯砖茶的来源,斩草除根,扶正祛邪,这样茯砖茶产业才能健康发展。"

朱志远听傅继兴说在新疆迪化也发现了假冒义和兴茯砖茶，十分重视，聚精会神地听着傅继兴的述说。

傅继兴接着说："因为泾阳茯砖茶是全国独一无二，俏销丝绸之路的名牌产品，而制售茯砖茶的利润又丰厚。所以，许多人都看样学样地做起了茯砖茶的生意。然而，作为经久不衰的传统名牌产品，毕竟有它传统的严密配方，规范的加工程序，不是随便什么人都能制作的。"说到这儿，傅继兴叹息了一声又接着说，"唉！但是由于民国开元至今，政局一直混乱，监管不力，茯砖茶的制作和经销上也出现了乱搞的境况，主要有'两乱一弱'：一是原料来源乱。安化优质黑茶是经过几百年实践证明，是制作优质茯砖茶的主要原料，但而今的情况是安化的一些茶商贪图赚钱丧失了职业道德，掺杂使假，以次充好，以外路茶冒充道地安化茶，欺哄那些不懂的外行。另一方面，那些只图便宜、想投机取巧的茶店也专卖这些货。二是加工制作乱。对于开办茶店，审查不严，甚至放任自流，一些技术不过关的茶店也制作起茯砖茶，难免出现黑霉等质量不佳的问题。三是监管力量薄弱。县上虽有商会，但管理着众多行业，由于人才和经费不足，所以往往处于心有余而力不足的尴尬境地，只能是头痛医头、脚痛医脚，难以监管到位，难保质量安全。质量保证不了，产品就难存活下去，茯砖茶的制作和经销已到了非大检查大整治不可的时候，可不能让盛名几百年的泾阳茯砖茶毁在咱们这一代人手里！"

朱志远听罢，说："你说得对，创一个名牌不容易，可要毁掉一个品牌，往往就在不经意间。泾阳的假冒劣质茯砖茶，据咱们知道的，已远销山西、甘肃、新疆，经销者和顾客已深受其害，影响恶劣，其他我们还未发现的地方，也不敢保证没有假冒的这些劣质货。我们是该下决心整治一下茯砖茶市场。你们是行家，能不能说说整治茯砖茶市场的具体办法？"

因为是老同学，傅继兴直言不讳地说了起来："我建议成立茯砖茶公会，专门负责茯砖茶的生产、经营及市场监督管理；制定茯砖茶经营公约，使经营者有章可循；加强监督检查，严厉查处制售冒牌劣质产品的生产经营者；实行地域商标保护，凡质量检验不合格，一律不准使用'泾阳茯茶'地域商标。目前，当务之急，是组织一次秘而不宣的突击大检查，查出冒牌劣质茯砖茶的出处，严厉查处，以儆效尤。同时，组织开展一年一度的茯砖茶大赛活动,公选出质量上乘、诚实守信的经营者,进行表彰奖励。奖罚分明,促使茯砖茶生产经营健康发展上台阶。"

朱志远高兴地说:"你的建议很好,我与商会等有关方面商量后再做定夺。你先起草个茯砖茶公会的章程,茯砖茶经营公约,为茯砖茶公会的成立做些基础性工作。至于搞茯砖茶突击检查的事,我想由县政府行文安排,你具体负责,由商会抽调些懂行的人员组成专门班子,集中时间,进行一次全面深入的大检查,彻底查清假冒伪劣茯砖茶的来源,进行严肃处理。"

田爱君一听急忙说:"老同学,你咋能给继兴派这号差事?他这人本来就眼里不容沙子,把事认得真,认理不认人,要他负责检查假冒伪劣茯砖茶,一定会给你捅了马蜂窝,惹事得罪人。"

"我正因为知道继兴的秉性才让他负责,要是别人,我还不放心。既然想干事,就不能怕得罪人,瞎好我还是一县之长,惹下事,我负责!继兴,你看哩,敢不敢干这号差事?"

"只要能把茯砖茶市场治理好,再难的事我也不怕。"

"哦,对了,还有个事,在茯砖茶市场大检查时,顺便查一下,看甘肃天水牛福禄买的那些假冒义和兴的茯砖茶到底是哪家生产的。负责叫卖家给人家把货退了,把本钱还给人家,再给赔些来往路费等相应损失。"

"好!"

傅继兴是个急性子人,和朱志远说完事,一出县政府,就拉着爱君去找外祖父——商会会长赵智诚,想向他了解些泾阳茯砖茶市场的底细。

赵智诚一听,新来的县长要让傅继兴负责搞茯砖茶突击大检查,便说:"好瓜娃哩,你咋能应承干这号得罪人的事?实话给你说,真正制售假冒伪劣茯砖茶的人,我们不是不知道,而是惹不起。不瞒你说,我也下势立茬处理过这些人,可事后,我挨过黑砖,送茶的驼队被人抢劫过,告到县政府,你猜咋样?查无结果,不了了之!此后,我也只好放着明白装糊涂,政府都是这样,咱能把人家咋?算了吧,还是明哲保身为好。"

傅继兴说:"外爷,只怕明哲保不了身。咱泾阳茯砖茶之所以能誉满丝绸之路,俏销四方,几百年不衰,是因为品质好,功效独特。它是咱县的聚宝盆、摇钱树,县上的赋税靠它收,多少人靠着它生活。一旦被冒牌

第十六章　暗查访　新人摸县情　说劣茶　共商大治理

劣质茯砖茶砸了这块金字招牌,顾客不敢再买咱的货,茯砖茶生意肯定倒灶,覆巢之下无完卵,你这个百年老店能自保吗?你这个商会会长咋样当呀?到那时,后悔都来不及了。再说,制售假冒伪劣产品的毕竟是极少数人,咱们治了害群之马,绝大多数人肯定拍手称快。"

赵智诚叹息了一声说:"唉,人老了,不行了,遇事瞻前顾后的,没那个胆了。继兴,你说的有道理,我全力以赴支持你,但有两家茶店,你要注意,一家是西关外的恒利茶店,掌柜的叫侯宝贵,是泾阳县城地痞、混混出身,专爱搞坑蒙拐骗的事,和泾阳西北塬的土匪勾勾搭搭,泾阳商界朋友无不避而远之。还有一家是城北宝丰寺的宝丰茶店,掌柜的叫蔺宏利,是省党部侦缉队队长屠维岳的外甥。别看这侦缉队队长官不大,但却管着全省'共匪'案件的侦缉工作。谁见了都畏怯三分,因为得罪了他,弄不好会给你戴顶'红帽子',冤死你也没人敢管。所以,这蔺宏利常常是仗势欺人,为所欲为,无人敢惹。你如果想办法把这两个人拿下了,踢开这两个绊脚石,检查治理茯砖茶市场的其他问题就迎刃而解了。"

傅继兴是个吃软不吃硬、初生牛犊不怕虎的角色,听外爷一说,当即表态道:"我才不管他横的愣的,有靠山有权势的,只要犯了规矩,我一样收拾。听你这一说,我们如果搞大检查,就先从这两家茶店下手。"

赵智诚接着说:"要搞好大检查,先要搞好保密工作,以免打草惊蛇。要周密部署,行动迅速,以迅雷不及掩耳之势,先查估计有问题的茶店,以免他们转移赃物,拿他个人赃俱获!"

傅继兴这时才认识到姜还是老的辣。拱手致谢道:"谢谢外爷指教!继兴谨遵教诲。"

傅继兴与朱志远商量了一个周密的检查计划。

第十七章

大检查 查出黑窝点
严惩处 执法不容情

时值茯砖茶加工旺季,傅继兴先不动声色地了解了各茶店加工的情况,得知普遍开产后,立即组织开展了茯砖茶行业的突击大检查。

傅继兴领着检查组一班人,首先来到了西关外一个像是住家户,没有挂招牌的茶店。茶店的大门紧关着,叫了几遍,一个满脸横肉的伙计才来开门,没有好气地说:"你们是弄啥的?我们茶店生产期间概不会客。"

检查组的人呈上了县政府《关于开展茯砖茶行业大检查》的通知,那伙计见有县政府公文,不敢怠慢,说:"请各位稍等,我去通知掌柜的。"说罢,急忙前去禀报。

那掌柜的看着县政府公文,沉思着:"平日里进行茯砖茶行业大检查,都是商会组织执行,这一回咋升了级?还拿得严,事先没一点风声,搞了个突然袭击。看来,这新来的县长不简单,刚一上任,便抓起了泾阳第一大财源——茯砖茶。哼!你县长纵有千条计,我有我的老主意,查不出真赃实据,你把我看两眼半可放下!"想到这儿,便皮笑肉不笑地把检查组迎了进去。

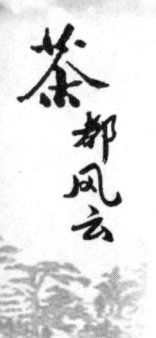

检查组副组长常永安介绍道:"这位是我们检查组组长、义和兴茶业股份有限公司董事长兼总经理傅继兴,这位是这儿的掌柜侯宝贵。"

傅继兴一看那掌柜,心头火冒三丈:"这不就是在二月会上调戏爱君的浪荡公子吗?真恨不得上去扇这狗日的两耳光!"但鉴于公务在身,他也只能强压怒火,做了礼节性的招呼。

侯宝贵一看,心里打了个寒颤:"真是冤家路窄,咋又碰上了这个愣头青了。"他强装笑脸,拱手施礼,"鄙人有眼不识泰山,往日得罪之处,还望大人不记小人过!"

俗话说:"酒逢知己千杯少,话不投机半句多。"双方稍事寒暄后,便开始进行检查。

侯宝贵领着检查组一行人,逐工序介绍着让检查组进行检查。

傅继兴十分认真,仔细地检查着每个生产环节,边看边问:"你做茯砖茶用的是哪里的原茶?"

"道地的安化黑茶么,这还用说!"

傅继兴从做茯砖茶的第一道工序抓出一把茶,仔细查看后说:"我看你这原料茶,除过安化黑茶好像还有其他地方的茶。"

侯宝贵一听,觉得这组长是个内行,哄是难哄过去了,当即解释道:"组长眼真毒,一眼便看出了有其他地方的茶——那是茶商送来让我们代加工的。"

"既然是人家叫你们代加工的,就应该严格分开加工,如果混合使用,弄不好,会影响茯砖茶质量。"

"我们马上就改。"侯宝贵当即叫伙计把其他地方的茶拉到一边。

侯宝贵陪同傅继兴一行人来到了打吊处(称原料茶的地方),拿起秤就称伙计已经称好的清茶(从渥好的茶堆上按茶模大小标准称取的原料茶叫清茶),傅继兴说:"你们称取的清茶,分量有点欠,等茯砖茶做好后,分量肯定不够,没有人寻事便罢,有人寻事,你的茯砖茶就是活证据,想赖也赖不掉。"

侯宝贵在心里说,爷就是靠坑蒙拐骗,赖人起家的,谁还敢赖我。但人在屋檐下,怎能不低头,便假意奉承道:"组长,你可真是行家里手,挑的毛病都准着哩,我们马上就改。"

检查到筑坯(也叫捶茶)工序,傅继兴发现少了一个重要环节。一般茶店,把茶捶好,退模后,检验人员要逐个验收、盖印,并标明捶茶日期、等级,以便查验,但这家茶店却没有这道工序及入库前的质量检验程序。傅继兴问道:"检验是保证茯砖茶质量的重要环节,你们这里为啥没有这道工序?"

"我们是才开张不久的茶店,还没有请到这样的能人,只好做好一批茶后,请其他茶店的检验人员代为检验。"侯宝贵狡辩说。

傅继兴穷追不舍,说:"那就请把检验的单子拿来让我们看看。"

侯宝贵真够狡猾的,随机应变地说:"哎呀,不巧,管检验单子的人因老人有病请假回了家。等他回来后,我马上让他给你送去。"

傅继兴听着侯宝贵牵强附会的解释,心生疑虑,想看看成品库,看能不能寻出假冒茯砖茶的蛛丝马迹,便说:"走!看看你茶店的成品库。"

侯宝贵心中有数,坦然地说:"我们是小本生意,做一点卖一点,成品库里没存货。不像你们义和兴,资金雄厚,人手齐全,到处都有店铺,货也堆得跟山一样。"

傅继兴看侯宝贵推脱,以为成品库有鬼,坚持要看,但打开成品库一看,果然是空无一物。

检查完毕,侯宝贵请检查组一行人到客厅喝茶休息,客厅桌子上已摆满了时鲜水果、各色糕点、名牌香烟。

侯宝贵殷勤地招呼着说:"这么热的天,还麻烦你们来检查指导,请先随便吃些喝些,我已在五福园饭店为你们订了酒席,略表我们的谢意。"

傅继兴说:"检查是县上的安排、我们的职责,用不着说谢谢。我们事情还多,喝罢茶就走。"

侯宝贵把检查组直送到大门外,心里扬扬自得地说:"老子是在江湖上闯出来的,你想和老子玩,还嫩了点。"

在恒利茶店检查的结果是疑点不少,却无证据,傅继兴在路上给大家说:"别看侯宝贵说得滑溜,从检查发现的疑点看,这家茶店肯定有问题。我们绝不能放松警惕,要明察暗访,找到它制售假冒伪劣茯砖茶的证据。"

夏天的天气说变就变,刚才日头还红彤彤的,霎时狂风突起,乌云滚滚,电闪雷鸣,下起了瓢泼大雨。傅继兴一行人急忙躲到路边的屋檐下

避雨,约莫半个时辰雨过天晴,他们乘着大雨带来的清凉,加快脚步,向宝丰茶店奔去。

宝丰茶店建在宝丰寺临路的塬上,坐北朝南,离村独居,四周松竹环绕,门前广场宽大,建筑古色古香。头门上悬挂着金字黑底的"宝丰茶店"牌匾,两边门柱上挂着黑底金字的瓦形楹联"生意如仲山永茂,财源似泾水长流"。而这些都是省上的有名官员所题,俨然一道护身符。门口一对张牙舞爪的石狮子旁,站着两个彪形大汉。

从商会抽来的副会长常永安,对宝丰茶店是熟门熟路,那门卫见他领着一伙人来到门口,拱手施礼,说:"常会长,今日前来,有何贵干?"

"奉命检查,前来看看。"常永安说着递上了县政府的通知。

那门卫接过通知一看,说:"请各位稍等,我这就去禀报掌柜的。"

蔺宏利一看通知,觉得意外,这么大的事,怎么没有人提前打招呼,还派了个不认识的人做检查组组长。看来,这个县长新官上任要烧三把火了。他心里怨恨,这火烧得真不是时候,自己最近正在粉碎着原来做瞎的茶,准备加到新购的黑茶中另做,以挽回损失。偏偏检查组这时突然来了,连个转身的机会都没有,但他还是不甘心就这样认输,束手就擒,便对看门的伙计说:"赶紧通知后院做茶的,马上停产,把正在粉碎的瞎瞎茶从后门转移出去,把来的那些人领到客厅来。"

傅继兴一行人只等不见那伙计出来,心生疑虑,对常永安说:"这茶店可能有什么问题,通知个人咋就半晌不得回来?为以防万一,我看,咱们给前、后门都留两个守候人,防止他们转移赃物。"

好不容易等到了那个传话人出来,说:"掌柜正在安排其他事,让各位久等了,实在对不起。请各位到客厅叙话。"说着,引着常永安一行人来到了客厅。

这茶店客厅门楣上,悬挂着黑底金字的"宝丰堂"横匾,朱红门柱上挂着黑底金字的楹联"茯茶香飘千家万户,财富承聚五湖四海"。走进客厅,迎面墙上挂着虎啸山林的中堂,两边的对联是"虎啸山林镇百兽,人行江湖数英雄"。

看着众人进来,蔺宏利从八仙桌旁的椅子上站起来,拱手施礼,客气地说:"常会长,这么热的天,你们还来检查,真个不怕热。大家快坐下,喝茶,吃瓜。"

常永安介绍说,"这是我们检查组组长、义和兴茶业股份有限公司董事长兼总经理傅继兴。"又给傅继兴介绍说,"这位是这儿茶店掌柜蔺宏利。"

傅继兴端详着这位掌柜,四十开外年纪,穿一身白府绸衣裤,大腹便便,头大脸方,酒糟鼻,吊梢眉,蛾凸眼,手中摇着芭蕉扇。

蔺宏利闻言施礼道:"傅组长年纪轻轻就当了大掌柜,又率先在泾阳把商号改成了公司,实乃我们商界精英,年轻有为,年轻有为啊!"

"蔺掌柜过奖了,我不过是碰了个运气,承蒙错爱罢了。你是前辈,今后还请多多指教。这次检查也是奉命行事,请蔺掌柜能予协力,多给方便。"

"那是,那是。"

客厅里,蔺宏利没话找话地拖延着时间,后院里,却传来了吵闹声:"你们这是发了霉的茶,不能随便拿走。"

"我们拿钱买的茶,想咋处置咋处置,你们管不着!真正是狗逮老鼠——多管闲事。"

"我们是县政府派来专门检查茯砖茶的,查看茶叶是我们的正事,咋能说管不着?你们拿钱买的茶是不假,但处置就要合规矩。"

"别拿着鸡毛当令箭,也不睁开眼看看,这是谁家茶店!"

蔺宏利听到吵闹声自知情况不妙,只觉心跳脸发烧。为转移注意力,他强装镇静地一个劲地说:"喝茶,喝茶!抽烟,抽烟!"

傅继兴听到吵闹声,知道后院出了事,不理蔺宏利的招呼,领着一行人来到了后院作坊。好家伙,二十多个光脊背的伙计正在围攻两个检查组的人,地上摆满了拆了外包装的砖茶。剁茶案子上,已经剁开的砖茶中间,尽是黑霉。看架势,明显是要把这些瞎瞎茶剁碎另做。傅继兴见这家茶店竟然肆无忌惮地敢在光天化日之下加工瞎瞎茶,怒不可遏,大声喝止道:"不管是谁家的茶店,不按规矩办事,加工瞎瞎茶就是不行!搁我们这儿先过不去。"

众人正吵闹着,猛然听到这一声怒喝,竟都惊呆了,站在原地不动,眼睛直勾勾地看着说话的年轻人。

"谁在这逞能强装歪人哩!"随着一声喝喊,从前院跑来一个彪形大汉,扑到了傅继兴面前,不问青红皂白,握紧拳头朝傅继兴迎面打来,同

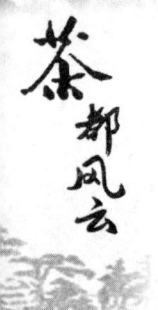

时恶狠狠地说："你算个啥东西，还管到我们茶店来了！"

傅继兴比起那大汉虽然个头偏小，可矫健如燕，巧妙地躲过了一拳，猛然出拳向那大汉当胸戳去，那大汉却纹丝不动，举拳又向傅继兴打来。傅继兴闪转腾挪，使得他拳拳落空，两人交手十多个回合，难分胜负。那大汉得意忘形，张狂地说："今天要叫你这碎厮认得马王爷是三只眼！"

那大汉正在得意忘形中，不料傅继兴一脚踢来，正中裤裆，疼得他失声大叫："哎呀我的妈呀！"双手就去护裤裆，傅继兴又朝着那大汉屁股一脚蹬去，那大汉被踢了个狗吃屎，疼得半响起不来。傅继兴环顾四周，轻蔑地喊道："还有谁想来试试手艺，请放马过来！"

茶店的伙计们一看号称拳打天下无敌手的大力士都败在了来人的手下，一个个面面相觑，畏缩不前。有人悄悄跑到客厅给蔺宏利报信去了。

蔺宏利看检查组的人到后院去了，忙找保家护院的大力士。本来想让他和茶店伙计教训教训检查组，特别是那个陌生的、不知天高地厚的检查组组长，给对方来个下马威，想不到连大力士也败在了那组长的手下。后院来的伙计一说情况，他马上赶到了后院作坊，装腔作势地厉声呵斥道："你们都吃了豹子胆了，翻了天了，竟敢和检查组的人较劲！"说着，一个劲地给检查组的人作揖道歉："傅组长、常会长，这些伙计都是新来的，不懂规矩，你们宰相肚里能行船，大人不记小人过，冒犯之处，请多多海涵。"

傅继兴说："冒犯了我们没关系，违反了规矩难饶恕。你们弄这些发霉的砖茶想干什么？"

蔺宏利一看来硬的不行，便满脸赔笑地诉起了苦衷："我们是才学着做茯砖茶哩，不得法程，有经验的茶店又都十分保守，其做茶秘方、技术都是按传统的传子不传女的规矩执行，他们连自己的闺女都不相信，咋能传给我们这些外人哩？没办法，我们只好摸索着干。结果是做一批瞎一批，别说挣钱，连本钱都贴赔进去了。停产不做吧，那就赔得深沉了，根本就没有了翻本的机会，真成了骑虎难下了。为了尽量减少损失，我想把原来做瞎了的砖茶，破开，去掉发霉的部分，留下好的部分，粉碎了搅到新原料里，重新再做。刚开始做，就遇到了你们来检查。"说着还装出难为情的样子。

傅继兴不吃这一套，到作坊里齐齐检查了一番，不禁大吃一惊，光发霉的砖茶就堆满了一间房。

检查一毕，蔺宏利陪着检查组一行人又来到了客厅。常永安把傅继兴叫到了客厅外，悄声说："傅组长，你打算咋处理这家茶店？"

"按原定规矩办，发霉变质、掺杂使假的茶一律没收，并处以相应罚款。"

"好我的组长哩，你知道不？蔺宏利是省党部侦缉队队长屠维岳的外甥，那屠维岳掌握着全省'共匪'案的侦缉大权，连县长见了都要礼让三分，过去检查轻易都不上这儿来，更不要说没收产品。我劝你一句，三思而行，可不敢引火烧身。"

"自古以来，谁都知道'王子犯法，与民同罪'这个理，现在已是民国，我们怎么能因为是当官的亲戚就网开一面，姑息迁就，放任自流呢？！如果我们宽容了他，其他的茶店还查不查，处理不处理？你说，我们这次检查还能不能进行下去？至于说引火烧身的事，我连想都没想，但我相信身正不怕影子斜，真金不怕烈火炼。"

常永安看劝不动傅继兴，只得跟着傅继兴进了客厅，阴沉着脸，沉默不语。

傅继兴说道："蔺掌柜，今天看了你的作坊，听了你的述说，才知道你办这个茶店也挺不容易，但自古以来法不容情，既然查出了问题，就不能不处理。"

蔺宏利没有刚才那么嚣张了，头也耷拉下了。

傅继兴看他不言语，接着说："你想把做瞎了的砖茶剔除发霉部分，用好的部分和好原料搅到一起重新做以减少损失，可是你想过没想过，发霉的茶，好的部分也有看不出来的病菌，把它搅到好茶里，等于加进了病菌引子，侵染到好茶再变坏，能做出好茶吗？"

蔺宏利一听，觉得傅继兴说得有道理。自己过去就是利用瞎茶中的好茶搅着好原料重做的，难怪做一批瞎一批。当即站起来给傅继兴施礼说："傅组长见多识广，一言提醒了鄙人，谢谢你给咱点窍。"

"人常说，'人不亲行亲'，咱们都是做茶的，互相帮衬那是理所当然。今天是奉命行事，得罪之处，还望谅解。你们这批瞎茶反正用不成了，按县政府检查前定的规矩，要全部没收销毁，蔺掌柜，你看这事……"

第十七章 大检查 查出黑窝点 严惩处 执法不容情

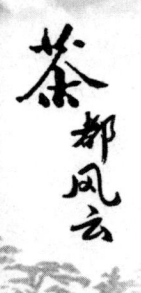

傅继兴这种像和朋友商量事一样的处理办法,弄得蔺宏利有火也发不出,只好强颜欢笑地接受了:"按县政府的规定办么,听凭组长处理。"但心里却在想,三年等你娃个闰腊月,日后要是犯在我手里,叫你娃吃不了兜着走……

夜幕降临了,傅继兴往家里赶,走到家门口,见一个人守候在门前,没等他问,便听那人叫道:"少东家,我是昌相,昌明礼。"

傅继兴惊奇地问:"昌相,你咋在这儿?快请到家里说话。"

田爱君见丈夫领着一个人进来,急忙端来了洗脸水、切好的西瓜、泡好的茶,热情地招呼道:"大热天的,洗洗脸,吃块西瓜,喝杯茶,凉快凉快。"

傅继兴介绍说:"这是我家商号的老伙计昌明礼,都叫他昌相。"

爱君礼貌地说:"昌相,你好。"

昌明礼看看爱君,问继兴:"这是……"

傅继兴说:"哦!这是你弟妹呀,叫田爱君。我娘也来这儿了,你先坐,我叫我娘去,她见了你不知道该有多高兴!"说着就去上房叫母亲:"娘,昌相来了。"

谭淑贤听说昌相来了,急忙来到了儿子房中,仔细端详着昌明礼,眼泪花都流出来了,说:"黑了,瘦了。好娃哩,你这两年跑到哪里去了?走的时候也不知道打个招呼,闹得商号上上下下都为你操心,你娘和你媳妇常常为你伤心落泪。"

昌明礼扑通跪倒在地,左右打着自己的脸,痛哭流涕地说:"我不是人,我糊涂,当年来泾阳买茶,中了人家的圈套,买了冒牌货,毁了咱家生意,现在听凭老夫人和少东家处置。"说着详细说明了当年上当受骗的经过。

傅继兴急忙上前拉起昌明礼说:"人生谁能不犯错?但你不该一出事就跑了,连个招呼都不打,急得商号的人到处寻你,你娘和你媳妇都快急疯了。"

"当时我是没脸见你们,直接跑到泾阳来,一边打零工,一边寻找那些骗我的人。今日听人们议论茯砖茶大检查的事,说领着检查的头是义和兴的新掌柜,是个年轻娃,山西人,姓傅,就想该不会是你吧?打听着忙来寻,还真的是你。"

傅继兴说："打零工日子过得咋样？骗你的人寻到了吗？"

"打零工也就混个饭，挣几个小钱。骗人的那瞎尿寻到了，那领头的就是恒利茶店的掌柜侯宝贵。"

"我们刚检查过恒利茶店，没查出什么问题。"

"你不知道！那侯宝贵鬼得很，在茶店放的茶都是买人家商号的好茶做样子的。他们做的瞎瞎茶，放在西乡山西村一个独门独户的农家大院里，客商想买哪家茶，他们便仿制哪家的包装、印章，另行包装哄顾客。"

"你咋知道的？"

"因为山西村住的大部分人都是咱乡党，我在山西村给人家干日子活时，在乡党的帮助下，才查寻出来的。"

"太好了，这个制假窝点总算挖出来了。你明天给我们带路，咱们端了那个黑窝点。"

昌明礼咬着牙说："我恨不得一枪崩了那狗日的！"

傅继兴说："有政府处治他呢。还有件好事，咱德兴隆商号和义和兴合股成立了义和兴茶业股份有限公司，德兴隆现在是分公司，老管家当着经理。明天把这事办完后你就可以回老家了，我写封信给老管家，让他给你在店里安排个合适差事。回到老家先看看你娘及嫂子，并代我向她们问好。"

昌明礼听罢，热泪盈眶，又跪下来磕头："少东家，我给咱商号惹了那么大的事，你们没有处罚我，嫌弃我，还给我安排事干。今生今世，再苦再累，我跟着你，今辈子还不完你们的债，下辈子做牛做马也要还清欠下你们的人情账。"

傅继兴搀起昌明礼说："过去的事就甭提了，能共事就是缘分，钱财都是身外之物，不必斤斤计较。"

第二天一大早，昌明礼引着检查组一班人直奔西乡山西村，众人都觉得奇怪。常永安问："没听说山西村有茶店，大热天跑到那儿去干什么？该不是寻地方歇凉去呀？"

傅继兴答道："去了就知道了，说不定咱们还能看一出好戏哩。"

赶到山西村东头，一座四面不挨村的独家户展现在眼前，头门前停着一辆装着货物的大车，一帮人正在从大车上卸东西朝屋里搬，检查组的人上前观看，车上装的都是没有进行最后包装的砖茶。卸车的人见有

第十七章　大检查　查出黑窝点　严惩处　执法不容情

生人,呵斥道:"我们这是生产重地,闲人免进。"

傅继兴理直气壮地说:"我们不是闲人,是专门检查茯砖茶的。"说着向盘问的人出示了县政府的通知,领着大家,冲破阻拦,进到了屋里。

进门头一栋房,一伙人正在各司其职地进行着砖茶的最后包装,但包装上面却盖着"泾阳茯茶"和"义和兴"的商标印章,贴着义和兴的蓝字封口条,包装起来还真像义和兴的货,但随便抽一块案子上放着的砖茶破开一看,全是黑霉货。

看了县政府通知的伙计一看事色不对,马上跑到后边上房里去找掌柜的。那掌柜正在与一个美艳的女子亲热,没想到伙计闯了进来,开口便骂:"你个没长眼的东西,不敲门便往屋里闯,急得是寻死呀!"

"掌柜的,外边来了一伙人,说是专门检查茯砖茶的,挡都挡不住,闯到屋里来了,我这才失急慌忙来寻你。"

侯宝贵一听,转颜失色:"昨天刚到茶店检查了,今日咋能摸到这里来?这狡兔三窟的妙计咋也让检查组的人戳穿了?"他急忙整理了一下衣服,赶到了前院,见了傅继兴一行人只是作揖道歉。

傅继兴劈头就问:"你不是说做好的茶都卖完了,这屋里咋还有加工好的砖茶?自己做的茶咋用着人家茶店的牌子?"

"傅组长、常会长,既然你们都看到了,那我就实话实说。我这样做,都是害了红眼病,不知深浅地做起了茯砖茶。可自己一做,才知道做茯砖茶的门道深得很,摸不到其中的窍,结果是做一批瞎一批。做下瞎瞎茶,毁了又觉得可惜。好在我做的砖茶,从外表看,还看不出什么毛病,便想着借用有名商号的招牌,重新包装,鱼目混珠,压低价格卖出去。没想到让你们查了出来,但愿各位能高抬贵手,放在下一马。"

傅继兴义正词严地说:"你也真会为自己开脱,明明是冒牌,却说成是借用。你用人家的招牌,人家知道吗?人家同意吗?"

侯宝贵理屈词穷,却突然发现了昌明礼,拱手施礼道:"这不是昌掌柜吗?请你看在往日的交情上,给你东家说说,饶了咱这一回。"

侯宝贵想着昌明礼在自己手中有把柄,肯定会给自己说好话,没想到昌明礼翻脸不认人,说:"侯宝贵,你这个害人精,当年设陷阱害了我,把冒牌的瞎瞎茶卖给了我,害得我们商号倒了牌子,气死了东家;害得我有家不能归,有事不能干。为了寻到你这个瞎贼,我到泾阳来给人打零工,查访了你两年多,终于查出了你造假害人的根根筋筋。而今,苍天有眼,你这个瞎厌的报应来了。"

侯宝贵一看昌明礼转脸不认人,气愤地揭起昌明礼的短来,说:"昌掌柜,你当年来泾阳,我们管着你吃好的,嫖妓女,逛西安,你咋不记我们一点好,真是个喂不熟的白眼狼。"

傅继兴打断了他的话说:"我家的伙计我会管教,用不着你操心。今日,你说你这事咋办呀?"

"人家咋办我咋办。只要你们能一视同仁,公平处理,不欺软怕硬,官官相卫,我便服从处理。"侯宝贵根据以往经验,知道县上检查从来没有处理过省党部侦缉队队长的外甥办的宝丰茶店,最多不过做做样子,掩人耳目,便把这个皮球踢给了检查组。

傅继兴知道他话有所指,便理直气壮地告诉侯宝贵:"你这话说得好,我们已查了宝丰茶店,没收了他们全部瞎瞎茶。今天,咱们也只能照规矩,依先例办事,没收了你这里所有的瞎瞎茶。另外,甘肃的牛福禄说在你这里买了一批假冒义和兴的茯砖茶,有没有这回事?"

侯宝贵一听说得有眉有眼的,知道赖不过,只好应承道:"有这事,但那人是为了图便宜,所以才给了他瞎瞎货,一分价钱一分货么。"

"你别强辩,瞎瞎冒牌茶就是给再少的钱也不能卖,卖出去会一个老鼠害了一锅汤,会给咱泾阳茯砖茶这老名牌抹黑。这事,你打算咋办?"

"你们说咋办就咋办。"

"咋办?给牛福禄把货退了,把钱还给人家,人家来往路费你得认。看你目前状况,经济肯定不宽余,罚款先不说了。"

侯宝贵一听这检查组连宝丰茶店都敢惹,只好听凭他们处理。

这次茯砖茶突击大检查,查清了泾阳假冒伪劣茯砖茶的来源,端掉了制假黑窝点,县上召开了销毁假冒伪劣茯砖茶大会。这一天,新任县长朱志远满怀欣喜,庆幸打响了整治商贸市场第一仗。他要借此教育百姓,警示坏人,把茯砖茶生产经营引上健康发展的道路。他穿着笔挺的中山服,走上了会场讲台,讲了话:

泾阳的父老乡亲们:
    大家好!

我们泾阳自古为三辅名区，京畿要地，人杰地灵，物华天宝。泾阳茯砖茶便是我们县传统的驰名特产，它誉满丝绸之路，惠及各地百姓。多少人因之成为富商大贾，多少人靠着它维持生计，但而今，那些见利忘义、学艺不精的人，却在偷偷摸摸地制售着冒牌的劣质货，使我们这一驰名特产面临着倒牌子、毁信誉的危险。大家试想，一旦毁了这棵摇钱树，有多少人将受到祸害？对于这种损人利己的恶劣行径大家能答应吗？

台下有人高声回答："不能！"
群众一呼百应："不能！不能！"
朱志远接着说：

为了严厉打击这类不法行为，保护我们的名牌产品，县政府组织开展了一次茯砖茶行业大检查，查出了制假黑窝点，查出了这些冒牌货。今天，我们公开销毁这些害人的东西，表明政府态度，制售假冒伪劣茯砖茶及其他商品，这种坑人、害人、骗人的行为法律不允许，政府不允许，群众更不允许！今后，我们将组建茶业公会，专门监督管理茯砖茶市场。对于制售冒牌、劣质商品的人，我们将从严查处，要罚得它倾家荡产，没有力量再害人，要将屡教不改者坚决清除出市场！

在整治茯砖茶市场的同时，要大力宣传和弘扬我们质量第一、诚信经营的优良传统。县上将组织开展茯砖茶大赛活动，评选出茶王，予以重奖……

朱志远第一次出现在泾阳公众面前，他的讲话赢得了满场掌声。

第十八章

选会长 明争又暗斗
祸与福 同降义和兴

县政府决定成立茶业公会和开展茯砖茶大赛活动的事迅速在泾阳传播开来,特别是在商界引起了强烈反响。想争茶王的,想当会长的,商家们为达到自己的目的,积极进行着各种准备活动。茶都泾阳,一时间商战风云密布,明争暗斗,暗流汹涌。

傅继兴的想法和别人不一样,他想以茯砖茶大赛活动为契机,进一步提高茯砖茶的品质,使义和兴茯砖茶的品牌更加响亮。好在他担起义和兴掌舵人的重担后,就推行了一系列提高茯砖茶质量的新措施,取得了显著成效。

原料是茯砖茶质量好坏的基础,而人是干事成功之本。他破格提拔敬业勤奋有胆识,出身茶农有经验的朱子良为安化茶庄代经理,在安化最好的茶叶产地——高、马二溪承包茶园一举成功,所产之茶,色、香、味俱佳,成本降低。

加工是茯砖茶质量好坏的关键。他推行茯砖茶加工质量包干连坐法,明确奖罚下势抓。大学生出身的他信奉科学,他在茯砖茶发酵房内安装了温度计、湿度计,进行着不同温度、湿度条件下茯砖茶发花情况对

比试验,选定了茯砖茶发花最佳的温度、湿度,进行科学化控制生产。

未雨绸缪、万事齐备的傅继兴对参加茯砖茶大赛活动,夺取茶王充满了信心。

宝丰茶店掌柜蔺宏利听到这一消息后,做起了争当茯砖茶公会会长的美梦。茯砖茶乃是泾阳第一大盈利丰厚的行业,那会长自然是个肥缺。若能想办法当上这个会长,可以扬名立万,光宗耀祖,更重要的是可以以权谋私,敛财谋利。他也谋划着自己胜算的条件——舅父是省党部侦缉队队长,官方关系硬,人们不看僧面看佛面,他竞争会长有希望。他相信钱能通神,给那些有推举权的人多送些钱,不愁他不推选咱。还有一招,就是一般人都怕恶人,对那些不识抬举的人,雇些泼皮歪娃,寻隙闹事,看你听话不听话。盘算停当,他首先去拜访舅父。

选了个星期天,蔺宏利拿着舅父喜欢的甘字水烟、陈年西凤酒、咸阳琥珀糖、三原蓼花糖、泾阳延寿宫水蜜桃、太平肉杏等礼品,来到了西安二府街的舅父家。熟门熟路,不用通报,径直走到了上房客厅门前,观见花格门闭着,只听着舅父和妗母正在说话,他不敢莽撞进入,便在门口等候。只听妗母正在唠叨:"你看你外甥弄的啥事,不会做茶强逞能,做下瞎瞎砖茶叫人家收了烧了,弄得全县的人都知道,给咱也惹了一身臊气。"

"你甭唠叨了行不行?我心里也烦着哩。早不出事,晚不出事,偏偏的这新县长朱志远刚一上任,咱那不争气的货先出了事,让人家咋看咱?"

蔺宏利知道舅父是个得理不饶人的主,此时进去吧,免不了挨一通训,打道回府吧,又不甘心。为了求个好前程,他只得先受些委屈,于是装出一副悔恨可怜相,走进了房子门,放下礼物,扑通一下跪倒在地,左右打着自己耳光说:"舅父、妗母,我没本事,做下瞎瞎茶给你们丢人了。"

他这样负荆请罪似的一闹,倒泄了两位老人的火。屠维岳恨铁不成钢地说:"当初你要开茶店时,我就给你说,做茯砖茶不是简单的事,你不听劝胡成精,现在好了,弄下麻烦事了。"

"好我的舅父哩,谁也不是天生下来啥都会,你娃不是正学着做哩嘛。偏偏碰到了风头上。人常说,官官相护,打狗还要看主人。那新县长咋一点也不给你留面子？依娃看，那是专门亮你的台哩。"

"闭上你那臭嘴，官场的事我心里清楚。你今天来有啥事？"

"听县长说，县上要成立茶业公会，专管茯砖茶行业。谁都知道茯砖茶是泾阳第一大财源，谁掌握了它，谁就掌握了取之不尽的财源。你这个侦缉队队长当了多年了，凭你的本事早该晋升了，还不是因为你没钱没把路铺好？这次，你若能凭你的威望、关系，想办法推举个亲近的人当了这个会长，他能不感你的恩，今后还愁没有钱？！"

"选谁不选谁，自有公论，我的事，用不着你操心。"城府极深的屠维岳嘴里这样说着，心里却在想：新去泾阳的这娃娃县长朱志远，真不懂官场规矩，连护官符都没看过，你要放上任头把火——整治茯砖茶行业，要处理我外甥，不管怎么样，也得先和我通通气，可他却我行我素，把我这个省党部侦缉队队长就没放在眼里，还弄得起火带炮的。要不是他父亲是国民党元老、财政厅厅长，大哥又是驻军师长，真想马上就给他寻个事，弄得他不得安宁。现在，泾阳要成立茶业公会，自己不能再置之不理了。因为屠维岳嘴上不说，心里却明白，当今世道要在官场混，没有钱寸步难行，升官的台阶要靠金钱去铺。而茯砖茶是泾阳第一大财源，谁掌握了它，谁就掌握了打开财门的钥匙，自己是得想办法推举一个可靠的人。自己这个外甥虽然有时看不来向，但对自己这个亲娘舅还是尊重孝顺的。他今天来，也是看上了茯砖茶公会会长这位子，来求自己帮忙的，只不过没有明说而已。如能把他推上去，当然更好。把茯砖茶这个聚宝盆掌握在手里，好为自己的前程铺路，也给新县长一个下马威，让他知道，你不照护官符敬神烧香，想按自己的想法办事，只能是纸上谈兵，痴心妄想……

蔺宏利知道舅父是个老谋深算、肚里长牙、不露声色的主，话已点到，相信他自有对策。

第二天，蔺宏利又去找商会副会长常永安。他知道常永安这厮贪财好色，吃谁的饭跟谁转，正好大检查发生了点磕碰，找他打圆场顺理成章，便决计投其所好，引鱼上钩。蔺宏利先到泾阳最好的青楼——望仙楼去选定了头牌姑娘。这姑娘外号赛嫦娥，琴棋书画，样样精通，身材苗条，隆胸细腰，肤如凝脂，细嫩柔滑，不施胭脂粉，红白相宜自然美，一双情人眼，勾人魂魄，那床上功夫，使人如醉如仙。人们遇到她，真如遇到

第十八章 选会长 明争又暗斗 祸与福 同降义和兴

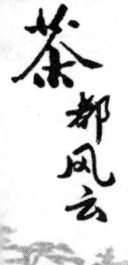

了仙女,所以,这妓院得名望仙楼。

常永安听蔺宏利说要请他去望仙楼喝花酒,喜从心生,满口答应,夜幕降临,如约而至。

梳着美人髻,穿着真丝花红旗袍的赛嫦娥飘然而至,为蔺宏利和常永安倒茶,斟酒,弹琴,唱曲。

两人推杯换盏,听曲聊天。蔺宏利借着酒兴,狐假虎威地说:"老兄,你我已是多年朋友,应当互相帮衬,有难同当,有福同享。县上要成立茶业公会,兄弟想竞争会长,我舅父已说通了官方,希望老兄也能多多帮忙。你在商会时间长,关系多,说话有分量。"

"咱两个谁跟谁呀,你不打招呼我也帮忙。"常永安心想:如果省党部侦缉队队长这个人见人怕的角色已说通了官方的话,自己相信,要选举也只是走个过程,我何不落个顺水人情。

"那就谢谢老兄了。这是一些活动经费,望老兄笑纳。"

"咱弟兄还用这样?"常永安假意推辞着。

蔺宏利知道常永安是个既想当婊子又想立贞节牌坊的人,故意说:"这钱不是给你的,是让你给咱活动那些有推举权的人,总不能让老兄掏腰包吧?"常永安也就顺坡下驴收了钱。

蔺宏利起身告辞:"老兄,良宵一刻值千金,愿你与赛嫦娥小姐玩个痛快……"

蔺宏利这几天一直打着小算盘,咋样能搞得县长的老同学、商会会长的外孙女婿、最有希望当选茯砖茶公会会长的傅继兴不得安宁,知难而退,不参加会长竞选。他想到了侯宝贵——这人是地痞出身,害人的坏点子多,混混朋友多。这次,又同时被傅继兴带领的检查组查收了瞎瞎茶,与自己是同病相怜,一定也恨着傅继兴,所以,决定去找侯宝贵共同商量着咋样整治傅继兴。

太阳落山了,晚霞逐渐变为乌云,黑色的夜幕遮盖了天地,绿树红花在夜色下变得影影绰绰,看不清真颜色。

蔺宏利来到了侯宝贵的茶店,只见他满面愁容,一个人正在喝着闷酒,知道他这是挨了傅继兴整治心里不痛快,便故意问:"兄弟,咋一个人喝闷酒哩?"

侯宝贵见是蔺宏利,起身礼让:"老哥,快坐下来一块儿喝。唉,咱真正是人倒霉,尻生疮,尿尿尿到大腿上。全县那么多茶店,偏偏把咱两家茶店收拾了,你说气人不气人?"

"咱们叫人整治了,说不生气那是假话,可咱生气了,人家肯定高兴。咱不能光生气喝闷酒。人常说:'有仇不报非君子,自古无毒不丈夫。'咱们得想办法也治治那些整咱的人,特别是那个睁眼不认人的领头人傅继兴,杀杀他的嚣张劲,叫他娃今后在咱这地面上行事看向着。"

蔺宏利这么一煽风点火,侯宝贵就来劲了:"你说得对,是得好好治治那小子。老哥,不是吹哩,治他娃咱有的是办法,有的是人,连西北塬那些土匪中也都有咱的好朋友。"

"这些我都知道,你要治他那是小菜一碟,但是你也要注意,新县长和他是老同学,商会会长又是他的要紧亲戚。所以,咱整治他,既要闹得他不得安宁,又要把活做干净,不要留下把柄,要让他哑巴吃黄连——有苦说不出。"

两个人叽叽咕咕商量了大半夜。

正在做茶旺季,傅继兴十分注意天气,怕堆垛好的原料茶遭到雨淋。这一天傍晚,他遥望西边天际,见布满了瓦碴云,便对爱君说:"瓦碴云,晒死人。看来明天又是个好天气。"两个人安心回家休息了。

睡到半夜,忽听有人急促地敲门,伴随着大声地呼喊:"董事长,茶店起火了!"

傅继兴闻言,一跃而起,边穿衣服边往外跑。田爱君也紧跟着追了出来。

跑到茶店,堆茶场已是烈火熊熊,伙计们一边桶提盆端地用水泼着火,用扫帚、铁锨拍着火,一边大声呼喊:"救火呀!救火呀⋯⋯"街坊邻里听到呼救声,都赶来救火。

喊声传到了相距不远的县政府,正在熬夜批阅公文的朱志远听到了喊声,马上敲响了县政府的铁钟,领着全体人员跑步奔向火场。他同时令人敲响了钟楼大钟,呼喊街道商铺人员前往救火。

火终于被扑灭了,可义和兴备好的原料茶却被烧光了。

群众看县长也来救火,投去了敬仰的目光。

傅继兴看到了朱志远,感激地说:"你堂堂一个县长,咋也来了?"

第十八章 选会长 明争又暗斗 祸与福 同降义和兴

293

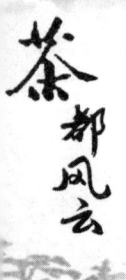

"你是我们的衣食父母,你们有难,我怎么能不来!这火是咋样烧起来的?"

"还不清楚,但伙计在现场捡到了一个火把。"

"火把给我,我令警察局好好查查,如果查出纵火之人,定当严惩不贷!"

对于义和兴茶店这场火灾,大家议论纷纷。熟悉泾阳茶事的人大多数认为是傅继兴领着人搞茯砖茶大检查捅了马蜂窝,把歪人惹下了,才招致了这场火灾。

商会老会长赵智诚来看灾情,直言不讳地说:"娃呀,当初你领着搞茯砖茶大检查时,我就劝告过你,这做茶的有些人咱得罪不起,你是没吃过辣子不知道辣子辣,硬要认真查,查出了瞎瞎货,戳了黑窝子,给茯砖茶行业除了一害。县长表扬,群众叫好,可咱把人惹下了——你想,你砸了人家的吃饭锅,人家能让你安宁?"

"外爷,不是我不听劝,你想,那些人拉屎都拉到咱义和兴茶店头上了,已经给咱造成了倒牌子、毁信誉的影响,咱若怕惹事不愿出头管,谁管?如果让那些人这样闹下去,还不知道要祸害谁哩,咱泾阳茯砖茶这块金字招牌非砸到这些人手里不可。为了咱自己,也是为了泾阳茯砖茶这个驰名特产,我不得不知难而进。我就不信,这世上就没有天理王法,我坚信世事只会邪不压正。咱暂时受些损失没啥,把茯砖茶生产经营引上正路,生意兴隆了,损失自然就补回来了,这样算账,咱值!"

老会长听罢这一席话,由衷赞叹道:"哎呀,真正是'自古英雄出少年'。爷老了,胆小顾虑多了,你有胆识,明大义,不愧儒商后代,茶行精英。泾阳茶行有你这样的干才,实乃天助我也!"说着满怀欣慰地回去了。

傅继兴刚领着人查了假茶窝,义和兴茶店便失了火,朱志远越想越觉得这场火灾来得蹊跷。傅继兴的差事是自己派的,自己首先应该负责。他决定采取措施弥补义和兴的损失,当即召开了警察局局长、民政科科长、商会会长等有关人员会议,进行了专题安排:"茯砖茶是我县的重要财源,一家有难应该各方相帮。警察局应尽快查清火灾原因,如属人为纵火,要迅速查明肇事者,从严惩办;民政科要尽快查清火灾损失,呈报省政府争取救灾资金,及时拨付;商会要组织商家募捐,使义和兴能尽快恢复生产……"最后他说,"我们这样做,就是要让大众看到,主持正义,敢与坏人坏事做斗争的人必有好报,这样就能弘扬正气,扫除邪风。"

各方领导看新县长对此事如此重视,不敢怠慢,迅速行动了起来。

商界大多数商家十分敬重傅继兴敢于主持正义,不怕得罪人,查了近几年来无人敢查的歪人,端了害人的制假黑窝点,为泾阳商界除了一大害。因而,纷纷慷慨解囊,救助义和兴商号。

傅继兴临大事而不乱,事发第二天,便电报告知安化茶庄:速按年度用量,再购黑茶发回泾阳。

在各方的大力支持下,义和兴茶店顺利渡过了难关。

好在义和兴茶店高瞻远瞩,每年都超计划生产、储备着许多茯砖茶,一是为了制成品质超众的陈年老茶;二是以备意外之需。加之,安化重新采购的原料茶及时发来,所以,虽然今年新发的原料和做的茶被烧毁了,但却没有影响正常供货和销售经营。

一个风雨交加的日子,像霜打了的茄子一样的蔺宏利和侯宝贵又聚到了一起。在挂着下山虎中堂的客厅里,两个人吃着凉菜、喝着冷酒,却压不住心中的怒火,长吁短叹。

蔺宏利无可奈何地叹息道:"傅继兴这小子真是福大命大,遭了灾竟有那么多人帮助,还因祸得福了。"

侯宝贵不服输地说:"躲得了初一,躲不了十五。这一招不行,用下一招,不信三年等不住他娃个闰腊月……"

雷雨过后有彩虹,傅继兴大难过后有洪福。

九九重阳节,县政府召开了茯砖茶大赛大会,全县八十六家茶店无一缺席地参加了大会。县长朱志远及有关部门负责人都参加了大会,商会会长赵智诚主持了大会,西北五省及四川茯砖茶经销商代表应邀出席了大会。大会组成了由有关领导、专家、群众代表参加的评审小组,议定了评审办法。

大会在泾阳商会会馆进行。

会馆的戏楼被装扮成主席台,上挂剪贴有"茯砖茶大赛"金字的红色横幅,两边的红底金字对联是"赛品质,且看谁为制茶能手;比声誉,细听哪家佳茗走红"。

商会两廊厢房，被临时作为展览室，各茶店精心布置着自己的展位，挑选能说会道的伙计到场宣传推介，聘请靓丽、盛装的侍茶女表演着茶艺。

一家家的茯砖茶被送到了评审组，评审组的成员一块一块地仔细查看，看包装、茶砖，看表面，查里边，泡茶汤，细品尝，闻气味，看色泽，比口感。凭着毕生经验，以无记名投票的形式，写出了自己认定的茶王名字，当场宣布，在公推出的监票人的监督下，用黑板列出茶王推荐名单及得票数，以得票最多者为茶王。

进入评审阶段，会场上鸦雀无声，人们静静地看着评审者，看着列出的推荐名单及票数。

当商会会长宣布："各位同仁、来宾们，本次茯砖茶大赛，经过各茶店初选，评审小组认真品评，最后，义和兴茯砖茶得的推举票最多，因而被评为茶王。"这话声虽不高，却如平地春雷，引发了雷鸣般的掌声。

县长朱志远亲自为义和兴颁发了"泾阳茯砖茶茶王"的镀金奖牌。

作为义和兴掌门人，傅继兴被点名讲了话：

各位领导、与会的贵客、同仁、朋友们：

首先，让我代表义和兴茶业股份有限公司对大家的抬爱和支持表示衷心的感谢！

义和兴茯砖茶能有幸评为茶王，是前辈们坚持义字当先，诚信经营，继承传统制作工艺的结果；是吾辈学习和发扬前辈优良传统和作风，坚持兴利除弊，不断改善生产经营的结果；是有关各方大力支持的结果。

人常说："艺无止境。"茯砖茶随着时代的发展，人们生活水平的提高，其品质也有待于不断提高。吾辈应适应人们饮茶品位的提高，学习吸取其他名茶生产长处，不断研究改进加工工艺，提高茯砖茶的品质。

说句心里话，泾阳茯砖茶的兴旺发达，光靠义和兴一家是不行的，要靠大家共同努力奋斗。我们义和兴愿和大家一道为泾阳茯砖茶事业的兴旺发达尽心尽力。

在这里，我向大家郑重承诺，今后，凡愿意在义和兴学习茯砖茶制作技术的，我们保证传授真经，帮其制成好茶……

前来参加大会的人，谁也没有想到傅继兴会做出这样的承诺，会场又一次响起了雷鸣般的掌声。

谁能知道，为了这一承诺，傅继兴却费尽了心思和口舌。

傅继兴领人检查茯砖茶行业后遭遇祸事，他冷静下来仔细反思。遭遇祸事很有可能是被查收了冒牌发霉茶的主家所为，但他们之所以冒牌，是因为技术不过关，把茶做瞎了。佛门以普度众生为己任，作为佛门弟子，自己为什么不能把做茶技术传授给他们，帮他们度过质量这一关？

为此，傅继兴专门召开了向外传授茯砖茶制作技术的董事会，他还没有说完，我的爷！一片反对之声。

田来运首先通不过："自古以来，茯砖茶制作技术从不外传，甚至只传男而不传女，你怎么能把秘方拱手送人？！"

赵雅茹说："虎凭威，官凭印，传统名牌产品凭的就是制作方子奇特，如果把方子外传了，咱还凭啥当茶王？"

田爱君一向都是夫唱妇随，可是，这一回，她也站出来坚决反对："任何秘方自古以来都是绝对的秘密，就是现代商家，谁家没有自己的商业秘密？保护自家商业秘密是商业经营的规矩，是基本常识，咱何必冒险标新立异！再说，泾阳现在做茯砖茶技术不过关的就是你收了瞎瞎茶的那两家，而害咱的十有八九就是那两家，他们要来学，你教不教？如果教，你不是连好歹、恩怨都不分了吗？"

傅继兴耐心等大家把话说完，这才苦口婆心地说了起来："你们说的都有一定道理，但是，都是看着老规矩，看着咱家利益说话，所以只能得出一叶障目的结果。要知道，咱的茯砖茶有名，首先是沾了诚盛永的光。当年，咱外爷如果死守老规矩，不让茶店老师傅把技术传给咱爸，能有今天的义和兴吗？再则是沾了传统的光，泾阳茯砖茶能俏销丝绸之路，是几百年来各茶店共同努力的结果。一旦哪家的茶出了问题，不及时解决，任其蔓延，就会造成一只老鼠害了一锅汤的结果，那就倒了泾阳茯砖茶的牌子。大树倒了，树枝上的果子还能保住吗？咱外爷尚且能够破除老规矩，传艺于外人，咱们为何不可？

"再说，人性也是复杂的，有恶的一面，也有善的一面。蔺宏利和侯宝贵想做茶求富，就比土匪强，说明善性的一面占着上风。咱们如果帮他们学会做茶，把茶做好了，创成牌子了，自然就不会假冒别人的牌子

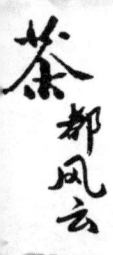

了。泾阳所有茶店都把茶做好了,那泾阳茯砖茶的名气就会更大,销售就会更好。能做生意的没有傻人,咱真心实意帮他们把茶做好了,他们还会怨恨咱吗?常言说得好:'冤冤相报何时了,以恩化怨两相好。'"

傅继兴一番话说得大家心悦诚服地赞同了他的提议,从内心佩服傅继兴的见解、胸怀。

傅继兴这才敢在茯砖茶大赛上当众做出庄重的承诺,大赛结束后,县上及时召开了茯砖茶公会成立大会。

大会一致通过了傅继兴起草的《茯砖茶公会章程》和《茯砖茶行业公约》。

各茶店掌柜通过一宗宗、一件件实事,认识到傅继兴是个一心想把茯砖茶产业搞好,公而忘私、乐于助人、不畏邪恶、敢作敢为敢担当的人,一致推选他当茯砖茶公会会长。

傅继兴走马上任,先聘请懂行专业人员组建了茯砖茶稽查队,对各茶店加工的茯砖茶进行批量检查,质量合格者,加盖"茯砖茶公会监制"印章,不合格者,一律没收销毁。属于技术不过关者,组织举办技术培训班进行学习;属于投机取巧谋利者,初犯者警告,再犯者,坚决取缔……

这一年年底,泾阳商会会长赵智诚任期已满,老会长主动让贤,积极举荐傅继兴。各商号敬佩傅继兴的为人处世,也一致推选他为商会会长。

第十九章

镇嵩军 侵陕逞凶残
保泾阳 军民齐奋战

　　傅继兴当选为茯砖茶公会会长兼商会会长后,心里聚集了一股劲,想把泾阳茯砖茶的生产经营提升到一个新的水平。谁料到这一年,泾阳却陷入了北洋军阀进犯的战祸中。

　　自从北洋军阀窃取辛亥革命胜利成果后,中国进入了军阀割据的混战时期。

　　1911年,清帝退位,民国建立,根据《中华民国临时约法》,各省军队缩编,原秦陇豫复汉军东路征讨大都督张钫所率领的陕军也在缩编之列。张钫呈请民国政府,把陕军中原以王天纵为首的河南绿林义军改编为镇嵩军。因此时河南都督为张镇芳,部队官兵分布在以嵩山为中心的周围各县,嵩山为其根据地,官兵居多,故起名镇嵩军。王天纵奉袁世凯之命到北京任陆军中将兼京师稽查处处长后,刘镇华才被张镇芳、张钫委任为镇嵩军统领兼洛陕汝道尹。

　　1925年10月,直系军阀吴佩孚东山再起,为扑灭国民革命势力,自任十四省讨贼联军总司令,刘镇华被任命为讨贼联军陕甘总司令。于是,刘镇华便在豫西召集散在各地的镇嵩军旧部、土匪、红枪会、大刀会,

并以阎锡山供给的枪支弹药,把这些乌合之众武装起来。

1926年4月7日,刘镇华率十万之众,由潼关长驱直入,进犯陕西。

获悉刘镇华率镇嵩军来犯,西安驻军杨虎城、李虎臣二位将军力主抗敌,积极备战,但也有畏敌怯战之辈,暗中投敌,偷偷把镇嵩军由西安东十里铺迎进了西安城外。

镇嵩军进入陕西后,采取威胁利诱等各种办法,分化拉拢各地股匪、军阀小头目,意在各个击破,独霸陕西。他先后收编了东部麻老九(麻振武)、刘世龙、野栗子,西部党跛子的人马。

镇嵩军从河南远道而来,筹措粮饷是个大问题,所以就觊觎起富庶地区。除主攻西安外,首先看上了泾阳、三原等地。也想以同样办法收买泾阳当时的军政实权人物郭治邦。

郭治邦是富平人,1908年被陕西护法救国靖国军的胡立僧派驻泾阳为营长,因为英勇善战,屡立战功,后晋升为团长。

刘镇华想以威胁利诱之法,不战而屈人之兵,便写信给泾阳驻军团长郭治邦,声称:"愿与君结为金兰之交。订立盟约,各据一方,渭河以北属你,渭河以南归我,各得其所,互不侵扰。"

此等军国大事,郭治邦不好自决,接信后,立即赶往三原,报告给自己的顶头上司——国民二军后方留守司令辛怀功。

辛怀功马上召开了军事会议,商量对策。会议决定:要提高警觉,不能与刘贼立盟,必须做迎击的准备,打垮镇嵩军,誓保家乡平安。

军情如火。郭治邦回到泾阳,直接到县政府去找县长朱志远,汇报了三原军事会议决定后说:"朱县长,我军根据上司命令,决定誓死保卫泾阳,但是,打仗凭的是兵强马壮,但兵强马壮靠的是财力支持,兵法云:'兵马未动,粮草先行。'部队的给养就全靠你这个地方父母官了。"

朱志远慷慨应承:"保一方平安乃是本县职责,自当全力以赴,但泾阳财政资金有限,要打赢这场仗,还必须靠商民募捐支持。咱们现在就去找商会会长傅继兴。"

两人相跟着来到了义和兴茶业公司。

正在公司办公室看着报纸的傅继兴,看泾阳两个军、政首脑联袂而来,想着必有要事,急忙礼让入客厅。伙计斟茶、敬烟后,傅继兴问道:"二位长官前来,不知有何贵干?"

朱志远说："听郭团长说，刘镇华率领的镇嵩军已兵临西安城下，意欲策反我泾阳驻军未能得逞，进攻泾阳势在必行。我们今日前来，是想与你共同商量一下，军民联防，应对外敌，保卫泾阳之大计。"

"这个消息我在报纸上已经看到了，至于如何抗敌保家乡，听凭你们安排。"

郭治邦说："据军事情报说，这镇嵩军是有名的土匪队伍，所到之处，烧杀抢掠，奸淫妇女，无恶不作。他们在陕西镇安县曾火烧房屋三百余间，杀害群众五千余人，甚至残酷地刀劈孕妇，将其腹中婴儿两腿劈开。他们打到华阴，俘虏了许多乡民，将其作为人质，命其亲朋好友拿钱赎人，否则任其饿死。仅在华阴小张乡，便抢去三百多头牲畜，两万多斤棉花，两万多块现大洋，近两万两烟土。他们到达华阴东宫村。村民拂晓始知，为了减少骚扰，忙备酒桌、香案出村跪迎镇嵩军进村，孰料刘军不知瞧好，踢翻酒桌、香案，开枪扫射，当场击毙三十二人，连私塾教师亦被枪杀。他们攻下澄城、白水两县后，士兵三五成群地往来街巷中，遇有妇女，则直入其家，强行奸淫，仅白水城内妇女，被逼投井者、自缢者就有十七名。他们还将陕西蓝田、镇安、山阳等县交界的六个村子的几百名青年妇女贩往河南。他们所到之处，横征暴敛，仅渭南一县每月就要征收五十万元，引发了5月以来，陕东农民反抗刘镇华搜刮奴役的斗争，渭北'交农'风潮此起彼伏……所以，咱们万万不可让这伙土匪队伍进入泾阳，祸害百姓。"

朱志远说："刘镇华兵到西安城外，在围攻西安城的同时，准备攻打泾阳、三原等富庶之地，意在抢掠钱粮以资军用。所以，打好泾阳保卫战，一则可以保卫家乡父老不受侵害；二则对于全省战局也有重大影响，但要打好这一仗，也不容易。因为，我们面临的形势是敌众我寡，敌强我弱，所以，我们必须军民齐心协力，联防以待。郭团长要做好一切战备工作，争取能阻敌于泾阳之外。傅会长要发动商户募捐，以解决战时部队供给问题，同时积极把各商家的自卫队伍组织起来，由继兴负责操练、指挥，以备应急之需。"

傅继兴积极响应道："部队既有抗击强敌、保卫家乡之决心，我等商人自当慷慨解囊，保障供给。我今晚就召开商户大会，安排县长部署的工作。"

朱志远、郭治邦听言，喜形于色，拱手施礼，异口同声地说："傅会长

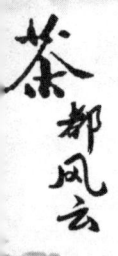

真乃深明大义有担当之人,有你这些话,我们心里就踏实了。先谢谢你为咱们县解难救急。"

夜风突起,吹起了满天乌云,侵吞了星星、月亮,天地间变得一片黑暗。

泾阳商会大客厅内灯火辉煌,商户们齐聚一堂,静静听着商会会长的讲话。傅继兴在列举了镇嵩军在陕西的残暴罪行后说:"我们如果不全力以赴支持泾阳保卫战,一旦贼军入城,首先受害的是我们商户,难免被抢劫一空。我们的家人随时有被欺凌的可能,我们也随时有生命危险。与其束手待毙,不如拼死一战,还有希望自保。不知大家意见如何?"

商户们议论纷纷:

"听说刘镇华带了十万镇嵩军,可谓兵多将广,而手下那些兵又彪悍勇猛,咱们打得过吗?"

"华阴东宫村村民摆香案迎接这伙贼军,都叫当场枪杀了,这简直就是一伙不知好歹,没人性的六畜,叫他们打进来,还有咱们活的路?"

"这伙贼军要是打进城来,抢了咱们的钱财,也就损失些浮财,要是再把咱们的商铺烧了,那不就是灭了咱们的市场嘛,想恢复也不是十天半月的事。而偏偏这伙贼军就有烧房的毛病,在镇安就烧了三百多间房。"

…………

傅继兴听着大家的议论,觉得首先要扫除畏敌怯战思想。他分析道:"镇嵩军虽然号称有十万之众,但不过是些临时组织起来的乌合之众,没有经过正规军事训练。侵犯陕西主攻目标是西安,杨虎城、李虎臣二将军率领军民誓死保卫西安,牵制着其绝大部分兵力,刘镇华围攻咸阳、三原、泾阳等地的兵力就有限了。而驻守我县的郭治邦团,当年曾是靖国军旧部,曾经打败过装备精良、训练有素的北洋军,难道还怕乌合之众的镇嵩军?!再说了,镇嵩军长途奔袭,势必人困马乏,粮草不足,还有一个弱点就是地域不熟。我们的优势是以逸待劳,城防牢固,如果我们商家全力以赴支持,钱粮不成问题,兵源也会充实。只要大家众志成城,誓死保卫泾阳,胜算十有八九。"

听罢会长讲话,大家打消了顾虑,异口同声地说:"一切听从会长安排。"

傅继兴接着说:"对于进行泾阳保卫战,县长已做了安排。我们负责募捐钱、粮,保证战时参战人员的后勤供给,组织各商户自卫力量,成立应急预备队,由我进行训练、指挥,以备应急之需。大家同意吗?"会场一呼百应:"同意!"

"既然大家同意,首先进行捐款。我们义和兴先捐一万大洋。"

"我们捐八千大洋。"

"我店捐五千大洋。"

………

首次捐款就这样顺利完成了。

傅继兴继续安排:"捐款结束后,各商户把自家自卫人员登记一下,从明天开始,到城隍庙戏台前广场统一进行军事训练。"

………

刘镇华不见泾阳驻军团长郭治邦回信,恼羞成怒,派旅长龚强盛率领一旅人马,以三倍于泾阳的兵力,于7月初进攻泾阳。

郭治邦拒绝给刘镇华回信,预料到刘镇华一定会派兵进攻泾阳,敌军必从西安向北过草滩、渡泾河而来。他未雨绸缪,提前劝说遣散了泾河渡船,在泾河北岸筑起了牢固工事,率领全团战士枕戈待敌。

镇嵩军赶到泾河渡口,却找不到一只渡船,偏偏老天爷帮忙,泾河猛涨,水深浪急。旅长龚强盛指挥用大炮轰炸河对岸泾阳守军,可阎锡山送的这大炮炮弹形如小桶,太没劲,射程不过一里,炮弹十之八九不发火。山西造的枪弹,也十分落后,且子弹不足。而泾阳驻军武器装备精良,步枪有俄国造的"密拉丝""马拐子""水连珠"等,射程远,命中率高;重武器有小钢炮、迫击炮。这种迫击炮用的子母弹,炮弹打出后,边飞边散出玉米粒大小的铅弹,杀伤力强,杀伤面积大。久经沙场的泾阳驻军,以破釜沉舟、背水一战的决心和勇猛,枪炮齐发,密集打来,直打得镇嵩军血肉横飞,心惊胆战。万般无奈,贼旅长令士兵涉水冲锋。然而,镇嵩军不会水,加之水深浪急,有些士兵一不小心就被浪打倒卷走了。一些兵士顾了避浪防水,顾不了射击,被泾阳守军打得七倒八歪,血流成河,不得不暂时撤退。阻击战整整打了三天,镇嵩军损失过半。泾河也渐渐退了水,郭团长觉得寡不敌众,不能硬拼,趁着夜色撤回了县城。连夜动员全城军民,在泾阳东城门外抢挖战壕,构筑起了第二道防线。

待到镇嵩军第二天发现,泾阳守军早没了人影,那旅长从内心感到,这

次遇到强硬对手了。没想到兵还没到泾阳县城，先吃了个泾河阻击战的亏。

为报这一箭之仇，那旅长督军涉水过河，满怀仇恨地飞扑向泾阳县城，但在泾阳城东，又遭到了泾阳驻军激烈的反抗。镇嵩军身处平原之地，没有可以遮蔽的掩体，被泾阳驻军猛烈的炮火打得伤亡惨重，难以向前。泾阳驻军以少敌众，十分注意保存实力，打到夜晚，撤入城内坚守。

镇嵩军兵临城下，但是两战失利，士气不振，加之这泾阳县城城墙坚固，设计巧妙，易守难攻，那不中用的山西造的炮，也只是空放，根本拿它没办法。因而，县城久攻不下。龚强盛觉得这样空耗也不是个事，咋给上峰交代？只得另想办法。

这一天黎明时分，只听西城门方向轰隆一声巨响，冒起冲天黑烟，震倒数家民居。城中军民从梦中惊醒，大惊失色，四处查看，才发现西城门楼南边的城墙外皮垮下五丈多宽。查问结果，才知道是镇嵩军在城壕边一家民居后院里朝城墙方向挖地道，用棺材装满火药，塞入地道，引燃火药，企图炸毁城墙，攻入城中，但因城墙厚而地道浅，装火药失误，火力太小，因而，非但没有轰破城墙，反而伤了自己不少士兵。

又是一天的东方破晓时候，北城门刚开，几个穿着国民二军灰服装的士兵来到城门口，出示了国民二军驻三原留守司令辛怀功签发的通行证，声称要见郭治邦团长传达紧急军令。四名站岗士兵正在审查通行证，猛不防被来人用匕首干掉，尾随其后的镇嵩军一拥而上进了北城门，一面夺取北城楼，一面兵分两路冲杀——东向马王庙巷，西向北极宫。守城将士奋力反击，与敌人展开了巷战、肉搏战。

商团志愿兵在走西域的路上，经常和土匪、兵勇厮杀，熟悉各种战法，刀枪兼备，身怀绝技，勇猛冲杀。傅继兴更是使尽了浑身本事，刀、枪、飞镖，镇嵩军遇上，一个个如狂风吹麦捆样倒下。

镇嵩军不熟悉城内布防、路线，常常被不明方向的枪弹所射杀，正走着，就被天降般的士兵所包抄。

这场白刃战激战了两个多小时，直杀得鲜血四溅，直杀得血肉横飞，直杀得天昏地暗，直杀得镇嵩军落花流水，溃不成军。残余部队招架不住，溃逃出城。郭团长命令用镇嵩军尸体堵塞了北城门，以此震慑敌军。

眼看着攻城不能速战速决，带来的粮草已消耗殆尽，镇嵩军只得留一部分人坚守阵地，抽调一部分人到周围乡村去抢粮。

其中一排镇嵩军来到了县城北边的落雁村。此村本是外地逃难来的移民建成的村子，他们觉得自己像寻食的大雁，不得已才背井离乡来到了这里，所以，为村子取名落雁村。

镇嵩军排长派士兵找到村长，说明收粮来意，令村长敲钟把村民召集到村头的大槐树下，对大家说："我们镇嵩军为剿灭乱党，正在前方打仗，你等百姓应交粮草以示支持。否则，以放纵、私通乱党治罪。"

村民中有一个不知深浅的粗汉说道："今年干旱，收成不好，前一阵县上收粮都交光了，现在哪里还有粮可交？！"

这排长想给众人来个下马威，冷笑着说："没有粮食了，你还能活到现在？"说着，不由分说，举枪砰的一声，打死了那个壮汉。

村长怕惹怒这伙贼军再杀人，一边向那排长回话，一边向群众喊："乡亲们，我知道大家艰难，但再艰难也要想办法给队伍交些粮。快、快、快，都快回家取粮食去！"村民看扛不过去，只得回家取粮，那排长命令当兵的跟着逐家去看。

镇嵩军一到群众家中，便持枪相逼，翻箱倒柜，看囤翻瓮地搜腾了起来，抢钱、抢物、抢粮食，拉猪、拉羊、拉牲畜。碰到女人像饿狼，撕扯衣服强行奸淫，连人也不避，真真的六畜一样。一个新婚不久、血气方刚的汉子，实在不愿新娘在自己面前受辱，趁贼军寻欢不注意，提起切菜刀，下狠劲乱劈，劈死了那个贼兵。他自己也知道贼军不会放过他，就和新娘双双自杀倒在了血泊中。

等到把粮食收集完毕，那排长一查人数，竟少了两三个兄弟，满村搜寻，竟是被当地村民杀死，心中发狠："这泾阳的兵凶，民也恶，竟敢杀了我的兄弟，此仇不报，更待何时！"当即命令："杀完全村人，烧光全村房！"可怜全村一百多口无一幸免，落雁村用血画上了它的句号……

泾阳保卫战开始以来，泾阳驻军郭团长不断向守城军民传达着军事情报带来的好消息，鼓舞士气。

1926年7月9日，设于广州的国民政府为消灭军阀，统一中国，组织国民革命军开始北伐。冯玉祥在苏联顾问团和李大钊、刘伯坚等共产党人的帮助下，决定率部加入国民革命军，从北方协助国民革命军北伐。

冯玉祥于8月17日抵达绥远五原县，重新组建国民军，被公推为国

第十九章　镇嵩军侵陕逞凶残　保泾阳军民齐奋战

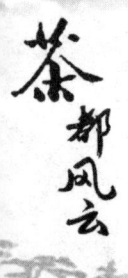

民军联军总司令。

9月17日,冯玉祥在五原举行了就职誓师仪式。他接受了于右任代表国民党中央执行委员会授予的党旗,宣布成立国民军联军总司令部,自任联军总司令,率领全体官兵进行了宣誓:"国民军之目的,以国民党之主义,唤起民众,铲除卖国军阀,打倒帝国主义,以求中国之自由独立,并联合世界上平等待我之民族,共同奋斗,死生与共,不达目的不止,此誓。"此誓词及冯玉祥就任国民联军总司令通电向全国发布。

五原誓师以后,冯玉祥接受了中共北方区负责人李大钊提出的"进军陕西,出师潼关,会师中原,策应北伐"的建议,率军南下,支援陕军,攻打镇嵩军,使镇嵩军彻底溃败,解了西安之围。

围攻泾阳的镇嵩军眼看着大势已去,也落荒而逃了。

在泾阳保卫战的庆功大会上,县长朱志远说:"这次泾阳保卫战的胜利,一靠驻军将士英勇杀敌,二靠商界朋友出钱出力。真可谓,军民一条心,天下谁能敌……"

镇嵩军进犯陕西,祸害百姓,留下了恶劣的影响,民谣《荒年歌》反映了百姓心声:

> 想民国十五年陕西大乱,
> 刘镇华领人马大闹秦川。
> 围省城八个月人死千万,
> 省城外各县份都起烽烟。
> 镇嵩军似豺狼号称十万,
> 人的粮马的草要民分担,
> 多少年积的粮被他搜遍,
> 拉牲口辱妇女又抢银钱。
> 逼得我众百姓在家难站,
> 耽误了做庄稼整有两年。

第二十章

遭年馑 百姓苦受尽
为灾民 舍饭惩贪腐

民国时期的泾阳多灾多难,兵灾战祸刚过,老百姓还没缓过劲来,又遇到了从民国十八年(1929)开始的空前巨大的持续三年的大旱灾,史称"民国十八年年馑"。

实际上,从民国十七年起,泾阳就没落过一场透雨。地旱得裂开了口子,除极少部分水田外,麦子、玉米、谷子、豆子等夏秋庄稼几乎都没有种上。

眼看着旱灾降临,县长朱志远忧心如焚,当即到龙洞渠管理局去查看,看还有什么抗旱救灾的好办法。管理局局长孟登云接待了他。

朱志远开门见山地问:"登云,我百思不得其解,泾阳在秦始皇年代,就由郑国主持修成了郑国渠,灌溉着泾阳、三原、高陵、临潼、渭南、蒲城、大荔等县二百八十多万亩土地。此后各个朝代,在郑国渠的基础上又先后修建了六辅渠、白渠、郑白渠、丰利渠、王御史渠、广惠渠等。泾阳皆处于这些渠的最上游,这些渠贯穿全境,怎么只有极少部分水田?"

孟登云答道:"朱县长,这事说起来话就长了。简单地说,是因为郑国渠设计的初衷是'用注填阏之水,溉泽卤之地'。即采用引高含沙的

泾河水,灌溉盐碱沼泽地的引洪淤灌方式,从而收到灌水、肥田、改良盐碱地一举三得的好处,在当时,也是我国农田灌溉技术上的创举。此后,各朝代在郑国渠基础上修建的渠皆仿照此法。

"然而,事物的发展往往是有利则有弊。引泾河之水灌溉却因'泾水一石,其泥数斗',历代治理无常,时有失修,泥沙淤塞。至清初堤毁渠淤,遂于大龙山洞中修坎,拒泾引泉,名曰'龙洞渠'。所以,现在仅能灌溉泾阳两万亩耕地,其余耕地全靠天雨。"

"原来如此。那现在你们能不能把龙洞渠的水多放些?清挖淤塞渠道,扩大灌溉面积,以解燃眉之急。"

"这个办法我们也想过,但龙洞渠水源为张家山的泉水,而今久旱不雨,泉水已有枯竭的趋势,哪里还有可多放之水?"

…………

干旱闹得人心急如焚,各种祈雨活动此起彼伏。其中,规模最大的要算城关中伏翠华山祈雨。翠华山远在长安,泾阳人为何要到那里去祈雨?这事有个来由。

相传很久以前,泾阳县西关外官台村有个叫魏翠华的姑娘,心灵手巧,美丽出众,与本村潘郎两情相悦,私订了终身。由于父母早亡,兄嫂为图彩礼而将她许配给咸阳城里的王姓富豪为妾,逼令成婚。眼看婚期将至,翠华想找潘郎商量对付办法。这天夜里,她来到潘郎门前,正欲敲门,突然有狗狂叫,吓走了她。于是姑娘把纺线系在门前树上,边走边放着线,逃奔太乙山,盼着潘郎能顺着纺线找到她。

妹妹跑了,兄嫂难以向王家交代,其兄魏喜就四处寻找,终于在太乙山一个石洞旁找到了妹妹。他正待上前扯住妹妹,只听霹雳一声,地动山摇,立流成泉,山景骤变,天乐响起,天仙出现,在仙女们的陪伴下,翠华姑娘驾祥云冉冉升空,成为天仙。从此,太乙山改称翠华山,并在山中天池湖畔建立了翠华宫和翠华姑娘汉白玉雕像。

因为翠华仙姑是泾阳人,所以泾阳人对其特别崇拜、信仰,如遇天旱,便去向她求雨,传说还很灵验。

今年,又遇到了大旱灾,四乡绅士、百姓便合议着去翠华山祈雨。

四乡群众先齐集县城太壶寺敬神祈祷,每天烈日当空时,再步行到南门外的柳毅庙,净土焚香,跪拜敬神,祈祷求雨,持续半月,以表诚心。

然后，组成祈雨队伍，到翠华山去求雨。

去翠华山祈雨的队伍浩浩荡荡，声势壮观。队前彩旗迎风招展，打击乐声闻于天。接着有一头毛驴，是为接翠华仙姑特备的坐骑，后跟祈雨群众，身背背篓，内装香表供品献食。人们三步一叩首地拜到翠华山的翠华宫，向翠华仙姑焚香跪拜祈祷后，返回泾阳（其讲究是务必于农历五月二十三日返回泾阳），到东乡大曲村水落庵窝水七天（即群众在庵中跪拜敬神七天）后，再进城游街夸水。

这支祈雨队伍，开道先锋叫保柱（扮马脚的人名），身穿蓝衣，头扎白色包巾，上戴黄表菱角，足踩麻鞋，手握七尺开花麻鞭，由水落庵出发，向县城挺进。沿路群众手捧香盘，头顶黄表，跪在道路两旁迎送。行至东门城内十字，巧遇城南柴家村的祈雨队伍，双方互不相让。

柴家村祈雨队伍的马脚张麻子，显示神威，两手衬着黄表，从两人抬着的木炭火熊熊的大锅中，拿出两个烧红的铁铧，叫嚣着吓唬保柱和围观群众，口中还念念有词。他们队伍中的群众跪地哀求，他才放下手中铁铧向西走去。

这时，人们最关注的是从翠华山祈雨归来的队伍中的毛驴，它身上只有鞍镫，别无他物，但看它行走的姿态，似乎负荷太重，气喘吁吁，浑身大汗，仿佛翠华仙姑显了灵。人们脸上露出了希望的笑容，只盼着翠华仙姑回乡降雨救乡党。

祈雨活动真可谓是男女老少齐上阵，连大姑娘、小媳妇也都上了手。他们悄悄相约，在夜深人静时，每人端上一盆清水，拿一条干净毛巾，到庙门口去洗石狮子，一边细心擦洗一边念：

    洗了狮子头，下得满街流；
    洗了狮子脚，下得起了蛟；
    洗了狮子尾，下得没处避。

但人们虔诚的祈雨活动却没有感动神灵，天照样旱得滴雨不下，绝大部分耕地庄稼绝收。

靠土地生活的农民、小市民和职工变卖家具、木料，将换得的口粮拌上草根、树叶、树皮吃。实在没钱没粮了，先是吃陈年积攒的牲畜料，如

麸皮、谷糠、油渣、豆饼、干苜蓿。吃的结果,留下了民谣:干苜蓿糙,荞花(谷糠)扎,油渣好吃难消化,娃娃吃了屙(大便)不下。这些东西吃完了,就寻着吃野菜、树皮、棉花叶、观音土。而食用观音土久者,往往腹中形成结石,膨胀而死,最后发展到人吃人。实在没办法的就靠卖儿卖女卖婆娘来换取粮食。在本地没法活的人,就逃到南、北二山去讨饭、垦荒。子女多,养活不起的家庭,一是卖子女,二是遗弃子女,三是让娃上街讨饭。所以,街道上,孤儿、流浪儿成群结队,啼饥号寒。衣食无着的孤儿、幼童,专靠抢吃残渣剩饭过活。年龄大的,见着手拿食物(肉、菜、馍)的,趁人不防备便出手抢夺,抢到手后,撒腿就跑,边跑边向食物上唾唾沫,边唾边吃。见物主追赶,抢物者碰见污水或牛马粪,当即把食物塞进去弄脏。物主即使追上,也只能斥责几句了事,而抢物者不嫌脏污,又狼吞虎咽地吃了起来。白天还好过些,到了寒冷季节的晚上,这些讨饭的娃实在难熬,有的龟缩在街道房檐台避风处,有的围挤在饭店门口炉子的风箱旁,经常有娃因冻饿而死……

作为佛门弟子的傅继兴,泾阳的灾情及灾民惨状深深刺激着他的慈悲心怀。他带领义和兴员工,率先在城内办起了舍饭场,救济县城灾民,并在商会发起了救灾募捐。

信奉"新三民主义",以民为重的县长朱志远,在旱灾初起的民国十七年,便在全省率先组织成立了有财政、民政、商会等有关方面参加的县救灾委员会,及时对救灾工作进行了研究部署。他在会上说:"百姓是我们的衣食父母,是立县之本,立国之本。而今,他们遇到了百年不遇的年馑,挣扎于死亡线上,我们必须千方百计予以救助。在这方面,傅会长和商会为我们带了个好头,我们都应当向他们学习。县政府各个单位和社会各界,要各尽所能地搞好救灾工作。民政科要组织人员,深入调查灾情,及时向上级汇报,积极争取各级的救灾资金和物资。县财政要坚决压缩非生产性开支,县政府及所属单位要带头勒紧裤带过日子,调度一切可用资金支持救灾工作。要积极动员泾阳在外名人、富人、能人,各尽所能,救助故乡灾民;积极动员本县经商、务农的富裕之户,捐款、捐物,开办舍饭场。县上也要马上开办施粥场,在县城四门外设立舍饭场。目前,我县粮食市场出现了价格猛涨的现象,究其原因,一是关中普遍遭灾,粮源短缺;二是一些黑心粮商,囤积居奇。我们必须采取果断措施,尽快改变这种状况。商会要发动粮商,积极到未遭灾地方采购粮食,再则要组织开展粮食市场治理整顿大检查,严厉打击囤货居奇、哄抬物价的违法行为……"

…………

听说县政府在县城外四门搭棚舍饭,救济灾民,四面八方的灾民满怀希望地拥向县城。

桥底镇有个年过花甲,叫席遇贵的老汉,天不明便起来,提上装着讨饭碗的篮篮,拄着拐杖,跑了二十多里路,赶到了县城西门外舍饭场,但见饥民成群结队,争先恐后,拥挤混乱,而他年老体弱,根本挤不到舍饭锅跟前,连续等了三天,没要到一口舍饭,饿得昏昏沉沉,软瘫在地。

迷迷糊糊中,忽听一阵呼喊:"县长检查舍饭场来了!"席遇贵睁开眼一看,只见一伙穿着整齐的人,紧跟着一个穿着深蓝色中山服,身材高大的人由城门而出。

那时的人,见到县长不容易,人们好奇地问:"哪一个是县长?"

人群中认识县长的人显摆着指指戳戳地说:"领头的那人就是县长。"

席遇贵想着这几天的遭遇,气从心头起,恶从胆边生,当即从地上拿了块砖,踉踉跄跄朝县长奔去,举砖就砸,开口大骂:"你这县长真是个糊涂糨子官,把个舍饭场办得没眉眼,年轻有力气的,能挤到前边要到饭,像我们这些老汉老婆,根本沾不上边……"

老汉体弱力衰,砖头并未打上县长,但随从的人却不依了。警察局局长呵斥道:"哪里来的刁民,竟敢打骂县长。先抓起来,审问后严肃处理。"两个警察就要上前抓人。

朱志远一看舍饭场前拥挤混乱的样子,略一沉思,说道:"且慢抓人。老汉打人骂人虽则不对,但依我看是事出有因,是我们的工作没做好。"说着,走到老汉跟前,说:"老人家,你有啥气啥话,咱们找个清静地方好好说说。你可能还没吃饭,我先领你吃点东西。"

一听说县长要请他吃饭,席遇贵半信半疑地跟着县长一伙人来到了城门内一家小粥馆。进门坐定,县长先给老汉要了碗粥。席遇贵实在没想到,他打骂了人家,可那县长非但没有怪罪他,还给自己买粥喝,从内心感到县长是个好人。饥饿难忍的他狼吞虎咽地吃完后,扑通一下跪在

第二十章　遭年馑　百姓苦受尽　为灾民　舍饭惩贪腐

311

了县长面前磕响头:"谢谢县长的饭,谢谢县长大人不记小人过。"

朱志远急忙上前扶起:"我们不兴这个,快快起来说话。"

席遇贵一把鼻涕一把泪地说:"好我的县长哩,我是个打牛后半截的人,说话办事不知高低,说出来你们别怪罪。你们给灾民办舍饭场是好事,可秩序太乱没人管,像我们这些老汉、老婆,根本挤不到跟前,我都三天没吃上舍饭了。昨天,舍饭场前还饿死了两个人。县长,你得想办法管管,最好给我们这些老人专门开个舍饭锅,提前给要舍饭的人排个队。"

"老人家,你说得好,我们现在就开会研究安排。"

送走了老汉,朱志远说:"今天,这老汉给我们敲了个警钟,我们是得改善一下舍饭的办法。建议分设老弱病残锅、男人锅、女人锅,每锅由两人负责维持秩序。印制舍饭票,进行编号,按先来后到次序排队领有编号的粥票,凭票按编号次序领舍饭。负责此项工作的部门必须立即落实这项工作,把好事办好,办实。"

事情安排完后,朱志远领着大家到舍饭锅前仔细检查,发现粥熬得太稀,舀一碗仔细查看,发现粥中有霉米、沙子。朱志远心中升起了疑云,当即带大家去查看救灾粮库。到粮库认真检查,发现米中果然掺杂着霉坏的米和沙子。

检查完救灾的各项工作,已是黄昏时分,朱志远回到县政府简单地吃了晚饭,便带着勤务员,向负责采购救灾粮的科长库长柱家走去。

这是一个坐落在县前街路南的一个四合院,雕花的砖门楼下,安着一合镶着铜门闩的黑漆双扇门,勤务员上前叫门,无人答应,一看门虚掩着,两人便推门而入。进门迎面是一个栽植着四季花木,矗立着一座假山的圆形小花园,周围房屋,一律的花格子门窗。只听后边有喝酒划拳之声,随着声音寻去,来到了后面的客厅,只见四个人正在围着一张八仙桌喝酒划拳,只听一人说道:"库哥,你就是兄弟的财神爷,给了咱救灾粮这桩好生意,兄弟我敬你一杯。"

"再甭胡说,小心惹事。咱们这叫互通有无,互惠互利——哥俩好。"正喝到兴头上,却见有人进来,那科长不耐烦地说:"真没眼色,没看人正忙着哩。"

"那就打搅了。"一听声音,这科长才抬头张望,一看,吓得是胆战心惊:"哎呀,朱县长,你咋来了?快请坐。"说着,把县长礼让到一边的茶几旁坐下,亲自为其斟茶。同时,递眼色让喝酒的人快走。

那三人拱手施礼说:"县长来了,必有公事,我们先走了。"说着,一溜烟地走了。

看着那些人走出了门,朱志远正颜厉色地问道:"长柱,救灾粮掺霉坏米和沙子的事,你知道不知道?到底是咋回事?你现在给我实话实说,否则,你就没救了!"

库长柱一听,知道瞎瞎米事发了,但还想抵赖,推脱责任,强辩着说:"咱是上了黑心粮商的当,弄下这丢人事了。"

"县政府上上下下,谁不知道你是理财能人铁算盘,你能上人的当?刚才和你喝酒的人说你是财神爷,你给他们赐了什么财?你要他们小心别惹事,你到底怕惹什么事?"

朱志远连珠炮般的发问,使库长柱头上直冒虚汗,心跳口颤。他左思右想,反复掂量,突然,跪倒在地,左右扇着自己耳光,说:"好县长哩,我不是人,我糊涂,陷进了人家的迷魂阵。"随后,说出了事情的前因后果。

库长柱是渭南人,自小家境贫穷,十五岁便到泾阳来给一家渭南乡党开的渭兴粮店当学徒。三年出师,学成了把式——熟知四面八方粮食品种、优劣、行情;购、销议价巧说理由,顾客满意,掌柜的欢喜;账算清,算盘精,双手能打"狮子滚绣球",在泾阳也成了小有名气的商业干才。县政府当年成立钱粮科,便选他做了主办干事。因为库长柱能干事,会办事,业绩突出,很快就被提拔为钱粮科科长。

库长柱当了科长后的一天,渭兴粮店的少东家金望成前来拜访:"长柱哥,听说你荣升科长了,小弟特来祝贺,我已在五福园饭店订了桌酒席,请你下班后一定光临,切莫一当官就不认乡亲了。"

金望成和库长柱年龄相仿,当年,老掌柜看着长柱这伙计是个人才,前途无量,准备把他培养成独生儿子的辅佐之臣,便嘱咐儿子要和长柱搞好关系。在老掌柜的安排下,金望成逢年过节就给长柱送礼品,动不动还请长柱吃饭喝酒,两人成了好朋友。

今天,老朋友来请,他怎能不去?

酒席宴上,两人推杯换盏,叙旧说今。

金望成说:"老哥,你现在成了科长了,当了官可不能忘了小兄弟。而今,兄弟也当了掌柜的,有啥好生意也给兄弟介绍介绍。"

"兄弟你放心,老哥不是忘恩负义的人,有好生意自然先让兄弟做,但兄弟也要给老哥撑脸,要保证货优价廉。"

"这个你应当知道,咱渭兴粮店向来都是诚信经营,货优价廉。"

…………

吃喝完毕,金望成把库长柱引到了一个位于县前街的四合院。金望成打开门锁,搀扶着库长柱进入一栋花树掩映、环境幽美、青砖瓦舍的民居。屋内空空荡荡,没有一人。金望成掏出一套钥匙,交给库长柱说:"这是我买的一套住宅,没人住,送给老哥,算是对你给咱商号出力奉献,业绩卓著的奖励和补偿。你现在当了科长了,事多朋友多,是该有个住处了,老家如能离开人,把大嫂接来也好给你打个下手,享两天清福。"

金望成一下打到了库长柱的软肋上。库长柱暗自思想,自己这些年来,为了出人头地,埋头工作苦忙奔,是活得太孤苦了,老婆为了自家日子远在家乡,也把苦受尽了。如今,到底当上了科长,是得有个自己的窝,把老婆接来享两天清福。而且,从内心深处他感觉到,他当年给商号的贡献也理应得到这样的奖赏。因为,老掌柜当年就说过要给他买一套房的事,只是老掌柜没来得及兑现就过世了,但他表面上却装模作样地推辞:"无功不受禄,我不能接受你这份重礼。"

"不是给你说了吗?这是对你当年对商号贡献的奖励。"

库长柱看金望成诚心相送,也就半推半就地接受了:"那就算我借你的,啥时你需要就还你。"

库长柱是个有恩必报的人,从此,凡是政府需要采购的粮食,或是朋友要买粮食,他都交与渭兴粮店经办,那商号的生意因此更加兴旺了起来。

民国十七年大旱灾开始以来,粮源越来越紧,一些老供货商储备不足,纷纷断货。金望成四处奔波,寻购粮食,找到了南山一家黑粮庄,满怀欣喜地购回了一大宗货,可回到商号逐袋检查,发现上了"腰装底座"的当——粮袋中间掺着发霉米和沙子。折回头去寻,那粮庄已是人去屋空。

这批货到底咋处理？金望成费尽了心思。重新筛选吧，豆腐会搅成肉价钱；在自家门市卖吧，怕倒了商号牌子，不卖吧，就亏得厉害了……思来想去，突然想到了一个好主意，听说县政府要办舍饭场，自然要买救灾粮，灾民们白吃舍饭，自然不敢弹嫌。看来，这批瞎瞎粮，卖去做救灾粮最保险。恰好老朋友库长柱管着这号事，但他知道，库长柱一向办事认真，眼里不容沙子。可听说，他老婆离不开家，他仍独守着空房，就染上了拈花惹草的毛病。如能投其所好，还怕攻不开这个生意门？

生意人为了做生意，有时是不择手段，甚至连婆娘也能贴赔。金望成想到了自己"徐娘半老，风韵犹存"的妻子苏桂香——因为，当年她就和库长柱关系很好，弄得自己常常吃醋，和妻子闹别扭。此时想来，真乃是"祸兮，福所倚"。想不到，这一层关系现在却可以利用了。他在心里宽慰着自己，大丈夫娶的是娼门之妻，拔了萝卜窝窝在。只要把生意做成了，弄下了真金白银，才是本事，谁管你是咋弄的。如此这般想着，他便千方百计说服了妻子，让他去给自己当说客。本来就对库长柱从心里爱慕的苏桂香，假惺惺地推辞着应承了。

这一天，经过精心梳妆打扮的苏桂香来到了库长柱的住宅。库长柱喜出望外地迎进了这位弟妹，只觉得醉人的香气扑面而来，如仙如妖的美人儿摄人魂魄。他定住神说："稀客，稀客，你咋来了？快请屋里坐。"随即，泡茶倒茶，端上了特色糕点、时鲜水果。

苏桂香抛着媚眼，撒娇说："人家想你了嘛，不像你个没良心的，出了门就把人家忘了。"

库长柱本是情场老手，一看苏桂香那骚情样，心里马上起了窍，痴呆呆地瞅着苏桂香，挑逗着说："好我的亲亲哩！哥再忘了谁，也忘不了你。你是老哥心中的嫦娥、仙女，咱想你，想得是白天常分心，晚上梦着你，写字写着写到你，看着照片亲着你……"

听话听音，苏桂香知道鱼已上钩，站起身来，走到库长柱身边，一下子软绵绵地倒在了库长柱怀里，勾魂眼盯着库长柱，纤手儿摸着他的脸说："叫咱仔细看看你咋样想我哩。"说着，右手揽着库长柱的脖子，红唇向库长柱的嘴唇奔去，口舌相交，相互吮吸，一时间，热血沸腾，心跳口颤，面若桃花人如醉。库长柱哪里经得起这样的挑逗，幸福的暖流涌遍全身，他迫不及待地抱起美娇娘，走向床笫。

一番云雨过后，苏桂香偎依在库长柱怀里，用绵软的手摩挲着他的胸腹，软语温柔地说："长柱哥，现在我就成了你的人了，你今后可要对得起我。"

"看你说的啥话？你现在就是哥的心肝宝贝，我的领导，你叫我干啥就干啥，你就是叫我去跳崖，我也决不犹豫，舍身去死。"

苏桂香立即用手捂住库长柱的嘴："呸，呸，呸，谁让你死来？净说不吉利的话。人家只是觉得和你做下这事，对不起掌柜的，你今后多给他帮些忙。听说县政府要买救灾粮，刚好我家进了一批货，你看能不能买了？"

库长柱当即显摆起来："那还不是咱一句话的事，你开了金口，哥照办就是。"

…………

听完库长柱的叙述，朱志远感叹道："苍蝇不叮无缝的蛋，贪心淫欲害死人。救灾粮事关灾民生命安全，你为个人贪欲购买瞎瞎粮，坑害灾民，罪在不赦，但看在你多年来为政府办事，还算尽职尽责、成绩显著的份上，我给你指一条明路。明天立即到警察局自首，尽力退换瞎瞎粮，退还赃款，也许可酌情免你不死。"

这件事的处理结果是在县城北门外舍饭场前，召开了公判大会。宣判的主要内容是库长柱和金望成相互勾结，买卖瞎瞎救灾粮，坑害灾民，罪在不赦，但因其能够迷途知返，自首认罪，且能积极退换好粮，积极退还赃款，故给予从轻处罚，判处两人有期徒刑各十年。

…………

祸不单行。年馑期间又传来了"霍列拉"（霍乱病）。在那缺医少药又落后贫穷的年代，这种病发病快，传染快，死得快，没法治。发病后上吐下泻，吐的是黄水，泻的是黑水，早上得病晚上死。所以，当时流传有民谣：

　　　　李四早上埋张三，
　　　　中午李四升了天；
　　　　刘二王五去送葬，
　　　　月落双赴鬼门关。

饿毙病死者先后相继，多至绝户，村人埋不胜埋，只得泥门堵窗，希图苟安于一时。所以，各村多有泥门堵窗，无人居住之户。

饥寒生盗贼。从民国十八年开始的年馑，直闹得泾阳赤地无垠，饿殍遍野，土匪蜂起，遍地狼烟，时不时便有土匪又打抢了哪家财东，抢了过路人，拉了票子，烧了不肯出钱出物的主家的房子，把不肯出血的财东"点了天灯"的消息传来。泾阳西北塬、桥王二镇、云阳东边、五台山前、刘家沟，甚至连县城附近的宝峰寺以北，都成为土匪经常出没的地方，人们闻之胆战心惊。

偏偏在这灾害年头，主政陕西的冯玉祥因与蒋介石之间矛盾激化，于民国十八年十月发动了反蒋战争。第二年四月，冯又联合山西军阀阎锡山进行了反蒋的中原大战，征兵、征粮、预征田赋，使灾区雪上加霜。因为战争，西北军破坏了河南境内平汉、陇海铁路，使赈灾物资无法顺利入陕，大量的赈灾粮堆积在丰台和浦口两个大转运站无法起运，以致有的已积压变质。来自东北的赈灾粮有的竟要绕到绥远，经公路、水路才能运到陕西。蒋介石对西北实行经济封锁，严重地影响了以上海为中心的东南富庶地区对西北的赈济活动。

处于军阀混战、政局混乱时期的泾阳县，没有储存之粮，没有积蓄之钱，而田赋还在不断加重，持续地搞救灾实在是心有余而力不足。只能眼看着大旱持续无力抗，粮食绝收无钱购，草根树皮全吃光，饿殍遍地尸难收，瘟疫流行要人命，土匪猖狂害百姓。

据不完全统计，年馑初起的民国十七年，泾阳因饿得生不如死而上吊自杀身亡的就有李坊堡的吴草娃，县东的赵裁缝，瓦王村的王玉善，首张里的杨增全等四人。夏村的岳文夫妇，因饥饿难忍，先把不满三岁的小孩活活勒死，然后，夫妻双双服毒自杀。全县已饿死男四十五人，女二十人。民国十八年年馑，泾阳县出外逃荒和死亡不下三四万人。霍列拉患病六千多人，死亡二千一百多人。

朱志远看着民政科送来的《泾阳灾情汇报》，深感内疚，甚至有一种负罪感。他痛恨自己无能，无力回天，作为一方父母官，却不能救民于水火，竟叫百姓受尽了苦。再看省上的《灾情通报》上刊登的一条条消息，

更让人触目惊心：

据陕西省救灾委员会统计：民国十八年年馑，全省九十二个县中，发生旱灾的有九十一个县。全省饿死者达二百五十万人，有二十多万妇女被卖往河南、山西、北平、天津、山东等地。渭北、省西一带，每县人口损失约百分之四十，乡间房屋损失约百分之六十，树木损失约百分之七十。全省有二百多万人流离失所，逃亡他乡，八百多万人以树皮、草根、观音土等苟延生命于奄奄一息。

日前，国民政府监察院院长于右任自南京回陕西探望，带回二十万元救济灾民，目睹故乡年馑惨状，伤感而赋诗：

　　迟我遗黎有几何？
　　天饕人虐两难过。
　　河声岳色都非昔，
　　老人关门涕泪多。

据记者报道，年馑肆虐盗墓成风。陕西是十三代王朝建都之地，皇帝、大臣、达官贵人、富豪财东逝世后，多埋葬于这块风水宝地。年馑期间，被饥饿逼急了的灾民也干起了挖坟盗墓的缺德营生，盗取墓中陪葬品，换粮、卖钱求生存，求发财。就连于右任先生的亲伯母房太夫人的陵墓也未能幸免。当时，就有人去信告诉了于右任先生，他得知后，非常伤心，但却电告家乡有关人员："不要追究。"后来，于右任回家乡整修该墓时，满怀伤感地写下了一首悼念诗：

　　发冢原情亦可怜，
　　报恩无计慰黄泉。
　　关西赤地人相食，
　　白首孤儿哭暮年。

朱志远看罢，仰天长叹："老天啊！你何时才能怜惜苍生降甘霖？！上级政府，领导啊，何时才能重视民生兴水利，降服旱魔救黎民？！"

第二十一章

为员工 冒险去买粮
为乡亲 买房扩茶店

面对突然降临的灾害,傅继兴临危不乱,从容应对。他认为人是创业干事之本,首先要保证义和兴所有员工,人人有饭吃,家家不挨饿。在旱灾显露恶果的时候,便安排管家,组织人力,登门查访,对公司上下人等的家庭情况进行调查摸底,登记造册,按月定量以平价供给各家口粮。高价买进的粮食平价供给,其中差价由公司补贴,平价粮款从员工薪酬中扣除,解除员工的后顾之忧,稳定员工队伍。他还亲自走访了各分公司经理及管理人员家庭,询问生活情况,有的放矢地帮助解决实际困难。

在灾荒年代,人被逼得人性扭曲,为了自己活命以至于卖儿卖女卖婆娘,甚至吃死人肉、亲人肉,不顾亲情,丧失人性。弃良为匪,杀人越货等丧失良心、道德的事,举不胜举。看到公司在这样的时候,还能想到自家,上门问寒问暖,送救命粮,许多员工感动得热泪盈眶:"谢谢公司的关心,咱掌柜的真是救苦救难的活菩萨!"人们不懂新名词,还是习惯地称董事长为掌柜的。

眼看着旱灾持续发展,泾阳粮价不断疯涨,群众挨饥受饿的惨状日趋严重,傅继兴寝食难安。他日思夜想,到哪里去采购些价廉物美的粮

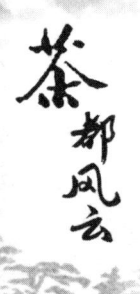

食,保障员工的口粮供给,为平抑泾阳粮价尽一点绵薄之力?他环顾陕西周围,甘肃、绥远、河南均已遭灾,粮食肯定短缺难买。邻近只有山西了,山西情况如何,傅继兴想到了几天前,山西运城分公司经理对他去信询问当地是否遭灾及分公司经营情况的回信,得知运城有的地方也遭遇了旱灾,庄稼歉收,但绝大部分地方收成尚好,总体来看,可算是平年。山西省禁止粮食出境,所以,粮源充足,价格平稳。他当即决定,回老家山西一趟,想办法买些粮食运回来。

山西本来就是陕西粮食重要的来源地,但年馑来临后,主政山西省的阎锡山出于地方保护的考虑,禁止粮食出境,扣押陕西在山西的购粮人员和物资,对一向仰仗山西粮食供应的陕甘地区实施经济封锁。组织粮食巡查队,进行日常巡回检查,在通往陕西、甘肃出口的道路、渡口设立了检查站。

傅继兴为了买粮救命,顾不得前路艰险,跨上枣红马,马不停蹄,日夜兼程地赶回了老家的德兴隆分公司。

看着风尘仆仆归来的少东家,老管家、现在的分公司经理周保柱急忙吩咐伙计拉马去喂,迎上前接过了行李,取来掸子就替继兴打起身上的灰尘,安排伙计端洗脸水、泡茶、倒茶、端糕点。

傅继兴洗罢脸,在八仙桌旁坐定。老管家仔细端详着傅继兴说:"少东家,你看着瘦了,但精神看着好着哩。你娘在泾阳可好?听说你得了个小子娃,小宝贝乖着哩吧?"

傅继兴喝了杯茶说:"泾阳遭了年馑,公事、私事更加繁忙,操心劳神得很,人咋能不瘦?我娘精神着哩。我那碎小子长得乖,像他妈,就是好玩、好问,不消停,看到啥都要打破砂锅问到底,还要问砂锅是啥做的。"

"那说明娃聪明,跟你小时候一个样。泾阳灾情传得邪乎得很,不知到底咋样?"

傅继兴长叹一声说:"唉!简单地说,是赤地千里,庄稼绝收,粮价飞涨,饿殍遍地,土匪横行,瘟疫死人。人饿得连草根、树皮都吃光了,饿得吃死人肉的,甚至吃自己亲人肉的,饿得卖儿卖女卖婆娘的,饿得背井离乡讨饭的,饿得上吊自杀的,比比皆是,真正是惨不忍睹。"

"以往,人都说:'天下县,泾、三原。'可而今却闹成了这光景。还不如咱这儿平顺,虽说有的地方受了点灾,歉收了,但大面积好着哩,相当于平常年份。"

傅继兴急切地问:"街市上粮食多不多?价格咋样?"

"现时禁止粮食出境,市面上粮食不缺,价格平稳着哩。你这次回来是不是想买粮食?"

"对,对!我就是专门为买粮食回来的。"

周保柱有点为难地说:"这可咋办呀?禁止粮食出境是山西省政府出了告示的,而且查得很严,弄不好是要坐牢的。不久前,运城就抓了几个陕西贩卖粮食的客商,货全让没收了,人坐了牢房。少东家,你再仔细掂量掂量。"

"这事我反复考虑过,在这种特殊时期,来山西买粮、运粮,肯定要担很大风险。可总公司上上下下一大摊子人要吃饭,咱办的舍饭场要米下锅,泾阳的灾民眼睁睁地盼着救命粮。佛门讲究'救人一命,胜造七级浮屠',为了能多救些人,就是再冒险,哪怕是坐牢、杀头,我也心甘情愿!"

见少东家态度这样坚决,周保柱沉思着说:"真要买粮食,咱们得好好合计合计,既要能买得着,又要能运得出,最重要的是不能被查处。"

"周叔,你是地里通,生意精,你看咋办好?"

"这事要想办好,最好咱们别出面,找一个在咱这儿神通广大的人做代理人。"

"你说得对,但找谁合适呢?"

周保柱想了想说:"依我看,找运城商会老会长殷仁川最合适。他在运城当商会会长有年头了,资格老,关系广,德高望重。上通党、政、军,下通各帮会,在运城说话、办事,社会各方都给面子。而且,他又是运城最大的粮商,收粮、走货有渠道,又是本行生意,不引人关注,可避免麻烦。再则,他还是你爹生前的拜把子兄弟,你找他好商量。"

周保柱这一说,一下子扫去了这些天来压在傅继兴心头的愁云。他笑逐颜开,说:"好!咱明天就去找这老会长。"

想着即将要找到买粮的门道,实现买粮救人的愿望,傅继兴兴奋得一夜睡不着。咋样说服那商会会长为自己帮忙?是送重礼买通他,还是用合作生意利诱他?他是粮商,买粮肯定没问题,可他能平安地把粮食送出境吗?他仔细思虑,辗转反侧,夜不能寐,迷迷糊糊中他领着一帮子伙计驾着马拉大车,下乡进村去收粮。好久不见粮食贩子来收粮的百

第二十一章　为员工　冒险去买粮　为乡亲　买房扩茶店

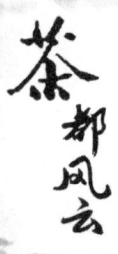

姓,稀奇地围了上来,问这问那,接着就争先恐后地把粮食背了来。伙计们忙着验粮、过秤、付钱,拿到钱的乡里人乐滋滋地帮着倒粮袋、装车,很快,他们就收了一车又一车粮,到天黑,已是满载而归。他们欣喜若狂,但却不敢像往日驾车赶路那样放声唱咣咣乱弹,谝闲传,而是悄无声息地在夜色的掩护下向前行进,刚到一处山口子,忽听一群人大声呵斥道:"你们是干什么的?该不是倒贩粮食的?"

傅继兴一听,十有八九是碰到粮食巡查队的人了,吩咐伙计,扬鞭催马,进行闯关。只听后面砰砰砰地响起了密集的枪声,傅继兴被惊醒了,原来是南柯一梦,惊得他浑身大汗,睡意全无,想着梦境,不知主吉主凶?好不容易才熬到天亮,傅继兴洗漱完毕,就到商号去找周保柱,把昨夜之梦告诉了他,探问吉凶。

周保柱嘿嘿一笑说:"人常说:'梦从心头起,日有所思,夜有所梦。'你这是叫买粮食的事忧心的来。"

简单地吃了早点,傅继兴拿着泾阳茯砖茶、泾阳老窖酒,随着周保柱去拜访运城商会会长殷仁川。

两人走街串巷,说着家常,不觉来到了殷府门前,但见雕花的砖门楼门楣上雕刻着"仁义传家"的横额,两边的对联是"忠厚传世远,勤俭治家昌"。两人经门迎伙计通报,引领进门,穿越带走廊的厢房,直接到了上房客厅。

一个头发花白,脸膛方正,留着八字胡,慈眉善目,穿着黄色起花缎长袍的人,拱手相迎:"周经理来了,快请坐。"说着,就把周保柱让在了八仙桌右首的官帽椅上。

周保柱并未落座,拱手还礼道:"殷会长好!这位是我们老掌柜的后人,现在是义和兴茶业股份有限公司的董事长兼总经理傅继兴。"

傅继兴拱手施礼道:"老伯好!初次拜访,不知老伯喜好,先奉上泾阳两大特产,请老伯莫嫌薄气,赏脸笑纳,茯砖茶你喝过,就不说了,我们泾阳的老窖酒那也是酒中佳品,喝起顺口。因为泾阳自古为三辅名区,京畿要地,土肥水美,人杰地灵,繁华引人,酿酒业源远流长,宫廷酿酒秘方,各地的酿酒高人,均在泾阳献艺比高低,形成了取各方名酒之长,独具特色的泾阳传统酿酒技术工艺。取当地优质高粱为主要原料,筛珠泉水为酿浆——这筛珠泉自古有名,据中华名典《淮南子》记载,人文始祖轩辕黄帝'酌此水甘甜醇美,精神振奋,食欲大增,遂命铸鼎以志'。《长安志》写道:'秦二世饮用此水,以为天赐玉液,用四匹白马祭之,感谢神灵。'《泾阳县志》记述道:'汉高祖刘邦之兄刘仲饮此水心旷神怡,恋而不舍,舍弃宫廷富贵,常居荆山,荆山由此得名仲山流传至今。汉武帝幸临淳化甘泉宫,闻琼珠泉水美,常往辄宿,留下了古御道遗迹。唐太宗为其母在泾阳建延寿宫,供奉此水,颐养天年。唐肃宗在泾阳建养疾院,取此水饮欲求长寿。'当地人都说常饮此水,面如桃花,身如杨柳,老而不衰。传统秘方和原料,造成了泾阳老窖酒的超群品质。"

殷仁川见傅继兴竟能引经据典地把泾阳酒说得如此神奇,觉得这年轻人是个做生意的好人才,跟他爹有一拼,便仔细打量着傅继兴,笑眯眯地说:"嘿,像,真像,真正跟德茂贤弟活脱了个壳。只可惜德茂贤弟一生勤恳经营,积德行善,却英年早逝,折我运城商界一位精英,想起来常常令人伤感。"说着竟是热泪盈眶。

一言勾起了傅继兴对父亲恩德的回忆,也不由得泪流满面。

周保柱更是老泪纵横。

殷仁川擦了擦眼泪,说:"乡亲相逢本是喜事,却怎么都哭起来了?都怪我老了没出息了,总爱怀旧念亲人。不过,先人积德后人享,继兴现在都成了大公司的董事长兼总经理了,真正是青出于蓝胜于蓝,德茂贤弟也该含笑九泉了。"

周保柱要让傅继兴上座,继兴不肯:"周叔,你是长辈,理应上座。"他坐在了下首的茶几旁。

殷仁川看傅继兴年轻得志,却知尊老不骄狂,心生喜爱,说:"你大老远从陕西跑回来见我,必定有事。我与你爹是结拜兄弟,有啥事你就直说。"

傅继兴一听,忙站起来施礼道:"那小侄就给你添麻烦了。泾阳今年遭遇了百年不遇的大旱灾,庄稼绝收,粮食短缺,人不断地被饿死。我公司上上下下一大摊子人,也快断粮了,我还开着个舍饭场,眼看着就没米下锅了。陕西紧邻的西北各省也都遭了灾,实在没办法了,我只得来求你这个亲人,请大伯想尽办法帮小侄买些粮,渡过这个难关。我代表我们公司所有员工和泾阳百姓先谢谢你了。"说着,跪倒在地,行起了跪拜大礼。

殷仁川见傅继兴能如此怜惜下人、百姓,实乃仁义君子,令人敬重,急忙上前扶起傅继兴,说:"贤侄不必如此,有事咱好好商量。"

周保柱也施礼相求:"请老会长一定想办法帮帮我们少东家。"

殷仁川说:"你们家有事求我,我从来不说二话,一帮到底。可这次情况不同,禁止粮食出境省政府是发了通告的,粮食巡查队查得严,检查组挡得紧,弄不好,货收了不说,人还要坐牢受罪哩。"

周保柱笑着说:"俗话说:'事看谁办,法看谁犯。'以你老会长在运城的作为、关系,办这些事,谁敢不网开一面?"

"老伯,你除了看在我爹的情分上,帮侄儿,也可把它当作你我合作的一桩生意。自古好生意,多为险中求。咱们不妨也做他一回,保证利润丰厚。你有粮行,先想办法把粮食收回来,我们再共同想办法运出去。"

周保柱说:"咱分公司的盐常走泾阳,粮食巡查队的人是运城警察局抽人组成的,人熟悉,好应付。只要买通风陵渡粮食检查站的人,咱们采取'搭皮苦面'之法,也许可以蒙混过关。"

殷仁川反复思量着,思量着人情,思量着利益,思量着风险,终于心灵的大半朝人情、利益倾斜。

"既然你们这样说,那我就破釜沉舟,背水一战搏一回!不过,咱把丑话说在前头,要是万一出了事,可别埋怨我。"

傅继兴、周保柱齐声答道:"那是自然!"

"你们到底要买多少粮?"

"先买一千石用来试探,如能行得通,多多益善。"说着,傅继兴付了定金。

殷仁川推辞道:"咱两家还用这样?"

傅继兴硬把钱塞给了殷仁川:"大伯,你能冒险帮这个忙,我们已经感激不尽了,岂能再让你吃亏!俗话说:'好兄弟也要明算账。'车走车路,马走马道。咱们既是做生意,就要照规矩办。"

事情谈妥,殷仁川安排粮店伙计,分片包乡,四面出击,走村入户,加紧收粮。很快就收了一千石粮。

与此同时,傅继兴和老管家商量,看咋样攻下粮食巡查队和检查组。

周保柱说:"粮食巡查队是由当地警察局抽人组成的,组长由治安科

324

科长任聚鑫兼着。这个人对现在这世事有看法,把差事看得轻,把钱看得重,谁家有麻烦事找到他,只要肯上贡他得好处,他是得过且过,能饶人处且饶人。他平日爱到商号'打秋风',咱们给他也没少进贡,咱家的事他从来还没为难过。如果碰到粮食巡查队,事情好解决。只是风陵渡检查站由当地驻军把守,咱们和他们平常没有多少来往,人生面不熟,不知该从何下手。"

傅继兴问:"那站长是哪里人?有何来历?本人有何爱好?"

周保柱答道:"因为风陵渡检查站是我们走货必经之地,我们也想和那站长拉上关系,所以,前一阵我们对那站长做了些了解。他是咱荣河县人,叫柳治峰,是运城驻军的一个连长。他这人有个爱好——爱打麻将,前些天商会老会长还约我和他打了一回麻将。不过,他打麻将有个毛病,赢得起,输不起,输上几圈,就吹胡子瞪眼乱埋怨,所以,人们都不爱和他打牌,除非谁有事求他,但他这人倒还豪爽义气,特别是给牌友办事,不遗余力。听说前不久,他就眼睁睁放过了三大车走陕西的粮。"

傅继兴心里有了主意,说:"这就好,咱们明天就去会会这个站长。"

翌日,傅继兴、老管家提着礼物,来到了风陵渡大酒店,订了个包间,准备好打牌用具,就让老管家去请那站长。那站长听说要请他打牌,当即笑眯眯地向副站长交代了一番,带着一个贴身卫兵,便随着老管家来到了风陵渡大酒店。

老管家介绍道:"这是风陵渡检查站站长柳治峰,是我们山西一方的门神,这是我们少东家,义和兴茶业股份有限公司董事长兼总经理傅继兴。"

傅继兴拱手施礼道:"听说柳站长为人仗义,好结交朋友,而且精通牌艺,小侄也是个麻将迷,但学艺不精,今天想跟前辈好好学一学,请不吝赐教。现送上一份拜师礼,请笑纳。"

柳治峰一看这人不但能陪着打牌,还给送礼,满心欢喜,说:"过奖了,过奖了,我是个粗人,说起牌艺,我也是半瓶子醋,只不过常常爱和朋友玩玩,图个高兴。"

"那咱们今天就玩个痛快。"

"可咱们是三缺一。"

"牌场无大小,叫我的卫兵也来凑个数。"

说着，四个人便摆开牌局，打了起来。

结果是傅继兴和老管家场场输，柳治峰赢了个锅满盆溢，喜出望外。

傅继兴再次施礼道："前辈真乃高手，有时间，一定请你到泾阳好好教教我。"

"哪里，哪里，只是碰了个运气，承让了。"

……………

粮食收好了，关系打通了，傅继兴和周保柱怕夜长梦多，连夜组织伙计装车。车中心装着粮，四周和最上面装着盐，并在商会开了个运城德兴隆分公司给泾阳义和兴总公司送盐的证明信。第二天天麻麻亮便起程了，周保柱跟车相送。

车刚走到十字路口，一队身穿黑色警察服、头戴大盖帽的人走了过来，厉声喝道："停车，我们是粮食巡查队的，要检查。"傅继兴手中捏了一把汗。

周保柱急忙迎了上去，一看，领队的正是警察局的任聚鑫科长。虽则他和周保柱有些交情，但今天事情重大，周保柱还是不敢怠慢，恭维道："任科长真是敬业勤奋，天还没大亮就上班了。"

任聚鑫见是德兴隆的周经理，是自己日常的小财神，不敢充大，拱手施礼道："原来是周经理，这么早的你们往哪里去呀？"

"我们给泾阳总公司去送盐，因为隔河渡水路远，所以，起了个大早。"说着，递上了商会的证明信，并悄悄把两根金条塞到了他的口袋里。

任聚鑫摸了摸口袋中的硬东西，装腔作势地说："得罪了，周经理，我们是奉命行事，总要看看为好。"说着，走到车旁，装模作样地摸了摸车上的口袋。傅继兴赶紧解开了车上面的口袋，掬出一捧盐让大家看。

任聚鑫顺坡下驴，说："看来还真是盐。咱运城这青稞盐真是老天赐给咱们的宝贝，自古闻名，畅销各地，你们这回拉了这么多货，肯定大有赚头。那就祝你们一路顺风，生意兴隆，财源广进，快走吧。"直到这时，众人才松了一口气，扬鞭催马，快速离开了这是非之地。

傅继兴心想：事前已活动通了风陵渡检查站站长柳治峰，想必不会再出什么问题，招呼大家快马加鞭，来到了风陵渡检查站。

柳治峰因为事前周保柱特意重礼相赠，拜托过自己，并约定了走货时间，所以，特意守候着。

眼看着周保柱、傅继兴驾车前来，柳治峰立刻迎了上去，装作不认识的样子，盘问道："你们这车上装的什么货？"

周保柱答道："盐，是给泾阳义和兴总公司送的。"说着，递上了运城商会的证明信。

柳治峰一看，转给了旁边的一个士兵，那士兵看过，还给了周保柱。他又装模作样地走到车前，让伙计解开盐袋看，果真是盐，像是很认真地抽查了几辆车后，说："向外送盐，是给咱运城卖货，挣钱，咱吃着运城的粮饷，自然要大力支持，大开方便之门。"说着，命令士兵大开拦挡门送行，"祝乡党一帆风顺，马到成功，财源茂盛。"

眼看着运粮车队就要启动，只听一声喝喊："站住，人能吃多少盐，竟拉着这么多货，我看其中必定有诈，给我仔细地检查。"

柳治峰见势不妙，急忙向周保柱要过商会证明信，迎上前去，递上证明信，解释着："师长，这批货有商会证明信，我刚才也仔细查过了，没有问题才放行的。"

那师长连证明信看也不看，趾高气扬地说："商会大都是些见钱眼开、见利忘义的人，使几个黑钱啥事办不了？你长没长脑子，谁这样大量地走过盐？"几句话说得柳治峰面红耳赤，低头不语。

那师长亲自指挥，让带来的士兵翻掉上层盐麻袋，拆开下面的麻袋一看，全装着粮食，一声令下："把车和人一律押到师部。"说完狠狠瞪了柳治峰一眼，怒冲冲而去道："回头看我怎么收拾你！"

到师部后，那师长亲自审问："这些粮是谁的？"

周保柱抢着答道："是我的，我是咱运城德兴隆商号的经理。"

傅继兴挺身而出，上前把老管家往后推："这些粮是我的，我是泾阳义和兴总公司董事长兼总经理，他只是我们分公司经理，有啥事我全部承担。"

"看来你们这义和兴的人还挺讲义气的，连坐牢都争哩。"

傅继兴沉着镇定地说："泾阳人都快饿得没命了，还能怕死！要杀要剐，听从君便。"

这师长一听，从内心敬佩起傅继兴来："没想到你这娃年纪轻轻就当了义和兴总公司的董事长兼总经理——有本事。遇到这么大的事，还不推脱，勇于承担，真乃是有情有义真君子，宁折不弯大丈夫，但你做的事

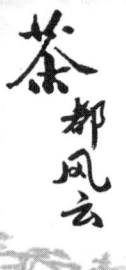

已违反了省政府通告,理当没收全部货物,你还要坐牢受刑哩。"

"只要师长大人放了我家经理、伙计,咋样处理我都行。"

"念在你是个仁义硬汉子,依了你。来人,把这个人押到禁闭室去,把其他的人先放了。"

两个士兵押着傅继兴朝外走,和一个穿着时髦的女子正面相遇。那女子痴呆呆地盯了傅继兴几眼,惊呼道:"继兴,你咋跑到这儿来了?"说着,一下子扑到傅继兴怀里,两手捶打着傅继兴的脊背说:"我恨死你了,一出校门就把我忘了。人家成天给你写信,你却很少回信,好不容易收到一封回信,也净是些冠冕堂皇的话,伤尽了人家的心,撕碎了人家的梦。"

傅继兴一看,是老同学余惠敏,便说:"家家都有本难念的经,我也有我的难处,但我对天发誓,我从来没有忘过你这个好妹妹。你咋在这儿?"

"这儿的师长是我爹,我是回家探亲的。"余惠敏知道父亲讲究军令如山,不想在人面前抗他的令,便小声对继兴说:"你先受点委屈,我回头好好跟我爹说说,保你没事。"

傅继兴问:"你爹不是在太原吗?咋跑到这里来了?"

"他是去年才调防到运城的。"

傅继兴一听心中暗自庆幸:"这下遇到救星了。"

傅继兴被送进了禁闭室,余惠敏进了师部办公室。

余世雄见女儿进来,喜形于色地问:"今天又到哪里逛去了?"

余惠敏见问,脑子一转,编出一套话来为救继兴做铺垫:"我今天逛了一下粮食集,只见各种粮食堆积如山,顾客却寥寥无几,粮商们怨声载道。不知这是为啥?"

"为啥,哼!你想啊,咱山西本来就是粮食生产大省,粮食在正常年景下自给有余,还供应着陕西、甘肃两省。今年山西总的来说,也是丰收年,省政府却发布了《禁止粮食出境的通告》,客商不敢来了,顾客自然就少了一大批。粮多顾客少,粮价自然得跌,粮贱伤农又伤商,人们当然怨声载道。"

"哎呀,老爹,你对这市场行情、民情民意真正是了如指掌。"

"你没看你爹是干啥吃的,行军打仗讲究的是知己知彼,百战不殆。"

我到任何一个地方,都要随时掌握当地情况。"

"爹,人常说:'为官一任,富民一方。'你现在也是运城一方主官,就不能为管下之民,想办法解除忧愁?听说今年陕西大旱,粮食绝收,粮价疯涨,你就不能网开一面,放客商进来贩卖粮食?这既解决了当地的卖粮难,又解决了灾区百姓的买粮难,一举两得,何乐而不为?能救灾民性命,又是多大功德、善事?"

"看来,我女子这记者没白当,说起来一套一套的。这些事情和道理,爹不是不知道,只是军人以服从命令为天职,上边有令,我不能违抗。"

"可是自古以来,也有'将在外君命有所不受'的英雄壮举,多少志士仁人为救国救民,抗君命,看实情,变通而行,留下了千古英名。"

余世雄两个眼睛像显微镜一样聚焦在余惠敏脸上,仿佛看透了女儿的心事,笑着说:"看我女子今天这说法,是不是有啥事要求爹办了吧?"

余惠敏对爹说话从来不拐弯:"爹说对了,你刚才抓的那个人,是女儿的大学同学,'五四运动'时,救过我的命。如今,他为救泾阳灾民而遭此大难,我不管,岂不是要落个忘恩负义的骂名,今后在同学里还咋样做人呀?!"

余惠敏是师长余世雄唯一的女儿,人长得俊俏,聪明伶俐,善解人意,故而深得师长喜爱。平日里,凡是女儿说的事,他都是有求必应,但这一回事关重大,他得好好考虑考虑,想一个万全之策。便对女儿说:"我娃你别着急,因为此事上头有令,爹得想个既能把事办了,又能不担责任的办法。你放心,爹绝对叫我娃满意。"

…………

周保柱见粮车被扣,少东家被押,心急如焚,一出师部,没有回商号,直接去寻商会殷会长,说明了粮食和人被驻军扣押了的事,求他出面帮忙解救。

殷仁川反复思量,觉得此事如果处理不好,自己也脱不了关系,只得知难而进,嘱咐周保柱准备一份重礼,一同前往师部。

门卫通报后,两人进到了师部办公室。

余世雄让座,敬茶,敬烟后说:"不知殷会长光临,有何贵干?"

殷仁川拱手施礼道:"人常说,'在其位而谋其政',我这个商会会长

自然要为商户说话办事。我们运城本是山西粮仓,近几年庄稼收成甚好,粮食绰绰有余。往年因有外地客商,粮食生意还算兴隆。今年,省上突然下达了《禁止粮食出境的通告》,客商不来,顾客大减,粮食市场萧条,粮食难卖价跌,粮商们纷纷到商会请愿,要求开放粮食市场,我们商会已把商户们的意见反映给了省政府。众意难违,我便试探着让做了这桩生意,请余师长看在民意和商会的请求上,法外施恩,放了扣押的这批粮食和人。"

周保柱递上礼品说:"余师长为保一方市场安宁,操心劳神,队伍上的兄弟也不容易,这是我们的一点心意,请师长笑纳。"

在那军阀混战的年头,政府财力有限,军饷多凭自筹,商会是军饷来源的重要途径。所以,一般驻军轻易都不得罪地方商会,而这殷会长,德高望重,身手通天,他能来相求,自然不能不讲人情。加之当事人还送了重礼,恰好余世雄正在为女儿所求的事发愁,现在来了个可以推脱责任的理由,立即送了个顺水人情:"殷会长体恤民情,敢于为民请命,我还有什么好说的,安排放人放货就是。"

…………

送走殷会长、周保柱,余世雄叫来女儿说:"爹考虑好了,为了我娃还人情,爹把你同学和他的货全放了。"

余惠敏喜上眉头,乐在心里,深深地鞠了一躬说:"你真是个知大义,敢担当的好老爹。"

余惠敏亲自到禁闭室接出了傅继兴,把他送回了德兴隆商号。

傅继兴虽然出了牢笼,但仍然心有余悸,立即安排伙计驾车起程。余惠敏恋恋不舍地说:"真是见也匆匆,去也匆匆,咱俩咋就这样有缘无分!"

傅继兴叹息一声说:"这可能就是命,但只要心中有朋友,又岂在朝朝暮暮。谢谢你救了老同学,等灾年过去了,我一定请你到泾阳好好玩玩。"

"别光拿嘴哄送人,拿出点实际行动,最起码多给我写写信,免得人时常牵肠挂肚的。我现在还在上海《申报》当记者,听一个国民党总部的朋友说,国民党中央要办《中央日报》,他邀请我去那里工作,继兴,你看我该去不该去?"

"人往高处走,水往低处流,《中央日报》必定层次高,能去就去吧。"
"那我就听你的了。"

余惠敏把傅继兴直送到风陵渡,眼看着一行人过了黄河,看不到人影了,她才打道回府。

人都说:"好人有好报。"可是,好人最难当。傅继兴落了个乐善好施的好名声,却招来了许多麻烦事。

人们听说傅继兴给茶店员工家庭按人、按月发放平价口粮,许多亲朋好友都来寻傅继兴,哭着、闹着,诉说着家中的恓惶,要到茶店来打工。年馑中茶叶生意本来就不行,茶店只安排白班生产,可为了多安排些人,救济这些乡亲,他特意安排了夜班生产。好在茯砖茶储存的时间越长越值钱,不怕积压,但仍是杯水车薪,解不了大家的渴。

还有,就是棉花店倒闭,老板们纷纷来寻傅继兴,要把房产卖给义和兴。泾阳自古便是陕西的重要棉花产地,收购棉花的行业随之兴起,县城东、西门外大街棉花店星罗棋布,生意一度十分兴隆。可是到了年馑中,棉花齐茬绝收,花店哪里来的棉花收?纷纷垮了台。这些人都是商会的会员,寻会长也顺理成章。这些人请客送礼,带恭维,好话说尽,艰难哭尽,异口同声地说:"义和兴分号多,生意好,分布广,就是遭了灾,也是东方不亮西方亮,伤不了元气财源旺。"请求他买下自己棉花店的房产,以解他们的燃眉之急。

傅继兴一一耐心解释:"买房产是大事,需要等董事会研究后再说。"

这一切,逼着傅继兴重新思考起年馑中的经营策略。他绞尽脑汁,日思夜想,寝食不安,信念的经典在心中闪烁,佛门普度众生、救人一命胜造七级浮屠的启蒙教育;大学里实业救国救民的理想;进入社会受"三民主义"的影响;跨入商界,财从义中取、利从民中求的自我生意经⋯⋯这些以往的信念,促使他形成了一个基本的想法,着眼设法多救灾民,努力扩大生产经营。根据这一思路,谋划着具体的实施方案。

民国十八年的年关到了,各分公司经理陆续返回泾阳参加一年一度的团拜和工作总结安排会。

傅继兴分别拜访了各分公司经理,了解各地情况,听取了他们对新年度工作的打算及对总公司的意见和建议,把自己一些想法和他们进行了沟通。

团拜及总结安排会召开了，人们不约而同地向傅继兴深深施了一礼，异口同声地说："多谢董事长及总公司的关心和照顾，使我们家大灾之年不见灾，衣食温饱无忧愁。"

傅继兴自谦地答道："各位背井离乡，远离亲人，为公司在外辛苦打拼，为你们解除后顾之忧乃是我的本分事情，自当努力而为，不周之处，还望见谅。现在，请各分公司经理说说今年各自经营情况，谈谈新的一年工作打算，畅所欲言，说说对总公司的意见和建议。重点好好讨论一下我们如何在大灾之年，寻找机遇求发展。"

各分公司经理按要求述说，各抒己见。

最后，傅继兴进行了总结，做了讲话："今年，陕西、甘肃遭受特大旱灾，生意有所滑坡，但其他省分公司经营业绩均在增长，总体来看，总公司的经营效益仍较上年有所增长……

"明年咋办呀？我想，我们经营的总体设想是着眼设法多救灾民，努力扩大生产经营。具体安排是陕、甘两个重灾区，要抓住灾年房价低的机遇，酌情购置房产，增建茶店和营销门店。各分公司都要积极创造条件，把经营业务由单一的批发向零售延伸，扩大生产经营规模，优先吸纳灾民务工，帮他们度过灾年。安化分公司要扩大茶园承包面积，以满足生产需求，但要扩大生产经营，就要有资金。所以，我们要有体恤灾民之心，勒紧裤带过日子，节约资金搞发展，积极吸引外资，壮大实力上规模。西藏、青海等少数民族多的地区，一定要从尊重少数民族信仰和风俗习惯入手，做好我们的推销宣传工作，要以赠送的方式想办法把我们义和兴的茯砖茶摆上各寺庙敬神台，吸引广大信徒多买我们的茯砖茶。这一办法我在新疆已经试行，效果好得很……"

听完董事长的讲话，大家都觉得傅继兴年年都有新主意，见解独特不一般，就是在灾年中，也能寻到发展机遇，令人由衷敬佩。

今天，在这里，人们听到了久违了的笑声……

第二十二章

不肖徒 想方设障碍
小诸葛 妙计破难题

亲身经历了民国十八年年馑的人们,痛定思痛,思考起了年馑的成因,迫切希望能够亡羊补牢,叫人再别受这号罪。

其实,明眼人一看就知道,民国十八年年馑,主要是民国开元以来,军阀混战不断,劳民伤财,破坏生产,民不聊生,古老的水利设施年久失修,无力抵御特大旱灾的结果。对于这一点,陕西的有识之士早有警觉。

曾任同盟会陕西分会会长、陕西省水利分局局长的郭希仁,在民国二年(1913)与李仪祉考察欧洲水利时,就对李仪祉说过:"我国江河失治,旱涝频见,陕西尤苦旱荒,观德、荷诸国,水政修明,君宜注力于此,回国后,大之能继禹功,小之可追郑白迹,不逾其他事业也!"

李仪祉甚为赞同,说:"谨受教不敢忘!"遂入但泽工科大学专攻水利。

郭希仁回国后,又多次致函李仪祉谆嘱:"引泾之利,既享于前,何遂不能复获于今,吾二人合谋为之。君求学于外,我致力于内,必可得遂。"

民国八年(1919)前后,陕西连遭数年旱灾,当地士绅议修泾渠。

民国十年(1921),陕西靖国军总司令于右任、总指挥胡笠僧等倡

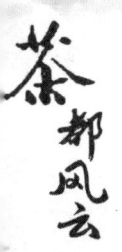

议,利用救灾余款,兴办引泾灌溉工程,成立渭北水利委员会,公推李仲三为会长;设渭北水利局于三原,以李仲山、柏厚福为正副总办,敦促李仪祉由南京河海工程专门学校回陕任总工程师,同时,省水利分局局长郭希仁更盼李仪祉继任分局局长。

民国十一年(1922)秋,李仪祉回陕,时郭希仁以肺病卧床,已不能言,以笔书之:

余以支离之身,勉守此以相待也,望勉成大业,余无恨矣!

不久,郭希仁病逝。

李仪祉继任了陕西省水利分局局长,把原渭北水利工程局改为工程处,直归省水利分局领导,李仪祉兼任工程处总工程师。随即组织测量队伍,展开测绘工作。测量完成后,提出了引泾规划方案。

民国十三年(1924),省水利分局在西安和渭北地区举办渭北水利工程设计图片展览,向群众进行广泛宣传,但当时战乱频仍,政局不稳,工程款无着;1926年,北洋军阀刘镇华又反扑关中,包围西安,致使引泾工程无法实施。李仪祉无力回天,带着遗憾,离陕东去。

民国十八年,陕西遭遇了中国乃至世界史上极其罕见的、连续三年的特大旱灾,时任省民政厅厅长邓长耀这样描述其惨状:"赤野千里,尸骨遍地,甚而人人相食,惨绝尘寰。"十八年年馑的祸害,进一步使社会各界都痛切地认识到,引泾水利工程已到了刻不容缓、非搞不可的地步。

民国十九年(1930),陕西省政府主席杨虎城将军,召开五县代表大会,成立水利协进会,派张丙昌为协进会监督,特邀李仪祉任陕西省政府委员兼建设厅厅长,大力支持李仪祉兴修引泾工程,决定由省政府拨款,并准备派一个师的兵力参加修渠。同时,争取中国华洋义赈救灾总会、檀香山华侨及其他人士捐款资助,使陕西有识之士多年呼吁、酝酿的引泾灌溉工程终于得以破土动工。

泾惠渠的渠道工程,是在原有古渠道基础上改善和扩建的,渠道建设的主要工程是:

一、截弯取直,重建总干渠。总干渠上接石渠,下接王桥镇东社树村两仪闸,长9.58公里。其中,由石渠尾至木梳湾段,为黄土和砾石结合地带,旧渠狭窄曲折,且受泾河浸刷,危及渠身安全,故进行了截弯取直,截直了郑、白两渠之间的大弯道。总干渠采取大挖方,其建筑物采用钢筋水泥和砌石组构。

二、改、建结合,建设两干渠。两仪闸以下,分为南、北干渠。

南干渠由两仪闸向东开新渠,经泾阳县以北东行经磨子桥分水闸至高陵县西南彭李分水闸。以下再分为两条支渠,即六支渠(北五渠)和七支渠。六支渠沿旧高望渠东行至雨金镇东南入渭河,七支渠在钓鱼寨退入渭河。磨子桥分水闸向东为五支渠(北四渠),到生王村设闸分出四支渠(北二渠),向东南转东,经陂西镇、徐杨村以北向东退入清河;五支渠继续向东,利用旧中白渠下游渠道,经高陵县北、药惠村南、栎阳镇北东行至吴家村退入石川河。

北干渠自两仪闸以下至汉堤洞分水闸,闸下分三条支渠:一支渠(原称北干渠)利用北限渠,东行穿三原县城,至圪塔雷入清河;二支渠(北一渠)东北行到三原县城南,由老龙潭转入三支渠(原中白渠),沿旧渠东至杨梧村北,弃故道东北行到王店村退入清河。

三、调整渠道的比降。历代渠道没有准确调整比降的科学办法,大部分按地面坡降开挖,比降极不统一,冲淤悬殊。遇到地面比降过陡时,把渠道修成弯曲形,以减缓比降,叫"龙不行直道"。遇到这种情况,均建跌水调整为不冲不淤渠道。

…………

兴修泾惠渠消息传到泾阳,群众奔走相告,欣喜若狂:"这一下有盼头了,泾惠渠修成了,咱靠老天爷吃饭的日子就熬到头了。"

"渠修成了,有水浇地了,再也不怕天旱了。"

"咱这平川地,只要有水保丰收,再也不怕挨饥受饿了。"

…………

朱志远接到了省政府关于兴修泾惠渠的通知和工作安排,又喜又忧。喜的是泾惠渠一修好,抗旱能力大增强,抗旱排涝有保障,庄稼稳产、高产有盼头,再也不用为百姓没吃没喝发愁煎了。忧的是民工、粮饷咋筹措?特别是占着泾惠渠规划红线的群众房屋、坟园、庄稼、树木等咋移走?他召集财政、民政等有关方面进行专题研究,制定发布了《关于兴修泾惠渠有关问题的通告》《关于兴修泾惠渠占用群众土地、需拆迁房

屋、坟园等的赔偿办法》的文件。

朱志远专门召开了有社会各方领导、代表参加的泾惠渠建设动员大会,他在会上发表了重要讲话:"兴修泾惠渠是事关国计民生、抗旱排涝、庄稼保收的重大水利工程,功在当代,利在千秋!它是陕西有识之士多年来四处奔波、呼吁酝酿的结果,是华洋义赈总会和檀香山华侨等爱心人士捐款支持的结果。作为受惠县,我们应该感激他们,感谢他们!我们更应该义不容辞、责无旁贷、全力以赴地支持泾惠渠建设工作。

"我们要采取各种行之有效的办法,进行广泛深入的宣传,使群众真正认识到建设泾惠渠是利国、利县、利民的大好事。我们要采取各方领导包抓自己单位的办法,千方百计完成支持泾惠渠建设的各项工作任务,特别是要扫除只顾自己小利益,不顾修渠大事情的利己思想。想尽一切办法,为泾惠渠建设扫除一切障碍,创造一个良好的环境……"

事实上,好事有时也不好办,特别是遇到和个人利益有关的事,有些人只打自己的小算盘。修渠要挪房、迁坟,有人怕坏了风水,跑了脉气,胡搅蛮缠,哭闹不允;修渠要占地、毁苗、移树,只怕赔钱少,自己吃亏,有的竟然狮子大开口;听说拆房、迁坟、移树能赔钱,有的人偷工减料,急急忙忙盖新房,有的户偷着抢着多栽树,有的人竟然黑夜里捏起了先人的墓骨堆……

泾惠渠建设一放红线,各种问题接踵而来。

泾惠渠两仪闸紧东南有个赵家村。元朝末年,一个叫赵中原的人,为了逃避黄河泛滥造成的水灾,带着一家老小,由河南荥阳,一路讨饭来到这里。为了糊口度日,身无分文、两手空空的赵中原只得到县城人市上去卖苦力,侥幸被茶店招为伙计。这赵中原,能吃苦,人精灵,好学好问,见啥手艺都想学,学啥会啥,三四年下来,茶店的各个工种,被他学得得心应手。

赵中原是个人灵心大,不容易满足的人。学成了手艺,工钱涨了,却不是他的心思。他婉言谢绝了掌柜的挽留,离开茶店,干起了跑单帮、贩卖茯砖茶的生意。他眼观六路,耳听八方,瞅准行情做生意,走兰州,下四川,跑康藏,送去泾阳茯砖茶,带回当地土特产,来回不空皆有利,把个生意做得像滚雪球一样,越滚越大,几年苦奔忙,生意见成果。他在泾阳县城创办了一家诚盛永茶店,在村北紧挨渠岸买了片水浇地。人富了有名了,这个原来无名的小村子也有了名字。因为他是赵财东的住地,又都住着赵家人,所以,周围群众都叫它赵家村。

赵中原家的日子眼看着过好了,可一生受尽苦难的二老却相继去世了。有了钱的赵中原为报答父母的养育之恩,请了泾阳最有名的风水大师为老人选择坟地。那风水先生手执罗盘,东走西看,观南瞅北,最后喜出望外地说:"你家那地,紧靠渠岸是块风水宝地。"赵中原就在那地方埋葬了二老。从此以后,赵中原的生意更是芝麻开花节节高,世代相传至今,商号遍布陕西、四川、湖北、两广、西藏等重要商埠,经营着茶、盐、布、绫罗绸缎、中药材等。赵家人不但生意兴隆,还官运亨通,各代人中,官级七到三品者大有人在。赵家人都觉得,先人的坟地真真正正是块风水宝地。

兴修泾惠渠要新开南干渠,要经过赵家坟园,坟园划入了拆迁范围。赵家人闻听,立即炸了锅:"咱家坟园是风水宝地,保佑咱世世代代升官发财,迁坟跑了脉气咋办?"

"以往各朝代修渠,都没动过咱家坟,是不是看现在咱家没有当官的了,专在软地方起土哩。"

"迁坟跑脉气,会断了咱家的财路、官路,无论如何都要挡住,不能迁!"

…………

赵家村一个户族一大姓,利益一致人心齐,等到北峪里里正(当时全县区划为四十四里,每个里的负责人称里正)卓凤翔带着测量队的人来放渠线,赵家村的男女老少齐上阵,拿着铁叉、锨,齐刷刷把个坟园围了个水泄不通,七嘴八舌地喝喊着:"要想迁走我家坟,除非先灭了我们这些人!"一副誓死捍卫坟园的架势,红线根本就画不成。

卓凤翔苦口婆心地劝说:"好乡党哩,咱都是做庄稼出身,咱泾阳这地方三年两头闹旱灾,把没水的苦受扎了,十八年年馑没水浇地,庄稼下不了种,三年六料没收成,没粮吃,饿死了多少人?逼着多少人卖儿卖女卖婆娘,外出讨饭度时光……这刚才过去的事,咱不能好了伤疤忘了疼。而今,省上、县上要给咱修渠送水,这是多少年才盼来的,你们不能强挡着不让地方,把大家的好事给耽搁了。"卓凤翔想用救灾大义说服挡道人,谁料对方是四季豆——油盐不进。

第二十二章 不肖徒 想方设障碍 小诸葛 妙计破难题

"任凭你说得天花乱坠,想叫迁坟绝对没门!"

"你们是不是嫌迁坟赔的钱少?我给县上说说,特殊问题特殊对待,再多争取些钱,保证不叫你们吃亏。"卓凤翔一看劝不下,想用钱来哄一哄,结果还是不顶用。

"你看我们赵家是缺钱人吗?"

"你看我们赵家稀罕钱吗?"

"你看我们赵家是见了钱就不知道姓啥为老几的人吗?"

卓凤翔心想利诱不行用法吓,便说:"你们不听劝告,阻挡修渠,这是违法的……"话还没说完,就听对方一阵怒吼:"要抓,要杀,卓里正随便!"

这一场排除障碍的辩驳战,直闹得卓凤翔灰溜溜下不了台。这里正在心中寻思,赵家人肯定是仗着族长、诚盛永老掌柜赵智诚曾当过商会会长,手眼通天,官方有人的势,才如此胆大妄为的。而这个头不掐,里上其他人怎么办?不行!得寻个人治治赵家的人。寻谁呀?他在心中思量筛选,想来想去,觉得寻县长最合适。一来他是泾阳最高长官,主管着为泾惠渠建设排除障碍的工作。二来他是个敢作敢为、敢担当,认理不认人,不怕歪人横的主。整治茯砖茶市场时,他连省党部侦缉队队长的外甥都处理了,不给人家留一点情面。三来朱县长他爸在省上当着财政厅厅长,是财神爷,是人都得让三分。你赵智诚就是有关系寻到省上,也未必就有胜算。

卓凤翔在心里思量着,主意拿定,骑着马就往县里赶。脚一踏进县长办公室,看到县长正在看公文,满肚子怨气的卓凤翔不管不顾、添油加醋地先把赵家人仗势欺人不讲理、聚众护坟不让道、不让画渠线的事诉说了起来。

朱志远见卓凤翔一进门满脸怒气,不管三七二十一地先说起了事,为了缓解他的情绪,急忙倒茶又让座:"凤翔,啥事把你闹得火急火燎的?甭着急,喝杯茶慢慢说。"

卓凤翔见县长让座又倒茶,心想着县长大概已被说动,喝了杯茶,说得更起劲。实指望县长一怒之下,明天能派些警察到赵家村抓几个人做个娃样子,给其他人一个警示。

可是,听罢卓凤翔的诉说,朱志远却不恼不怒,略一沉思说:"凤翔,你辛苦了,受委屈了,但当父母官,要想做好百姓工作,就得要有能喝几桶泔水的肚量。修泾惠渠是涉及百姓利益的事,要多从百姓的角度看问题,想办法解决问题。这个事你不用管了,我来想办法处理。"

送走了卓凤翔,朱志远梳理着自己的思绪。泾惠渠建设开始以来,绝大多数群众是欢迎的,支持的,总体来说还是顺利的,但为渠道排除障碍,涉及群众私利的事,极少数人却寻衅滋事,问题频发。如何妥善处理这些问题,他寝食不安,反复思量,能照顾群众利益的,政府再作难,也不让群众吃亏;投机取巧要钱的,要查清事实,以理服人,劝其照规矩办事;趁机寻衅闹事搞敲诈,不服从规划硬抗拒的,劝说无效者,绝不能心慈手软,对带头闹事的人要绳之以法,以震慑坏人。他把这些想法也都告诉了下面的工作人员,为他们撑腰鼓劲。

今天这里正来反映赵家村的事,依朱志远看来实质是来告商会老会长赵智诚的。在朱志远的印象中,赵智诚是个通情达理、仗义疏财、服从领导的人。自从自己来泾阳工作,凡是县政府分派的工作,赵智诚都能按时圆满完成。这次拒绝迁坟的事,是赵智诚指使的,还是他不知道?朱志远一时还说不准,但他毕竟是赵家的族长,在赵家村说话有号召力,要解决这一问题,还是得先说通赵智诚。朱志远决定登门拜访赵智诚。

朝霞布满了东边天际,慢慢却转色变为乌云,不知是主风,还是主雨?

朱志远来到了赵宅,得到通报的赵智诚急匆匆上前相迎:"朱县长,有啥事叫勤务员通知一声,何劳大驾亲临寒舍?"说着把县长礼让到客厅,敬烟,敬茶。

其实,朱县长一进门,赵智诚就知道是为迁坟之事而来。兴修泾惠渠一开始,赵智诚就知道自家的坟园挡着渠道,应当拆迁,但世代相传,都说那坟园是风水宝地,能使得赵家后辈人旺、财旺、官运旺。而今要拆迁,真怕跑了脉气,祸及子孙。迷信神鬼的他心里是一百个不愿意。村里有头有脸的人都来寻过他,想让他想办法保住坟园。可到底咋样才能保住坟园,他苦思冥想没主意。恰好今天县长来访,他想先探探口风。

朱志远喝了口茶说:"老会长近来身体可好?"

"多蒙老天爷见怜,身体还马马虎虎过得去。不知朱县长到来,有何公干?"

"咱们是老朋友了,我就直说了。如今要修泾惠渠,你家坟园挡着渠道,需要迁坟,却遭到了你们村里人阻拦,不能放线。老会长是户族族长,德高望重,我想请你出面和你们赵家的其他人好好说说,为修渠让让道。"朱志远有意把赵智诚排除在反对迁坟的一方之外。

"好县长哩,你高看我了。我现在已是没有任何官衔的平头百姓了,谁肯听我的?我离开村子已多年了,和村民的关系早疏远了,谁还认我的账?再说,猫老了就不逼鼠了。"

"谁不知道老会长一辈子好积德行善,对村里人更是情深恩重,难道村里人都是睁眼不认人的白眼狼?人常说:'虎老威势在,鹰老仍冲天。'只要老会长肯帮忙,问题定能迎刃而解。"

"过奖了,过奖了。不过我有个两全之法,自古以来,修渠讲究'龙不走直道',能不能渠开到我家坟园那儿拐个弯,增加的费用我来出。这样既不影响修渠,又保住了我家坟园,岂不两全其美?"

"渠道走向乃科学测绘而定,岂能随便更改?"

赵智诚显出无可奈何的样子说:"那老朽就爱莫能助了。"

…………

说不通赵智诚,朱志远心烦意乱发熬煎。赵智诚在泾阳是有名有望有影响的人,这个人的事拿不下来,会引起连锁反应,有头脸和有门道的人都会为了私利,看样学样,拒不配合修渠清理障碍工作。得立即想办法解决这一问题,但叫谁再去做赵智诚的工作?朱志远想到了傅继兴——他是赵智诚的外孙女婿,人机灵,点子多,叫他出战一下"苟家滩"(秦腔《苟家滩》说的是小将高宝童用计谋打败了骁勇善战的后梁大将王彦章,王彦章因此感叹上了娃娃的当的故事)。嘿嘿,这一次也许会让赵智诚这个老将上了傅继兴这个娃娃的当。

朱志远考虑好了,当即令勤务员去请傅继兴。

傅继兴一进门就问:"啥事呀?金牌催来银牌调。"

"影响修泾惠渠的大事。"朱志远把赵家村的人阻拦测绘组画渠线,他登门劝说赵智诚无果的事说了一遍后说,"你和老会长是亲戚,他又是你的会员,这件事就交给你这个会长去办,只能成功,不能失败,越快越好!再则,还听说有个倒闭了的棉花店老板,偷偷在渠道规划线内栽树,捏墓骨堆,要讹赔偿款,你也调查处理一下。"说到这儿,朱志远往椅背上一靠,叹了口气说:"唉!这要给百姓办个好事咋也这样难?!"

傅继兴看朱志远近来为了修泾惠渠的事,殚精竭虑,忙得团团转,人都累瘦了,心也有些烦,便说起激励话来:"孟子曰:'故天将降大任于斯人也,必先苦其心志,劳其筋骨,饿其体肤,空乏其身,行拂乱其所为,所以动心忍性,增益其所不能。'老同学是要干大事之人,岂能不受些磨砺。"

"你甭谝闲传了,快说说有什么好办法。"

"人常说:'挖树要挖树根,治病要看病因。'我外爷害的是迷信神鬼、风水的病,我看咱就在这方面做做文章。"随后,说出了他的锦囊妙计。

这是个云卷云舒、月明月暗的夜晚,傅继兴悄悄来到了泾阳有名的风水大师姜半仙家中,送上了一份厚礼,说:"老先生,在下有一事相求,请你想办法成全。"

"傅掌柜,你我都是熟人,有事尽管直说,老朽一定尽力而为。"

"我外爷赵老会长家近年来财运、官运都不好,有人说是先人坟上冒了气。我想请你到赵家坟园看看,看那儿风水到底咋样?再到我丈人家,龙首村紧挨的兴隆塬上看看,选一块比赵家坟园风水更好的地。然后,想办法从风水的角度,说服我外爷把坟迁了。此事你知我知,要秘而不宣地进行。今天,我先送些定钱,事办成后,还有重赏。"

姜半仙一看重礼,喜上眉头,笑在心里,说:"傅掌柜,老朽就是看风水的,你求的是我分内之事,我一定不辜负所托,把事情办得让你满意。"

真正是"钱能通神,也能通鬼"。姜半仙得了重金精神足,当晚,在家里平日里攒下的古董里,找了块汉代的城墙砖,用刻字刀在上面刻了"神穴"两个篆字,用土灰抹着,看起来像个古物。

第二天,天麻麻亮,姜半仙拿着他的应用器具,骑着毛驴就往王桥赶。到了位于两仪闸的赵家坟,取出罗盘,仔细观看,寻着在风水上看去不好的地方,记在心间。又来到龙首村背后的兴隆塬,手托罗盘再观看,在傅继兴丈人家的地里,选定了一片地方,把风水好的原因一一记在心间,把带来的"神穴"砖埋在了地下,把地面恢复成原样,留下了除了自己谁也看不懂的记号。

一切安排妥当,想好了说词,姜半仙下午从王桥返回,便登门拜访了

赵智诚。

讲究迷信的赵智诚,崇拜姜半仙,平常如有疑难之事,多求其帮助化解。看到姜半仙前来,礼敬有加。吩咐伙计敬烟,敬茶,端上特色糕点。

姜半仙喝着茶,抽着水烟,打量着赵智诚,慢条斯理地说:"老会长,我咋看你脸上气色不好,是有啥事吧?"

"嗨,你到底是老神仙,一下就看出来了。最近修泾惠渠,要迁我家坟,闹得人心烦意乱没主意,迁吧,怕动了脉气,一大家子人都不同意;不迁吧,县政府不依。你说咋办?"

"这有啥难办的?实在不行,咱选一块风水好的地方迁了算了。反正迁坟是要赔偿的,咱吃不了多少亏,还趁机占他个风水宝地。"

"你不知道,我赵家坟园原来就是泾阳有名的风水大师选的风水宝地,因而才有了世世代代的繁荣兴旺。所以,全家族的人都不同意迁坟,阻挡着测绘组连渠线都画不成,闹得县长都寻上门了。"

"说我们行话你不懂,我给你说些通俗的道理。风水随着山水变,当年,你那坟地可能是风水宝地,可而今泾惠渠一开,就是在你坟园那儿拐个弯,可坟园对着的渠道进行大开挖,岂能不跑了地气?何况你家坟园挡着水路,龙王爷能高兴吗?"

"那你看在哪里能选个好地方?"

"自古以来,选坟地以居高临水为好。咸阳塬居高而临渭水,所以,多埋汉唐皇帝、高官。咱兴隆塬紧连的白王塬,就埋着唐朝皇帝唐宣宗。依我看,就在你村渠北的兴隆塬上找个地方。"

"好,就照先生说的办,你明天就给咱看看。"

翌日,赵智诚与姜半仙坐轿车赶回赵家村。

乡亲们见老族长回来,纷纷前来看望。

姜半仙向众人说明了应当迁坟的原因。因为他是有名的风水大师,众人自然信服。只是迁坟的费用如何分配,各人自有小算盘,意见不一。大家七嘴八舌地嚷嚷,赵智诚拍案而起:"迁坟的费用就不劳乡亲们操心了,迁坟的赔偿费用不完了,我家不要,大家去分;赔偿费不够了,我来补。只是迁坟时,各家都要全力以赴。"

村里人一听不叫出钱,迁坟还有分钱希望,众口一词地说:"一切听从老族长安排。"

赵智诚陪同姜半仙到渠北兴隆塬上去选坟地,村上有头有脸的人也都跟着去看。

早春时节,地里的庄稼活还未开始,兴隆塬上显得空荡荡的。

只见姜半仙手拿罗盘,走着看着,掐指头算着。转悠了大半晌时间,突然在塬南沿一个地方停了下来,招呼道:"拿镢头、锨来,把这里挖开栽块大石头做个记事。"

当即来了两个小伙,镢头挖来铁锨铲,竟挖出一块老砖来,上面还刻着"神穴"两个篆字。众人惊奇地围上来观看,一个爱好收藏古董的人拿过老砖仔细观看,思量着说:"这砖不是现在货,看着像是汉朝砖。"

姜半仙接着话头说:"看来,这块地古时候就有高人看过,就选在这里吧,保你们世世代代兴旺发达。"

赵家人皆大欢喜。

再一打听地的主人,竟是赵智诚女儿家的地,这就啥话都好说了。

赵智诚和赵家村人迁坟的思想疙瘩就这样解开了。

听说外爷家迁坟的问题解决了,傅继兴去了一块大心病。可泾丰花店掌柜陶小利在泾惠渠规划线内偷着栽树、造假坟的事如何解决?他思谋着办法。他寻找和陶小利熟悉的人了解情况,得知他是蒲城人,是父辈来泾阳做生意时带来的,他算是子承父业。

陶小利人精灵,善算计,对一些诚实守信的老顾客、种棉户实行优惠待遇。困荒时节可以在花店预借售花款,棉农急着用钱,自然在棉花价格上不斤斤计较,他可从中多谋利,再则,还预先稳定了顾客。

因为各种原因还不了借款的要以土地折价还款,你借了人家钱,欠了人家情,怎么好意思抬高地价,他就又拾了个便宜。就这样,他在西乡渠岸村买了五十多亩地,盖了一院房。

民国十八年年馑,棉花绝收,花店倒闭,陶小利回乡务了农。可做庄稼比起做生意利薄周期长,弄得他心里发急,总想找个发财的捷径。

兴修泾惠渠的通告发布后,他听说为开渠移树、迁坟给赔钱,便见钱眼开地打起了自己的小算盘,买桃树苗,雇工人,在渠道规划红线内自己地里,密密麻麻地栽上了蟠桃树,在自家坟地里多造了五代墓骨堆。

测绘组前来放渠线,他出钱雇来村里的老婆、老汉,在地上坐了一大摊,七嘴八舌地呼喊:"不把移树、迁坟的钱赔了,坚决不准放渠线!"

带队的里正说:"你那树是临时新栽的,坟是假造的,不在赔偿范围之内。"

陶小利强辩道:"谁说我这树是新栽的,坟是假造的?你是亲眼看见的还是有证人?我村里人都在这儿,你问问他们。"

人常说:"吃人的嘴软,拿人的手短。"这些拿了陶小利钱的人,是来帮忙助威的,咋好意思拆人家的台,说人家的不是?

测绘组一看挡着闹事的都是些老婆、老汉,不敢轻举妄动,生怕惹是生非,只得知难而退。

带队的里正把这一情况反映给朱县长。

朱县长把这个难题推给了傅继兴。

傅继兴寻问着找到了陶小利家。

陶小利看到傅继兴前来,急忙拱手施礼相迎:"哎呀!啥风把咱傅会长吹来了?"说着就把傅继兴往八仙桌旁的官帽椅上让,亲自为傅继兴沏茶,递烟。

"啥风?朱县长的风把咱吹来了,你给咱惹下麻烦事了。"

"我都下乡做庄稼了,你们还不嫌人可怜,还要搜我的事。"

"你也是做生意出身,生意人讲究'生财有道,不取不义之财'。就是再可怜,也不能搞歪门邪道弄钱。你的底细那些测绘组的外地人不知道,当地人谁不清楚?你是跟着父亲才来泾阳做生意的,咋就多了前五代先人的墓?你明知道修泾惠渠渠道要从你地里过,偷偷摸摸先在地里栽了一片树,这不明摆着想讹赔偿钱?你都算是聪明人哩,咋尽干些小儿科的事?这事县政府真要认真调查追究起来,你还不得落个弄虚作假、讹诈修渠赔偿款、干扰泾惠渠建设的罪名?"

陶小利还指望着傅继兴为自己处理花店房产,只好忍气吞声,不敢强辩,想想自己此事做的是有些不地道,便说:"事已至此,傅会长,你说咋办?"

傅继兴为人处世讲究恩威并用,你对人没有恩情,谁还听你招呼?想着自己把人家数落了一顿,觉得也得想办法帮帮他,便说:"修泾惠渠是为泾阳全县百姓办好事,咱不能做这挨众人骂的事,趁早把树苗拔了,把假坟平了,让人家画线修渠。我给朱县长说说,不再追究、处罚你就是了。"

"那就谢谢傅会长了。我托你帮忙卖花店的事咋样？"

"我打听了，因为年馑刚过，市场萧条，房价低迷，还没人扑着置家当的，眼下还没有实在买主。不过，我有个建议，你如果信得过我，我们可以合作做茯砖茶生意。"

陶小利没想到傅继兴会提出这样的提议，喜出望外。因为茯砖茶生意讲究技术不外传，能合作这样的生意，自然是求之不得。当即慷慨应承道："只要傅会长不嫌我是个生意倒闭了的破落户，你说咋办就咋办。"

看陶小利爽快地应承了，傅继兴说："茯砖茶这号生意有些特点：一是不怕生产的货多，贮存越久越值钱；二是销路广，西北各省以至于出国都有销路。所以，只要掌握各地行情，善于调度，往往会是东边不亮西边亮，以丰补歉，生意总体平稳、持久。咱们要合作，大致的办法是：你以花店房产折价入股；我们以技术、管理等折价入股。具体咋办，我派人和你协商。"

陶小利因祸得福，放下了花店难卖的包袱，立即拍腔子说："傅会长，我这就安排人拔树，平坟，决不给你丢脸！"

傅继兴回到县上见到县长，把交办的两宗事的处理情况向县长进行了汇报。

朱志远高兴地说："还是我们的小诸葛有办法，把这两件事处理得皆大欢喜。"

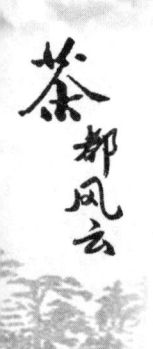

第二十三章

明大义 毅然弃仕途
举义旗 为民惩邪恶

在泾惠渠的修建过程中,泾阳还发生了一起震惊全国的案件——秦国栋的游击队劫持了承建泾惠渠枢纽工程的洋人工程师希伯来。

提起秦国栋,那可是大有名气,他的许多英雄事迹广为流传。

秦国栋 1905 年生于泾阳县西北塬的崔黄村,东北紧挨着唐宣宗的贞陵。

秦国栋自小好动脑子,上学以后,他知道了唐太宗李世民埋在礼泉县内的九嵕山,就想,唐宣宗李忱也是唐朝皇帝,咋埋在这儿?后来听大人们闲聊时说,这地方因其东有冶峪水,西临泾河,北靠北仲山,南面白王塬,山环水抱,当年被风水先生勘测为风水宝地,所以被选为宣宗陵地。

在学校里,同学们对唐太宗李世民谈论得多,却很少谈起宣宗李忱,而他家紧邻李忱陵地,他就想知道宣宗李忱是个什么样的人。有一次,历史课下课后,他急忙跑出教室去问老师:"闻老师,唐宣宗李忱是咋样一个皇帝?"

历史老师有点惊奇:"你小小年纪,生长于当代,咋想起要问这个问题？"

"我家就在贞陵旁边。"

"唔！"不知是老师一时想不起来李忱的情况，还是一两句话说不清楚，就说，"你下午到我房子来，我给你讲！"

吃罢下午饭，离上自习还有一段时间，秦国栋就跑到了闻老师房子。闻老师翻开一本资料书说："据史书记载：唐宣宗李忱是唐朝的第十八位皇帝。他明察沉断，用法无私，从谏如流，重惜官赏，恭谨节俭，惠爱民物。他以'三把火'稳定了政局，一把火使'权豪敛迹'；二把火使'奸臣畏法'；三把火使'阉寺詟气'。被誉为明君、英主。他减少赋税，发展生产，使唐朝呈现出"中兴"的局面，史称'大中之治'。他派兵收复了河湟之地，平定了吐蕃，'收三州七关，平江岭以南'，打通了丝绸之路。'故大中之政，讫于唐亡，人思咏之，谓之小太宗'。"

后来，秦国栋还听了许多关于唐宣宗的传奇故事。他敬佩唐宣宗铁腕手段除奸臣，使得吏治清明，赋税减轻，经济复苏，平番成功，国泰民安。痛恨当今官场腐败，赋税繁重，国弱民贫，列强欺凌，民不聊生。梦想着何时能出个好"皇上"，除尽奸臣用忠良，让老百姓过上好日子。

秦国栋原来家境殷实，农商兼营，但战乱不断、灾害频发、苛捐杂税多如牛毛的世道逼着他的家走向了衰落、贫困。他在泾阳上学读书，从小学上到中学，便因家境贫困而辍学。后来，他听说耀县后备军官学校不收学费，管吃住，毕业后还能当军官，便去报考，以优异的成绩被录取进入了耀县后备军官学校。

当时，正是第一次国共合作时期，后备军官学校汇集了不少进步人士和共产党知识分子。学校教育主任兼政治教员常崇光就是其中一个。

秦国栋过去不知道共产党是干什么的，也不知道共产党是什么样的人，他仔细地观察着共产党员常崇光。

常崇光是学校里起得最早，睡得最晚的人，老像有干不完的事；他穿着朴素，薪水很低，但却经常救助困难学生；他知识渊博，讲课生动，平易近人，深得学生喜爱，就是不上课的时候，他的办公室也常常挤满着向他请教的学生；他特别健谈，从中国各个朝代的兴衰到近代中国的磨难，从马克思、恩格斯、列宁到沙皇覆灭，苏联十月革命的胜利，海阔天空，滔滔不绝。而他最拿手的是能把历史经验和现实巧妙地结合起来，自然而然

地引导着你去思考现实问题。

涉世不深的军校学员们,只知痛恨北洋军阀窃取了辛亥革命胜利成果,埋怨孙中山不该把总统让给袁世凯当。

常崇光在上政治课时给学员们讲:"辛亥革命之所以能被北洋军阀窃取政权,是因为国民党没有自己的军队。孙中山先生痛定思痛,认真总结经验教训,决定'创造革命军队,来挽救中国的危亡'。他在广州创办了'中国国民党陆军军官学校',培养军事与政治人才,组建以黄埔军校学生为骨干的革命军,武装推翻帝国主义和封建军阀在中国的统治,彻底完成国民大革命。

"我们陕西的国民革命军人,响应孙中山先生号召,也办起了这所后备军官学校,为军队培养有用人才,为策应北伐、消灭北洋军阀和帝国主义积蓄力量。希望同学们能明确学习目的,认真刻苦学习,掌握军事知识,练好军事技能,为打倒北洋军阀,重建民主共和冲锋陷阵!"

常崇光看秦国栋学习成绩优异但生活却很俭朴,有意了解了他的家庭情况,当得知他是因家庭贫困而辍学后,就时不时地接济着他。他对常老师心存感激,有了问题就向常老师请教。

有一次,秦国栋问常老师:"穷人为什么穷?穷人怎么样才能翻身?"

常老师答道:"穷人之所以穷,是受地主、资本家剥削的结果。你是农民子弟,你想一想,你们村的地主一家有多少地,一年雇几个长工,收成有多少,又能给长工几个钱?"

他这一说,秦国栋仔细盘算,心里豁然开朗。

常老师接着说:"至于说穷人怎么样才能翻身,不是一两句话就能说清楚的。这样,我想让你负责组织个青年社,召集一些思想进步,有社会责任感的同学加入进来,我为你们提供进步书籍,你负责利用业余时间组织同学们学习。大家通过学习,理论联系实际地来探讨一些社会、时政问题,寻求解决办法,你这个问题也就迎刃而解了。"

秦国栋听后喜出望外,深深地向常老师鞠了一躬,说:"多谢常老师的信任,我一定千方百计把青年社办好!"

青年社在常崇光的策划和支持下顺利地办起来。常崇光经常和同学们一块儿学习讨论,他还给大家讲授了"社会主义浅说""唯物史观"等课程。

常崇光绘声绘色地向学员们讲述了一个"没有地主、资本家,没有剥削、压迫,没有列强欺凌,人人平等,劳动为生,民富国强"的美好社会。他充满信心、慷慨激昂地讲道:"我以上所讲的是社会主义社会,还有比它更美好的共产主义社会。我们共产党就是为它而生,为它而奋斗!但是,世界上从来就没有什么救世主,一切全靠我们自己。要想建成美好的社会,过上不愁吃不愁穿,不受人压迫、欺凌的好日子,得靠我们去奋斗,去争取!天上不会掉馅饼……"讲台下响起了经久不息的掌声。

好多天,秦国栋耳旁一直回响着常崇光老师绘声绘色的讲解,这些话使他看到了中国的希望,看到了改变命运的途径。他也想加入共产党的队伍,为这一美好的愿望去奋斗,可是,自己一个农村娃,共产党会要吗?他想问问常老师,教室里没法问,常老师房子人总是很多。他的心一直不能平静!

这天晚上,熄灯号已经吹响了,他在床上翻来覆去睡不着。起来到外面,看见常老师窗子的灯光还亮着,就鼓足了勇气,走进了常崇光的房子,说:"常老师,我想参加共产党!"

常崇光看着这个青年社的负责人秦国栋一脸真诚的认真相,欣喜地说:"国栋,看来通过学习,你的觉悟提高了,但是加入共产党是有条件的,我给你一本《中国共产党党章》,你好好学学,严格按照这上面的要求去做,等条件成熟了,再接收你入党。"

从此,秦国栋劲头可大了,他认真学习和践行着《党章》,被军校编入学生连后,以突出的军事技能从士兵一级一级干到连长。终于经常崇光介绍,被吸收为共产党员。

1927年3月,中共陕甘区委第一次代表大会召开,大会通过了《当前工作计划》,强调"现在中国的革命,就是农民革命的时期",提出了"到农民中去开展工作"的口号。

常崇光马上向秦国栋传达了"中共陕甘区委第一次代表大会"的会议精神,他说:"我们党号召党员到农村去发动农民群众,进行革命斗争。现在,你有两种选择:一是学校毕业后当国民党的军官,这是一条升官的现成途径;二是到农村去发动农民革命,这是一条充满危险,但却是帮助农民翻身、救民救国的必由之路。请你好好想一想,做出正确的选择。"

秦国栋毫不犹豫地答道:"我愿意响应党的号召,到农村去发动农民革命。"

就这样,秦国栋回到家乡泾阳西北塬,开始了创建共产党游击队的工作。

秦国栋想先给游击队搞些武器,但不能空手套白狼,他给自己制作了一把木头手枪,趁着口镇集日,在口镇以北的响龙潭守候着。这里是淳化人赶口镇集必经之路,而且西有北仲山,东有嵯峨山,遇到危急情况,容易逃避。等到半早晨时候,只见一个穿着保安队服装的人,背着一把盒子枪,哼着淫荡小曲,摇摇晃晃地走来。秦国栋走到这人身后,用木头枪顶住了他的后腰,声色俱厉地呵斥道:"举起手来,缴枪不杀!"

那人战战兢兢地举起手来,秦国栋迅速缴了他的枪,命令道:"朝前跑步走,不准回头,回头就吃枪子。"

那人一听是军人口气,知道遇到了克星,不敢违抗,跑步前去。等到回头看时,夺枪的人早没了踪影。

秦国栋既想搞武器,又不想伤害好人,他四处侦察着。听当地群众说,一个土匪霸占着宋家沟一个有夫之妇,三天两头往那屋里跑,丈夫是敢怒不敢言。他侦察好那土匪来的时间、住的地方,趁夜深人静,从那家人的窑顶上,跳入了地窖,摸索到了一个窑中。那土匪正在寻欢作乐,忽见一个大汉举枪闯了进来,他以为是同道前来抢食,忙说:"兄弟,你是哪一伙的?有啥好商量,何必举枪哩?"说着,就去摸放在炕头桌子上的枪。

秦国栋义正词严地说:"我们是共产党的游击队,是来为民除害的!"没等土匪摸到枪,就一枪结果了土匪的性命,缴获了两把手枪。

那女人吓得裹着被子直磕头:"好汉,我是被逼的……"

那男人也跑进来磕头:"谢谢好汉为咱除了害!"

秦国栋说:"我们游击队就是专门给老百姓申冤报仇除害的,今后土匪再欺负你,就告诉我们。你两个把这尸体寻个地方埋好,别叫人发现了,给你们惹麻烦。今后,你两口子好好过日子。"

那两口子跪在地上磕头如捣蒜,嘴里喃喃地说:"谢谢游击队!谢谢游击队……"等到抬起头来,好汉却早已走了。

秦国栋一边寻机会搞着武器,一边串联着人,他找来了自小一块儿耍大的两个老同学纪茂盛、乔凤凯。这天下午,他们三个来到村外的破庙里,秦国栋对他们说:"自古乱世出英雄。咱们也逢乱世,军阀混战,民不聊生,民贫国弱,列强欺凌。咱们也是堂堂七尺男儿,难道就这样苟且偷安,不管不顾?现在,共产党已举起了救国救民的大旗,我信仰他们的主义,也加入了共产党。受党组织委派,回来组建游击队,我先想到的是你俩,想要你们与我同时举事,不知老同学敢不敢与我冒风险大干一场?"

这两人知道,秦国栋自上学以来,就聪明好学有主见,不畏邪恶敢斗争。在上学期间,就曾带头闹学潮,驱赶了克扣教师工资、虐待学生的坏校长。西安"非基运动"(反对基督教)发生后,他积极响应,率领同学们拿着棍棒,赶走了当地基督教的传教士。听他一说,当即响应:"老同学近年来在军校学习,又当了学生兵的连长,见多识广,你说的事肯定错不了,我们跟着你干就是了。"

秦国栋说:"既然你们愿意跟我干,有些话我要说在前头。咱们建立的是共产党的游击队,不是占山为王、打家劫舍的土匪。要时刻牢记咱们是人民的队伍,一切为群众着想,一切为了老百姓的利益,坚决不能干欺负老百姓的事。首先从群众最关心的事干起,从群众最需要的事干起,赢得民心,以求发展。"

纪茂盛说:"老同学说得对,咱这西北塬,三年两头闹饥荒,群众连饭都吃不饱,可上头却不闻不问。田赋公粮年年加码向老百姓要,动不动就打人骂人,催粮队只要一进村,就闹得鸡飞狗跳墙,甚至入户抢粮。"

乔凤凯接着说:"群众对那伙尿恨死了,都说咋不叫雷把那伙尿击了,车把那伙尿碾死!"

秦国栋听后,沉思了一会儿说:"好!咱们就从整治害人的催粮队入手。放个开门炮,想办法把他们赶走,不让群众缴纳胡摊派的粮,拿恶差的头给咱们祭旗。"

夏收还没有彻底收完,催粮队就来到了白王杨赵村。省上、县上都知道泾阳西北塬粮难收,所以省、县都派了人。一共来了十多个人,其中有五六个背枪的是保安队的兵。

催粮队领头的叫来了村长,敲锣把村民召集到麦场上,说:"去年西安和咱县打镇嵩军,把公粮吃得一直欠着账。今年公粮得再多加些,请乡党们都放明白些!"

村长听罢告艰难:"镇嵩军围咱泾阳城,我村上都捐了粮。县上派的

事,我们没打过绊子,可今年天旱收成差,麦穗就像蝇子头,不信你们到麦地看看,派的粮实在没办法交!"

"没办法交!"群众一呼百应。

领头的一看撒了歪:"我看你们真正是南山的核桃——砸着吃的下家。谁说没办法交,给我站出来!"

一个粗壮大汉应声站了出来。

领头的一声令下:"给我打!不信你猫不吃糯子。"

那保安队的兵放下枪,拿起随身携带的皮鞭,举鞭就打。群众中冲出几个青年人,呼喊着:"你还把人往死的逼啊!"就要上前夺鞭救人。

领头的恼羞成怒发了狠:"你们还想造反呀?!谁再敢胡闹,就给我往死里打。"

保安队的人一听,端枪上膛,眼看着就要血染麦场。

就在这千钧一发的时刻,只听两声枪响,人们还以为保安队枪杀了群众,但仔细一看,两个保安队的兵却倒了下去。那领头的看事情有变,正要开口说话,只觉得一个枪口对准了自己的脑袋。他胆战心惊地说:"好汉饶命,有事好商量。"

"叫你的人把枪放下!"

"快把枪放下!"

剩下的三个保安队的人也叫缴了枪。

纪茂盛领着十多个拿刀、拿枪的小伙子,押着三个保安队的兵,走到了群众前头,把催粮队的人也全部押着站到了群众面前。

秦国栋说:"乡亲们,我们是西凤山游击队的,是共产党领导的队伍,是专门给咱老百姓伸张正义、打抱不平、惩处邪恶的队伍。昨天,我们探知了催粮队要来你们村,专门赶过来为你们解围。你们今后有啥为难事需要我们帮忙的,尽管开口,我们保证是有求必应,有难必帮!"群众中响起了雷鸣般的掌声。

秦国栋转向催粮队的人说:"你们回去给上头说说,再不能不管实际情况,胡乱摊粮派款了,否则官逼民反,来几个我们收拾几个,但不打收条。"一席话引得群众哄堂大笑。

这时,一个游击队员举起了一面红绸子大旗,上面绣着金色的镰刀斧头图案和西凤山游击队几个大字。两个血淋淋的人头摆在红旗前。

秦国栋激动地说："现在我宣布,西凤山游击队正式成立了!"又是一阵经久不息的掌声。

秦国栋面向红旗,举起右手握紧拳头说:"同志们,跟我宣誓,而今世道,军阀混战,坏人横行,好人受欺,横征暴敛,民不聊生。我等百姓,忍无可忍,举旗起义,一心为民,抵抗暴政,打富济贫,除暴安良,保卫家园。"

游击队员们也跟着一句一句地宣誓着。

群众听着议论纷纷:"这一下咱老百姓有了靠山了。"

"再不用怕官府胡乱征粮要款了。"

"今后,哪个地主老财欺负了咱,咱就找游击队去。"

……

一个秋高气爽的日子,秦国栋到口镇去赶集,碰到了一个朋友仇生发,说是有人要寻他告状,不由分说把他拉到了自己街边的家中。进屋后,仇生发向等在家中的一个人说:"这就是你要找的西凤山游击队队长秦国栋,有啥冤屈事,你就对他说。"

那人一听是秦国栋,痛哭流涕地跪倒就磕头:"秦队长,你可要给我报仇啊!"

秦国栋急忙上前扶起:"乡党,你这是弄啥哩嘛,有啥冤屈你就说,咱游击队就是专门给老百姓申冤报仇的。"

那人这才站起来,擦着眼泪说:"我叫何明德,是口镇山底何村的人。今年忙罢,口镇民团团长樊中发,带着十多个团丁到我村里去收保护费。我大哥何明修是个倔脾气、耿直人,当即质问樊中发:'樊团长,你年初来不是把全年的保护费都收了,咋可又收哩?'"

"现在这世道乱,不安宁,事情多,收下那点费,根本不够用,所以,得再收些。"

"樊团长,你看,今年夏季收成实在不行,能不能缓到秋后收?"

周围的群众也跟着求情:"樊团长,你就行行好,到秋后收吧。"

"你们都知道顿顿吃饭,难道叫我们喝西北风?今天这保护费的粮是非交不可。兄弟们,给我到他家里去搜。"

"我大哥看着团丁要进屋搜寻粮食,顺手拿起了墙上靠的铁叉,怒吼道:'谁敢到我家搜粮,我就和他拼了!'那团长一看急了眼,恶狠狠地呵

第二十三章 明大义 毅然弃仕途 举义旗 为民惩邪恶

353

斥道：'你还反了不成！'说着，拔出枪打死了我大哥……"

仇生发接着说："这樊中发也实在是可恶可恨，以收保护费的名义乱向群众收粮要钱，不给了就抢，就杀人放火。仅今年忙罢，为收粮就烧了口镇三四个村子五六家的房。老百姓恨死他们了！老朋友，你就给群众治治这个恶霸吧！"

秦国栋听毕说："我也听说过这个人，现在看来实在是罪大恶极。你给我说说，这民团有多少人，都有些啥武器，他们啥时候出来活动？"

仇生发说了民团的人员、武器后，说："这些人白天在乡里转着害人哩，晚上怕遭到报复不敢出门，关着门在屋里打麻将，喝酒。"

"你们放心，这个仇我们一定替你报！但此事不能声张，小心祸从口出。"

秦国栋说着告辞了两人，出了门，径直朝民团团部走去，他要到那里仔细侦察一下。

秦国栋到口镇民团团部仔细侦察后，回到西凤山游击队队部，立即召开了领导会议。他说："口镇民团团长樊中发，乱收保护费，抢粮、烧房、乱杀人，民怨极大，群众已告状求助于我们。我想除了此害，为民申冤报仇，也能为我们收缴些武器。大家说干不干？"

副队长纪茂盛和乔凤凯异口同声地说："樊中发的恶行我们也听说过，此人不除，西北塬不得安宁，要干就早些下手。"

秦国栋把他侦察到口镇民团的情况告诉了两位副队长，商量了一个偷袭的方案。

口镇西邻北仲山，东有嵯峨山，形成了一个峡谷风道，一到晚上，西北风便呼呼地吼，吹得天昏地暗，星月无光。

大约子夜时分，西凤山游击队赶到了口镇民团团部。两个游击队员悄无声息地摸到站岗的团丁身后，两个瞌睡得直点头的团丁还没灵醒，便被短刀结果了性命。游击队员悄悄地推开了虚掩的门，秦国栋带着两个人直奔团长卧室。擦着洋火一看，只见那团长搂着个女人睡得正香，秦国栋一刀下去，割下了那团长的人头。女人被惊醒，吓得说不出话来，只是裹被磕头。同时，其余队员摸进了两旁厢房团丁的住处，先收了靠在墙上的枪，然后喊道："快起来，投降不杀！举起手来，到院子里站队！"

有些没睡灵醒的人还直嚷嚷:"深更半夜的,叫人弄啥哩嘛?!"揉着眼睛一看,一支支枪对着自己,知道大事不好,乖乖地穿好衣服,举起手,站到了院子里。

这时,秦国栋从团长卧室走了出来,对团丁们说:"你们团长心术不正,应着民团名,却尽干了害民的事情,乱收粮、款,杀人放火,作恶多端,我们西凤山游击队代表群众,杀了这个罪魁祸首。你们这些人也要牢牢记住,再敢祸害老百姓,樊中发的下场就是样子!"

团丁们一看那血淋淋的人头,早已吓得魂飞魄散,齐刷刷跪在地上求饶:"好游击队爷哩,我们再不敢了!"

…………

西凤山的早晨风景秀丽,山上青翠的松柏、红叶的枫树、黄叶的钻天杨和五颜六色的杂树野花争奇斗艳;鸟雀在山林中飞翔鸣叫,比赛歌喉;松鼠和毛猴在树间跳跃,比赛着攀缘本领;蓝天白云,旭日东升,构成了一幅美妙的秋日山景图。

游击队沿山麓开凿出一排整齐的窑洞,窑顶上,一面绣着"西凤山游击队"的红旗迎风招展。窑前,修整出的广场上,立着枪靶、沙袋、刀枪架,游击队的战士正在练习着格斗擒拿。

常规的早操练结束了,大家进入会议室开始学习。

秦国栋正给大家分析着西北塬目前的形势和发展游击队应做的工作,站岗的战士进来报告说:"有两个口镇的群众有事要找秦队长。"

秦国栋闻言,安排副队长纪茂盛领着大家围绕以上问题进行讨论,他随着那个战士出了会议室。门外等候着的两个人一见来人,料定是游击队队长,磕头就拜,痛哭流涕地说:"秦队长,你可怜可怜我们吧……"

秦国栋赶紧上前扶起来人,说:"我们共产党人不兴这个,有啥委屈事,你们就说吧。"

来人这才站起,一个老汉战战兢兢地说:"秦队长,我们是口镇瓦碴院的,我叫季四喜,他叫牛福田。我们有件事要求你,说出来你不要生气。"

"我们就是为群众办事的,有啥事你们尽管说。"

"前天晚上,我们村来了一伙拿刀的人,说是西凤山游击队的,说他们给群众打抱不平,办好事,也要吃喝,要买武器,要我们支持一下,有钱

第二十三章　明大义 毅然弃仕途　举义旗 为民惩邪恶

的给钱,有粮的给粮。我们说今年收成不好,但游击队来了,我们给捐些粮,你们不要嫌少。当我们把捐的粮拿给他们时,那些人却说:'你们拿的这些粮都不够塞牙缝,你们咋这么抠掐?走,到你们家里去看看,看今年的收成到底咋样。'乡亲们相信游击队,就把他们领到了家里,可这些人一到屋里就变了卦,翻箱倒柜乱搜寻,抢粮、抢钱、拉牲畜。秦队长,我们知道你们也难,拿去的钱、粮,我们不要了,可牲畜还给我们吧,我们还要靠它种地哩。"

秦国栋一听,已经知道是怎么回事了,但为了让来人明白,便说:"去的人你们认得不认得?"

两人心里想:这伙人折腾了我们大半天,咋能不认得?便异口同声地说:"认得!"

秦国栋笑嘻嘻地说:"认得了就好。我们的全体队员都在会议室学习,我把他们叫出来,你们好好认认,认出了人,我当即给你们处理。"说着,令勤务兵去通知。

看着队员们出来,秦国栋发着口令:"大家站成一排,向右看齐,立正,稍息。"

整队完毕,秦国栋请来人上前寻人。

两个人来到队伍前,一个人一个人地仔细观看,看罢直摇头说:"没有。"

秦国栋把来人让到办公室,让座,倒水。随之,叫来了副队长纪茂盛和乔凤凯说:"这两个乡党来反映说,咱们游击队前天到口镇瓦碴院村抢了他们的东西。我叫他们在咱们队伍中认人,他们看过后说,咱们队伍中没有抢他们的人,这说明有人在假冒着我们游击队的名义干坏事。"

纪茂盛一听,说:"还有这号事?"

乔凤凯说:"谁吃了豹子胆了,冒充到咱们头上来了?"

秦国栋说:"这件事关乎我们游击队的声誉,必须马上查清,立即处理。你们两个跟乡党走一趟,深入了解一下情况,查清楚到底是谁抢劫了他们,查清一下抢人者的具体情况,咱们再商量咋样处理。"

按照秦队长吩咐,纪茂盛和乔凤凯跟着来人去了口镇。通过四处打探,得知假冒西凤山游击队的是嵯峨山黑沟才拉起的一股土匪。秦国栋和两个副队长根据查到的情况,商量好围剿的办法。

这一天，秦国栋率领游击队员半夜就出发了，天不亮就赶到了土匪巢穴。这些人本来就是乌合之众，一看来者人多势众，全副武装，枪一响，纷纷举手投降。那土匪头子还想负隅顽抗，被秦国栋当场打死。

秦国栋对做了俘虏的土匪们说："我知道你们绝大部分人是为生活所迫才走到了这一步，但你们不该打着我们的旗号，做打家劫舍的勾当，坏了我们的名声。今后，谁要再敢用我们的名义祸害群众，你们头头的下场就是样子。"

俘虏们纷纷磕头求饶："我们再不敢了，请饶了我们吧。"

"饶了你们可以，但你们先要把抢群众的东西还回去。然后，回家去另谋个营生。谁如果觉得我们游击队好，想参加的，我们欢迎。"

当下，就有一些人要求参加游击队。

秦国栋指派游击队员押着俘虏到瓦碴院村一带去给群众送还了土匪抢劫的财物。群众这下子才明白了，都说西凤山游击队真正是给群众排忧解难的好队伍。

民国十八年年馑的灾难使得本来就贫困的西北塬的老百姓更加恓惶，饥饿逼得西北塬的老百姓卖地、卖房、卖婆娘、卖娃，出门逃荒要饭。

怎么样才能搞些粮食，救救那些快要饿死的人？秦国栋把这一议题提出来要大家商量。游击队员们各抒己见，有的说要领人去"吃大户"，有的说干脆到口镇去抢粮店……

秦国栋听着大家的意见，反复思量后说："抢粮店之法不妥，一是这行为跟土匪无异；二是粮店抢空关了门，群众到哪里去买粮？这是饮鸩止渴的办法，不可取。我的意见是：咱们先把西北塬和紧邻的淳化有粮大户摸个底，对于心存善念的人，劝说他们给群众放粮；对于为富不仁的，先礼后兵，逼着他们给群众开仓放粮。"

经过调查摸底，口镇官道村有个叫康满仓的财东，农商兼营，财大气粗，为富不仁。年馑来了，他不但不救济乡亲，还囤货居奇，哄抬粮价，民怨沸腾。

秦国栋决定先治治这号人。

这一天，秦国栋率领着游击队员和西北塬的灾民，来到了口镇官道村康满仓家门前，只见这家是青砖瓦舍，黑漆大门，门口还蹲着两个石狮子，一派富贵景象。

秦国栋让人们在门前等候，他上前敲开了门。康家的伙计开门一看，见门口来了一大群人，有些人还带着枪，不知要干什么，当即问道："你们是什么人？要干什么？"

秦国栋答道："我们是西凤山游击队的，我叫秦国栋，寻你掌柜的有事商量。"

伙计一听立即到上房告知了掌柜的。

康满仓对秦国栋的游击队打富济贫、抗粮抗捐的事早有耳闻，知道此人是个惹不起的厉害手，马上赶到前边客厅热情接待，让座，敬茶，敬烟，强颜欢笑地说："久闻秦队长大名，如雷贯耳，今天一见，果然气度不凡。不知驾临寒舍有何贵干？"

"在下也久闻康掌柜的是土地连片，骡马成群，商铺广布，钱多粮多，乃我西北塬有名财东。你们财东人也讲究'仁义值千金，金钱如粪土'。而今，连年干旱，颗粒无收，乡党们实在饿得受不了了，你看能不能给乡党们施舍些粮食，救救他们的命，为你积德积福。"

"我那些粮食早卖光了。"

"那能不能开仓叫我看看？我可给你说，人饿极了啥事都能做出来。今天，你要是自动开仓放了粮，还能落个好；如若不然，叫灾民哄抢了，那我可管不了，损失就没法估计了。"

康满仓一听，再看看门口，游击队员是荷枪实弹，灾民们成群结队，看来今天是在劫难逃了，只好落个顺水人情："既然秦队长说了，我就把给粮店存的货，先打发了灾民。"

秦国栋见事已说成，走到门口对大家说："康掌柜心怀慈悲，怜念乡党，决定开仓放粮救济你们，但你们也要知道瞧好，守规矩，不可起哄乱抢，排好队按次序领粮，咱们游击队员要负责维护好秩序。"

就这样，秦国栋积极稳妥地解决了让存粮大户向灾民开仓放粮的问题。

秦国栋的游击队在为群众排忧解难的过程中赢得了群众的信任，要求参加游击队的人越来越多，可粮饷、武器问题如何解决成为秦国栋日思夜想的问题。事真凑巧，秦国栋到王桥镇赶集时，碰到了一位老朋友，泾惠渠张家山管理站站长薛明堂,便上前问道:"老伙计,近来可好?"

薛明堂答道:"好着哩,你今天逛集来了?"

"嗯。顺便看看我舅。你来弄啥呀?咋还担着两个老笼?"

"听我管理局说,当年承包修建泾惠渠渠首工程的华洋义赈会工程师希伯来,要来我们张家山泾惠渠首视察,叫我们好好接待,我今来给买些吃货。"说者无意,听者有心,秦国栋当即问:"啥时来呀?"

"后天。"

…………

提起希伯来,秦国栋气不打一处来。听说当年修建泾惠渠,就是希伯来在设计方案研究会上,以资金不足为借口,坚持要改变第一种设计方案。将坝址向下移了五百米,缩短隧洞三百七十二米,还取消了淀沙池。这样,渠口降低了,灌溉面积由一百四十二万亩降到了五十多万亩。西北塬上广阔地区,按原设计可以灌溉的地,就浇不上了。再则,希伯来还克扣民工工资,硬是将民工少得可怜的每天二角五分降为二角。为此,西北塬上的群众非常气愤。

秦国栋的游击队员绝大多数都是西北塬上人,当年,也都在希伯来的手下干过活。听说希伯来要来,也都极力怂恿秦国栋要想办法治治这个洋人。

秦国栋思量着,国民党政府最怕洋人,不如劫持了希伯来做人质,向国民党政府要些武器、粮饷武装游击队,再则为西北塬的群众出口气。他把这一想法告诉了大家,游击队员们齐声叫好。

到了约定的日子,秦国栋率领游击队员来到了张家山泾惠渠管理站,隐蔽在管理站后边的树林里。等啊等,直等到半上午时分,只见一辆小汽车向管理站开来。秦国栋带领游击队员迅速包围了上去,一看,车上果然坐着希伯来,另外一个人,是泾惠渠管理局的工程师。

直到此时,希伯来仍然虎不失威地说:"你们想干什么?我是外国人,你们随便动了我是要负涉外法律责任的。"

秦国栋蔑视地说:"这里是中国的土地,我们才是主人,外国人能怎么样,我就是要找你这个外国人算算账。"说着,令游击队员连车带人一块儿押回队部。

第二天,游击队在小汽车上挂起了在白绸子上用绿色写着"打倒克

扣民工工钱的希伯来"的横幅，拉着希伯来到西北塬一带游行示众。西北塬的群众很多人都在泾惠渠渠首工程上干过活。那时，正在民国十八年年馑尾，西北塬的群众眼巴巴地盼望着在工地上干活的人挣些钱回来，买粮度饥荒，可工钱却叫领工的希伯来克扣了。盼星星盼月亮，盼着泾惠渠修好，地能浇上水，再也不怕旱灾了，可渠修好了，西北塬浇地的事却泡汤了，听说也是希伯来捣的鬼。所以，看着希伯来，群众恨得咬牙切齿，指着叫骂。游行结束后，游击队放了泾惠渠管理局的小汽车、司机和工程师，把希伯来押了起来。

劫持洋人是涉外事件，引起了国民政府和陕西省政府的关注。时任国民政府主席的林森来西安到泾惠渠视察时，指示省政府和泾惠渠管理局，要保证希伯来的安全，从速妥善处理这一事件。

省政府马上物色了一个当时在省民政厅工作的泾阳人聂园成，委派其回泾阳与秦国栋协商如何妥善解决这一问题。

聂园成寻到了西凤山下游击队队部，观见这队部虽然都是土窑洞，却收拾得干净、整齐。游击队员们正在门前的广场上练习拼刺刀，一个个精神抖擞，十分威武。

一个哨兵见有人来，喝喊道："站住！你是干什么的？"

聂园成答道："我是省政府派来和你们队长说事的。"说着，递上了省政府的介绍信。

那哨兵把介绍信递给了一个带头练拼刺刀的人，接着就传过话来："我们队长请你到办公室去。"随之，引着来人进了秦国栋的办公室。

一个身材伟岸、温文尔雅的人满面春风地迎着来人，说："钦差大人到了，快快请坐。"勤务兵立即给客人倒水。

聂园成原以为秦国栋是个满脸横肉、虎头豹眼、杀人不眨眼的强盗，可一见面才发现是个文质彬彬的白面书生，这才鼓足了勇气，直言相告："乡党，我是咱泾阳东关人，省政府看我和你是乡党，特意派我来和你商量一下希伯来的事。"

秦国栋态度和蔼地说："我们劫持希伯来，是因为他当年坚持改变了泾惠渠修建方案，使西北塬群众想把旱地变水地的梦想破灭了。他还克扣民工工钱，因而引起了民愤，我们想替群众讨个公道。"

"你的这一说法，听着也有些道理，但希伯来是外国人，处理不好，会造成国际纠纷。这事已惊动了中央,国民政府主席林森明确指示省政府和泾惠渠管理局,要保证希伯来的安全,从速妥善处理这一事件。乡党,释放希伯来需要什么条件尽管说。"

"我的条件很简单,想要释放希伯来,必须以步枪一千支、子弹五万发、大洋一万元、面粉一万袋为交换条件。"

"乡党官小职微,拿不了这号大事,等我回省政府汇报后,再给你回话,但是我劝乡党一句,千万要保证希伯来的安全,否则后果不堪设想。"

"这个你放心,我们游击队是正义之师,绝不会滥杀无辜。"

聂园成回到西安,到省政府向省长汇报了谈判情况。那省长在心中思量着,西凤山游击队乃是"共匪",为救外国友人,给些粮食和钱倒还可以,要是给武器,岂不是为虎作伥。想到这儿,就给聂园成说:"你当即去继续跟秦国栋谈,原则是武器坚决不能给,粮食和钱嘛,你掌握,能少给尽量少给。为了保证希伯来工程师的安全,可先让泾惠渠管理局给送些粮食和钱,以表示我们的诚意。"

聂园成领了上命,当即赶回泾阳西凤山,寻到秦国栋说:"好乡党,我回到西安,把你的条件给省长汇报了。省长表态说:武器是军方管着,他无能为力,粮食和钱嘛,就按你说的办。"

秦国栋反驳说:"那省长是在耍滑头,他是怕给了我们武器,有人跟他秋后算账时,给他戴上支持'共匪'的'红帽子'。实话给你说,我这两个条件,缺一不可。"

"好乡党哩,我只是个跑腿传话的,我到西安再跟省长说说看。为了表示政府的诚意,先让泾惠渠管理局给你们送些粮食和钱来。"

秦国栋一想:反正人在我手里,先送些粮食和钱也行,再慢慢给他要武器。便答应道:"那也行,你回去给那省长说清楚,啥时把粮食、钱和武器如数给完了,啥时放人。"因为双方都坚持己见,谈判反复进行却难以达成协议。

为了保证希伯来的生命安全,在谈判期间,泾惠渠管理局遵照省政府指示,决定先给西凤山游击队面粉一万袋、大洋(银圆)一万元,每天给游击队送五十袋洋面,一百大洋。

游击队把希伯来关押在西凤山里面的一孔窑洞中,派了两名游击队员看管,由丁黑牛做勤务员,经管希伯来的生活。

丁黑牛原来是希伯来在张家山施工时的勤务员。希伯来一见，心中暗喜，熟人有事好商量，想办法收买了这个人，岂不就能逃脱了吗？他操着不太熟练的汉语，故作亲热地说："老朋友，又见面了，这真是上帝的安排，咱们的缘分。不知你现在生活咋样？"

丁黑牛是个老实厚道人，一看当年的洋老板对自己如此亲热，受宠若惊地说："咱个庄稼汉，靠在地里刨食吃，生活能咋样，还不是借着吃，打着还，跟着碌碡过个年？"

"你想不想过好日子？"

"咋不想？可咱是粗笨人，只会种地，不会挣钱。"

"眼下就有一个挣钱的机会，就看你敢不敢去做。"

"咱都是逃过民国十八年年馑生死关的人，还有什么不敢的！"

"我看你是个实诚人，可以做朋友，索性就把这个机会给你。你是地里通，你把我想办法救出去，我给你一千大洋，你到外地去做个生意，保你一家一辈子不愁吃穿。你若想和我去国外，我带着你去享福。"

丁黑牛有生以来还没见过这么多钱，激动得不知如何是好，不相信地问："你说的是真的？该不是哄我玩的？"

"咱们都是老朋友了，我哄你干啥？"

"如果真是这样的话，我也豁出去了，想办法把你救出去。"

"好！那咱们就一言为定。"

眼看着又到了王桥集日，丁黑牛从集上买回了好酒、好菜。晚饭时，他做好了饭菜，像往常一样，叫看守的两个游击队员一块儿吃饭。

那两个看守一看，肉菜丰满，还有好酒，心中高兴，问："今天是啥好日子，弄了这么多好菜、好酒？"

"今天是希伯来老板的生日，特意搞了这些酒菜。"

希伯来说："你们中国有句话说，'备席容易请客难'。我过生日能请到你们，十分荣幸。请你们吃好，喝好。"

两个看守回应道："既然是这回事，那我们就放开吃喝了！"

酒席宴前，丁黑牛和希伯来轮番给两个看守敬酒，两个人不知用意，开怀畅饮，直喝得酩酊大醉，不省人事。

丁黑牛还不放心，故意摇着、叫着，可两人毫无知觉，睡死了一般。丁黑牛这才和希伯来草草收拾了行李，从后山逃了出去。

秦国栋得知希伯来逃走后,料定国民党政府一定会实施报复,对游击队进行围剿。在敌强我弱的情况下,为了保存革命有生力量,秦国栋立即率领游击队全体人员,化装成老百姓模样,翻山越岭走小路,直奔陕甘边区耀州照金革命根据地,参加了中国工农红军。

果然不出所料,希伯来逃走以后,陕西省绥靖公署马上派警备部队进军泾阳西凤山,准备一举剿灭西凤山游击队。可当他们兴师动众地赶到西凤山游击队驻地时,却只见西凤山游击队的大旗还高高地插在窑顶上随风飘扬,游击队办公室和宿舍,依然整齐如故,书报、办公用品一应俱全,被褥叠得整整齐齐,厨房里,水缸、面缸满满的,烧火的劈柴堆成堆,完全不像逃跑了的样子。向周围群众打听,都说游击队是出外执行任务去了。进剿部队为了不打草惊蛇,只留一个班的兵化装成老百姓模样在当地蹲守,大部队撤到口镇驻防。

一天过去了,两天过去了,三天过去了,还不见游击队的踪影,领队军官方猛然醒悟:"咱们中了游击队金蝉脱壳的计了。"无奈只得扫兴地搬兵回营。

第二十四章

灾中灾 土匪害百姓
戏外戏 智灭西北王

　　泾阳西北塬（今王桥、桥底北部，兴隆、白王、口镇一带）地处泾阳县西北边陲，北仲山南麓，地属渭北黄土高原带，故称西北塬。塬上水位很深，地下水难取，渠水又浇不到，常年缺水，百姓惜水如金。就是人们说的"宁给一碗饭，不给一口水"的地方。老百姓全靠老天吃饭，稍遇天旱，庄稼便颗粒无收，三年两头闹饥荒，群众终年在贫困中挣扎。

　　为了养家糊口度饥荒，有些人就在农闲时，做起了贩卖粮食的生意，从旬邑、淳化买粮，驮运到泾阳、三原去卖。群众把这些贩卖粮食的人叫串子客。一年又一年，一辈传一辈，走不完的贩卖路，流不完的血和泪。

　　串子客表面看来似乎是粮商，实际上苦不堪言。长年累月两头不见爷（太阳），鸡叫时就得动身，天明赶到淳化，买好粮食，中午返回，天黑到家，往返要跑一百二十多里。到家后，人吃饭，牲畜上槽，第二天鸡叫时，又起身去泾阳或三原卖粮后返回，来回又是一百二十多里。如果要到淳化润镇或旬邑买粮食，路程更远，沿途还要翻山过沟，不歇脚地跟着牲畜跑。天天如此，夜以继日。脚底老茧有多厚？能光着脚在枣刺堆里走。

　　为了多贩卖些粮食，串子客不但叫牲畜驮，自己还要背。一般是骡子驮八九斗(二百五十市斤左右),毛驴驮六七斗(二百市斤左右),赶牲畜的人,跟在牲畜背后走,还要背三十斤上下的粮食。

说起串子客的吃食,更让人心酸。天天都是玉米面、糜子面饼,冷后又干又硬,粗面饼子没水泡,只能干啃磨烂嘴,吃饭没有定时定地,更无汤水,久而久之,吃得人是干黄黑瘦。

就这样没黑没明不要命地干,还要遭受勒索克扣——平日里买卖粮食,串子客要给经纪人一点粮食(每百斤约1.2斤)。民国十八年年馑开始后,粮食买卖增设了斗捐:凡卖粮人要交百分之六的捐税,买粮人需每元交三分佣钱。这使得串子客的负担更重,有些受不了盘剥的人只能撒手不干。

民国十八年年馑对于本来就贫困的西北塬人来说更是雪上加霜,灾害最早降临在不幸的西北塬人头上,揭不开锅,面临着饿死的人最多。一些人被逼得走投无路,就铤而走险,走上了为非作歹、拦路抢劫、打家劫舍的土匪道路。年馑前就弃良为匪的人,有的发展成了人性泯灭,为了财富、私欲不择手段、草菅人命的惯匪、魔头。其中人称西北王的邹显禄就是这样的人。他深知泾阳是商贸重镇,是丝绸之路的重要通道,神出鬼没地在泾阳通往西北的商路上拦路抢劫,杀人越货,闹得过往客商胆战心惊,叫苦连天。偏偏义和兴的送货车队就遭过一回劫。

年馑之尾的7月时节,傅继兴在公司正忙着收买的倒闭花店房产进行改产经营的事,西北各分公司发来电报,要求送货。他走不开,这可咋办呀?他想来想去,只好让爱君和老管家押运着货物送往青海、新疆等地。

说实话,自结婚以来,爱君还没独自出过远门,眼看着第二天爱君就要远走他乡,继兴真有点恋恋不舍。晚上躺在炕上,爱君枕着继兴的胳膊,两个人都睡不着。继兴反复叮咛:"这一回去西北,路途遥远,翻山越岭,道路崎岖难行,气候变化大,饮食和泾阳也大不一样。你要自己保重,注意冷暖勤换衣服,吃饭但求干净可口,稍有不适就看医生,早起早睡别太劳累,每到一个地方就给家里拍电报,报个平安。办完事就赶紧回来,外面到底不如家里好。"

"听你说得这么周到,是不是早就想好了?"

"不瞒你说,这几天我一直在想,不让你去吧不行,让你去吧,我确实放心不下。"

"甫光给我叮咛,你自己也要珍重。做饭,洗衣,家中卫生、杂务等,我已给佣人做了安排。你也要注意,千万不要一干起事来就忘了吃饭、睡觉,不要再干为了公事得罪人的事……"说着,爱君竟流起了眼泪。继兴抱着她,轻轻地为她擦着泪。小两口直说到子夜时分方才入睡。

第二天,继兴和岳母把爱君及送货车队送到了城外,直到看不见人影了方才返回。

盛夏时节,烈日当空,蓝天白云,树木苍翠,蝉鸣声声,玉米长成了青纱帐,棉花地里孕花蕾。

吆车的把式一出县城,走上了田间大路,便扬鞭催马,扇起了迎面凉风。耐不住路途寂寞的伙计们,放开嗓子唱了开来,但因为女东家跟着,不敢放肆,只能唱些正儿八经的秦腔或流传泾阳的关于茯砖茶的民歌。只听沈相开口唱了个《茯茶香飘丝绸路》:

嵯峨山高啊泾水甜,
泾阳茶艺千古传。
能工巧匠制天珍,
香如茯苓琥珀色。
消食利水美容颜,
扶正祛邪把寿添。
慈禧知味称福茶,
陆羽若饮也思凡。

泾阳茶商啊志向远,
带着茯茶闯边关。
不怕山高路又远,
不怕兵匪斗凶顽。
不怕市场风云变,
披荆斩棘勇向前。
茯茶香飘丝绸路,
四海归心啊望中原。

沈相唱的刚一落点,刘相唱起了《茶中奇葩有奇功》:

说稀奇呀真稀奇,
不产茶的泾阳出奇珍!
湖茶入泾变俏俊,
茶发金花功效神。
杀腥解腻暖肠胃,
消食利水提精神。
茯茶滋养生命之树,
神秘的传说夸神奇。

说稀奇呀真稀奇,
茯砖茶靖边保国建奇勋!
西域自古多战乱,
茶马交易息狼烟。
茶走丝路送温暖,
换回珍宝和平安,
茯砖茶铺成友谊路,
四海同春啊万民欢。

刘相唱毕,几个人合唱起了《茶都美名天下传》:

肩负着茶马交易使命,
搭乘着丝绸之路商船。
天下名县古城泾阳啊,
挑起了茶叶加工中转的重担。

车水马龙,驼铃叮当,
骆驼巷的车马客栈,
迎送着南来西去的商贩;
南茶西去,入泾检作,
星罗棋布的百年茶店,
使黑茶涅槃变为茯砖;

南来北往，东来西去，
四茗楼的豪华茶馆，
汇聚着四面八方的淘金汉。

古城的街市商铺林立，
茶为魁首，百货争艳。
南腔北调的茶商大贾，
各式服装的富豪老板。
满怀着发财致富美梦，
用各地特产换取茯砖。
茶市人流如潮繁华无限，
把财运康乐撒向人间，
古城彰显着茶都的风范。

肩负着茶马交易使命，
搭乘着丝绸之路商船。
孕育生命之茶的泾阳啊，
茶都的美名天下流传。

合唱一完，祝相接着唱起了秦腔《用心血让茯茶永吐芳芬》：

泾阳县自古是商贸重镇，
人杰地灵出奇珍。
黑茶入泾变俏俊，
茶发金花味更醇。
色如琥珀香醉人，
消食利水提精神。
杀腥解腻能健身，
扶正祛邪驱瘟神。
西域人一日无茶则病困，
茶马交易惠万民。
茯砖茶香飘丝路送温馨，
历史佳话天下闻。

纪晓岚曾作茯茶吟，
说茯茶驱寒暖胃暖人心。
林则徐题联说良心，
劝茶商慷慨解囊救灾民。
左宗棠访师把茯茶品，
求振兴抓改革顺应民心。
清慈禧避难受贡也感恩，
赐名福茶华夏闻。
茶商们援助靖国军，
安国茶名出于右任。
八路军誓师抗日群情激奋，
茯砖茶敬英雄鼓舞军心。
茯砖茶历史功劳说不尽，
走丝路互通有无睦四邻。
先驱们创名牌历尽艰辛，
后辈人继传统也要创新。
兴利除弊向前进，
仁义道德记在心。
扶正祛邪讲诚信，
开拓进取报新春。
质量品位茶之魂，
用心血让茯茶永吐芳芬。

祝相唱的一落点，几个爱唱小生戏的伙计竟不约而同地唱起了最近在茶肆酒楼新流行的一段秦腔唱词——《治茶市我不怕凶险艰难》：

茯砖茶是泾阳驰名特产，
曾香飘丝绸路送福解难。
为国家它立过奇功一件，
定国策茶马交易息狼烟。
明开国定茶法加强监管，

走私茶却闹得市场不安。
御驸马利令智昏顶风作案,
朱元璋大义灭亲不容宽。
明到清卖引法一成不变,
官和商为谋私利国策不安。
左宗棠兴利除弊促发展,
改茶引为茶票铲除弊端。
自民国开国来政局混乱,
监管弱谋利者无法无天。
一时间假冒伪劣横行泛滥,
倒牌子毁信誉就在眼前。
这时间如再不细查严管,
几百年老名牌难以保全。
覆巢之下无完卵,
多少商家将把门关。
多少伙计砸饭碗,
多少家庭受牵连。
主要财源被截断,
富民强县成空谈。
实业救国我夙愿,
我怎忍看实业受此摧残。
请县长和会长早做决断,
查劣茶治市场我勇往直前。
秦商鞅变法车裂无悔无怨,
学先贤治茶市我不怕凶险艰难!

　　义和兴送货车队一路上人欢马叫,甚是热闹,不觉得来到了黑松林,但见道路两边山峰高耸,悬崖断壁,形成了一道深邃崎岖的峡谷。清澈的冶峪河水冲撞着河中横七竖八的巨石、塄坎,掀起层层波浪,呼啸而下。高大苍翠的松树布满了山坡、河沟,黑压压一片,一眼望不到边。前后不见村庄、人烟,只有山上、河中奇形怪状的石头呈现着凶猛野兽和妖魔鬼怪之相,一看便是个凶险之地。

这黑松林是走甘肃去新疆的必经之地,走惯了这一路的伙计们知道这地方看上去凶险,平日里走着倒还平安无事,便毫无戒备地嬉笑说唱着朝前行进。

忽然,从山上树林里旋风般冲下一伙人来,举枪包围了车队,凶狠地吼道:"把手举起来!"

伙计们还没来得及掏枪,便被蜂拥而来的土匪缴了械。随后,众人被用黑布蒙上眼睛,带到了一个山沟中的开阔地带,车队的人被押到一个曲里拐弯的山洞中。

田爱君被取掉蒙眼的黑布后,只觉一阵眩晕,揉着眼睛定睛观看,见是一个山洞,甚为宽敞。洞壁上分布着许多洞窟,雕塑着各种姿态的佛像,正中间一尊较大的佛像是普贤菩萨,菩萨像前是一张黑色香案,香炉、烛台摆布其上,香火缭绕,红烛高照,分明是一个神仙洞,可现在却成了一个土匪窝。

没错,这神仙洞现在被土匪占了,成了土匪窝。香案前的太师椅上,坐着一个穿着白府绸衣裤,大耳光头,满脸串脸胡,长着鹰钩鼻,戴着圆形黑墨镜的人。下首两边坐着两个斜挎盒子枪的人。其他拿着长枪、短枪的人站在两旁,一个个贼眉鼠眼地盯着田爱君,交头接耳、嬉皮笑脸地议论着:

"今天真走运,美人、好茶一起得。"

"这小女子真美,长得跟仙女似的,供到咱神仙洞也配。"

"大哥命真好,老天送来个七仙女。"

……

田爱君听着,禁不住紧张起来,但她毕竟经过"五四运动"的锻炼,有些胆识,便镇定自若地说:"好汉,小女子是义和兴的少东家田爱君,我家与你们往日无仇,近日无冤,为何要如此对待我们?"

这土匪头子本来就是个色狼、女人迷,见这女子临危而不惧,心中生出敬佩,又爱其花容月貌,一见便垂涎欲滴,一心想据为己有。所以他一改往日的凶狠残暴,装作彬彬有礼地说:"我们是受人所托,收人钱财,替人消灾。"

"那你们想怎么办?"

"眼前有两条路,你看着办,一是我敬慕夫人有胆识,人才好,咱今日

有缘相会,不如留下来给在下做个压寨夫人,跟我来做这无本买卖,强似你跟个商人四处奔波。若能如此,你的伙计、车、货,我全部奉还。二是夫人如不能遂在下心愿,我也不强迫,那就得拿钱说话,叫你们茶店拿五万现大洋来赎。因为我们这些兄弟也要吃喝,不能白忙活。"

田爱君看这伙土匪不像想象中的那样凶神恶煞,抢劫人后还像是和你商量咋办,于是在心中掂量着,既然已被劫着,想白走,那是绝对不可能。伙计的性命比钱贵重,只要有人在,钱没了可以重挣。心中这么一想,就慷慨应承道:"既然好汉开出了价码,我们照办就是。"

土匪头子没想到这女人连价也不还,就满口应承了,觉得这财东人就是不一样,财大气粗。再则,又顾虑到其父是泾阳商会老会长,官场关系复杂,女婿听说又是县长的同学,所以,不想把事做得太过,绝了自己后路,招来围剿之祸。因此说道:"夫人既然如此说,那就这么办。请夫人派个伙计回家报信,咱们三日后,仍在黑松林前进行交换。我把话说在前头,如若报告官方,夫人及伙计们的性命就难保了。"

田爱君这时没有开始那么紧张了,说:"这个你放心,我们义和兴从来是一诺千金,断不会做毁约害人的事。"说罢,安排老管家回家去报信。

义和兴在泾阳县的影响本来就大,大小发生点事人们就立即知道了。义和兴送茶车队被土匪抢劫了的事,一下子在县城传开了。县长朱志远、商会老会长、各商号掌柜等同仁、亲朋,纷纷前来看望。

土匪能准确地劫了义和兴送茶车队是蔺宏利和侯宝贵密谋提供的口信,这时候,这两人正在幸灾乐祸,但为了避免嫌疑,顺便看看他们妙计的效果,也假惺惺跑到义和兴来探望。

义和兴大客厅里,亲朋满座,议论纷纷:

"这是啥世道嘛,土匪都翻了天了。"

"咱们辛辛苦苦地做些茶,招不住土匪一回抢。"

"要是让土匪这样闹腾下去,咱们这生意可咋做呀?!"

…………

朱志远听着大家的议论,面红耳赤,拍案而起说:"本人身为县长,却没能保一方平安,实在惭愧。这伙土匪抢人越货,实在可恨,我立即令警察局出动全体人马,剿灭了这伙害人贼。"

蔺宏利假装积极,当即随声附和:"县长说得对,派兵马灭了那伙土匪,为泾阳除一大害。"

侯宝贵火上加油:"先灭了土匪,杀杀这些瞎尻的嚣张气焰,也为咱继兴兄弟出出气。"

…………

傅继兴沉思了片刻,拱手施礼说:"多谢县长和各位好心,但我觉得,现在说剿匪,为时过早,万万不可!土匪窝在深山老林,我们尚不知具体地址、路径,如何进剿?盲目出动大批人马,势必打草惊蛇,让其逃窜,难以一举剿灭。爱君和伙计们在土匪手上,我们不守前约,势必激怒土匪,弄不好会造成撕票,人要没了,要钱何用?!我准备单独赴约,以诚感人,以钱换人,相机而行,摆平此事。"

听罢傅继兴有理有据的说法,大家也不好勉强。

回到县政府,朱志远还是不放心,传来警察局局长做了安排:"到了约定好和土匪交换人质的日子,你带上全体警员,远远尾随着傅继兴,观察情况,以应不测之变,无论如何要保证人质安全。"

傅继兴虽然阻挡了朱县长剿匪救人,自己却一直忧心如焚,悔恨交加。他后悔自己不该让爱君去遥远的西北,把她送上了危险的境地,而今还没出陕西就被土匪劫持,生死难卜。沿途还有多少艰难险阻,他难以预测,想起来实在有些后怕。如何尽快营救爱君和伙计们平平安安地回来,他日思夜想,寝食不安。他想了好几种营救方案,反复推敲,对比筛选,最后决定和土匪交换人质时,相机智取。他叫来两个忠实可靠,有武功绝技的伙计,如此这般进行了详细安排。

约定的日子到了,傅继兴和两个伙计浅蓝布衣裤短打扮,带好袖中飞镖,在轿车上装好赎金,藏了六把装满子弹的手枪。他骑着枣红马,伙计们吆着轿车,一大早吃饱了羊肉泡,径直往黑松林赶去。

三人赶到口镇,一进山口子,傅继兴便边走边看两边山林里的动静及可利用之地形。赶到了黑松林已近正午,三伏天的中午时刻,烈日当头,酷热难忍,路上不见行人踪迹,只有河水跨越险滩的浪涛声。

等人着急,等入了虎口的人更是令人心急如焚。傅继兴在地上打着转转,不时地朝远处张望,不时地看着太阳。

忽然,从黑松林里窜出一支人马来,走到相距十多丈时,队伍停下。傅继兴才清楚地看到两个土匪押着爱君走在队伍最前方,后边有三个骑

第二十四章 灾中灾 土匪害百姓 戏外戏 智灭西北王

马的人,再后边,是土匪押着送货的车队。

傅继兴高声搭话:"好汉,我们已照你们吩咐,把赎金送来了,请你们收钱放人。"

戴墨镜的土匪答道:"傅掌柜,我们也是受朋友之托,不得已而为之,得罪之处,尚望见谅。"

双方正要交换,忽听一阵冲锋号响,一支队伍伴随着"冲啊!"的呼喊声从土匪身后冲出。

那戴墨镜的土匪当即喝令道:"弟兄们,游击队来了,押上人质赶紧撤!"土匪们惊慌失措,争先恐后地夺路而逃。

见此情景,傅继兴向两个伙计一摆头,三人甩手出击。土匪们见他们都是空手,毫无提防。不料,一支支飞镖嗖嗖而来,两个押着田爱君的土匪当即倒下,骑马的土匪也都中镖丢枪,这伙被游击队打怕了的土匪不战而自逃。

傅继兴纵马上前,救下了爱君。死里逃生的爱君紧紧抱住丈夫,失声痛哭:"继兴啊,我险乎见不到你了。"

枪声停了,大家这才定神观看这支戴着红五星帽子,穿着灰色衣裤的队伍。只见一个人来到了傅继兴面前说:"乡亲们,让你们受惊了。"

傅继兴赶紧拱手施礼:"多谢大军救了我们,不知你们是哪里的队伍?"

"我们是西凤山的游击队,路过这里,老远看见有人骑马背枪绑押着人,便隐蔽起来观察,断定他们是土匪又在祸害人,就决定打他们一下,营救你们。"

傅继兴对西凤山的游击队已有耳闻,今日一见,果然名不虚传,遂连声说:"你们真是为民救难的仁义之师!这些钱本来是我们带来的赎金,现赠予你们,以表谢意。"

"我们游击队是共产党领导的队伍,救民于水火、为民谋幸福是我们共产党的宗旨,为老百姓打土匪是我们分内的事。不用说感谢的话!我们游击队有纪律,不拿群众一针一线,这些礼物我们是绝对不能收的。"

"那请问恩人贵姓大名?"

旁边一人答道:"这是我们队长秦国栋。"

傅继兴耳闻目睹最多的是兵逢战乱多抢劫,横行起来比匪恶的事,还没见过施恩与人不图报的队伍,心中十分感动、敬佩,不由得叩首就拜,伙计们也都跟着跪拜了起来。大家异口同声地说:"多谢大军救命之恩,今后有什么事用得着我们,尽管吩咐。"

"快起来,军民本是一家人,我们不兴这个。"

…………

土匪作祟闹得鸡犬不宁、社会混乱、人心惶惶,群众怨声载道、苦不堪言。一些受害群众和社会贤达,聘请诉讼高手代写诉状,联名上书朱县长,痛诉了西北王七大罪状,原信内容是:

朱县长:

我们实在忍受不了号称西北王的邹显禄一伙土匪的欺凌,万般无奈,满怀着对您和县政府的无限信任与希望,给您写这封信。现简述我们知道该匪徒的七大罪行,请求县上为民除害。

一是强占房屋土地,扩大庄院。西北王先是霸占了王桥财东高家偏正两院大房,继而,又强占了大富商刘家的祠堂,修改成前后几拱的大厅和富丽堂皇的行宫。在西北塬,只要西北王看中了谁家的地,他便会以放债和赊欠供应大烟土为诱饵,暴利盘剥,到期,不容分辨,即唆使他的长工去犁欠债户的地,巧取豪夺,占为己有。原地主不敢违拗,只好哑巴吃黄连——有苦没法说。仅以此手法夺得土地五百多亩。他家有长、短雇工二三十人,大部分只管吃饭,不给工钱。

二是强取豪夺,违法经营。西北王开设赌场,聚赌抽头,明抢暗夺烟土商人,抢得货源,暴利销售。不管谁家的珍贵物品、骡马玩物,若被西北王赏识,一定要主动割爱相赠,否则,必定大祸临头。西北王家过事,向人硬派财礼,每人至少大洋五块,多多益善。在口镇、王桥、桥底三大镇,西北王先后开设商号十多处,号称十大号,经营有烧坊(酒作坊)、粮店、棉花店、杂货店、京货铺等,聘请经理代为经营,但规定只许赚钱,不许赔本,否则,以经理的家产补赔。礼泉县的费梦春就是因给西北王经营棉花店亏了本,结果被折算而破产。

三是入户抢劫,绑票勒索。西北塬曾有民谣说西北王这伙土匪是"白天游魂哩,黑了害人哩"。白天,土匪四处奔波"踩盘子",夜晚入户去抢劫。许多地主财东、富商大贾都曾被骚扰,有的甚至一夜间竟变得

一贫如洗,有的不得不离乡进城。民国十八年一年中,起码有四十多户被袭扰,十多户由富变穷,十多户离乡进城。

绑票勒索,要钱要粮,这是土匪的家常便饭。民国十八年大年三十夜,桥底川刘一户富商,一家人正在团聚吃年夜饭,西北王带领土匪破门而入,举枪相逼,不由分说,抢走了这家的独生孙子,临行留下一句话:"财东人过年,我们借光,一万大洋,来换宝贝。"说着,扬长而去。最后,这家人只好拿着一万大洋,赎回了孙子。

四是拦路抢劫,破坏商道。自古以来,泾阳便是通往丝绸之路的重要通道,来往的多是经商之人和载货的车队、驼队。西北王瞅上了这个发财之地,经常带土匪在来往客商必经之路——口镇黑松林,泾河临泾渡拦路抢劫,泾阳义和兴、福盛德,兰州五泉茶庄、西北香茶庄等商号及骆驼队都先后被抢过,弄得四方客商丢货折财,胆战心惊,泾阳商路日趋人稀。

五是以文化建设之名,趁机敛财。西北王以兴办地方小学和秦腔剧团之名,向群众摊派收钱。同时,以此为由,拆除各村庙宇、祠堂,把好木头据为己有,其余木料及旧砖瓦用于建校、建戏台,从中谋利。

六是强奸民妇,霸占幼女。西北王人面兽性,荒淫无度。他走到哪里,哪里人人惧怕,唯恐躲之不及。被他利用各种手段奸污的妇女,不计其数。有的民女被糟蹋得嫁不出去,他便以威胁手段为其择偶配婚,男方不敢不从。一次,他到一家去闹洞房,发现新媳妇长得俊俏,在众目睽睽之下,就要抢走。全家人跪在地上求情,他不管不顾,令随从架着人就走。那新郎气愤不过,在厨房摸了把切菜刀,扑上前去要拼命,被西北王当场打死。西北王还霸占了两名幼女做小妾……

七是横行霸道,草菅人命。王桥船头村一个叫袁仲秋的人,因耍赌看不来向,截了西北王的和,被西北王莫名其妙地关押了一个多月。

桥底刘梦村一个叫师正道的人,到桥底西北王的商号给娃扯结婚的衣服,发现扯的布尺寸不够,和经理吵了起来,引来了围观群众议论纷纷。西北王知道后,派人把这个人打死后,扔在了桥底街道市中心。

口镇贾河滩一个叫褚耕耘的人,开着酿酒的烧坊和(榨油的)油坊,在口镇街道开着嵯峨酒店。一次,西北王带着朋友到酒店去喝酒,见褚耕耘正和一些人喝酒没有招呼他,在朋友面前丢了他的人,伤了尊严,因此记仇结怨。不几天,西北王派人给褚耕耘带来口信:"叫姓褚的送五百块大洋来,否则,小心你的狗命。"褚耕耘也是一方财东,财大气粗,顶住未送。西北王从未碰过钉子,恼羞成怒,立马带人趁夜色赶往褚家。不巧,褚耕耘上县未回,他便杀了在家的褚耕耘的二弟和年仅十二岁的儿子。褚耕耘此时方知西北王心狠手辣惹不下,立即在县城找房子搬家。他不敢回口镇,托永乐一位朋友帮忙搬家,西北王闻知后,派手下土匪打听、跟踪,杀了那帮忙人的独生子。

一次,西北王从白王塬往王桥走,偶然回头,发现有一个人在身后跟着自己。他朝那人嘿嘿一笑,那人见前边的陌生人朝自己笑,也点头以笑相迎,还没拉下笑脸,竟被西北王开枪打死了。我们能知道西北王这样残害生灵的罪恶就有十多起。

朱志远看完这封信,义愤填膺,拍案而起:"简直是无法无天,没有人性!"

正生着气,只见百谷里里正谷明哲风尘仆仆地跨进门来,一个劲地朝县长作揖:"好我的县长哩,百谷里的事叫土匪闹得我实在弄不成了,你赶紧另请高明吧!"

朱志远一听"土匪"两字,犹如火上浇油,但他毕竟有些阅历,喜怒不形于色,和颜悦色地说:"你都是你金圭区的能员上将,啥事能叫你如此愁苦?"

谷明哲接着说出了一件更让人生气的事来。

百谷里木梳湾村有个西北王手下的二当家寇殿魁,在当地有片地,泾惠渠总干渠正好要从那地里过。当他得知泾惠渠建设遇到房屋拆迁要赔钱的消息后,见钱眼开,心里盘算,想出了一个歪主意,立马拆了徐家山里的两座破庙,把材料拉回,昼夜加班地盖了两院房,并且让手下匪徒放出话去,他盖房的事不准外传,谁如走漏风声,小心全家性命。

这二当家跟西北王是一丘之貉,也是个杀人不眨眼的魔王,自然没人敢说这是非,加之那地方本来就不挨路,远离村,所以房盖起来了,外人全然不知。

谷明哲是个精明能干、办事认真、人缘甚好的里正。当他接到负责本里泾惠渠画线及排除障碍的任务后,先召集各村村长开会了解了情

况。会后,木梳湾村长对他悄悄说了寇殿魁盖房的事,千叮咛,万嘱咐:"老里正,这事千万不敢叫寇殿魁知道,如那样,兄弟全家就没命了。"

"我你还不知道,放你的一百二十条心。"

那村长走后,他反复考虑,想着应对之策,最后决定以理劝人,把话说到,实在说不通,向县上反映。

谷明哲领着测绘组的人来到了寇殿魁的新庄院。早已探知测绘组近几天要来放渠线的寇殿魁,正在门前和几个人打麻将。门口一字排开,站着八个挎着盒子枪的土匪。

谷明哲老远就拱手施礼,笑脸相迎:"二当家的,啥时盖的新房?也不让人喝杯喜酒。"

再歪的人见了顶头管家,总还有三分礼让,而且房屋拆迁赔钱的事,还得经这里正的手办。所以,寇殿魁一改平日目空一切的骄横劲,闻声站起还礼道:"平头百姓盖个房,怎么敢打搅里正大人?要是想喝酒,今天给你补上,保叫你不醉不休喝个够。"

"不敢讨扰,咱家是奉命来办点公事。"

寇殿魁让座,沏茶,装上一袋水烟递给谷明哲,说:"老兄,先抽烟,有事慢慢说。"

谷明哲用火纸媒头点燃水烟抽罢,喝了杯茶,一字一板地说道:"泾惠渠要画线开工,你这房占着渠道,要拆迁。"

"修泾惠渠是给咱办好事,你老兄发了话,说拆咱就拆。不过,我听说拆迁有赔偿款,你看咱们先把价钱说好,你把钱拿来,咱马上就拆。"

"二当家的,我是个直杠杠人,不会说话哄人,有些事我说出来你不要见怪。"

"咱两个谁跟谁,有话尽管直说。"

"我听说你这房是新盖的。"

寇殿魁知道新盖的房不赔钱,立即辩解道:"捉贼拿赃,捉奸拿双,你有啥凭证说我这房是新盖的?你看那砖、瓦、椽、檩,哪一样是新的?"

"那是因为你这些料是拆的徐家山神庙的料。"

寇殿魁见哄不过这个地里鬼,强辩道:"就算你说对了,可盖房要不要花钱?该不该赔钱?"

"按县政府《通告》说的,不在赔偿范围,所以不该赔钱。"

寇殿魁装聋卖哑道:"《通告》咋说的？我咋不知道哩！你们大家谁知道？"

"不知道！"喽啰们齐声响应。

"《通告》贴得满街满村都是,村长逐村都开会说了,你咋能不知道？"

"唉,老兄,你不知道咱是睁眼瞎逛荡客,咱咋能知道那《通告》说的啥？不知者不为罪。你是咱乡党,就看着给咱办了。麻烦之处,定当重谢。"

"好我的二当家哩,咱只是个小卒子,拿不下这号事。"

寇殿魁知道这里正是个犟尻,认死理,可没想到连自己的面子也不给,让他当众下不了台,立马变了脸:"当了芝麻大个官,还凛得不行。这事你办也得办,不办也得办,瞎了爷的事,我叫你全家都不得安宁！"

谷明哲当了多年的里正,在当地也是一呼百应,亲兄弟又在泾阳驻军当连长,有恃无恐,也是得理不饶人:"你在我跟前甭胡撒歪,我就是摔了这烂尻乌纱帽,也不给你办这拆庙盖房还想赔钱的亏人事,看你能把我家人怎么样？！"

寇殿魁欺负老百姓欺负惯了,还没有人敢对他这样说话,气从心头起,恶从胆边生,手伸到腰间,眼看就要拔枪,旁边几个土匪赶紧拉住打圆场:"有事好好商量,不要伤了乡党的和气。"因为,大家都知道里正的兄弟是驻军连长,而且就在口镇。他们经常过往口镇,惹下这号主,挨了暗枪都不知道枪从哪儿打来的。世上的事是一物降一物,从来匪不和兵斗。

寇殿魁毕竟心虚无理,也知这层利害,只得强压怒火,虎不失威地说:"人都说你是犟驴,真正没说错,乡党不跟你计较。"

"人常说:'兔子不吃窝边草。'你也少在乡党面前要威风。"谷明哲撂下这句话,红脖子涨脸地带着测绘组扬长而去……

朱志远听完谷明哲的诉说,夸赞道:"想不到你还是个刚正不阿、不畏强暴的硬汉子,就冲这一点,你这个里正就别想辞掉。甭生气,好好干,我支持你。土匪的事,县政府帮你们来解决。"

…………

土匪的事,看来已到了非解决不可的时候！但咋样解决？朱志远左

思右想,反复掂量,最后决定打蛇先打头,先治西北王,杀一儆百,震慑一方。

具体怎么样整治西北王,朱志远思量,利用本县警察局、保安团力量围剿吧,怕兴师动众,行事不密,走漏风声,跑了匪首,留下后患。因为,县保安团团长曾用"一剿二抚"的办法整治过土匪,西北王在整治后还被封为王桥保安团副团长,成了名正言顺的政府官员。他和县警察局局长、保安团团长关系处得还不错,朱志远怕警察局局长和保安团团长吃其利而护其罪。思来想去,只有借用泾阳驻军剿匪比较妥当,这些人和地方上的人来往不多,走漏消息的可能性小,而且武器精良,威力大,又驻扎在口镇,行动方便。那团长彭德铭是大哥的老部下,为人仗义豪爽,遇事好商量。

朱志远正想着心事,傅继兴进了门:"哎呀,老同学,你来回转着想啥好事哩?"

"我哪有好事?尽是烦心事,正想着咋整治西北塬的土匪哩。"说着,便把群众对西北王一伙土匪祸害百姓,影响泾惠渠建设的反映和他想剿灭这股土匪的想法告诉了傅继兴,说:"你来了正好,给老同学好好参谋参谋。"

"真是英雄所见略同,我们商会也想整治西北王这伙土匪。自年馑以来,这伙土匪在咱县通往西北的商道,拦路抢劫,杀人越货,闹得路断人稀,客商大减,生意衰落,商户们纷纷找我诉苦,说这伙土匪不下势整治,生意就没法做了。我今天来也是和你说这事的。"

"你们有什么想法,说来听听。"

"我反复想了,要彻底消灭这伙土匪,不能硬剿。因为,这伙土匪都是西北塬当地人,当地人熟、地熟、情况熟,匪巢设在北仲山,山高林密沟深,山北就是淳化县。咱们就是叫口镇驻军去围剿,到白王北仲山匪巢,也有些路程。一路上,围剿队伍荷枪实弹地行进,咋能不引起过往行人的注意?咋能保证消息不会传到土匪耳朵里?土匪一旦得知,不管躲到哪个山洼洼、沟岔岔,咱都难寻,如翻过山跑到淳化去,咱还管不上了。何况,西北王这伙土匪还狡兔三窟,在嵯峨山还有一处巢穴。"

傅继兴这么一说,朱志远犯了难:"照你这么说,这土匪咱还不治了?"

傅继兴说："嗯，治是一定要治！但是，只能智取，不可硬剿。"

朱志远知道傅继兴已经有了想法，就急着问："那你快说，有什么智取的好办法。"

傅继兴说："谁都知道擒贼先擒王。要想灭了这伙土匪，先得想办法除掉西北王邹显禄。"

"问题是如何除掉这个魔王？"

"要想治病，得对症下药；要想治人，从嗜好处下手最好。你知道西北王有啥嗜好？"

朱志远轻蔑地说："那是公开的秘密，抽烟、耍钱、玩女人。"

"你没说全，他还有个最大的爱好，就是爱看秦腔戏，爱唱秦腔戏，是铁杆戏迷。他自己就办了个叫惠民社的秦腔剧团，动不动他还上台和角儿搭戏唱两折。最近，我要给我外爷办八十大寿，请西安易俗社来咱县唱戏，那西北王必来无疑。趁此机会，让我们走西域的那些武功超人，刀枪、袖镖都厉害的伙计见机行事。"说到这，傅继兴做了一个杀人的手势。

朱志远睁大了双眼："好！妙！"

傅继兴说："我还没说完哩，县政府不是也要整治土匪？咱们可以双管齐下。我们借寿诞唱戏，智灭匪首；驻军趁夜色进山捣毁匪巢，彻底灭了这股土匪——以此警告其他土匪，如果再胆敢胡作非为，西北王的下场就是样子。"

朱志远有点兴奋地说："哎呀！老同学，你真不愧是小诸葛。好！现在我就委任你为剿匪副总指挥，负责灭西北王的事。请驻军捣毁匪巢的事我来办。"朱志远心上一块心病有了治，高兴得喜上眉梢，吩咐勤务员："让厨房炒几个喝酒菜，我要和老同学好好喝上几杯。"他取出了珍藏的茅台酒。

酒菜上齐，朱志远亲自把盏为傅继兴斟满了酒，双手举起递与继兴，自己也端起一杯，说："谢谢老同学的锦囊妙计！"

傅继兴举杯相碰："愿咱们心想事成！"

第二天晚上，朱志远又秘密召集傅继兴和口镇驻军团长彭德铭，仔细研究了剿匪方案。

…………

农历三月初九，是泾阳商会老会长、诚盛永东家赵智诚的八十大寿。

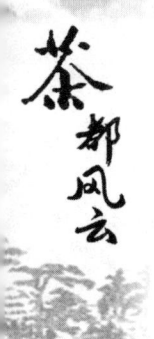

傅继兴既是商会新会长,又是老寿星的外孙女婿,责无旁贷地当起了主持、管事人。他全力以赴,统筹安排,把个祝寿庆典办得有条有理、丰富多彩、有声有色。

赵府内外,张灯结彩,鼓乐声不断,迎送着祝寿的客人;五福园饭店开着流水宴席,招待着亲朋好友;泾阳剧院门口,高悬着贴有"赵智诚老先生八十华诞"的金字红绸横幅;两边的对联是"行善积德天赐福寿,光前裕后家出英才"。

门外左首墙上是一张醒目的告示:

为庆祝赵老先生八十大寿,特请西安易俗社在泾阳剧院演三天大戏,献演《五女拜寿》《大拜寿》《万寿图》等全本大戏,请乡亲们届时观看。

告示旁边贴着写有戏名和名角演员姓名的戏报。

剧院看戏池子内,也做了精心安排。前边摆放着长条桌子和椅子,专门安排县上的达官贵人,后边是群众席。

果然不出所料,西北王邹显禄以王桥保安团副团长的身份如期前来向老寿星送了贺礼拜了寿。他在城内骆驼巷的聚仙楼饭店包了三个房间,带了四个贴身保镖,住在县上专等看戏。

西北王多疑心奸,派人四下打探,看有没有异常情况。演戏前,他又带人到剧院前后转了一圈,仔细看着如发生异常情况的逃生之路。

头场戏在拜寿的正日子当天晚上演出。西北王带着四个保镖,走进了剧院,看着这排场,心里说,这富商过寿就是不一样,戏台前招待有头脸人的桌子上,摆满了特色糕点、瓜子、花生、水果糖和纸烟、水烟。穿戴整齐的年轻伙计们,穿梭于桌椅之间,倒茶续水。

头场戏开始前,西北王仔细审视着前排的人,特别是看到警察局局长、保安团团长都在看戏,料想不会有其他行动,这才放心地看起戏来。

祝寿的戏也点得十分讲究。头一场演的是《五女拜寿》,说的是明朝嘉靖年间,户部侍郎杨继康,因对严嵩专权不满,欲告老还乡。他六十寿诞之时,众女儿女婿奉厚礼进京拜寿,并争迎二老去安度晚年。贫寒的三女杨三春偕胸怀大志的女婿邹应龙前来拜寿却遭到冷遇,二姐双桃恃宠欺凌,并挑唆杨夫人将杨三春夫妇赶出杨府。

杨继康的族弟杨继盛欲除严嵩未成,反遭屈斩,株连杨继康削职抄家,逐出京都。顷刻之间,阖家逃散,骨肉分离。只有婢女翠云仗义,陪伴二老千里投亲。不料二女双桃见二老落魄,拒绝奉养;同窗兼亲家陈松年惧怕严嵩淫威,也不敢接纳;大女婿为飞黄腾达,竟认严嵩为义父。

三年后,三女婿邹应龙出仕朝堂,施计斗倒严嵩,杨家冤案昭雪。适逢杨夫人六十寿期,众女婿又前来拜寿。杨老夫人逐走了寡廉鲜耻的大女婿;唯利是图的二女双桃,见二老已将患难相随的翠云收为义女,无地自容,羞愧离去。亲家陈松年也前来赔礼道歉。

人们看戏,往往会对号入座,把自己想象成戏中角色,因而,越看越有味。

老寿星看着这场戏,手捋胡子心中喜,自豪地对旁边坐着的女儿雅茹说:"我继兴这出戏点得好,爸就像这反对奸臣的杨继康,受过小人害,揭过奸人丑,一辈子主持正义斗邪恶,诚信经营做生意,才落得人旺、财旺、福寿长。"

"爸,你看娃像不像那戏中的杨三春?当年选女婿不嫌贫爱富看人品,才有了今天的义和兴。"

西北王看着戏,手拍大腿像打板,学着台上演员的唱腔,在心里跟着哼戏词:

老严嵩装腔作势把忠心表,
引得那万岁大怒气冲云霄。
大骂继盛谎奏本,
当廷拿问下天牢。
严相咬牙恨入骨,
堂弟今番命难逃。
两班文武谁敢保?
吓得我目瞪口呆心如绞。
怕只怕难免宦海风波险,
遭株连杨氏亲族受煎熬。

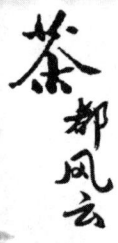

朱志远没有心思看戏，回头举目搜寻，观见西北王果然来了，这才放了心，由衷地赞叹："继兴这老同学还真是个小诸葛，料事如神。"

傅继兴和爱君看完戏回到家后，爱君急忙到厨房做夜宵。继兴叮咛道："多做两个人的，一会儿还有两个盯梢西北王的伙计要来吃饭。"

继兴和母亲妻子吃罢夜宵不一会儿，两个伙计便进了门。继兴说："你们辛苦了！先吃些饭。"说着，爱君便端来了两碗荷包鸡蛋酸汤挂面和一盘油炸馍片。

伙计边吃边说："西北王和保镖们看毕戏，到钟楼巷肖振铎饭店里吃了肉夹馍、馄饨，回到聚贤楼饭店，派两个土匪到望仙楼叫来了赛嫦娥，便关门睡觉了。"

"好，你们明天继续盯着，不敢有丝毫大意，严防那伙土匪溜了。"

第二天白天，演的《大拜寿》。说的是唐朝郭子仪寿诞的故事。汾阳王郭子仪寿诞，儿子们偕妻子前来拜寿，唯有六子驸马郭暧只身前来，席前被嫂、弟戏谑。郭暧气愤回府，砸坏宫门红灯，殴打妻子明皇之女金枝。金枝进宫学舌，实想让父皇教训一下郭暧。不料，郭子仪绑子上殿请罪，明皇眷念郭家保国功绩，不但未怪罪郭家，还提升了郭暧官职，并令公主回府赔情。

西北王看毕戏走出剧院，情不自禁地对四个保镖显摆着说："西安易俗社的戏还就是唱得好，你们看那生、旦、净、丑，一个个都是有模有样扮相好，满腔满调嗓音好，唱、念、做、打台架好，文武场面也都硬棒，能给演员鼓上劲。"说着，竟低声哼起了一段唱腔：

> 有为父用尽了千方百计，
> 才斩了安禄山儿的首级。
> 万岁爷见人头龙心欢喜，
> 把为父调进京官上加级，
> 父封王儿封侯同在朝里，
> 又把那金枝女与儿为妻。
> 招东床那一件不如儿意，
> 谁叫你回宫去惹是生非。
> 臣欺君犯灭门非同儿戏，
> 打金枝犹如同把君来欺，

小奴才你一死咎由自取，
　　连累了年迈人也受委屈。

　　一个保镖听着恭维道："我看大哥这戏唱得也和那把式差不多。"
……

　　当晚演出了《万寿图》。这是一个神话故事，说的是玉皇大帝命四值功曹访察世间善恶，报来刘海、李翠莲、黄花仙姬、五百罗汉功果完满，应当位列仙班。

　　玉皇大帝命南极子前往引渡李翠莲；重阳子前往引渡黄花仙姬；舍利子前往引渡五百罗汉；慈航子前往引渡户县刘海。

　　户县刘海孤苦一人，每日在深山打柴。慈航子到了户县，想考验一下刘海，便变身老妇，向刘海诉苦说："儿子不孝，媳妇不贤，直落得无人赡养。"刘海心发慈善，将其收回家中抚养。弥狐精变身村姑与刘海成就一段姻缘，得慈航子指引成全刘海成仙。弥狐精、石头精相继献出仙丹、金蝉，成就刘海得道。

　　重阳子前往黄龙洞中去见黄花仙姬，与其辩论酒色财气，盘问仙道大理，引渡黄花仙姬归附天庭。黄花仙姬道兄黄龙真人曾与重阳子有隙，忽闻其妹被引渡，追上云头阻拦。重阳子宣示以玉帝圣命，并许诺三年后再引渡黄龙真人。

　　王母娘娘寿诞之日，八仙前往拜寿，各献寿礼。刘海、东方朔位列仙班，各献金蟾、蟠桃。众仙齐聚，堆叠《万寿图》……

　　西北王看了两天戏，见县城内一派歌舞升平的景象，平安无事，家乡也无异常消息，彻底放了心，忌了两天的酒瘾犯了，看罢戏，就去钟楼巷喝酒。五个人直喝得酩酊大醉，哼哼唧唧地回到了饭店，像死猪一样睡去。

　　夜深人静，八个黑衣人来到了聚仙楼饭店，纵身越墙而入，蹑手蹑脚、悄无声息地直奔土匪住房，用戒刀拨开了房门，轻而易举地取下了五个土匪的首级，装入备好的皮口袋内，出来拉好了房门，急匆匆悄然而去……

　　西北王进县城前，曾一再叮咛留守兄弟："咱们占山为王，以抢掠为

生,得罪的人多仇家多,兄弟们一定要放灵醒些,加强巡逻,发现异常情况,及时来给我说,更要严防有人趁机偷袭山寨。"

二当家寇殿魁满不在乎地说:"请大哥尽放宽心!咱们在西北塬,人熟耳目多,一有风吹草动,咱便会了如指掌。至于谁想偷袭咱山寨,那是痴心妄想。咱这山寨,地处悬崖断壁之上,易守难攻,谁要敢来,定叫他来了就甭想回去!"

西北王瞪了二当家的一眼,说:"话虽如此,但还是小心为好,切莫大意失荆州。"

二当家的口是心非地应道:"谨遵大哥嘱咐。"

西北王一走,那二当家的只守了一天的规矩,一看屁事没有,第二天起,便放松了起来。除门口设两个岗哨外,便和其余兄弟喝酒划拳打麻将,夜以继日,尽情玩乐。他在心里想,你们都上县城玩去了,把兄弟们撂到这深山老林里,还要守规矩,这算是啥事么!

…………

口镇驻军团长彭德铭接受了县长托付的剿匪任务后,不敢怠慢,因为县长的大哥曾是他的长官,对自己有知遇之恩。所以,这差事只能办好,不能办砸。他选派了个熟悉当地情况的侦察班班长装作打柴的农民去侦察,以摸清土匪情况,有的放矢地谋划围剿方案。

那班长侦察回来说:"听当地群众说,西北王这伙土匪有五六十人,武器有长枪、短枪、机关枪、手榴弹。其巢穴在北仲山南半山上一座大寺庙里,上山只有野狼沟边往上一条路。野狼沟口土匪设有两座岗楼,上挂小铁钟,一有异常情况,土匪就会敲钟报警,山上土匪会迅速冲下山来应对。每座岗楼上,有四个土匪,架着两挺机枪,岗楼下有四个土匪,专门检查过往行人,真正是一夫当关万夫莫开。上山的路在悬崖上,一边是高山峻岭,一边是万丈深渊。上至半山腰,出现了一片平台地,苍松翠柏掩映着一座很大的寺院,山门门楣上悬挂着'仲山寺'的金字大匾,门口站着两个背长枪的土匪。按照这些情况看,要从南边上山捣匪巢,难度较大。我进一步问了几个当地人,看上山还有没有其他路。一个经常上山打猎的老人告诉我,山北边有一条从淳化那边上山的路,是打猎和打柴的人踩踏出来的。我根据老人的指点寻到了那条路,走上去就到了仲山寺背后。西北王在嵯峨山还有一个巢穴,但自西北王到县城看戏后,土匪们都聚集在仲山寺玩乐。"

参谋长听完说:"按侦察到的情况看,进剿这股土匪走仲山北边的山路好,因为仲山南路土匪防守严密,地势险要,攻破艰难。把部队开到淳化,从后山进攻,能起到声东击西、出奇制胜的效果。"

团长拍板定案:"我们以全团兵力围剿此匪,先占以多胜少之优势,多带机关枪、冲锋枪,在武器上胜敌一筹。提前上山,赶到距仲山寺一里之地,埋伏于密林之中,吃饱喝足,养精蓄锐,等到夜静更深发起猛攻,以收奇袭之功效。"

…………

老天爷仿佛在保佑着正义之师,这天夜晚,天气晴朗,月如天灯,为部队照亮了行军山路。山风呼啸,山林遮掩,为战士们打着掩护。部队早早就秘密地到了预定地点,休整歇息,战士们一个个都睁大双眼死死地盯着仲山寺。等到三更半夜,六名侦察兵先悄无声息地摸到了寺院头门,用匕首结束了两个睡眼蒙眬的门卫性命。大部队从大门一拥而入,正在喝酒、打牌,熬得昏昏沉沉的土匪,还没醒过神来,就被密集的枪弹射杀倒地,做了枪下之鬼。团长指挥着士兵们逐屋搜寻,不放过一个土匪,终于把这伙土匪全部歼灭。

第二天,县政府贴出告示,郑重宣布:军民联合,彻底消灭了西北王一伙土匪……

西城门上,悬挂着西北王等五个匪徒的首级。

县城内外、西北塬上,鞭炮声此起彼伏,人们奔走相告:

"老天爷显报应了!"

"西北王被灭了!"

第二十五章

为应变 红军到泾阳
搞改编 誓师去东征

  1936年12月12日，张学良、杨虎城二将军为促使蒋介石改变"攘外必先安内"的政策，实行统一抗日，进行了兵谏，发动了"西安事变"，扣押了蒋介石。为应付随时可能发生的不测事件，张、杨二将军邀请红军南下驻防于西安附近，以为外援。

  中共中央出于支持张、杨二将军义举，顾全抗日大局，妥善解决西安事变的考虑，当即进行了相应安排部署。于1936年12月15日，成立了以彭德怀为总指挥、任弼时为政委、邓小平为副政委、刘伯承为参谋长的前敌总指挥部（简称红军总部）。

  彭德怀的第一方面军，进驻泾阳安吴堡至三原一线。

  贺龙的第二方面军，进驻云阳和永乐店周围。

  接到命令的红军从延安出发，一路上跋山涉水急行军，到达泾阳云阳的时候，已过子夜。呼啸的西北风卷着鹅毛大雪漫天飞舞，寒透筋骨，但为了不扰民，官兵们顶风冒雪，不怕天寒地冻，和衣坐在群众的屋檐下，直等到天明。

  第二天早晨，群众开门一看，满街巷的兵已成了雪人。群众感到很惊奇,还从来没见过这样宁可自己受苦寒,却不给群众添麻烦的队伍。当即心生好感,心疼地埋怨着:"你们这队伍咋不知道啥?这么冷的天也不知道叫开门到屋里暖和暖和,都不怕冻死了!"

战士们异口同声地说:"我们部队有纪律,不准扰民进民房。"

一个咳嗽气喘、年老体衰的老汉,顶不住严寒的侵袭,一口痰吐不出来,卡在了喉咙里,立马人憋得脸色泛青,闭了气,家里人急忙用门扇抬着老人,跨出家门往诊所赶,恰被红军卫生员撞见。问明情况后,她说:"这号病要及时抢救,等赶到医院就来不及了。"边说边抢救起来。那看去文质彬彬、干净利落的卫生员,对着还没洗脸、嘴唇干裂、牙齿发黄的老人,嘴对嘴地吸了起来,霎时,吸出一口黄浓痰来,那老人方才长长舒了一口气,苏醒了过来。围观的人一片赞叹:"这女医生真神,能把死人救活!""这年轻人真是菩萨心肠,那么爱干净个人,救起人来,再脏也不怕。"老人的家人看人被救活了,赶紧把给诊所准备的钱往卫生员手里塞。那卫生员死活不要,说:"我们部队有规定,救治老百姓,不准收钱。"那家人被感动得不知如何是好,扑通一下跪在地上磕起头来:"多谢女菩萨救了我爸的命!"

直到县上负责部队安排的人员到来,官兵们才被安排了住处。

红军总部被安排到云阳镇文家大院。

第一方面军指挥部设在安吴堡。

第二方面军指挥部设在云阳镇毛玉琳家。

当甲长杜长荣引着戴着礼帽,穿着长袍,像个买卖人的贺龙来到毛家时,贺龙问引路人:"这家人姓啥?"

甲长回答:"姓毛。"

贺龙笑着风趣地说:"好,好,回到我们毛委员家了!"

战士们被安排在当地的寺庙、祠堂、空屋及有多余房的群众家中。住在群众家中的战士,帮着群众担水、磨面、打扫卫生,干着一切群众需要帮忙的事情。

红军一落脚,他们像亲人一样帮助群众的事便层出不穷,广为流传。

因为生意的关系,傅继兴也常常去当时的红区——旬邑送货,听那里商号的掌柜说:"红军买卖公平,不拿群众一针一线,尽帮群众办好事。"还讲了许多感人的事例。

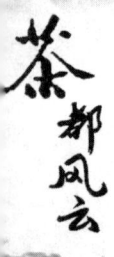

一次，傅继兴到旬邑去送货，发现街东头的荒草滩上围满了人，一打听，说是红军在这里枪毙人哩。他押着货车不敢看热闹，把货送到商号后方才问掌柜的："今天红军枪毙的什么人？"

"枪毙的是一个师长的亲戚。"

"这师长和亲戚有多大仇，还要枪毙了才解恨？"

"这亲戚和师长个人不但没仇还有恩，那人是师长的叔父，陕北榆林人，原来也是当地的财东家。当年，为了支持侄儿闹革命，把家当都卖光了，自己也随着侄儿参加了革命。不幸中途被国民党特务逮捕，熬不过酷刑而叛变。特务知道他有个侄子在红军当大官，便派他以投亲为由，到边区搜集情报，结果被师长发现，大义灭亲，要枪毙了这个叛徒。"

傅继兴听罢，感叹地说："这红军闹革命，把啥都豁出去了，家当可以不要，亲人有罪，也不依不饶，秉公办事，执法严明，难怪群众拥护呢。"

红军进驻不久，西北军事委员会（张、杨二将军组织的）派来联络员强文军到泾阳县政府联系慰问红军工作。县长朱志远接待了强联络员，委派民政科、商会积极协同办理此事。

傅继兴接到任务后，感到十分荣幸。因为当年义和兴送货车队及爱妻被土匪劫持，曾被素不相识的共产党领导的游击队相救，而且分文谢礼不要，令人难以忘怀。后来，这支游击队参加了红军。以后，他又耳闻目睹了红军许多为老百姓谋利益的事迹。所以，傅继兴从内心感到，共产党领导的队伍真正是济世为民的正义之师，能作为代表慰问这样的队伍，怎么能不让人感到荣幸、自豪！他心里想：得好好跟爱君商量商量，给红军买好慰问品。

晚上，傅继兴兴冲冲地回到了家。爱君在灯下给自己纳着鞋底，儿子傅田伟趴在书桌上做作业。继兴看着儿子专心致志的样子，爱从心生，抱起儿子来先亲了一口。儿子见是爸爸，眉喜眼笑地叫道："爸哎！"搂着爸爸的脖子，在脸上左右亲吻着。

爱君见继兴回来，从火炉上取下热水壶，给脸盆倒了热水让继兴洗："先洗把脸，暖和暖和。今天有啥好事，看把你高兴的？"

"县上要组织慰问红军，要我们商会参加。当年，共产党领导的游击队救过咱，后来，听说那支游击队参加了红军。咱老想着咋样报答，这不，机会来了，咱得好好给红军准备些慰问品。你善解人意又细心，你说买啥好?"

"要给恩人准备慰问品,当然要好好商量商量。红军远道而来,一些人肯定不服水土,咱这儿的茯砖茶对治这号毛病还有些效力,就先送些茯砖茶。红军被邀请来到泾阳,粮饷自然有人供给,但毕竟有定额。咱想叫红军不但吃饱,还要吃好,那就多送些猪肉、羊肉、粉条、豆腐等有营养的东西,叫红军好好补补。"

"爱君,你想得真周到,我们就照你说的办。"

就这样,慰问团赶着大车,满载着泾阳商会采买好的茯砖茶、猪肉、羊肉、粉条、豆腐等慰问品前往云阳镇红军驻地慰问。刚进云阳镇,甲长杜长荣已经站在路旁等候着,看到他们就迎上来说:"好得很,我正等着你们哩。咱们先到红军总部去,那里住着红军的大官。"

慰问团来到了红军总部,但当他们见到彭德怀、任弼时、邓小平、刘伯承等领导时却感到有些意外,但见这些人穿着朴素,待人谦和,没有一点大官的架子。

强联络员在自我介绍后,向领导们一一介绍慰问团成员:"这是泾阳县民政科科长曾致民,这是泾阳商会会长傅继兴……"

各位领导听罢,逐个跟慰问团的成员握手,说:"大家辛苦了!"

强联络员说:"红军为支持张、杨二位将军的义举,妥善解决'双十二事变',不计前嫌,跋山涉水来到泾阳,你们才真正辛苦!我代表张、杨二位将军,对各位领导表示衷心的感谢,并请领导们向全体官兵转达我们的谢意。"

民政科科长说:"不知大军提前到达,未能及时接待,让你们受了一夜的风寒之苦,我代表泾阳县政府对红军表示道歉!"说着,深深鞠了一躬。

傅继兴说:"我们送的慰问品,都是本地土特产。其中,茯砖茶乃是丝绸之路上的驰名产品,有克食利水的功效,还能治水土不服的毛病,特送予贵军,以扶正祛邪、强健身体。"

彭德怀嘿嘿一笑,说:"我爱读军事书籍,爱听军事传闻。听说,当年左宗棠率大军到新疆平乱,官兵因不服当地水土,食欲减弱、腹泻头晕,就是喝泾阳特产的茯砖茶治了病,长了精神。所以左宗棠凯旋班师回陕后,就曾对当时泾阳的一个大茶商说过,这次新疆平乱之胜,你

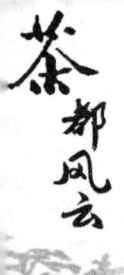

们的茯砖茶也有一份功劳。强联络员,不知'双十二事变'后西安情况如何?"

"西安的形势特点是乱,有主张杀蒋以泄民愤的,有主张逼蒋以求抗日的……各抒己见,无所适从,令人担忧。"

彭德怀接着说:"不用担忧。我们党已综合分析了西安事变后西安及国内外的各种反应,从抗日大局着眼,我们主张和平解决西安事变,联合一切可以联合的力量'逼蒋抗日''联蒋抗日'。对于如何妥善解决西安事变,我们中共中央已于12月19日发出了《中央关于西安事变及我们任务的指示》,并派周恩来同志前往西安专门调处西安事变问题,我们相信,西安事变一定会得到妥善解决。"

慰问团的成员听后打消了顾虑,对西安事变的和平解决和团结抗日充满了希望。

这一天,红军领导为慰问团准备了一顿丰盛的酒席,邓小平操着四川口音说:"我们平日里粗茶淡饭,今天,跟你们沾个光,打打牙祭。"

酒席宴前,刘伯承说:"你们泾阳是个好地方,有山有水,有塬有川,有泾惠渠,土肥水美,物产丰富,市场繁荣,是陕西有名的粮、棉产区。自古也是商贸重镇,是有名的茯砖茶、兰州水烟、中药材、皮硝、皮毛的加工、中转、集散地,你这个商会会长可是责任重大,业绩卓著!希望今后能不断兴利除弊,把商贸事业做得更好,造福泾阳百姓,支持各方抗日。"

傅继兴听着在心里想:刘伯承真不愧是红军总部参谋长,刚到泾阳就把当地情况摸得清清楚楚。他接着话茬儿说:"继兴不才,但当年也曾参加过'五四运动',痛恨日本侵略早已扎根于心。近年来,日本发动'九一八事变',占我东北,欺凌百姓,令人气愤!其狼子野心不死,还欲侵吞中华,灭我族类,实在欺人太甚,令人不能容忍。天下兴亡,匹夫有责,继兴为抗日定当全力以赴!我们泾阳商会一定听从首长指示,不遗余力支持抗日工作,争取早日把小日本赶出中国去。"

彭德怀听言说道:"人都说商人是唯利是图,我看你这会长却是深明大义的大丈夫,令人敬佩。"

从红军总部出来,慰问团来到了红军第二方面军指挥部。贺龙接待了慰问团,敬茶、敬烟、畅谈国事。

贺龙说:"当今之中国正处于危急时刻,日本帝国主义已侵占了我东北三省,还虎视眈眈想侵占全中国,国家、民族面临危亡。国民党人士都是孙中山先生'三民主义'的信徒,可却忘记了'三民主义'首一条就是'民族主义'——按照孙中山先生的最新解释:'民族解放之斗争,对于多数之民众,其目标皆不外反帝国主义而已。'孙中山先生还提出了'联俄、联共、扶助农工'的三大政策,但自诩为孙中山先生忠实信徒的蒋总裁却把这些置之脑后,在大敌当前的形势下,死守着'攘外必先安内'的信条不放,不听劝。所以,才导致了这一次张、杨二位将军实行兵谏,逼蒋改变国策,联合一切力量,共同对外,团结抗日。张、杨二位将军此乃救国救民的仁义之举,我们共产党人全力支持,但愿此举能成为走向全民团结抗日的转折点。"

贺龙为慰问团的人上了一堂政治课。

第二天,慰问团去永乐慰问红军,一路上,大家兴致勃勃地谈论着昨天慰问的情景,不知不觉就到了永乐。红二方面军政治部主任甘泗淇同志热情接待了他们,并向慰问团反映了一个特殊情况。有人散布谣言说:"红军来了要抓丁,要收缴民间枪支,要抢粮食……"希望慰问团能向群众予以解释。

慰问团商量后认为,强联络员、民政科科长都是政府官员,群众对其说的话都会认为是官方指使,说服力差。商会是群众组织,会长作为群众代表说话,群众的信任度相对会高些,所以,都公推傅继兴给群众解释。

傅继兴推脱不过,只好在群众大会上讲了话:

各位父老乡亲:

大家好!

我是泾阳商会的傅继兴,和下面在座的商界同仁都是朋友。

最近,红军开到我们泾阳来了,他们是做什么来了?他们是受张、杨二位将军邀请,为支持西安事变的正义行动,防止不测事件而来的;是为宣传"停止内战,一致抗日"的主张而来的。绝不像一些别有用心的人说的,"是为了抓丁、抢粮、占地盘"。

据我所知,当红军是有条件的,不够条件想当还当不成。再说,你们谁在哪里见红军抓过壮丁?

至于说抢粮,那更是无稽之谈。张、杨二位将军能邀请红军来,粮饷自有安排,用得着抢粮吗?

咱邀请人家来的,来了总得有个住的地方,这是我们的待客之道,怎么能说是为了占地盘?难道说咱们家客人在家里住了几天,也是想占咱家地盘吗?

我做生意和红军打过交道,觉得红军真正是纪律严明,买卖公平,不拿群众一针一线,专为老百姓谋利益的好队伍。我们昨天在云阳慰问时,群众对我们说:红军到他们那里后,帮着群众担水、扫地、看病,救活了病得没气了的老汉……红军对群众跟亲人一样。

大家好好想想,这样的军队能祸害百姓吗?

"不能!"台下传来了反应的声音……

傅继兴讲话结束后,红军战士进行了文艺表演。演出的节目有:歌曲《松花江上》《义勇军进行曲》《铁蹄下的歌女》《救国军歌》《毕业歌》《打回老家去》《开路先锋》等;街头剧《三江好》《最后一计》《放下你的鞭子》《张家店》等。

战士们的精彩表演赢得阵阵掌声,节目的内容引起了大家的共鸣,许多歌回响在傅继兴心中:

九一八,九一八!
在那个悲惨的时候,
脱离了我的家乡,
抛弃那无尽的宝藏,
流浪!流浪!
整日价在关内,
流浪!
哪年,哪月,
才能够回到我那可爱的故乡?
哪年,哪月,
才能够收回我那无尽的宝藏?
爹娘啊,爹娘啊,

什么时候，
才能欢聚在一堂?!

同学们，大家起来，
担负起天下的兴亡!
听吧,满耳是大众的嗟伤!
看吧,一年年国土的沦丧!
我们是要选择"战"还是"降"?
我们要做主人去拼死在疆场,
我们不愿做奴隶而青云直上!
我们今天是桃李芬芳,
明天是社会的栋梁。
我们今天是弦歌在一堂,
明天要掀起民族自救的巨浪!
巨浪,巨浪,不断地增涨!
同学们! 同学们! 快拿出力量,
担负起天下的兴亡!

起来! 不愿做奴隶的人们!
把我们的血肉筑成我们新的长城!
中华民族到了最危险的时候,
每个人被迫发出最后的吼声。
起来! 起来! 起来!
我们万众一心,
冒着敌人的炮火,前进!
冒着敌人的炮火,前进!
前进! 前进、进!

枪口对外,
齐步前进!
不伤老百姓,

不打自己人！
我们是铁的队伍，
我们是铁的心，
维护中华民族，
永做自由人！
……
装好子弹，
瞄准敌人，
一枪打一个，
一步一前进……

这些歌声激发着傅继兴的爱国情怀，他真想马上弃商从戎，奔赴前线打日本。

西安事变迫使蒋介石接受了"停止内战，一致抗日"的主张。卢沟桥事变的发生，拉开了全国全民抗战的序幕。1937年7月8日、9日，中共中央和工农红军先后发出了抗日通电。15日，中共中央又向国民党提出了"团结抗战，实行民主政治"的国共合作宣言，表示愿意在抗日的基础上，把红军改编为国民革命军，并派出周恩来率代表团和蒋介石谈判。9月23日，蒋介石发表承认中共合法地位的谈话，至此，以国共两党为主体的全国抗日民族统一战线正式形成。

1937年8月25日，中共中央军委发布了红军改编为国民革命军第八路军的命令。命令规定红军前敌总指挥部改编为八路军总指挥部，朱德任总指挥，彭德怀任副总指挥，叶剑英为参谋长，左权为副参谋长。红军总政治部改为八路军政治部，任弼时任主任，邓小平任副主任。

八路军总部下设三个师：

红军第一军团、十五军团和七十四师合编为陆军第一一五师，全师一万五千人。林彪任师长，聂荣臻任副师长，周昆为参谋长，罗荣桓为师政训处主任，肖华为副主任。

红军第二方面军，二十七军、二十八军，独立第一师、第二师及赤水警卫营等，合编为陆军第一二〇师，全师一万四千人。贺龙任师长，萧克任副师长,周士第为参谋长,关向应为政训处主任,甘泗淇任副主任。

红军第四方面军、二十九军、三十军、陕甘独立一至四团等合编为陆军第一二九师,全师一万三千人。刘伯承任师长,徐向前任副师长,倪志亮为参谋长,张浩为政训处主任。

红军在泾阳、三原、富平等地进行了改编。除西安事变后进驻泾阳、三原、富平等地的红军外,红军援西军也于1937年8月7日在司令员刘伯承将军的率领下来到了泾阳桥底镇,在泾阳集结,进行改编。

红军改编为八路军后,于8月底,八路军总部便在云阳大操场举行了抗日誓师动员大会,泾阳各界代表及群众参加了大会。

对红军已有认识和感情的傅继兴带着泾阳特产茯砖茶特意前来给八路军送行。

大会开始,只见穿着八路军新服装的官兵们,从四面八方,雄赳赳气昂昂地走进了会场。

"拥护军委命令,奔赴抗日前线!"

"誓与日寇血战到底!"

"拼尽一腔血,赶走小日本!"

"保家卫国男儿志,誓灭日寇奏凯旋!"

"为保中华好河山,哪怕马革裹尸还!"

一声声口号,一幅幅标语、横幅,令人心潮澎湃,热血沸腾。

大会在群众热烈的掌声中开始了。

八路军政治部副主任邓小平主持了大会。

八路军总指挥朱德传达了洛川会议精神,并对红军改编和开赴华北抗日前线做了动员。最后,带领全体官兵进行了宣誓:

"日本帝国主义是中华民族的死敌。他要亡我国家,灭我种族,杀害我们父老兄弟,奸淫我们母妻姊妹,烧我们的庄稼房屋,毁我们的耕具牲口。为了民族、为了国家、为了同胞、为了子孙,我们只有抗日到底!

"为了抗日救国,我们已奋斗了六年。现在,民族统一战线已经成功。我们改名国民革命军,上前线去杀敌。

"我们拥护国民政府及蒋委员长领导全国抗日,服从军事委员会统一指挥,严守纪律,勇敢作战,不把日本强盗赶出中国,不把汉奸全部肃清,誓不回家。

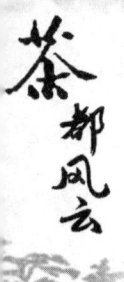

"我们是工农出身,不侵犯群众一针一线,替群众谋利益。对友军要亲爱,对革命要忠实。如果违反民族利益,愿受革命纪律制裁、同志的指责,谨此宣誓。"

一呼百应、铿锵有力的宣誓声,彰显着八路军官兵救国救民、誓死抗日的决心;彰显着八路军识大体顾大局,不计前嫌、海纳百川的坦荡胸怀;彰显着八路军忠于祖国、忠于人民,不侵犯群众利益,一心为群众谋利益的决心和铁的纪律。这宣誓声惊天动地,喊出了军纪军威,震响在群众心里,人们看到了国家、民族的希望。

宣誓赢得了经久不息的掌声。

傅继兴作为泾阳商界代表在大会上发了言:

敬爱的八路军官兵们:

我有幸参加了你们的抗日誓师动员大会,聆听了朱德总指挥的讲话和你们的宣誓,使我深刻地认识到,你们是开天辟地以来,真正为国家、为民族、为百姓利益而奋斗的好军队。

日寇侵略我国以来,国土沦丧,百姓受尽欺凌祸害,是你们最先举起了抗日的大旗,发出了抗日的呼喊。

多少年来,在"攘外必先安内"国策的指导下,你们不断遭到围剿,困守于荒山野塬,吃得瞎,穿得差,甚至吃不饱,穿不暖,但抗日救国救民的雄心壮志没有变,坚持斗争勇向前。

西安事变,你们为了抗日大局,摒弃前嫌,以德报怨,派专门人员到西安调处,派红军南下策应支援,终于促成了西安事变的和平解决,形成了抗日统一战线。

当国民政府允许你们抗日言论一出,你们委曲求全,听上命,搞改编,当即组织队伍,誓师动员,马上就要开赴华北前线。

你们抗日救国救民的英雄壮举天地可鉴,百姓叫好! 我们由衷称赞!

我们泾阳商会全体同仁,对你们不怕艰险、不怕牺牲,勇赴国难,不赶走日寇誓不回还的行为表示深深的敬意!

我们商人虽不能上前线杀敌报国,但我们却会在后方努力搞好生产经营,为你们提供我们应有尽有的后勤保障,做你们的坚强后盾。

你们八路军纪律规定行军打仗,不准喝酒。现在,让我们以茯砖茶代酒,敬各位官兵一杯,衷心祝你们旗开得胜!马到成功!

傅继兴的发言也赢得了一片掌声。

从此,泾阳流传起了一首民歌《一块块茯茶送红军》:

西安事变枪声响,
国共合作谱新章。
同仇敌忾抗日寇,
红军改编到泾阳。

红军改为八路军,
誓师东征上战场。
块块茯茶送亲人,
为壮军威保家邦。

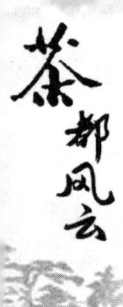

第二十六章

逢战乱 制茶原料断
勇探索 试验新产品

  1938年6月13日,傅继兴在办公室看着《中央日报》,一条消息映入了眼帘:"本报记者报道:6月11日,日寇在海军的支援下攻占了安庆市,我军奋力抵抗,武汉保卫战爆发。"傅继兴看着,当即叫伙计通知有关人员前来开会。
  田爱君、田来运、赵雅茹先后来到了办公室。
  田爱君问:"有啥事吗,还要开紧急会议?"
  傅继兴说:"大事!"等大家坐定,傅继兴接着说:"据《中央日报》报道:武汉会战开始了,我们得研究一下应对之策。"
  田来运说:"打仗是队伍上的事,关咱们啥事?"
  傅继兴说:"不要说天下兴亡匹夫有责,与咱们有关,就咱们的生意而言,就有直接关系,武汉会战一开战,打到一定程度,我们走安化运茶的路就会被阻断,茶叶运不出来,没有了原料,我们拿什么加工茯砖茶?"
  田来运说:"这还真是个大事,是得马上商量个应变的办法。不行了咱把安化茶从襄河北运到紫荆关,再转运泾阳吧。"
  赵雅茹说:"那一路沿途崇山峻岭、道路艰险,运输时间太长。"

田来运说:"要不咱从湖南走四川,经广元到宝鸡,再运到泾阳。"

傅继兴说:"我看过资料,那一路也是山高水远路难走,既费时间又费钱。"

田爱君说:"这不行、那不行,你说咋办?"

傅继兴说:"我想用其他地方的黑茶作原料试做茯砖茶。"

赵雅茹说:"你一说提醒了我,我们诚盛永的《经营备忘录》中,曾有这样的记载:'泾阳茶店,先把泾阳帮从四川雅安、天全、名山、荥经、邛崃五县所产之茶,收购运至泾阳,加工成茯砖茶屯买入川,在打箭炉货栈储存待售。'这是现成的经验,如法照办就是,何必胡扑乱试验,试验的结果还在两可之间。"

傅继兴说:"到四川去买茶也是路程太远、运费太大,肯定要提高成本、售价,加大群众负担,在这战乱年代,老百姓能接受吗?我想用咱本省茶叶试验作原料做茯砖茶。我看过咱陕西茶叶的历史资料,发现'紫阳茶历史悠久,品质优良,久负盛名。早在唐朝就曾作为贡茶供宫廷饮用;北魏时,沿丝绸之路销往西域和中亚、西亚;自明至民国,紫阳茶运销西北;到清代紫阳毛尖已成为全国十大名茶之一',有人还发现紫阳茶有药用价值,说:'紫阳茶,性最寒,能疗疾,醒酒消食,清心明目。抗战初期,紫阳茶年产约三十余万斤。'从资料看,紫阳茶历史悠久,品质优良,久负盛名。所以,我想用它先试试。"

赵雅茹说:"老先人就没有用紫阳茶做过茯砖茶,哪能行吗?"

傅继兴说:"行不行,试验了就知道了。鲁迅先生说过:'地上本没有路,走的人多了,也便成了路。'我认为:事在人干哩,业由人创哩。机遇+智慧+勤奋=成功。"

田来运说:"咱老先人也不傻,为啥要舍近求远用四川茶作原料,肯定有原因,只不过咱们不知道。我看还是用四川茶做保险。用紫阳茶试验,不成了岂不白撂钱。"

傅继兴说:"大家放心,用紫阳茶试验成功了,公司享用,失败了,一切费用由我薪酬和分红中扣除。"

赵雅茹说:"继兴,你为公司经营未雨绸缪搞试验,是创新之举,我支持你。"

田来运说:"那你就试试看吧。你为公司勇担风险,公司再不行,也

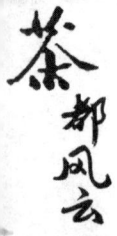

不在乎那一点试验费用,那你就大胆地试吧。"

为了遇事好商量,傅继兴决定与爱君结伴而行。他们安排好公司事情及孩子,带着旅途应用物品,赶往紫阳。一路上跋山涉水,昼行夜宿,迎着晚霞,来到了紫阳县城,下榻于汉江饭店。

紫阳县城临汉江而建,依山傍水,山青水碧,风景秀丽。街市上,石板铺路,店铺林立,茶庄星罗棋布,百货、杂货夹杂其中,行人熙熙攘攘,彰显着茶乡的特色。

傅继兴与田爱君游览着县城街景,被街边一家装饰讲究的茶馆所吸引,那茶馆门楣上悬挂着"桂花庄茶馆"的金字招牌,门柱上的楹联是"水汲甜水井,茶烹凤凰春"。一个看着精明伶俐的小伙计,见来了两个穿戴整齐的顾客,笑脸相迎,把两人引进了名为"一江春"的雅间。

继兴偕爱君进入雅间,但见屋内布置十分高雅。迎面是一扇很大的花格木窗,临窗眺望,青山绵延叠翠,汉江千帆竞渡,码头车水马龙,行人来往不断。两面墙壁上悬挂着吟咏紫阳茶的诗条幅,有明、清著名山水诗人刘应秋的《新茶》:

雀舌经春长,
阴岩初吐芽。
淡黄肥夜雨,
轻白映朝霞。
孤闷消清气,
馀酲解嫩葩。
可怜习习风,
早得到山家。

傅继兴低吟着品味诗意:"好一个'淡黄肥夜雨,轻白映朝霞'。"

爱君拉了拉他,指着另一幅条幅说:"这里还有刘应秋的一首诗。"说着也吟起了《谢高先生赐新茶》:

山家但会饮停潴，
白绢封来三月初。
弱叶生芽原类雀，
清泉沸目正如鱼。
焚香慢濯卢仝碗，
炙火详参陆羽书。
最是先生真药石，
十年尘胃一朝除。

爱君刚读完，继兴说："清兴安知府叶世倬的这首诗也写得不错。"爱君一看是《春日兴安州中杂咏》：

桃花未尽开菜花，
夹岸黄金照落霞。
自昔关南春来早，
清明已煮紫阳茶。

两人最后关注起清乾隆朝谢申的《过紫阳县》：

两岸岩花滩路还，
遥看城郭起江湾。
西来汉水吞巴山，
南入秦山接楚山。
合补茶经鹦鹉绿，
须添砚谱鹧鸪斑。
只缘津吏询乡国，
暂系扁舟缓度关。

两人欣赏着条幅诗，只见伙计用一茶盘，端上了糕点、水果、瓜子及冲洗好的青花盖碗茶杯，摆布桌上后，将茶壶中洗好、泡好的紫阳毛尖茶，徐徐倒入茶杯中。顿时，清香扑鼻，看汤色嫩绿明亮，茶的芽头在水

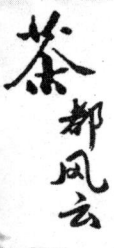

中徐徐展开,叶片齐齐向上,立于杯中,就如同长在茶树上一般,甚是好看。

那伙计一边侍候着斟茶,一边王婆卖瓜自卖自夸地说起了自家茶馆的茶:"小店之茶,均取于凤凰山优质茶叶产地,并用该山甜水井之水烹制,因而风味独特。"

田爱君问:"看你这茶,泡入水中,尚能亭亭玉立,不知是何缘故?"

"说起这事来,还有一段美丽的传说。相传凤凰原来是如来佛身前的一只侍鸟,因不甘佛门寂寞,羡慕人间欢乐,便偷偷地逃出天竺的梵宫,飞呀飞呀,飞来人间,变为一个聪明、贤惠又美丽的姑娘,与憨厚诚实的牛郎结为夫妻。小两口每日种田务茶,夫唱妇随,十分恩爱。不料这事却被如来佛察知,勃然大怒,认为凤凰私逃红尘,违反佛门戒规,大逆不道,便令沙陀和尚赶去惩处。

"沙陀和尚询问了当地土地,查清了凤凰鸟的去处,当即赶了过去。只见一群人正在采茶,一边采茶,一边对歌,一人唱来众人和,歌声悦耳飘茶林……"

哥上山,妹上山,
开园采茶三月三。
谁人采茶采两边?
谁人采茶采中间?
小哥哥采茶采两边,
小妹妹采茶采中间,
采了个花好月儿圆。

哥采茶,妹采茶,
采茶采到四月八。
谁人采的花恋蝶?
谁人采的蝶恋花?
哥哥(妹妹)爱我我爱他(她)。

妹十八,哥十九,

下得山来手拉手。
花香香在手指上，
相爱爱在心里头。
山爱流水山常青，
水恋青山水长流，
爱个天长地也久。

"沙陀和尚听罢，暗自琢磨，好耳熟的音乐旋律，这不是梵宫佛曲么？他向茶林仔细一看，对歌的原来就是凤凰姑娘和她的丈夫牛郎。

"沙陀当即用五雷轰塌田庄，用天火焚烧了茶林，将牛郎点化为青牛山。凤凰姑娘正欲与沙陀决一死战，以报杀夫之仇，不料被沙陀抢先下了毒手，用神针钉死，化作了凤凰山。现在凤凰山腰有根大石柱，据说就是那根神针。凤凰姑娘不死的灵魂归附于茶树，所以，凤凰山上的茶叶泡在水中直立不倒，那是凤凰姑娘宁死不屈、蔑视神权的象征。她的血泪化作了一口甜水井，那井水清、活、甘、冽，数九寒天也不结冰，是上等的宜茶之水。我店用凤凰山之茶、甜水井之水烹茶，风味独特，故而生意一直兴隆。"

田爱君听罢说："你这故事把紫阳茶都神化了，紫阳茶还有什么人间故事？"

"有！我给你们讲个《朱元璋挥泪斩女婿》的故事。传说朱元璋当了皇帝后，为了安抚西北少数民族，加强国防建设，效仿宋朝之制，实行茶马交易，制定实施了《茶法》。有一年，朱元璋发现茶马交易业绩严重下滑，当即派都御史邓文鉴去查原因。邓文鉴通过深入调查，发现茶叶走私严重。一些官吏和茶商高价收购茶叶。然后，买通关隘，或仗势闯关，直接出境和少数民族交易牟取暴利。朱元璋获悉勃然大怒：'如此下去，何以安抚诸夷，咋样固我国防！'立即颁诏，凡走私茶叶者，或关隘把守不严，放走茶叶走私者，一律凌迟处死。

"恰在这时，朱元璋的驸马欧阳伦被派遣出使西域。他听说茶叶走私利润丰厚，眼红一些同僚因此发了大财，也想顺便做一回这号生意。便令心腹管家周保到陕南茶叶产地搞了五十车茶叶，向西域进发。都御史邓文鉴得到消息，带精干随员追赶到洮河茶马司官卡，挡住了拉茶的车队。欧阳伦闻知，当即率一队军卒赶到。邓文鉴迎上去施礼道：'驸马

爷,皇上有诏,不准走私茶叶,违者凌迟处死。下官身负检查走私茶叶使命,只能冒犯了,望驸马爷悬崖勒马。'利令智昏的欧阳伦,哪里听得进逆耳忠言,冲破阻拦,不顾一切地闯关而过。邓文鉴无可奈何,只得把驸马走私茶叶之事写成折子,派人日夜兼程,快马加鞭,呈送皇上。

"朱元璋闻奏,马上派武官张山带十多名禁卫军赶往兰州逮捕欧阳伦。孰料张山却提着欧阳伦管家周保的人头回京复命:'皇上,我们去迟了,欧阳伦已逃得不知去向。而走私茶叶全是其管家出谋划策,纵容主子的结果,所以,下官取了他的首级前来复命。'

"这时,朱元璋方才想起张山是欧阳伦的挚友,略一思索,决定将计就计,说:'张山,你这回立了大功了!现赏你黄金五十斤,任你去做兰州知府,让你再立新功,你心中明白吗?'张山揣摩上意是想为驸马网开一面,所以急急忙忙去兰州上任。

"欧阳伦听说当初为他通风报信,放他逃走的挚友张山当了兰州知府,偷偷来见。张山迎入密室说:'驸马爷,我看皇上舍不得杀你。所以,既奖赏了我,还升了我的官。我看你不如潜回京城,求公主为你求个情,也许就没事了。'经受了逃亡之苦的欧阳伦一听,急不可待地化装成穷书生潜回京城驸马府,苦苦哀求公主救命。公主虽怨其不该触犯国法,但爱其儒雅威武,屡立战功,夫妻恩爱,决定为驸马求情。

"欧阳伦回京的消息早被朱元璋耳目探知,当即令禁卫军捉拿归案。公主寻死觅活地求情,朱元璋不为所动,怒斥道:'《茶法》在我朝刚立,御诏刚下,欧阳伦竟敢冒天下之大不韪走私茶叶,罪在不赦。如果饶过小孺子,今后国法咋样执行?!'

"公主劝不下父王,马上去请母后,可等到皇后到来时,欧阳伦早已魂归爪哇国了……"

傅继兴听罢说道:"看来你对紫阳茶的情况非常熟悉,连历史故事也能说得头头是道。那么请问,你县有几处茶市?都在什么地方?"

伙计答道:"本县茶市,最大的为瓦房店,其次是红椿坝、宦姑滩。

"瓦房店是任河下游的一座古镇,在县城西南十六里处。历史上,瓦房店是连接陕南与四川的重要水路商埠,有小汉口之称。明清时期,四川、福建、江西、湖南、湖北及西部五省客商曾云集于此,经营茶叶、生漆、桐油、蚕丝等山货土特产。为扩大自己的势力范围,各地商贾纷纷捐巨资兴建会馆,以供同乡、同业聚会或寄寓之用,曾经形成了川蜀馆、武昌馆、江西馆、湖南馆、九江馆、山陕馆(又叫北五省会馆)、黄竹馆等七馆八会的鼎盛局面。因为紫阳本地人多建石板房,唯有外商聚集的地方用砖瓦建房,因此得名瓦房店。

"红椿坝地处渚河阶地,地势开阔,因古时多植椿树而得名。

"宦姑滩因清代一宦官之女在其附近汉江险滩遇难而得名。紫阳名茶也曾以宦镇毛尖为名。"

伙计的介绍引发了两人的兴趣,第二天一大早,傅继兴和田爱君直奔瓦房店。

到达瓦房店,观见任河、渚河出其左右,一阴一阳,一清一浊,峰回路转,层峦叠嶂,水秀山明,百舸争流,蔚为壮观。

街市上,石板铺路,青砖瓦舍,彰显着南北各地的建筑风格。店铺相连,招牌各异,茶庄、山货店、货栈遍布街市。街上,车水马龙,熙熙攘攘,南腔北调的人们在这里汇聚,淘金。

傅继兴和田爱君在街上走着看着,逐一仔细看着各茶庄的黑茶,问着茶叶的产地、品质、市价、行情。

傅继兴问一个茶庄的老掌柜:"请问老掌柜,你们紫阳茶,哪里产的最好?"

那掌柜的答道:"汉江、任河沿岸浅山丘陵地带产的茶最好。比如凤凰山、米仓山、桂花庄等。"

"这儿的黑茶,为什么颜色有的特黑,有的却较淡?"

"那是因为渥堆时间长短不一,渥堆时间越长,茶的颜色越黑。"

两人在街上看着,商量着。

傅继兴说:"咱们既然是搞试验,就得把各优质茶产区,各种色泽的黑茶都买些,以便做对比试验。"

"好,那咱们就多转几个茶市。"

看完瓦房店街市,傅继兴和田爱君慕名去逛北五省会馆。

北五省会馆地处瓦房店渚河与任河交汇处的山嘴上,坐北面南,依山势构建。他们穿过古老的街巷,沿着石板小路逐级而下,来到了会馆侧门,沿石板路再往下走,就到了任河东岸。站在吊桥上,可一睹会馆外貌。会馆的正门建在河边悬崖之上。

来到会馆山门,门柱上镌刻着一副楹联,"馆临五省马踏商贾第一道,水连三山舟载茶客走四方"。

进山门依次建有戏楼、观戏楼、钟鼓楼、过殿、大殿,两人逐一观看,其建筑样式古朴典雅,气势宏伟,均用青砖灰瓦建成。飞檐斗拱,雕梁画栋,木雕、砖雕、石雕精美,各种飞禽走兽、花鸟虫鱼栩栩如生,太极如意,福仙财神,错落有致。

过殿前,两棵老桂树冠若华盖,东西墙壁上彩绘着二十四孝图壁画。

正殿前,大门左右,矗立着一对石狮子,形象逼真,憨态可掬。殿门柱子上有一副楹联是"两道蚕眉锁定汉家社稷,一双凤眼勘破曹氏奸雄"。

进殿正中,供奉着关羽神像,四周墙壁上,彩绘着刘、关、张桃园三结义和征魏伐吴故事的壁画。

傅继兴和田爱君看着关羽神像,肃然起敬,焚香跪拜。

傅继兴在心中祈祷:愿关老爷快快显灵,保佑我大军早日打败日寇,以保我茶道畅通无阻,保佑我们买到好茶,试验成功。

田爱君也默默祈祷:愿关老爷保佑我一家安康,生意兴隆。

紫阳县俗话说:"紫阳出好茶,好茶中的好茶在宦姑滩。"傅继兴和田爱君慕名前往宦姑滩。

从紫阳县城码头坐船,从汉江逆流而上,行了大约二十里,就到了宦姑滩。宦姑滩小镇临汉江而建,北屏秦岭,南通四川,山属大巴山脉,水为长江支流,一派江南水乡的景象。古老的街道青石板铺就,临街店铺多为鞍架房、两层楼建筑,灰瓦盖顶,二楼粉壁墙,一楼青砖白缝,楼上楼下一律咖啡色花格门窗。

傅继兴和田爱君走在弯弯曲曲的老街上,一家一家茶庄转着看着,最后,选买了特黑、黑色、淡黑的紫阳优质黑茶各二百斤。

买好样品茶,心中有事的傅继兴和田爱君,不敢贪恋茶乡美景,急匆匆赶回泾阳,立即安排认真、细心、有经验的老茶工进行加工试验。傅继兴为试验的每一块茶都建立了档案,标明原料产地、颜色、加工时间、发酵时间、发酵温度、湿度、发花状况、口感特点等。

在试验品加工、发酵阶段,傅继兴都亲自督战。进入发酵期,他干脆住进了发酵室里,像伺候坐月子媳妇一样,看护着他的试验品。不怕伏天炎热,不顾汗流浃背,夜以继日,不时地查看着温度、湿度,及时采取着调控措施。

像当年盼望儿子出生一样,傅继兴等啊等,盼啊盼,终于等到了加工程序走完,拿出了产品。他召集爱君、岳母、老茶工、品茶师等一起验看,看外形都还平整、四角饱满、四棱见线。切开茶砖看,却令人大失所望,连切三十块,没有一块发花的。众人一片叹息。

品茶师说:"看来,拿紫阳茶做不成茯砖茶!"

爱君说:"唉!白忙活了!"

赵雅茹噘着嘴瞪了爱君一眼,爱君吓得不敢再说啥。

傅继兴没有灰心,说:"甭急,还有呢,再切再看。"

又切了一个类型的砖茶三十块,结果发现,发花良好,可与安化茶做的茯砖茶媲美,但泡后一品尝,却觉得后味有些苦涩,令人先喜而后忧。

傅继兴还不甘心,说:"还有三十块,再切再看。"

一时间,没有一个人出声,大家心里捏了一把汗,瞪着眼看茶工切茶砖。

最后的三十块砖茶亮了相,发花密密麻麻,茶汤的香味、颜色、口感也与原来的茯砖茶不相上下。现场顿时欢腾了起来:"咱们的试验成功了!做茶原料不愁了!"

傅继兴总结说:"看来紫阳茶也能做茯砖茶,关键是要掌握好渥堆程度。咱们没发花的那些茶是颜色最黑的紫阳茶做的。我在紫阳领教过,说太黑的茶是因为渥堆的时间长了。那些茶汤后味苦涩的是颜色较淡的紫阳茶做的,颜色淡是因为渥堆时间短。那些发花后,茶味也好的,是不太黑又不太淡的紫阳茶做的,咱们留有样品,以后就照着样品去紫阳买茶。"

困难没有难倒有心人,反倒是逼着傅继兴探索出了一条茯砖茶原料的新途径。

第二十六章 逢战乱 制茶原料断 勇探索 试验新产品

第二十七章

傅继兴 报仇捣匪巢
八路军 智灭日本兵

　　腊月二十三,傅继兴开完一年一度的总公司总结、安排会,日寇侵略山西的事又涌上了心头。傅继兴决定回老家运城看看。

　　话一出口,爱君就嚷嚷着说:"我也要回去!"

　　继兴劝说:"日寇已经侵略到山西了,你跟着我去不安全!"

　　"正因为不安全我才要去,你一个人回去我不放心。"

　　"咱俩都走了,娘咋办?娃她外婆咋办?过年了,老人身边不能没有人!再说了,公司要是有个啥事还得你招呼住。"

　　这一说爱君回不上话来,不能再纠缠继兴了。可是老娘不行,非回山西老家不可,说:"过年了,我得到你爹坟上看看,烧些纸,我不能把你爹搁在山西不管了!"

　　"娘,我会给我爹上坟的!"

　　"你是你,我是我,这能一样吗?"

　　"日本鬼子已经打到山西了,你回去不安全!"

　　老太婆很固执:"有啥安全不安全的?要死了,就陪你爹去,免得他一个人孤单!"

继兴是个孝顺娃,不敢违抗老娘的意愿,只好把爱君留在泾阳招呼公司工作和孩子及岳母,自己带着母亲回了老家。

春节将临的运城,大街小巷,没有了往日人来人往、熙熙攘攘、车水马龙的繁华景象。商店、市场,没有了喜气洋洋、争先恐后购买年货的热闹。城隍庙前的游艺市场,唱戏的、说书的、耍把式卖艺的、吹糖人的、捏面人的、拉西洋片的,都好像失踪了一样。过往稀稀拉拉的行人的脸上挂满了忧愁,街谈巷议多是"日本人打到哪里了"的问答消息……唯有西北风怒吼般地吹着,吹得天昏地暗,吹得人身冷心寒。

回家第二天,傅继兴正在德兴隆商号观看年节生意情况,忽然看见一个穿着深蓝色长袍,戴着礼帽的人进了商号,看上去有些面熟,仔细观看,这不是在泾阳黑松林救了自家送货车队的那个游击队队长秦国栋吗?急忙迎了上去,问:"秦队长,你咋到这儿来了?"

那人见问,仔细端详,猛地扑上前去,双手握住傅继兴的手直摇:"继兴,你咋在这儿哩?"

"我本来就是运城人,这原来就是我家商号,现在是泾阳茶业总公司的一个分公司。"说着,吩咐伙计端茶、取烟、端糕点,把秦国栋往后边客厅让。

二人进客厅坐定后,傅继兴叫伙计到前边去招呼生意,并叮咛:"不准任何人进来!"伙计遵命走了后,两人谈起了别后情形。

秦国栋说:"我们游击队后来到耀州照金根据地参加了红军,红军在泾阳改编后,誓师东征,我随部队来到了你们运城北边的吕梁山。今天到这儿来,是给部队办年货的。"

"你们山上情况如何?战事咋样?"

"山上部队生活很艰苦,但大家的抗日热情却很高,屡战屡胜,捷报频传。八路军进驻山西一年多,创建了华北第一个敌后抗日根据地——晋察冀根据地,粉碎了日本鬼子的大扫荡,打了许多漂亮仗。平型关大捷,你肯定是知道的,这一仗打破了日寇不可战胜的神话。再就是进行了雁门关伏击战,摧毁了日本鬼子的运输线。还夜袭了代县阳明堡日寇机场,炸毁了日机二十五架。粉碎了三万日军对晋东南的围攻。进行了阳城町店奇袭战,歼灭了日寇近千人……"

"你们八路军真不简单,吃得瞎,武器差,打起仗来可是顶呱呱!你

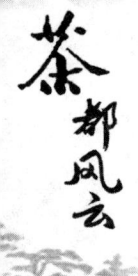

们为救国救民打日寇，我们也不能袖手旁观。秦老兄，你们是我的恩人，需要啥尽管直说。"

"我们有纪律，不能向老百姓张口、伸手，有困难我们会想办法克服。"

"你这人老是这样，干脆我直说了，我送你们些泾阳茯砖茶。那茶喝了克食利水，扶正祛邪，强身健体，还能治水土不服的毛病，对你们这些缺少蔬菜、水果的外来队伍，很有补益，也算是我们对抗日的一点小贡献。"

秦国栋见傅继兴是诚心相赠，想着成立八路军以来，国民政府经常克扣粮饷，部队日子实在难过，也就顺水推舟地答应了："那就恭敬不如从命了。我先打个借条给你，到时候保证有借有还！"

傅继兴一听，满脸不高兴："你都给我说'天下兴亡，匹夫有责'，我想为抗日出点力，你咋都不接受哩？得是看不起我们商人？"

秦国栋被戗住了，说："好，好，好！我们接受，我代表我们八路军谢谢你们！"

"是朋友就应同舟共济，真诚相帮，用不着说谢谢。今后，有啥事，咋样和你联系？"

"我们在圣惠路二十六号开了个利民货栈，是我们的联络站，以此为掩护，专门负责为部队采购军需物资并侦察敌情，搜集情报。有事可到那里找我。"

"好！你明天早晨派个引路的人来，我先给你们送一大车茯砖茶到山上去。"

第二天，傅继兴叫伙计装了满满一大车茯砖茶，跟着引路人，送往吕梁山八路军驻地。

傅继兴没有料到，他回运城过年却是一场灾难，日寇在年节期间，偷袭了运城。先是日本飞机对运城进行了狂轰滥炸，再是陆军攻占。

在那场突然来临的空难中，傅继兴家老宅上房被炸毁，母亲和贴身佣人不幸遇难，傅继兴因出外给亲戚拜年躲过了一劫。

回家看到老娘被炸得血肉模糊的悲惨状况，傅继兴气炸了肝胆，恨不能马上就去和日本鬼子拼命。想着老娘的养育之恩，他痛不欲生，失声痛哭，竟至于哭得昏死了过去。当医生把他抢救了过来，他强忍悲痛，强打精神,安排老管家厚葬老娘和佣人。

亲戚朋友、商界同仁、街坊邻居获悉噩耗,都纷纷前来吊孝。秦国栋也戴着黑袖圈及白花,前来祭奠。

见到秦国栋,傅继兴又忍不住泪如泉涌,哭了起来:"秦老兄,你们可要替我报仇啊!"

秦国栋劝慰道:"继兴,人死不能复生,还望你节哀顺变。至于报仇,请你放心,日本鬼子欠我们累累血债,我们八路军自当奋力杀敌,为民报仇申冤!"

…………

田爱君接到报丧后,也和母亲、孩子赶往山西运城继兴老家。

三人到傅家后,先到灵堂前,上了香,行了三跪九拜的大礼,便哭起丧来。

田爱君哭诉道:"娘啊!你操劳了一辈子,还没享一天清闲福咋可就走了……"

赵雅茹哭丧道:"亲家母啊!好容易遇上你这个好伙伴,经常来往说着心里舒坦,咋说走就走了……"

孙子傅田伟因为自小是祖母一手照管大的,哭得最为伤心:"婆啊!你咋早早就走了,谁给娃做饭缝衣呀!谁送你娃上学呀……"直哭得涕泪交流,声嘶力竭,弄得周围的人也跟着流眼泪。

穿白戴孝、跪着守灵的傅继兴见此状况,赶紧叫人扶起了三人,把他们送到了自己的卧室,吩咐伙计端洗脸水,上茶,准备饭。

傅继兴把孩子拉到怀里,抚摸着娃的头说:"你婆是好人,她到天堂享福去了,我娃甭伤心。"

傅田伟扭身瞪着傅继兴说:"再甭哄我了,你都把眼睛哭得红肿着哩。"

洗完脸,喝着茶,赵雅茹看着女婿愁容满面,哭得皮泡眼胀的样子,心疼地说:"娃呀,生死有命,富贵在天,我娃要想开些,既要想着报母恩,也要想着活着的人。你是咱义和兴的顶梁柱,可绝对要撑住不能垮啊!"

田爱君也跟着劝:"继兴,人生谁没有七灾八难,熬过去了都是好光景。你都是经过风雨见过世面的人,前面还有许多大事等着你去干,我

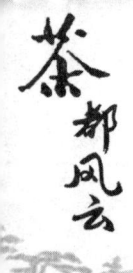

母子还要你照看,你绝不能陷入痛苦不能自拔,毁了自己,耽误了大事。"

"你们请放宽心,我还要好好活着为我娘报仇哩!爱君,你回泾阳后,把咱店里那些武功高强的伙计给我选二十个送过来,我有用场。"

"继兴,咱娘的仇要报,但却不可蛮干胡来,弄不好,打不死狼还叫狼吃了。"

"你还不知道我,我啥时胡来过?而且,这里还有个八路军的老朋友,就是当年在黑松林从土匪手中救我们的西凤山游击队的秦队长,他们后来参加了红军。红军改编为八路军后,随部队进驻到咱运城北边的吕梁山,是专门从陕西到山西来打日本鬼子的,他已答应替我娘报仇。"

田爱君这才欣慰地说:"有八路军支持那就好办了。"

…………

侵占运城的是日本的一个旅团,那旅团长叫井关彻,原是日本的一个职业特务。抗日战争开始前,他化名祁晋南,在运城开了一家西进洋行,表面上做着粮食及生活用品生意,实际上是为日本侵华做军需物资准备,搜集军事情报。他能讲一口流利的中国话,是个中国通。抗日战争爆发后,他摇身一变,成了日军的旅团长。因为他熟悉运城情况,便被派来攻占运城。

这些新到运城的日本兵不服水土,出现了腹泻、头晕的状况。

一个当地的翻译官献媚取宠地说:"旅团长,我们运城有家德兴隆商号,他们经营的泾阳茯砖茶能治水土不服的毛病。"

井关彻说:"哦,我想起来了,当年我初来运城时,也犯过水土不服的毛病,经人介绍,也用过德兴隆的茯砖茶,还真有些作用。"

翻译官随声附和着说:"旅团长,你如果觉得有作用,我明天就去给咱队伍买些。"

井关彻略一思索,说:"不不不!你去不行,因为你们中国商人不光认钱,更讲仁义孝顺,听说那商号主人的母亲刚被咱的飞机炸死了,人正在气头上,他能把货卖给咱日本兵?"

"旅团长,照你这么说,咱们不买了?"

"买是得买,但咱们得先礼后兵。我明天先准备份厚礼,亲自上门去祭奠他母亲,化解怨恨,再说买茶的事,也许可行。"

翻译官伸着大拇指奉承地说:"旅团长高见。"

第二天,翻译官随着井关仞旅团长来到了傅继兴家中。他们按照中国的风俗,在灵堂前给老太婆上了香,行了鞠躬礼。

满屋的人见来了两个日本兵,一个个怒目相视,傅继兴更是怒发冲冠,但他不知道来者何意,只好强忍着愤怒看他们如何讲说。

那翻译官介绍说:"这是我们旅团长井关仞,闻听老夫人仙逝,特来祭奠。"

老管家周保柱一看,说:"这不是毕家大少爷吗?咋在日本念了几年书,就不知道自己姓啥为老几了,竟然变成日本人了?"说着转向那旅团长说:"这不是西进洋行的祁老板吗?咋也变成了日本军官?真是官运亨通。"

井关仞听得出周保柱话中的讥讽,但他知道小不忍则乱大谋,强颜欢笑地说:"周掌柜说得对,我就是当年西进洋行的祁晋南,但我是日本人,国家召唤,自然得听从调遣。"

傅继兴知道黄鼠狼给鸡拜年——没有好事,想尽快知道谜底,便打断他的话说:"老母灵堂乃肃穆神圣之地,有事快说。"

周保柱当即介绍道:"这是我们东家傅继兴。"

井关仞向傅继兴鞠了一躬,说:"少东家,对不起了!我方飞机轰炸军事目标,没想到误炸了你家房屋,导致老夫人遇难,我今天特来道歉。现送上厚礼一份,以为赔偿,并想买你们一批茯砖茶以表我们的诚意。"

傅继兴更懂得小不忍则乱大谋的道理,他一心想着咋样杀了这个要了母亲性命的罪魁祸首,所以不得不暂忍恶气,很理智地回答说:"中国人讲究无功不受禄,你的礼物我们绝对不能收。至于说茯砖茶的事,我们正在举丧期间,概不营业,待后再说。伙计,送客!"

翻译官正想仗势作威,井关仞拉了他一把,拿着礼物悻悻离去。

日本人走了,傅继兴在心里想:想要我家茯砖茶,没门!就是拿火烧了,也不会卖给你们这些害人的魔鬼!

估摸着日本人走远了,傅继兴安排老管家在家招呼,他脱掉孝服,急忙到圣惠路利民货栈去找秦国栋。

秦国栋看着傅继兴进了门,专门到门口左右看了看,看着没有跟梢的,方才进屋把傅继兴引到最后边一个小院里。进客房坐定,秦国栋边给傅继兴倒茶边问:"有啥急事,脱了孝服往我这里跑?"

第二十七章　傅继兴　报仇捣匪巢　八路军　智灭日本兵

傅继兴便把今天日本鬼子旅团长假惺惺去祭奠,并要买茯砖茶的事向他学说了一遍,气冲冲地说:"都把人祸害死了还想装善人,还想买我家的茯砖茶,这不是异想天开吗?但把茶搁到我商号里,日本鬼子买不成,这伙强盗肯定会强夺。与其好过了日本鬼子,不如送给咱八路军,替抗日出些力。事不宜迟,咱们今天晚上就安排些人,把我们商号所有的茯砖茶全送到山里去。"

"你把茶全运走了,鬼子来了要货,你一点不给,说得过去吗?难道你就不怕引火烧身吗?"

"这个我自有办法应付。眼下,我只求你帮我想个办法,把这个杀人魔头除掉。"

"这个事我从你那儿回来后就想过,我们八路军也有消灭这伙日本鬼子的设想。我初步的想法是,趁这股鬼子初来乍到,立足未稳,先设计炸毁他们的武器和粮食仓库,搅乱其军心,激怒其对我们进行扫荡,我们在吕梁山设埋伏灭了这伙日本鬼子。"

"你们如果能引走敌人大部队,我组织武功高强、枪法、飞镖百发百中的伙计端了日本鬼子的指挥部,杀了井关饲这个杀人的罪魁祸首,替我娘报仇。"

"好!我们先初步这么设想,具体怎么办,得请示八路军指挥部,经过仔细侦察、分析研究后方可行动。"

这一夜,吕梁山八路军装扮成日本兵,驾驶着缴获的日本军车,把德兴隆商号的茯砖茶全部运向吕梁山八路军驻地。

凌晨,德兴隆的仓库突然起了大火,浓烟腾空,火光照亮了四邻。街坊邻里都来救火,一直折腾到天亮。

德兴隆仓库失火把货烧光了的消息霎时传遍了全城。商界同仁和街坊邻里同情地感叹道:"德兴隆商号这么好的人家,咋这么倒霉?刚让日本飞机炸死了老娘,仓库又失火了,真正是祸不单行啊!"

运城商会发起了向德兴隆商号募捐救助的活动。

井关饲得到德兴隆失火的消息后觉得,他刚说要买茯砖茶,偏偏仓库就着了火,货被烧光了,这事情来得有点蹊跷,但初来乍到,他还未到图穷匕首见的时候,还要装出一副"建设王道乐土,共建东亚共荣圈"的样子来,所以,未予深究。

八路军指挥部听取了秦国栋关于智取日本物资仓库和诱敌入山打埋伏的设想汇报后，觉得可行，马上派了三名侦察员到运城侦察。

这些侦察员化装成当地的老百姓，来到了运城，四处打探，得知日寇的武器、粮食仓库设在城北十多里的一个叫罗汉寺的古庙中。他们到那里仔细侦察，只见这寺庙占地面积很大，坐北向南，四周远离村庄，苍老的松柏环绕着寺院，在远处根本看不到寺庙。侦察员们摸索到寺庙跟前，爬到树上观看，只见这寺庙前后都开着门，前门有一条大路通向运城，大路边的电杆上架着电话线，直通寺内；后门有一条小路和村庄小路相连，每个门口都有两个荷枪实弹的卫兵把守。寺庙四角房上架着四挺机关枪，每挺机关枪配备着三名士兵。寺内房屋众多，有三座大殿，两厢是庑殿，每个大殿门口也站着两个卫兵，庑殿前也有岗哨，每隔一小时，便有一班士兵要在院内外前后左右巡逻一圈。等到开饭时候，他们看寺院内外日寇士兵约有一连人，士兵们连吃饭也背着上了刺刀的长枪，一副随时准备战斗的姿态。

侦察员返回把侦察到的情况向指挥部首长做了汇报，首长们叫秦国栋一块儿前来商量，制订出了一个智取日寇武器、粮食仓库的作战方案。

秦国栋把智取日寇物资仓库的作战方案告诉了傅继兴，傅继兴强烈要求参加战斗，说："我们那些伙计是百里挑一的武功高手，练打枪，练飞镖，夜晚能打香火头，白天能打空中鸟，练成了百发百中的硬功夫。而且，我们那飞镖是喂了毒的，见血封喉。这些人常年奔波在丝绸之路上，常常与兵、匪交手，实战经验丰富。按你们这次战斗部署，我们起码可以帮助你们剪断电话线，用飞镖悄无声息地消灭前后门的门卫及寺院四角的十二名机枪手。打掉鬼子强火力，然后你们突然闯进寺院，打鬼子个措手不及。"

秦国栋见傅继兴如此说，也就同意了，说："那就照你说的办，剪断电话线及消灭门卫、机枪手的任务就交给你们了。"

傅继兴一听，喜从心生，模仿着军人动作，向秦国栋行了个军礼，铿锵有力地说："保证完成任务！"

…………

时至正月十五，日本驻运城司令官、旅团长井关忉，为了营造"王道乐土，大东亚共荣圈"的繁荣景象，命令汉奸头目组织社会各界开展元宵

闹花灯、舞龙、舞狮、跑旱船、走高跷等欢庆活动。日寇侵占以来，人们整天提心吊胆，哪有这心思！但被逼无奈，只好应付。运城城中也张灯结彩起来。

日本物资仓库也沾了这次活动的光，在做好警卫工作的同时，允许摆宴喝酒。

十五虽是月圆的日子，可天公不作美，呼啸的西北风吹得尘土飞扬，乌云翻卷，遮蔽了星月。

初夜时分，一队日本鬼子的军车队开到了罗汉寺附近，他们把带帆布篷的大卡车隐蔽在附近的树林中，一营全副武装的日本官兵下车后，迅速散开从树林中悄无声息地摸索着包围了罗汉寺。一个像猴子一样灵巧的士兵爬上了电杆，剪断了电话线。夜色中，只见空中一道道银光闪过，门卫及机枪手中了飞镖，纷纷栽倒。日军大部队从前后门同时拥入寺院，正在喝着日本清酒，唱着家乡小调，做着凯旋美梦的仓库鬼子守军，还没来得及问清来者是哪部分的，便被密集的火力扫射得魂归故里。仔细地打扫战场，确认没有漏网之鱼后，装扮成日本鬼子的八路军指战员迅速地打开了各个大殿和庑殿门，把所有的武器、粮食、汽油等装上了大卡车，在夜色的掩护下，开足马力，奔向吕梁山。

深知中国风俗民情的井关仞，自以为搞欢庆元宵节活动，可以笼络人心，而表面的歌舞升平加上汉奸们的献媚吹捧，使本来就刚愎自用的他自鸣得意，认为这是他进驻运城以来独创的杰作，端起酒杯来与大家碰杯畅饮，接连不断的恭维话和敬酒麻痹着他的机警与智商，他直喝得酩酊大醉。

第二天酒醒之后，井关仞马上想起了仓库守卫的事，当即给武器、粮食仓库驻军打电话，但是，连打几次却打不通，不祥的预感一下子涌上了心头。他当即命令备车，亲自带一队士兵前去查看。

井关仞风驰电掣般赶到罗汉寺，却见庙门皆开，物资全无，顿时惊得头冒冷汗、心惊肉跳；再看大殿墙上的标语"谢谢皇军为我们运送武器粮食！"落款是吕梁山八路军。他更是气冲牛斗，他想起了《三国演义》中的话："既生瑜何生亮！"他恶狠狠地用双手将军刀蹾地，仰天长叹道："既生我日军何生八路！"他决计要报这一箭之仇，但他已尝到了八路军的厉害，不想命丧中国，因为他实在舍弃不下故乡年迈的母亲、贤惠的妻子和可爱的孩子。他和副手大佐田中九一、参谋长原田雄吉共同研究好进军吕梁山，围剿八路军的作战方案后，自己坐镇司令部，只留少数卫兵，其余兵士倾巢而出，由大佐田中九一和参谋长领兵出征。

傅继兴探知日寇大军进剿吕梁山八路军的消息后，当即派了两名精明伶俐的伙计前去日军司令部侦察，两人摸清情况后立即回商号向东家汇报："日军司令部位于运城凤凰路中段，是强征的一座商人大宅院，坐北向南，是一座三进四合院，屋前屋后都是临街大路，人来人往不断。两邻皆是民房，房前屋后皆有门，门前都有四名卫兵站岗，门房和厢房住着卫兵，头一栋大房是作战处，第二栋大房是司令官办公室，第三栋大房是士兵食堂。每进院落都有卫兵站岗。留守的日本兵有二十多人，每天开三顿饭，早饭7点开，中午饭12点开，下午饭18点开。司令官吃饭由勤务兵送到办公室单独享用。"

傅继兴听罢伙计的介绍，和老管家商量了一个捣毁匪巢的办法，决定当晚就行动，确保在日寇围剿吕梁山返回前端了这个魔窟。

傅继兴学着八路军智取日寇武器库、粮食库的样子，用准备好的日军服装化装成日本兵，于晚饭前夕赶到了日寇运城司令部。前后门的卫兵以为是进剿吕梁山八路军的部队回来了，还没来得及细问，便被突然而来的飞镖射杀倒地。从后门冲入的伙计，迅速闯入食堂，正在吃饭的日本鬼子还没弄清这些日本兵是不是自己人就被一支支飞镖要了性命。傅继兴从前门闯入，伙计们悄无声息地撂倒了卫兵，他提着手枪径直向司令官办公室奔去。

井关彻正在吃着饭，喝着家乡的清酒，等候着吕梁山的捷报。突然，看见一个士兵没有报告竟闯了进来，当即骂了一声："八格呀鲁！"但仔细一看，发现情况不对，赶紧伸手按响桌边警铃，却不见一兵一卒，去拿桌上的手枪，却被眼尖手快的对手抢先夺去。

傅继兴看着井关彻惊慌失措的样子，摔掉了头上日军的帽子，说："你睁大眼睛看看我是谁？"

井关彻定神一看，强颜欢笑地说："这不是德兴隆的傅老板吗？你咋是这个样子，你想干什么？"

"你们炸毁了我家房，炸死了我的娘，你说我想干什么？"

"我不是已经向你道过歉了？那是误炸。"

"说得轻巧,一个误炸,一个道歉就能洗清人命关天的血海深仇?!"

"那你想怎么样?"

"我要取你这魔鬼首级祭奠我娘,替被你们杀害的同胞报仇雪恨!"

井关彻还想垂死挣扎,便用起了激将法:"我今天被你阴谋暗算,虽死不服,你敢和我单挑,真刀真枪的和我交交手吗?"

"行!你想比什么?"

"日本武士讲究比刀法。"

"好!那我也让你看看我们中国的武功、剑法。"傅继兴念了一句"阿弥陀佛",便抽出了随身携带的祖传青锋宝剑。

井关彻拿起了日本军刀。

两个人走到前院,拼打了起来。

伙计们知道东家武功高强,围着呐喊助威看热闹。

井关彻自以为是日本武士高手,挥刀左劈右砍,上下横扫,却被傅继兴挥舞的宝剑挡得严严实实,如同金钟罩定,不得近身,军刀碰宝剑,火星乱溅。傅继兴挥舞青锋宝剑,寒光闪闪,刀刀相逼,砍首掏心,剁臂扫腿,招招要命。十多个回合下来,井关彻已是气喘吁吁,只有招架之功,没有还手之力。只听他声嘶力竭地喊道:"想不到我大日本武士、堂堂旅团长,竟会败在中国一个小小商民手中,天不助我也!"喊着挡过一剑,抽身双手举刀向自己腹部刺去,当了武士道的殉道者。

傅继兴手起剑落,取下了贼人首级。吩咐伙计们烧了日本膏药旗和司令部招牌,用日本鬼子的鲜血在前门粉壁墙上写下了"作恶多端必有报,血债定要血来还!"的标语。

周围群众见这伙人捣毁了日寇司令部,喜出望外,欢欣鼓舞,纷纷放起鞭炮来,热烈鼓掌欢送英雄们凯旋离去。

傅继兴和伙计们回到家中,把井关彻的人头放到母亲的神龛前,焚香跪拜,洒泪祭奠:"娘,儿替你把仇报了,为你消了尘世恨!愿老娘早到极乐天!"

…………

进入中国以来,长驱直入,还未吃过败仗的井关彻旅团,一到运城,先让八路军奇袭了物资库,气愤填膺,倾巢出动,急匆匆赶往吕梁山,想报这一箭之仇。

兵行到吕梁山下，日本大佐田中九一仔细查看周围情况。不见村庄，大山挡道，陡峭无路，唯有山中间有一峡谷，通向大山深处，有车轧马踏的痕迹，可断定就是进山之路，但这峡谷两边山势陡峭，松林密布，一看便是个凶险去处。为防埋伏，他命令士兵向山上扫射，却见鸟雀飞起，田中九一沾沾自喜地对参谋长说："枪响鸟雀飞，山上定无人。司令官突然进剿之策妙也，八路军还浑然不知，如果知道，在这儿埋伏一路兵，我等岂能生还？"

参谋长应道："既然火力侦察没有伏兵，那我们就火速进军，打八路军个措手不及。"随之指挥部队急行军前进。

日军沿峡谷慢坡道路攀爬而上，一路平安无事，眼看着队尾已进了峡谷，料想再无危险，没想到前边遇到了樵夫砍伐的木材堆，于是命令先头部队放下枪支等负重，搬掉柴堆，扫除路障。正忙活着，忽见柴堆起火。

峡谷本来就是风道，风吹得柴火熊熊燃烧，顺峡谷朝南飞扬，直烧得鬼子兵满身是火，扑打不灭，哇哇乱叫，横冲直撞，乱不成军。这时，只听两旁山上枪炮齐发，鬼子才知中了埋伏，急令后队改前队，拼命向峡谷外撤退。又听冲锋号响，两旁山上如神兵天降，八路军官兵与烧得惊魂未定的日本残兵败将，展开了肉搏战。

骄横一时的井关仞旅团最后只剩下一百多名残兵败将逃往运城，一看司令部已被人捣毁，不敢停留，却又听司令部内枪声响起，一群举刀、拿枪的老百姓冲了出来，吓破了胆的日本鬼子慌不择路地反击着向北逃窜而去……

第二十八章

巧谋划 开通运输线
除暴政 为民杀恶魔

　　自从傅继兴和红军交往以来，他从其言谈举止、所作所为中，深深感到红军和由其改编的八路军真正是为国为民的好队伍。重情重义、知恩图报的他老惦念着咋样报答他们的大恩大德。

　　时机终于等来了。

　　1946年8月3日，傅继兴正在办公室看着《西北文化日报》，一条消息令他十分震惊："8月2日，国军空军出动七架飞机轰炸了共匪老巢延安……"他百思不得其解，昨天还是与国军同赴国难的抗日战友，为抗日不惜抛头颅、洒热血，屡建奇功，也曾被国民政府表彰为功臣，而今为何竟恩将仇报，下如此毒手？国民党政府为什么就容不下这么好的队伍！正愤愤不平地想着，一个伙计前来通报："董事长，一个姓秦的先生求见。"

　　傅继兴不像一些财大气粗的富商大贾，骄傲自大架子大，门难进，人难见，事难办。知道能来寻的人必然有事，他一向是有求必应，以礼相待。立即答道："请他进来。"

　　一个风尘仆仆，穿着长袍，戴着礼帽、墨镜的人走了进来。

那人进了办公室后,方才摘下眼镜来。

傅继兴一看是秦国栋,喜出望外,扑上前去抱着对方说:"哎呀!秦老兄,你咋才来,想煞兄弟了。"急忙吩咐伙计端洗脸水、泡茶、取烟、上糕点。自己拿着掸子先替秦国栋掸起土来。

秦国栋洗了把脸,端起茶杯咕嘟咕嘟喝了几杯茶,取出纸烟美美吸了几口说:"山西运城一别,不知兄弟情况咋样?"

傅继兴长叹了一声说:"唉!战乱不断,商路阻隔,客商难行,市场萧条,生意难做,勉强维持罢了。不知老兄情况如何?"

秦国栋答道:"日本投降后,我返回旬邑马栏关中分区工作。抗日战争胜利后,我党本想联合各党派,走和平建国之路,可蒋介石一心要排除异党,走专制独裁之路。今年6月26日,国民党放下了伪装,断然撕毁了'停战协议',大举围攻中原解放区,并对解放区实行经济封锁。"

傅继兴有点紧张地问:"那你们准备怎么办?"

秦国栋义正词严地说:"我们党的原则是人不犯我我不犯人,人若犯我我必犯人。对于国民党不顾民意,肆意挑起内战,围攻我解放区的行为,我们将坚决予以反击!"

傅继兴以拳捶手,赞叹地说:"好!是得好好治治国民党这号过河拆桥、忘恩负义的人,给他们些厉害看看!"

秦国栋脸上浮上了忧愁的阴云:"但要打好自卫反击战,也不容易。因为,目前情况仍然是敌强我弱,国民党占领着大片国土,控制着大量物资,特别是军用物资。他们对解放区实行经济封锁,给我们造成了很大困难。解放区一带,物资奇缺。发展壮大红军队伍需要枪支弹药,我们无处去买。官兵有病,无药可治,特别是打仗下来负伤的同志,需要截肢的,因为没有麻药,没有医用器械,负伤者只得强忍疼痛,由医生用木匠锯子去锯,有的人会疼得当场昏死过去。因为缺少盘尼西林等抗菌消炎药品,许多伤员因感染无药可救,眼睁睁看着死去……"

傅继兴听着,禁不住热泪盈眶:"秦老兄,你快说,我能帮你们做些什么?"

"你能帮我们的事多了,但你先要想清楚。帮我们办事,一旦被国民党政府发现,那就是'通共'罪,是要枪毙的,你不怕吗?"

"你们当年救我们于危难之中,帮我为母亲报仇,都是冒着敌人的枪

林弹雨、流血牺牲的危险,你们怕过吗?大丈夫在世,岂能不知好坏是非、恩怨情仇?知恩不报,那还是人吗?!"

秦国栋一听此话,彻底放了心,这才说出了此行的目的:"既然兄弟愿意帮忙,那我就说说我们的想法。泾阳南邻国民党省政府所在地西安,那是西北最大的物资市场,西北又与红区接壤,是一个中间过道走廊。你是做着四方茶、盐生意的商人,还当着泾阳商会会长,各方关系多,办事方便。所以,我们想在你这茶店建一个地下运输站,帮我们购买、运输枪支弹药及医药用品等军需物资,掩护进出红区的我方人员。你们生意人,知道咋寻买货门路,只要下功夫,就会找到卖货人,再攻下口镇检查站,就大功告成了。因为淳化检查站由县保安团管着,那里的团长是我们的地下党员,我们约定好了接头暗语,只要对上暗语,检查站立即放行。"

傅继兴不假思索地慷慨应承道:"只要是给红军办事,叫我干什么都行!"

对于从未做过地下工作的傅继兴,秦国栋苦口婆心地叮咛道:"在国民党白区做地下工作,是一项危险而艰苦的工作,既要有不怕牺牲的勇气和胆魄,更要有小心谨慎、睿智严密的工作作风。要严格遵守保密纪律,为人处世要低调而不张扬,甘当无名英雄。你与我单线联系,不许和任何我党组织发生关系,以保证隐蔽安全。采购要找可靠关系,运输要伪装进行,时刻牢记安全第一!切忌急于事功,冒险行事!现在,我把过淳化检查站的接头暗语告诉你,你要牢牢记住。"说着,秦国栋向傅继兴递上了一个采购物资目录。

傅继兴接过一看说:"请秦老兄放心,我一定千方百计去办。"

…………

送走了秦国栋,傅继兴反复想着怎么样完成秦国栋交给自己的任务,在心中搜寻着可以帮忙的人。老同学朱志远已调任省卫生厅副厅长,他是医药卫生部门的主管之一,搞些医药卫生用品那是近水楼台先得月的事。

口镇是泾阳通往红区的最后关口,由当地驻军设卡检查。那驻军团长彭德铭是老同学朱志远大哥的老部下,当年,在剿灭西北塬土匪的过程中,他与其在一块儿合作过,发现那团长是个豪爽仗义的人,如能打通这层关系,通过检查站就不愁了。

"利用老关系,借船过河,搭便车伪装送货。"傅继兴想好主意,决定先拜访一下这两个人,摸摸情况探探路。

傅继兴拿着泾阳老窖、茯砖茶以及西北塬小米、杂豆、油福蜜枣、太平肉杏等泾阳土特产,来到西安小南门朱志远家。

朱志远见着这个曾为自己出过力的老同学,分外亲热:"我以为你忙着挣钱,把老同学都忘了,还知道来?"说着,吩咐勤务员端水、倒茶,摆上了西安特色糕点、时鲜水果。

等傅继兴洗完脸,朱志远递上了一牙西瓜,说:"先吃块西瓜解解热。"

傅继兴是个不愿意攀龙附凤攀高枝的人,自从朱志远高升省卫生厅副厅长后,除离泾阳赴省城上任时,他送过一回外,平常很少来西安打搅朱志远。他觉得人家忙忙的,来得多了,怕给人添麻烦,所以落了这么个埋怨。但听着这埋怨,却心里热乎,说:"情到深处无虚礼,来多了怕给你添麻烦。"

两人喝着茶,吃着糕点水果,推心置腹地聊了起来。

傅继兴有的放矢地提起了话题:"老同学,你在上层消息灵通,你没看国共两党打得起来?"

朱志远有点惊奇:"呃!你是实业救国派,咋问起这个事了?"

"因为这关系着我们的生意,所以想听听老同学的高见。"

"打,已经是在所难免,因为蒋总裁已撕毁了'停战协定',对红军的围剿已经开始。"

"那你没看这场仗打下来,谁输谁赢?"

"现在还很难说,目前国民党政府毕竟兵多将广地盘大,占有绝对优势,但其存在的问题也太多:官场腐败、赋税繁多、民不聊生、不得人心、军阀割据、各为其主、政令不通、指挥不灵。从以往的经验看,能不能消灭共产党还很难说。"

傅继兴接着话头说:"我因为和共产党的人接触得多些,发现共产党虽则兵少地盘小,但他们却在红区打土豪、分田地、减租减息,不拿群众一针一线,一心为老百姓谋利益,所以群众拥护。队伍中,官兵平等,纪律严明,奖罚分明,打仗勇敢,战则必胜。自古常言说得好,'得道多助,

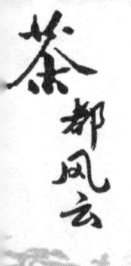

失道寡助''得民心者得天下',依我看,说不定共产党将来还要坐了天下。"

"老同学,你千万不敢胡说,小心戴上'红帽子',那就在劫难逃了!"

"这个我知道,也就是在你这儿说说心里的看法。不过,咱们也要放灵醒些,不要做了蒋家王朝的殉葬品,要未雨绸缪地为自己留条后路。"

"怎么个留法?"

"别光听上司政令,不分是非,祸害百姓。有机会想办法帮帮红军。老同学,我有一事告知与你,你若想告密领赏,我无怨无悔,因为自古以来讲究的是'对朋友不说假话'。"

"有什么事尽管说来,我朱志远绝不是卖友求荣的小人!"

"那我就直说了。我在红军有个朋友叫秦国栋,这人你知道,就是当年在黑松林从土匪手中救了我家送货车队的那个游击队队长,他后来参加了红军。红军东征抗日,他随部队到了我们老家的吕梁山。他在运城为帮我给母亲报仇,又巧妙谋划,调虎离山,率领八路军消灭了绝大部分日本鬼子,使我顺利捣毁日寇司令部,了却了杀死炸死我母亲的罪魁祸首的心愿。如此大恩大德,我岂能不报!前几天,他来寻我,想让我帮他们搞些医药用品、枪支弹药等军需物资,可这些东西我过去没买过,寻不下门路。"

说到这,傅继兴看看朱志远静静听着,但不吱声,停了一下接着说:"你看这应人事小,误人事大,我实在没办法了,才来寻你。你管着医药卫生部门,你大哥又是师长,口镇那团长又是你的朋友,你看能不能帮帮我?"

朱志远还是沉默不语。

傅继兴加重了语气说:"老同学,你放心,如果出了事,我一包袱背,就是死也不连累你!"

朱志远听毕,脑子里翻起了浪花,帮着办吧,这也许会给自己留一条后路,可是,一旦东窗事发,难免脑袋搬家。不帮忙办吧,多少年的情义就将一风刮!国民党丧失了民心,共产党蓬勃崛起,这已是不争的事实,将来会是谁家天下,谁也说不准。是助纣为虐,还是扶持正义,自己的前途、命运之船该驶向哪里?风险、情义直在心里打架,利弊得失搅得他心乱如麻。最终,为朋友不惜两肋插刀的信条压倒了风险意识,扶持正义、不助纣为虐的做人道义促使他下定了决心。

朱志远义无反顾地说:"你敢为朋友赴汤蹈火,我为你帮忙也不会畏缩。只是此事,你一定要做得小心谨慎,严密隐蔽,不露声色,万无一失,否则一旦出事,我帮你就反倒害了你。"

傅继兴一听忧虑全消,心花怒放,扑上前去抱着朱志远说:"还是老同学明大义,重交情,为正义之师解危济困,为朋友帮忙不避艰险,实在令人敬佩!我定当告知红军,功劳簿上好好给你记上一笔。"

"施恩岂为图报,情义价值千金。只要你不给我惹麻烦,我就千恩万谢了。"

"这个你尽放宽心,老同学是个福将,经历了多少危险事,最后都化险为夷了。"

看着已攻破了朱志远这道进货关,傅继兴又打听起口镇驻军团长彭德铭来:"老同学,你看彭德铭那人咋样?他有何特点和爱好?"

朱志远回答道:"据我所知,彭德铭是个很讲江湖义气的人,人对脾气了,你叫干啥都行,人不对劲,金山银山也买不转。他自小是母亲守寡抓大的,是个大孝子,母亲的话比军令还管用。他母亲是个知书达理的人,因年轻丧夫,拜佛信神,是虔诚的佛教徒。妻子倪红娟,为人贤惠,在家相夫教子。他还有个哥哥,对你们有用,是西安驻军的军需官,听说有时也做些军火生意……"

傅继兴听罢,欣喜万分,在心里想:真乃天助我也!拿下彭德铭就万事齐备了。

…………

傅继兴一出朱志远家门,就想着怎么样攻下彭德铭这道关。老太婆和自己都是佛门人,有共同语言好说话,既然他哥哥做军火生意,咱把利让大些,就能把生意拉过来……想着,他先到西安玉石店买了一尊观世音菩萨雕像,又买了些西安有名糕点。礼品准备停当,当即赶回泾阳。到泾阳第二天一大早,便拿着礼物去口镇拜访彭德铭。

彭德铭的家在口镇街西,是一座坐北朝南的四合院。门口站着两个背盒子枪的卫兵。

傅继兴向卫兵递上了自己的名帖,说:"我是你们彭团长的朋友,特来拜访,请予通报。"

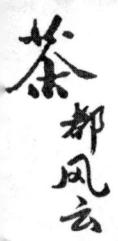

那卫兵拿过名帖一看,说:"你等着,我这就去通报。"

不一会儿,卫兵出来了,礼让着说:"傅老板请,团长在客厅等你。"

傅继兴进屋,直奔上房客厅,彭德铭已在门前迎接:"哎呀!稀客,咋跑到我这偏远小镇来了?"

傅继兴道:"彭团长,口镇乃我县西北第一大镇,焉能说小!当年携手剿灭土匪,可谓同壕战友,情谊难忘,今天特来看望。"

彭德铭礼让着傅继兴进了客厅。傅继光观见老太婆坐在八仙桌旁的椅子上,手持念珠,口中默默念叨。

傅继兴把礼物放到八仙桌上,上前施礼道:"伯母好。"

老太婆回应道:"你来了,快坐着喝茶。"

"哎。伯母,我也曾是五台山显通寺的蓄发弟子,崇拜佛祖、菩萨。前几天,我到西安去,发现了一尊玉雕菩萨像,十分精美,特请回献与伯母,愿菩萨保佑伯母康乐长寿。"

老太婆看着雕琢得惟妙惟肖的观世音菩萨雕像,喜上眉梢,说:"佛门弟子就是和常人不一样,送的礼也是如此独特。难得你有这份孝心,我今后定当每日烧香敬奉,愿菩萨保佑你们岁岁平安,万事如意。"说着,转向儿子说,"娃啊,你是带兵之人,难免要征战厮杀,但要有菩萨心肠,多做救苦救难之事,少做滥杀无辜之恶。"

彭德铭站起,恭恭敬敬地向母亲作揖道:"孩儿谨遵母亲教诲。"

老太婆知道来人必然有事,知趣地告辞道:"你们聊,我到佛堂念经去了。"

老太婆走后,彭德铭问道:"继兴贤弟,不知你来有何贵干?"

傅继兴答道:"好老兄,生意跟着形势转,商机尽在变化中。而今,战乱不断,形势难测,传统生意实在难做。老兄是军界人,战争及形势发展肯定比我们这些老百姓清楚,我想领教领教,看老兄还有什么看上的好生意。"

彭德铭叼着烟斗吸着烟,看着喷吐的烟圈沉思着说:"而今,国共两党已经开战,但谁胜谁负还很难预测。国军虽兵多将广,装备优良,但却屡战屡败。共军谋高兵精,善于游击,神出鬼没,战则必胜。长此以往,国军难免被共军一点点吃掉,江山易主也不是没有可能。要说而今的生意,最好的莫过于军火、医药等违禁品生意,但那是要冒杀头危险的,一般人做不来。"

傅继兴顺势引导："老兄，既然国共两党还料不定谁坐江山，那你可不能死心眼在一棵树上吊死，要给自己留好后路啊！至于说违禁品生意，我看能做，因为老兄不是一般人，你是违禁品检查站的头脑，何不趁机做些这号生意，挣些钱，以备世事变故之需？至于说危险嘛，生意行讲究的就是富贵险中求。自古以来，多少富商大贾不就是冒险而成就了大事。战国时期，吕不韦冒险买人质，结果是富可敌国，权倾朝野。胡雪岩冒险为清军购运军火、粮食，获得了左宗棠的信赖和支持，成了名垂青史的红顶商人……"

彭德铭感叹道："我虽位居军职，身处乱世，知道军官们的发财门道，但鉴于老母教诲，不敢越雷池一步，因而至今仍是囊中羞涩，哪还有本钱做生意？"

"你没有钱，兄弟我有啊。钱我来出，驾你来保，出了事，兄弟我承担，挣了钱，咱们平分。而且，咱们这生意做好了，还能修一条后路。"

"此话怎讲？"

"不瞒你说，当年，西凤山游击队曾在黑松林救过我们商号送货车队。因此，我认识了一个叫秦国栋的队长，他后来率领游击队参加了红军。这人仗义够朋友，在山西运城还帮我为母亲报过仇。他现今在旬邑马栏关中分区工作，已晋升为师长。听他说，他们那里军火、药品等军需物资奇缺，咱们若能为他们搞些所需物资运过去，岂不是帮了他们的大忙，他们能不记咱们的好？用伯母的话说，这也是救苦救难。你如果想请功领赏，现在就绑了兄弟……"

彭德铭正颜厉色道："你把我当成啥人了？！不过，咱们做这号事，一定要谋划好，确保做到不露声色，神不知鬼不觉。"

…………

寻好了货源，搞通了检查关口，傅继兴开始行动。

傅继兴通过朱志远在西安买到了一批药品，运回泾阳后，当即赶到口镇和彭德铭商量运输问题："我已搞到了一批药品，准备送往旬邑马栏，你看你检查站啥时方便放行？"

彭德铭答道："你记住，送货一是要避过口镇集日——因为着集，人多眼杂，道路拥挤车难行；二是要避过县上和上级检查，那时检查认真，

不能走过场。咱们都要随时摸清这些情况,酌情决定送货时间。明天没有什么活动,你早早赶来。"

"好!我也要叮咛你一点,据我所知,国民党一些官员也在趁乱发国难财,倚仗权势做着违禁品生意。你要注意收集他们的放行凭证,掌握他们的把柄,万不得已时,可以拉大旗作虎皮,保护自己。"

彭德铭拍手叫好:"你这个办法好,必要时,咱们还可以以攻为守。"

傅继兴说:"我明天拉一车盐,一车茯砖茶,车上面装着货,下面盐、茶袋子中间夹带着药品。"

"我知道了。"

…………

第二天天未亮,傅继兴和伙计们就吆着货车上了路,赶天大亮,已过了云阳。一路上,快马加鞭,马不停蹄,但只见,沿路的玉米结棒棒,棉花开得白茫茫,夹道绿树朝后倒,空中鸟儿任翱翔。大约早饭前后赶到了口镇检查站,河山夹持的道路上,一排栏杆挡住了去路,几个荷枪实弹的士兵喝喊着:"站住!我们要检查。"

这时,彭德铭从临时搭建的岗楼里走出,佯装不认识地问道:"车上拉的什么货?给哪里送的?"

"是盐和茯砖茶,给淳化商号送的。"

"该不是给旬邑送的吧?"

"那里有'共匪',我们怕被共产了。"士兵们听着哈哈大笑。

"把袋子打开让我们看看。"

"好。"伙计们遵令解开了车上的麻袋,彭德铭和士兵逐车观看,果然是盐和茶。

彭德铭一声令下:"这是正常生意,开闸放行。"

傅继兴取出几块大洋来,交给士兵说:"老总们辛苦了,拿去请兄弟们喝杯酒。"

那士兵见钱心喜,说:"愿老板一路顺风,生意兴隆。"

顺利地走过几回货之后,傅继兴路熟了,胆正了,买了一批枪支弹药和发报机。事前和彭德铭联系好后,仍旧是天不明赶出县城,平平安安地过了口镇关口。

谁料想,彭德铭刚放走傅继兴车队大约一个小时,几个戴着黑礼帽,

430

穿着黑制服的人赶到了口镇检查站,拿出工作证递给彭德铭说:"长官,我们是县党部的,刚才是不是过去了四辆送茶叶和盐的大车?"

"是的是的,咋了?"

"据线人密报,那是给'共匪'送军用物资的。"

彭德铭故作镇定地说:"弄错了吧?"

"不会的。"

"哎呀!今天可是'大水冲了龙王庙,一家人不认一家人'。"说着,彭德铭慢条斯理地从怀中掏出了一个省党部的便函,递给来人,县党部来的人一看,上面写着:

各检查站,此车队系为我部运货,见此函一律放行。

便函上盖着省党部和书记的印章。

县党部来的人暗暗吃了一惊:"想不到这车队还有这么大的背景,亏得没抓着,真抓着了,真不知道该咋样下台。"只好乘兴而来,扫兴而去。

第二天一大早,彭德铭在口镇路口茶馆喝着茶,两眼却盯着从淳化往泾阳方向走的大车,好容易等到了从旬邑马栏返回的傅继兴,把他叫到茶馆后边的一个雅座,把这次几乎遇险的事告诉了傅继兴,说:"看来,泾阳的特务已盯上你了,今后,货不敢再从泾阳走了。"

傅继兴想了一想说:"往后,我可以从西安绕道咸阳,从礼泉北屯过河,从王桥向北,直奔口镇。"

眼看着年关到了,秦国栋找上门来,对傅继兴说:"有几位首长要去延安开会,你要千方百计把首长们安全送到马栏。"

"这事责任重大,咱们得好好商量商量。"

"你走这一路经验多,你先说说。"

"那我就说个初步意见,你看着办。快到过年了,在西安、咸阳做生意的陕北老板都要赶回家过年。咱们可以让首长装扮成老板的样子,带上常规过年应带的礼物和东西,按年龄大小假扮成几个家庭。一个家庭配一辆轿车,每辆轿车颜色不一,吆车人口音也要不一样,并给每辆轿车再配一辆同样的轿车和同样口音的吆车人。我选些武功高强的伙计坐车同行,作为保卫人员,以应不测事变。"

秦国栋听罢,向傅继兴伸出了两个大拇指:"哎呀!好兄弟,你真行,把这个事谋划得如此周密,符合风俗、礼仪,真可以假乱真,瞒天过海。就这样办,人在三桥集中出发。"

就这样两人依计而行,终于把首长们安全地送过了封锁线,送到了旬邑马栏。

……………

傅继兴凭着睿智和胆识,把个泾阳地下运输站工作搞得成绩卓著,一批批军用物资运往红区,一拨拨革命者在他的掩护下安全地来往于红区与白区之间。

抗日战争胜利后,蒋介石一心想消灭共产党,实行一党专政。为了加强对泾阳这一红区和白区过渡地区的管理,1946年初,国民党陕西省政府选派省党部侦缉队队长屠维岳出任泾阳县县长。

这个屠维岳是老牌军统特务,是国民党的忠实干将,因为侦破"共匪"案件,迫害共产党人有功而被提拔为泾阳县县长。职业生涯使他养成了奸诈多疑、残酷无情的性格,他看谁都像有问题,看谁都像共产党。

屠维岳临上任前,省党部书记宋葆琛和他谈了话:"维岳,你我是多年的老同志,所以,有些话我要叮咛你一下。你知道你为什么能在众多竞争者中被选为泾阳县县长吗?"

"不知道。"

"那是因为你对党国忠贞不贰,敬业尽责,业绩显著。而今,党国正在危急关头,共产党通过抗日战争发展壮大,时刻有颠覆党国江山社稷的危险,而我党的一些人却信仰动摇,甚至被赤化,潜伏危机增多。国共两党之争,犹如当年楚汉之争,今后到底是谁家天下还很难确定。范晔的《后汉书》中有句名言:'疾风知劲草,板荡识忠臣。'你是经过我们党国考验的忠臣,所以我们推选你去做泾阳县县长。

"泾阳虽是一县,却具有重要的战略作用。它是通向西北红区的交通要道,是进攻红区的桥头堡,封锁红区的铁关口;是当年红军、八路军总部以及陕西省委、安吴青训班所在地,'共匪'在当地的潜伏势力大;是陕西的粮棉产区、商贸重镇,亦是重要的军需物资供应地。所以,管理好泾阳责任重大!

"你到泾阳后,一定要坚持两手抓,两手都要硬!

"一抓清共、剿共,千方百计把共产党员和共产党领导的队伍清理消灭干净。真正实现一个政党、一个主义、一个领袖、一统天下。

"二抓生产经营,为戡乱建国提供物资和财力保障。"

屠维岳深深向宋葆琛鞠了一躬,说:"多谢老师指点教诲,维岳自当铭记在心,身体力行,不遗余力,为戡乱建国鞠躬尽瘁,不成功,则成仁!"

屠维岳到泾阳后,以戡乱建国为宗旨,以剿共为第一要务。县上成立了戡乱建国委员会,他自任主任,专门负责搜集共产党活动情报,研究制定相应剿共方略;在全县成立了五个清乡督导组,由县级党政军负责人分别任组长,在县长的总指挥下,督导全县清乡剿共工作;在全县进行国民党员总登记,清除共产党分子;在全县普遍建立三网(情报网、交通网、巡逻网)、四哨(递步哨、盘查哨、巡逻哨、守望哨),整治共产党活动。

屠维岳以戡乱建国为名,横征暴敛,征兵拉丁。成立了编制二十八人的税捐稽征处,当年课税收入一千零七十五万元法币,较上年预算增加了四百二十三万元法币,增加了百分之四十;同时,开征国税两千二百二十五万元法币。全县田赋增加了三成,除每年的田赋、地方公粮照常摊派外,又强征了国民党中央筹借公粮九千石。时不时便向乡镇摊派壮丁,凡有兄弟俩的农户,即抽一人当兵,自己不愿意去的,可雇别人顶替,当时,支应一个壮丁的通行价是八十多万元法币。

············

屠维岳知道泾阳商贸发达,富商大贾多,所以,他想尽办法在商人身上榨油水。最近,他又想出了开征戡乱建设费的新名堂。

屠维岳令勤务员去传商会会长傅继兴。

傅继兴一听屠县长叫,心生忧愁加熬煎,这人老是黄鼠狼给鸡拜年——没有好事,不是加税,就是捐款,弄得商户们怨声载道,叫苦连天。但县长来传,不得不去,便阴沉着脸,像进阎王殿一般,跟着小鬼,来到了县政府。

屠维岳见傅继兴进了门,喜滋滋地招呼道:"傅会长来了,快请坐,喝茶。"

傅继兴礼节性地端起茶杯,却没有喝一口,说:"不知县长传唤有何指示?"

屠维岳见问,便又给傅继兴上起政治课来:"目今国内形势是'共匪'作乱,危害四方,甚嚣尘上,党国危机。我等皆为党国臣民,自当尽忠效力。

"泾阳自古乃商贸重镇,是茯砖茶、中药材、皮毛、兰州水烟等驰名商品的加工、中转、集散地,金融业也是关中翘楚。你是商界领袖、泾阳巨富,在这戡乱建国的关键时候,你要带头为党国多做贡献,更要发动全县商人为国家多多捐资。

"最近,县上研究出台了戡乱建设费,你要想办法予以落实。"

傅继兴已听厌了屠维岳这老生常谈的话,面有难色地答道:"屠县长,你说的那些道理我都懂,可办任何事情都得有个度。自你上任两年多来,年年都要新加摊派款,光经我的手给商户摊派的捐款先后就有中央筹借公粮款、绥靖费、壮丁费、军工役费、骡马代丁费等,各种费用已达十七种,税收还成倍地往上翻,再要摊派其他费用,就伤着做生意人的里肉了,弄不好,会把人逼得倒闭关门的,这个费我实在没法摊!"

"你还没摊,咋就知道摊不下去?"

"唉!好我的县长哩,你没有做生意不知道生意人的难。抗日战争到如今,咱这里是战乱不断,商路阻断,客商难来,市场萧条,生意难做,许多商号都倒闭了。再要加收摊派款,还不知道有多少人要破产关门哩。商户少了,税源自然少了,这不是竭泽而渔,饮鸩止渴吗?屠县长,请你好好想想,看划算不划算?"

"照你这样说,戡乱建设费还搞不成了?"

"反正我看是搞不成!鄙人才疏学浅,实在不行,县长可另请高明。"

"哎呀!你还想给我撂挑子示威呀?!"

"不敢!我实在是无能为力!"

屠维岳看傅继兴不听招呼,心中生气,但他知道这会长在泾阳商界威望高,人缘好,在省上也有关系,马上撤下,恐生事端。便口是心非地说:"你说得也有些道理,让我再考虑考虑吧。"两人不欢而散。

屠维岳看戡乱建设费落实不下去,只得另辟蹊径诈钱敛财以支持党国围剿"共匪",挽救危亡的命运。他带着一帮亲信,深入商户进行检查。

屠维岳要以栽赃陷害、诬良为盗的特务手段讹诈商号,他对亲信说:

"咱们出去检查带些毒品，查不出问题，就说他贩卖大烟，或者想办法给他戴顶'红帽子'，不怕他不'出血'。"

屠维岳一伙人进了一家叫恒泰的大茶店，掌柜的楚岐山听说县长来了，急忙出来迎接，好茶、好烟、时鲜水果热情接待，说："屠县长能亲临小店，蓬荜生辉，令人深感荣幸。"

屠维岳喝着茶，抽着烟，笑容可掬地说道："你是我们的衣食父母，我们自当尊重、关心。不知贵店生意如何？"

楚岐山一听，受宠若惊，沾沾自喜，觉得这县长还有些礼贤下士、亲民爱民的姿态，便夸夸其谈地说起了自己的经营业绩，旁边的秘书一一记录在案。

楚岐山兴致勃勃地说完，又引着县长一伙人看了看加工砖茶的各个环节，显摆着说："屠县长，咱这是百年老店，牌子硬，名气大，加工的货走天下，常常是供不应求。"

只见屠县长喜眉笑眼地说："很好！很好！"

屠县长走了，楚岐山喜不自胜，做着美梦，不知屠县长啥时表彰咱呀？！最好能给发些奖金。他等啊，盼啊！谁料想，却把税捐稽征处的人招来了。

稽征处主任说："屠县长带人查访你店，有记录在案，我们通过核算，你店去年偷漏税收六十多万元法币。请你及时缴纳，否则，还要另外加罚。"

楚岐山一听，这才如梦初醒，辩驳道："我那是信口开河胡说哩，去年的税我早都交清了，现在咋能乱加码呢？"

"楚掌柜，这事是县长交办的，要么你寻屠县长去。"

楚岐山窝了一肚子被骗了的窝囊气，他豁出去了，脸红脖子粗地寻到县政府，找到了县长，说："哎呀！屠县长，你真是厉害，去了一次我店里，就要了我六十多万。凭啥哩？"

"凭你红嘴白牙说下的，我们有记录为证。"

"虎凭威，官凭印，商号交税凭账哩。"

"你们的账自己记，谁知道记得实不实。"

"我们进出皆有票，就能证明账真实。"

屠维岳没想到这个看去老实的人，竟然敢和自己顶嘴，怒从心中起，

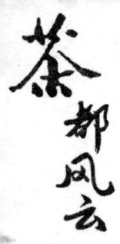

拍案严呵斥:"你这回乖乖地把偷漏的税交了,否则,后果自负。"说毕,扬长而去。

楚岐山一看这县长根本不讲理,牛脾气上来也不认黄:"想叫我补税,没门! 看你能把我咋样!"

楚岐山无论如何也想不到,第二天警察就上了门,以偷税罪把他关押了起来。

一进监狱门,楚岐山就被带到了行刑室,狱警问他:"你承认不承认偷漏了税?"

"长官,我冤枉,我实在没有偷漏税。"

"看来,你这人真正是不见棺材不落泪,今天,我叫你看看王法的厉害。"说着,不由分说,执皮鞭就打,直打得楚岐山皮开肉绽。

楚岐山是财东娃出身,继承祖业开着茶店,哪里受过这号洋罪,直打得他是叫苦连天:"好爷哩,再甭打了,你们说咋办就咋办。"

"你这人,好逞能,跟屠县长都敢胡顶嘴,如今是,鞭子挨了,磨子还非拉不成,何苦来?"

楚岐山被警察抓走了,他妻子哭哭啼啼地来寻傅继兴:"傅会长,我掌柜的被警察抓走了,你快想办法救救他,花多少钱都行。"

"嫂子,你先别哭,警察抓你掌柜的到底为啥来?"

"听伙计说,先是县长来茶店看了看,问了问经营情况,第二天收税的人就来说我家茶店偷漏了税。我掌柜的不服,就去找县长,不知咋说来,第三天就叫警察抓了。"

傅继兴一听,心里明白了,屠维岳是要诈着、逼着让茶店多交些税哩,当即劝慰道:"嫂子,不该出的事已经出了,你甭难过,我想办法把人救出来。"

劝走了楚岐山妻子,傅继兴马上去找屠维岳。

屠维岳见傅继兴前来,已料知为了何事,心里暗想:你们这些商人真正跟犟驴一样——吆喝着不走,打着跑,你现在还知有事要求我?但表面上还是正儿八经地应承着:"傅会长前来,有何公干?"

傅继兴答道:"屠县长,听说恒泰茶店掌柜的叫警察抓了,有这事吗?"

"有这事,因为那人偷漏了税款,税捐稽征处的人去征收,还不认账,不识好歹,不听劝,胡搅蛮缠不服管。本县长在其位而谋其政,依法惩处,以儆效尤。"

"屠县长,楚岐山偷税漏税是该处罚,可念在以往他对县上摊派的捐款能积极带头的分上,请你从宽处理。"

屠维岳拘押楚岐山,本来就是想杀鸡给猴看,也是想震慑一下这个不听话的会长。他自以为得计,在心里想:你不给我搞捐款,我也有办法叫商户出钱。而今,看着这个像强项令一样的会长低头来求自己,也就顺坡下驴,说:"既然是会长来说情,那就饶了他这一回。叫那茶店拿一百二十万元来,我这里通知放人。傅会长,你回去好好跟你商会那些商家说说,凡是不听政府号令,违法乱纪者,楚岐山便是样子,一律严惩不贷。"

傅继兴见目的达到,故作承情的样子说:"谢谢县长宽宏大量。"

…………

这一天,屠维岳一伙人检查商户来到了西关,观见几辆拉货的大车迎面而来,屠维岳指示随从挡车检查。

秘书尉浩然立即挥手喊道:"停车,我们是县政府的,要检查。"

一个头戴礼帽,身穿长袍马褂的人走上前来,又是递烟又是塞钱,说:"我是咱泰和烟店的二掌柜宁长安,这些车上拉的是兰州水烟,刚从兰州赶回来。"

检查的这些人倒是干净,烟、钱都不收,说:"你把我们当成啥人了,拿这些东西就想买通关节混过关。你说,这车上还拉着什么?"

"就是水烟,再没有啥。"

"那就让我们好好查查。"

检查的人分头到各辆车上去检查,忽然,一个检查人手举着一个布包袱喊:"这车上藏有东西。"

那个检查人拿下布包当众解开一看,原来是大烟土。

跟车的人十分惊奇,异口同声地说:"这些货都是我们亲自装的,咋会有这号东西?"

"你问我们,我们问谁去,难道说是我们给你栽赃不成?"

宁长安唯唯诺诺地说:"不敢,不敢。"这时,跟前已围了许多人。

屠维岳想用查禁烟毒之举,争取人心,便道貌岸然、义正词严地说:

第二十八章 巧谋划 开通运输线 除暴政 为民杀恶魔

437

"大烟乃是害我国民之毒品,国家和各级政府三令五申,禁止贩卖和吸食大烟。泰和烟店利欲熏心,竟然不顾国家法令,乘到兰州拉水烟之机,夹带贩运大烟,现在,人赃俱获,我们必将严厉惩处。把这些人和货押上走!"

不明真相的群众竟然拍起手来。

最后,泰和烟店受到了重罚。

泾阳县城有家百年老店协成百货店,那掌柜的万学礼是学法律出身,继承祖业当了掌柜的,是个得理不让人,好打抱不平的人。屠维岳自上任以来,许多次给商会摊派的事,都是这个人为傅继兴帮腔而弄不成事。他对其怀恨在心,想要找个办法治治这个人。

这一天傍晚,他给秘书尉浩然悄悄交代了一番,便来到了万学礼的住宅。

万学礼正在书房看书,见屠县长来了,赶紧往客厅让:"贵客来了,请到客厅用茶。"

尉浩然开言道:"万掌柜,你这儿书真不少。"

"只是没事时翻翻,消遣而已。"

屠维岳随着万学礼到客厅喝茶,抽烟,闲聊了起来。尉浩然在书房翻看着书。

过了不长时间,只见尉浩然拿着几本包着书皮的书走了出来,说:"哎呀!万掌柜,这些书都是'共匪'的书,你这里咋还有这些书哩?"说着,拆掉了书的包皮……

屠维岳接过一看,故作惊讶地问:"哎呀!万掌柜,你可是知法知理的人,咋也看这些严禁的书?"

万学礼赶紧辩解:"这书不是我的。"

"不是你的难道是从天上掉下来的?"说着,屠维岳和尉浩然脸色突变,拿起书来就走。

万学礼追着喊着:"屠县长,我冤枉!那些书真不是我的……"但不管他咋样喊冤,走去的两个人连头也不回。

第二天,警察就以这些书为凭证,逮捕了万学礼这个"共产党嫌疑犯"。万学礼家人四处托人寻关系,找到了省党部书记,给屠维岳发了放人的话,万家又给屠维岳送以重金,万学礼方才落了个取保候审的下场。

对于真正的共产党人，屠维岳更是严密侦察，心狠手辣，严惩不贷。

泾阳曾是红军总部、八路军总部、安吴青训班、陕西省委所在地，屠维岳派特务从这些地方查起，看谁和这些单位来往过，秋后算账寻找嫌疑人。结果，公开枪毙了当年搞"交农"运动的领导人之一的冯世昌、搞"学运"的领导人郑治邦，把他们的头割下来，挂在城门楼上示众。活埋了宁死不屈的地下党的领导成员耿志明，逼走了在泾阳姚家巷小学任教的地下党员黄海潮、在泾阳九娘庙小学任教的地下党员褚民主。有一个叫申从文的地下党员，被屠维岳用"老虎凳""坐飞机""烫烙铁""钉竹签"等酷刑折磨得死去活来，可就是不肯招供认罪，他便用枪在这人的小腿上打了个洞，用绳子穿过去，拉着游街示众……

屠维岳的所作所为，弄得泾阳乌烟瘴气，白色恐怖，人心惶惶，不可终日，街谈巷议，谈屠色变，许多商户偷偷搬出了县城。

傅继兴隔三岔五就会听到哪家商号又被屠维岳祸害了的消息。召开商会例会时，大家都异口同声地说："傅会长啊，咱们要想办法治治这个横征暴敛不讲理、心狠手辣祸害人的屠维岳。要不，咱们的生意都做不下去了！"

商会众人提议要整治屠维岳的消息很快传到了屠维岳耳中，他本来就对商会会长傅继兴不满，而今听到商会要整治自己的消息，便不假思索地判定是傅继兴带头所为。想当年，就是这个傅继兴和他的老同学朱志远狼狈为奸，查处了自己外甥的茶店，搅黄了自己策划让外甥当茯砖茶公会会长的美梦，而今，又算计着要整治自己，真正是可恨可恶！旧仇新恨一下子涌上心头，此人不除，终为大患。俗话说："先下手为强，后下手遭殃。"屠维岳决定先整倒傅继兴，再追究朱志远，旧账新账一齐算！但从何处下手，却令屠维岳费尽了心思，按说，商会是个肥差，稍有邪念的人都会趁机敛财，甚至违法经营。可傅继兴偏偏是个仗义疏财、遵纪守法、诚信经营的人，想从这方面寻问题整倒他那是难上加难。而且，傅继兴社会关系复杂，能为其帮忙说好话的达官贵人有的是，一般问题扳不倒他。只有先给傅继兴想办法戴顶"红帽子"，党国的官员很少有人敢干预这号事，除掉这个对手就不难了。

想好主意，屠维岳安排特务积极搜集傅继兴的黑材料。发现傅继兴过去慰问过驻泾红军，还在红军和八路军的会上讲过话，经常往淳化送

货,有帮红军运输物资的嫌疑……听说傅继兴和口镇驻军团长彭德铭相好,屠维岳想当然地认为那团长肯定吃了"黑食",为傅继兴给红军运送物资提供了方便。屠维岳决定以口镇驻军团长彭德铭为突破口,落实傅继兴"通共"的证据。

屠维岳拿着一锦盒金元宝,亲自找到自己的老领导、省党部书记宋葆琛,编造诉说了泾阳商会会长傅继兴为红军运送物资和人员及口镇驻军团长彭德铭为其提供方便的情况。说毕后说:"这是一件事关戡乱建国的大案,但目前证据还显不足,而泾阳驻军又不属我县管理,只得求助于老领导,希望老领导能先传唤一下彭德铭,落实一下相关证据。"说着献上了金元宝,说,"多谢老领导多年来对在下的栽培,献上薄礼一份,请笑纳。"

宋葆琛收到重礼心中喜,但却假意推辞:"咱两个是多年的老关系,用不着这些虚礼。"

屠维岳说:"知恩必报乃是常理,我知道你不在乎这些东西,我用它只不过表示一下寸草报答春晖的孝敬之意。"

"那就下不为例了。至于这件涉红案,你抓得好,我全力以赴支持你。你那边该咋办咋办,我这里马上就传唤彭德铭。"

彭德铭接到传唤,觉得奇怪,驻军不属省党部管,省党部为何传唤?仔细思想,这事八成与自己管理的检查站放行红区物资、人员有关。他立马去找傅继兴,说明了情况。

傅继兴一听,思量了一会儿说:"目今应急之策,只能是'拉大旗作虎皮',拿着省上领导要求放行去红区的条子,特别是省党部要求放行的条子,胁迫他们放弃追查,但我们也要做最坏打算,你把那些省上领导批的条子给你们驻军中最信任的人留些,如果你被扣押了,不能按时返回,马上令那人去军部和省政府告状,以批条为据去救你。"

两人商量好,彭德铭急忙赶赴省党部,见到了书记宋葆琛。

宋葆琛开门见山地问:"德铭,有人反映你放行运往红区的物资、人员,可有此事?"

彭德铭面不改色地答道:"有这事,但都是遵从省上长官之命放行的。"说着,拿出了一些条据。

宋葆琛接过一看,有省长的批条,有省剿共司令部司令的批条……

都是些自己惹不起的角色,甚至还有自己的批条。吓得他忙问:"你哪里来的这些东西?"

"我们检查站收的。"

"你收存这些东西干什么?"

"因为我知道擅自私放运往红区的物资和人是'通共'的罪,那是要杀头的。而现在有的长官,有了好事都往自己怀里揽,出了瞎事推得远,丢卒保帅的事屡见不鲜。我不保存这些东西,怕一旦出了问题说不清楚,当了替罪羊。我临来时,还把一些批条给一个亲信留着,一旦我被扣押了,叫他带着那些批条到军部和省长那里去告状,为我洗清冤枉。"

宋葆琛一听,也怕事情闹大自己脱不了关系,当即转变态度,进行安抚:"德铭,好兄弟,你想得周密,做得对,不过这些事不宜张扬,今后注意点就是了。"

屠维岳等不到省党部老领导的消息,泾阳的形势又拖延不得,他决定先斩后奏硬下手,令警察局以有"通共"嫌疑先拘押了傅继兴,用酷刑迫使他低头认罪。

傅继兴被警察抓了的消息很快传到了关中分区秦国栋的耳朵里。他当即以关中分区特派员的身份找到了中共泾阳县工委书记黎仲山,先宣读了关中分区的指示:"泾阳县工委,傅继兴是我分区地下运输站站长。他虽是一名党外同志,却为我党采购运输军需物资,护送出入红区白区的人员做了大量卓有成效的工作,你们必须千方百计进行营救。要精心策划,周密部署,只能成功,不能失败!"

传达了分区指示后,秦国栋说:"仲山同志,你是当地人,情况熟悉,先谈谈你的想法。"

黎仲山听罢说:"我们坚决执行分区指示,全力以赴营救傅继兴。傅继兴是我们泾阳商会会长,为人仗义疏财,乐善好施,见义勇为,深得民心。所以,我想先发动商人罢市,学生罢课,到县政府请愿,迫使政府放人。此举如果不行,我们再进行武力营救……"

"好,就按你说的办,先进行第一步,不行了,我们再商量着办。"

泾阳人都知道傅继兴是个敢为群众主持公道,不怕长官、恶人,好打抱不平、乐善好施的好人,许多人都受过他的救助恩惠。县政府乱加罪名逮捕了他,大家都为之愤愤不平,一听说要罢市、罢课救人,真正是一

呼百应。

寒冬还没有过去,凛冽的西北风呼呼地刮着,满天的乌云遮住了太阳,屋檐的冰凌像杀人的钢刀闪耀着寒光。只有松柏没有被寒流征服,依然展示着春的颜色。

严寒冻不住人们的热血,灭不了人们的意愿。商人、学生、农民,顶着寒风,打着"释放好人傅继兴"的横幅和"不准乱抓人!""谁搞冤案就打倒谁!""打倒祸国殃民的屠维岳!"的各色标语旗,从四面八方向县城赶去,人流的队伍越来越壮大,口号喊得震天响。城乡的商铺关门了,学校停课了,县城街上,摆摊的、拉洋车的,甚至连平日里给县政府及各机关单位送粮、送水、送炭、做饭的,也都加入了游行示威、请愿队伍。泾阳霎时变成了一座死城,请愿的人群把个县政府围得水泄不通。"打倒祸国殃民的屠维岳!""释放好人傅继兴!"的口号声响彻云天,听得屠维岳不寒而栗。令警察驱赶、抓人吧,怎奈警察也对屠维岳心怀不满,同情傅继兴,因而也是装装样子干喊叫,不下手,对县政府声称是寡不敌众。县政府被困得就像一个牢笼。

屠维岳只能指望监狱的审讯了,可消息传来,各种酷刑用尽,傅继兴死活不认罪。

一天扛过去了,两天扛过去了,三天扛过去了,请愿的人不减反增,连省政府、省党部也来了电话:"如果没有确凿证据,立即释放傅继兴!"

民意难违,上命难抗,屠维岳不得不放了傅继兴。霎时,鞭炮声响遍了泾阳城乡。

遍体鳞伤的傅继兴回到了家,秦国栋、黎仲山、商会同仁、学校领导、农会朋友、亲戚朋友络绎不绝地前来看望,傅继兴深受感动,一一致谢。

田爱君及家人看着傅继兴遍体鳞伤,禁不住伤心落泪,当即请来医生为傅继兴看病疗伤。

爱君遵照医嘱,按时为丈夫用热水擦洗着伤口,抹着药,看着丈夫疼得龇牙咧嘴的样子,她疼在心里,背过身去擦着止不住的泪水说:"这个屠不死的,咋叫人把你打成了这个样子,都不怕遭雷劈!"

傅继兴若有所思地说:"苍天有眼,神佛有灵,恶有恶报,善有善报,不是不报,时候未到。"

爱君日夜守护在继兴身边,按时换药,精心做饭,希望他尽早好起来。

　　傅继兴在家中养着伤,思考起了自己的人生。少小投拜佛门,在他心上刻上了"慈悲为怀,普度众生"的印记;上学读书,使他树立了实业救国的理想;"三民主义"使他看到了民主共和的愿景。他努力着、奋斗着,力求使自己成为救国救民的国家栋梁。"五四运动",他冒着被抓、被关的危险,义无反顾,冲锋在前。实业救国,他筹办研讨会,舌战群儒,宣扬实业救国主张。兴办实业,他兴利除弊,勇于改革,成为行业领头雁。他实指望引领着自己的团队奔向更加辉煌的明天。可腐败的清王朝被推翻了,国民政府成立了,但却是换汤不换药,"三民主义"的理想破灭了,官员腐败、苛捐杂税压得兴办实业的人喘不过气、苟延残喘。动不动从天而降的"红帽子"就会把人送入阎王殿。傅继兴在心里呼喊,苍天啊!佛祖啊!我该向何处去?!

　　傅继兴思考着自己的死里逃生,他由衷地感谢共产党,感谢全县的父老乡亲,但他不想给感谢、感激开空头支票,他要干一件实实在在的事来报答他们——想办法除掉这个祸国殃民的屠维岳,哪怕是杀身成仁。傅继兴不露声色地准备着。

　　他在病床前召开了义和兴董事会成员会,说:"我最近要休养一段时间,公司的事就由二叔负责料理,请各位多多支持二叔的工作……"

　　田来运推辞道:"这么一大摊子事,我恐怕支应不下来。"

　　傅继兴说:"没有什么可怕的,遇到事你按公司章程和经营规矩办即可。"

　　这天晚上,傅继兴对爱君说:"你带着孩子和妈回老家山西避一避。"

　　"咋了?"

　　"屠维岳吃人不吐骨头,绝不会善罢甘休,我怕他还会找机会报复!"

　　"那我就更不能走了!"

　　"胡说,你们都在这儿,出了事我顾谁呀?你们先走,万一出了事,我一个人好脱身。"

　　爱君只好流着泪答应了。

　　就这样,爱君和母亲带着孩子傅田伟悄悄坐上轿车离开了泾阳。

　　释放了傅继兴,县城恢复了平静。一个月过去了,两个月过去了,三个月过去了,屠维岳见没有什么动静,方才睡起了安稳觉。

第二十八章　巧谋划 开通运输线　除暴政 为民杀恶魔

  这是一个伸手不见五指的夜晚,傅继兴穿着夜行衣从后墙跳进县政府,径直向屠维岳的卧室奔去。他用刀拨开房门后,来到了屠维岳床前。雷吼般的呼噜声,仿佛睡在这里的是一个魔鬼,他小心地擦着洋火仔细一看,屠维岳在傅继兴的眼中显得面目狰狞。傅继兴口念"阿弥陀佛",心中想:恶魔不除,百姓难安。他掏出锋利的匕首,结果了昏昏沉睡的屠维岳的性命,把一张写好的告示贴在了墙上。

  从县政府出来,傅继兴飞檐走壁一般翻过了城墙,顶着黎明前的黑暗,迎着凛冽寒风,昂首阔步朝西北方向走去。

  第二天,人们才发现屠维岳叫人杀了,只见其卧室墙上一张白纸上写着一首诗《满腔怒火送瘟神》:

> 泾阳自古繁华邦,
> 屠夫到来景凄凉。
> 横征暴敛五业衰,
> 强取豪夺民遭殃。
> 栽赃陷害兴冤狱,
> 莫须有下丧忠良。
> 为民雪恨除恶贼,
> 一人做事一人当。
> 杀人者——傅继兴!

  傅继兴杀了害人县长屠维岳的消息不胫而走,消息到处人人欢呼,敲锣打鼓放鞭炮。傅继兴一下子成了老百姓心目中的英雄,各种关于傅继兴的传奇故事在泾阳广为流传。

附录1:贺词选编

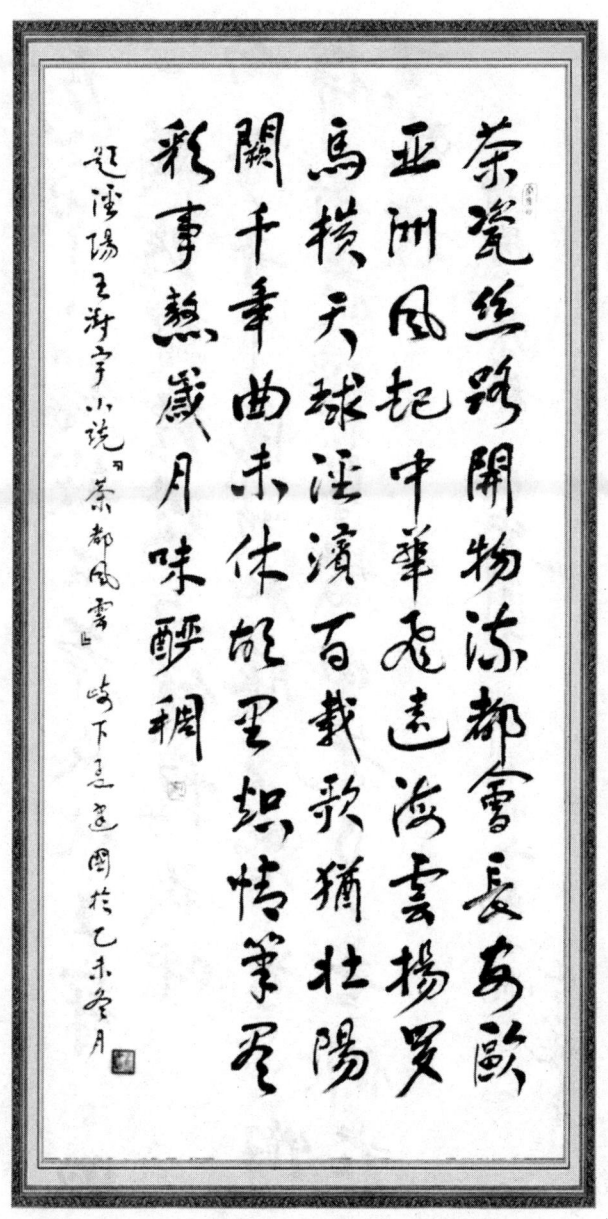

故里炽情笔尽彩

中国作家协会、诗词学会会员,陕西省诗词学会会长　孟建国贺

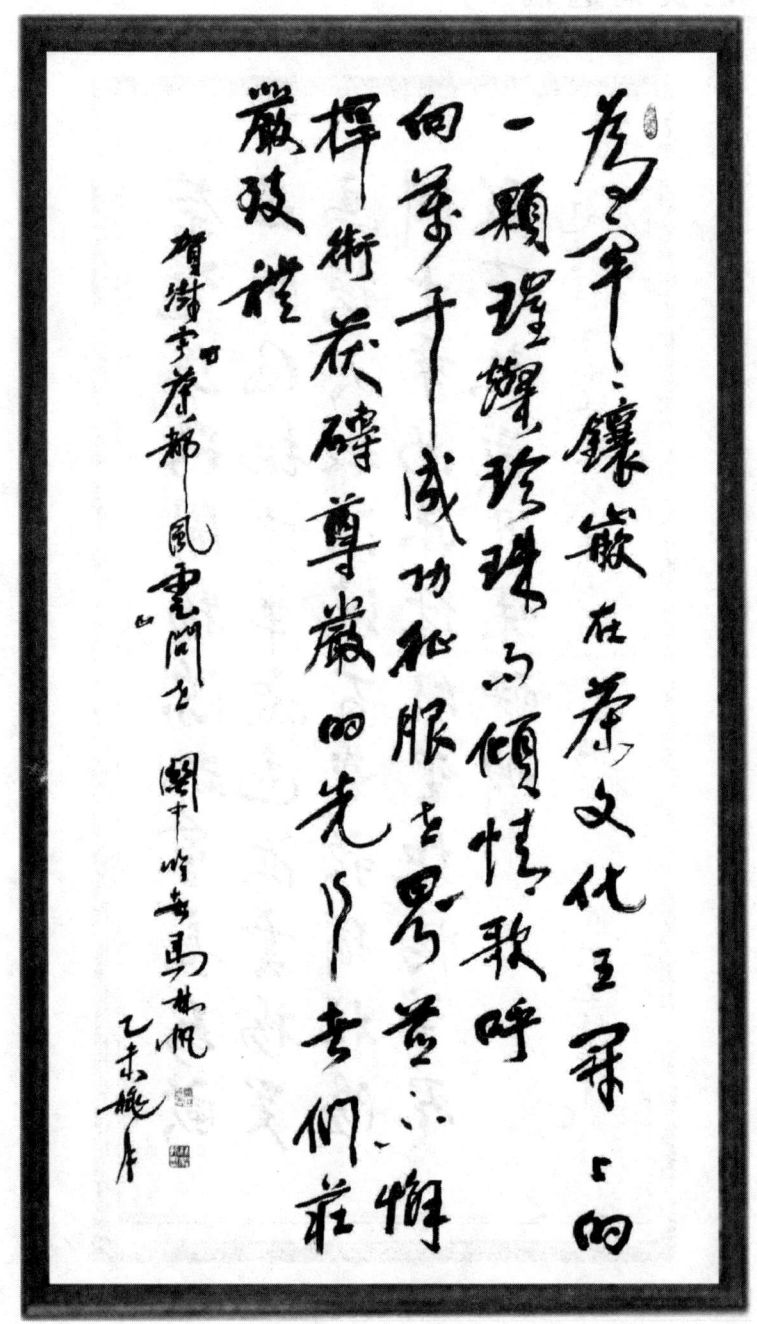

中国作协会员,中国诗歌学会理事,著名诗人 马林帆贺

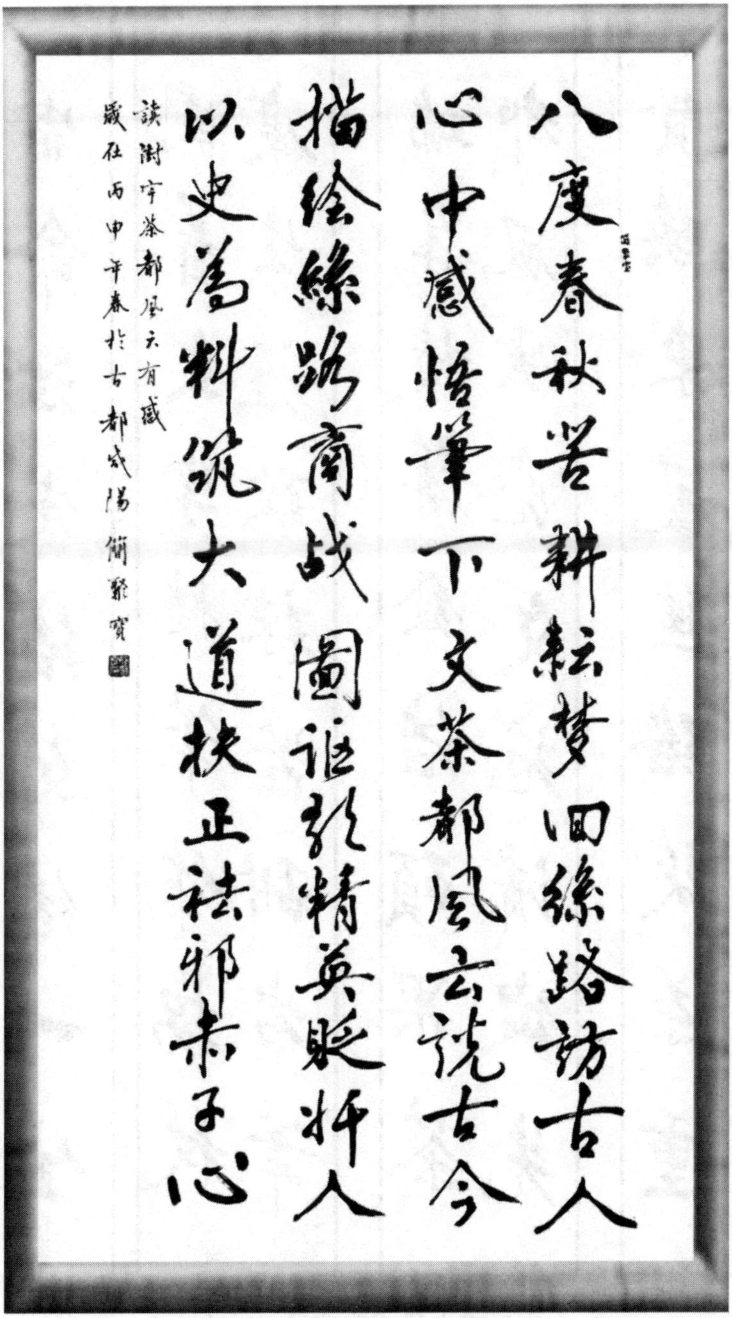

以史为料筑大道

八度春秋苦耕耘 梦回丝路访古人
心中感悟笔下文 茶都风云说古今
描绘丝路商战 图证龙精英败坏人
以史为料筑大道 扶正祛邪赤子心

读树宇著都风云有感
岁在丙申年春于古都咸阳 简聚宝

作者老师、陕西省仪祉农业学校原校长　简聚宝

祝贺澍宇先生《茶都风云》出版发行

宿命注定结文缘一生

围着文字转笔作拐杖
度生涯酸辣苦甜出笔

端厚积薄发结硕果
都风云亮文苑请出先

贤唤东风丝路放茶重
灿烂 省中国现代文学学会贺

陕西省中国现代文学学会贺

中华梦中奏凯歌

祝贺王澍宇先生茶都风云出版发行

华夏茶香飘四海 丝绸繁华留史册
茶都丝绸建辉煌 茶香丝路续新章
茶都风云应运生 呐喊助威促改革
兴邦伟群闯新路 中华梦中奏凯歌

中国传统文化促进会贺 丙申夏

中国传统文化促进会贺

陕西省茶人联谊会贺

以史为鉴促复兴

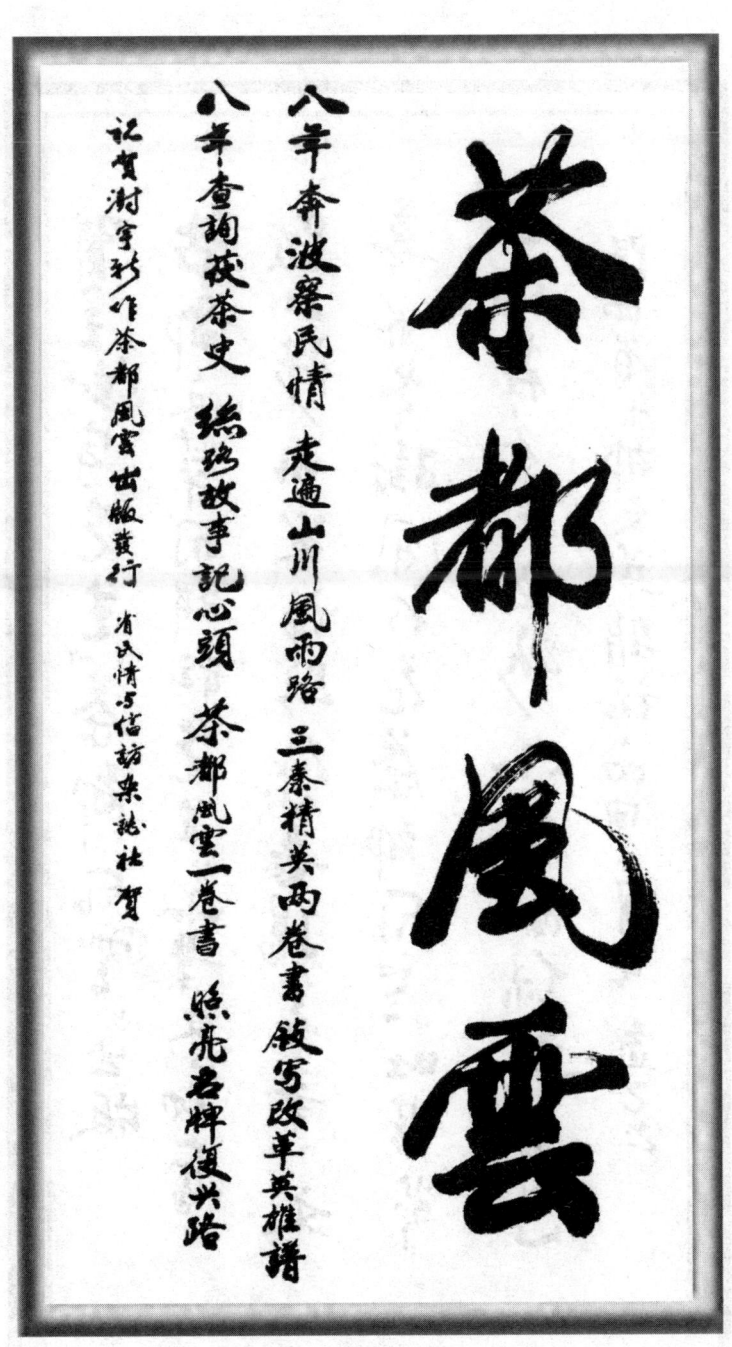

八年奔波察民情 走遍山川风雨路 三秦精英两卷书 叙写改革英雄谱
八年查询茯茶史 丝路故事记心头 茶都风云一卷书 照亮名牌复兴路
记贺谢宇新创作茶都风云出版发行 省民情与信访杂志社贺

陕西省《民情与信访》杂志社贺

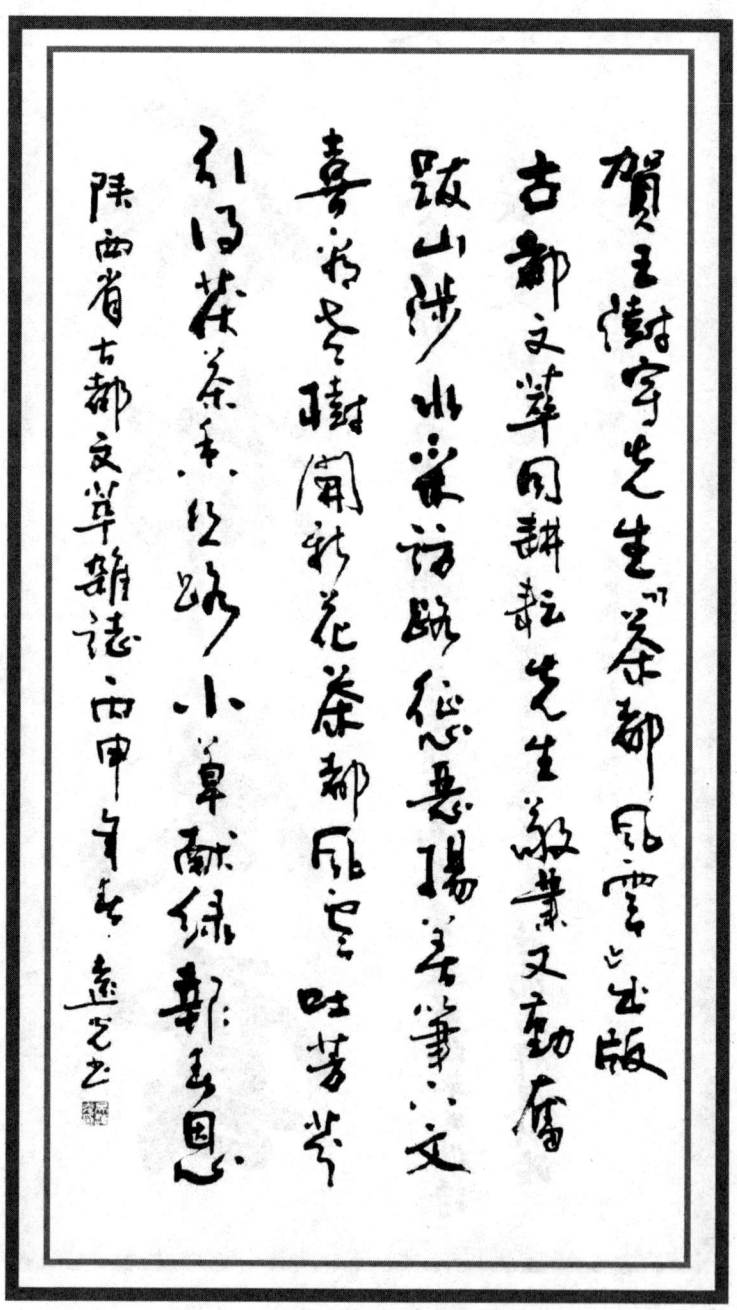

陕西省《古都文萃》杂志社贺

附录2：评论选编

饱蘸心血写春秋

——《茶都风云》读后感

陕西省中国现代文学学会副会长 研究员 宋民新

泾阳自古便是三辅名区，京畿要地。土肥水美，人杰地灵，物宝天华。曾经誉满丝绸之路的泾阳茯砖茶就是她的特产之一。

作为泾阳人的王澍宇先生，满怀着对家乡的热爱和叶对根的回报之情，以讴歌泾阳茯砖茶生产经营先驱们艰苦创业、诚信经营、改革创新、开拓进取的奋斗精神及见义勇为、勇斗邪恶的大无畏精神为主题，用了八年多时间，以顽强的意志，饱蘸心血，写成了四十多万字的长篇小说《茶都风云》。

在《茶都风云》付印之前，我将文稿反反复复看了几遍，觉得这是一部历史题材、现实主义的文学作品，是一部故事情节曲折动人，可读性强，能给人以有益启示的长篇小说。具体地说，有以下几个特点：

选题好　结构巧妙

目前，我国正在实施"丝绸之路经济带建设"经济发展战略，而泾阳茯砖茶以其消食利水、杀腥解腻、扶正祛邪等独特功效，恰好就是当年丝

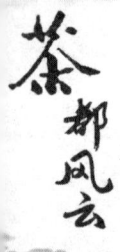

绸之路上的俏销货。然而,关于泾阳茯砖茶生产经营的先驱们奋斗的历史和文化,在文学作品中却很少见到,系统地描写茯砖茶的生成、发现、制作、经营及先驱们奋斗历程的小说我还从来没有见过。所以,我认为《茶都风云》填补了这方面的空白。她必将成为丝绸之路经济带建设大潮中一朵推波助澜的浪花,为进一步提升泾阳茯砖茶的文化品位,为茯砖茶再创辉煌增光添彩。

生活是创作的源泉。澍宇先生的个人阅历决定了他生活积累的丰厚。他是创业有成商人的后裔,年轻时先后在商业单位、县政府财委、县工商局工作过,后来又到媒体从事采编工作。所以,他熟悉社会的方方面面和各种类型的人物,特别是商界形形色色的人物,故而,写起这些人物来左右逢源,得心应手。在书中,仅在商界就塑造了十来个类型的典型人物。

坚持以历史唯物主义观点反映历史。《茶都风云》是历史题材的作品,作者在挖掘泾阳茯砖茶历史文化的过程中,坚持用历史唯物主义的观点看待问题,考证分析,去伪存真。比如茯砖茶的生成,传说不一,作者没有人云亦云,而是通过走访老茶工、老专家、做茶人,才确定泾阳茯砖茶是因为泾阳独特的水质、气候、加工技术而制成的。所以才有了制作茯砖茶"离了泾阳的水不行,离了泾阳的气候不行,离了泾阳的技术不行"的说法。对待国民党政府的官员,作者没有采取一律否定的态度,而是客观地反映历史,塑造了一个信奉"新三民主义",一心为富民强县而努力的县长朱志远的形象;一个为支持孙中山的辛亥革命,卖掉自家全部财产,拉起革命队伍的国民党军队师长唐卫国的形象……

对于长篇小说来说,结构非常重要。《茶都风云》结构比较巧妙。作者选取清末到新中国成立前夕这段历史,概括了中国近代诸如"辛亥革命""五四运动""反北洋军阀斗争""民国十八年年馑""红军在泾阳改编为八路军誓师东征""抗日战争""实业救国"运动等重大历史事件,而在重大历史事件的考验面前才能显出人的本来面目,这为塑造各类人物提供了广阔的舞台。

小说写什么?说到底是写生活的矛盾和冲突。围绕茯砖茶的生产经营活动的主要矛盾和冲突到底是什么?作者带着这样的问题,充分发挥长篇小说纵向剖析历史的功能,探寻泾阳茯砖茶近千年长盛不衰的原因,发现茯砖茶生产经营的先驱们能够坚守职业道德,质量第一,诚信经营,并能够与投机取巧,为谋利不讲质量,不择手段的极少数宵小之徒进行坚持不懈的斗争,所以才有了许多长盛不衰的老茶店。其实大家都知道,古今中外,生产经营企业之争,说到底是质量之争,以质量优劣而分胜负。所以,作者选择以坚持质量第一、诚信经营与投机取巧、不讲质量作为矛盾冲突的主线,谋划整体结构、人物和故事情节。

作者学习借鉴古典小说写作方法,巧妙地运用了倒叙结构,制造悬念。小说第一章便写到运城德兴隆商号因进了冒牌茯砖茶倒了商号牌子,气死了掌柜的。而这些冒牌货到底是咋来的?吸引得你不得不往下看着寻答案。再如德兴隆商号伙计昌明礼受骗买了冒牌茯砖茶被发现后,昌明礼不辞而别,不知去处,也给人留下了悬念。又如康定茶庄掌柜胡效先耍赌、抽大烟、制冒牌茯砖茶被发现后,也是采用倒叙的写法说了事情的来龙去脉……除主人公傅继兴外,对于处于配角的主要人物,作者利用一个章节集中进行描写刻画,给人留下了鲜明的印象。如书中的安化茶庄掌柜田来运、兰州茶庄掌柜田来财、康定茶庄掌柜胡效先、雅安茶庄掌柜李瑞生、西凤山游击队队长秦国栋等。

塑造人物栩栩如生

文学是人学,小说归根结底是以写人为其根本任务的,是通过写人的思想、性格,人与人的关系,反映社会生活,揭示社会矛盾和人生问题的。小说的根本生命力在于创造典型艺术形象。澍宇先生呕心沥血,在《茶都风云》中塑造了各种艺术形象,并把他的生活经验、生活理想和美学理想,把他爱与恨的思想感情,全部熔铸在作品里,特别是作品的艺术形象里。作者在塑造人物时,十分注意人物的成长历程,注意人物的复杂性和人物在故事情节中的前因后果,增强了人物的可信性。

作者在塑造主人公傅继兴这一艺术典型时,着力避免把他写成天生灵童,除编撰大量的故事情节,说明他是一个睿智能干,仗义疏财,诚信经营,讲求职业道德,追求质量第一,勇斗制假歹人,维护名牌信誉,锐意进行改革的成功商人外,还突出表现了他的民族英雄主义精神、忧国忧民的社会责任感、以人为本的先进经营理念。书中还描述了他的成长经历:傅继兴生长于传统的儒商之家,自小受家庭熏陶和父亲的精心培养及得道高僧智仁法师的佛学、武功教练，后又以优异的成绩考取了北方大学经济系，经过了"五四运动""实业救国"运动的洗礼，形成了实业救国救民的思想。到泾阳巡察义和兴各地茶庄后，掌握了茯砖茶生产经营情况和存在问题，所以，他在担起义和兴茶业股份有限公司董事长兼总经理的重担后，当即提出了对症下药的改革措施，使义和兴摆脱了困境。在这一阶段，他的所作所为都是实业救国救民思想使然。他使义和兴起死回生的故事告诉人们，企业要想持续健康发展，必须坚持进行兴利除弊的改革。

当共产党领导的游击队救了义和兴商号送货车队，八路军又帮他消灭了杀害母亲的日寇运城驻军，傅继兴从事实中认识到共产党领导的队伍才真正是救国救民的队伍。知恩必报的他勇敢地挑起了"红军地下运输站"的重担。而伪县长屠维岳的横征暴敛，残害共产党人，以至于把他抓入牢房，彻底打破了他实业救国救民的梦想。疾恶如仇的他刺杀了伪县长屠维岳，离开泾阳去寻找新的出路。

书中的义和兴茶店创办人田来福，先在诚盛永茶店打工，刻苦学习茯砖茶加工技术，后又到安化茶庄学会了茯砖茶原料采购，到成都茶庄学会了茯砖茶销售，成了茯砖茶生产经营的"全挂挂把式"。所以，他才能领着两兄弟一举创业成功，但由于作坊式生产经营的弊病，义和兴陷入了困境。这一典型既揭示着他成功的原因，又呼唤着改革。

书中的雅安茶庄掌柜李瑞生也是因为小时在茶店干过活，被父亲手把手地教成了做茶把式，后来又到省武备学堂学习，因为训练有素，结果活用兵法做成了生意。

书中的西凤山游击队队长秦国栋，亲身体验了家庭由农商兼营的富裕之户走向贫困的滋味和原因，他不甘受穷，渴望通过奋斗改变自己的命运。在考入耀县预备军官学校后，在共产党员常崇光的教育培养下成为共产党员。他响应党的号召，毅然放弃了当国民党军官的念想，回到穷乡僻壤的泾阳西北塬组建游击队。他领导游击队赶走了催粮队；铲除了为害一方的恶霸；解救了被土匪抢劫的送货商队；端了冒游击队之名进行抢劫的土匪的巢穴；年馑中恩威并用，迫使财东家向灾民放粮。后来，他带领游击队参加了红军，被改编为八路军赴山西抗日，智灭了运城日寇驻军；在新中国成立前夕的白色恐怖中，成功建立了"地下运输站"；及时组织了对傅继兴的营救。

就是对商场失败者的塑造,作者也不否定他们曾经的辉煌。作者注意剖析失败的原因,以体现人物性格的复杂性,给世人留下警示。比如安化茶庄掌柜田来运,本来是个忠厚能干的人,茶庄开业后生意做得是红红火火、后来居上,但在爱占小便宜的媳妇教唆下,在嫉妒他生意好的同行设计陷害下,才被地痞夺去了收茶权,贪占小便宜却丢了大生意。

书中还成功塑造了田爱君、余惠敏、赵雅茹、谭淑贤、泾阳县县长朱志远、运城德兴隆商号掌柜傅德茂、泾阳诚盛永掌柜赵智诚、成都茶庄掌柜潘兴旺、康定五台山武馆馆长武平顺、老茶工李仁厚、泾阳驻军团长彭德铭、运城驻军师长余世雄等正面人物及形形色色的反面人物的艺术形象。这众多栩栩如生,各具个性特征,因而各自代表着社会生活的某种内容和意义的典型艺术形象,从各方面反映了从清末到新中国成立前夕那个时代,那个社会的现实生活,必将给广大读者留下深刻印象。澍宇先生在这部长篇小说创作中创造艺术形象的执着、艰苦的探索创作过程,不仅仅是纯然的技巧问题,也是与他的世界观,与他对生活的认识、态度,与他从事创作的目的紧紧地联系在一起的。在这方面,他给我们做出了卓越的典范,提供了丰富的经验。

弘扬社会正能量

从《茶都风云》小说中,我们可以看到澍宇先生弘扬社会正能量的良苦用心。

爱情是长篇小说创作中一个永恒的主题。《茶都风云》中对田来福与赵雅茹,傅继兴与田爱君恋爱婚姻的描写,为作品增色不少。

赵雅茹是财东家的小姐,但却冲破了传统门当户对的旧观念和婚姻必须是父母之命、媒妁之言的旧规矩,不嫌贫爱富,自作主张地嫁给了自家的伙计——精明能干的田来福,终究创成了一番事业。

田爱君毅然拒绝了县长公子等纨绔子弟的求婚,和志同道合的傅继兴走到了一起。当傅继兴家中生意倒闭之后,田爱君也无怨无悔。同时,余惠敏也在追求着傅继兴,傅继兴坚守着道德底线,妥善处理了婚姻家庭和朋友的关系。

这两个婚恋故事,是对现实生活中依然存在的门第观念、拜金主义婚恋观和家中红旗不倒,家外红旗乱飘的乱爱观的批判。

作者还用多彩之笔,描绘了泾阳、安化、兰州、成都、雅安、康定等地的美丽自然风光,激发了人们的爱国情怀。各地有名景观中的楹联、诗词也给人们带来美的享受和深刻的启示。

书中还创作、录用了许多楹联、诗词、歌谣,和茯砖茶有关的就有《茯茶吟》《边茶吟》《茶中仙》《论功吟》《茯砖茶商是好汉》《茶都美名天下传》《茯茶香飘丝绸路》《妹妹送哥走边关》《茶中缘》等二十多首(副)。提升了小说的文化品位和可读性。

《茶都风云》所描绘的是一幅当时社会的生态图,泾阳义和兴茶店从无到有、从小到大的发展历程,则是陕商代表之一的泾阳茶帮发展的一个缩影。从书中可以看到,作者对于生活素材进行了严格的提炼,巧妙的改造,也就更完善、更集中、更强烈地反映了生活的本质,更鲜明、更突出地表现了主题思想,因而也就更真实地反映了社会生活,充分显示了作者为努力发展地方经济所具有的强烈责任感以及在写作上扎实的基础和深厚的功力。他的艰辛探索,对于充分挖掘陕商文化具有很大的历史意义和现实意义。

我深信,在我国一带一路战略实施之际,《茶都风云》的问世,必然会引起社会各方的极大关注,会对泾阳茯砖茶这一誉满丝绸之路名牌产品的发扬光大、再创辉煌,发挥不可替代的推动作用。

壮美浑厚的历史画卷

——王澍宇长篇小说《茶都风云》的美学特征

陕西省《古都文萃》杂志总编　马照云

　　王澍宇先生的长篇小说《茶都风云》,以清末到新中国成立前夕风起云涌的中国社会变革为背景,围绕茯砖茶这条线脉,通过发生在关中大地上可歌可泣的感人故事,再现了那个时代波澜壮阔的革命历史画卷,揭示了社会变革时期中国人民的悲苦命运,不屈不挠的奋斗精神。读来发人深省,耐人寻味。

　　通览全篇,我们发现作者是带着中国传统的唯美主义思想谋篇布局、塑造人物、设计情节的。

选材好——切中一带一路建设和发展县域经济的时代脉搏

　　杜甫说:"千古文章唯称意。"立意、选材是文章的核心与灵魂,是成败之关键。

　　《茶都风云》写茶,通过茶写人,题材新颖。茶叶产自温暖湿润的南方,对寒冷干旱的北方而言,能产出"特殊的茶叶"就很新奇、独特,很能抓人眼球。

　　泾阳被誉为茶都,以盛产茯砖茶而名满天下。茯砖茶作为古丝绸之路的重要商品,曾经为促进东西方经济文化交流发挥过重要的作用。如今,党中央提出一带一路建设的宏伟构想。神州大地上正在唱响重走丝绸之路,振兴中西部经济与文化交流的时代交响曲。茯砖茶作为丝绸之路上的一个载体,必将发挥积极的作用。当地政府抓住这一有利时机,大力发掘、振兴茯砖茶产业,努力把茯砖茶打造成泾阳历史文化名片。王澍宇先生选取这个题材,可谓占尽了天时地利,对发展县域经济,促进东西方经济文化交流与合作,加强一带一路建设都有非常积极的作用。由此可见,这是一个关乎县域经济乃至中国经济文化发展的重大题材,有写头,有看头,有前途。容易做好、做大、做强。

著名作家汪曾祺说:"故乡和童年是文学永恒的主题……一个人写小说,总离不开他生活的环境。"王澍宇先生在泾阳生活了一辈子,是家乡人民养育了他,给了他智慧和学养。泾阳茯砖茶滋养了他,他从小耳濡目染了茯砖茶的兴衰变迁,对其有了深切的认识和感受,所以才能写出像《茶都风云》这样有深度、有见地的长篇小说。可以说,《茶都风云》是王澍宇回馈泾阳父老的一块丰厚的大蛋糕。所以说,王澍宇幸甚,茶都人民幸甚!

《茶都风云》不仅可作为一部好看的小说阅读,更可作为茶叶典籍传世,其中许多章节涉及茶道茶艺知识,如茯砖茶的生产、制作、特点、功效及其质量鉴别方法以及名人逸事等,为普及茶道知识,倡导茶文化将发挥应有的作用,因此,就具有了一定的历史文化价值。

人格美——傅继兴:革命熔炉里淬火锻造的英雄楷模

文学是历史记忆的特殊方式。小说《茶都风云》以清末到新中国成立前夕为背景,通过泾阳茯砖茶的兴衰荣辱,反映当时中国社会的发展变迁,再现了那个变革、动荡年月关中城乡人民生活的图景,显示了作者忧国忧民的思想情怀和对中华民族命运的关注。作者把人物放在这样的大环境里塑造,让人物在一个个故事里尽情地展示自己,通过人物的言行举止反映各自的优缺点,人物性格跃然纸上,一目了然。

小说塑造了许多历史人物,其中,仅茯砖茶生产经营者就写了十个类型的人物,通过这些人物的故事,向人们揭示着富商大贾成功的奥秘,衰败商人失败的原因。作者以前瞻性的眼光和深怀忧虑的文化情怀,揭示了动荡年月人民的悲苦命运,讴歌了许多志士仁人为探寻救国救民、富民强国之路,所进行的种种努力和不屈不挠、前仆后继的斗争。国民党军队师长唐卫国,为支持辛亥革命,不惜变卖家产,聚众起义,最后却落得没人发军饷,做了"挡道的"。军校毕业生、共产党员秦国栋,毅然放弃了当国民党军官的念想,回穷乡僻壤组建游击队,惩恶扬善为群众,智斗日寇灭强敌。信奉"新三民主义"的国民党县长朱志远,为富民强县也进行着自己的努力:落实措施振兴茯砖茶产业;年馑舍饭救济灾民,惩办了买卖瞎瞎救灾粮的贪官奸商;为反击镇嵩军围城组织了泾阳保卫战;为兴修泾惠渠千方百计排除障碍;洞察局势,倾向革命,冒险为红军采购医药用品……小说描写了社会变革时代众生百态,其中主人公傅继兴是作者着墨最多,塑造得最成功的一个英雄典型。

作者是带着强烈的唯美主义倾向来塑造傅继兴这个人物的,把这个人物放在清末到新中国成立前夕中国社会风云际会的这个大熔炉里进行锻造。

傅继兴出生在山西运城一个儒商世家,父亲以经销当地食盐和泾阳茯砖茶为生,以信义为本,敬业勤奋,生意做得风生水起,红红火火。傅继兴从小受家庭言传身教,又得良好教育,大学期间又赶上了"五四运动",受到进步思想影响,成长为一个实业救国救民的理想主义者。

人有旦夕祸福。傅继兴的父亲因伙计购买了假茶,倒了商号牌子后,气愤而亡。傅继兴为追查假茶来源赴泾阳调查,寻访到大学女友田爱君,进入了田爱君父亲创办的义和兴茶业总店,深究细查,却发现劣茶不是义和兴所卖。傅继兴经田爱君父母考验,被选为商号接班人。

傅继兴把义和兴作为实现实业救国救民理想的舞台,努力奋斗。积极推行公司化改革,拓展经营市场;自己掏钱收购市场假冒义和兴茯砖茶,公开销毁,保护名牌声誉;争取县长朱志远支持,整治茯砖茶市场,端了制假黑窝点;他精益求精,科学调控抓生产,使义和兴茯砖茶被评为茶王;为避免外行做瞎茶,他力排众议,打破旧规矩,向外传授制茶秘方;担当起茯砖茶公会和商会会长后,他不怕茶店被人烧,送货车队和爱妻被土匪劫持,忠实履行着会长职责,建立行业公约,组建稽查队,加强茯砖茶市场监管,规范茯砖茶生产经营行为,促进茯砖茶产业健康发展;在抗日烽火燃起、原料来源阻断的情况下,他考察、试验,用紫阳茶制成了新产品;为保护商民合法权益,他不惜坐牢抵制伪县长屠维岳的乱摊派。

实业救国救民的理想也派生了傅继兴见义勇为、惩恶扬善、乐善好施、助人为乐的美德。泾阳二月会,他孤身勇斗歹徒救美女;安化茶山,他战败了地痞的帮凶,帮安化茶庄夺回了收茶权;康定巡察,他打走了上门闹事人,妥善解决了康定茶庄的债务纠纷;反抗镇嵩军,他积极组织商人捐款,支持驻军抗敌,组织商人自卫队,亲自带领参加泾阳保卫战;民国十八年年馑,他舍饭救灾民,为买救灾粮,竟遭牢狱之灾;兴修泾惠渠,他积极帮助排除障碍……

但在那个动荡的年代,要实现实业救国救民的理想谈何容易?一是军阀混战、土匪横行、日寇入侵,闹得人心惶惶,商路阻断,市场萧条,生意难做。傅继兴的送货商队就曾被土匪劫持,被共产党人秦国栋领导的游击队救出。日寇侵华,母亲惨遭日军飞机轰炸而亡。傅继兴在已参加了八路军赴山西运城抗日的秦国栋及八路军的帮助下,杀死了害死母亲的罪魁祸首。他从切身感受中觉得共产党领导的队伍才真正是救国救民的好军队,为报答共产党人的大恩大德,他不怕风险,当起了红军的"地下运输站"站长。

国民党政府垂死挣扎,派军统特务屠维岳来泾阳任县长,横征暴敛、残害共产党人,把抵制乱摊派的傅继兴当作"通共"嫌疑犯关押了起来,使傅继兴的实业救国救民美梦彻底破灭。当他被共产党人救出后,夜入伪县政府,杀了屠维岳,毅然离开了他曾想实现梦想的商贸、加工企业舞台,去寻找光明出路。

作者通过这一系列典型事件成功塑造了傅继兴这一典型人物。其成长历程,读来真实可信,发人深省,耐人寻味。

作者带着浓烈的理想主义色彩来塑造傅继兴这个人物形象,把傅继兴塑造得非常完美。他外型高大、英俊,有胆有识,言谈必语惊四座,路见不平拔刀相助,危难关头定有高人相救……可以看出,作者深爱着这个人物,在这个人物身上倾注了作者全部的感情,寄托了作者的理想和情感。作者力图把他塑造成完人,这是作者审美情趣的艺术反映,这种尚美情怀,正是作者为人处世的人生态度,即做任何事都苛求完美无缺,尽善尽美,精益求精。因此,从傅继兴身上,折射出了作者为人处世的理想主义的影子。

基于这种审美心理,小说中不少人物都被作者塑造成了美的化身,如田爱君、余惠敏、田来福、李仁厚、李瑞生、赵雅茹、谭淑贤等。其中尤以女主人公田爱君的刻画让人难忘。她貌美如花,知书达理,既有中国传统女性的温柔贤淑,又具现代知识女性的聪慧机敏。她有胆有识,夫唱妇随,成为傅继兴的坚强后盾。这些人物形象,从另一个方面反映了作者的审美追求。

意境美——情景交融的关中风情画

阅读《茶都风云》,我们从字里行间能感受到作者对故乡山山水水那种发自内心深处的刻骨铭心的挚爱,对家国情仇民族苦难的深刻反思与良知。书中一些景物描写也很精彩,如书中对北方大学一段景物的描写:"眼看着到了秋天,树叶黄了,枫叶红了,它们随着瑟瑟秋风,像蝴蝶样漫天飞舞,宣示着最后的绚丽,飘落尘埃,粉身碎骨,化为粪土,再滋养新的生机;玉米熟了,稻谷黄了,棉花白了,它们献上了真金白银样的丰收;鲜红的苹果,金黄的柿子,紫色的葡萄,土色的猕猴桃等,使秋对春的回报显得多彩多样。北方大学播下了思想自由,兼容并包,独立自由,开放进步的种子,也迎来了多样的收获。从入秋开始,各种学会、报刊相继诞生……"

傅继兴和田爱君婚前闹矛盾而负气出走,田爱君寻找傅继兴:"田爱君一声声呼喊,却没有一点回音,倒是惊动了枯树上的一对鸟儿,极不情愿地飞散而去。"

又如,田来福突然病故后,几位亲友为争夺家产和总号第一把交椅而密谋制造事端,一时间暗流涌动。作者写道:"西北风依然狠劲地刮着,吹折着老树上的枯老枝条;鹅毛大雪依然下着,像要永远埋没往日的路径足迹;欲望膨胀的风雪想创造自己的奇迹。"这些情景交融的描写,为深化主题、烘托气氛起到了很好的作用。

小说丰富生动的故事情节,动感强烈的抒情画面,古老的街道,独具特色的古朴建筑,大量方言、俗语、歇后语等审美元素的运用,以及关中风俗民情的描写,充满了诗情画意,读来妙趣横生,使人如同走进了关中风情园,一幅幅浓郁的关中风情画跃然纸上。这些铭刻着历史传承和文化记忆的优美画面,独具关中特色的风俗民情,为小说增色不少。不仅

丰富了小说的审美形态，也使其筹拍影视剧成为可能，显示了强大的发展潜力和生命力。

当然，小说也存在一些需要完善的地方，其中人物众多，但有些人物性格模糊，如能做更深层次的剖析，自会更加生动、出彩。

然而，瑕不掩瑜，这些都不能阻挡《茶都风云》成为一部成功的现实主义传奇小说。它通过描写茯砖茶多舛的命运揭示了关中人民的悲苦命运，再现了清末到新中国成立前夕中国社会发展的变迁史。重读这段历史，能给我们一种美的享受，一种勇往直前的精神动力。作者以古稀之年有此建树，值得我们借鉴、学习。

让丝路黑黄金在历史的起跳板上腾飞

——简评王澍宇新作《茶都风云》

陕西省《民情与信访》杂志总编 郭志梅

2014年9月,"泾阳茯砖茶·丝绸之路文化之旅"的启动仪式在陕西泾阳隆重举行。这一重走丝绸之路的活动,让丝绸之路的"神秘之茶""生命之茶""丝路黑黄金"——泾阳茯砖茶这一曾深藏历史宝库的茶中奇葩重放异彩,引起了海内外人士的关注。一时间,各大媒体纷纷报道,领导、专家、茶人络绎不绝地到泾阳视察、调研,社会上掀起了茯茶热。

其实,早在2007年,泾阳便开始了泾阳茯砖茶的历史文化挖掘和振兴工作。生于泾阳,长于泾阳的王澍宇同志,和家乡有着深厚的感情。看着泾阳茯砖茶的振兴,他尤为高兴,也想为这一产业尽一点绵薄之力。于是,经过八年多的辛勤耕耘,终于结出了四十多万字的《茶都风云》之果。仔细阅读了《茶都风云》,感触甚多。

《茶都风云》是一部历史题材的长篇小说,它以古丝绸之路上俏销的三大主要商品(丝绸、瓷器、茶叶)之一的泾阳特产茯砖茶为载体,反映了清末到民国,政府、官员、商人、百姓围绕茯砖茶的生产经营所展开的各种矛盾斗争,描绘了一幅当时社会的生态图。

《茶都风云》是一部茯砖茶历史文化的小百科全书

作者通过八年多的调查、采访——走访茯砖茶制作的老掌柜、老工匠、老字号、传承人,查阅了大量的历史资料,挖掘茯砖茶的历史文化,科学考证,去伪存真,详细地描述了泾阳茯砖茶的生成,发现,制作成型;制作的八道工序;茯砖茶原料及茯砖茶品质优劣鉴别办法;茯砖茶的色、香、味及主要功效;茯砖茶经营的地域和主要经营方式;古丝绸之路图谱;各个朝代的管理办法;茯砖茶引发五业兴旺;历史上有名的茯砖茶生产经营者;历史名人与茯砖茶的故事,如《纪晓岚诗说茯砖茶》《林则徐题联赠茶商》《左宗棠访师识名茶》《慈禧受贡赐名福茶》《于右任赞扬安国茶》《一块块茯茶送红军》《八路军誓师东征茶代酒》等。《茶都风云》简直就是一部泾阳茯砖茶历史文化的小百科全书。

《茶都风云》是一幅茯砖茶生产经营者的百态图

主人公傅继兴坚持兴利除弊、改革创新,使处于困境的义和兴茶业商号焕发了生机。在抗日战争原料断绝的情况下,他摸索着用陕西紫阳茶试制出了茯砖茶新产品。他坚持质量第一,诚信经营,使义和兴产品被评为茶王。他识大体,明大义,为使全行业产品质量全合格,打破旧规矩,向不得法程的茶店传授茯砖茶加工技术。自己掏钱收购市场上的假冒茯砖茶进行销毁,保护茯砖茶名誉。他组织稽查队对各茶店生产的茯砖茶进行批量检查,合格者盖印上市。他仗义疏财,济危扶困。沙漠中,舍财救人。年馑中舍饭救人,为给员工买救命粮,竟然招致了牢狱之灾。他疾恶如仇,见义勇为。为反抗北洋军阀进犯,保卫泾阳,他带头并组织捐款,支持驻军作战,组织商人自卫队,亲自参战杀敌人。他不怕得罪官员、歪人,带领检查组端了茯砖茶制假黑窝点,在八路军的支持下,杀了害死了母亲的日寇旅团长,冒着杀头的危险,千方百计为红军采购运输军用物资,护送共产党人。为民除害,杀了祸害共产党人、茶商、百姓,特务出身的县长屠维岳……

作者还塑造了民国时期,茯砖茶生产经营者的各类形象:刻苦学习生产经营本领,白手起家,艰苦创业成功的典型——义和兴茶店掌柜田来福;善于调查、预测市场行情,有的放矢调度购销,做好生意的典型——成都茶庄掌柜潘兴旺；活用兵法，练兵育人，做成生意的典型——雅安茶庄掌柜李瑞生；倚官仗势，明目张胆加工瞎茶的典型——宝丰茶店掌柜蔺宏利；害红眼病，盲目加工茯砖茶，做下了瞎茶，进而假冒名牌销售的典型——恒利茶店掌柜侯宝贵；抽烟耍钱，背上了账债胡成精的典型——康定茶庄掌柜胡效先；玩物丧志，唱戏玩戏子，耽误了生意的典型——兰州茶庄掌柜田来财；嫉妒别人生意好，设计害人的典型——安化晋聚茗茶庄掌柜贾灵醒；靠坑骗人起家的安化好乡亲茶庄掌柜冯大力；贪图小利，吃了大亏的商人典型——安化茶庄掌柜田来运……

《茶都风云》通过塑造这些艺术形象，向人们揭示着茯砖茶生产经营者成功的奥秘，失败的原因。而这些典型在我们现实生活中也能看到他们的影子。让我们以史为鉴，健康发展，让丝路黑黄金在历史的起跳板上跳得更高，飞得更远。

《茶都风云》不但挥洒大量笔墨叙写了茯砖茶的历史和围绕它展开的商战，还以多彩之笔描绘了华夏大地的美丽风光，特别是对泾阳风土人情、绮丽景观进行了详细描述，让人如身临其境，沉迷其中。

《茶都风云》的作者写作手法纯熟，他采用以事显人、对比描写、烘云托月、拟人化的景物描写等艺术手法，塑造典型环境中的典型人物。书中前后有一百多个人物出场，作者个个信手拈来，驾轻就熟，表现了作者驾驭长篇小说的能力。尽管小说中引用了大量的文献资料和大段讲话，使小说的可读性打了折扣，但瑕不掩瑜，作者倾心为故乡所作之书，既表现了故乡的特色，也表现了故乡的历史，他这一颗为故乡鼓与呼的文化担当之心，必将在泾阳的历史上留下浓重的一笔。

探索历史真实 讴歌一代精英

——长篇小说《茶都风云》管窥

陕西省《古都文萃》杂志主编 王卫生

我和王澍宇先生是十几年的老同事,前段时间,听说他在写长篇小说,我真为他捏了一把汗。因为,他虽然写过不少好作品,但是从未写过长篇小说。对我写的小说,他曾提过一些很好的建议,当时我就感觉,他对小说创作,是有见地的。当我看到即将杀青的长篇小说《茶都风云》初稿,我的感觉再次被证实了。

下面,谈一下我对这篇小说的粗浅看法:

《茶都风云》是一部靠真实历史资料支撑起的作品

近年来,肤浅之作常有出现,最常见的表现是罔顾历史。不是不知道,而是知道,故意为之。因为写历史厚重的作品费劲么,光搜集、整理资料就得耗费很大的精力。特别是档案馆实行收费以后,又要增加一笔开支。为吸引眼球,有些作者脱离生活实际,瞎编乱造故事情节,云里来雾里去。这股风把清纯的文坛刮得天昏地暗。真正优秀的作品,反倒被这一乱象遮挡了光彩。

让我们欣喜的是澍宇先生的作品,没有受文坛歪风一丝一毫的影响,他完全走的是传统的写作路子,一手抓创作,一手抓生活。从《茶都风云》中,我们看到的,不仅是我们国家清末到民国时期活灵活现的一部生活大剧,甚至可以追溯到北宋、西汉年代。可以肯定,澍宇先生在前期素材准备搜集上,一定是下了大功夫的,不然,哪里能拥有那么丰富的生活素材?丝绸之路上的大事,好办,我们可以在网上查阅,但是,一些地方性的资料,在网上是很难查到的,是必须迈开双腿,进图书馆,进档案馆,甚至要到当地去挖掘才能获得。其中泾阳、运城的资料获取较容易,而安化、兰州、成都、雅安、康定、青海、新疆、西藏的资料的获取,就是难中之难。我以前曾计划写历史小说,最后,在资料的搜集上,打了绊子,被迫搁浅。个中的难场,我是知道的。

《茶都风云》是一部形象的茯砖茶历史文化教科书

从小说中,我们了解到,安化黑茶怎样从堆放的过程中,遭大雨淋,怕霉坏,又晾晒,怕晒得太干导致装麻包时把茶揉碎,又用泾阳井水洒潮,方装包入库。伏天热、茶包压、久堆放,使安化黑茶发生了凤凰涅槃样的变化,黑茶上生出了霉点样的金花。睿智而勇于探索、创新的泾阳茶人,以神农尝百草的精神,冒着生命的危险,自己先喝搞试验,终于证明了有金花的"霉茶",有着香如茯苓、色如琥珀、入口顺爽、喉底留甘等特点,且具有消食利水、杀腥解腻、扶正祛邪等独特功效,一举成为古丝绸之路上的生命之茶、俏销货。以后,泾阳的茶人们,经过摸索、改进,制成了便于运输的泾阳茯砖茶。真正是天帮忙、人努力,造就了这一茶中奇葩。如果没有这一华丽转身,泾阳县永远只是安化黑茶运输路途上一个不起眼的中转点。这个点,随着历史的前进,很可能被另一个普普通通的点所替代。泾阳县也就不会有今天因茯砖茶而产生的耀眼的光芒。就这一点上,和其他的历史事件有相同之处,即偶然性与必然性的交会。

从书中我们还可以看到历史上茯砖茶是怎样加工制作,走上丝绸之路的;历朝历代是怎样管理的;各朝名人是怎样评价茯砖茶的;围绕着茯砖茶的生产经营,产生过哪些矛盾和斗争,进行过哪些改革和创新……才使这一誉满丝绸之路的名牌产品永不衰败。这些历史的经验很值得我们去研究、借鉴。

《茶都风云》是一代精英人物的赞歌

不知从何时起,文坛上,特别是影视界,受港台影响,充斥着娘娘腔,即使是写英雄,也不能幸免。澍宇先生的《茶都风云》则是对娘娘腔的拨乱反正,是一篇真正的一代精英人物的赞歌。

主人公傅继兴疾恶如仇,见义勇为。泾阳二月会,他孤身勇斗地痞流氓救美女;安化茶山上,打败了害人者的帮凶;康定茶庄,击退了要砸茶庄的武馆人;反抗镇嵩军,他带领商会自卫队,英勇杀敌保卫泾阳;年馑中,智灭了祸害百姓的西北王;走西域,恩威并用降劫匪;报母仇,捣毁日寇司令部;直到杀了作恶多端的伪县长,无不表现出大无畏的英雄气概。同时,他性格的另一面,又是一个虔诚的佛教信徒,悲天悯人,善待属下,宽怀大度,为赈灾不惜冒生命危险,到山西买粮;为反抗苛捐杂税,保护商户利益,他挺身而出为民请命;为报答红军的救命之恩,他冒着杀头危险,在自己的茶店建起了红军的地下运输站,为红军采购运输医药、枪支弹药等军用物资,护送来往于红区与白区的人员……正因为性格上的两个面的巧妙、有机结合,使得英雄形象真实、丰满、伟岸。我们知道,傅继兴是从旧时代向新时代过渡的人物,这就决定了人物的复杂性。他就学于北方大学,接受当时最新的教育,又经受"五四运动"的洗礼。同时,他亦接受了家庭封建礼教的教育,两种不同的观念,同时作用于一个人,相互冲撞、磨合、杂糅,形成了完整的人物个性。在这一点上,我们的作者拿捏得恰到好处,体现了作者把握、驾驭素材,塑造人物形象的才能。特别要指出的是,傅继兴面对当时的改革大潮,能顺应历史潮流,推行公司化改革,这一点,对我们当前的改革,是有一定的借鉴意义的。

书中另一个精英人物是一个杰出共产党员的形象,他叫秦国栋,是一个破落户出身的子弟。他对旧社会制度的危害有着切身的体会,有着改变自己命运的欲望。报考军校后在共产党员常崇光的教育培养下成为一名共产党员。他响应党的号召,毅然决然放弃了当旧军官光宗耀祖,享荣华富贵的现成路,回到穷乡僻壤的家乡组织游击队闹革命。巧夺枪支,赶走催粮队,奇袭民团除恶霸,为民除害灭土匪,威逼财东发放救灾粮,金蝉脱壳投红军,智灭了运城日本兵,塑造了一个智勇双全的共产党人形象。

官吏是社会的管理者,在任何社会的官场,都有出淤泥而不染的好官吏,朱志远便是其中一个。朱志远是一个"新三民主义"的忠实信徒,他出任泾阳县县长,首先微服私访,对症下药制定施政方略。为富民强县,落实措施抓茯砖茶这一主导产业,他组织市场整治,打击假冒伪劣;成立专门机构,强化行业管理;开展茶王大赛,激励健康发展。遭遇特大旱灾,积极救济灾民,组织舍粥舍饭,惩治贪官奸商。为修泾惠渠排除障碍,想尽千方百计,确保了工程顺利进行。为保一方平安,他成功组织了泾阳保卫战,军民联合,智灭了作恶多端的西北王。

爱情是文学作品永恒的增色剂。作者也写了两枝爱的玫瑰。田爱君是女一号,与之相对应的是余惠敏。两个人虽然都毕业于北方大学,但是,由于家庭、环境的不同,成长为两个不同类型的人。田爱君走向了家庭,她走向的家庭,不是普通意义上的家庭,而是家庭与商号结合的家庭。她应该也是一个事业型的女强人,但是在傅继兴的强光之下,她不免黯然失色。但是,在同时代,她无疑是一个前卫人物。余惠敏出身于军官家庭,她的家庭给予她一个人生的高起点,她所处的,肯定是不同于田爱君的更大的人生舞台,她无疑是见过大世面的大度之人,当傅继兴和田爱君成婚后,她对傅不但没有怨怼之情,反而尽力帮他。

近年的小说,特别是影视剧的创作,滥情成为最让人作呕的噱头。三角恋、多角恋,甚至几个三角恋同时出现,互相交集。而在《茶都风云》中,作者虚构了傅继兴、田爱君、余惠敏三个青年人的爱情故事,虽然也是三角恋,却处理得比较好。他们的交集,一次是"五四运动",一次是民国十八年年馑,都是历史重要的关口,国家危急之际。傅和田两家都是做茶生意的,他们的结合,更适合围绕茯砖茶做文章,也显得自然。如果让傅和余结合,那么,可能绕得很远,甚至脱离了茶的主题。不论傅和田的爱情,还是傅和余的爱情,都是服从、围绕着国家命运进行的,从这一点讲,都使得本书爱国主义的主题,得以很好的彰显。作者的安排,无疑是正确的。

另外,作者全景式地展现了清明上河图般的民国时期的众生态,揭示着成功者的奥秘、失败者的教训。

赵智成是久经商战的大老板,曾任泾阳商会会长,但处于当时社会的夹缝之中,造就了他诚信经营保品牌,明哲保身避邪恶的行为。他明

知泾阳有造假之人，却畏怯权势、恶势力，不敢斩草除根，视而不见听而不闻，得过且过。这一点，他和傅继兴形成了鲜明对比。世故圆滑其实是一种在黑暗社会条件下无奈的选择，这和落井下石、设计害人的人还是有天壤之别的。这一点，作者把握得比较到位。

傅德茂是继承的祖业，当他家商号因为伙计昌明礼的重大过失，面临巨额赔偿，就要破产之时，他们还操心着昌明礼的下落，可见这一家人的精神修养非常人可比。他是因商号卖了假冒商品倒了牌子，丢了伙计而气死的，可见其对仁义、诚信、名誉看得比生命还重要。

田来福原是一个伙计，靠刻苦学习茯砖茶生产经营本领，娶了东家小姐，团结兄弟朋友，创成了一番事业，但以亲朋结盟的作坊式生产，给严格管理造成了不可逾越的障碍，一些沾亲带故的分号掌柜胡作非为，使义和兴商号陷入了困局。这一故事情节告诉人们，企业生产经营必须随着时代的发展，不断进行兴利除弊的改革，否则，只能是死路一条。这也给傅继兴的大整顿与公司化改革做了铺垫。

另外，澍宇先生还以相互对比、烘云托月的艺术手法，塑造了一些生活在阴暗面的人物。其中有军统特务出身、横征暴敛、祸害百姓、残害共产党人的伪县长屠维岳；有丧失人性、杀人越货、打家劫舍、欺男霸女、强取豪夺、破坏商路的土匪头子西北王邹显禄；有地痞出身、乱造假茶，冒充名牌、祸害茶商的侯宝贵；有贪占小便宜，叫地痞夺了收茶权的安化茶庄掌柜田来运；有因爱唱戏，进而包养戏子，耽误了生意的兰州茶庄掌柜田来财；抽大烟、耍钱背上了账，为补窟窿造假茯砖茶的康定茶庄掌柜胡效先；有爱占小便宜，唆使纵容丈夫趁机捞钱的田来运媳妇安彩云；有因自卑、嫉妒、吃醋，把男人弄得不像男人，逼上了寻找外遇之路的田来财媳妇杜秀绵……

《茶都风云》所塑造的主要人物皆有个人阅历、成长过程，令人可信，栩栩如生，构成了当时社会的生态图。

小说的结尾耐人寻味，将言语藏在不言之中。傅继兴在暗杀伪县长屠维岳后现场留名，颇有现代武松豪侠影子，这是出于对群众的保护，不愿看到大搜捕让更多人受牵连。既然留名，他留在本地的可能性不大，而更可能的是远遁。结合前文，他为红军搞地下运输站，已经和红军建立起了联系，他投奔红军的可能性很大。在白区，他是犯上作乱杀父母官的重犯,而到了红区,则是为民除害的英雄。作者给读者留下无尽的遐想。写一本书,让读者看完后,忍不住一再翻阅,掩卷沉思,不断玩味、联想,这样的作者无疑是聪明的。

习主席召开的文艺工作座谈会,预示着文艺更加绚丽的春天即将到来。丝绸之路经济带建设的实施使丝绸之路重现辉煌,即将在陕西举办的中国文化艺术节,形成了文艺事业繁荣昌盛的大氛围、好契机。在此大好形势下,以丝绸之路三大主要商品(丝绸、瓷器、茶叶)之一的泾阳茯砖茶为线索而创作的长篇小说《茶都风云》,历经八年的辛勤耕耘,应运而生,无疑是占尽了天时、地利、人和。不难预料在下一步的发行、社会评论、影视剧改编中,都将有大的斩获,前景一片光明。让我们在春日的阳光和鲜花中端起酒杯,共同庆祝吧!

探索历史真实 讴歌一代精英

一座丰碑 一代英豪

——浅说王澍宇和他的《茶都风云》

陕西省作协会员 小说作家 丁国昌

　　1987年初夏,我随同泾阳县委政策研究室的魏强毅和县广电局的黄琴侠同志一起去口镇做一个"商业门店侵街占道经营情况"的调查。那时候,王澍宇同志是县工商局派驻口镇工商所的联络员,他正在协助当地工商所进行市场治理整顿——插牌亮界,划行归市,使街容市貌焕然一新,以企业年检为契机,查处纠正其违法行为。这为我县治理整顿市场提供了鲜活经验。我们进行了跟踪采访,发现王澍宇同志是个敬业勤奋、秉公执法、不畏邪恶、敢作敢为、待人诚恳、胸怀坦荡的人,他给我留下了极为深刻的印象。当时,我们以泾阳政研专刊形式,专题报道了口镇工商所《认真进行企业年检严格整治街道市场》的先进事迹。后来,他在任王桥工商所所长时,以创新的工作,赢得了省、市现场会的召开,《咸阳日报》在第一版报道了《泾阳县王桥工商所改变工作作风,从拓宽市场入手搞活市场》的先进事迹。他做工商学会秘书长时,开创性地组织举办了"发挥工商职能作用,促进地方经济发展"研讨会,我作为当时的县委政策研究室主任,应邀参加了全程的组稿、审稿活动。研讨会召开时,省、市有关领导,县上四大家一把手,各县区工商局局长、学会秘书长、省上四大媒体总编等参加了研讨会。时任泾阳县委书记的孟建国说："县委、县政府原先也想开这样个研讨会，县工商局工商学会替我们办了这件大事情，是小学会办了大事情，小会议探讨了大题目……"为了欢迎参会的各学会秘书长，澍宇同志还专门创作了一首歌曲，名为《秘书长之歌》：

> 爱读古今中外书，爱看人世冷暖情，
> 风雨洗亮一双眼，岁月点燃心中灯。
>
> 研讨会聚八方客，高谈阔论显精英，
> 高山流水遇知音，妙笔同绘改革景。
>
> 一样的爱好勤笔耕，一样的品格好刚正，
> 一样的脾气讲真诚，一样的奉献写人生。
>
> 春蚕吐丝志作茧，蜡烛自焚放光明，
> 愿作人梯铺路石，甘洒心血写春秋。

这首歌现在还时不时地回响在我的心中。

至今将近三十年了，当时的情景还历历在目，仿佛就在昨天。我常想，也许正因为我和王澍宇同志之间有着一见如故般的相识，才有了后来将近三十年的心心相印般的交往。在我的心目中，王澍宇同志属于那种初次相见便令人仰视的人。当然，我们之间的交往和友谊完全基于对文字工作和文学事业的喜爱、关注和不遗余力的追求。我们的友谊，属于"愚人"之间的友谊。

在写作方面，我欣赏和佩服王澍宇同志的勤奋与认真，更欣赏和佩服他对文学作品的精品理念、高度的历史责任感和对国家对民族强烈的忧患意识。在他已经发表的一百七十多万字的各类作品中，页页篇篇都饱含着对人类正义的坚定维护和对真善美的不懈追求，其中绝无应景敷衍和低级媚俗。

率直地讲，我自己也是喜爱文学并坚持磨炼的人，长期的阅读和写作实践，使我越来越信奉"文如其人"这句话。我以为，作品不论形式如何，都是作者心声和潜在意识的自然流露，都是作者灵魂的艺术化的解

读和思想品质的不自觉表现,因而作品中的艺术形象永远也不会超出作者的审美取向和艺术追求。换句话说,文学家可以出于某种原因呼出一句违背自己意愿的口号,却无论如何也塑造不出一个违背自己意愿的艺术形象。所以说,什么人写出什么样的作品,是天经地义的,是无法改变的,就像O型血的人的血管里流不出B型血一样。这正是我看重《茶都风云》的重要原因。

毫无疑问,《茶都风云》是一部典型的、历史题材的、现实主义的文学作品,是一部故事精彩、情调高尚、引人入胜、回味无穷的长篇小说。在书中,作者围绕泾阳茯砖茶的原料选购、产品制作和运输销售这条主线,围绕主要人物的爱情、婚姻和事业,围绕商场上一家家茶庄和商号的兴衰成败,演绎了一幕幕扣人心弦、发人深省的悲喜剧。精心塑造了以傅继兴为代表的一群坚守信义、以德治商、光明磊落、艰苦创业的杰出商人和创业者的光辉形象。塑造了许多能挺起民族脊梁的,能令后人敬仰并引为自豪的英雄豪杰。同时,书中也成功塑造了老茶工、地方官吏、军人、老一代共产党人以及形形色色的反面人物的艺术形象。这些人物都各有特点、性格鲜明、活灵活现、栩栩如生,令人神往,令人喜爱。

尤其是对主人公傅继兴的塑造,作者倾注了大量的心力和笔墨。本着"人以事显"的艺术法则,作者给傅继兴安排了诸如"五四运动"游行演讲、"实业救国"舌战群儒、巡察茶庄扶正祛邪、兴利除弊推行改革、秉公执法整治茶市、打破传统外传秘方、保卫泾阳出钱出力、救济灾民施粥舍饭、为员工买粮被抓被押、为兴修泾惠渠排除障碍、智灭匪首为民除害、慰问红军扫除谣言、八路军誓师东征以茶代酒敬英雄鼓舞士气、捣毁日寇司令部为母报仇、为红军运送物资和人员、刺杀横征暴敛残害共产党人的伪县长等多项壮举,为傅继兴提供了充分展示才华和智慧的平台,使傅继兴身上除了强烈的义商、儒商、智商的形象外,还有着浓厚的忠肝义胆、爱恨分明和惩恶扬善、侠骨豪气的色彩,使得小说主人公显得格外光鲜夺目,形象伟岸。

人物是长篇小说的根本,傅继兴的成功塑造,为全书的成功奠定了基础。同时,通读全书,人们能够清楚地认识到,泾阳茯砖茶能远在明朝初年便声名鹊起,能享誉大半个中国,能沿着古丝绸之路远销西欧和中东地区,不能不说是一个奇迹。可以说,茯砖茶的成功,不仅仅是中国制茶工艺的延续和发展，而且是对中国传统制茶理念的革命性的突破，是中国源远流长、丰富多彩的茶文化史上的一座丰碑。而建构和托起这座丰碑的，正是一代代傅继兴式的泾阳茶商们，正是《茶都风云》字里行间都在热情颂扬的中华民族勇于开拓和创造的精神、信念和毅力。

另外，从写作艺术的角度讲，《茶都风云》充分展示了长篇小说纵向剖析历史的功能和特点。它以主人公傅继兴的脚步为红线，巧妙地把发生在泾阳、安化、兰州、成都、雅安、康定、迪化、紫阳、运城等地的故事串联在了一起，形成了场面壮观、气势恢宏的故事链。同时，这本书在情节叙述、人物心理剖析、人物外在形象和活动场景的描写、真实可信的细节设置、适时恰当的议论引导等方面，都比较成熟到位。可以看出，作者在长篇小说的整体布局、篇幅架构、语言文字的驾驭以及表现手法的灵活运用等方面都具备了扎实的基础和深厚的功力。

据我所知，为了写这本书，为了深度挖掘和雕琢泾阳茯砖茶这颗璀璨夺目的奇珍异宝，为了艺术地再现中国大地上曾经的那一段辉煌的历史，王澍宇同志用了八年多时间，搞了大量的调查研究，查阅考证了大量的历史文献，收集整理了大量的散存于民间的有关资料，还横向穿插了一些真实历史事件和关键性人物，客观地反映了当时中国社会的政治、经济、文化、民生以及乡俗民风的现状。尤其是对民国初年真实发生在陕西的抗击北洋军阀镇嵩军和关中民国十八年年馑以及兵灾匪患情形的反映，一定程度地解读了中华民族灾难深重和不屈不挠的历史属性。同时，作品中还录用和创作了大量的诗词、楹联、民歌和民间俚语，为作品增添了浓厚的文化色彩、生活气息和知识性、趣味性，使得这部作品在还原历史真实的同时，显得更加的丰满和厚重。另外，作品还描写了安化、兰州、成都、雅安、康定、紫阳等地的自然风光、特产、美食，激发人们对祖国大好河山的热爱。

泾阳是物华天宝、英才辈出的地方，除了有轩辕黄帝曾在口镇冶铁铸鼎的传说外，还有西北部山区因汉高祖刘邦的哥哥刘仲曾在此地架炉炼丹而得名的北仲山。当然，今天的泾阳人，不会产生去考证这些传说的冲动，有的只是对先祖们的壮举和神勇生出无限的崇拜和敬仰之情。因而，在阅读《茶都风云》文稿时，我常常会陷入沉思，常常会去极力想象当年的泾阳先民们的努力和拼搏过程，想象无数创业者和敬业者的艰

难和无私无畏,想象茯砖茶和泾阳茶商们历史的和未来的辉煌。

当然,我还会想,茯砖茶是中国茶文化史上的一座丰碑,而为这座丰碑热情讴歌的,洋洋四十多万字的《茶都风云》又何尝不是一座丰碑!杰出的陕商傅继兴们是一代英豪,而八年如一日,呕心沥血、废寝忘食地将英豪们活灵灵地再现在纸上的作家又何尝不是一代英豪!因为我深知,如同茯砖茶的诞生和畅销一样,一部长篇小说的问世,同样是一项"人皮搭在南墙上"的艰难工程,同样是在用普通人的肉体凡胎和有限生命去为中华民族增光添彩。

愿开拓者无畏无悔!愿创业精神代代相传!

"金花"璀璨耀泾阳

——《茶都风云》读后感

陕西省作协会员　泾阳县委宣传部副部长 何冠雄

当我的忘年交文友王澍宇先生捧着自己历时八年多的心血之作《茶都风云》站在我面前时,我着实吃了一惊。这位仁兄历尽艰辛,默默耕耘,终于有了自己的丰硕成果,我为他自豪!

面对扑面而来的陕西"茯茶现象",王澍宇先生以文学的形式进行了自己的解读和阐释。

一、厚重的历史文化底蕴和复杂的时代背景

"自古岭北不植茶,唯有泾阳出名茶。"这种起源于宋初,定型于明初,盛行于明清民国的泾阳茯砖茶,是泾阳土生土长的道地茶品。新中国成立后,特别是1958年在多快好省的政策背景下,茯砖茶逐渐在陕西销声匿迹,其时间长达半个多世纪。在此期间,南方有类似于泾阳茯砖茶的替代品出现,但是终究是"橘生淮南则为橘,生于淮北则为枳,叶徒相似,其实味不同",泾阳茯砖茶以金灿灿盛开的"金花菌"(冠突散囊菌)享誉中外,它的发现极大地改变了茶叶品质,它是古代劳动人民集体发现的。而后在另一个时间节点——改革开放后,21世纪初,泾阳茯砖

茶又在它的原生态地——陕西泾阳逐步走向了复兴,据说目前仅泾阳县的茯茶企业就有近百家,还不算咸阳市其他区县的众多茯茶企业。当然,这种茶叶演变的历史是沉重的,有深刻历史背景的。茯砖茶企业,在同一的文化根脉上演绎着不同的角色,传递着不同的声音,为了各自的利益甚至不惜阉割历史,篡改真相,制造混乱,最根本的是对这一历史茶类优良品质的不尊重和人为降格。正如狄更斯在《双城记》的开头说的:"这是最好的时代,这是最坏的时代;这是智慧的时代,这是愚蠢的时代;这是信仰的时期,这是怀疑的时期;这是光明的季节,这是黑暗的季节;这是希望之春,这是失望之冬;人们面前有着各样事物,人们面前一无所有;人们正在直登天堂,人们正在直下地狱。"

面对产业勃兴的态势,面对急功近利的做派,有良心的人有责任和义务呐喊。正如鲁迅先生所说:"假如一间铁屋子,是绝无窗户而万难破毁的,里面有许多熟睡的人们,不久都要闷死了,然而是从昏睡入死灭,并不感到就死的悲哀。现在你大嚷起来,惊起了较为清醒的几个人,使这不幸的少数者来受无可挽救的临终的苦楚,你倒以为对得起他们么?"可以说作为当地人,作为商人后裔,作为首批下海的工商干部,王澍宇先生敏锐地把握住了茯砖茶这个历史瑰宝,他从2007年就开始关注、搜集、整理相关资料,他想把近千年传承的泾阳茯砖茶的历史留下来。

二、明晰的创作思路和主题主线

早年从事商业、财贸、工商管理工作的经历,退休后加盟媒体的实践,造就了王澍宇先生接地气的习气,也为他广植文脉创造了条件。在省城内外,王老师以少有的勇气和亲和力获得了大量有价值的文献资料,这使得他对泾阳茯砖茶的了解更加全面、具体。在我与先生的多次交流中,他非常关注茯砖茶文化、技术的传承、质量问题。他曾深情地说,茯砖茶一定要保住底线,在非遗、食品质量、安全生产上一定要有硬措施,要有统一的标准,绝对不敢见利忘义!

作为先生的首批读者,我通读了他四十多万字的手稿,我认为他的这部小说是一部关于茯砖茶很有历史价值的作品。它回答了泾阳茯砖茶的起始根源以及为什么是泾阳这块土地而不是其他任何地方的历史依据。从时间范围来看,这部作品反映的是清朝末年到新中国成立前夕

的这段历史以及在此期间茯砖茶企业发展的风云激荡,岁月流变,商海沉浮。这部作品的特点大致有以下四点:

一是以追查假茶案作为中心事件贯穿始终,这是这部作品的主线索。

本书男一号主人公傅继兴,其父亲傅德茂在山西运城德兴隆商号营销陕西泾阳义和兴茯砖茶,他家的伙计去泾阳进货,被人蒙骗购进了冒牌的茯砖茶,傅继兴的父亲羞愤交加,不幸身亡,悲愤不已的傅继兴远赴陕西泾阳追查真相。泾阳义和兴茶店掌柜田来福的独生女儿田爱君与傅继兴本是大学同学,也是一对恋人,在这里杀父之仇与火辣辣的爱情之间出现了少有的冲突。为了弄清真相,傅继兴忍辱负重,像卧底一样在义和兴潜伏,他在等待机会完成自己的使命。在那个时候,傅继兴的使命是悲壮的,作为人子,替父报仇是他的责任,而作为恋人,他的爱是复杂的,也是有代价的,他将经受爱与恨的双重煎熬和磨难。

二是以生动形象的笔触,集中展示了一组茯茶商人的形象。

女一号主人公田爱君的父亲田来福,他是聪明伙计上位娶财东家独生女的典型。他娶了泾阳商会会长、诚盛永茶店老东家赵智诚之女赵雅茹。作为一个底层茶工、茶店伙计,田来福不是那种只贪图享受的公子哥儿,他想成就自己的事业,经过多年打拼,他独立创业成为富甲一方的义和兴茶店老板。像许多家族企业创业一样,他相信自家兄弟和亲近的人,他的大弟弟田来运在安化负责分号,贪小利失去收茶权;他的二弟弟田来财在兰州分号掌舵,迷恋秦腔戏剧,贪恋女色,玩物丧志;他的好友胡效先在康定坐镇,赌博成癖,为还赌债制售假茶,致使商号利益受损;加之各种外部力量的综合作用,总商号几近破产。作者特别推崇的是四川雅安商号掌柜李瑞生,他是田大掌柜的舅表兄弟,军人背景,用军事化管理商业很有成效,关键是此人心地善良,善于经营。作为一种社会现象,本书也揭示了有黑社会背景的制作假茶的典型侯宝贵之流和有官方背景"朝里有人"的奸商典型蔺宏利之流。在一定程度上揭示了商业利益驱动下的钩心斗角和激烈争斗,那些绑架杀戮、劫商队、美人计、诬陷种种手法不一而足!

三是将中心人物置身于各种大事件中,以此来塑造人物形象,这可以说是本书的一个特点。

傅继兴是本书的中心人物,他本来是为了追查害死自己父亲的元凶——假冒茯砖茶,却不料与事件相关人的女儿田爱君藕断丝连,以至于恋爱结婚。在田父病亡后,傅继兴受命于危难之际,面对危机重重的义和兴茶业,傅继兴的母亲谭淑贤大义凛然,出巨资支撑危局。傅继兴毅然挑起了股份改造后的企业大旗,稳住了阵脚,延续了发展,还当上了泾阳县茯砖茶公会会长和商会会长。

在泾阳当地,人们耳熟能详的民国十八年年馑、二虎守长安、镇嵩军进犯泾阳、西北塬枪杀匪首、李仪祉兴修泾惠渠、游击队扣留外国工程师、红军在云阳改编八路军、八路军东征抗日、口镇的中共地下交通站等历史事件,作者巧妙地以这些大事件为原始背景,虚构故事,让主人公参与其中,并让其发挥重要作用,比如慰问红军送茯砖茶、给陕北革命根据地送药、送武器等情节,既合情合理又耐人寻味!通过这些大事件历练,傅继兴已经不是过去那个凭一己之勇,只注重于个人恩怨的小人物了,他逐步脱离了书生意气、个人英雄主义、实业救国者的局限。客观地说,他具有开明士绅的倾向,他同情人民,支持革命事业。

四是将中心人物的命运与大时代相关联,努力塑造社会重大变革时期的改革者形象,这是本书的又一个特点。

纵观全书,大时代背景历历在目,比如1900年八国联军侵占北京、"辛亥革命""五四运动""科学民主运动""反北洋军阀斗争""西安事变""红军改编""八路军誓师东征""抗日战争""解放战争""实业救国"运动等重大历史事件成为本书的内在线索,人物的命运、事件的展开几乎都是在这样的背景下进行。在这部作品中,傅继兴是作为变革时期的改革者的形象出现的。作为一个企业家,或者说有眼光的企业家,傅继兴大胆采取了一系列改革措施,当时他的好友、时任泾阳县县长的朱志远给他撑腰。他主持的茯砖茶质量大检查,追查假冒茯砖茶的种种努力和成效令人敬佩,也是大快人心的,毕竟食品质量安全是一个大事情,对人民健康至关重要,但随着军统特务出身的反动县长屠维岳的到来,一切都来了个天翻地覆。县商会会长、义和兴茶业股份有限公司董事长兼总经理的傅继兴又被作为"通共"嫌疑分子而被下了大狱,至此他的茯砖茶事业以及他个人的命运都发生了大的转折,这种看似个人命运的曲折,其实深层折射了国民党政权即将垮台前夕"民国万税"、民不聊生、商业凋敝的社会矛盾根源。从某种意义上说，茯砖茶是历史的产物，它将随着社会的变迁而起伏跌宕，它的眼泪和欢笑都是一个时代的缩影！

三、深沉的乡土情结和人文关怀

谁不爱自己的家乡？一提起家乡，总有说不完的话，道不尽的情！作者在书中采用了好多乡土味浓厚的诗歌、词曲，特别是秦腔艺术的精彩展示，让人感受了一种掷地有声的秦风秦韵。同时作者对于晋陕商帮历史的发展，对于商道开拓的追溯，对于傅继兴等商人"走西口"的描述，是比较精彩的。它显示了一个负责任的作者的审慎态度，无疑这些努力对于充分挖掘陕商文化具有很大的历史意义和现实意义！时值我国一带一路战略实施之际，作为陕商代表之一的泾阳茶帮理所应当得到人们的关注，作为北方重要的茯砖茶之都，陕西泾阳的历史地位和现实发展应该列入国家和地方"十三五"发展规划之中，对这一富民强国的产业，怎么和谐发展，科学推动，这将是我们当代人的重要责任和义务！

当然书中也有南方、北方众多区域的场景以及民俗风情和茶区景象的展现，这在一定意义上是必不可少的，也是比较引人注目的，但在这些宽广的视野下也显示出了作者笔力的不足。作为本书的另外的一个特色，书中用了不少篇幅展现军人的形象，比如舍财献身辛亥革命的唐卫国师长，主人公傅继兴的女同学余惠敏的父亲余世雄师长以及红军云阳改编时期中共众多高级将领的形象，这些描述有不少片段是很感人的。而作为信佛习武之人的傅继兴，在佛修上相比于武艺打斗来说似乎稍逊一筹，肯定地说，本书在武侠演义、传奇设计上有一定特色，而作为一部题材、场景、时间跨度都比较大，人物事件重大繁多的作品，作者在材料取舍上，人物选择上还有进一步精简的必要。以上是我的一些基本看法，当然也有很多内容是我所认识不到的，粗浅之处敬请谅解。

总之，王澍宇先生以极大的勇气和顽强的意志完成了一部关于泾阳茯砖茶的长篇小说，这是近年来不可多得的文学收获，它的厚重和坚实，它的探索和成绩值得我们重视。

我祝愿先生的作品早日面世！

一部源于生活高于生活的好小说

——浅议《茶都风云》的人物原型及再塑造

泾阳县政协文史委原主任 李文恭

2016年元旦前夕,老朋友王澍宇送来了他的新作——长篇小说《茶都风云》样稿,请我这个老文史工作者给他把把关,提些指导性意见和建议。受人之托忠人之事,我仔细看了这部书稿,被书中曲折动人的故事情节,栩栩如生的人物形象,跌宕起伏的矛盾冲突,不断出现的故事悬念所吸引,常常是难以掩卷释手。反复阅读思索,我觉得《茶都风云》是一部源于生活高于生活的好小说。

《茶都风云》描绘的是清末到新中国成立前夕,围绕茯砖茶的生产经营所展开的社会生活图景。我是做文史工作的,编写过那个历史阶段的文史资料,熟悉那个时代的有名人物和历史事件,我在书中能看到他们的影子,但相比原型人物,书中的人物好的更完美,坏的更丑恶,围绕塑造人物的故事更精彩。

泾阳自古是商贸重镇,富商大贾比比皆是。"东刘西孟社树姚,比不上王桥一撮毛。""安吴家的伙计,走州过县,不住别家的店,不吃别家的饭。"这些富商以忠义为本,艰苦创业,发家致富,开拓经营,走向辉煌的故事和经验在泾阳广为流传。倾其万贯家财,持续支持孙中山辛亥革命的桥底镇巨富柏惠民(字小愚)终落得债台高筑的事迹被人们传为佳话。泾阳历史上还有红军的地下联络站——口镇春记酒店的记载。1926年、1927年镇嵩军、一军先后围困泾阳城;民国十八年年馑;兴修泾惠渠;红军改编誓师东征;诱杀惯匪李均华;伪县长向丕桢被杀……作者以这些历史人物和故事为依据和素材,结合自己的生活体验,编撰成更为跌宕起伏、生动感人的故事情节,集所有成功商人之美德,调动各种艺术手法,浓墨重彩地塑造了一个理想化的成功商人的典型——《茶都风云》中的主人公、义和兴茶业股份有限公司董事长兼总经理傅继兴。作者着力表现了他知人善用,锐意改革,开拓进取,使濒临倒闭的义和兴商号重新振兴的超人经营才干以及乐善好施,见义勇为,勇斗邪恶,战无不胜的仁义博爱和大无畏的英雄主义精神。在塑造这一人物时,作者没有拘泥于原型人物和故事,而是进行了再创造。比如,巡察处理安化、兰州、康定义和兴分号问题,临危受命搞公司化改革,为红军办地下运输站,捣毁日寇司令部,智灭西北王惯匪,刺杀伪县长,等,故事情节都是另行创作的,惊险动人又合情合理,出乎意料却在情理之中。

  小说中还塑造了一个智勇双全、救国救民的共产党人秦国栋的艺术形象。我从他身上看到了泾阳革命烈士苗家祥和赤胆侠骨、智勇超人的卫志毅的影子,但和以上两人对照,作者先给予秦国栋一个高起点:他从军校被培养入党,毕业后,响应党的号召,毅然放弃当国民党军官的念想,回到穷乡僻壤的家乡组建游击队,劫富济贫,为民除害,搭救商队……在遭到敌人围剿的严峻形势下,作者没有让他像苗家祥那样壮烈牺牲,而以金蝉脱壳之计逃走,投奔了红军耀县照金革命根据地,红军改编为八路军后,随军进驻吕梁山抗日,才有了奇袭日寇物资仓库,智灭运城日寇驻军的壮举。他选择傅继兴以商号为掩护建立"地下运输站",建立了非常功绩;他指示、组织群众罢市、罢课,成功营救了傅继兴。其所作所为,比原型人物更显得光彩照人。

  清光绪年间,泾阳曾出过一位"为官一任,造福一方"的好知县涂官俊。他出任泾阳知县,除暴安良,兴办教育;加强地方建制,熏陶民众精神;提倡植桑养蚕,发展农业生产;举办仓储,防灾备荒;关怀孤贫,实行抚恤。政绩昭著,深得百姓爱戴,众口皆碑。死后,百姓自动捐集财物,在泾阳县城、桥底、云阳、永乐等地建立"涂公祠",每年春秋二季举行祭祀活动。作者依据这一原型,塑造了一个信奉孙中山"新三民主义",为富民强县而努力的国民党泾阳县县长朱志远的艺术形象。他毕业于北方大学,经过了"五四运动"的洗礼,有着实业救国救民的志向。担任泾阳县县长后,他落实措施抓"课裕民丰,获利无穷"的茯砖茶的生产经营,支持、组织茯砖茶市场大检查、大整治,端了制假黑窝点;组织茯砖茶大赛,比质量,选茶王,扶正祛邪抓发展;建立茯砖茶公会,制定行业公约,加强茯砖茶市场监管,促进茯砖茶产业健康发展;反抗北洋军阀,重建民主共和,他组织了反击镇嵩军围城的泾阳保卫战;民国十八年年馑,他组织舍饭救济灾民,体察民情搞调查,惩办了买卖瞎瞎救灾粮的贪官奸商;兴修泾惠渠,他千方百计排除障碍;为除暴安良,智剿了西北王;为朋友帮忙,他冒险为红军购买医药卫生用品。这一典型形象具有时代的先进性,对当代也有启示、借鉴作用。

　　1941年,泾阳来了个祸国殃民的县长向丕桢。他是职业特务,曾担任过北平警察局侦缉科长,因和伪省长有亲戚关系被任命为泾阳县县长。他到任后,网罗反动武装,侦察革命老区,破坏革命活动;栽赃陷害、横征暴敛,激起民愤而被杀。作者以此人为原型,塑造了一个其罪恶比之有过而无不及的伪县长屠维岳。他是老牌军统特务,原是省党部侦缉队队长,因为侦破"共匪"案件,迫害共产党人有功而被提拔为泾阳县县长。在国民党疯狂向解放区进攻的1946年初上任到泾阳。他到任后,以"戡乱建国"为宗旨,以剿共为第一要务。采取强硬措施整治共产党活动,残害共产党人。以"戡乱建国"为名,横征暴敛,征兵拉丁,各种苛捐杂税高达十八种。采取栽赃陷害的办法搜刮钱财,给抵制乱摊派的人戴"红帽子"关押入狱,酷刑逼供诈财。弄得泾阳乌烟瘴气,白色恐怖,人心惶惶,不可终日,街谈巷议,谈屠色变,民怨沸腾,真正到了不杀不足以平民愤的地步,终为被迫害入狱的傅继兴所杀。

　　回顾历史看小说,可以看出,作者在使用历史资料时的严谨态度。在运用历史资料时,作者十分注意它对当代有无有益作用,对塑造人物有没有作用。

　　历史上泾阳茶商敬关公以忠义凝聚人心,采取"购、运、焙、销一体化""驻中间,拴两头"的经营方式,顺应供求,于时论价,在收茶时,采取"避其锋芒,出其不备"避实击虚的经营手法。在销售上,则按"贵极反贱,贱极反贵"的价格反弹规律办事,长线远鹤,不争眼前……这些历史经验均被作者编在小说的故事情节中。

民国时期,泾阳曾发生过镇嵩军、一军围攻泾阳的事件,但反击镇嵩军是反抗北洋军阀的正义之举,对塑造人物有用,所以,作者便选取了反抗镇嵩军的泾阳保卫战来塑造人物。

兴修泾惠渠,人多事杂,作者选取了一些只图个人小利益,不顾修渠惠民大事情,在渠道规划红线内偷偷乱盖房、乱栽树、乱捏先人墓骨堆,妄图讹诈赔偿款的事例,从而借古讽今。

窥一斑而知全豹,仅举几例说明《茶都风云》是源于生活高于生活的好小说。

以上所谈,乃一己之见,难免失之浅陋,敬请专家指正、赐教。

附录3：茯砖茶组歌

茶都美名天下传

（通俗独唱）

王溯宇 词
夏正华 曲

1=D 4/4　诉说地，中速

（5· 3 6 3 6 5 | 5 - - - | 1· 6 1 6 2 6 | 3 2· 2 - |

2· 6 2 3 1 2 | 6 1 5 6 3 - | 2 3 4 5 6 1 | 5 - - 5 - |

5 6 1 6 5 3 | 5 3 2 6 1 - | 1 2 3 3 2 1 3 | 5 - - - |
肩负着茶马　　交易使命，　　搭乘丝绸之路商　船。

6 1 1 2 1· 6 | 5 1 6 5 3 - | 2 2 3 5 1 6 5　3 | 2 5 3 6 2 - |
天下名县　　古城泾阳，　　挑起了茶叶加　工　中转的重担。

5 6 1 6 5 3 | 5 3 2 6 1 - | 1 2 3 3 2 1 3 | 5 - - - |
车水马龙　　驼铃叮当，　　骆驼巷的车马客　栈，
古城的街道　商铺林立，　　茶为魁首百货争　艳。

6 1 1 2 1· 6 | 5 1 6 5· 3 - | 6 6 6 6 1 6 1 | 2 - - - |
迎送着南来　西去的商贩，　南茶西去入泾检　作，
南腔北调的　茶商大贾，　各式服装富豪老　板，

2 - - - | 3 2 3 2 3· 5 | 3 2 1 7 1· 5 | 6 6 7 1 6· |
　　　　　星罗棋布的　百年茶店，使黑茶涅槃
　　　　　满怀发财　致富美梦，用各地　特产
　　　　　肩负着茶马　交易使命，　搭乘着丝绸

2 1 2 3· 5 - | 3 3 2 3 3· 1 | 2 1 7　6 - | 5 6 6 1 3 2· 6 |
变为茯砖。　四茗楼的　豪华茶馆，　汇聚着八方淘金
换取茯砖。　把财运　康乐　撒向人间，　古城彰显茶都的风
之路商船。　孕育生命之　茶的圣地，　茶都美名天下流

1 - - - | 1 - - - ‖
汉。
范。
传。

488

茯砖茶商是好汉

（男声合唱）

王渊宇 词
夏正华 曲

1=G 4/4 热情地，小快板

| 5 55 56 5 - | 555 56 5 - | 2 3 4 2 | 555 555 5 5 |

| 2·2 2 5 | 3 1 2 - | 6·1 2 5 3 1 6 | 2·3 2 - | 3 3 5 3 |
茯砖茶商 是好汉， 忠义为本闯江 山。 忠诚待人
茯砖茶商 是好汉， 不畏艰险勇向 前。 踏平崎岖

| 2 1 2 6 - | 6·1 2 3 2 1 6 | 5 - - - | 6·5 6 1 | 2·3 1 7 6 - |
广结善缘， 义中取利开拓财源。 心血孕育
茶马古道， 跨越荒漠激流险滩。 勇斗邪恶

| 1 6 2 2 1 2 | 3 - - - | 5·2 3 6 | 5 3 2 1 - | 6 1 2 3· |
孕育生命之 茶， 香飘丝路万民 万民称
惩恶扬 善， 拼搏商海南征 南征北

| 5 - - - | 5 - 3 5 ‖: 6·6 6 6 6 3 | 5 - - 3 5 | 6·6 6 6 6 5 3 |
赞。 啊 茯砖茶商是好汉， 啊 胸有宏图志向
战。 啊 茯砖茶商是好汉， 啊 不畏艰险勇向

| 2 - - - | 6 6 1 2 2 3 | 5 3 2 1 6 - | 1. 1 1 1 6 1 2 1 2 |
远。 贫而有志艰苦创业， 富而不狂再攀金
前。 驰骋丝路传送福音，

| 3 - - 3 5 :‖ 2. 5·5 56 3 2 6 | 1 - - - | 结束句 3 - 2 - | 3 - 6 - |
山。 啊 货通四海福到春 暖。 福到春

| 6 - - - | 5 - - - | 5 - - - | 5 0 0 0 ‖
暖。

茯砖茶商是好汉

茯茶香飘丝绸路

王渳宇 词
夏正华 曲

1=G 4/4 深情地，中速

$\widehat{35}$ 6·6 5 2 | 3 - - $\widehat{35}$ | 6·$\widehat{76}$ 5 2 5 | 3 - - - |

$\widehat{35}$ $\widehat{61}$ 2 $\widehat{32}$ | 1 5 | 6 - - - ‖: $\widehat{63}$ $\widehat{32}$ 2 1 2 | $\widehat{65}$ 3·3 - |

嵯峨山高泾水　甜，
茯砖茶商怀宏　　愿，

$\widehat{61}$ $\widehat{11}$ $\widehat{21}$ $\widehat{25}$ | 3 - - | $\widehat{36}$ $\widehat{65}$ $\widehat{52}$ 2 | 1 3 $\widehat{23}$ 1 6 |

泾阳茶艺千　古　传。　能工巧匠制天珍，香如茯苓琥珀色。
带着茯茶闯　边　关。　不怕风雨和雷电，不怕山高路又远。

7·7 $\widehat{72}$ $\widehat{17}$ 6 | 1. $\widehat{53}$ $\widehat{35}$ $\widehat{23}$ | 3 - - - ‖ 2. $\widehat{55}$ $\widehat{32}$ 1 2 3 |

消食利水美容颜，陆羽若饮也思　凡。　　踏平坎坷勇向
不怕匪徒斗凶顽，

1 6·6 $\widehat{35}$ | 6·6 5 2 | 3 - - $\widehat{35}$ | 6·$\widehat{76}$ 5 $\widehat{25}$ | 3 - - - |

前。　茯茶　随船走四　海，　佳茗　驼载到边　关。

2·2 2 $\widehat{56}$ | $\widehat{53}$ $\widehat{32}$ 1 - | 2 3 $\widehat{61}$ 2 | 2 3 | 5 - - $\widehat{35}$ |

奇珍香飘　丝绸　路，　扶正祛邪把福　　　添。　茯茶

6·6 5 2 | 3 - - $\widehat{35}$ | 6·$\widehat{76}$ 5 $\widehat{25}$ | 3 - - - | 2·2 2 $\widehat{56}$ |

随船走四　海，　佳茗　驼载到边　关。　　茶暖人心

$\widehat{53}$ $\widehat{32}$ 1 - | 5·5 $\widehat{53}$ $\widehat{23}$ $\widehat{51}$ | 6 - - - | 5·5 $\widehat{53}$ 2 3 $\widehat{56}$ |

息边患，　四海归心望中　原。　　四海归心望　中

6 - - - | 6 - - - | 6 0 0 0 ‖

原。

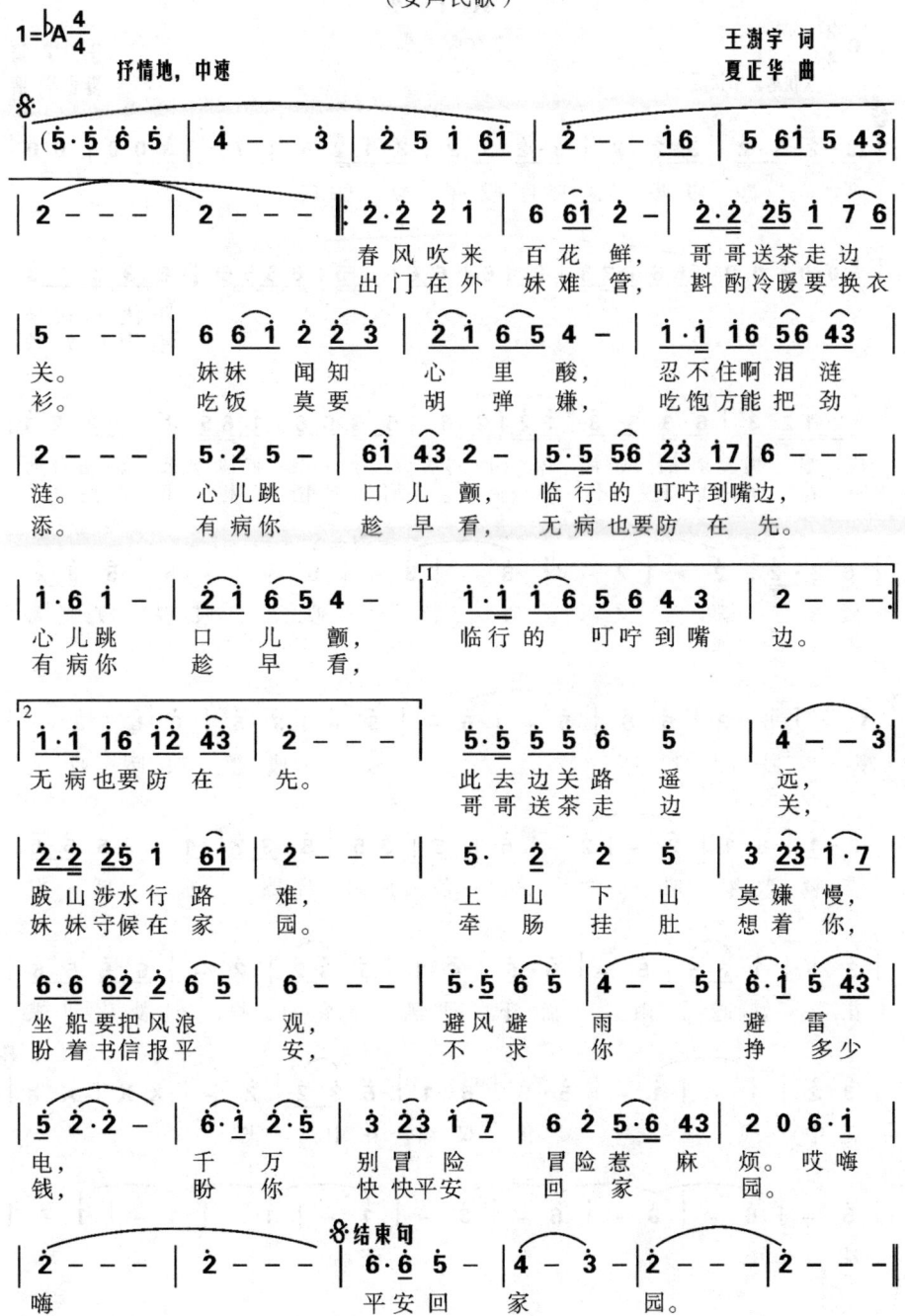

茶中缘

（女声民歌）

王渥宇 词
夏正华 曲

1=C 2/4
欢快地，小快板

(3·2 3·2 | 3·2 3 | 3·2 3·2 | 3 1 2 6 | ·// 3 0 0 | 0 0 |
哎啰哎啰 哎啰哎， 哎啰哎啰 哎 啰哎。

3 0 0 0 0 | (6 6 6 3 5 | 6 1 6 | 6 6 6 3 5 | 6 6 5 6) ‖: 6 3 3 3 |
小伙子壮来
小伙看姑娘

3·2 1 2 3 | 6·3 3 3 | 3·2 1 2 6 | 5·3 5 6 | 1 6 5 3 | 2 2 2 1 |
姑娘 美，茶店做活喜相会。奴家端茶君捶 茶，朝朝暮暮
如花 美，姑娘赞小伙好手艺。眉目传情心相 印，花前月下

6·3 2 | 2 — | 2 — :‖ 3 — | 3 — | 1=A 5 — | 3 5 | 5 3 2 |
紧相 随。　　　　哎……　　哎…… 哎啰 哎啰啰
诉衷 心。

1 — | 5·3 5 6 | 5 — | 5 — | 5 — | 3 5 | 6 5 | 6 — |
啰　哎啰哎啰哎　　　　　　哎　哎啰哎啰哎

2·1 6 1 | 2 — | 2 — | 5 5 5 | 3 5 | 5 3 2 | 1 — | 5 5 5 |
哎啰哎啰哎　　　　　送一条 手帕君擦 水， 赠一把

3 5 | 1 6 5 | 5 — | 5·5 | 6 1 | 5 3 2 | 2 — | 5·5 5 6 |
花伞 奴遮 雨。　血汗 同洒 砖茶 里， 梦化双蝶

3 2 | 1 — | 1 — | 5·5 | 6 1 | 5 3 2 | 2 — | X X X X |
花中 飞。　　　梦化 双蝶 花中 飞。

5 — | 6 — | 6 — | 6 — | 6 — | 1 — | 1 — | 1 — ‖
花中　　　　　　　　　　飞。

茶中奇葩有奇功

王渭宇 词
杨 静 曲

1=♭B 2/4 歌颂地

中速

(6 3 23 1 23 | 6 3 23 1 2 16· | 0 5 56 1 6 56 53 |

2 22 3 11 61 2 — | 6 3 23 1 23 | 6 3 23 1 2 16· |

0 5 56 1 6 56 53 | 2 22 3 5 36 — | 6 63 61 61 |
　　　　　　　　　　　　　　　　　　　　说 稀 奇 呀

6 5 67 6 — | 1 61 6 56 53 5 | 6 52 35 3 |
真 稀　奇，　不 产 茶 的 泾阳　出 珍　奇，

6 63 61 61 | 2 31 2·3 | 5·3 56 3·5 3 |
说 稀 奇 呀，　真 稀　奇，　茯 茶　靖　边

渐慢　　　中 小快板
2 2 15 6·16· ‖ (0 22 35 32 31 | 22 23 11 65 66) |
保 国 建 奇 勋。

6·3 3 21 2 | 1·2 1 56 — | 3·1 1 65 6 |
湖　茶 入 泾 得 地 气，　　茶 发 金 花
西　域 自 古 多 征 战，　　茶 马 交 易

5·6 5 2 3 — | 6 60 3 23 1 2 | 6 1 1 65 6 5 32 |
功　效 神。　杀 腥 解 腻 暖 肠 胃，
狼　烟 熄。　茶 走 丝 路 送 温 馨，

0 3 56 1 23 2 | 3 5 21 6 — | 0 1 16 1 31 |
消 食 利　水 味 更 醇。　　茯 茶 滋
香 飘 九　州 暖 民 心。　　茯 茶 搭

茶都风云

```
2 2 2 - - | 0 5 5 3 2 3 1 2 | 1 6 6 - - |
养 哎       生 命 之       树，
成 哎       友 谊 之       路，

0 1 1 6 1 3 1 | 2 2 2 - - | 0 5 3 5 2·3 2 1 |
神 秘 的 传 说 哎，     夸  神   奇。
四 海 同 春 哎，         繁 华 似 锦。

0 3 5 6 1 2 3 | 2 1 5 6·1 6· : ‖ 2 2 1 5 6·1 6· ‖    突
神 秘 的 传 说 夸 神 奇。   繁 华 似 锦。
四 海 同 春

(0 1 1 2 3 5 2 3 5) | 0 1 1 6 1 3 1 | 2 2 2 - - |
D.S.       茯 茶 搭   成 哎

0 5 5 3 2 3 1 2 | 1 6 6 - - | 0 1 1 6 1 3 1 |
友 谊 之   路，         四 海 同

2 2 2 - - | 5 6 3 1 | 6·1 6· 6 - |
春 哎       繁 华 似   锦。

                渐慢
0 1 1 2 3 5 | 6 - - - | 6 0 0 0 ‖
繁 华 似 锦。
```

茯茶情歌

（女声独唱）

1=C 2/4　　1=64　　　　　　　　　　　　　何冠雄 词
优美地，民族风　　　　　　　　　　　　　尚建三 曲

（前奏省……）| 2̇ 6 2 | 5 4 3 2 | 5̇ 3̇ 1 2̇ 3 | 2̇ 1 6· | 1 6 1 2 5 |
绿 水　青 山　迎 远　客，　黑　茶
泾 水　流 蜜　北 邙　坡，　茶　工

| 2̇ 3̇ 2 1 | 6· 1 2 5 | 1̇ 6 5· | 6 2̇ 2̇ 1 7 | 6 2 5 6 4 (6 2 5 6 4) | 5̇ 3̇ 2̇ 1 2 2 |
越 岭　到 泾　阳。　南来的风儿你　亲 亲 我，　北往的茶客你
挥 汗　一 筐　箩。　东来的大哥你　问 问 我，　西去的商客你

| 6 5 4 2 5 (6 5 4 2 5) | 0 5 6 4 5 | 6 1̇ 7 6 | 0 1 2 6 1 | 2̇ 4̇ 3̇ 2 | 2· 6 1 |
歇 歇　脚。　泾水美　茶飘 香，　泾阳茶　美名 扬。　啊
莫 错　过。　茯茶金花　香四 溢，　橙红透亮　星光 闪。　啊

| 2̇· 5 5 2 | 4 4 3 | 2· 3̇ 2̇ 1 | 1 6· | 2̇ 6 2 5 | 6 5 4 3 2 | 5̇ 2̇ 5 3 2 3 |
江 河浪　花呀　连 泾　河，　丝 路 花 雨呀　多 坎
黄 沙漫　漫呀　多 宽　阔，　绿 意 融 融呀　品 生

| 2̇ 1 6· | 6 2̇ 2 5 | 6 4 3 2 | 2̇· 5 5 1 | 2 1 7 2 | 0 5 6 4 5 | 6· 1̇ 2̇ 4̇ 2 |
坷。　驼 铃 声声 一 首　歌，驼 铃 声 声 一 首　歌，　生命之茶　滋润瀚海
活。　沧 海桑田 一 首　歌，沧 海桑 田 一 首　歌，　健康之饮　滋润天地

| 5 5· 5 6 | 3· 3 3 2 | 1 6 5̇ | 4 - | 4 1 6 4 3 | 2̇ - | 2̇ - ‖
清　波。　生 命之茶　滋润瀚海　清　　波。
人　和。　健 康之饮　滋润天地　人　　和。

rit
| 3̇· 3 3 2 | 1 6 5 | 6 - | 6 - | 1· 6 | 1· 6 4 3 | 2̇ - | 2̇ - | 2̇ - | 2̇ - | 2 0 ‖

茶中奇葩有奇功

后 记

是宿命还是巧合?我于1946年出生在泾阳茯砖茶商密集的骆驼巷,想不到,时代使命使然,我竟以茯砖茶为载体写出了长篇小说《茶都风云》,完成了叶对根回报的夙愿。

我的原籍在山西省荣河县(后与万泉县合并改称万荣县),那是中华民族的发祥地之一,土地之神地皇——后土圣母女娲氏曾在此生活,留下了后土祠、秋风楼等名胜古迹。

听老人说,父辈家原来很穷,负债累累,如牛负重。因为养活不起孩子,四爸很小就过继给人。父辈兄弟们长到十多岁,就穿着(买不起染料,染不成布)自家织的白粗布衣服,步行着跑到泾阳给商号当伙计挣饭吃。父亲王志道从伙计干到专跑上海、杭州等地的庄客(即采购员),随后又晋升为副经理,后来自立门户,在西关大街路南开了家福顺成棉花行。大伯和三爸分别在中心街开了福盛德(位置在北极宫十字紧西南)、福兴正(前门在中心街,后门正对着现在的泾阳宾馆)布匹绸缎商号。大伯王子健还做过泾阳商会副会长,三爸王子植新中国成立后做过县政协委员。过继给人的四爸薛智才,因魁梧英俊,精明能干,被泾阳首屈一指的万庆德糕点铺经理、商会会长王锡山看中,做了其大女婿。他后来在西安造纸厂工作,曾给我在准备造纸的原料中挑选了许多有用的书。

因为父母亲在我前边曾夭折过两个小孩,父亲三十岁方得下我这个长子,所以,家人亲朋把我看得十分金贵。父母亲在我过百天时,便到北关关帝庙求神许愿,给我拴了个红绳,特意定做,给我戴了个附有银项圈的"长命百岁"锁,并为我起名天锁。

我小时住在外婆家,当时,舅父刘海潮正在文庙小学上完小,他十分疼爱我,每天放学回来,便给我教着认字。我在三四岁时已能认五千多字,背三百多首唐诗、宋词,舅父是我的启蒙老师。

外婆则是我买书的资助人。她每天早晨给我发早餐费,我偷偷攒起来买了连环画等好看的小人书。到上小学时,我成了学校里买存小人书最多的人,也成了同学们的小图书馆。

后来,我回到了自己在傅家村的家。我的家是独庄户,因离村远,怕遇到狼,没处玩,只得到楼上书房去看书。小娃记性好,一年多时间,我把四大名著都能背下来,唐、宋诗词各三百首,能倒背如流。那时候虽然对所读的书一知半解,可长大成人后,却派上了大用场。我毕生写文章引经据典,大部分是小时候读书记下的。

到文庙小学上完小时,学校组织一年一度的"赛诗大会",我连续两年都得了一等奖,才知道文章写得好了还能得奖。从此,我有意识地偏爱起文学学习和写作来,做起了文学梦。而后来县文化馆组织的业余作者创作学习班,则把我引上了文学创作的道路,但我生性愚钝,为生活疲于奔命,只能不遗余力地做行政公文工作。

父亲走南闯北,拼搏商场,见多识广,一有空便给我讲先贤古人的故事,讲他们兄弟艰苦创业的历程和经验,讲商场中形形色色的人和故事。我印象最深的有《可怜虫当掌柜》——是说一个不学无术的财东子弟,想当掌柜的,却被伙计戏弄,被吓跑了的故事。《进了瞎货不能卖》——有一回,上海发来了一批瞎瞎染料,因商号没有检测手段,被顾客使用发现告知后,商号当即收回了卖出之货并赔偿了相应损失,将所有染料全部倒掉深埋。《货卖最低价,秤平尺子足》——我们商号设有跑街的人,每天到街市上跑着看行情,及时报告商号,货卖全城最低价。对于顾客买布,扯布时要多扯一寸,因为女人本来就细心,回去一量,觉得占了便宜,肯定成为回头客。如果尺子不够，她找上门来闹，就等于砸了商号牌子。

《建立信用折》——商号对有信用的顾客，建立信用折，顾客凭折子可在商号赊欠商品，商号把赊欠商品及价款同时登记在顾客手中的折子和商号专账上，等庄稼收获了或有了钱再还钱销账……

我从学校毕业参加工作后，先后在基层商业单位、县商业局、县政府财委、工商局等单位工作，一辈子都在和工商企业家打交道，我又曾经下海经商，到媒体当采编人员。所以，我十分熟悉社会各界，特别是工商界形形色色的人。

2007年，泾阳县开始振兴茯砖茶的工作，泾阳的许多朋友鼓动着让我给茯砖茶写点东西，这引起了我的创作冲动。我开始跑省、市、县图书馆、档案馆、历史博物馆、新华书店、旧书摊，查寻着和茯砖茶有关的历史资料，选买阅读着相关书籍。先后走访了茯砖茶振兴发起人的县前街八老朱全胜、赵世民；百年老号天泰运传承人高续、巩军红；百年老店积成茶店的后裔，县国营茶厂业务厂长、工程师冯君健；老茶工刘百顺；泾阳茯砖茶机代手筑第一人刘润生；茯砖茶生产后起之秀——中国茶业流通协会会员、省茶业协会理事、泾阳茯砖茶协会副主席、延寿宫茯砖茶业有限公司董事长王亚飞等。

我在挖掘茯砖茶历史文化的过程中，十分注意探讨泾阳茯茶和茯砖茶在丝绸之路近千年长盛不衰的奥秘以及一些茯砖茶生产经营者失败的原因。以能给当代社会提供正能量，给人以有益启示为标准，筛选历史资料，提炼小说主题。以往的生活积累给我的创作帮了大忙，耳闻目睹的许多人物和故事在我的思想中闪现，过去即兴写的日记、笔记也派上了用场。比如北京、兰州、成都、雅安、康定、新疆等地的自然风光、人文景观，特别是兰州五泉山，成都青羊宫、峨眉山、乐山许多寺庙的对联，都是我因工作出差和旅游时写日记记下的。

为了避免和以往的相关作品撞车、雷同，我查看了从清末到新中国成立前夕，我能找到的所有和商业，特别是和茶有关的长篇小说和电视剧。

我抓住从古到今工商业经营者成功与失败的根本原因、争斗的主要问题编织中心事件，虚构故事情节，塑造各色人物。让人物在历史的镜子面前，在正义与邪恶、仁义与残暴、诚信与欺诈的角斗场上各现原型。

因为我没写过长篇小说,只得向专家请教,向我的老师朋友请教,我把稿子打印成样稿,送请他们审阅指导。陕西省诗词协会会长、省委宣传部原副部长、泾阳县委书记孟建国;中国作协会员、中国诗歌学会理事、著名诗人马林帆;陕西省仪祉农校原校长简聚宝;老朋友石有望、贺玉峰;省作协会员侯锦波、丁国昌;泾阳县委宣传部副部长何冠雄;广电局局长孙创成;泾阳茯砖茶发展服务中心主任阮军;县政协文史委员会原主任李文恭;陕西省《古都文萃》杂志总编马照云、主编王卫生;陕西省《民情与信访》杂志总编郭志梅;陕西省中国现代文学学会副会长、研究员宋民新;中国传统文化促进会常务主任、省茶人联谊会会长韩星海;中国小说学会副会长、省作家协会副主席、《小说评论》主编李国平等老师、朋友,都曾为《茶都风云》的写作提供过指导和中肯的意见和建议。中国作家协会报告文学委员会副主任、中国报告文学学会副会长、中国作家书画院执行院长、鲁迅文学院原常务副院长白描为本书题写了书名。太白文艺出版社资深编审曹彦和编辑谢天以及几位校稿同志对本书进行了认真的审读及文字加工。所以,从一定意义上说,这本书实际是集体智慧和劳动的结晶。在此,我对一切参与、支持、帮助过本书创作、出版、发行的单位和个人表示衷心的感谢!

八年多,我不避寒暑、寝食难安、劳心流汗、辛苦笔耕,没有一分钱的报酬,还要贴赔到各地搜寻有关茯砖茶历史资料的一切费用,而且我也知道无名作者写长篇小说绝大多数都是以贴赔钱告终。所以,我也听到过不理解者的疑惑或是讥讽:"都啥年代了,还写长篇小说,谁看哩?有啥用?"有时我自己也在问自己,是不是老傻了?好在有亲朋好友的鼓励,支持的呼声压倒了质疑,成了我坚持完成创作的动力。好在《茶都风云》还未出版,书中的许多诗歌、秦腔唱词等就派上了用场。2016年5月25日至26日,泾阳举办"媒企融合创新发展高层论坛暨泾阳茯砖茶营销战略合作洽谈会",承办方邀请我给会议晚会编写两个以茯砖茶为内容的文艺节目,我挑选了书稿中"茯砖茶商是好汉""治茶市我不怕凶险艰难"这两段秦腔唱词应了这个急,赢得了与会者的好评。紧接着,泾阳茯茶镇二期工程要开园,一些景观缺少对联、诗歌,西咸新区泾新茯茶文化产业发展有限公司请我帮忙写作,我选取书稿中"茯茶吟""论功吟""茶中仙"等诗歌作品布置了"赋园"和文化墙。我为以下景观撰写

了对联：

　　福门的对联：进门入梦境茯茶古镇繁花似锦
　　　　　　　　到此访丝路非遗传承星光灿烂
　　百福亭的对联：百福健康为首，茯茶益寿最佳
　　　　　　　　勤耕苦耘五谷丰，行善积德百福来
　　福道廊的对联：历经日晒雨淋苦
　　　　　　　　方知游廊避护福
　　知恩亭的对联：亭下品茯茶畅谈天赐人造恩
　　　　　　　　心上忆丝路难忘前仆后继情
　　班超城的对联：靖边卫国三十余载血洒西域平战乱
　　　　　　　　奇智神勇五十多国回归大汉建奇功
　　茯香楼的对联：茯茶誉满丝绸之路
　　　　　　　　佳茗香引云中茶仙

当看到自己为写《茶都风云》积累的知识和书中的作品还有用场时，我才觉得八年多的苦没白下，终于完成了回报家乡的夙愿。

2016 年 7 月